U0139824

Der Macedonische Berg Athos in Gestalt eines Riesen, wie der Dinocrates, des großen Alexanders Architect, solchen Bau angeben. *Vitruv. Præfat. Lib. II.*

Le Colosse du mont Athos en Macedoine selon le dessein qu'en forma Dinocrate Architecte du grand Alexandre. *Vitruv. Præfat. Lib. II.*

让 我 们 一 起 追 寻

From the Holy Mountain: A Journey in the Shadow of Byzantium

By William Dalrymple

Copyright© William Hamilton-Dalrymple 1997

Map and illustrations © Olivia Fraser 1997

This edition arranged with DAVID GODWIN ASSOCIATES LTD. (DGA LTD.)

through BIG APPLE AGENCY, INC., LABUAN, MALAYSIA.

Simplified Chinese translation copyright:

©2022 by Social Sciences Academic Press (China)

All rights reserved.

本书根据 Harper Press 2011 年平装版译出，

封底有甲骨文防伪标签者为正版授权。

圣山来客

FROM THE HOLY MOUNTAIN

A JOURNEY IN THE SHADOW OF BYZANTIUM

追寻拜占庭的余辉

〔英〕威廉·达尔林普尔　作品四

余南橘　译

WILLIAM DALRYMPLE

社会科学文献出版社
SOCIAL SCIENCES ACADEMIC PRESS (CHINA)

本书获誉

《圣山来客》是达尔林普尔写作生涯中的又一座里程碑。他从未失过手，其博学宛如一领斗篷般轻盈飘逸。他的文风绝不浮夸或自负，而洞察力和才识蕴含其中……这本书在知识上、精神上和实体上都富于勇气。在这篇洋溢着智慧和对知识的渴求的公开信中，达尔林普尔为被过去的冲突撕裂的二十世纪作了一幅绝佳的速写……这是一本能唤起思考而又令人愉悦乃至陶醉的书。

——休·麦克唐纳，《先驱报》

一个令人愉悦的故事……此书重新赋予读史和旅行以乐趣。

——查尔斯·格拉斯，《周日快报》

威廉·达尔林普尔不费吹灰之力地继承了罗伯特·拜伦和帕特里克·李·费尔默的衣钵……《圣山来客》注定要成为今年的畅销书……一部令人印象深刻的成功之作。

——卢克雷齐娅·斯图亚特，《卫报》年度好书

威廉·达尔林普尔在他的第三部作品中描述了在中东生活

的基督徒们的现状。《圣山来客》是他怀着一腔义愤写下的，比他之前的所有作品都更具冲击力。这本书饱含他特有的活泼与幽默，也相当震撼人心。我在阅读达尔林普尔所揭示的细节时，一遍遍地问自己："我们为什么对这些事一无所知？"这种无人传颂的悲剧感贯穿了此书的每一个章节……《圣山来客》是最有价值的游记，它将适度的学术性、强烈的在场感和新闻报道的即时性融为一体。但更重要的是，它是为一群被遗忘的人发出的，发自内心的、充满激情的呼喊，对此，很少有读者能够抗拒。

——菲利普·马尔斯顿，《旁观者》

达尔林普尔是一位杰出的沟通者，他生动地再现了过去。如果说《仙那度》使人联想到早期的伊夫林·沃或莽撞的彼得·弗莱明，《圣山来客》则酷似罗伯特·拜伦和布鲁斯·查特文。这是一部更有诗意、拨人心弦的作品，它标志着一位优秀作家已臻于成熟。

——阿历克斯·福赛思，《苏格兰日报》

威廉·达尔林普尔作为一名杰出的青年旅行作家已然声名鹊起，《圣山来客》非常出色且影响广泛，令人印象深刻。

——J. D. F. 琼斯，《金融时报》

自杰作《仙那度》以来，威廉·达尔林普尔被公认为当代最优秀的旅行作家之一。在《圣山来客》中，他沿着古代拜占庭的丝绸之路穿越今日的中东地区，重走了伟大的拜占庭修士、旅行家和口述历史学家约翰·莫斯克斯在公元578年走过的路。他的目标是发掘东方基督教的遗存，而这通过充满激情与沉思的散文得以实现。

——《星期日独立报》

极其引人注目：一部内容丰满、引人入胜的作品，是《仙那度》和《精灵之城》的优秀后续之作。

——汤姆·福特，《金融时报》年度好书

这本书讲述了一次伟大的旅程，宏大而激动人心。行文时而学术，时而抒情……真是了不起的成就。

——《出版消息》

每个称职的、出色的、叫座的、受欢迎的旅行作家，都必须具备一系列非凡的素养，而威廉·达尔林普尔全都具备，并且都臻于顶尖。好奇心和由此产生的勇气是最重要的。于是我们就会产生这样一种感觉：这本书前无古人，后无来者。他必须是一个合格的学者，如果他再会讲些俏皮话，有些新发现，去了些出人意料的地方，就锦上添花了。达尔林普尔在这些方面都很出色。他比罗伯特·拜伦博学，比布鲁斯·查特文严谨，又不像罗伯特·费斯克那么疯。他不会到贫民窟去居高临下地访贫问苦，但他的耳朵却很善于倾听——这就是他模仿别人的天赋吗？——和艾伦·贝内特一样优秀。这本书篇幅长但好读，就像吉本的作品一样……是我很长时间来读过的最好、最令人惊喜的书。

——彼得·利未，《老骨头》

恐怖分子，拜魔鬼的人，在修道院的斗室里度过的夜晚……达尔林普尔在黎凡特艰辛跋涉的五个月里并未自寻麻烦。他此行的老师和导游是约翰·莫斯克斯，他在公元六世纪时曾走在同一条道路上，并描绘了基督教在东方最后的繁荣。如今，达尔林普尔见证了中东地区几乎已消失殆尽的基督教修道院和各个教派，同时还设法重塑了莫斯克斯所熟悉的那个世界。这书很能引起人的共鸣。

——哈里·里奇，《周日邮报》

达尔林普尔作为一位学者，以其兴趣和崇高的热情鼓舞着读者。我们沉浸于土耳其东南部的紧张气氛、黎巴嫩与上埃及地区的威胁。达尔林普尔本人——至少在其生动的讲述中——也是如此。无数的屠杀，强制的迁徙，局部的战争：这些事件对人类的影响被镌刻在这本优秀的作品中。但对读者来说，达尔林普尔又是一个令人愉快的伙伴：他周身环绕着一种乐观的镇定沉着。从这些书页中浮现出来的自画像向我们展示了一个文艺复兴式的头颅，没有因知识而膨胀，却足够有分量，像皮耶罗·德拉·弗朗西斯卡笔下乌尔比诺公爵的侧面像，映在一扇图书室的窗户上，透过窗户能够望见那令人愉悦、可堪冒险的风景。

——菲利普·格莱兹布鲁克，《文学评论》

他迄今为止篇幅最长的一本书：一本学术的、有趣的、曲折的、充满激情的大部头……达尔林普尔的热情富有感染力，他对拜占庭文化的神学与历史背景的叙述堪称润物无声，这意味着读到结尾，每个读者都会觉得自己成了半个专家。

——尼格尔·斯佩维，《商业周刊》

《圣山来客》是一本出色的游记，文笔优美，生动地反映了当时的政治状况，并对当地的历史和神学了解甚深。

——亚当·福特，《教会时报》

无论是威廉·达尔林普尔的文笔，还是他描述的阿索斯山、大马士革、埃及的沙漠等地的魅力，都不是《圣山来客》如此吸引人的原因。它成功的秘密在于，作者将自己的旅程建立在《精神草地》上，从而赋予了这本书历史感。《精神草地》是一本关于东罗马帝国修道院和圣徒们的指南，作者是公元六世纪的修士约翰·莫斯克斯。作者沿着他的足迹游历了黎凡特地区，频频踏足莫斯克斯到过的教堂，聆听这一地区的基督徒的祈祷和恐惧……达尔林普尔将幽默感与学术气息融为一体，讲述他与修士和杀人犯的邂逅。

——菲利普·曼塞尔，《乡村生活》

这是一本雄辩的、尖锐的、富有勇气的游记，它用过往的理想主义与当下的仇恨、掠夺和否定相对抗。

——凯伦·阿姆斯特朗

引人入胜，动人心魂，感人至深。

——威廉·巴尔洛，《天主教先驱报》

旅行日志和历史的绝佳结合……达尔林普尔是个天生的游记作家，对冒险有着敏锐的嗅觉，同时也有属于记者的积极的怀疑精神。他笔下离奇而令人兴奋的镶嵌画将吸引持有不同信仰的读者。

——《出版人周刊》

令人难以忘怀……威廉·达尔林普尔原始而直接的写作手法是崭新的，尽管作者有幽默和讽刺的眼光，作品却更为硬核、阴郁，而且表现出了典型的英格兰浪漫主义者所缺乏的精神上的平等。因此，《圣山来客》能给人留下深刻的印象。

——克里斯托弗·沃克，《泰晤士报文学增刊》

一部杰出的作品……成为一个好作家需要勇气。成为一个好的旅行作家可能需要付出更多。达尔林普尔是一位文笔质朴的好作家。许多优秀的现代人的问题在于，他们忽视过去。而达尔林普尔没有，他通过讲述被现在包裹的过去讲述未来。他不是先知，只是极少数优秀而诚实的作家之一。

——多姆·莫拉斯，《展望》

目　录

致　谢………………………………………………………… 001

第一章　希腊………………………………………………… 001

第二章　土耳其……………………………………………… 027

第三章　叙利亚……………………………………………… 145

第四章　黎巴嫩……………………………………………… 213

第五章　巴以地区…………………………………………… 305

第六章　埃及………………………………………………… 413

主要参考文献………………………………………………… 504

索　引………………………………………………………… 515

怀着爱与感激
将此书献给我的父母

致　谢

    本书所记录的旅行发生在同一年的夏季和秋季，但也包含了那年早些时候在以色列和埃及的两次旅行。许多人的身份信息我已做了模糊处理，尤其是关于土耳其、以色列占领的约旦河西岸地区以及埃及的部分。我真诚地希望不会有人因我的文字而受到波及。

    在创作这本书的四年里，我得到了很多人的帮助。我尤其要感谢以下这些人，今天的成就离不开他们的帮助：阿巴斯、穆罕默德·希德·艾哈迈德、纳伊姆·阿泰克司铎、阿卜杜拉与诺亚·阿瓦德、蕾拉·巴德、大卫·巴尔尚、安德鲁·贝尔顿、罗伯特·贝茨、嘉比·波斯特罗斯、塞巴斯蒂安·布罗克博士、德里克与艾琳·布朗、伊冯娜·科克伦从男爵夫人、康·考夫林、阿尔基·库尔科拉斯、休·达尔林普尔、乔克·达尔林普尔神父、耶路撒冷牧首狄奥多罗斯一世、圣安东尼修道院的狄奥斯库罗斯阿布纳、阿利斯泰尔·邓肯、贾兹拉与幼发拉底都主教欧斯塔修斯·马塔·罗姆、麦克·菲施瑞克、罗伯特·菲斯克、卡德利娅·福达、罗伯特·弗朗吉亚、阿尔奇·弗雷泽、珍妮·弗雷泽、约翰·弗雷利、帕特里克·法兰奇、尼古拉·让德尔博士、萨米·热莱西、大卫·吉尔摩、查尔斯·格拉斯、菲利普·格雷泽布罗克、贾尔斯·戈登、胡安·卡洛斯·古穆西奥、马尔弗诺·尔萨·古尔腾、哈里·哈格皮安、罗伊·汉格、米拉德·汉纳、理查德·哈珀、伯纳德·海克尔、萨拉·赫尔姆、伊莎贝尔·亨德森博士、乔治·欣特里安、吉尔·于格斯、阿勒颇都主教格里高利奥斯·约翰纳·易卜拉欣、安条克牧首伊格纳提乌斯·扎吉·伊瓦斯、伊维龙修道院的杰罗米亚斯神父、瓦利德·琼布拉特、曼索尔·哈多什、诺拉·科尔特、罗伯特·拉塞、伊曼纽埃尔·拉纳、多米尼克·洛森、托尼·曼戈、菲利普·曼塞尔博士、彼得·曼斯菲尔德、菲利普·马尔斯顿、萨莉·马兹卢米昂、奥托·梅纳尔杜博士、萨姆·米勒、梅斯罗布·穆塔菲昂主教、马克·尼科尔森、麦琪·诺亚什、约翰·尤里乌斯·诺尔瑞克、安东尼·奥马霍尼、安德鲁·帕尔默博士、菲利普·帕特顿博士、米歇尔·皮奇里洛博士、休·蒲柏、丽贝卡·波蒂尔斯、汤姆·波蒂尔斯、安妮·罗伯特森、麦克斯·罗登贝克、斯蒂芬·朗西曼爵士、伯纳德·萨贝拉博士、安森·萨拉姆、达利娅·萨拉姆、乔治·萨利巴大主教、凯末尔·萨利比教授、维克多·萨麦卡、安东尼·萨丁、内维尔·沙克、教皇欣诺达三世、安东·希德霍姆、法妮亚·斯托尼、简·泰勒、圣萨巴修道院的狄奥芬内斯神父、利达都主教蒂莫西奥斯、托尼·托马、克里斯托弗·J. 沃克尔、卡利斯托斯·维尔主教、约翰·瓦拉克、扎格比·扎格比。

我要特别感谢阿兰和布丽吉德·瓦丹斯，他们不光在大马士革的时候对我照顾有加，还把他们在萨默塞特郡的房子借给我，这本书的大部分内容就是在这栋房子里写成和编辑的。

我还要对熙笃会出版社（密歇根州卡拉马祖与马萨诸塞

州斯宾塞）表示感谢，感谢他们允许我引用他们出版的约翰·莫斯克斯的《精神草地》（约翰·沃特利译，1992 年）。

然而，我最需要感谢的人是奥利维娅——我的朋友、爱人、顾问、插画师、总编辑、偶尔的旅伴，以及挚爱的妻子。

最后，我要承认我女儿艾比的独特贡献，这次旅行结束后不久她就诞生了，给我的写作日常提供了不少丰富多彩的消遣。不过要是没有她，这书我至少提前六个月就写完了。

威廉·达尔林普尔

1996 年 11 月

于萨默塞特郡的普罗维斯

第一章　希腊

希腊阿索斯山，伊维龙修道院，1994 年 6 月 29 日。
圣彼得与圣保罗节

　　我的房间空荡而简朴。白色的墙，石砖地。仅有的两件家　　3
具打破了屋子因空荡而生的肃穆：一个角落里立着一张橄榄木
写字台，另一个角落里放着一张铁架床。床上铺着一条简单的
白色床单，上过浆，硬得像修女的头巾。

　　从开着的窗户望出去，我看见许多黑色的修士服：修士们
在菜园里耕作，一伙人锄着卷心菜地，直到太阳落山，夜祷的
木磬①声将他们召回。菜园的另一头是一片葡萄园，映衬着圣
山苍凉萧瑟的黑色金字塔般的轮廓。

　　除了远方码头上的海浪声与微茫的回响、修道院厨房里金
属盘子的哗啦声外，一切都静悄悄的。这里的岑寂与肃穆并不
是专门来让人集中精力的，但实在很难找到一个更好的地方来
整理思绪了。修道院的岑寂让一切干扰都清晰得刺耳。

　　现在是晚上九点。终于到了集中思绪的时刻了：我得尽量
简洁地写下，是什么驱使我来到这里，我见到了什么，接下来

---

　　①　磬（Simandron）：东方基督教修道院中的一种木制打击乐器，用来召唤
　　　　信徒前来祈祷。在伊斯兰教兴起后被引入基督教，当时基督教禁止鸣钟。

几个月里我又希望收获什么。

4　　我的参考书在地上排成一列，记着图书索引的便签本打开着。装满影印资料的文件夹堆在窗户下面，一支支削尖的铅笔倒插在一樽玻璃杯里。石蜡风灯旁搁着一个火柴盒：修道院夜祷后就断电了，如果我今晚要动笔，就得借助这盏风灯的黄色光焰。

桌上摊着我的《约翰·莫斯克斯的精神草地》（*The Spiritual Meadow of John Moschos*，后简称《精神草地》）译本，是本平装书。我为了这册奇妙的小书第一次踏足这座修道院，不到一小时前我才第一次看到它的原始手稿。如蒙上帝允许，约翰·莫斯克斯将引领我继续前行，向东到君士坦丁堡和安纳托利亚，随后向南去尼罗河，要是可能的话，再从那里到哈里杰大绿洲，它曾是拜占庭帝国的最南端。

离开苏格兰六月沉闷的潮气已经六天，今天早晨，我乘船从"天堂之门"乌拉诺波利斯（Ouranoupolis）出发，沿半岛而下，抵达圣山。

我们经过一艘被海鸥包围的修道院渔船。在我对面，三名身着法衣、身材高大的修士在一幅圣母像下啜饮着卡布奇诺，灰色的髭须上沾了一层薄薄的奶泡。在他们身后，透过舷窗，能够看见阿索斯山的头一座大修道院从海湾的沙滩上徐徐升起，为高山脚下绵延起伏的丘陵加冕。那是一片恢宏的建筑群，灰白色的堡垒个个有意大利小山城般的体量，圆形穹顶下悬着带木栏杆的阳台，还有庞大而笨重的中世纪扶壁。

　　九世纪时，萨洛尼卡的圣尤锡米乌斯建立了阿索斯的第一个修道院据点。他在十八岁时宣布自己从此与世界隔绝，开始以草为食并用四肢爬行，后来他成为一名高柱修士①，在一根柱子顶上对他的教友进行批判。大约两百年以后——这时圣尤锡米乌斯的声名已经引来许多大大小小的修道院驻扎在此——有些修士惯于引诱上山来卖牛奶与羊毛的牧羊人女儿的消息，传到了拜占庭皇帝的耳朵里。从那以后，一条法令规定任何雌性——女人、母牛、母马乃至母狗都不得踏足此地。

　　如今，这条禁令只对母猫网开一面，传说中世纪时甚至有两位拜占庭皇后被显灵的圣母赶下圣山。不过在约一百四十年前，也就是1857年，圣母非常灵活变通地允许我的一位维多利亚时代的祖姑弗吉尼亚·索莫斯，与她的丈夫，还有声名狼藉的拉斐尔前派艺术家科茨·林赛一道，在阿索斯山上的一顶帐篷里住了两个月。弗吉尼亚那时写的一封信至今犹存，信中描述了修士们怎么带她参观修道院的花园，还坚持从他们经过的每一棵树上摘果子送给她。她说她品尝了石榴、香橼和桃子。这是阿索斯上千年的历史里，唯一有记录的女性被允许登上圣山的例子，当然也是阿索斯唯一有记录的最不神圣的三人行（ménage-à-trois）。

　　这仅有的一次失误抛开不算，圣山至今仍是一个自治的"修道院共和国"，专注于祈祷、守贞与纯净无瑕的东正教。

---

　　①　高柱修士（stylite）：拜占庭的一类修士或隐修士，他们以高柱修士老圣西米恩为榜样，住在柱子顶上。老圣西米恩最初是为了逃避试图从他的斗篷或身上拔毛的狂热追随者，选择住到柱子顶上。但后来的高柱修士们把此举作为一种严格的苦修形式，象征他们竭尽全力接近上帝。高柱苦修派向北传播到格鲁吉亚，向西远至特里尔，但此风最盛的地方是在安条克附近，五世纪至六世纪时，这里绝大部分山顶上都有隐修柱。

在 1439 年的佛罗伦萨大公会议上，阿索斯的修士们拒绝以与天主教合流为代价换取西方的军事力量来帮助抗击土耳其人入侵，结果君士坦丁堡不到二十年便落入奥斯曼帝国之手，但东正教的教义完好无损地保留下来。对东正教强烈的自豪感，再加上对其他一切信仰的深深怀疑，至今仍是阿索斯的权威意识形态。

我在达夫尼上了岸，搭上前往圣山首府卡里埃（Karyes）的老旧巴士，然后慢慢地沿着被行人的脚步磨得发亮的鹅卵石路，穿过齐膝高的鼠尾草和成群的黄蝴蝶，来到伊维龙的拉伏拉①。

修士们刚做完晚祷。这是一个可爱而温煦的黄昏，许多人都围在院子里，在教堂旁柏树的浓荫下乘凉。负责接待访客的雅科夫神父坐在奥斯曼式拱形喷泉的台阶上，听着水从喷泉口洒落到碗里。他一看见我走进院子，就站起身来。

"欢迎，"他说，"我们都等着你来了。"

雅科夫是个身材矮小结实、话很多的修士，蓄着土匪似的胡子，脑袋上歪戴着一顶黑色的针织帽，显得很神气。他拎着我的行李把我带到客房，然后给我倒了一杯茴香酒，还端来满满一碗玫瑰花味的土耳其软糖。其间他快活地和我聊起他在商船队时的生活。他说 1959 年冬天，他曾乘坐一艘塞浦路斯的船到过阿伯丁，那里的浓雾和刺骨的酷寒让他至今难忘。我问

---

① 拉伏拉（lavra，有时也拼作 laura）：如今"拉伏拉"一词可以用来称呼所有的大型东正教修道院，但最初它特指那些将独居的修士组织起来的修道院。修士们的居所聚集在修道院教堂周围，但又彼此独立，修士们通常一周只会面一次，共同庆祝周日的礼拜仪式，其余时间他们过着半独立的隐修生活。

他，图书馆管理员克里斯托弗洛斯神父在什么地方。正是克里斯托弗洛斯神父的信使我萌生了对阿索斯的渴望——那封信上盖着伟大帝国的纹章，是拜占庭的双头鹰。他在信里告诉我，我要找的手稿在伊维龙修道院的图书馆里。是的，它尚存于世，他会尽量向修道院院长争取，让我参观它。

"克里斯托弗洛斯这时候应该在储藏室，"雅科夫神父看了看怀表，"在喂他的猫。"

我在码头上找到了这位拎着满满一桶鱼尾巴的老者。他的鼻梁上摇摇欲坠地架着一副巨大的黑框眼镜。有一群猫围着他打转。

"过来，查士丁尼，"克里斯托弗洛斯神父招呼着，"赶紧过来，克里索斯托①，过来，我的宝贝儿们，过来……"

我走上前做了自我介绍。

"我们以为你上周来呢。"这位修士略显粗暴地回答。

"对不起，"我说，"我在塞萨洛尼基申请许可时出了点岔子。"

那群猫还围在克里斯托弗洛斯的脚边打情骂俏，冲着彼此嘶叫，争抢散落的鱼鳍。

"您跟院长提过我来参观手稿的事吗？"

"对不起，"克里斯托弗洛斯说，"院长人在君士坦丁堡。他是普世牧首的顾问。不过在他回来之前您尽可以待在这儿，我们欢迎。"

"那他什么时候回来？"

---

①　即金口约翰（John Chrysostom，347—407），第三十九任君士坦丁堡普世牧首。因其博学多才、娴于辞令，担任神父时讲道博得诸多赞赏，得名"克里索斯托"，意为"金口的"。此处为猫的名字。——译者注

"应该是主显圣容节。"

"但那是——什么？——要两个星期以后了啊。"

"耐心是修士了不起的美德。"克里斯托弗洛斯说，同时达观地向那只名叫卡利斯图斯的老猫点了点头，它骨瘦如柴，四肢弯曲如弓，连一条鱼尾巴都没抢到。

"我的许可证后天就到期了，"我说，"他们只给我批了三天时间。我到时候就得搭早班的船走。"我望着这位年老的修士道："求求您——我大老远跑来就是为了看这本书的。"

"我担心院长要拿我是问……"

"难道您真的无能为力吗？"

老人迟疑不决地捋着胡子。"我不应该这么做，"他说，"而且还有啊，图书馆的灯现在不能用。"

"客房里有几盏灯。"我说。

他犹豫了片刻，最后让步了。"快去，"他说，"去问雅科夫神父，看他同不同意把灯借给你。"

我谢过了克里斯托弗洛斯，然后快步往修道院走去，生怕他改变主意。

"还有，别让雅科夫开腔讲他的人生经历，"他在我身后喊道，"否则你就永远看不到这份手稿了！"

晚上八点，我和克里斯托弗洛斯神父在教堂外碰头。此刻正是日暮时分，太阳已从圣山上沉落。我手中提着从我房间里拿来的风灯。我们穿过庭院，来到修道院的图书馆，克里斯托弗洛斯神父从衣服里掏出一串钥匙，和中世纪狱卒的钥匙串一般大。他抽出最大的那一把，转进四把锁中最上面的那把。

"我们必须把所有东西都锁好，"克里斯托弗洛斯解释道，

"三年前的隆冬时节，一伙盗匪开着摩托艇来到大拉伏拉①。他们有斯登冲锋枪，还带着一个之前被院长赶走的见习修士做帮手。他们进了图书馆，偷走了好多最古老的手抄本，还有一些锁在圣所里的黄金圣体匣。"

"他们被抓了吗？"

"修士们报了警，第二天清早他们在试图穿越保加利亚边境时被捕。但那时东西已经被他们破坏得很严重了：圣体匣给切割成了小块，手抄本上最漂亮的装饰被剪了下来。有些手稿已经没办法修复了。"

三把锁都已经顺利地打开了，最终，随着一声响亮的嘎吱声，第四把锁也开了。老图书馆的门应声而启，我们举着灯走了进去。

图书馆里漆黑一片，弥漫着一股陈年麻布和腐烂的羊皮纸的浓烈气息。手抄本摊放在低矮的橱柜里，在风灯的光焰中，装饰字母上的金叶子和泥金的圣徒光环熠熠生辉。远处晦暗的墙壁上，我勉强能看见一张装裱起来的奥斯曼帝国诏书，龙飞凤舞的文字上方，泥金的苏丹花押交织盘曲，光彩夺目。旁边挂着一袭丝绸外袍，两边的翻领上绣着龙凤图，华美灿烂却发皱得厉害，仿佛一件被丢弃的西装外套。

"那是什么？"我轻声问。

"约翰·齐米斯基斯的外袍。"

"拜占庭皇帝约翰·齐米斯基斯吗？可他是十世纪的人啊。"

克里斯托弗洛斯耸了耸肩。

---

① 大拉伏拉（Great Lavra），阿索斯山上最大的修道院。——译者注

"你们不能把这种东西就这么挂在那儿。"

"行吧，"克里斯托弗洛斯烦躁地说，"那你想把它放哪？"

我们在昏暗中摸过一排又一排摆满皮革装订的拜占庭手抄本的书架，然后在房间深处的一座橱柜前停了下来。克里斯托弗洛斯用钥匙打开玻璃门，归类为 G.9 的手抄本就躺在底层的架子上，被裹在一个白色的帆布书套里。

这本书很大，有一箱葡萄酒那么重，我抱着它颤巍巍地走到一张书桌前，克里斯托弗洛斯提着灯跟在后面。

"不好意思，"当我把书轻轻放到桌上时，他开了口，"敢问你是东正教徒还是异教徒？"

我犹豫了片刻。一位几年前来过阿索斯的天主教友人事先警告过我，无论如何不要承认自己是天主教徒。他当时就踩了这个雷。他说承认自己有麻风病或三期梅毒应该都不会那样被排斥。他告诉我，避免引起修士们的怀疑对我来说尤为重要，因为他们已经学会了重点盯防那些要参观手抄本的来访者。阿索斯同这类人结怨已久，当初教皇授意的第四次十字军东征洗劫了君士坦丁堡，修士们连这桩八百年前的旧案都未曾予以宽恕，当然就更不会忘记十九世纪的藏书家们搞垮阿索斯图书馆才过去一百来年。

时至今日，英格兰旅行家罗伯特·寇松（Robert Curzon）仍被视作滔天罪犯之一：十九世纪四十年代末，在将阿索斯各个修道院的图书馆游历一遍后（我羞于提及和他同行的还有我曾祖父的兄弟），寇松满载着泥金手抄本和拜占庭帝国谕旨离开了圣山。在游记《黎凡特修道院之行》（*Visits to Monasteries in the Levant*）中，寇松讲述了他是怎么从修道院院长处论斤购买那些价值连城的手抄本的，仿佛是在奥斯曼集市上买无花果和石榴。德国藏书家康斯坦丁·冯·蒂申多夫（Constantine von Tischendorff）①也不遑多让。在寇松离开阿索斯二十多年后，蒂申多夫从西奈的圣凯瑟琳东正教修道院扬长而去，把《西奈抄本》卷在行李袋中顺走了——《西奈抄本》至今仍是存世最早的《新约》抄本。蒂申多夫后来声称，他在柴火篮子里发现了这份手抄本的散页，冬天修士们本来要把它烧了取暖，是他将其从他们手中抢救出来的。然而，修士们至今认为是蒂申多夫把图书馆管理员灌醉了，用一瓶上好的德国杜松子酒换走了那无价的手抄本——就像寇松搜刮来的战利品一样，它被及时收入了大英图书馆。 10

克里斯托弗洛斯注意到了我的沉默，又问了一遍："你是东正教徒还是异教徒？"

"我是天主教徒。"我回答。

"上帝呀，"他担忧地摇了摇头，"对不起，跟你说实话吧，院长绝不允许非东正教徒翻阅我们的圣书。尤其是天主教徒。他认为现任教皇是敌基督，教皇他妈就是巴比伦大淫妇。他说这些人正把圣约翰在《启示录》里说的末日带到人间。"

"我请求你，"克里斯托弗洛斯轻声祈祷着，"不要告诉修道院的任何人你是异教徒。要是院长发现了这事，我可就得下拜一千次。"

"我一定守口如瓶。"

克里斯托弗洛斯稍稍松了口气，摘下眼镜，用衣服的前襟擦了擦。"你知道吗，今年早些时候，我们修道院还真有一个天主教徒。"

---

① 此处原文误作赫尔曼·蒂申多夫（Herman Tischendorff）。——译者注

"是什么人？"我问。

"巴伐利亚来的一个唱诗班指挥，"克里斯托弗洛斯说，"他的声音很美。"

我小心翼翼地把书安放在一个阅读架上，动手解帆布书套的扣子。

"他说我们教堂的音响效果美妙绝伦，"克里斯托弗洛斯继续说着，把灯放到桌子上，"所以他去问雅科夫神父，能不能允许他在教堂的穹顶下唱一曲《荣耀颂》。"

"雅科夫神父怎么说？"

"他说他不认为自己有权允许一个异教徒在教堂里祈祷。但就这一次，他说同意他在门廊上唱一小段《哈利路亚》。"

我已经把帆布保护套拆了下来，做工精美的装订皮革在风灯的光下折射出金色的光辉。我翻开封面，内容是用紫色墨水写在最上乘的羊皮纸上的——这纸耐久度好，手感柔顺，质地光滑，只是非常轻薄，以至于几乎透明。字体是中世纪早期格鲁吉亚的一种优美清晰的草书体。根据图书馆的详细目录，这卷书收录了拜占庭早期的诸多祈祷文。我翻开的第一页显然是圣杰罗姆的一篇尖锐的布道文，他在这篇文章中将沐浴批作彻头彻尾的异教行径："在基督那里沐浴过①的人，"这位圣徒怒斥道，"没有必要再洗了。"

直到这本书的末尾，第287大页的左页，我才读到我为之远道而来的那篇文本的开头数行。作者是杰出的拜占庭旅行修士约翰·莫斯克斯，这本书是一千三百多年前，已然走到生命尽头、准备迎接死亡的莫斯克斯在君士坦丁堡的一座修道院中编

---

① 指受洗。——译者注

纂的。

"在我眼中，春天的草地尤其令人愉悦，"他写道，"这里盛放着殷红的玫瑰花，那里则是一丛丛百合，还有如皇家紫袍般绚烂的紫罗兰。用同样的方式来看待手头的工作吧，索菲罗尼乌斯，我神圣而忠诚的孩子。我在未经修剪的草地上，从帝国的圣贤、修士和隐修士中，采来最美丽的花朵编成一顶冠冕，现在我将它交给你，我最忠诚的孩子，通过你，交给整个世界……"

我把灯调亮了些，翻开新的一页。

公元 578 年的春天，如果你坐在一处能够俯瞰伯利恒的悬崖峭壁上，也许就会看见两个拿着手杖的人，从圣狄奥多西大沙漠修道院的大门里走出来。这两个人——一个胡子花白的老修士，带着一个身材挺拔、面容稍显严峻、比他年轻得多的旅伴——朝西南而去，穿越朱迪亚荒原（Judaea Wastes），向富饶的港口都市亚历山大港进发。

这是一段非凡的旅程。约翰·莫斯克斯与他的学生，即智者索菲罗尼乌斯，将沿着一条弧线穿越整个拜占庭东部世界。他们的目标是采集沙漠教父、拜占庭东部的圣贤和神秘主义者的智慧，赶在这些人所处的摇摇欲坠、日薄西山的世界最终分崩离析之前。这次旅程的结果就是我面前的这卷书。如今它在西方也许已然无人问津，而一千年前，它是拜占庭文学殿堂中最受欢迎的作品之一。

拜占庭的商旅驿站条件很差，希腊的地方贵族也并不好客。正如拜占庭作家塞考曼努斯（Cecaumenus）所言："在家里摆宴席不是什么明智之举，因为来客只会对你的家务指指点点，还试图勾引你的妻子。"所以无论走到哪里，这两个旅人都住在当地的修道院、洞穴和偏僻的隐士居所，与修士和苦行僧们一道吃简单的饭食。莫斯克斯似乎在途经的每一个地方都记下了从当地长老那里听来的格言，还有其他奇闻逸事。

莫斯克斯把东正教游方僧的老传统发挥到了极致。在西方，至少从圣本笃在六世纪初提出"恒常愿"开始，修士们就倾向于处静，把自己闭锁在小隔间里。正如一句谚语所说，"离开自己的居所的修士，就像一条离开水的鱼"。但对东方的教派来讲，如印度教和佛教，一直以来的传统是僧侣可以从一个古鲁①游荡到另一个古鲁，从一位禅师门下转投到另一位禅师门下，从每个人那里汲取智慧和建议。印度的苦行僧现在仍然如此。即便是今天，希腊东正教的修士们也不发恒常愿。如果他们在某座修道院待了一段时日后，想换个别的修道院的导师，而那座修道院可能完全在希腊境内的另外一个地方（或者远至西奈半岛和圣地），那他们也可以自便。

《精神草地》是莫斯克斯在旅途中搜集的令人印象最深刻的格言、逸事和宗教故事的汇编，搜集沙漠教父们的言论本是一种悠久传统，然而与他的对手或同时代人相比，莫斯克斯更能唤起人们的回忆，更加生动幽默，并且在现存的同类作品中，几乎只有莫斯克斯的作品仍能给读者带来真正的愉悦。

13　　这本书不仅承载了一种至今仍强有力的精神启示，在另一

---

① 古鲁（guru），梵文原意为"可敬的"，是印度教对师父、导师或精神领袖的称呼，他们扮演引领信徒走向解脱的角色，为得救道路上的象征。基督教以耶稣为原始的古鲁。——译者注

个层面上，今日的读者也可以只把它当作一本引人入胜的游记来读。莫斯克斯做了现代旅行作家仍然在做的事：周游世界，搜集逸事奇谈和道听途说。他的著作无疑是拜占庭旅行文学中的不朽杰作。而莫斯克斯不仅作为作家妙笔生花，他本人也拥有一段非同寻常的故事。

从约翰·莫斯克斯的回忆录中可以看出，他和他的旅伴显然是在动荡中跋涉。查士丁尼试图复兴帝国的壮举灰飞烟灭后，拜占庭可谓腹背受敌：西边有阿瓦尔人、斯拉夫人、哥特人和伦巴第人；东边的沙漠游牧民族和波斯萨珊军团的侵扰与日俱增。地中海东部的大城市迅速衰落下去：在安条克，难民营就堂而皇之地建在罗马的大道上，而这里一度是工商业云集之所。地中海沿岸的大港口——提尔、西顿、贝鲁特、塞琉西亚——逐渐萧条没落了，许多地区退化得比渔村强不了多少。

随着物质世界的衰朽，成千上万的人离开了自己的家园，像莫斯克斯与索菲罗尼乌斯一样，决意远遁荒漠，作为修士和隐修士生活。然而，大修道院也不是什么安全的地方。这两个旅人往往抵达一处准备在此过夜的修道院，却发现它已成为一片焦土，修士们不是被杀，就是被大篷车一路颠簸地拉到阿拉伯的奴隶市场上。这并不意味着全盘的毁灭：在帝国那些未遭波斯战火波及的偏远地区，修道院的缮写室和作坊正在辛勤劳作，生产出一批最为精美的拜占庭手抄本、象牙制品和圣像。但修道院的世外桃源属于个别现象。约翰·莫斯克斯的笔下清楚地揭露了他目睹的那些可怕的、几乎像是世界末日的劫难。

公元614年，这对旅人自己的家园——圣狄奥多西修道院被劫掠的波斯军队夷为平地，他们所有的弟兄，数百名手无寸铁的修士都死于非命。不久之后，耶路撒冷陷落，那些在大屠 14

杀中幸存下来的人——包括耶路撒冷的牧首——都沦为奴隶，被运至萨珊王朝的首都泰西封。从那以后，既是旅人又是难民的约翰和索菲罗尼乌斯辗转流离。他们在亚历山大港落了脚，等波斯人兵临城下时，他们设法赶上了最后一班船，离开了这座已然四面楚歌的城市。

次年，这两位朝圣者终于抵达了君士坦丁堡，在它的城墙下寻得一隅安宁。在油尽灯枯之前，莫斯克斯完成了他的旅行回忆录。《精神草地》受到整个帝国的狂热追捧。在一两代人的时间内，它被译成拉丁语、格鲁吉亚语、亚美尼亚语、阿拉伯语和多种斯拉夫语，直到今天，这本书记载的许多逸闻趣事仍在东正教世界的修士和农民中广为流传。

这一时期保存下来的绝大部分拜占庭文献都有一种奇异的晦涩难明之感：我们读到上百位发奋为雄的皇帝的浮光掠影，他们从宫廷政变中一朝崛起，又在刺客的匕首下骤然离去；还有那些圣洁得几乎超出人们认知范围的圣徒。尽管拜占庭艺术美得夺魂摄魄，但想要还原那个孕育了它们的世界的模样，现存的拜占庭艺术珍品并没有太大帮助。拉文纳有杰出的镶嵌画，上面是著名的查士丁尼与狄奥多拉肖像，他们身边扈从如云，有宦官、海陆将帅、廷臣、主教和阿谀诏媚的人。但除了这两幅孤立的拉文纳镶嵌画，拜占庭艺术全然是非世俗的、超然于日常生活之上的。在上百座拜占庭教堂的断壁残垣里，在那些支离破碎的圆顶和正堂中，圣人与使徒们光滑、冰冷、新古典主义式的脸孔居高临下地凝望着，仿佛一列聋哑人。在这雷鸣般的沉默中，拜占庭诸省的日常生活至今模糊不清。拜占庭艺术神圣与贵族的本质，意味着我们对拜占庭早期农民和商贩的面貌知之甚少。我们对他的所思所想所爱所恨一无所知。

然而，《精神草地》比其他任何单一材料都更能使人接近   15
一个寻常的拜占庭。尽管这本书读起来着实有些古怪——一本
骇人听闻的奇闻逸事、虔信行为和玄妙圣迹的大杂烩——但作
为一份历史文献，它对伊斯兰教出现之前的拜占庭黎凡特地区
的描绘最为丰富详尽。像亚历山大港这样的大都市，也没有一
座建筑乃至一堵墙遗留到现在。而在《精神草地》的字里行
间，那些被遗忘的修道院从沙海中拔地而起，面目如生，充盈
着真实可亲的人物、恶棍和怪人。

在这些故事中，最吸引人的是那些讲述升斗小民的，这类
人通常会从历史学家的网罗中滑落。有一个典型的故事，讲了
一个从罗马来的骡夫，他的驴子在旅店里踩死了一个小孩。他
乘船去了圣地，逃进沙漠之中，在那里他悔恨无比，并试图自
杀。直到一头狮子拒绝扑上来撕咬他时，他才与自己和解，感
到上帝宽恕了他。我们还读到亚历山大港的一个忏悔的盗墓
贼，他说自己在偷一具尸体的裹尸布时，被尸体抓住不放
（直到他保证金盆洗手，那具尸体才把他放开）；一个意志不
坚定的见习修士，进了杰里科（Jericho）的一家妓院（然后
很快得了麻风病）；一个来自阿斯卡隆的商人之妻，在丈夫的
船遭了海难后被迫沦为公娼。

有些人物出奇地眼熟。有一个故事，讲的是一位名叫克里
斯托弗洛斯的拜占庭神父，供职于亚历山大港郊外的一座修道
院。此人十分热爱小动物，不仅投喂修道院的狗，还撒面粉给
蚂蚁吃，把受潮的饼干放在屋顶上喂鸟。有些人物比你今天能
见到的一切都更奇异，比如塞萨洛尼基的修士阿道拉斯，他把
自己"关在一棵空心的梧桐树里，在树皮上挖了一个小窗，
通过这个窗口和来看他的人说话"。

莫斯克斯作为叙述者是难以捉摸的。他所捍卫的东正教，在当时受到一连串令人眼花缭乱的异教潮流的挑战，这些异教都是通过东方的商队传播的，莫斯克斯对基督一性论[①]、犹太教、摩尼教、琐罗亚斯德教和诺斯替派[②]都不感兴趣，他对异教的宽容度和如今的阿索斯山修士一样有限。但在《精神草地》中，你还是能读到一种悠然的吉卜赛学者的情调，讨人喜欢的轻佻，有分寸的幽默感。我尤其喜爱的一个故事讲述了一位来自上埃及安提诺的见习修士，此人"对自己的灵魂毫不在乎"。这个见习修士死去后，他的老师担忧自己的学生会因罪而堕入地狱，所以祈祷能让自己知道学生死后灵魂的情况。随后这位老师魂游天外，看到一条燃烧着烈火的大河，那个见习修士站在河里，火烧到他的脖子。老师被吓坏了，但他的学生转过头来对他说："多谢上帝，哇，我的老师，我的脑袋总算没事儿。多亏您的祈祷，我现在站在一个主教的头上呢。"

当然，在现代人看来，《精神草地》所描绘的世界并不总是令人感到好奇的：它的信仰和价值观非常奇怪，有时简直不可理喻。在这个世界里，宦官领导帝国军队作战；在亚历山大港，异教的夫人小姐乘着轿子经过时髦商业区时，会被成群结

---

① 基督一性论（Monophysite）：东正教认为基督兼具人神二性，而基督一性论者与之相反，认为身为人子的基督只有神性。基督一性论在公元451年的卡尔西顿大公会议上被宣布为异端。自此之后，科普特、叙利亚和亚美尼亚教会宣布与基督教世界的其余教会分道扬镳。如今这三个教会都将该词视作贬义，称其是对他们的神学理论的一种误解。

② 诺斯替派（Gnostics）：古代晚期异端，宣称知晓隐藏的精神奥秘。基督教诺斯替主义发源于多神教领域中已有的神秘思潮。诺斯替主义有许多派别，但最流行的是那些遵循瓦伦提乌斯、巴尔代桑和马西昂的学说的。

队的修士用私刑谋害；衣不蔽体的高柱修士在柱子顶上胡言乱语；树上修士①按照字面意义理解基督的指示，模仿天上的飞鸟栖息在树上，在树枝上为自己搭建小小的巢穴。

但最令人吃惊的一点在于，莫斯克斯笔下的地中海东岸全然是一个基督教世界。在大众的想象中，黎凡特地区是从古典时代直接变成现在的伊斯兰社会的，中间没有其他状态。人们总是会忘记，从四世纪早期君士坦丁大帝的年月，到七世纪早期伊斯兰教兴起，中间这三百年，地中海东岸差不多完全是基督教的天下。当基督教刚在不列颠扎根之时，当盎格鲁－撒克逊人还在泰晤士河畔向索尔和奥丁献祭之时，当不列颠西部最后一批基督徒还在背水一战（他们的首领也许是一个名叫亚瑟的人）之时，黎凡特地区是基督教的腹地、基督教文明的中心。拜占庭的修道院就是一座座堡垒，它们的图书馆与缮写室在游牧民族和侵略者的铁蹄下护卫着古典文化、哲学和医药学。除此之外，尽管黎凡特地区已经衰落，它仍然是地中海世界最为富有、人烟最为繁盛、人口受教育程度最高的地区：拜占庭国库四分之三的岁入来自东部诸省，主要的工业中心都位于此，他们的船只和商队与东方进行贸易，利润颇丰。即便是在六世纪晚期的动乱中，贸易来往也没有完全断绝。西方世界没有任何一处能与东方发达的拜占庭文明相比。在六世纪晚期，拜占庭仍然是整个欧亚大陆的中心。

这种盛况不会持续太久了。约翰·莫斯克斯与穆罕默德差

17

---

① 树上修士（dendrite），即住在树上的修士，拜占庭早期基督教的一种苦修途径。下文"基督的指示"见《新约·路加福音》13∶18－19∶"神的国好像什么？我拿什么来比较呢？好像一粒芥菜种，有人拿去种在园子里，长大成树，天上的飞鸟宿在它的枝上。"——译者注

不多是同时代人。当莫斯克斯于公元 619 年逝世时，从威尼托
到埃及南部还在帝国治下，尽管已经危机四伏。几年以后，莫
斯克斯的年轻旅伴索菲罗尼乌斯目睹了拜占庭东部的统治土崩
瓦解。索菲罗尼乌斯在晚年被任命为耶路撒冷牧首，当伊斯兰
教的第一波大军从阿拉伯席卷而来并所向披靡时，保卫圣城的
重任就落到了他的肩上。

　　刚从沙漠里杀出来的阿拉伯人并不熟谙攻城术：先知的大
军围攻大马士革时，被迫从附近的一座修道院借来梯子翻过城
墙。但帝国的军团在渡过雅穆克河时已经遭到伏击，耶路撒冷
等不来援军了。在被围困十二个月之后，索菲罗尼乌斯准备投
降，但有且仅有一个条件：他决不会将耶路撒冷交给哪个将
军。圣城只臣服于哈里发本人。

　　公元 638 年 2 月的一天，哈里发欧麦尔骑着一头白骆驼进
入耶路撒冷。哈里发身上的长袍覆满征尘，而牧首的皇家丝绸
长袍华美耀目。索菲罗尼乌斯奉上耶路撒冷的城门钥匙，泪如
雨下。有人听到他念叨着："看啊，这就是先知但以理说的
'那使地荒凉的可憎之物'。"①

　　几个月后，索菲罗尼乌斯心碎而死。他被葬在圣狄奥多西
修道院的废墟中。旁边的壁龛里是他的友人、老师和旅伴约
翰·莫斯克斯。索菲罗尼乌斯忠实地履行了他朋友的遗愿：把
他那具经过防腐处理的遗体从君士坦丁堡运回自家的修道院安
葬，就在圣地的沙漠之畔。

18

---

① 　见《旧约·但以理书》9：27："一七之内，他必与许多人坚定盟约；一
　　七之半，他必使祭祀与供献止息。那行毁坏可憎的如飞而来，并且有忿
　　怒倾在那荒凉之地，直到所定的结局。"——译者注

我对约翰·莫斯克斯的认知始于斯蒂文·朗西曼爵士的三卷本大作《十字军东征史》。我对书中引用的《精神草地》的片段非常感兴趣，于是写信给他，很快便收到了一封用爱德华时代的铜版印刷体写成的回信。这位历史学家邀请我去他位于苏格兰边境的中世纪城堡做客。一个寒冷的四月天里，在灰色的云幕下，我驱车穿过安纳戴尔和艾斯克戴尔贫瘠的牧羊区去赴约。

　　朗西曼向来是个全无学究气的学者：他当年被军阀围困在天津，但成功脱身，还和皇帝一起弹钢琴二重奏；[①] 他在阿塔图尔克面前发表关于拜占庭的演讲，被授予君士坦丁堡教会大演说家称号；他与旋转托钵舞僧[②]一起抽水烟，通过解读他们的塔罗牌，准确预测了希腊国王乔治二世和埃及国王富阿德之死。

　　朗西曼此时已年过九旬，瘦高个儿，尽管身体不太好，但仍气定神闲，思维敏捷。他眼睑沉重，声音缓慢而低沉，拖着长腔，颇有剑桥遗风。午餐时，朗西曼谈起他青年时代所见的黎凡特：他谈到伊斯坦布尔，奥斯曼末代苏丹一个月前刚被赶出托普卡帕宫，大街上有成群的骆驼，安纳托利亚还居住着成千上万的希腊人，土耳其人还戴着红色

19

---

①　此处所指为第三次直奉战争，"军阀"指张作霖，"皇帝"指北京政变后居住在天津的溥仪。——译者注

②　旋转托钵舞是伊斯兰教苏菲派的一项宗教仪式，舞者戴褐色高帽，着白裙和黑色腰带。苏菲派认为通过旋转这种舞蹈形式能够和真主进行沟通。——译者注

的塔布什帽；他谈到黎巴嫩，"我就在这一个地方见到过人皮书"；他谈到巴勒斯坦的修道院，后来犹太复国主义者驱逐了一半的巴勒斯坦人，把整个国家变成了"美国的郊区"；他谈到埃及，那时亚历山大港还是米兰以东最国际化的城市。

稍后喝咖啡时，我聊起约翰·莫斯克斯和他的旅行。我最开始被《精神草地》吸引是出于这样一个想法：莫斯克斯与索菲罗尼乌斯见证的是一场悲剧的第一幕，而结局现在才开始上演。这场悲剧以两位修士所目睹的基督教在东方遭到的第一次剧烈打击为始，以基督教在它诞生的土地上衰败为终。如今，中东最后一批基督徒正加速流失，这意味着《精神草地》与其说是一堆故纸，不如说是一部正在上演的悲剧的序幕，而终章仍在创作之中。

伊斯兰教传统上对宗教少数派持宽容态度：要认识到这一点，只须将穆斯林统治下基督徒的相对优越待遇，与欧洲的犹太人（他们在基督教世界里无疑是少数派）的悲惨命运对比一下即可。可尽管如此，伊斯兰教的宽容传统如今在某些派别之中也已明显趋于淡薄。中东的最后一批基督徒在与穆斯林邻居和平相处了许多个世纪后，发现形势骤然变得严峻起来。由于种种原因——有些是经济压力，但更多是歧视，还有些则是彻头彻尾的迫害——基督徒正在从黎凡特的各个地区出走。现在他们是少数群体，人口只有 1400 万，在 1.8 亿非基督徒中挣扎求存。在过去的二十年间，至少有 200 万基督徒离开中东，前往欧洲、澳大利亚和美国，开始新的人生。

在伊斯坦布尔，拜占庭的末代后裔正在离开这座曾经的基

督教首都。在土耳其东部，叙利亚正教会①基本绝迹，古老的
修道院要么已经人去楼空，要么正在人去楼空。逃到西方世界   20
的人抱怨那里的敲诈勒索、征地和层出不穷的谋杀案。在黎巴
嫩，马龙派②实际上已经在长期的内战中落败，他们对政治权
力的强力把控最终土崩瓦解。如今绝大部分马龙派分子流亡国
外。巴勒斯坦偏南部的基督徒也是如此：以色列建国近半个世
纪后，巴勒斯坦境外的巴勒斯坦裔基督徒比境内的多。据我在
伦敦采访过的一位巴勒斯坦裔基督徒作家所言，情况已经糟
到，耶路撒冷所有的基督徒能用九架大型喷气式客机一次运
走。据说，悉尼的耶路撒冷籍基督徒比耶路撒冷本地的还多。
在埃及，科普特人也忧心忡忡：他们在现政权下已经承受了一
定程度的歧视，他们清楚地认识到，一旦穆巴拉克总统倒台，
宗教激进主义者通过伊斯兰革命执掌权柄，局势就很可能变得
更坏。

　　一言以蔽之，约翰·莫斯克斯在各地拜访过的那些基督教
商人、修士和主教，他们今日的后继者正生活在重压之下。可
当我开始探索莫斯克斯的旅行轨迹时，发现在他和索菲罗尼乌

---

①　叙利亚正教会（Syrian Orthodox）：在公元 451 年的卡尔西顿大公会议上，
安条克教会因坚持基督一性论而遭到谴责，宣布脱离东正教主流，自立
门户。它先后遭到拜占庭皇帝和穆斯林统治者的迫害，现在该教会的残
存力量尚存于土耳其东部、叙利亚和印度南部的某些地区。它也被称作
雅各派，它在土耳其和叙利亚的信徒被称作苏里亚尼人（Suriani）。
②　马龙派（Maronite）：东方基督教会的一支，源于叙利亚，但长期在黎巴
嫩地区活跃。马龙派教徒将一位生平不详的四世纪叙利亚隐修士圣马龙
（St Maron）奉为教派创始人。尽管马龙派曾认可属于异端学说的基督一
志论（Monothelite，关于基督一志论的解释，见本书第四章第一节。——
译者注），但在十字军东征时期它就已经与罗马教廷合流，今日的马龙派
牧首位居红衣主教级别，但仍遵行古老的安条克教仪。

斯踏足过的那些修道院里，有相当一部分从基督教的大衰落中幸存了下来。

阿索斯山与埃及科普特人的修道院情况显然相对良好。在其他地方，土耳其东南部、黎巴嫩和巴勒斯坦，那些永远活在拜占庭时代的群岛，被人数日渐稀少的老修士占据，他们在钟声中列队行进，身披黑袍，手持明烛，那留着浓髯的面庞与修道院壁画上的圣徒互为镜像。修士们的法衣仍是拜占庭时代的样式，一如往昔的圣像仍是按照中世纪圣像画的技法绘制的。甚至连迷信也原封不动地沿袭了下来：真十字架①的残片与圣母之泪（Virgin's Tears）仍然受人崇奉；每座修道院外都埋伏着恶魔和魔鬼的传说仍在流传。五世纪初的兰普萨库斯主教帕提尼乌斯（Bishop Parthenius of Lampsacus）报告说，他曾被一条撒旦化身的黑狗袭击，而我上一次去圣墓教堂的时候，一位希腊老修士给我讲了一个几乎一模一样的故事。两年前，在开罗的科普特人聚居区，有人亲眼看见圣母在圣达米亚纳教堂的塔尖上显灵，人们激动万分。

在拜别朗西曼后驱车回家的路上，我对自己想要做什么了然于心：用六个月的时间，大致沿着约翰·莫斯克斯的足迹周游黎凡特地区。从阿索斯开始，直到上埃及科普特人的修道院，我想做一件后无来者的事：尽可能去看看莫斯克斯和索菲罗尼乌斯当年看到的东西，在同一座修道院里过夜，在同一幅壁画和镶嵌画下祈祷，去寻访过去的片光零羽，去见证拜占庭末世的余晖。

---

① 真十字架（True Cross），基督教圣物之一，据说是处死耶稣时所用的十字架。——译者注

教堂里的木磬敲了第一声。十分钟后就要诵晨经了。

天色即将破晓，第一缕曙光开始照出圣山的轮廓。灯里的石蜡已经耗尽，我也非常疲累了。后天我就要离开阿索斯，然后是四五天的旅程，取道色雷斯抵达君士坦丁堡——伟大的拜占庭首都，约翰·莫斯克斯在那里完成了他的《精神草地》。

木磬再次响起。我得把这本书合上，到教堂去和修士们一同祈祷。

第二章　土耳其

土耳其伊斯坦布尔，佩拉宫酒店，1994 年 7 月 10 日

　　在经历了阿索斯山的忏悔与虔诚之后，来到这里就像踏入了德拉克洛瓦笔下一场富于感官刺激的东方主义幻梦，四处镶嵌着仿伊兹尼克瓷砖和仿奥斯曼大理石。这是一座乔装成土耳其浴室的酒店，你几乎要觉得接待处的台子后会出现几个丰满妖娆、宽衣解带的土耳其宫娥。

　　我在一间宽敞的维也纳舞厅里吃了早饭，舞厅里铺着弹性木地板，墙裙上刚刚涂过的鎏金还没有干透。电梯的样式是一个巨大的巴洛克式鸟笼，去乘电梯要穿过一片盆栽棕榈树扮成的热带雨林。附近的墙上挂着一幅装裱好的证书，刚掸过灰，颁发自 1932 年的理想家居博览会，上面有伊斯特汉姆区区长的签名。

　　去年土耳其政府买下了佩拉宫酒店，一开始人们大动干戈地尝试翻新这栋旧建筑，后来又突然烂尾了。餐厅里的鎏金相当晃眼，得戴上墨镜才能定睛细看，而楼上的地毯就和奥斯曼帝国宦官的脑袋一样光秃秃的。

　　这家酒店用下榻贵宾的名字来给房间命名，这无意之中反映了它在战后的急剧衰落：在战前，你可以选择阿塔图尔克、

25

玛塔·哈丽或阿尔巴尼亚国王佐格，但战后除了胡里奥·伊格莱西亚斯①就没有什么大人物了。

26　　黎明时分的马尔马拉海宛如一层薄薄的银，停泊的船只就像焊在海面上一般。此刻它则隐没在暗夜之中，只有往来船只的灯光和远方于斯屈达尔与卡迪科伊，也就是拜占庭时的卡尔西顿的灯光，照耀着博斯普鲁斯海峡。

从古老的拜占庭卫城到金角湾，散发出黄色光芒的硫黄街灯，同宣礼塔、波纹状圆顶和穹顶一道勾勒出这座城市的天际线。奥斯曼帝国宏伟的清真寺和宫殿在水上映出的绝美倒影，不时会被往来于达达尼尔海峡的小艇和木船打碎。地球上没有其他任何城市有如此超群绝伦的地理位置。它依山傍水，横跨连接欧亚、沟通黑海与地中海的陆海航线，控制着世界上最大的锚地之一。对于一座伟大的皇城来说，再也没有比这更完美的所在了。

一千多年以来，君士坦丁堡始终是基督教世界的重镇、欧洲最富有的大都市、伟大的中国丝绸之路的终点站——长安以西人口最多的城市。对野蛮的拜占庭西部来说，君士坦丁堡几乎是一座神话般的高等文明的灯塔，保存着所有从古典文明中抢救出来的珍宝。维京人在他们的传说中直接称君士坦丁堡为"米凯尔加斯"（Micklegarth），意为"大城市"。这座城市世无匹敌。

_____

① 胡里奥·伊格莱西亚斯（Julio lglesias），西班牙歌唱家。——译者注

　　从大皇宫到马尔马拉海岸，查士丁尼——也许是拜占庭历史上最杰出的皇帝——统领的是怎样一个帝国？从热那亚的城墙开始，顺时针绕地中海，直至休达的赫拉克勒斯之柱，坐拥意大利、巴尔干半岛、土耳其、中东和北非的沿海地区。军队从君士坦丁堡被派往底格里斯河畔建造边境堡垒，到罗马修筑城墙，从旺达尔人手中收复北非。建筑师奉命在拉文纳的沼泽、锡安山和西奈的沙漠中立起一幢幢大教堂。皇帝下诏让特拉勒斯的安提莫斯（Anthemius of Tralles）和米利都的伊西多尔（Isidore of Miletus）营造一座世界上最宏伟的教堂，将其敬献给圣索菲亚①，基督的神圣智慧，所用石料是专门从遥远的利比亚、黎巴嫩、法兰西的大西洋沿岸、埃及南部茫茫大漠中的斑岩采石场和希腊斯巴达的绿色大理石采石场运来的。

　　半个世纪后，当约翰·莫斯克斯抵达君士坦丁堡时，这座城市大约有七十五万人口，据说走在大街上可以听到七十二种不同的语言。科普特修士、犹太玻璃吹制工、波斯丝绸商人和刚从多瑙河冰面上走进城里的格皮德雇佣兵摩肩接踵。在这座城市的大商场和集市上，操亚拉姆语的叙利亚人同讲拉丁语的北非人、亚美尼亚建筑师和勉强会一点古德语方言的赫鲁利奴隶贩子讨价还价。金匠、银匠、珠宝商、象牙雕刻师、镶嵌和瓷釉工、织锦工、雕刻家和镶嵌画工都各得其所。到五世纪的第二个二十五年，这座城市坐拥五处皇家宫殿、九座亲王府、八处公共浴场和一百五十三处私人浴场。到查士丁尼统治时期，城中有三百多座修道院。

---

　　①　圣索菲亚（Hagia Sophia）意为"神圣的智慧"，在《旧约》中指上帝之光、创造的计划、上主的恩赐、宇宙圆满的生命，在《新约》中指耶稣基督。——译者注

　　在这座最国际化、文明程度最高的城市里长大的人，没有几个能忍受长期在外的苦楚。"啊，拜占庭的土地，啊，极乐之城，宇宙之眼，世界的点缀，远方灿烂的明星，凡间的灯塔，"十二世纪的一位拜占庭作家有一次被迫出使，他如是写道，"但愿我此刻仍在你的怀中尽享欢乐！不要让我与你那母亲般的怀抱分离。"

　　君士坦丁堡于1453年被奥斯曼土耳其人征服后，其地位反而更稳固了。在接下来的两百年间，奥斯曼帝国是欧亚大陆上最强大的一股力量，君士坦丁堡再次成为地中海沿岸最大的港口。十六世纪，大维齐尔穆罕默德·索库鲁帕夏同时规划了沟通顿河与伏尔加河、红海与地中海的运河。他可能今天向苏门答腊派遣武装以挫败葡萄牙人，明天扶植一个新的波兰国王来威胁俄国人。他从威尼斯订购绘画和钟表，用一座有史以来最为壮丽的清真寺来为他的首都增光添彩，他还下令建造一座横跨德里纳河的十一孔拱桥，这座桥最近才毁于克罗地亚的炸弹。

　　君士坦丁堡在奥斯曼统治早期所取得的成就，建立在宗教和种族宽容的基础上。奥斯曼帝国的绝大多数高级官员不是土耳其人，而是从基督教或犹太教改宗的人。当时欧洲每个国家的首都都在烧死异端，根据十七世纪一位流亡的胡格诺教徒德·拉·莫特拉耶（de la Motraye）的说法："世上没有哪个国家比奥斯曼帝国更自由，更免于宗教纷争的困扰。"而在十九世纪民族主义浪潮的冲击下，宽容的传统逐渐被侵蚀，这最终使奥斯曼帝国走向覆灭。

　　这种一刀切态度的最终结果是，伊斯坦布尔曾经生机勃勃，是不同民族的共同家园，如今却成了一个文化贫瘠、经济窘困的单一民族聚居区，百分之九十九的居民是土耳其人。犹太人去了以色列，希腊人去了雅典，亚美尼亚人去了亚美尼亚和美国。欧洲的富商巨贾纷纷回国，各国大使馆和政坛要人也搬去了安卡拉。坐拥如此多辉煌的名胜古迹的伊斯坦布尔，两千年来第一次让人感到几乎有小地方习气。

距我上次来伊斯坦布尔已有十年了。这里已经发生了巨大的变化：许多带有错综复杂的格子阳台的老木房子全给拆了，取而代之的是灰色的公寓楼。一辆崭新的有轨电车轰隆隆地驶过苏丹艾哈迈德区，经过一群蹲在人行道上的俄罗斯人，他们正试图出售成堆的苏联时期的破烂玩意儿：松松垮垮的牛仔裤、丑陋的衬衫和不合出厂标准的皮夹克。破旧的报摊上到处都是令人瞠目结舌的土耳其色情书刊（甚至还有一本名为《后宫》的书。在圣山禁欲一周以后，人会变得对这种东西很敏感）。然而，最引人注目的变化是伊斯兰右翼力量的兴起，那些现象促成了这一变化。每面墙上都贴着强硬派政党福利党（Refah，也作繁荣党）的竞选海报，该党最近赢下了伊斯坦布尔和安卡拉的市政选举。现在有严肃的言论称，他们将在下次大选中席卷全国。与此同时，许多男青年开始留伊斯兰式的大胡子，他们的女眷则逐渐戴上了面纱。

自第二次世界大战以来，土耳其在许多方面的发展历程似乎都与印度完全相反。在印度，甘地试图用裹裙、非暴力不合作和手纺车拯救整个国家，其结果是极端的物质主义，几乎每天都会有新娘在"厨房事故"中被烧死，因为她没给夫家带来新彩电或摩托车作为嫁妆。在土耳其，阿塔图尔克则采取了相反的做法：他取缔了菲斯帽，禁绝阿拉伯文字，并试图把那些挣扎喊叫的土耳其人拽进欧洲。其结果是一场复兴的伊斯兰运动，每当毛拉们在清真寺里宣扬地平说时，底下的听众拍手称好；伊斯坦布尔那些受过教育的职业妇女互相竞争，看谁的面纱或中世纪似的长袍裹得更严实。

伊斯坦布尔，7 月 17 日

这天下午，我沿着金角湾走向法纳尔，它是这座城市中现存最古老的机构，法纳尔之于希腊东正教，差不多就像梵蒂冈之于天主教一样。在伊斯坦布尔的窄街僻巷里，在被一道朴素的围墙包围的低调建筑群中，住着金口约翰的继任者，全球千千万万东正教徒的大牧首。

克里斯托弗洛斯神父给我开了一封介绍信，让我出示给牧首的秘书，但此刻他不在。于是我在附近一间又小又暗的茶室里一边喝茶一边等他回来。茶室的地板上有锯末，廉价的土耳其香烟的酸气刺得鼻孔疼，胡子拉碴的无业人士一场接一场地打扑克，木牌桌被他们沉重的手打得直响。外面的鹅卵石路上，一个身穿背心、戴着平顶帽、系着脏围裙的男人推着一车水果经过，这一幕宛如一张比尔·勃兰特拍摄的二十世纪三十年代伦敦东区的照片。

一个小时后我步行回到法纳尔。牧首的秘书还没回来。但这次我设法和他的一个职员搭上了话。迪米特里奥斯神父起初疑心颇重，含糊其词，但看了克里斯托弗洛斯神父的介绍信后，他把我带到他那间俯瞰牧首教堂的办公室。我们在那里谈论着从这座城市里日渐消失的、作为少数民族的希腊人，留在这座拜占庭故都的帝国末代后裔。

据迪米特里奥斯神父的说法，直至十九世纪末，伊斯坦布尔仍有近百分之五十的居民是基督教徒。二十世纪头二十五年的诸多大动荡——奥斯曼帝国灭亡，土耳其在 1922 年的希腊－土耳其战争中获胜，安纳托利亚驱逐所有希腊人以交换被驱逐出希腊北部的土耳其人——并没有改变这一比例。根据 1923 年的《洛桑条约》，伊斯坦布尔及其郊区的四十万希腊人被明确允许继续居留此，他们的权利和私有财产不受影响。

1955 年，伊斯坦布尔发生了自水晶之夜以来欧洲最严重的种族骚乱，此后一切都改变了。数千名暴徒在一夜之间袭击了该市的希腊人聚居区。城里几乎每一家希腊商店都有窗户被砸烂，墓地遭到亵渎，牧首们的陵墓被捣毁，七十三座东正教教堂惨遭洗劫。

"我那时还是个婴儿，"迪米特里奥斯神父说，"暴徒闯进了我们家，但我妈用土耳其国旗把我裹起来，这样暴徒就不会拿我怎么样。他们只是砸烂了窗户和家具，然后走了。后来政府说那只是一些无知的人，这是假话：暴徒是有严密组织的，遍布伊斯坦布尔。"

"我搞不懂土耳其人组织这样的宗教迫害是为了什么。" 31
我说。

"希腊人仍然控制着伊斯坦布尔的商业，"迪米特里奥斯回答，"他们想把我们都轰走，好抢我们的生意。他们得手了。1965 年我十岁，当时希腊人口已经降到大约七万五千人。今天只剩——多少？——五千。我小时候所有的朋友，和我一起长大的那些人，全搬走了。"

迪米特里奥斯耸了耸肩。

"当然，我爱这座城市，它是我的家。但说老实话，如果你不是土耳其人，就没法在这儿过日子。男孩子们在服兵役时受到虐待，他们总是被送到库尔德前线最危险的地方。等他们回来以后，在政府里也谋不到一官半职。你要是想在这里生活，就得一辈子假装土耳其人。留下来的希腊人已经开始改用土耳其名字了：如果你叫迪米特里奥斯，那就得改叫德米尔；如果你叫费东，那就要让别人喊你费里顿。"

迪米特里奥斯说，发生在波斯尼亚的战争——塞尔维亚的东正教徒与穆斯林群体的对抗——以及最近宗教激进主义在土耳其的死灰复燃，使情况雪上加霜。法纳尔的窗户几乎每天都会被扔石头，而它周边的墙上则经常被喷涂恐吓话语，例如"牧首必死！"。此外，在耶尼科伊的一座废弃的希腊公墓里，又发生了一次亵渎坟墓的事件；浸过汽油的燃烧的破布被扔到法纳尔的墙上，引起了一场小型火灾；一个月前，三枚小型燃烧弹在邻近的两所希腊女校和帕纳伊亚①教堂被引爆。

迪米特里奥斯指出，最严峻的问题在于法纳尔的通道。1821 年，时任普世牧首的格里高利五世被苏丹吊死在门梁上，随后希腊人封住了法纳尔的大门。土耳其人一直将此举视作一种侮慢，最近福利党人又旧事重提，威胁要用武力打开法纳尔。上个月，就在拜占庭亡于奥斯曼土耳其的纪念日前夕，人们在主庭院的大门旁发现了一枚巨大的炸弹。它被及时拆除了。要是这颗炸弹成功爆炸，不光是大门，整个法纳尔都要被炸成一个大坑。

"他们在炸弹旁边留了一张条子，"迪米特里奥斯说，"我弄到了译文。"

他在抽屉里翻找了一通，抽出一个文件夹，从里面拿出一

---

① 帕纳伊亚（Panaghia，在希腊语中意为"众圣"）：东正教对圣母玛利亚的一种尊称。

张大号书写纸。"你读一读这个。"他说。

来自光明战士总指挥部

　　我们的部门已经将目标对准了东正教会及其头目，他藏在自认为不可逾越的高墙后面，以东部穆斯林人民的汩汩鲜血为乐事，为达此目的，他正在策划可疑和邪恶的阴谋。我们将战斗直至首恶及所有鸠占鹊巢者被清除；直至这个多年来处心积虑迫害东部穆斯林人民的地方被彻底消灭。鸠占鹊巢者都要消失！这里的土地此刻且永远属于我们。我们再次向你们发出警告：鸠占鹊巢者没有生存的权利。

　　我们将战斗直到希腊东正教会及其恶魔，那个身披牧首长袍的荒唐的巴托罗缪，从他策划邪恶阴谋的高墙后消失为止。牧首必死！

　　我们的伊斯兰斗争万岁！我们的伊斯兰解放战争万岁！

光明中央指挥部

"这件事之后，"迪米特里奥斯说，"我们的年轻人最终明白，他们在这里没有未来。"

"我能明白他们的意思。"

"现在这里只有老人了。我们的神父已经办够葬礼了，厌倦了。一次洗礼——或者更罕见的，一次婚礼——都是这一年的大事。"

我问法纳尔还有没有足够的年轻神父把这个地方维持下去。

"土耳其人在1971年把我们唯一的神学院关了，"迪米特

33

里奥斯回答，"这把我们生存的血脉切断了。再过十年，等年纪大的主教都过世了，这里也就没有神职人员了。一千五百年过去了，普世牧首要离开君士坦丁堡了。"迪米特里奥斯叹了口气。"一个世纪以前，这里是伊斯坦布尔的希腊人的中心。现在这里已经没有希腊人了。星期天要是碰上好时候，牧首在这个教堂里应该还能见着一百个人。要是情况差，前两排的位置都坐不满。下去看看晚祷的光景怎么样吧。"

"会有谁在那呢？"

"恐怕只有你、我，还有天使。"

迪米特里奥斯神父的忧虑是有道理的。仪式已经开始了。一位垂垂老矣的主教站在诵经台上，为这一天所纪念的圣徒唱赞美诗。另一位司仪是个驼背的八旬老者，他在圣幛①后面摇晃着香炉。这里一个信众也没有，这东方基督教的首席教堂，东正教的圣彼得大教堂，一排排长椅上空无一人。几分钟后，主教宣布仪式结束，两位老人快步离开了教堂。

"看看你的表，"迪米特里奥斯神父说，"刚好四点十五分。教堂要是没有信众来，那一分钟都不会拖。我们的神父没干劲。其实——他们几乎觉得很尴尬。"

从法纳尔出来，我穿过古城，来到库姆卡皮的亚美尼亚牧首区，从这里可以俯瞰马尔马拉海。在伦敦时，有亚美尼亚友

---

① 圣幛（iconostasis）：拜占庭教堂中将圣坛与主要区域分隔开来的屏风，相当于英语中的"圣坛屏风"（rood-screen），只是拜占庭的圣幛上基本都装饰有圣像。

人和我说过留在伊斯坦布尔的六万亚美尼亚人的可怖命运：福利党活动分子在亚美尼亚教堂的礼拜仪式上泼洒人尿，还经常打砸墓地和教堂。我的朋友告诉我说，教区委员会选择息事宁人，因为他们担心会被谴责是"制造反土耳其的宣传"。但我希望牧首区的职员至少能证实或否认我听到的这些传闻。

34

亚美尼亚牧首区是一座可爱的奥斯曼式木制建筑，有三角楣饰和条形百叶窗。稍等片刻后，我被引见给一位胖乎乎的亚美尼亚神父，他请我喝茶，兴致勃勃地聊起他二十年前的英格兰之旅。但当我将话题转向政治时，他举起手来，耸耸肩膀，明确表示——沉默地表示——他对此发表评论是不符合外交惯例的。

我准备告辞时，向他提起我刚刚去了法纳尔。"那你可小心点，"他低声说，"法纳尔到处都是探子。你的电话会被窃听，他们可能已经跟踪你到这里了。不要把你的笔记本，或任何能让人抓住把柄的东西落在你的旅馆房间里。"

古老的中东妄想症是奥斯曼帝国最强大的遗产之一，它的阴霾从多瑙河一直笼罩到尼罗河。我付之一笑，但是——在这样郑重的警告后不免会有如此举动——我确实发觉自己在回去的路上回了头，去看有没有人跟踪。

当然，我身后空无一人。

伊斯坦布尔，7 月 20 日

约翰·莫斯克斯不喜欢君士坦丁堡，他在《精神草地》里明确表达了这种不喜之情。他记录的一个关于君士坦丁堡的故事讲的是芝诺皇帝惊人的色欲；另一个故事讲了君士坦丁堡的一个神父"沉迷于谋杀和巫术"；第三个故事是一声反犹的呐喊，批判了一个犹太玻璃吹制工，他试图烧死他的大儿子，因为后者宣布要改宗基督教。还有其他几个类似的故事，都旨在展示拜占庭帝国的首都，"这座邪恶统治者们居住的城市"的阴暗面。

35　　在某些方面，莫斯克斯的反应有点出人意料。毕竟修士们更欣赏拜占庭的另外两个大都市——安条克和亚历山大港，是因为这两座城市的学术气息，其实帝国首都在这方面同样出众。当然，君士坦丁堡的大学不能和亚历山大港的相比，但自从皇帝狄奥多西二世在此设医药、文法、雄辩、法律和哲学等教席以来，它的规模和声誉蒸蒸日上，它附近宏伟的市公共图书馆也为其增光添彩。

在约翰·莫斯克斯抵达君士坦丁堡前不久，他的友人和导师、智者斯蒂芬慕名从亚历山大港学院来到君士坦丁堡，他之前在亚历山大港讲授了多年的医药学、哲学、天文学、占星术和教会历法计算。斯蒂芬应该可以把莫斯克斯介绍给君士坦丁堡的知名学者，比如伟大的历史学家狄奥菲拉克特·西摩加塔（Theophylact Simocatta）。可在莫斯克斯笔下，并无任何迹象表明他在君士坦丁堡期间遇到了什么特别了不起的大人物。

君士坦丁堡还有另一个好处值得莫斯克斯注意：城中琳琅满目的圣遗物。莫斯克斯几乎点评了他笔下所有地方的圣物，唯独君士坦丁堡的教堂藏品未曾被他提及，尽管首都的珍藏是整个基督教世界里最精美的。仅在君士坦丁广场的君士坦丁纪念柱脚下的一处圣殿里，就有把耶稣钉在十字架上的钉子，诺亚建造方舟时用的斧头，十二只收集了剩下的鱼和饼（那喂饱五千个人的鱼和饼）的篮子——这是海伦娜皇太后在加利利海附近奇迹般地发现的。在这座城市里，还可以看到耶稣的荆棘冠，施洗约翰的头颅（有人说它"上面长满了头发和胡须"），被希律王杀害的绝大多数无辜者的遗体，以及真十字架的残片。

尽管这些东西的真假在我们看来非常可疑，但它们是拜占庭圣遗物中的无价珍宝。看到或摸到它们，就等于是直接触碰到一个平时几乎不可想象的、遥远而不可接近的神。圣遗物是人神之间的障壁上的孔。通过凝视和触碰它们，拜占庭人感到他们正在穿越那分割有形与无形、凡俗世界与超验世界的无垠屏障。从莫斯克斯往前一百年，尼萨的格里高利（Gregory of Nyssa）描绘了普通的拜占庭人在触摸一件圣遗物时产生的情感："那些见到圣遗物的人把它抱在怀中，仿佛是拥抱着（圣徒本人）活生生的躯体。他们把全身所有的感官都调动起来，流下激动的泪水，向殉道者祈求代祷，仿佛他尚在人间，仿佛他近在眼前。"

莫斯克斯讨厌这么一座遍地奇珍和圣物的城市，背后肯定有充分的理由，其实只要稍微浏览一下相关资料，就能明白他为什么不喜欢君士坦丁堡。因为即便按照拜占庭大都市的标准，君士坦丁堡也是个堕落至极的地方。查士丁尼曾出台法律规范帝国的卖淫业，这部法律的序言充分展示了首都的道德状况。从这篇序言看，老鸨游走于各个行省，用漂亮的衣服和鞋子诱惑年轻姑娘（有些连十岁都不到）跟她们走，一到首都，姑娘们就被要求签卖身契。否则，这些不幸的少女就会被关在妓院里，用镣铐锁在床上。

君士坦丁堡的贵族精英也素无婚姻忠诚之名。阿玛西亚的阿斯特里乌斯（Asterius of Amasia）怒斥他的信众："你们换老婆跟换衣服一样快，盖婚房比在集市上摆摊还随意。"金口约翰则谴责这座城市中以淫荡闻名的戏院："当你坐在戏院里，沉溺于女人裸露的肢体时，你能得到一时之快，但事后你会陷入怎样剧烈的昏热！一旦你的头脑被这种景象和靡靡之音占据，你就会成天想着这些，梦里也不例外。你们不会选择在闹市上看一个裸体女人，但总想着去戏院。如果脱衣舞演员就是个淫妇，这两种行为又有什么区别？我们就算用泥巴糊自己的脸，也比看这些表演强。"

37

大马士革的圣约翰（St John Damascene）在听闻这个"充满不虔诚行为的城市"的劣迹时更是震惊。他颇为责难地写道，君士坦丁堡是舞会和逗乐的场所，也是酒馆、澡堂子和妓院的安乐窝。不戴头巾的妇人们招摇过市，搔首弄姿。男青年也变得柔弱娇气，还留着长头发。这位修士抱怨说，有些人竟然还装饰他们脚上的靴子。在这种氛围下，甚至连主教们也变得浮夸起来。索克拉蒂斯（Socrates）在《教会史》（*Ecclesiastical History*）中写到了主教辛辛尼欧斯（Sisinnios），他"习惯沉迷于穿华丽的新衣服，每天要在公共浴场洗两次澡。有人问他，作为一位主教，为什么要一天洗两次澡时，他回答说：'因为你不给我时间洗第三次啊。'"

不过，控方的头号证人必须得是查士丁尼的御用史学家普罗科匹厄斯（Procopius）。普罗科匹厄斯在成年后的绝大部分时间里，忠心耿耿地书写着一卷卷油腔滑调的奉承话，赞颂查士丁尼指挥战争的艺术、堪比建筑家的品位与身为人君的智慧。但在临终之际，他好像是终于忍不了了，突然破口大骂，结果就是《秘史》（*The Secret History*）这本小书，书中纯然是辛辣的讽刺。这位老历史学家试图用该书纠正他三十年来写过的甜言蜜语。他说查士丁尼的统治是一场彻头彻尾的灾难，在许多领域都是败局，但最关键的是造成了空前的道德败坏。他知道这笔账该算到谁头上：查士丁尼的妻子，心机深沉、出身于马戏团家庭的狄奥多拉皇后：

　　她一到年纪，就加入了舞台上那些女人的行列，很快成为一个交际花。因为她既不是吹笛子的，也不是弹竖琴的，甚至连去跳舞也不够格。她只是把自己的美色出卖给每一个靠过来的男人，任由他们摆布她的肉体……

　　这个小荡妇身上没有一星半点端庄自持的美德：她毫不犹豫地应承那些最下流的要求。宽衣解带，把身体的各个部位，前面和后面，那些公序良俗要求遮起来、不能让男人的眼睛瞧见的地方裸露给人看……在戏院里，她在众目睽睽之下，四仰八叉地躺在地上。仆人们被迫往她的私处上撒麦粒，受过特殊训练的鹅会把这些麦粒一颗颗地啄起来吞下去。

　　她惯于欲擒故纵，故意让她的情人们等着，或不断玩弄各种奇技淫巧来勾引他们，她总能引来那些好色之徒拜倒在她脚下，她绝不坐着等人引诱，而是来者不拒，讲色情笑话并挑逗性地扭动臀部来引诱他们，尤其是那些十几岁的年轻人。从来没有哪个人像她一样彻底地沉湎于自我放纵之中。她常常参与那些有十个男青年（或者更多）列席的宴饮聚会，那些男人年轻力壮，以通奸为人生头等大事，她能和所有同席的男人轮流睡上一整夜，等把他们都榨干以后，她就去找他们的仆人，有时能有三十人之多，她一个也不放过，但即便如此，她的淫欲也无法得到满足。

38

类似的内容写了一百九十四页（企鹅出版社的版本）。看来普罗科匹厄斯大概是跟皇后有什么个人恩怨，她可能妨碍了他高升，或对他的职业生涯造成了损害。但即便如此，这本书也是一份颇值得关注的证言。在该书的结尾处，普罗科匹厄斯讲述了狄奥多拉晚年试图管制卖淫的事。她对自己从前的罪孽感到愧疚，于是查封了妓院，给所有妓女赎身，把她们安置在一座昔日的皇宫里，皇宫已被她改造成一座用于忏悔的修道院。

39　　但是，普罗科匹厄斯写道，这是狄奥多拉最不受欢迎的举措之一。据他所言，女孩子们觉得这种新的生活方式乏味透顶，大多数人没有浪女回头去当修女，而是"半夜从栏杆上跳了下去"。

这是一个凉爽的傍晚，我朝大竞技场走去。当年拜占庭马戏团的暴力帮派曾在这里划分势力范围，现在戴着头巾的土耳其淑女们文静地坐在公园的长椅上闲谈，她们的丈夫蹲在附近的栗子树下敲着开心果，偶尔会有商贩推着带轮子的玻璃货柜经过，叫卖用纸筒装起来的鹰嘴豆。海鸥在空中无声地盘旋。人们很难想象大竞技场曾经能容纳十二万人——这是如今温布利球场接待能力的两倍。

老赛马场的正中央仍然矗立着狄奥多西皇帝的方尖碑，它从建于五世纪三十年代的基座上升起。基座一侧的雕刻描绘的是把它立起来的滑轮和绳索。另一侧雕刻的是皇帝坐在御用华盖下俯瞰着比赛，赛车是刻在基座上的一系列小型浮雕，看起来像一群马拉着浴缸。

　　在皇帝和御车手之间站着皇帝的保镖团：一群娇滴滴的纨绔子弟，留着二十世纪七十年代那种长刘海，身段摇曳多姿如垂柳。当人听完大马士革的圣约翰那血与火的布道之后，是很乐意看到他们的。这些温文尔雅的公子哥儿不仅看起来非常不具威胁性，而且比起保卫皇帝的安全，他们似乎对比赛更感兴趣。这在某种程度上可以解释为什么拜占庭历史上有那么多次成功的刺杀。

　　在竞技场的尽头，查士丁尼的圣索菲亚大教堂那宏伟的穹顶千年如故地浮现，它是拜占庭建筑的巅峰之作。在许多人眼里，它仍然是人类有史以来建造过的最为壮丽的教堂。没有其他任何一座基督教建筑，能够如此成功地将人引领到彼界的入口，或如此夺人目精地宣示超验世界的迫近。在它内部氤氲的金色雾霭中，在它那非凡的光线与空间、宝石与镶嵌画材料的游戏里，在那辉煌灿烂宛若天穹的拱顶下，坚固的墙壁看起来也仿佛不再是障碍，而是通往一个更高的现实的通道。当它在六世纪三十年代初建时，普罗科匹厄斯在他最精妙的一篇文章里，描绘了那令来访者倾倒的力量："教堂内部的光线如此明亮，让人感到这光好像不是太阳赋予的，而是它自己射出的。"他在《建筑》（ *The Buildings* ）中写道，"上面是一个巨大的球形拱顶，它似乎不是在坚固的砖石上筑起，而是被一根金链从天国垂下。当你走进教堂祈祷的那一刻，就能了然这项工程实乃天命，而非人力。于是，来访者的心灵就飘飘欲举，升至上帝身旁，并认为他不会远离这个由他亲自选定的地方。"

　　一千四百年来，多次地震和重建，大片大片的镶嵌画受

40

损，祭坛被拆毁，甚至有一场城市大火将拱顶上的金属熔化，滚烫的金属洪流从拱顶上奔涌入排水沟，这一切都未能磨灭这座建筑摄人心魂的力量。你在大殿里可以看到，即便是喧闹不休的旅行团，在步入拱顶大厅时也寂然不语。即便有人讲话，也尽量压低声音。神圣将世俗世界打破了一个口，人们马上能悟到一位拜占庭修士在触碰一件圣遗物，或凝视一幅圣像时的所思所感：在那一瞬，感知之门被打开了，凡人得以向神灵投去匆匆一瞥。在此地，人们回到了约翰·莫斯克斯的拜占庭精神世界。

但是，这一座建筑——被拜占庭人认作他们最完美的杰作——奇迹般的幸存很容易让人忽略其他地方的损失。抛开地理因素不谈，如果约翰·莫斯克斯现在复活，他应该对这座城市相当陌生了。当年有五百座教堂和修道院装点着从金角湾升起的土地，现在只剩下不到三十座，大多都经历过重建，并被改建为清真寺。

这天早上，我去参观了圣波利欧克图斯（St Polyeuctes）教堂的遗址，它曾是整个基督教帝国最大的教堂。据说查士丁尼下令建造圣索菲亚大教堂就是为了与它相配。这是约翰·莫斯克斯熟悉的建筑。他在这座城市落脚以完成《精神草地》时，所栖身的修道院可能就附属于一座这样的大教堂。

这座教堂年久失修，在土耳其人于 1453 年征服君士坦丁堡后，它就彻底倒塌，被人遗忘了。1960 年，它意外地被重新发现，很快又远近闻名。艺术史学者和考古学家兴高采烈地宣布，许多被认为是查士丁尼时代的创新，都被圣波利欧克图斯教堂的作品抢在了前头。

三十年之后，形形色色的考古报告都积了灰，圣波利欧克图斯似乎又将归于尘土。废墟成了一个露天公厕，恶臭难当，根本无法进行考察。只有那些最落魄的土耳其流浪汉还在它的门户前徘徊。与此同时，那些闻名遐迩的柱头——据说是第一批典型的拜占庭笼雕式柱头，这种风格在拉文纳被发扬光大——散落在附近的一个运动场上，为谈恋爱的土耳其人提供了座位。这意味着，任何想要研究拜占庭早期雕刻艺术的这一关键阶段的人，都得花上一个下午的时间，像个变态一样往那些纠缠在一起的情侣的腿底下看。

拜占庭世俗建筑的情况还要差。伟大的狄奥多西城墙，那个时代最复杂精妙的军事防御建筑如今仍在。此外，建于四世纪的宏伟的瓦伦斯水道桥，与两座可追溯到查士丁尼时代的绝妙的拱廊蓄水池也还完好。然而，拜占庭时代的房屋楼阁没有一座留存到今天。即便是最大的两处皇宫建筑群——大皇宫（Great Palace）和布雷契耐宫（Palace of Blachernae）——也从地面上消失了，只余下数座拱门、一排窗户、一些埋藏在地下的地基和几块漂亮的镶嵌画地砖。

我把下午的大部分时间花在了镶嵌画博物馆里，欣赏那些幸存于世的宝物。所有的作品都出自六世纪晚期，也就是查士丁尼的统治结束后不久的大皇宫，现在蓝色清真寺后的斜坡一度就是当年大皇宫的所在地。这些镶嵌画地砖，想必就是希拉克略皇帝在得知波斯人攻克耶路撒冷，或亚历山大港陷落时走过的。

这些镶嵌画给我的第一印象是它们对希腊文明的承续，这颇出人意料。绝大部分镶嵌画走的是乡村田园风，它们流露的温暖的自然主义，乍一看与拜占庭晚期圣像画上僵硬的人物，还有许多中世纪拜占庭教堂穹顶上遍布的、不苟言笑的基督普世君王像①相去甚远，反倒更接近庞贝古城的精致壁画。你只有在这座博物馆待了一段时间，稍微仔细观察过那些田园牧歌后，才会开始忧虑这些镶嵌画工匠的精神状态，或是他们的甲方的精神状态。

头一眼看过去，马似乎是在给狮子喂奶，这是和平的绝佳象征，就像《圣经》里狼和羊羔躺在一起一样。但只要你细看，就会发现实际上画的是狮子把马开膛破肚，还咬掉了马的睾丸。另一头狮子奋起袭击大象，但判断失误，被大象的长牙刺穿。一匹狼在撕咬鹿的脖子。两个穿皮制甲胄和灯笼裤的角斗士正等着对付一头粉红色的老虎（老虎的颈部已经受了重伤，鲜血从它的嘴里汩汩流出）。还有一只长翅膀的狮身鹰首兽俯冲下来，撕咬一头羚羊的背，另一只则在吞食一条蜥蜴。

我们只能推测究竟是什么让镶嵌画工匠制作出如此狂乱而暴力的作品：毕竟暗杀和宫廷政变相当频繁，对皇帝来说，每天从这些描绘血腥暴力的地砖上走过也是一种鞭策。另一方面，它们无疑是一剂良药，可以驱散绝大多数拜占庭文学中死气沉沉的虔诚：没完没了的圣徒传记，描述他们怎么用英雄般的苦行僧生活来抵御魔女们淫邪的诱惑。事实上，皇帝在忍受了两个钟头关于贞洁的布道后，回到这些充满了屠杀和混乱的生动场景中时，没准真的松了一口气。

---

① 基督普世君王像（Pantocrator，在希腊语中意为"全能的"）：指耶稣作为基督国王统治的形象或圣像，通常位于东正教堂的后殿或穹顶上。

回来的路上，我穿过环绕托普卡帕宫的古勒汉花园（Gulhane Gardens），途中惊讶地发现圣伊琳娜教堂（Haghia Eirene）① 似乎是开着的。这挺令人意外，由于众所周知的土耳其当局的原因，这座宏伟的建筑作为伊斯坦布尔现存最大的拜占庭教堂之一，通常都被锁得严严实实。然而这一次门是开着的，两个衣着考究的土耳其女人正坐在门廊里聊天。

我想趁这个机会参观一下教堂，但当我经过那两个女人时，其中一个冲我喊道："不好意思，你不可以进去。教堂没开门。"

"我看这是开的啊。"

"您恐怕需要持特殊通行证才能进去。这是出于安保考虑。"

"什么意思？"

"里面有重要人物。"

"官员？"

"不是。是模特。"

"模特？"

"今天这里有一个选美比赛。"

"在教堂里选美？"

"有什么问题吗？土耳其最顶级的模特都在这里了。她们现在正在换比基尼呢，里法特·沃兹贝克（Rifat Ozbek）设计的。"

圣伊琳娜教堂是最不适合搞选美比赛的地方：这里昏暗阴沉，光线很差。但希腊人心心念念要夺回这座教堂，土耳其人

---

① 也译为神圣和平教堂。——译者注

则百般挑衅他们的世仇，不论手段多荒谬。不过毫无疑问，希腊人也在萨洛尼卡废弃的清真寺里搞差不多的把戏。如果雅典的清真寺没有在二十世纪二十年代那场令人痛心的恶性民族主义运动中被夷为平地，他们大概也会对雅典的清真寺做同样的事情。

伊斯坦布尔，7月28日

44　　我乘渡轮前往被土耳其人称为"比于克阿达"（Buyuk Ada）、被希腊人呼作"普林奇波"（Prinkipo）的岛屿。烟水茫茫，热得让人喘不上气。博斯普鲁斯海峡边有男孩子在洗澡。海盐、烧热的木头和腐烂的鱼的气味混在一起。我们驶离金角湾，绕过托普卡帕宫所在的树木繁茂的山脊，穿过分隔欧亚的狭长水域。

　　船上还有其他乘客。我旁边是一个目光忧郁的新兵，十八岁上下，穿着不合身的作训服。他留着小胡子，头发剪得很短，茫然地望着大海。也许他正在去库尔德前线服兵役的路上。

　　我对面是一个戴淡紫色头巾、身着伊斯兰长雨衣的年轻姑娘。她正专心致志地读着一本英文版的药理学教科书："第二章·药物渗透"。

　　后面的凳子上，坐着一个留牙刷胡的没牙老工人，敞着怀，嘴角叼着根香烟。

　　一个穿着紧身T恤、形迹可疑的人。下巴上胡子拉碴。一串念珠被他从手掌到手背把玩得噼里啪啦响，他还鬼鬼祟祟地环顾四周。这人是逃票的？

　　一个光头水手，身上穿着战争片里那种水手服。身材矮壮，皮肤黝黑，膝上放着一顶帽子。他深深地吸了一口烟，感到索然无味，然后把它扔到了海里。

一个盲人小提琴手被他敲小木手鼓的儿子领着，穿过一条条长椅间的过道。两人都戴着平顶帽。

还有形形色色的小商小贩兜售可乐、圆珠笔、土豆削皮器、劳力士手表（假的）、鳄鱼牌袜子（假的）、雷朋墨镜（也是假的）和比克牌打火机（看上去是真货，但是质量最差的那种）。我买了一瓶可乐，结果发现也是假的：喝起来像热的除臭剂。

半路上，一个长得令人生畏、穿戴着雨衣和头巾的女人出现在楼梯井的顶上，开始对我们大呼小叫。我猜她是在叫我们给福利党投票，或者在骂那寥寥几个没戴面纱的中年妇女。但我搞错了。她女儿住院了，需要钱付医药费。乘客们纷纷慷慨解囊，尤其是那个敞着怀的老工人，他把烟掐灭，拼命地掏口袋。

拜占庭人把普林奇波用作监狱，一连串佞臣和谋逆的皇子都被流放到此地的修道院。奥斯曼人则把它改造成一处避暑胜地，一直到今天：细细长长的一排可爱的木板房屋，栏杆和格子栅栏都是雕花的，漆成了悦目的奶油色和淡蓝色。这里有一座老修道院的遗址，至今还常有人往来，我这次就是为了它来的。迪米特里奥斯神父向我谈起过它。他说，圣乔治的圣祠是一处容纳两种信仰的圣地，希腊人和土耳其人在此并肩祈祷。这种情况在过去是家常便饭，而现在实属屈指可数。

　　该地的法律禁止汽车上岛，于是我在码头上招呼了一辆旧马车。我们沿着鹅卵石路驱车上山，路两边是花园和果园。树上满是苹果和杏子，果园的围墙上盛开着九重葛和茉莉花。

　　一个世纪以前，普林奇波完全是属于希腊的，如今这里仍有一两个年老的希腊人守着他们的宅子：有着三角楣饰和立柱的木质建筑，宽敞而华丽。当我们经过修剪整齐的草坪时，偶尔能看到希腊老太太坐在木兰树的浓荫里，树叶绿得发亮，奶油色的繁花开得正好。有些人在做针线活儿，还有些啜饮着冰镇果汁。

　　车出了城镇，往山上驶去。松树林取代了果园，密密的松针在车辙沟里腐烂。除了马蹄声、其他载着回城的农民与信众的马车的嘎嘎声外，周遭一片寂静。

　　二十分钟后，在一条通往圣祠的尘土飞扬的小路尽头，出现了一处墓地，车夫就在这儿把我放了下来。在步行上山前，我进去看了看。这是土耳其最后一处仍在使用的希腊墓地。我漫步在凌乱的墓碑间，这里杂草丛生，许久不曾有人清扫，地上覆着一层厚厚的松针，就和外面的路一样。许多墓碑上镶着逝者的照片。矛盾的是，一处荒芜的墓园里的遗照，让被1955年暴乱终结的希腊化伊斯坦布尔重新鲜活了起来。

　　在迪米特里奥斯神父的叙述中，那些离去的希腊人——在十九世纪的伊斯坦布尔颇有影响力的少数团体——见多识广、富有艺术修养、受过良好的教育。但这些照片并未经过怀旧的记忆美化，它向我们展示了一个由店掌柜和老姑娘组成的繁荣的小布尔乔亚社会：胡子和双下巴，马甲和怀表兜，头上的斑秃和夹鼻眼镜，一排排发福的、疑心重的男人在自家的甜食店里过早地衰老，对晚期的奥斯曼帝国吹胡子瞪眼；一对对裹着黑色丧服的老妇人，平凡而哀苦，一眼望去尽是寡妇的丧服和虔诚的愁容。

我跟着如潮水般波动起伏的信众爬上山去，一开始我望见山顶附近的灌木丛中开着繁茂的白色木槿花，为之惊叹不已。但到了山顶，我才看清那实际上是什么：信众在每一根灌木枝上都系上了白色布条，这是原始的生育符咒。有些系得相当精细：小小的布兜，里面盛着石头、小鹅卵石或松针。还有些则是缠在灌木丛上的一团乱麻，像要打包邮寄似的。

圣祠里面也别有一番奇景。这里之前被一场大火烧毁了一半，焦黑的椽子和窗棂暴露在日光之下。尽管还没修复，有一半屋子是露天的，但来祈福的人还是络绎不绝。两个民族的人民并肩祷告，念的却不是同一种经。希腊人站在圣像前，双手合十，土耳其人把祈祷用的毯子铺在地上，朝麦加的方向俯下身去。一位戴着面纱的穆斯林女士，用长指甲抠着墙上一幅十九世纪的圣徒肖像，接着舔了舔指尖上的壁画碎片。

47

"穆斯林也信圣乔治，"半个钟头以后，我在码头上等船，遇见一个年轻的希腊学生，她向我解释道，"他们听说圣乔治很灵，所以就来找他求子。估计他们不知道圣乔治是希腊人。"

"他们可能以为他是土耳其人。"她的朋友说。

"可能吧。他们觉得什么都是土耳其的。我之前听几个男孩子说，圣索菲亚大教堂和大竞技场是塞尔柱突厥人建的。"

"他们不懂历史，"第二个女孩赞同说，"有一回，一个男孩子问我姐姐，你们希腊人为什么要来，你们只会惹麻烦。我姐姐回答：来的不是我们，是你们。"

"他们甚至还觉得荷马也是土耳其人，"那头一个女孩叹道，"他们说，荷马的本名其实叫欧麦尔。"

伊斯坦布尔，8月1日

晚上十一点。我刚吃完晚饭回来，是和《独立报》驻土耳其记者休·波普一起吃的。我们约在一家专门卖鱼的餐厅，位于博斯普鲁斯海峡上游五英里处的贝希克塔什区，在这里可以眺望亚洲。我们的话题很快转向正在东南部肆虐的库尔德战争。

"每天至少会死五十人，"他说，"除非死两百人以上，否则我都懒得给外交部打电话。"

休·波普告诉我，去年十二月，《独立报》把他外派到迪亚巴克尔时，他设法联系了东南部现存最大的叙利亚正教修道院——圣加百列修道院（Mar Gabriel）。在他抵达的前一天，一辆卡车在离修道院正门两百米远的地方碰上了一枚反坦克地雷。等他开车路过这里的时候，司机烧焦的尸骸仍然坐在烧光了的卡车骨架里，双手握在方向盘上。这个地雷显然是库尔德工人党（PKK）埋的，针对的是乡村警卫队，他们借这条道去邻近的贡高伦（Güngören）——在库尔德工人党成员眼中，这些人和土耳其政府乃一丘之貉。尽管地雷的目标不是修道院，但它无疑使修士们意识到，在库尔德工人党和土耳其政府的交火中，他们有多么不堪一击。

据休·波普所言，库尔德游击队和当地政府一样，对苏里亚尼人①全无好感，指控他们向当地政府暗中告密，就像当局谴责他们同情库尔德工人党一样。除此之外，库尔德人把苏里亚尼人赶走大有好处：他们可以占领他们的土地，自己耕种。

---

① 苏里亚尼人（Suriani）：指土耳其与叙利亚的叙利亚正教徒社群。

然而，基督徒和库尔德人面临的难题有着相似的根源。奥斯曼帝国当初实行的是一种包容多元的制度，它的发展兴盛也正是因为多元。每个村社和宗教团体都实行内部自治，有自己的法律和法院。阿塔图尔克的新土耳其则走向了相反方向：统一就是一切。绝大多数希腊人被驱逐出境，留下的希腊人必须成为土耳其人，至少名字得改成土耳其的。库尔德人也是如此。这个族群在土耳其官方眼中根本不存在。他们的语言和歌谣最近刚被禁绝。在官方文件和新闻播报中，他们仍被称作"山地土耳其人"。

正是这种荒诞的、极度高压的幻想导致了当前的游击战争。正因为如此，库尔德工人党目前正陷入一场无望的搏斗，他们试图为土耳其的库尔德人争得自治权，而这是土耳其政府永不可能给予的。在过去的五年内，土耳其东南部已经有超过一万人死于非命，为了坚壁清野，断绝游击队的补给，大片土地与近八百个村庄遭到废弃。土耳其军队中至少十五万人被牵制在东南部山区，与约一万名库尔德工人党游击队员作战。当下政府军似乎占了上风，据说现在一支游击队平均撑不过六个月。休·波普告诉我，虽然目前打打停停，但预计未来几周内要大打一阵：夏天是战斗的季节。

我计划下周动身去土耳其东南部。安条克——现在叫安塔基亚——正处在动荡的边缘地带。一旦到了那里，应该会更容易判断局势到底有多糟糕：从这里出发去叙利亚正教修道院的难度几乎不可预估，而且情况每天都在变化。如蒙上帝保佑，应该可以不冒任何不合理的风险顺利通过。休·波普给了我一个在迪亚巴克尔的司机的名字，此人去年把他送到了战区，当然得多掏钱。

他还提出了我是否该弄一张记者证的问题。据他所言，一方面，东南部的政府讨厌一切记者：去年他的妻子在努赛宾（Nusaybin）被警察殴打，当时她出示了她的记者证。另一方面，他又说，如果我说自己是来旅游的，根本不可能有人信我——土耳其东南部附近已经三四年没人来旅游了——而且如果我没有土耳其的身份证件，那我很可能会以间谍罪被逮捕。

吃过晚饭回来，我向酒店接待处的服务员梅廷征求建议，他家就在东南部。他似乎觉得我的计划过于滑稽了。"别担心，只要别跑到库尔德工人党的路障里去，就不会吃枪子儿，只要开车别轧到地雷，那就不会被炸。除此之外东南部挺安全的。绝对安全，真的，我强烈推荐。"

梅廷接下来的话是严肃的。他说就算警察不抓我，车也没有轧到地雷，还是有可能被库尔德工人党绑票。去年三个骑自行车环游世界的英国人就遇到了这种情况。他们倒没遭什么罪，但因为游击队不能生火——以防行迹被政府军发现——人质被迫生吃了三个月的蛇和刺猬。

"那几个旅游的应该感到庆幸，"梅廷说，"如果落到库尔德工人党手里的是土耳其政府军士兵，那他们的生殖器就会被割下来。然后再被杀掉。架在火上或别的什么东西上慢慢烤。用炭烤。"

"这种事情现在还有？"

"这些人现在就在搞大屠杀。"梅廷回答。

"但他们只针对土耳其政府军吧？"

"你在东部怎么小心都不为过，"梅廷捻着他的小胡子，"就像他们在安卡拉说的：库尔德就像一根黄瓜，今天在你的手里，明天可能会捅进你的屁眼。"

伊斯坦布尔，8月3日

这是我在伊斯坦布尔的最后一天。今晚就得坐火车走。

这天早晨我去了法纳尔，向迪米特里奥斯神父道别，还拿了他帮我写的介绍信，是给圣地和西奈的希腊修道院院长的。

我出了迪米特里奥斯神父的办公室，跑下楼梯，不小心撞到了一个来访的希腊修士，他正蹲在通往院子的门廊里喂麻雀。我向他道歉，然后我们开始闲聊。他说他去过英格兰，但不太喜欢。"太伤心了，我去了伊普斯维奇（Ipswich），所有的教堂都关着门。没有一座是开的，一座都没有！"他阴郁地补充道，"我读到的一本杂志上说，撒旦教的头子就住在英格兰。"

他不喜欢伦敦，对白金汉宫也没什么感觉。事实上只有两处地方真正吸引他。一个是邱园①："你们的邱园！超级漂亮！超级可爱！我会带坚果去喂那里的松鼠。"另一个地方是兰贝斯（Lambeth）一家卖宗教小饰品的商店。他从手提箱里拿出一张小小的塑料全息基督像。"它很漂亮吧？这是一个瑞士艺术家根据一幅可靠的基督肖像制作的。有些修士认为这个不好看，但我不明白他们为什么这么觉得。把它变换一下位置：你看！我们的主现在在微笑！现在他在展现他节制的美德！现在他殉难了。现在他复活了！哈利路亚！很漂亮吧？我一直把它随身带着。"

51

---

① 邱园（Kew），位于伦敦西南郊，英国王家植物园和英国最小的王室宫殿邱宫都位于此。1818年7月，维多利亚女王的父母，肯特公爵爱德华与萨克森－科堡公主维多利亚在此地结婚。——译者注

一艘晚间渡轮穿过漆黑一片的博斯普鲁斯海峡，抵达海达尔帕夏（Haydarpasha）火车站，它是柏林—巴格达铁路在安纳托利亚的站点，阿拉伯的劳伦斯当年花了很长时间试图炸毁这条铁路。我明天得去安卡拉取我的记者证。

售票员说这趟火车没有我的订票记录，但他询问了我的国籍，我回答他时，看到他脸上闪过一丝害怕的神情，然后我马上被升到了头等舱。等我后来在车站餐厅吃晚饭时，才发现这非比寻常的变通的背后原因：那天晚上有一场欧冠比赛，曼联对阵加拉塔萨雷，电视上一直在播报英国球迷的传统赛前活动，比如在餐馆里搞破坏、打架、殴打无辜的土耳其人，等等。我头一次对英国足球流氓在国际上的名声心存感激：我来自曼彻斯特的同胞貌似无意中让我获得了夜车头等舱卧铺。

安卡拉到安条克的夜车巴士，8 月 6 日至 7 日

凌晨四点十五分：这种旅行方式实在太可怕了。天快亮了，第一缕晨曦照亮了广阔的平原，其上笼罩着一层缥缈轻薄的云雾。坑坑洼洼的道路、缺少保养的悬挂系统发出的轰鸣、鼾声如雷的安纳托利亚农民，都还是事先能考虑到、能够忍受的。真正令人无法容忍的是，这个司机和他的跟班——一个留着小胡子、极其野蛮粗鲁的售票员——故意剥夺所有乘客的睡眠。

每隔一小时，大巴就把我们载到一家脏乱差的烤肉店。灯被打开，我们被摇醒，扩音器声嘶力竭地放着土耳其女歌手的

歌，我们别无选择，只能下车。司机和他的小伙伴溜去餐馆老板那拿回扣，而款待我们的是一盘接一盘质量低劣的烤肉串，或者更糟糕，在半夜里吃甜腻不堪的土耳其软糖。

接下来还有更烦人的。回到座位上以后，那个售票员沿着过道走过来，欢快地在乘客伸出来的手上洒古龙水。如果现在是下午三点，天气炎热，他这么做还能让人神清气爽，但现在是凌晨三点，这在沉闷的寒冷中只让人感到闹心。车就这么往前开着，叮叮当当，颠簸摇晃，仿佛一个滚筒烘干机，车厢里闻起来就像妓女充满脂粉气的房间一般。每停一个站，人们的怒气就升高一分。

早晨六点：在安纳托利亚的灰色荒原上，不知从哪儿突然冒出一家特别破旧的烤肉店，我们无可避免地被拉了过去。大家跌跌撞撞地下车，顺从地排队吃早饭，闻起来像某个特别壮观的须后水广告的临时演员。我实在太累，无力争吵，对一切都听之任之，于是也站进了吃饭的队伍，我往盘子里盛了点酱汁，它在变成酱之前应该是个茄子。

早晨八点：我们抵达伊苏斯（Issus），亚历山大大帝曾在此地大胜波斯。它是世界历史的一个转折点，但现在看起来是个相当破败的地方：一个杂乱的村子，有一处加油泵，一座废弃的发电站，一家脏兮兮的餐馆，散发着一股可怕的油脂和动物尸体的气味。

我的邻座是个话很多的伊斯坦布尔交警，他在上一站吃了串烤肉，现在在大街上开始闹肚子。他引来了一小拨围观群众，他们可能觉得这是伊苏斯近几个月来发生的最有意思的事。尽管时辰还早，但天气已经闷热潮湿起来。我们正在穿过奇里乞亚门（Cilician Gates），进入平原地带。路的另一边站

53

着一排排衣衫褴褛的农民，有些人锄着棉花和烟草田旁边的地，大部分人丢下农具，跑来围观我的旅伴在街边拉肚子。

这些男人相貌粗犷，愁眉苦脸，蓬头垢面，胡子拉碴。但是——环顾身边坐满了桌子的各色人等，瞥见镜子里我自己的样子——我们还能和谁说话呢？

上午九点：我们抵达安条克。肮脏的小巷子交错纵横，三面都是西尔皮乌斯山（Mount Silpius）的新月形峭壁。当我们终于走下公共汽车，摇摇晃晃地站在汽车站的强光下时，售票员给我们喷了最后一次古龙水。我摇头表示拒绝，但他无论如何都要把这可怕的玩意儿洒到我身上。

安条克，比于克－安塔基亚酒店，8 月 11 日

我洗了澡，发誓以后坚决不坐夜车巴士，坚决不再碰古龙水，然后爬上床，在约翰·莫斯克斯的几个比较催眠的传奇故事（诸如意志坚定的拜占庭隐士如何抵御了魔女的诱惑和美貌的"埃塞俄比亚男孩"）下睡到了中午。

安条克一度是拜占庭帝国的第三大都市，在叛教者尤里安统治时期还短暂地当过帝国首都，然而如今除了博物馆里的镶嵌画和一部分重建后的城墙残片外，这座城市似乎连一块昔日的石头也不曾留下。它的著名建筑——君士坦丁的黄金八角厅、利巴尼乌斯（Libanius）慷慨陈词的议会大厅、能容纳八万人的大竞技场——都消失了。拜占庭时代的安条克城，与它的老竞争对手亚历山大港一样，如今都只留存于记忆中，除了学者们的推演和猜测，谁也不会再想起它来。

这是有原因的。这座城市位于地震带的中心，历史上已经多次被夷为平地，大地震至少两百年就要来一次。如今它是一

处沉寂而偏狭的地方，建筑乏善可陈，只有几座精美的奥斯曼晚期别墅，饰着雕花木栏杆，藤萝蔓叶从百叶窗上垂落。除了偶尔光顾的考古学家，真的没有人再来安条克了：土耳其政客、记者、旅人，甚至连库尔德工人党都不来了。

整个欧洲、中东大部分地区和整个北非海岸，一度都由这个小镇子统治，这一事实想来令人惊异。而现在，即便以土耳其的标准来衡量，它也是一个闭塞落后的地方。也许有朝一日，洛杉矶或旧金山也会变成这样吧。

当约翰·莫斯克斯于六世纪九十年代来到安条克时，这座城市的衰落已经无法掩盖了。曾经位居所有神学流派之冠的安条克学派辉煌不再。金口约翰与摩普绥提亚的狄奥多若（Theodore of Mopsuestia）的时代早已成为过往，尽管塔尔苏斯的狄奥多若（Theodore of Tarsus）很可能就是在这一时期来到安条克，接受安条克传统的解经训练的，后来他被任命为第七任坎特伯雷大主教，将他接受的学术训练带到了盎格鲁－撒逊人统治的英格兰。安条克的港口塞琉西亚和皮耶里亚开始淤塞，地中海的大型贸易开始绕过这座城市。市场上在售的只有当地农产品，这里曾有如云的商队，买卖来自波斯、印度和东方的丝绸及香料，如今则搭起了难民的棚屋。

此外，堕落的风气也已开始蔓延，安条克的名声最为不稳。当皇帝构陷一个好惹麻烦的主教"与妓女有染"时，没人报以哪怕片刻的质疑。安条克剧院以其壮观的水上表演闻名，据一位相关人士所言，其特色是"大量来自底层社会的 55

裸体少女"，而这座城市的十八个公共浴场，像帝国所有的公共浴场一样声名狼藉。后来成为"君士坦丁堡之鞭"的金口约翰，其职业生涯的起点就是安条克的风纪督察，他严厉批判了安条克修士与修女之间的"精神伙伴关系"，还指责上流社会的女子惯于在仆人面前着装暴露，"她们柔软娇嫩的躯体上，除了沉重的珠宝外一丝不挂"。

然而，巫术才是这座江河日下的城市的头等大罪。当时人们认为恶魔无处不在，堪比土耳其市场上成群的苍蝇（教皇格里高利一世常常建议人们在生菜上画十字，以防把叶子上的恶魔吞下肚），而在安条克，巫术活动甚至蔓延到神职人员中间——或至少传言如此。安条克的竞技场就是一个远近闻名的巫术中心：那里不仅有各种对付御车手和马匹的巫术，长廊里还摆满了裸体的古典雕塑，据说这是那些司肉欲的恶魔出没的地方。还有一则传说，讲了一个犹太巫师在午夜时分将一位长老带到竞技场，这位长老刚被新上任的主教解除了司库的职务。巫师成功召唤出撒旦，撒旦向他承诺，如果他同意成为黑暗的仆人，并亲吻撒旦的脚趾以示服从的话，就帮他官复原职。这位长老照办，把灵魂出卖给了魔鬼。这是拜占庭版的浮士德故事。

安条克人就被这类故事耳濡目染着，忧心忡忡的他们不去寻求神职人员、拜占庭的总督或军队统帅（magister militum）指点迷津。相反的，他们找的是高柱修士小圣西米恩（St Symeon Stylites the Younger），这位著名的隐士在城外数英里的地方立起了他的隐修柱，在上面向信徒们发表一系列可怕的威胁和警告，呼吁他们改过自新。

56　　　他的力量非比寻常。据一位为他作传的匿名作家说，他衣服上的尘土比烤鳄鱼、骆驼粪或掺了蜡的比提亚奶酪更有疗效，而后面那些都是拜占庭医生药箱里的常备药物。他衣服上的尘土能治疗便秘，让不信上帝的人得麻风病，使死去的驴子复活，还能把发酸的酒变甜。它还能护佑遇上暴风雨的船舶平安无事。有一个叫多罗修斯（Dorotheus）的人，在圣西米恩的修道院里担任神职人员，某年隆冬时节，他在禁航期出海，相信圣西米恩能保佑他。然而，船在离陆地很远的地方遭遇狂风暴雨，船被巨浪推上浪尖，船员们被甩到甲板上。船长陷入绝望，而多罗修斯拿出一抔蒙圣西米恩赐福的尘土，将其撒在船上："空气中弥漫着一股甜蜜的芬芳，翻滚的海浪平息下来，一阵好风吹鼓了帆，将船安全地送到了目的地。"

西米恩显然不是一个可以小觑的人。一个安条克制砖工人曾私下里表示，他认为西米恩展示的奇迹估计不是上帝的杰作，而是魔鬼的把戏。结果没多久这名工人的手就烂掉了，"直到他泪流满面表示忏悔，才得到宽恕，恢复了健康"。不光是手，西米恩对身体的其他部位有同样立竿见影的效果。一个由莫斯克斯记录的故事讲述，某变节的修士脱下教袍，离开他在埃及的修道院到安条克定居。有一天，在从海边回城的路上，这位前修士决定去看看西米恩的柱子。他刚走进围墙，这位高柱修士就在一大群朝觐者中把他指了出来："把剪刀拿来！"西米恩奇迹般地发觉这位来客做过修士，高声喊道："给那个男的剃头！"

西米恩把他送回埃及的修道院，并向他保证神已经原谅了他的叛教行为。神的谅解如期而至：一个周日，当这位修士正在修道院的回廊里领圣餐时，"他的一只眼珠突然掉了出来"。诡异的是，这被看成一件喜事，至少在西米恩的狂热崇拜者眼

57　中是如此。气都喘不上来了的莫斯克斯评论说："弟兄们凭这件事，就明白上帝已经赦免了他的罪，正如义人西米恩预言的那样。"

　　吃过午饭，恢复了精力，我出门去找一个愿意载我去奇山（Wonderful Mountain）的司机，奇山地处当代的安塔基亚城南几英里，高柱修士西米恩的隐修柱遗址就在那里。

　　在集市上——一条带拱顶的奥斯曼时期的大街，还是沿着拜占庭时期的老路修的——我寻到一个虔诚的、留着大胡子的司机，名叫伊斯麦尔。他有一辆道奇卡车，很旧，重新漆过多次，现在是柠檬黄色的。我们讨价还价了很长时间，两边都感觉对方在忽悠。等伊斯麦尔行完晌礼后，我们乘卡车离开安条克，向南驶去。

　　到处都栽着橄榄树：一排排树木整齐排列成棋盘状，映衬着小山丘灰色的土壤。如果没有偶尔在树林上闪现的宣礼塔尖，以及一群群穿大褂子、往手推车上装柴火的农民，这里可真像翁布里亚（Umbria）。在我们左手边的山谷里，牧羊人和他们汪汪叫的狗领着一群长耳山羊和绵羊，穿过芦荟地和桑树林，铃铛叮当有声。几分钟后，奇山完美的尖顶在未尽的晨雾中浮现。

　　卡车从大路颠到一条小道上，沿着一条尘土飞扬的干涸河谷往山上开。我们经过一对老夫妇，他们用鹤嘴锄锄着一块荒芜的梯田。这条陡峭的小路继续盘旋向上，眼前的风景渐渐开阔起来。遥远的前方，地中海的波光闪耀着金属的色泽；南面是卡西乌斯山（Mount Cassius）和叙利亚的橄榄树林；北面是奇里乞亚一望无际的炎热平原；而我们的脚下，透过蒸腾的雾气，能够看见缓缓流淌的奥朗提斯河（Orontes），还有河两岸深绿色的柏树。

约翰·莫斯克斯当年来到这里时，视野所及的每个山头上都满是高柱修士，他们之间的竞争还挺激烈：如果一个修士被雷劈了——这事发生的概率显然不小——他的竞争对手就会据此认为上帝对这人不满，劈死他可能意在指出这人是个深藏不露的异教徒。据莫斯克斯在《精神草地》中的记载，拜访这些柱子顶上的圣徒，是安条克郊区虔诚的夫人小姐们流行的午后活动。而他们中最时髦的无疑是西米恩，他的柱子距达芙妮瀑布（安东尼带克利奥帕特拉来度蜜月的地方）不远，坐轿子就能到。

如今，似乎没什么人再来拜谒西米恩的圣祠了。安条克的基督徒已为数不多，比起一个被遗忘的隐士的陈迹，他们有更重要的事要操心。斑驳残破的柱子被教堂、修道院、朝觐者的旅店和小礼拜堂的断壁残垣包围着，一眼望去尽是倾圮的墙壁和拱顶。唯一还上这里来的是带着羊群躲避暴风雨的牧羊人。甚至连那条尘土飞扬的小路也不通到西米恩的柱子。于是我让伊斯麦尔留在路口，他在他的祈祷毯上做礼拜，我则一个人向山顶爬去。

当我爬到陡峭的山脊顶上时，抬头望见蜂蜜色的砖石建筑的线条，那就是隐修柱群的围墙部分。但当我向那片遗址走去时，才逐渐感受到它有多么壮观，多么绚丽：呼啸的山风掠过空旷的山顶，其上屹立着一座宏伟的大教堂，石柱精工细刻，技艺精湛绝伦。这栋建筑的奢华与排场是经过细心考量的：笼雕式柱头由普罗科内森大理石构成，雕花繁复，凿刻遒劲有力；壁柱和额枋的雕饰之华贵堪比皇家。这很奇怪：一个衣衫褴褛、目不识丁的隐士，受到家境富裕、颇有文化修养的希腊化罗马贵族的追捧。而更诡异的地方在于，一个以苦行僧般的简朴著称的隐士，在如此穷奢极华的环境里惩罚自己。这仿佛是在丽兹酒店里搞绝食抗议。

我从一堆坍塌的柱子和翻倒的柱头上爬进教堂。与此同时，一条细细的黑蛇从一座大理石台上爬下来，穿过一片罂粟花丛，然后消失在一个黑咕隆咚的地下蓄水池里。我坐在它刚刚爬过的地方，翻开《精神草地》，读起莫斯克斯笔下一度将这里挤得水泄不通的人群，他们来朝觐西米恩，来聆听他讲道，甚至可能是来找他治病。从海岸到安条克的道路上，曾经挤满了来自地中海世界的供奉者和朝圣者。而如今，这里只有一条蛇和一个我。

这片建筑群遵照的是头一位高柱修士圣西米恩（老圣西米恩）的先例。一个世纪以前，他在阿勒颇附近第一个竖起了隐修柱，目的是躲避蜂拥而来的朝圣者。他的柱子原本只是逃避见人的权宜之计，后来偶然成了一种苦修的方法和一个象征符号。老圣西米恩的隐修柱周围的建筑，是拜占庭皇帝在他去世后下令修建的，因此他的隐修柱成了一件圣遗物，包围这根柱子的教堂则是一个巨大的圣体匣。但在这里，在奇山，有一个关键的不同之处：这里的教堂是修给一个活着的圣徒的。这是基督徒的虔诚有史以来最不可能有的表现形式之一，一个活着的人——一个平信徒，甚至连神父都不是——成了一座教堂的尊奉对象。

隐修柱的残骸仍然立在一座八角厅中央的基座上，底座周围是一层层垒起的石凳。在一座寻常规格的拜占庭主教座堂里，这种被叫作 synthronon 的石凳是提供给高级神职人员的，它们设在半圆形的后殿里，可以望到祭坛。但在这座教堂里，传统的礼拜仪式被安排在侧边的小礼拜堂中，教堂的正殿并不朝向祭坛（即上帝），而是朝向圣徒本人。这位高柱修士已经成为基督教版的德尔斐神谕：在至高的山巅立起隐修柱，他高居其上，字面意义地接近天国，他所说的一切都被当成上帝的话语。异教徒的幽灵一直困扰着拜占庭人，但在安条克，似乎无人质疑过高柱修士或他们的追随者有什么越轨行为。甚至当埃及的修士试图将西米恩逐出教会时，拜占庭教会的其他人也猜测他们只是嫉妒罢了。这种猜测也许不无道理，毕竟高柱修士抢了沙漠教父们的风头。 60

　　太阳正朝地中海方向沉落而去。远处，东方的地平线上出现了闪电。虽然天很快就要黑了，我还是流连在断壁残垣里，在暮光下的建筑群间穿行，对约翰·莫斯克斯身处的世界之怪异感到好奇。这座令人惊叹的古典教堂，在技艺上费尽心思，思想上却又天真得很，笃信这些在柱子顶上大呼小叫的衣衫褴褛的陌生人，能够拨开沉重的肉体的帘幕，直视上帝的面容。他们站在柱子顶上，被人们视作超凡入圣、能够远远望见的光明灯塔。的确，在某些记载里，我们看到有信徒说圣人脸上的光华过于闪耀，能够和神自存的光明争辉。

　　拜占庭人把这些高柱修士当成中介，后者可以帮他们把灵魂最深处的恐惧与渴望传到遥远的天堂。这些出身寒微的普通人，凭借大无畏的苦行僧精神，得以接近基督的耳畔。正因如此，拜占庭的圣人和高柱修士成了半个基督教世界热望的焦点。他们被认为已经突破了现实的界限，直接接触到神。现代人很容易把拜占庭隐士的怪癖贬为荒诞的马戏团表演，但这样做忽略了一点，即人类最深切的希望和信念，往往很难用狭义的逻辑或理性解释。在一位高柱修士的隐修柱下，人们要面对一个尴尬的事实：古人为之感动至深的东西，现在即使是信徒也只能投去匆匆一瞥了，而在西方理性那细致严苛的变形显微镜下，它们就相当荒谬和不可理喻了。

61　　回到安条克，暴风雨还没来临，于是闷热的下午变成了透不过气、酷热难当的夜晚。在小巷子里，许多家庭都露天睡觉，把草垫和旧地毯铺到人行道上。老祖母们坐在后面的凳子上织衣服，戴头巾的妇女把热气腾腾的烤肉饭端给盘腿而坐的丈夫。富裕一些的家庭则把电视机搬到路边汽车的引擎盖上，在前面围坐成一个半圆。电视里的枪击声、土耳其肥皂剧的絮语声和蝉鸣交织混杂在一起。

　　我让伊斯麦尔放我下车，随后在黑夜中走过狭窄的街道，经过那些老房子的木制阳台，穿过集市上的藤纹屏风。沿着小巷走下去，穿过拱形的门洞，你能浮光掠影地瞧上一眼院子里不为外人所知的生活：驼背的老妇人从厨房走向后院，头戴平顶帽的老头儿拄着手杖，在棕榈树下扯些家长里短的闲话。

　　差不多一个小时之后，我找到了一家咖啡馆，里面有一座奥斯曼大理石喷泉，我在那里洗去下午所沾的灰尘，随后坐下来喝了一杯拉克酒。屋里飘着土耳其烟草的刺鼻气味，响着下双陆棋的噼里啪啦声。鹅卵石路上，留着伊斯兰大胡子、脸上沟壑纵横的老头儿们推着一车车无花果和石榴经过。漆黑的小巷子里，一群皮肤黝黑的少年在满地垃圾里踢球。小一点儿的孩子把旧木板条做的玩具车拖出来，轮子是从锈迹斑斑的手推车或自行车上拆下来的。黑暗中，从城市另一头传来的阵阵鼓声告诉我，某个看不见的地方正在举行一场割礼。

后来，我在回酒店的路上转错了弯，无意中被一座希腊东正教堂绊住了脚步。这是一座十八世纪的建筑，意大利风格，正面平坦，庭院里有一座小小的钟楼。整片建筑被低调地隐藏在一个狭窄的拱门里，看门人是个土耳其老头，穿着宽松的沙尔瓦裤。

神父到伊斯坦布尔去了，但我从看门人那里得知，安条克现在只有两百个基督徒家庭。他告诉我说，在他生活的这几十年里，已经有一万五千名基督徒离开了安条克，前往叙利亚、巴西、德国和澳大利亚寻求新生活。和伊斯坦布尔一样，留下来的希腊人只有穷人和老人。他建议，如果我想了解更多情况，最好去找那位新近搬来这里的意大利天主教神父，他不清楚他的住址，只听说是在附近的犹太老区。

找到他并不难，好像每个人都知道有这么个意大利人。他叫多米尼克神父，是一位来自摩德纳的传教士，瘦高个儿，满脸皱纹，一副苦行僧的面容，目光疏离冷淡，令人不安。他一个人住，我上门的时候他刚吃完晚饭。

他说他在土耳其待了二十五年，现在已经把它当成自己的家。尽管每年他还是要渡过地中海，去和年迈的父母一同住上两个星期。

就像那个东正教堂的看门人一样，多米尼克神父对基督教在安条克的未来持悲观态度。"安条克是早期基督教会的第一批中心之一，"他说，"圣彼得和圣保罗都曾在这里布道。根据《使徒行传》的记载，耶稣的使徒就是在安条克被首次称作'基督徒'的。但现在这里只有两百个基督徒家庭了。"

"那他们将来会怎么样呢？"我问。

"他们比伊斯坦布尔的希腊人过得好，"多米尼克神父说，"他们人数太少，不足以构成威胁。土耳其人不会拿他们怎么样。但基督徒社区以后会消亡的。年轻人还是在往外移民，主要是去巴西。可能从使徒时代起这里就有基督徒了，但我怀疑二十年后还会不会有。"

我问安条克的伊玛目们对他在此地的活动有什么看法。

"我刚来的时候，他们来拜访我，问我：'你信仰什么？'我就把一些土耳其语的书拿给他们看。其中一本是赞美诗，上面写着'神之子耶稣'。他们大惊失色，一半人走了，嘴里念叨着亵渎神明之类的话。但有两三个伊玛目留下来喝茶，我们一起探讨神学。他们指责我用了伪福音书，说只有《巴拿巴福音》（Gospel of Barnabas）才是真的。"

"《巴拿巴福音》？"

63　　　"一个改宗伊斯兰教的原基督教徒，在中世纪晚期写的伪福音书。穆斯林喜欢这本书，因为它说耶稣是个好人，是个先知，但不是神的儿子①。我跟他们说，《巴拿巴福音》是在中世纪写的，这个作者显然什么都不知道，因为他写耶稣乘船去

---

① 伊斯兰教与基督教同出犹太教，都奉亚伯拉罕（伊斯兰教称易卜拉欣）为神派来人间传教的先知，都崇拜唯一的神（犹太教称雅威，基督教称耶和华，伊斯兰教称安拉）。伊斯兰教也认可耶稣（伊斯兰教称尔萨）为神派往人间的先知，将其名列十八位"大圣"之一，但否认他是神之子。——译者注

耶路撒冷①。我们吵了一天。从那以后我就没遇到过什么真正的麻烦了。"

我问他在土耳其的这些年，有没有使什么人皈依基督教。他摇摇头。"没有，"他笑了，"这里只有十个天主教徒家庭，都是十九世纪从黎巴嫩搬来的马龙派。但在山区，有许多亚美尼亚人，自1915年的大屠杀以来就一直假扮穆斯林。有时他们来找我行洗礼，虽然我是个天主教徒。他们在公开场合说自己是穆斯林，但他们自己知道——我也知道——真实的情况是怎样。"

我告辞的时候，问多米尼克神父，独自一人住在异国他乡，代表一种现已被视作外来物的信仰，是否感到孤独。他耸了耸肩膀："孤独是什么？"

比于克－安塔基亚酒店充分展示了土耳其的那种小地方德行：花大把的钱建一座非常好的酒店，然后放任它在几个月里烂成一堆支离破碎的零件、漏水的热水器和磨损的电器。灯座里没有灯泡，马桶水箱里没有浮球阀，水龙头拧不出水，很多门上没有门把手。

从多米尼克神父家回来时，我发现有一列长长的红蚁爬往我的房间，一条小溪从溢满水的水箱里蜿蜒而出。红色的电话是个死塑料疙瘩，而淋浴间（坏了）里的蟑螂活蹦乱跳。最

---

① 据《马太福音》，耶稣是骑驴去的耶路撒冷。见《新约·马太福音》21：5："要对锡安的女子说：'看哪，你的王来到你这里，是温柔的，又骑着驴，就是骑着驴驹子。'"——译者注

64 糟糕的是，空调吹出来的风闷热潮湿，还发出军乐队似的噪音。我回头去接待处找人来修，当我站在那儿等时，注意到我的信箱里有一封信。

信是酒店经理留的，告诉我两个坏消息。先是一张简短的便条，回答了我关于怎么去乌尔法（古代叫埃德萨，它是我去图尔阿卜丁的下一站）的问题：没有火车，只有一班巴士，晚上发车，凌晨抵达——又是一趟无法逃避的夜间巴士之旅。第二个消息更坏，是从《土耳其日报》英文版上剪下来的一篇报道，说库尔德工人党突袭了图尔阿卜丁的主要城镇米迪亚特（Midyat）附近的一个村子，双方展开交火，两名乡村警卫队员丧生，还有五名被库尔德工人党扣为人质，拐进了山里。

我拿出地图，找那个村子在什么地方。它离圣加百列修道院——我下周要待的地方——只有两英里。

乌尔法，图尔班旅馆，8 月 12 日

凌晨三点，大巴在乌尔法市郊的一个环形交叉路口把我放了下来，然后驶入夜色之中。我睡得晕晕乎乎，几分钟后才意识到，我此刻独自一人站在黑暗里，离市中心还相当远。我一边咒骂行李里的书怎么这么重，一边在萧瑟而晦暗的街道上徘徊，寻找一家旅馆。

四十分钟后我到了图尔班旅馆门外，像疯子一样敲门。过了一会儿，穿着睡衣的旅馆老板来了。他看到我凌晨四点站在门口擂门，喊着说要进去，脸上露出惊讶的表情，这当然是可以理解的。他小心翼翼地透过玻璃观察了几分钟，最后好奇心

65 占了上风，放我进来了。我填了一大堆登记表，然后进了一间昏暗的屋子，仅有的照明工具是一个没有罩子的灯泡。屋里很

脏，只有一把塑料椅子和一张金属架子床。但我早就不在乎了，立刻倒在床上睡了过去，衣服都没脱。

六个小时之后，我被大开的窗户外的日光弄醒。还没到中午，但天气已经很热了。我能听到外面集市上的铜版画家在工作时发出的敲打声。我在楼梯顶上的一个脏脸盆里刮了胡子，然后走进了眩目的天光下。

乌尔法是一个地道的丝绸之路上的商镇，仿佛直接从《一千零一夜》里走出来似的：一个街巷纵横驳杂，回响着不同语言（阿拉伯语、波斯语、库尔德语、图罗尤语、土耳其语）的巴别塔。空气中弥漫着浓重的烧烤烟气和烤肉的味道。在透过天窗时隐时现的日光照耀下，来往着一大群看起来像从部落里出来的野人：来自伊拉克的库尔德难民，身材瘦削，桀骜不驯，长着鹰一般的眼睛，身着宽松的长裤和腹带；来自伊斯法罕的波斯朝圣者，面黄肌瘦，身上的黑色长袍飘飘欲举；来自乌尔法山区的尤鲁克（Yürük）牧民，脸颊饱经风霜；身材矮胖的叙利亚阿拉伯人，穿戴着全套的杰拉巴①和卡菲耶②。成群的肥尾羊摇摇摆摆地从中世纪的拱廊里穿过。一家茶馆外聚集着一群牧女，穿着深浅不一的紫色印花棉布衣裳，她们围坐在一个大银托盘周围，托盘上摆满了白色小碟子，里面盛着油汪汪的可口蔬菜。她们头上包着做工精细的头巾，但脸露在

---

① 杰拉巴（jellaba）：阿拉伯长袍。

② 卡菲耶（keffiyeh）：彩色格子的阿拉伯头巾。

外面，双颊上有十字和卍字的刺青。在她们身后，一大锅烤肉饭在火上冒着热气。

乌尔法一直是个边境城市，诸多民族混居在一起。在约翰·莫斯克斯的年代，它位于世界上最敏感的边境，将波斯与拜占庭这两个古代晚期最强大的国家分隔开来。作为由东到西仅有的两处合法过境点之一，埃德萨——尤其是城中的商人阶层——从这两个敌对的帝国间的贸易往来中获益，发展迅猛。波斯人从拜占庭购买黄金和小羊皮手抄本；拜占庭人从波斯购买印度香料和中国丝绸，以及最重要的，深色肌肤的亚洲女奴。帝国国库从 12.5% 的商品关税中获利颇丰。泰亚纳的阿波罗尼乌斯（Apollonius of Tyana）是一位多神教的智者和行巫术者，他从印度和东方传教归来，帝国的海关官员问他有何物要申报，他回答："节制、美德、正义、贞洁、坚忍和勤勉。"海关官员听完这一席话，问道："那你把姑娘们藏哪儿去了？"

商人不是唯一超越分歧的人。埃德萨是拜占庭重要的大学城之一，波斯及其他地方的学者慕名而来，在埃德萨的演讲大厅里展开丰富的思想交流。波斯和印度的思想对埃德萨的神学理论影响显著，这里的神学流派以传授危险的异端思想而恶名远扬。在这个多元化的环境里，最声名狼藉的异教徒——埃德萨的巴尔代桑（Bardaisan of Edessa），能够准确地描述印度教神职人员与和尚的饮食制度，与此同时，印度的故事和传说出人意料地以基督教的外壳被记录下来：释迦牟尼的生平故事可能就是通过埃德萨传入拜占庭（最终到达西方）的修道院图书馆的。

这种交流并不是单向的。埃德萨有一所波斯人学校，据记载，六世纪至少有三位波斯聂斯托利派教会的牧首，在青年时代曾长期在埃德萨学习希腊医学和哲学。埃德萨建立在东西方哲学的断层上，成了一个大熔炉，种种古怪的异端邪说和奇特的诺斯替教义在里面沸腾轰响。有一个叫作埃尔沙西亚（Elchasiates）的教派，宣称它的创始人埃尔沙赛奥斯（Elchasaios）从两位身材高大的天使那里得知，基督在每一个世纪都曾转世，而且每次都是由处女所生。两位天使还教导埃尔沙赛奥斯，他的追随者应当尊水为生命之源。天使还传给他一个秘方，供该派信徒被疯狗或蛇咬伤时使用。为了进一步丰富这一大杂烩，埃尔沙西亚派的信徒还遵守古老的犹太摩西律法，给自己的儿子施割礼，严守安息日，以及坚决反对《新约》里的创新内容，比如圣保罗的书信。

更离经叛道的是马西昂派（Marcionites），它对犹太教抱一种截然不同的态度：他们认为《旧约》中严厉的耶和华与《新约》中真实而善良的造物主相去甚远，甚至可以说前者是后者的敌人。如果真是这样，那从逻辑上讲，《旧约》中的英雄实际上都是恶棍：整个埃德萨的马西昂派信徒都在高声赞美该隐、索多玛人、尼布甲尼撒王，以及万恶之源——伊甸园里的蛇。

与此相反，马西昂派的死对头梅赛林派（Messalians）视十字架为他们憎恨的对象，拒绝奉玛利亚为上帝之母。他们坚信通过祈祷驱魔是可行的：只要你祈祷足够下功夫，恶魔就会像黏液或口水一样从鼻孔和嘴巴里流出来。一旦驱魔成功，信徒便与圣灵结为一体，从此他就能为所欲为：没有什么罪孽和放荡能够伤及他的灵魂，因为它已属于上帝的一部分。一个从马西昂派分离出来的组织，卡波克拉提亚派（Carpocratians）

将这种观点推向了极致：他们坚信，如果想得到真正的自由，信徒必须审慎地选择忽略善恶之间的鸿沟。

那些刻板的神职人员来到埃德萨后惊恐万分地发现，基督教世界的其他地方所理解的正统基督教，仅仅被埃德萨居民视作诸多备选项之一，供有兴趣的信徒挑选。他们对所有教派的教义都一视同仁。与公元一世纪早期的教会一样，教义仍处在变化之中，没有人对基督的启示做出解释，也没有任何一本福音书能凌驾于其他福音书之上。事实上，在六世纪的埃德萨，东正教徒仅仅被称作"帕鲁提亚派"（Palutians），这个名称来源于埃德萨一位饱受非议的前主教。来访者目瞪口呆：如果区区一城都能以如此多截然不同的方式解读基督教，那有朝一日这些异端倾向蔓延到整个帝国，又会发生什么呢？

在埃德萨的确发生过一些奇怪的事情。公元 578 年，也就是约翰·莫斯克斯踏上旅途的那一年，一群身居高位的埃德萨人（包括总督）在向宙斯献祭时被抓了现行。更糟糕的是，许多埃德萨居民公开宣称自己信奉摩尼教，这一教派相当古怪且富于创造力——甚至按埃德萨的标准来说也是如此——以至于人们搞不清摩尼教到底是基督教异端，还是琐罗亚斯德教异端，还是过去多神教的遗存，或干脆就是一种全新的宗教。

在埃德萨，任何一种信仰或多种信仰的混合貌似都是可能的——只要它具备创造性、非正统、非常怪异且极其复杂。但是，不同信仰的蓬勃发展所凸显的一个事实是，我们现在所理解的基督教及其大致面貌，是在一系列历史偶然（当然，如果你乐意，也可以说是圣灵所为）中被接受和确立为正统的，而摩尼教、马西昂派和诺斯替派的思想则成了异端。毕竟像希波的圣奥古斯丁这样智慧的神学家，在皈依如今我们眼中的正统信仰之前，也做过几年摩尼教信徒。在基督教发展史早期那个不确定性很强的世界里，摩尼教或诺斯替派在宗教竞争中胜出也并非不可能，而如果真是那样，如今我们在星期日读的就是《腓力福音》（它特别强调耶稣对抹大拉的玛丽亚的炽热情欲），还要为伊甸园的蛇叫好。教堂将不再敬献给金口约翰这样的"异教徒"，而是敬献给摩尼教的神灵，比如大诺斯（Great Nous）和初人（Primal Man）。转世将被接受，不需要再三考虑。梅赛林派的驱魔仪式则将在每周日晚祷后举行。

在我出发前几个月，我的妻子因阑尾炎入院，做了一系列手术。我坐在她的病床边，一边等她康复，一边读着曾在埃德萨的集市上传播的种种异端学说。但只有在今天下午，我从集市上出来，意外进了老埃德萨博物馆，才能够真正勾勒出那让诸多奇怪的异端学说蓬勃发展的环境。博物馆的花园里陈列着精美的石雕，表现的是古代晚期的埃德萨人，他们可能皈依了某些于一世纪至七世纪在这座城市里广泛传播的异端教派。

当你走进雕塑陈列园时，可以看到左边有一座打扮得像罗马元老院元老的雕像，其他部位保存完好，只有脑袋不见了。这是一尊典型的罗马帝国时代雕塑，你在随便哪个考古博物馆（从纽卡斯尔到突尼斯，从帕加马到科隆）里都能看到差不多的。男人举止的每一处无不流露出古典时代的威仪：一条胳膊自然下垂，另一条将他的托加袍下摆拉到胸前，一条腿微微向前一步，肩膀略向后拉。长袍流畅地勾勒出一个清瘦但结实的体格。这尊雕塑的头部应该是遗失了，但躯体的姿态风度仍显示着一种浑然天成的帝国威仪，这种姿态在维多利亚时代晚期也常被用来表现大英帝国的股肱之臣（他们的雕像如今同样散落在印度各地的博物馆里，有的脑袋也没了）。这位身披托加袍的富绅何许人也？是从亚历山大港、安条克或拜占庭的家里被派往东方的总督，还是某些帝国官员雄心勃勃的外甥或前程远大的幼子，在高升之前被短暂地派往波斯边境锻炼？

70　　这个罗马人雕像旁边的一尊男子雕像，离它仅三英尺远，却代表着千里之遥的东方，身上穿着帕提亚贵族的服饰：飘逸的长衫和宽松的长裤，裤子在脚踝处系紧，和现在巴基斯坦的沙尔瓦裤没有太大区别。而与那位罗马人不同，这位埃德萨贵族留着浓密的大胡子，头发高高地在头顶束成髻，腰间系着一把佩剑，脚上穿着中亚地区流行的踝靴。你能在印度北部、阿富汗和伊朗所藏的上百尊贵霜帝国雕塑上看到同样的形象。它如今立在幼发拉底河和底格里斯河之间，但他的故乡也可以在奥克苏斯河畔，或向东更远的亚穆纳河畔。

　　在这位帕提亚武士附近立着第三尊人像，这尊人像十分典型地体现了埃德萨人对前两者的融合。他身上也穿着帕提亚式的服装，但面容和发型都是罗马式的：短发，胡子修得薄而整齐，脚上也不是帕提亚的靴子，而是一双罗马式的凉鞋。他似乎正陷入沉思之中，手里拿的不是剑，而是一本书，看上去像是市民阶级的人，受过教育，具有很高的文化修养，可能还会讲好几种语言。在埃德萨，正是这样一类人能够欣然接纳埃德萨五花八门的异端教派，它们的骨架属于基督教，血肉的丰满却得益于印度人或波斯人的启发。

　　当你参观完这座雕塑陈列园，就能对这个"帝国的十字路口"的文化之多元有一个直观印象：一群帕尔米拉女士的半身像，她们可能是芝诺比娅（Zenobia）宫中的女官，脸庞被面纱遮去一半，颇为神秘，她们的身份湮灭在已经损毁的亚拉姆铭文之后；赫梯的石柱——长长的几排大胡子男人，戴着女巫似的尖顶帽；阿拉伯的墓碑；拜占庭的狩猎镶嵌画；罗马的丘比特；早期基督教的圣水盆，上面覆盖着交织缠绕的藤蔓状石刻。

不过最有趣的一点大概在于，这些作品可以来自任何一个在此汇聚的伟大文明。有一尊黑色玄武岩雕塑，刻画的是一个女子，生着华美的双翼，身上的长袍像罗马的基督像一样飘舞飞旋，仿佛被某种神圣的气流裹挟着。透过轻薄的长袍，可以看见她的肚脐，一个乳房袒露在外，另一个被衣服遮掩着。她昂然前进的姿态令人生畏。然而她的头颅遗失了，现在没有人能确知她究竟是罗马的胜利女神，还是帕提亚的女神，还是摩尼教的黑暗使者，抑或诺斯替派的大天使。

我啪的一声把旅行日志合上。暮色已经降临。我还坐在博物馆附近的一家茶馆里，这里闷热潮湿，一群蚊子在街灯的硫黄色光芒下嗡嗡叫，混杂着蝉鸣声。我把本子夹在胳膊底下，准备回旅馆。

我半路上在乌鲁贾米（Ulu Jami）停了下来，在约翰·莫斯克斯的年代，乌鲁贾米是一座东正教的大教堂，后来才被改建成清真寺。从拜占庭时代遗留至今的只有一座拱门、东墙上的一些残片和八角宣礼塔的基座，它曾经是东正教堂的塔楼。

当我尝试辨认拜占庭的砖石止于何处，土耳其的砖石又始于何处时，一个年老目盲的宣礼员从祈祷大厅沿着一条小路啪嗒啪嗒地走过来。我挡了他的路，但他看不见，擦着我的身子走过，来到宣礼塔入口处，摸索着试图把钥匙插进锁眼。最后我听到咔嗒一声响，很快又听到他啪嗒啪嗒地上楼去了。

　　他上到塔顶，打开麦克风，准备召集信徒前来祈祷。他上气不接下气的喘息声在乌尔法的大街小巷上方回荡。塔下的院子里，冷杉树下，信徒们聚集在一起，几个老头儿坐在翻倒过来的拜占庭柱头上，在去祈祷之前闲扯些八卦。

　　随后，宣礼开始了。一个深沉有力、带着鼻音的声音在夜色之中振荡开去：安拉——胡——阿克巴（意为"真主至大"）！他的语调越来越快，越来越沉，越来越响，越来越洪亮，乌尔法的居民逐渐从各个地方向清真寺涌来。宣礼持续了十分钟，直到祈祷大厅里人头攒动，院子里又空无一人。双目失明的宣礼员闭了口。随后是片刻的寂静，耳中只有蝉鸣。

　　然后，他发出了一声由衷的长叹。

　　回到旅馆后，我往圣加百列修道院打了个电话。我运气好，接电话的是阿夫雷姆·布达克（Afrem Budak）。阿夫雷姆是个在修道院住了很多年的平信徒，给修士们打打杂。我们有过书信往来，有共同的朋友，最重要的是，他英语讲得好。

　　我告诉他，我希望在三天之后，也就是8月18日星期四晚上和他见面。他说现在路况畅通，但警告我要多加小心。显然，自从我在《土耳其日报》上读到库尔德工人党发动突袭开始，政府军就已经出动了。他说，只要我在下午四点钟以前抵达应该就没问题，这个点是佩什梅格（Peshmerga）游击队开始从山上下来过夜的时间。阿夫雷姆还建议我绕路，从米迪亚特走：从尼斯比斯走虽然路程短，但显然不安全，很容易遭到伏击。

这一切让我感到很紧张，我去旅馆旁边的地下室洗了个土耳其浴。在蒸汽中坐了四十分钟，身上被一个腰间裹了条毛巾的半裸土耳其按摩师捶得青一块紫一块。我的腿被交叉扭在一起，指关节被扭得咔咔作响，脖子被整得半脱臼。这非常难受，但我想它至少成功转移了我的注意力，让我不去费心思量第二天的旅程。

乌尔法汽车站，午餐时间，8 月 15 日

这是一个完美至极的早晨。夜间的一场暴风雨把空气淋洗得干净，到了破晓时分，空气清新，冷冽，明朗：天色蔚蓝，微风吹面，整座城市看上去焕然一新，还有雨后隐约的一丝杏花香气。

在清晨的微寒中，我穿过这个逐渐从睡梦中醒来的城市。集市的尽头，浴场的半圆形穹顶上方，矗立着古代要塞城墙。在巍峨陡峭的城墙脚下，被茂密的柳树、桑树和柏树环绕着的是亚伯拉罕的鱼塘，它是乌尔法最非凡的古迹。

在古代晚期的埃德萨盛行的那些异端教派，很少有能挺过基督教时代的头几个世纪的。它们在六世纪晚期被极端拥护正教的拜占庭皇帝镇压，随后被外来的伊斯兰教扑灭，诺斯替派学说的最后一点火星在十一世纪越过地中海，传到法国南部海岸，鼓舞了那里的清洁派信徒（Cathars）——直到清洁派又在十字军东征中被西蒙·德·孟福尔（Simon de Montfort）所

73

率的军队屠戮。

然而，在美索不达米亚某些人迹罕至的边陲地区，这些古怪的教派仍有遗踪可寻。据说在奥朗提斯河上游附近的山区，伊斯兰教的努赛里派（Nusairi）异端还在信奉源自古代晚期的新柏拉图教义。同样，在底格里斯河下游，巴格达附近，有一个名为曼达安（Mandeans）的秘密教派，自称是施洗约翰最后的追随者，其宗教生活隐约流露出早期诺斯替派的某些特征。现在的埃德萨已经没有这些东西了，如今这里都是铁杆逊尼派穆斯林。可尽管如此，这些鱼塘还是代表了这座城市与过去种种异端教派的最后一丝联系。

主池塘是一个长长的、褐色的方形池子，里面的水来自它本身丰富的地下泉。男人带着他们的女眷在池塘边散步，她们在正午的酷暑下摇摇晃晃地跟在丈夫身后几步远的地方。

池塘的一边是一座典雅的蜂蜜色奥斯曼清真寺，拱廊上有精致的拱门，另一边是个阴凉的茶园，周围栽种了一圈红荆，岩鸽的咕咕声与双陆棋子有节奏的碰撞声令人昏昏欲睡。我坐下来点了一杯土耳其咖啡。咖啡是用一个圆形的钢托盘端来的，上面还有一碟瓜子和一碟甜的绿葡萄。我嗑着瓜子，望着池塘那边的光景。

每隔一段时间，就有茶客朝一个坐在清真寺外的男孩走去，向他买一包草药，然后往池子里扔一粒。随即水面就掀起一阵原始的搅动——一阵由鱼鳍、鱼尾和充满饥渴的黄色鱼眼引起的骇人的震动——鲤鱼腾跃着抢食，嘴巴张得老大，尾巴四处乱甩。

这些鱼近看和小型鲨鱼差不多，长着光滑的金褐色鳞片、硕大的身体和洞穴般的嘴巴。它们贪婪地在水里游来游去，跳起来抢食时尾巴如砍刀般挥舞——这把那些体型较小的鱼吓得够呛，它们尽力往远处游，害怕自己会成为那些大块头亲戚的目标。有些游得慢的鱼被咬伤，伤口和里面感染的白色真菌在它们身上留下疤痕与斑点。自相残杀显然是这些鱼面临的唯一危险，因为人们把这些鱼视作圣物、亚伯拉罕祝福过的鱼的后代，据说吃了它们的人会马上双目失明。

一位清真寺的老伊玛目在我隔壁桌喝茶。他的一只眼睛得了沙眼，笑起来的时候露出一大片牙龈。他请我坐到他那桌去，我向他请教关于这片池塘的起源的传说。

这位伊玛目告诉我，亚伯拉罕出生在城堡山上的一个洞穴里，他藏在那里，不让这里的城主猎户宁录（Nimrod the Hunter）知道。然而宁录还是找到了亚伯拉罕的摇篮，用卫城的两根多神教的立柱作为发射器，把婴孩投入了山丘下的熔炉中。幸运的是，万能的上帝意识到他对人类神圣的安排面临危险，立刻出手干预，把熔炉变成了一个满是鲤鱼的池塘。鲤鱼按神的旨意游到一起，组成了一只救生艇。它们接住婴儿，把他送到了岸边。出于感激，亚伯拉罕许诺任何吃鲤鱼的人都会双目失明。

这个故事我在乌尔法听了不少版本，大多数在细节上相互矛盾，但大致框架差不多，都以某种方式把亚伯拉罕、要塞、池塘和鲤鱼串联起来，再加上一个跑龙套的宁录。虽然《创世记》确实特别提过亚伯拉罕到过哈兰（此地离乌尔法只有二十英里），但宁录为什么会出现在乌尔法却是个谜。大洪水之后，他在《圣经》中只被提到过几次，但都与亚伯拉罕和乌尔法没有任何关联。可这位伊玛目坚定认为，宁录是乌尔法的奠基人，是他筑起了城墙和宫殿：这是《圣经》和《古兰经》传统中都没有的一个古怪说法。

但历史学家揭示的鱼塘的真实历史，与我在鱼塘边听到的版本一样古怪。这些池塘显然很可能可以追溯到亚伯拉罕的时代，甚至连吃鱼的禁忌都似乎是古代美索不达米亚的遗风。因此历史学家们一致认为，这些鱼塘的起源与伊斯兰教，甚至与早期基督教或犹太传说都无关。相反，几乎可以肯定的是，它们是中东地区最古老的一种崇拜——叙利亚的生育女神阿塔加蒂斯（Attargatis）崇拜的遗迹。

古代关于崇拜该女神的唯一可靠资料，出自公元二世纪作家萨摩萨塔的吕西安（Lucian of Samosata）之手。在他的叙述中，阿塔加蒂斯崇拜以水崇拜为核心——作为沙漠里发展起来的生育崇拜，这是说得通的。在这位女神的庙宇里，美人鱼的雕像矗立在池塘边，那时池塘里的鱼就和现在一样肥硕了。据吕西安说，从来没有人吃这些鱼，它们非常温驯，一叫名字它们就会游过来。阿塔加蒂斯的祭坛位于湖中央，信徒们常常游到那里，以爱与生育女神之名举行颇具情色意味的仪式。

当基督教被埃德萨接纳时，它也染上了许多这里的异教色彩。阿塔加蒂斯的祭司们有自我阉割的风俗，因此直到公元五世纪，埃德萨的基督教主教还在竭力阻止他的神父对自己的生殖器动刀。同样令人惊讶的是，鱼塘似乎从一个异教生育崇拜的圣地，成功地转变为基督教的圣地。

公元384年，西班牙的修女院院长艾格丽亚（Egeria）去耶路撒冷朝圣，途中路过埃德萨，主教邀请她到池边野餐。如果她知道吕西安是怎么描写在鱼塘举行的生育仪式的，那她应该会怀疑主教此举的意图。显然，她对鱼塘的异教本源一无所知，她说这些池塘是上帝奇迹般地创造出来的，里面"全是我从未见过的鱼，它们的体型如此硕大，色泽如此耀目"。

在被阿拉伯人征服之后，鱼塘继续受到人们的尊奉，只不过罩上了伊斯兰教的新外衣。这些鱼在第三种信仰中继续保持神圣。宗教的名称和神灵的性别随时代的更迭而改换，但鱼的神圣性始终如一。这种延续性颇不寻常：就像发现今天的埃及人仍在建造金字塔，或现代的某个希腊教派仍到宙斯神庙里顶礼膜拜一样引人注目。

我读过的文本里只有一处提及这些神圣的鱼被人吃过。此事出自英国圣公会传教士乔治·珀西·巴杰牧师（George Percy Badger）语气专横的信件，他于 1824 年经过埃德萨，试图说服当地基督徒放弃他们两千年以来的传统，皈依英国圣公会。他对埃德萨没什么好印象。这里的奥斯曼军队是"一群骑在马背上的胆小鬼"，这里的妇女"极其无知、邋遢，既不洗澡也不洗衣服"。和黎凡特的其他地区一样，这里"英国神职人员严重缺乏……我有充分的机会向他们解释我们教会的信条与戒律，他们对这些一无所知……当我答应送给他们一批关于我们的宗教仪式的书籍时，他们看上去很高兴"。埃德萨的集市上甚至连大黄都没得卖。这是迪亚巴克尔吸引巴杰的地方所在，因为至少在迪亚巴克尔"巴杰太太无法抗拒她的家乡情结"，做了"上好的大黄布丁"。

在埃德萨时，巴杰参观了鱼塘。他对穆斯林的迷信不屑一顾。"基督徒们经常吃这些被禁止的美味。这些鱼很容易抓，守在从池塘流经花园的水边就行了。他们用葡萄酒酱汁给鱼调味，"巴杰用赞美的语气写道，"并称它们非常美味。"

我登上要塞，俯瞰乌尔法。四周的丘陵焦枯而呈褐色。此时已近中午，除了蒸腾的热浪和远处一圈盘旋的秃鹫外，一切都凝滞不动。但城镇本身却是一片绿色、红色和橙色交织的缤纷景象：树木和花园映衬着平顶的土耳其式房屋，一百多座林立的宣礼塔打破了整幅风景。有些宣礼塔是传统的土耳其铅笔形，其他的则更为特别：乌鲁贾米保留了它的拜占庭八角厅，鱼塘上方还矗立着一座方形钟楼，有四个带双拱的马蹄形开口，它可能曾是一座中世纪早期基督教堂的钟楼。

不过，埃德萨已经没有正常运转的基督教堂了。尽管在传说中埃德萨是巴勒斯坦境外第一个接纳基督教的城市——据尤西比乌斯说，国王阿布加尔（Abgar）从埃德萨的犹太人那里听说了耶稣其人，并与他通信，在耶稣受难的前一年接纳了新宗教——但第一次世界大战以后，这里的基督教社区荡然无存。因为在 1915 年，省长开始"驱逐"亚美尼亚人：用奥斯曼非正规军的"警卫队"把他们分批赶出城，然后颇有心计地在空旷无人的沙漠中将他们杀害。由于担心祸及自身，城中余下的两千户基督徒家庭开始建造街垒进行自卫，成功抵抗了几个星期。但最终奥斯曼军队还是攻破了他们的临时防御工事。有些基督徒逃了出去，一部分人幸免于难，但更多的人死于屠杀。

在回旅馆的路上，我经过一座老旧的亚美尼亚教堂。从 1915 年开始到 1993 年，它被用作消防站。而现在，正如我所发现的，它正被改造成一座清真寺。祭坛已被拆除，后殿里空空荡荡。南墙上已经开了一个米哈拉布①。地上铺着一条新地毯，外面是一堆当年基督教会的木器，应该要拿来当柴火了。两名穿着阔腿裤的工人在外墙上施工，往大门上的装饰石刻上抹灰泥，在摇摇晃晃的脚手架上努力保持平衡。我想知道他们是否了解这栋建筑的历史，于是问他们这是不是一座老清真寺。

"不是，"一个工人冲我喊道，"这是个基督教堂。"

"希腊的？"

"不是，"他说，"亚美尼亚的。"

"乌尔法还有亚美尼亚人吗？"

"没了。"他说，笑容十分灿烂。他的同伴用抹泥刀做了一个杀头的动作。

"他们都走了。"那头一个工人笑道。

"上哪儿了？"

他们对视了一眼。"以色列。"头一个工人犹豫了一下，回答说。他的嘴笑得快咧到耳根子上了。

"去以色列的不是犹太人吗？"我说。

他耸了耸肩膀，答道："犹太人，亚美尼亚人，不都是一回事么。"

两个人又欢声笑语地继续施工了。

迪亚巴克尔，卡拉万萨雷酒店，8月16日

这是一段荒凉萧瑟的旅程：一路都是刺眼的白光和干旱荒 79

---

① 米哈拉布（mihrab）：即清真寺中的祈祷壁龛，朝向麦加的方向。

芜的草原，草被无尽的日光晒得干枯而失去了色泽。偶尔会有一个小村子出现在小山包的顶上，否则这片平原真的就完全属于无人区了。

迪亚巴克尔坐落于底格里斯河畔，曾是丝绸之路上一座名噪一时的城市，这里最富有异域风情的莫过于一圈冒烟的烟囱。这座古城地处底格里斯河畔一座陡峭小山的一侧。它周围的防御工事仍是拜占庭时代的产物，由叛教者尤里安下令用当地朴素的黑色玄武岩建成，这阴沉的、不自然的黑暗赋予此处的防御工事一种近乎魔鬼般的严酷气息。

拜占庭人称迪亚巴克尔为"暗黑之城"，它拥有与其阴森的防御工事相称的历史。从四世纪到七世纪，这座城市在拜占庭、波斯和阿拉伯军队之间多次易手。每一次被攻占，城中居民都会遭到屠杀或驱逐。公元502年，琐罗亚斯德教军队发现城墙上的哨所里是一群酩酊大醉的修士，于是它落入波斯人手中，在接下来的大屠杀后，从各个城门抬出去的尸体至少有八千具。

时至今日，这座城市仍以其血腥声名远播。土耳其政府现在企图采取雷霆手段镇压库尔德人叛乱（包括任何为库尔德人的权利辩护的人，无论其措辞多么温和），迪亚巴克尔是这一行动的中心。在伊斯坦布尔时曾有记者告诉我，迪亚巴克尔到处是土耳其秘密警察。显然易见的是，在过去四年内，该市发生了五百多起未被查明的谋杀案和"失踪案"。一名记者说，他上次去迪亚巴克尔时采访了当地一家报社的编辑，后者比较直言不讳。在他走后不久，那位编辑便遭了"意外"，从报社顶楼坠亡。自此事件之后，政治气氛变得极为紧张，以至于当地的报纸只能上警察局去买。那位记者说，从此没有人敢

接受他的采访，只有一个店老板悄声叨了一句土耳其古谚： 80
"祝不咬我的蛇长命百岁。"

在出租车上，我想知道司机是否同样三缄其口。于是我问他局势是否还像之前那么恶劣。"没有任何问题，"他机械地答道，"土耳其一派祥和。"

车开过漆黑的城墙时，我注意到防撞护栏的一侧聚集了一大群人。身着防弹衣、戴着墨镜、全副武装的警察正从吉普车和巡逻车里跳出来，向人群奔去。我问司机出了什么事。他把车开到路边，向一个过路人打听，那是个上了年纪的库尔德人，身穿一件落满灰尘的细条纹夹克。两人用库尔德语焦急地交谈了几句，然后他就回来继续开车了。

"那人说了什么？"

"别担心，"司机说，"没什么。"

"肯定有什么。"

车在一辆绿色的大型装甲车前停下了，这辆装甲车就停在我住的酒店门口。它光滑的金属外壳上伸出一挺重型机关枪的枪口。

"没什么，"司机重复道，"警察刚刚开枪打了人。大家都很冷静。没有任何问题。"

那天傍晚，我穿过街巷，寻到了迪亚巴克尔仅存的一座亚美尼亚教堂。

在十九世纪中期，迪亚巴克尔一度是安纳托利亚最大的亚美尼亚人聚居区之一。和东欧的犹太人一样，亚美尼亚人做生意、为商店供货、给人提供贷款。他们的显赫地位招致怨恨，最终带来了可怕的反噬。

在 1895 年的第一轮大屠杀中，两千五百名亚美尼亚人死于乱棍之下，被封锁在他们的聚居区里，就像被封在洞里的兔子一样。英国牧师 W. A. 维格拉姆于 1913 年造访此地，报告说他见到"被暴徒袭击过的房子的大门仍然支离破碎，钉着补丁……城中心那块光秃秃的可怕地方，从前就是亚美尼亚人的聚居区，已被夷为平地，至今没有得到重建"。他警告说，进一步的大屠杀不得不防，仅仅两年之后，事实就证明这预言准确得吓人。第一次世界大战期间，整个奥斯曼帝国境内都爆发了排基督徒（亚美尼亚和叙利亚正教）的运动，而迪亚巴克尔省省长、残忍成性的医生雷希德贝伊（Dr Reşid Bey）应对其中一些最血腥的暴行负责：男人的双脚被钉上马蹄铁，女人则遭到轮奸。据一位阿拉伯消息人士（他同参与了 1915 年迪亚巴克尔省大屠杀的人关系密切）估计，该省死于非命的基督徒人数约为五十七万：这个数字估得很高，但并非完全不可信。

据说，尽管出了这些事，但还是有很小一部分亚美尼亚人留在这里，我在 1987 年写的建筑地名索引里提到，有一座亚美尼亚教堂仍在运作。我很容易就找到了它，对它的规模和宏伟壮丽感到惊异：教堂外壁镶嵌着雕工精美的护壁板，看上去足以容纳一千人。只有当我透过窗栅望进去时，才意识到它现在已成废墟。墙上仍然装饰着圣像，鎏金的圣幛仍然把中殿和圣所分开，一个摊书架仍然放在高高的祭坛上。一切如常，但屋顶没了。

我看到一户库尔德难民家庭挤在西廊的背风处，在明火上煮着一锅汤。于是我问他们是否知晓这里发生了什么事，他们摇摇头，说他们只在这里待了几天。他们把我带到后面一栋房子的门前。

屋里住的是一对库尔德兄弟，分别叫费西和雷赫曼，旁边一栋小小的附属建筑里，有一个垂垂老矣的亚美尼亚女子，名叫露辛娜。两兄弟里的一个去倒茶，我试着询问老太太这座教堂出了什么事。她没有回答我。我又问了一遍。费西答了话。

"是去年冬天倒的，"他说，"没有人留下来维护它。一场大雪把屋顶压塌了。"

"她是不愿意谈这事吗？"我问。

"她说不了话，"费西说，"自从她丈夫被杀以后，她已经好些年没有开口讲话了。"

露辛娜心不在焉地笑了笑，手指在脖子上画了个十字。她重新整理了一下头巾，然后走了出去。

"她精神失常了。"费西说。

"现在是我们照顾她，"他哥哥端着三杯茶回来了，对我说，"我们给她弄吃的，以及她需要的其他任何东西。"

"那她家人上哪了？"

"都死了。"

"其他亚美尼亚人呢？"

"没了，"费西回答，"从前有成千上万的亚美尼亚人。我小时候还有很多。我记得每个星期天都有神父带着他们从这里出去。但现在没有了。她是最后一个。"

我们聊了二十分钟，但我茶还没喝完，费西就催我走。

"你现在必须得走了，"他坚决地说，"天黑以后还在迪亚巴克尔的大街上是不妥当的。现在天快黑了。你得赶快了。快走吧。"

82

看到埃德萨和迪亚巴克尔的亚美尼亚教堂在过去几个月遭遇的事情——一座正被改建为清真寺，另一座倾圮成没有屋顶的废墟——我想起我第一次意识到土耳其的亚美尼亚遗产在日益衰亡的时候。

1987年夏季，也就是我沿着马可·波罗当年的道路，从耶路撒冷一路旅行到元上都的一年后，我回到土耳其东部，为撰写关于这次旅行的书补充笔记。前一年，我在锡瓦斯（Sivas）度过了一个愉快的下午，参观了那里的老塞尔柱学院，并注意到在什法耶伊斯兰学院（Shifaye Medresse）前面有一片非同寻常的墓地，里面的墓碑有刻奥斯曼土耳其语的，有刻亚美尼亚语的，有刻希腊语的，都并排挤在一起。

83　　经过反复思索，我认为它肯定不是墓地，而是个展览奇石的地方，或雕塑陈列园，因为穆斯林和基督徒从来没有埋在同一个地方过。但不管它究竟是什么，等我第二年回来的时候，亚美尼亚人的碑全不见了。把将近十五块又厚又沉的石板和纪念碑拆掉是个大工程，而且显然是最近才拆的，因为那里的草长势还不好，颜色也很淡。但当我问管理员它们上哪去了时，他一口否认这里曾经有我说的这种石头。如果一年前我没有在笔记本上对它们做详细描述，我可能会说服自己是我弄错了，这些石头是我自己凭空臆造出来的。然而，这一切真的很奇怪。

一周后，我离开锡瓦斯，去看望一位在埃尔泽鲁姆（Erzerum）做农业工程师的表亲，他试图将蚕丝制造业重新引进该地。有一天吃晚饭时，我随口提到了我当时的所见所闻，于是他告诉我，他上个月也有类似经历：过去四年间，他每年都要趁假期到托尔图姆（Tortum）北部山区的梅丹拉尔村（Maydanlar）钓鱼。从前他赏玩过大量中世纪早期亚美尼亚人的十字形石碑[被称为哈契卡（khatchkars）]，这些石碑都堆在村子的水井边。但今年这些石头都无影无踪了。当他问村民是怎么回事时，他们的神色明显紧张起来，不肯告诉他。后来他私下从一个老头口中得知了原委（他相信此人的说辞）：一个月前，埃尔泽鲁姆的政府官员经过该村，向村民打听当地的亚美尼亚古物都在什么地方，然后就去把这些石头都砸了，再细致地把碎石清理干净。

我还听说过其他类似的亚美尼亚遗迹神秘消失的故事，次年，作为《独立报》的一名记者，我有能力对这个问题做一些详细的调查了。我的调查之路从巴黎的亚美尼亚社区开始，穿过安纳托利亚，通向耶路撒冷亚美尼亚社区的图书馆。最终我搜集到了大量的证据，证实安纳托利亚那些美丽而古老的、在建筑史上有重要意义的亚美尼亚基督教堂，正在以惊人的速度从地面上消失。

1914 年，即那场种族大屠杀爆发之前，君士坦丁堡的亚美尼亚正教会编纂了一份并不完整的亚美尼亚教堂清单，上面记录了 210 座亚美尼亚修道院、700 座修道院教堂和 1639 座教区教堂，共计 2549 座基督教会建筑。然而 1974 年对 913 座位置仍可确认的建筑进行的一次调查显示，其中 464 座已经完全消失，252 座沦为废墟，只有 197 座尚属完好。自那时以来新发现过一些建筑，但其他大多数建筑的情况持续恶化。许多1974 年还屹立着的建筑已经开始损毁，同时一些美轮美奂的精品已然倒塌并完全消失。

这些建筑的惨状并非出于什么特别十恶不赦、人神共愤的原因。有些是被地震震坏的，有些是出于土耳其人口的高速增长所引起的对建筑材料的需求，而教堂可以随时去扒。另一些则是遭了来淘"亚美尼亚黄金"的土耳其农民的辣手，传说这些"亚美尼亚黄金"是亚美尼亚人在 1915 年被"驱逐"前埋下的。

尽管如此，土耳其的文物管理部门显然也没有主动出手保护亚美尼亚文物古迹免于倾颓。二十世纪八十年代，许多塞尔柱和奥斯曼帝国时期的清真寺与商队驿站得到了修复和加固，但这待遇并未惠及任何一座亚美尼亚教堂。凡湖（Lake Van）阿格塔玛尔岛（Aghtamar）上的亚美尼亚修道院，堪称安纳托利亚东部最著名的古迹，好不容易得到一位姗姗来迟的管理员，他却并未挽救它衰朽的命运：自管理员被任命以来，五座主要雕塑，包括亚当和夏娃的著名画像，都被毁坏了，且建筑本身没有得到任何形式的加固。我采访过的一位英国建筑历史学家坚称，土耳其在修复或保护古建筑的过程中存在"系统性的偏见"。

85　　　此外，研究亚美尼亚古迹或撰写亚美尼亚历史——无论是土耳其学者来干还是外国学者来干——都会遭到打压。一位英国考古学家（和我就此问题采访过的几乎所有人一样，他要求匿名）告诉我："做亚美尼亚研究是根本不可能的事情。在官方眼中他们从来没存在过。你要是去申请挖掘亚美尼亚遗址的许可，根本申请不到，如果你不经许可直接开挖，则会被起诉。"这番话有事实佐证：1975 年，著名的法国艺术史学家 J. M. 梯叶里（Thierry）在凡城附近测量一座亚美尼亚教堂时被捕。他被带到警察总局严审三天三夜。后来他获得保释并设法逃出了这个国家，但仍被缺席判处了三个月的苦役。

对这类事情的恐惧严重限制了对亚美尼亚古迹的调查，同时导致那些因职业所迫留在土耳其工作的学者选择性失明。1965 年，土耳其政府宣布要在东南部的埃拉泽（Elazig）附近的凯班大坝上修建一座大型水电站。这个人工湖威胁到了一批重要的古建筑，一支由国际学者组成的队伍参与了抢救行动。

有五座建筑尤为重要：两座精美的奥斯曼清真寺、一座小型叙利亚正教堂和两座亚美尼亚教堂（其中一座拥有十世纪的壁画杰作）。《中东技术大学（安卡拉）凯班项目议事录》记述了此次抢救行动。报告显示了两座清真寺是如何被一块石头一块石头地移到新地点的。对叙利亚正教堂也进行了调查和发掘。然而，那两座亚美尼亚教堂则被完全无视。报告里甚至都没有提到它们，尽管它们是受威胁的古建筑中年代最久远的，也许也是最引人入胜的。如今它们已永沉于湖水之中。

那些藐视亚美尼亚历史研究的潜规则的人，仍然面临着近乎荒唐的严刑峻法。1986 年 12 月初，希尔达·胡尔娅·波托格卢（Hilda Hulya Potuoglu）被土耳其安全警察逮捕，罪名是"从事破坏或削弱民族感情的宣传活动"。伊斯坦布尔国家安全局的检察官认为她的罪行应当受到严厉惩处，并要求判处七年半以上十五年以下的监禁。她的罪行是编辑土耳其语版的《大不列颠百科全书》，其中包括这样一条脚注："十字军东征期间，奇里乞亚的山陵地带处在奇里乞亚亚美尼亚王国的霸权之下。"你找遍世上任何地方，都寻不出一位会对这一说法的准确性提出异议的权威学者。但检察官认为，波托格卢在这么一个政治敏感问题上歪曲事实，罪行确凿：《大不列颠百科全书》很快和《泰晤士世界历史地图集》《国家地理世界地图集》等其他在政治上可疑的出版物一道，被列入了禁书名录。

二十世纪七十年代和八十年代初，由于亚美尼亚秘密解放军（ASALA）的崛起，针对涉及亚美尼亚的出版物的审查显然大大加强。这支军队从八十年代初开始，以一系列主要针对土耳其外交官的袭击事件引起了国际社会的关注，并由此成功地将"亚美尼亚种族灭绝"的问题重新提上了政治议程。1987 年，欧洲议会通过了一项决议，表示土耳其拒绝承认亚美尼亚种族灭绝是该国加入欧共体的"不可逾越的障碍"。

土耳其政府辩称，尽管有些亚美尼亚人可能在一战期间的骚乱或驱逐中丧生，但同样有很多土耳其人遭难。此外土耳其人坚持认为，安纳托利亚本来就没有多少亚美尼亚人，死于屠杀的人数——约一百五十万——其实已经超过了奥斯曼帝国境内的亚美尼亚总人口数。1989 年，关于这一时期的一批奥斯曼未解密档案对一组经过遴选的土耳其学者开放，他们将梳理材料以证明土耳其的论点。土耳其外长称，当解密工作完成时，"亚美尼亚大屠杀的指控将不过是政治霸凌"。

当然，这一切都没有为保存土耳其的亚美尼亚古迹（散落在安纳托利亚东部的数百座亚美尼亚教堂和墓碑）创造什么特别有利的环境。正是在这一时期，有关土耳其政府蓄意破坏亚美尼亚古迹的报道开始成倍增长，这也许不是巧合。这些故事一直很难得到证实，因为这些偏远地区的目击者往往是大字不识的土耳其农民，而且当一栋建筑物被毁后，很难判断它究竟是毁于炸药还是地震。

然而，也有少数颇有意思的事情是很难搪塞过去的。例如，奥斯万克村（Osk Vank）的村长曾告诉 J. M. 梯叶里，有一位埃尔泽鲁姆的政府官员于 1985 年来到这个村子。他请求村民帮忙把这座教堂推倒，但这位村长拒绝了，说这座教堂非常实用：他的人把这里当作车库、粮仓、马厩和足球场。

另一个例子涉及曾辉煌一时的教堂群，这一教堂群位于卡尔斯（Kars）东南部的希茨孔克（Khitzkonk）附近的一个深谷中。在二十世纪初拍摄的照片里，人们能看到五座宏伟的教堂。大屠杀之后这一地区谢绝游客进入，直到六十年代才重新开放。等学者们回到这里时，此地只余下一座教堂，即十一世纪的圣塞尔吉乌斯（St Sergius）圆形大厅仍屹立不倒，另外四座教堂余下的高度不超过一两层，其中两座已经完全夷为平地，石头也移走了。农民说边防军曾带着烈性炸药来到这里。而关于此地到底发生了什么，更可靠的证据在幸存的那座建筑里：它的穹顶安然无恙，但有四个地方的侧壁外翻了，那里似乎放了一些小型炸药。

亚美尼亚学者极有把握地确信，正在进行的这场运动是有预谋的，目的是消灭亚美尼亚人曾长期生活在安纳托利亚东部的全部证据。正如我的友人、耶路撒冷的亚美尼亚博物馆馆长乔治·欣特里安（George Hintlian）所言："你可以把教堂的消失归咎于地震、劫匪、库尔德人、宗教激进主义者、外星人，或任何你认为该骂的人。反正结果都是一样。每年都有一座亚美尼亚教堂消失，对此土耳其当局只会拍手称快。他们已经把安纳托利亚东部所有亚美尼亚村庄的名字都改掉了，余下的只有教堂了。很快就不会再有证据表明土耳其曾存在过亚美尼亚人了。我们将成为一个历史神话。"

图尔阿卜丁，圣加百列修道院，8 月 18 日

早晨七点，别人推荐给我的司机马苏德（Mas'ud）出现在

酒店门口。

我们从马尔丁门（Mardin Gate）离开迪亚巴克尔，汽车驶入河谷的一片明亮闪烁的翠绿之中。底格里斯河在仲夏水位最浅的时候，不比伯立克的特韦德河①宽多少。河岸的沼泽地上长满了芦苇，两旁是白杨和雪松，远处的田野里是大片成熟了的玉米。一艘平坦的小船上，一个渔夫正在叉鱼，这一幕酷似开罗博物馆里图坦卡蒙的黄金人像。附近还有孩子在浅滩里蹚水。

下游不远处，一座几百码长的黑色玄武岩桥横跨在河上。中心的墩柱（用巨大的岩石建成，每块岩石都和棺材一般大小）是早期拜占庭式的，外侧的墩柱更为精致，出自征服迪亚巴克尔的阿拉伯人之手。上方装点的精美库法体（Kufic）铭文正是他们为纪念自己的作品而镌刻的。我拿出相机拍下这座桥，后面是迪亚巴克尔阴森的黑色堡垒，像是给背景里的小山加冕，而这时马苏德冲我嘘了一声，示意我别拍："那辆白色汽车上的人是便衣安全警察。"

我望向他示意我看的地方。在我们身后不远处，一辆土耳其产的白色菲亚特正停在渔船对面。车门开着，一个身材魁梧的土耳其人站在那儿看着我们。"他们是从酒店一路跟过来的。如果你给这座桥拍照片，他们可能会逮捕你。"

我不确定马苏德是不是想太多了，但还是把相机收了起来，坐回车里。我们的车继续往前开，那辆白色的车停在原地不动。

---

① 英格兰北部河流。伯立克是英格兰最北的城市，距英苏边界仅四千米。——译者注

这条路沿着底格里斯河缓慢蜿蜒的河岸向前延伸。很快，迪亚巴克尔的城墙从河的一个弯道后面滑出了视线。我们经过一处浅滩，有一个牧羊人牵着一群毛很长的安哥拉山羊走在湍急的水中，附近一队农民正在给一个满是新葡萄藤的葡萄园施肥。两岸的土地十分肥沃，天空湛蓝，微风吹拂，给本已酷热的日头降温。很难想象这座和平而富饶的村落里会藏着什么危险的人和事。

拐过一个弯，我们看到前面有一处路障把路挡住了。一群穿着破烂的卡其布制服的男子站在一排汽油罐后面，有些人头上还包着格子花纹的卡菲耶。一些人拿着手枪，一些人拿着机枪，还有些拿着突击步枪。

"是警察吗？"我问。

"希望是乡村警卫队，"马苏德说，车速慢了下来，"千万别是库尔德工人党。这段距离还看不清楚。不管是谁，你先把笔记本藏起来。"

我们放慢车速。那些人持枪向我们走来。是乡村警卫队。领头的和马苏德交谈了几句，然后挥手示意我们通过，没有检查我们携带的文件。但几英里后遇到了第二个检查站，这次我们就没那么幸运了。守在路障处的突击队员示意我们靠边停车。我们照办，把车停在一栋单层的大房子旁边。

这栋房子以前是警察局，但现在已经被军队接管。穿着全套伪装服的军人四处走动。一边是一辆六轮俄罗斯装甲运兵车，停在一个加固过的沙袋炮台前；另一边是两辆轻型坦克和四五辆卸下帆布后盖、在车舱上方安装了重型机枪的路虎。

一名突击队员拿走了我们的证件——马苏德的身份证件和我的护照——让我们在走廊里等，说他必须得到上级的许可才

90

能放我们走。半小时后，电话铃响了，过了片刻，一群约二十人的士兵跳上路虎车，疾驰而去。我们继续站在走廊里。

最后我们被带到一个房间，一名军官坐在桌子后面。他会讲一点英语，叫我们坐下，给我们倒茶。然后他问我是干什么的，要上哪里去。我把我的目的地告诉了他，但我遵从了伊斯坦布尔那些记者的建议，没有出示记者证，我把它揣在口袋里。军官草草记录下一些细节，再三建议我们最迟下午四点要离开公路，随后把证件还给了我们。

"小心点。"他说。

车开出几英里后，我们明白了他的意思。路边停着一辆烧得焦黑的汽车残骸。马苏德说这是一周前在库尔德工人党的夜间路障边被烧毁的。

我们经过汽车残骸后不久，公路就和底格里斯河分开了，景观开始变得干枯。葡萄藤不见了，取而代之的是向日葵田，山谷底长满了一片片低矮的树林。后来这些景物也消失了，我们开进了一片岩石丛生的贫瘠灌木丛。一支由六辆装甲运兵车组成的车队从对面朝我们开来。我们的车往前驶去，经过一连串的路障和更多的武装护卫队。

快到午饭时间时，我们的车开过马尔丁，然后从大路拐到一条小路上。翻过一座小山，藏红花修道院（Deir el-Zaferan）① 瓜棱形圆顶的鲜明轮廓从银灰色斜坡上的橄榄树丛中升起。

第一次世界大战之前，藏红花修道院一直是叙利亚正教，即古代安条克教会的大本营。公元451年，叙利亚正教会和拜

91

---

① 这座修道院本名圣阿纳尼亚修道院，"藏红花修道院"是它的俗名，得名于修道院砖石的颜色。——译者注

占庭主支分道扬镳，因为前者拒绝接受卡尔西顿大公会议发布的神学决议。然而，两边的教会其实是沿着既已形成的语言断层分裂的，它把西安纳托利亚讲希腊语的拜占庭人和东部操"基督的语言"——亚拉姆语的人分开。叙利亚正教会持一性论观点，拜占庭皇帝将其视作异端并加以残酷迫害，这使得叙利亚正教会退至图尔阿卜丁的荒山深处。在那里，三百所叙利亚正教修道院远离权力中心，成功地保存了用原始的亚拉姆语进行的古代安条克礼拜仪式。但是，偏远也导致了边缘化，教会在数量和重要性上都不断被削弱。到十九世纪末时，中东地区只剩下二十万苏里亚尼人，其中大部分都生活在藏红花修道院周边。

二十世纪对苏里亚尼人来说是一场浩劫，就像对亚美尼亚人一样。一战期间，奥斯曼帝国的垂死挣扎，同饥荒、驱逐和屠杀一道，使本已日渐稀少的苏里亚尼人遭受灭顶之灾。接下来，1924 年，阿塔图尔克驱逐了叙利亚正教会牧首，"斩首"了这一社群的残余势力。牧首带走了藏红花修道院的古老藏书，并最终定居于大马士革。最后，1978 年，土耳其当局雷厉风行地查封了修道院的亚拉姆语学校，为苏里亚尼人的命运烙上了封印。

到 1920 年，这个社群的规模从上世纪的二十万降到了七万左右。到 1990 年，整个地区仅剩四千名苏里亚尼人。现在只有大约九百名，再加上一些分布在现存的五座修道院中的修士和修女。一个坐拥十七座教堂（这个数字相当惊人了）的村庄，现在只剩下一个居民，那就是年事已高的神父。在藏红花修道院，两名修士在这些六世纪的建筑中穿行，他们更像是一处宗教遗址的看管者，而非一个仍在运转的修道团体中的成员。

92　　在十九世纪造访藏红花修道院的旅人，常常觉得它在外观上比起修道院来更像一座堡垒。这想法不无道理。在巍峨的赭石城垛下，马苏德在锁车，我则敲打着那扇用重钢加固的厚重的铁门。过了几分钟，一个满脸胡须的年轻修士从箭形的狭窄缝隙里狐疑地打量着我们。不一会儿，门闩和铁链哗啦啦地响起来，大门打开了。西米恩阿布纳①向我们投来惊讶的目光。

"你们一路还平安吧？"他用英语问道。

我描述了一下我们的旅途。

"现在情况很糟，"他说，"我们这里好几个月没有访客了。没人会来。这山里安全没保障。"

西米恩阿布纳领我们走上一条昏暗的走廊，它通向一个阴凉而宽阔的回廊。在明亮的中庭里，一个戴着平顶帽（但没穿鞋子）的园丁正给种满了天竺葵和银莲花的花盆浇水。他身边是一道令人惊叹的带拱柱廊，由两根深切壁柱支撑，顶上是一对精致的科林斯式柱头。这是罗马帝国晚期的建筑，但令人惊讶的是，它的用途至今仍未改变，而且里面居住的人是当年建造者的直系精神后代。圣所的古典爵床叶饰带，品相堪比伊斯坦布尔现存最好的拜占庭雕塑，圣所里的礼拜仪式仍然用亚拉姆语吟唱，从它建造之日起就没有改变。这些当下被军队和游击队占领的荒山僻野，居民全是贫穷且目不识丁的农民，然而这里曾是无上智慧的所在。这想来多令人惊异啊。

---

① 阿布纳（abouna，更常见的拼法是 abuna）源于阿拉伯语，意为"我们的父亲"，是叙利亚教会、科普特教会和马龙派对神父的一种尊称。——译者注

"它很美，"西米恩走到我的身后，说，"但会长久吗？也许你下次来的时候，羊就在这里吃草了。"

"有这可能吗？"

"所有人都在离开。我们的修道院和基督教村落一个接一个地人去楼空了。在过去五年里——什么？——这附近有二十个村子被遗弃。剩下的也许还有九个，或者十个。每个村子里的房屋不超过二十栋。如果大门敞开——也就是说，如果余下的这些人都能拿到去西方世界的签证的话——那他们明天就会走得一个不剩。没有人愿意在这种环境下生儿育女。他们想去荷兰、瑞典、比利时和法国。我们在这里的日子不多了。"

93

我们穿过回廊。尽头坐着另一位修士，年纪比西米恩要大得多，头戴叙利亚正教特有的黑兜帽，上面绣着十三个白色十字架，代表耶稣和他的门徒。他伏在一张书桌上，近视眼盯着面前的书页，手里拿着一支笔。当我们走近时，我看见他正用一支尖头粗钢笔写字，写的是亚拉姆语。我正要自我介绍，他已经抬起头来。

"你是威廉先生吗？"

"是的……"

"那这位是马苏德先生了？"

"是。怎么了……？"

"警察五分钟前从马尔丁打来电话，问你是不是已经到了。他们说你一到这里，我们就得给他们打电话。"

"他们从第一个检查站，老远的马尔丁开始就在跟踪我们了，"马苏德说，"另一辆白色的汽车。"

"我们又被跟踪了？你怎么没告诉我？"

马苏德耸耸肩膀道："这是家常便饭。"

我们正说着话，电话又响了。西米恩去接电话。马苏德和我面面相觑。

"还是警察，"西米恩挂了电话后说，"让我们通知他们你上了哪儿，什么时候走。"

"你只能参观一下修道院，然后马上走，"那个年长的修士说，"我们不希望警察过来。"

"不管怎么说，如果你要在天黑前赶到圣加百列，那时间不多了，"西米恩说，"抓紧时间，这也是为了你自己。"

我们把那位老修士留在他的写字桌前，西米恩带我们下了几段楼梯，来到一个漆黑的拱形地宫，它四角砌着砖，上面是一个石头屋顶，墙上没有抹灰泥。里面闷热潮湿。我们静静地站着，等眼睛适应这半黑的环境。

94 "这是在约公元前十世纪建造的，"西米恩说，"在修道院出现之前，这里是一座异教徒盖的太阳神庙。后来当基督教……"他忽然不说了。"听，"他说，"有砰砰的声音，你听见了没有？"

在地下室的黑暗中，我们听到远处传来金属的碰撞敲击声。

"又有人敲大门了，"西米恩说，"但这次是谁呢？"

我们上了楼，西米恩让园丁去看看是谁来了。我们现在站在一个巨大的罗马门廊旁边，门廊上方雕刻着一个拜占庭等臂十字架，十字架上戴着一个古典的月桂花环，而花环又落在一双面对面的海豚身上。

"这是什么？"我问。

"这里在六世纪时是医学院。它甚至在君士坦丁堡也是很出名的。后来变成停放遗体的地方了。我们管它叫诸圣堂。"

他带我们走了进去。在房间的中间，一个肋形拱顶从一个长方形的对角斜拱上升起。每面墙上都列着一排盲拱，每个壁龛形成一个单独的墓穴。

"所有的牧首和我们的神父都葬在这里。"西米恩说，"据说这所修道院里有一万七千名圣徒的遗骨。"

他带着我们穿过一个长方形的罗马式门廊，进入一个小小的、方形的修道院教堂。这里的每一个建筑元素都装饰着近乎巴洛克风格般华丽的古代晚期雕饰：在圣所的 Ω 形拱门上方，雕刻着动物的饰带在田园风格的藤蔓和棕榈涡纹中翻卷；爵床叶羽状涡纹从柱头一直蔓延到拱门的拱石上，然后再沿着雕饰繁茂富丽的壁柱向下。这座教堂建于六世纪，但它赖以发展的建筑传统却要古老得多：从它往前追溯两百年，巴尔贝克（Ba'albek）和大莱波蒂斯（Leptis Magna）的古罗马建筑上也能看到相同的装饰。这些雕刻在创作之时不仅必须要富丽，还必须要刻意显得保守，甚至是怀旧。这是在腐化和衰落的时期试图唤回宏伟的旧帝国传统。

这时，那个光着脚的园丁又出现了，带着新来的访客。三个男人，都是土耳其人，穿着假日的休闲服：T 恤、休闲裤和运动鞋。他们不搭理我们，开始在回廊里东张西望，装腔作势地检查盆栽和建筑。当这三人的后袋里藏着的步话机同时发出静电的噼啪声时，我才发现对马苏德和西米恩来说已经很明显的事情：这些人是便衣安全警察。

几分钟后，我还在欣赏教堂里非凡的雕刻艺术，那个老修士亚伯拉罕已出现在门口。他貌似很焦虑，开始紧张地把灯关上，同时尽可能彬彬有礼地对我下逐客令。然而，西米恩决心不被这群不速之客吓倒，他叫我上楼去看看老牧首们的屋子。

我跟着他走上台阶，来到屋顶的露台上。

"你看！"西米恩说，"在山脊的顶部。看到那还有五座修道院的废墟了吗？"

我抬头望向他指的地方。在藏红花修道院上方的峭壁边缘，耸立着几列废墟参差不齐的轮廓。

"看到左边那个山洞了没有？那是瀑布圣玛丽修道院。那些废墟是什么呢？是圣雅各修道院。旁边的是圣阿佐佐耶尔修道院。然后是那些小房子：那是圣约瑟夫修道院，最后一个是另一座圣雅各修道院。"

"这么多修道院……"

"两百年前这座山上有七百名修士。这个团体存在了很长时间——经历过拜占庭人、波斯人、阿拉伯人、蒙古人和奥斯曼人。现在只剩下我们两个了。"

"你觉得你会是最后一个吗？"

"这只有上帝才晓得，"西米恩说着，领我走到露台的另一边，"但我当然希望我能比亚伯拉罕神父活得长。"

我们从城垛向南边眺望，目光越过被橄榄树林覆盖的山坡，越过修道院的葡萄园，一直向下到达美索不达米亚平原。我们一言不发地站着。

96

"多美啊，不是吗？"西米恩说，"我在国外念书的时候，一想到家乡，脑海里就想起这些风景：葡萄园一直绵延到远方。"

"修道院自己酿酒吗？"

"那些激进主义者不喜欢我们这么搞。在离这儿十英里的德里茨村，他们枪毙了一名基督徒酿酒师。从那以后，村里大多数酿酒的都不干这活儿了。但这不是我们停工的原因。负责管理葡萄园的老修士六年前去世了。现在葡萄太小了，又太苦，不能拿来酿酒。葡萄园里的事情很多，而且村子里没有那么多基督徒来帮我们收割和种葡萄。甚至现在管葡萄园的人下个月也要去德国了。他的亲戚们都已经过去了，他的签证终于批了下来。"

"逃亡的速度在加快吗？"我问。

"当然，"他说，"部分是出于经济原因。即便是经济形势最好的时候，这里的日子也不好过，他们在瑞典和德国能得到多少工资和社会福利，现在已经传开了。但是我们的人也面临政治问题。我不记得以前的事态有现在这么糟糕。我们的人被夹在土耳其政府和库尔德工人党的交火之中。现在又来了真主党的成员。"

"这里也有？我以为真主党只在黎巴嫩。"

"他们刚来不久。当局似乎对他们比较容忍，因为他们对库尔德工人党有制衡作用。他们在很多方面对政府有帮助，不过他们当然讨厌基督徒。三四个月前，他们在伊迪尔区绑架了一个修士。那个修士当时在去主持婚礼的路上，两名持枪者拦住了他坐的面包车，命令他下车。他们用土把他一直埋到脖子，后来又用铁链把他倒挂起来。他们把他扣了两个星期，直到拿到赎金。

"有时这些人会从偏远的农场和村子里绑架基督徒姑娘，强迫她们和穆斯林结婚。他们说这是在拯救她们的灵魂。去年有四个姑娘遭遇了这样的事。另一支真主党小部队已经占领了附近一个叫马尔波波的基督徒村子：现在有十到十五名武装分子住在那里。他们把教堂的屋顶作为据点，而且他们还要基督徒妇女戴面纱。他们说，我们应该回基督教的发源地——欧

97

洲，说得好像我们是法国人或德国人似的，好像第一批穆斯林来这里定居前的几个世纪，我们的祖宗没住在这里似的。现在我们的人民生活在恐惧之中。他们什么事都有可能碰上。"

"不能报警吗？"

"如果真有人这么做，他们全家都会被杀的……等等，你看！"

西米恩指着从马尔丁过来的路上升起的烟尘。

"更多的人过来了。"

"是军队，"西米恩说，"两辆路虎。"

在我们下方，马苏德也发现了他们，他正朝他的车冲过去。

"他在干什么？"我问。

"我想他是去关录音机了，录音机在放库尔德民族主义歌曲。如果被士兵们听到了，他们可能会逮捕他。"

那两辆路虎在修道院的围墙前停了下来，全副武装的士兵从里面鱼贯而出，有些人还带着重机枪。

"上帝呀，"西米恩说，"这是要打仗了吗？"

但士兵们并没有进修道院。相反，他们分散进橄榄树林，跳过围栏。一名士兵在路过一扇大门时把门踹开了。又有人拿石头打一棵石榴树，要把那熟透的果实弄下来。西米恩朝下面的人群喊道："从大门进去！别弄坏围栏。"

他转头对我说："看看他们！为了摘到果子把树枝弄断。砸我们的围栏。这太过分了。"

"这都是因为我来了吗？"

"恐怕如此。"西米恩说。

"对不起，"我说，"我得走了。"

"你无论如何得走了。太阳开始下山了。除非你现在动身，否则你到不了圣加百列的。"

我们穿过回廊，向汽车走去。

"我对这一切感到非常抱歉。"我说。

"一定要把这里发生的事情告诉外面的世界，"西米恩说，98"现在走吧，快一点儿。愿上帝与你同在。"

马苏德发动了汽车。我回头望去，看见西米恩那身着黑色长袍的矮小身影正在和一个军官打手势，士兵们把他团团围住了。

日影渐渐拉长，变成一条深蓝色的线，轻柔地散布在伊兹洛山脉（Izlo Mountains）的山脊和沟壑上。狭窄的河谷里，牧羊人领着羊群穿过茂密的无花果、胡桃和开心果林，妇女们从路边的水泵中取水，驴子背上驮着沉甸甸的货物，在路上慢悠悠地走着。在这样的风景里，人们很容易把麻烦忘到脑后：只有接二连三的检查站，与路边偶尔出现的被焚毁的汽车，提醒着人们将近的黄昏会带来的危险。

我们的时间卡得很准。当时刚过四点半，我们已经快到离圣加百列最近的城镇米迪亚特了。举目远望，左边能够看到城中基督徒社区的教堂塔楼，右边则是新穆斯林社区的宣礼塔。在米迪亚特的边界线上有一座巨大的检查站，一长串锋利的铁钉横放在路上，就像漫画里苦行僧的床。铁钉后面是一堆汽油罐。一排百无聊赖的士兵坐在阴凉的地方，看着汽车七拐八弯地开过障碍物。我们走到四分之三的时候，其中一个人——一个看起来很爱管闲事、剃了光头的新兵——决定把我们搞进检查站。

　　那人索要了我们的证件。他翻看了我的护照，犹疑地停在一页印度签证上，好像是抓住了我同情库尔德人的确凿证据。他仔细检查了马苏德的身份证件，一边翻看，一边露出越来越明显的讥笑。然后他问马苏德要那辆汽车的相关文件。马苏德在汽车杂物箱里摸索着翻找起来。一目了然，我们摊上事儿了。

99　　这名新兵对马苏德驾照上的某些内容提出异议，接下来的四十五分钟都是他在盘问马苏德。我开始不安地凝视着下沉的太阳和手表上的分针。最后，马苏德把一张大额钞票夹在身份证件里递给他。那人足足看了有五秒钟的工夫，我以为他要揭发马苏德企图对他行贿。但他偷偷把钱塞进了兜里，没有让其他士兵看到，在抱怨完马苏德的车胎状况后，他放我们走了。马苏德发动了汽车，嘴里低声用库尔德语嘟囔着骂人话。

　　现在已过五点半了。当我们驶入米迪亚特远郊荒凉的乡村时，太阳正在丘陵后下沉。这条路不比一条小径宽多少，路上没有任何别的交通工具，周围也没有人居住的迹象。既无喧嚣也无鸟鸣，完全没有一点儿声音。令人如此不安。

　　当我开始仔细观察我们经过的那座阴暗的村落时，我才意识到是什么让我如此忐忑。它不是单纯的荒芜：它是被故意废弃的。山坡上的橄榄树林扭曲得并不那么自然：是有人把它烧了，那光秃秃的枝干在天际线上映出参差不齐的焦黑轮廓，仿佛保罗·纳什（Paul Nash）于 1916 年绘制的一张阿拉斯（Arras）或伊普斯（Ypres）的风景画。我们正在穿过一片焦土。

　　"是士兵们干的。"马苏德说。

"为什么要这样？"

"如果军队认为库尔德工人党会利用此地的树木或建筑物作掩护，他们就会将其焚烧。这样做一方面是为了打击游击队，另一方面是为了惩罚当地居民，因为他们容许库尔德工人党使用他们的土地。再往东，在哈卡里（Hakkari）周围，整个地区都被抛荒了。许多村子被毁掉。"

最后，我们爬上了一座低矮的山丘。光线足以让我们分辨出前方圣加百列修道院锯齿状的形影。楼与楼之间挤得很紧，一片建筑群独自矗立在一处光秃秃的石头山坡上，四周环绕着高墙。等我们开到近前，浮起的月轮映出教堂的圆顶和尖顶的轮廓，照亮了旁边的一座高塔。

幽暗中升起一道被月光照亮的大门，远处传来修士的吟诵声，细微而令人宽慰。一个门房打开了狭窄的小门，当我们从车上卸行李时，修士和修女结束了晚祷，正向外走出。领头的是大主教，他身后不远处有个穿夹克的人，是个平信徒。他走了过来，做自我介绍。他是阿夫雷姆·布达克，我之前和他通过电话。他向我表示欢迎，但显然也有些怒气。

"你至少一个小时前就该来了，"他摇摇头，平静地说，一边接过我的背包，"承担风险是你自己的事。但如果你出了什么岔子，会给我们惹麻烦。"

圣加百列修道院，8 月 23 日

我坐在我房间外的葡萄藤架下。这是我第一次住宿在约翰·莫斯克斯有可能住过的修道院里，在和往日一样的镶嵌画下，聆听着和往日一样的五世纪圣歌。我面前的南墙所属的教堂，也许是安纳托利亚地区年代最久远，而且现在仍在使用的

100

教堂。它由阿纳斯塔修斯皇帝（Emperor Anastasius）于公元512 年下令建造——早于圣索菲亚大教堂，早于拉文纳，早于西奈山。当圣奥古斯丁①从萨尼特登陆，将基督教传到盎格鲁－撒克逊人统治的英格兰时，它已经屹立了八十年之久。然而，这座修道院的某些部分还能再往前追溯，直至公元 397 年这里初次有修士群体聚居。

如此古老且完整的教堂世所罕见。但更令人难以置信的是，经历了波斯人、阿拉伯人、蒙古人（包括帖木儿部落）的来来去去，君士坦丁堡落入土耳其人之手，希腊人被尽数赶出小亚细亚之后，它仍然保存了下来，完好无损，而且至今还在使用——这简直是个奇迹。

一位名叫雅库布（Yacoub）的修士来到我跟前，给了我一串刚从葡萄架上摘下来的葡萄。此刻他正站在我身后看我写101 东西。这些年来，我在安纳托利亚目睹了许多已成废墟的教堂，现在却发现这座年岁久远的建筑里仍有修士居住，他们身上的长袍与约翰·莫斯克斯本人所穿的几乎一模一样，这种感觉十分奇异，仿佛误打误撞遇见了一个失落已久的古罗马军团，而他们还在坚守着哈德良长城上某个偏远的瞭望塔。

在抵达的当晚，我第一次得以见到圣加百列教堂和其他建筑物的内部，这一见令人终生难忘。等行李搬进来后，修道院

---

① 指坎特伯雷的圣奥古斯丁（St. Augustine of Canterbury, ? —604），第一任坎特伯雷大主教。——译者注

的大门就在我们身后落下了锁。我和其他修士一道，在他们古老的食堂里吃了晚饭，然后在大主教房间附近的一个屋顶露台上喝土耳其咖啡。晚上九点，修士们开始陆续回房，和我年纪相仿、性情温和的见习修士雅库布，在我回去睡觉之前，主动提出带我四处转转。

雅库布在前面引路，手提一盏风灯，宛如拉斐尔前派画家笔下的人物。他向我解释说，电力供应前段时间出现了故障，这是常有的事，有时是因为电力公司轮流停电，有时是因为恼人的库尔德工人党炸毁了该地区的发电站。我跟着雅库布走下一道宽阔的楼梯，穿过一条拱形走廊，来到一个漆黑如墨的地宫。在摇曳的灯光下，影子沿着拱廊翩然起舞。

"这是埋葬殉道者的地方，"雅库布说，"海湾战争期间也被我们用作防空洞。看到那边那块盖顶石了吗？圣加百列的手臂就埋在那里。"

"那遗骸的其他部分呢？"我问。

"这我不是很清楚，"雅库布说，"从五世纪到六世纪，我们修道院曾和本地村民为圣洁的神父们的遗骸战斗过多次。有时修士会为了保护我们的遗物而献出生命。"

"你觉得村民可能弄到了圣加百列遗骸的其余部分？"

"也许吧。也可能是某个修士把遗骸的其余部分藏到了某个地方，然后把这个秘密带进了坟墓。"

"村民们还对你们的圣遗物感兴趣吗？"我问。

"当然，"雅库布说，"不光是基督徒、穆斯林，甚至还有雅兹迪人（'拜魔鬼的人'）都来这里向我们的圣徒祈祷。这里的许多穆斯林都是几百年前皈依伊斯兰教的叙利亚基督徒的后裔。他们去清真寺，聆听伊玛目的教导——但如果他们真的

102

遇上了什么麻烦，还是会到这里来。"

雅库布提着灯弯下腰去，指着盖顶石下方的一个小孔："你看见了吗？这就是村民们来取圣徒的尘土的地方。"

"他们要这做什么？"

"有很多用途啊，"雅库布说，"比如供在家里驱魔，把它喂给他们的动物和孩子，让他们健健康康，不得传染病……"

"是真的把那尘土吃下去吗？"

"当然。它是洁净的，充满了圣徒的祝福。"

"什么样的祝福？"

"打个比方，如果人们挖了一口新井，就会撒一些圣徒的尘土在井里，这样井水就会永远保持洁净。"

我对雅库布说，我在伊斯坦布尔时曾见到一些不孕的妇女去圣乔治的圣祠求子，这里有同样的事吗？

"圣加百列只管疾病和恶魔，"雅库布答道，"如果想要孩子，得到楼上去。"

"楼上？"

"阿拉伯的圣约翰的圣祠。来，我带你去看。"

雅库布带我走出地宫，来到楼梯顶上，一座黑色玄武岩拱门里有一个壁龛，里面立着一根小柱基，同楼下的那个差不多。

"这是他的坟墓，"雅库布说，"或者更准确地说，是他的躯干的坟墓。"

"村民们又来过了？"

"不是，这次是修女。"

"修女？"

"对，"雅库布说，"她们负责管理这座墓，圣约翰的头骨在她们那里。"

"她们要它干什么?"

"本地的妇女们来的时候,修女会在墓上放一满碗水,放一个小时。然后她们手持圣约翰的头骨,念一些相应的祈祷词,接着把碗里的水倒进头骨里,再把水浇到妇女的头上。这样这位女士就能怀上孩子。"

"她们就信这个?"

"为什么不信?"雅库布说,"修女们认为这方法百试百灵。"

雅库布带我走出圣祠,外面星辉灿烂。"现在因为局势紧张,来的人不多了,"他说,"但在和平年代,每周日这里都会排起老长的队:最远有从迪亚巴克尔来的,尤其是那些结了婚的人。现在过来当然很危险了。真主党的人还告诉穆斯林说,他们不可以到基督教的圣祠里来。"

我们朝主教堂走去,雅库布打开大门。拱顶上的砖石砌成人字形,那些闪闪发亮的镶嵌画在风灯的光芒中折射出近乎魔法的华彩。当我们走近时,十字架、藤蔓涡纹和双耳瓶的轮廓在舞动的火焰中熠熠生辉。雅库布高举着灯,我们穿过圣所,进入一间小小的侧礼拜堂。在后墙上有两个洞,一个接近天花板,另一个到胫部那么高。

"圣加百列晚年就把自己关在那堵墙后面,"雅库布说,"食物是从底下那个洞传进去的。如果他要领圣餐,就把手从上面那个洞伸出来。"雅库布指着上面的洞说:"圣加百列是个了不起的苦行僧,他在那堵墙后为了灵魂的解放而惩罚自己的肉体。请跟我过来看。"

我还没来得及提出异议,他就把灯从下面的小洞里推了过

去，然后扭动身子往里爬。我在一片漆黑中别无选择，只能跟
着他。我仰面躺在地上，吸着肚子，发现自己刚好能从这个洞
里钻过去。雅库布伸出一只手把我拉起来。

104　　"你看这儿，"他指着墙上的一条狭窄裂缝说，"有时候，
我们的圣加百列会觉得他对自己要求还不够严格，沉溺于享乐
之中。于是他就挤进这条缝里，站上一个月。"

"为什么？"

"他常说，主人在场时，奴仆不应当坐下，也不可躺着。他
既时刻与他的主同在，那他就应该一直站着。为了提醒自己身
为凡人终有一死，他有时会把自己埋在角落里的那个洞里。"

"这有点极端了吧？"

雅库布已经卧到了地上，准备钻回教堂里去。

"我没听懂你的意思，"他在没入黑暗前对我说，"圣加百
列是个很伟大的圣徒。我们都应该努力追随他的榜样。"

圣加百列修道院的一天从清晨五点十五分开始，修道院的
钟声响起，宣布诵晨经。四天来修士们都盛情款待我，而我却
每天睡懒觉，我想最好还是露个脸。因此，当今早的钟声响起
时，我没有用离我最近的枕头蒙住脑袋，而是从床上麻溜地爬
起来，就着风灯的光穿好衣服，随后穿过空荡荡的院子，向修
道院圣歌的回声走去。

天还是黑的，地平线上只有一丝微茫的曙光。教堂里的灯
都点上了，在唱诗席的拜占庭早期镶嵌画上投下幽微闪烁的光
辉。我在门口脱了鞋，站在教堂后面。在我右边，四个穿黑裙

和紧身裙的修女正匍匐在一块芦苇垫上。我前面，一队小男孩站成一排，听一位老修士吟唱。他留着牧首式的长胡子，站在圣所北面的一个石质讲台上，面前摊着一册巨大的手抄经文。他唱每个乐句时都先提高音调，然后逐渐低沉下去，最后几乎渺不可闻。

教堂里的人慢慢多了起来。很快，男童组成的队列散开，一直排到中殿那头。另一个修士基里亚科斯阿布纳（Abouna Kyriacos）现身了，向圣所走去。他站上另一个讲台，开始吟唱。这个讲台与前面那一个平行，但略靠南，他的吟唱与那位老修士交相呼应：头一个修士唱一句，然后轮到基里亚科斯，他重复一遍，再传回来。两人的吟唱在两个讲台之间互相传递，圣歌在快节奏的亚拉姆语音节中逐渐成了模糊的连诵。

随后，一些年纪稍长的男孩也开始走上讲台，站在修士们身后，加入他们的行列。圣歌继续唱着，如格里高利圣咏一般深沉洪亮，但更具东方韵味，奇异而难以捉摸的单音音乐在起伏的拜占庭拱顶下回荡。

接着，圣所里一只看不见的手拉开帷幔，一个男孩提着一樽烟气氤氲的香炉，挂链琳琅有声。全体信众开始了一系列的跪拜仪式：原地跪下，将头颅俯到地上，这样从教堂后面看见的就是一排撅起来的屁股。这种礼拜仪式区别于伊斯兰教的地方仅仅在于，信众在跪拜的时候会不断画十字。这是早期基督徒的祈祷方式，也是莫斯克斯在《精神草地》里描述的礼拜仪式。在六世纪，穆斯林的礼拜仪式似乎已经从当时的基督教实践中汲取了经验。伊斯兰教和东方的基督徒保留了最初的基督教传统，而打破这神圣传统的是西方基督徒。

黎明时分的白光透过南墙上那扇洞开的拜占庭时代的窗户

105

照进来。教堂里吟唱的节奏逐渐减弱。帷幔拉上了,一切归于沉寂。信众最后跪拜一次。大主教出现了,男童们排队等着亲吻他的十字架。

教堂慢慢地人去屋空了,静得可以听到鸟儿在外面的葡萄架上扑腾翅膀。

106　东方的苦修主义有时看起来确实非常陌生和古怪,但它对中世纪的西方产生了非比寻常的影响。中世纪早期的欧洲修士其实只是东方沙漠教父的模仿者,模仿得还很小家子气。修道院的理想来自埃及,高柱修士的则源于叙利亚。这两种形式都传播到了西方,令人吃惊的是,高柱苦修派最远传到了特里尔,后来因为北方的气候才遭到摒弃,雄心勃勃的德意志高柱修士最终屈服于主教的压力,于被冻僵在柱子上之前回到了地面上。这条由东向西的单行线一目了然而不可阻挡,就像如今快餐和卫星电视的文化入侵由西向东一般。

简朴苦修的沙漠教父是怎样作为榜样和英雄,引领凯尔特修士在探索的道路上前行的?这个问题十分吸引在苏格兰长大的我。和他们的拜占庭榜样一样,凯尔特的库迪派[①]也刻意寻求最荒凉的地方——与世隔绝的沼泽和森林、大西洋沿岸寸草不生的峭壁和岛屿。他们能够在那里寻到孤独,他们心目中能将他们引向上帝的孤独。

---

① 库迪派(Culdees):中世纪不列颠群岛的基督教隐修士团体,最早出现于八世纪的爱尔兰,后来传到苏格兰、威尔士与英格兰。这个团体的成员并不正式出家为修士,但过着基督教隐修士的生活。——译者注

此外，尽管旅行在当时不是件易事，但黎凡特修道院的天地，与在欧洲北部仿效它发展起来的世界之间的联系仍出人意料地密切。七世纪的罗马有四个东方修士的聚居区，许多东方教会的神父们"越过赫拉克勒斯之柱"来到了帝国的最西边。第七任坎特伯雷大主教狄奥多若是来自塔尔苏斯的拜占庭人，曾在安条克学习，还去过埃德萨。他现存的《圣经》评注是在英格兰写成的。这一事实足以表明他在多大程度上把他在安条克学院接受的教育，以及对叙利亚文学的认识带到了盎格鲁－撒克逊人所在的遥远的肯特海岸。

还有许多不知姓名的人似乎也追随了他的脚步。《爱尔兰诸圣祷文》（Irish Litany of Saints）的手抄本中骄傲地记载了爱尔兰西部"七名（住在）乌尔莱格沙漠（Disert Uilaig）① 的埃及修士"，还有其他无名的"罗马人"（即拜占庭人）和"来自亚美尼亚的瑟鲁伊"（Cerrui from Armenia）。所有这些形形色色的人物似乎都找到了通往凯尔特最偏远地方的道路，在接下来的许多个世纪里，他们在这里被人尊奉：这些拜占庭旅人的声名如此神圣，以至于根据《爱尔兰诸圣祷文》的说法，人们相信对一个病人念他们的名字，就可以防治"疖子、黄疸、鼠疫以及其他传染病"。

如果有生命的修士能够断断续续地西游，那么无生命的书籍的流动就更广泛了。截至八世纪，亚历山大港的阿塔纳修（Athanasius of Alexandria）所著的《埃及的圣安东尼传》（*The Life of St Antony of Egypt*）大概是欧洲继《圣经》后读者最多、

107

---

① 由于受到埃及科普特教会的影响，用"沙漠"（desert，disert，dysert）一词为修道院所在地名是凯尔特爱尔兰和苏格兰的时尚。关于科普特埃及与凯尔特爱尔兰和苏格兰的联系，详见本书第六章第六节。——译者注

效仿者最众的书，一般手抄本的情况如此，手抄本里的插图则尤甚：早期爱尔兰和诺森布里亚（Northumbrian）的福音书以拜占庭治下的东地中海为主要范本，这一点现在已经毋庸置疑了。

我在剑桥上学时，花了最后一年的时间专门研究爱尔兰-撒克逊（Hiberno-Saxon）艺术，而促使我去了解图尔阿卜丁的最大动力在于，我想知道中世纪早期的不列颠艺术在多大程度上得益于那里的修道院缮写室艺术家们。有学者认为，不列颠第一批基督教具象艺术的灵感，很可能就来源于图尔阿卜丁的作品，尽管这些修道院现在坐落在一个以穆斯林为主的国家，地处偏远，几近荒废，被人遗忘。

当我躺在修道院的硬板床上辗转难眠的时候，想起了我曾细致研究的一段艺术史公案。它围绕着一个相当有趣的故事展开。

十六世纪中期，亚美尼亚的卡托利科斯（Catholicos）① 斯蒂芬诺斯（Stephanos）准备踏上旅程，他希望借这次出行改写东地中海的历史。他看到埃奇米阿津（Echmiadzin）② 的左边是复兴的波斯帝国，右边是新的奥斯曼王朝，而他的人民面临着与一个世纪前的拜占庭人相同的命运：被人征服，随后痛苦地在覆满灰尘的伊斯兰凉鞋下俯首称臣。与拜占庭皇帝曼努埃尔二世一样，这位牧首认为只有一个办法能挽救他的人民：到欧洲去，设法与西方结盟，从而以基督徒的力量钳制奥斯曼

108

---

① 卡托利科斯是部分东方基督教会使用的一个头衔，在亚美尼亚使徒教会的语境中指教会首领。——译者注
② 亚美尼亚使徒教会的总堂所在地，位于亚美尼亚西部的瓦加尔沙帕特。——译者注

土耳其大军。

曼努埃尔的西方之旅徒劳无功：虽然他在佛罗伦萨大公会议上默许了天主教开出的许多教义上的条件，甚至还在1400年圣诞节出席了在埃尔特姆（Eltham）举行的盛大宴会，并受到了英王亨利四世的热情款待，但他还是两手空空地回到了君士坦丁堡，没有任何西方骑士来保卫基督教世界的东方边境。五十年后，1453年，他的继任者君士坦丁十一世在拜占庭的城墙上战死，土耳其人终于冲进了基督教世界的故都。

斯蒂芬诺斯则认为他能做得更好；他把希望寄托在教皇保罗三世的支持上。斯蒂芬诺斯派出的情报员告诉他，教皇把解放受压迫的东方教会作为他任期内的特别目标。他们还告诉他，教皇对研究《圣经》经文有特殊兴趣，他已经召集一个由学者们组成的委员会来一劳永逸地确定《圣经》的真实文本。斯蒂芬诺斯明白，如果他要达到目的，就必须与教皇建立私人联系，为此他四处搜寻合适的礼物送给教皇。最后，他的顾问们想出了一个绝妙的主意。

在埃奇米阿津有人听说，图尔阿卜丁的修道院图书馆里有一批极好的早期基督教福音书手抄本，其中一本是《四福音合参》（Diatessaron）的抄本。这是一本年代非常早、非常不寻常的福音合编：它将四大福音书的内容合编成了一本基督生平传记，最初由神父塔提安（Tatian）在公元二世纪早期写成。在约一个世纪的时间里，《四福音合参》一直被安条克教会作为《新约》标准文本使用，但随着原始福音书的抄本越传越广，《四福音合参》不再常用了，最终被打为异端文本。塔提安作品的抄本似乎在某个时期被下令销毁，《四福音合参》的抄本只能到一些偏僻的修道院图书馆的犄角旮旯里去找。

109

斯蒂芬诺斯派遣了一名特使，从高加索向南跋涉数百英里前往美索不达米亚，寻找硕果仅存的《四福音合参》手抄本。最终找到了一份。大家一致同意由一个当地的抄写员——一位叙利亚正教会神父来抄写。正是这份抄本被斯蒂芬诺斯带到了罗马。根据手抄本的末页判定，抄写员是底格里斯河畔的城镇哈桑凯夫（Hasankeif）的居民，而哈桑凯夫位于迪亚巴克尔以南数英里的藏红花修道院附近。因此，教皇抄本的原稿最有可能的出处是藏红花修道院的图书馆。

结果斯蒂芬诺斯的使团惨败而归。斯蒂芬诺斯根本没见着教皇的面。他的人民在一个世纪内被征服了，就像之前的拜占庭人一样。他们的土地被波斯人和土耳其人瓜分。塔提安的《四福音合参》抄本从来没有被呈到教皇面前，只到了他的秘书办公室。后来它从梵蒂冈到了佛罗伦萨的美第奇－洛伦佐图书馆（Bibliotheca Medicea Laurentiana）。

又过了四百年，1967 年冬天，瑞典①艺术史学家卡尔·诺登法尔克（Carl Nordenfalk）在洛伦佐图书馆工作时，偶然发现了这个手抄本，于是开始浏览它。突然，他的目光停留在一组插图上，久久无法移开。诺登法尔克是凯尔特手抄本领域的专家，他第一时间发现《四福音合参》上的这些插图，在所画形象上与凯尔特福音书《杜罗书》（Book of Durrow）中的插图完全相同，而《杜罗书》是凯尔特那些杰出的手绘福音书中年代最早的。同时，《四福音合参》中的图片也与年代稍晚的凯尔特手抄本《圣威利布罗德福音书》（Gospels of St Willibrord）有着密切联系。

---

① 此处原文误作"丹麦"。——译者注

在《杜罗书》中，每篇福音的前面都有一整页插图，画的是这篇福音的作者的圣符（在这个早期案例中，一个男人代表圣马太，一只鹰代表圣马可，一头公牛代表圣路加，一头狮子代表圣约翰①）。大多数学者认同《杜罗书》中的这些画可能是在六世纪末完成的，是不列颠艺术史上最早的具象画。

尽管《四福音合参》与这两本凯尔特福音书在风格上大相径庭——毕竟它们相隔八百年——但这些圣符的姿势、它们被画的角度以及它们表现出的姿态是一致的，且完全不同于任何其他的基督教图像。此外，《四福音合参》和那两本凯尔特手抄本的开篇都是一整页插图，画面几乎完全相同，都是一个嵌在错综复杂的编织图案中的双臂十字架②。同样的画面也出现在一块皮克特十字架石刻罗斯马克石（Rosemarkie Stone）上，它如今仍然位于因弗内斯东北数英里的比尤利湾（Beauly Firth）。

经过数月紧锣密鼓的研究，诺登法尔克才终于确信，自己搞清楚了一本土耳其东部手抄本在十六世纪的复制品，是如何与八百年前，在遥远的苏格兰西海岸的爱奥那岛上完成的两本凯尔特福音书产生如此密切的关系的。

诺登法尔克的论点是，《杜罗书》中的插图是根据中世纪早期从黎凡特地区传到爱奥那的《四福音合参》的早期抄本绘制的，至于是怎么传过来的不得而知。他针对这点提出了一个猜想。

---

① 更常见的情况是鹰代表圣约翰，狮子代表圣马可。——译者注
② 双臂十字架（double-armed cross）指有两横的十字架，两横可能等长，如《杜罗书》中的双臂十字架，也可能不等长，如著名的"洛林十字"。——译者注

毕德尊者（the Venerable Bede）在他所著的《历史》（*History*）一书中记载了这样一件事：七世纪末的一个冬夜，一艘从圣地返回的法兰克帆船在爱奥那海岸遭难，被吹到了苏格兰北部海岸，就像命运安排好的似的，船停在了岛上的修道院下方的海岸边。据毕德所言，船上有一位名叫阿尔库尔夫（Arculph）的高卢贵族，他向爱奥那的修道院院长亚当南（Adamnan）描述了黎凡特的圣地。阿尔库尔夫的描述被记录了下来，题为《圣地指南》（*De Locis Sanctis*）。它的一份抄本后来传到了毕德自己在贾罗（Jarrow）的缮写室，未来许多益格鲁 - 撒克逊人对地中海东岸，从君士坦丁堡到亚历山大港的看法——无论是基于事实还是想象——都来源于这本书。诺登法尔克写道："阿尔库尔夫随身携带的书籍里有一册《四福音合参》（的抄本），这一猜想令人难以抗拒。"

111　　这样一册东方手抄本中的写实风格肖像画，对凯尔特修士们应当是一种启发，他们原先只熟悉凯尔特异教艺术中的几何轮盘和螺旋喇叭。诺登法尔克不无道理地指出，在七世纪至八世纪，《四福音合参》的到来宛如一点火花，引燃了凯尔特手抄本装饰艺术那不可思议的火焰，这一过程最终结成了《林迪斯芳福音书》（Lindisfarne Gospels）和《凯尔斯书》（Book of Kells）等杰作。

在兴奋中，诺登法尔克又围绕佛罗伦萨的《四福音合参》提出了几个更为大胆的主张，后来遭到了竞争对手的质疑。但他的理论的核心部分至今经住了考验。毫无疑问，佛罗伦萨《四福音合参》的微型画与交织图案，一册在图尔阿卜丁的某个修道院缮写室里绘制而成的手抄本，与《杜罗书》和《圣威利布罗德福音书》来自同一个手抄本家族。

　　不知怎么回事，也许是在一位遭了海难的法兰克贵族的行囊里，一组可能是在土耳其东部某座修道院里画出来的图，变成了一粒种子，从中诞生了不列颠艺术史上最早的基督教具象画。这是一笔相当巨大的文化债，一笔鲜为人知的债，当然至今并未偿还。

　　这天傍晚，在晚祷前一小时，修士、见习修士和学童出了修道院，开始到圣加百列的开心果树上收果子。

　　果园位于从修道院前门向下倾斜的狭窄梯田上。在较矮的梯田上，发黑的葡萄散发着甜蜜的气息，扁桃仁的外壳快要裂开了。开心果已经成熟，如果不在这一周采摘，肯定会烂在地里。于是男孩们成群结队地围着开心果树，试图不踩梯子直接爬到树上，拉住树枝，荡到枝头。那里挂着一簇簇绿色的花蕾，里面包裹着光滑细腻的白色果实。坐在树上的男孩们把花蕾摘下来，扔给站在下面、手提锡桶的见习修士。

112

　　他们一边到处摸索，一边用图罗尤语说着话。图罗尤语是亚拉姆语的一种现代方言，叙利亚正教徒仍将其用作第一语言。它的发音与土耳其语、库尔德语，或者我听过的其他任何安纳托利亚语言都完全不同，而是更接近希伯来语或阿拉伯语的喉音省略。耶稣小时候在家里的木匠铺子说亚拉姆语，或在加利利海边和朋友们聊天时，声音听起来一定和这很像。

　　摘了半个小时花蕾后，我稍事休息，从露台边往下看。阿夫雷姆过来和我一起。他指着我们前方的伊兹洛山脉，山坡上的焦土在最后一缕阳光的照耀下异常夺目。"你看到那边了吗?"他说,"那些以前全是橄榄树林。现在都被烧毁了。如果要在上面种别的树,要等很多年才能收获。"

"你觉得会有重新到那上面种树的机会吗?"

"我们必须心怀希望,"他说,"没有希望,我们便无法生存。"

雅库布走到我们身边。放下一桶开心果花蕾,然后坐下来,两腿悬在露台边上。

"我们应该心存感激,"他说,"他们在这里只烧了树。再往东,朝哈卡里方向,所有的村庄都在被他们清洗。光今年就清洗了七八个。自库尔德工人党十年前开始闹事以来,他们已经清洗了许多穆斯林村庄,还有将近二十五个基督教村庄。"

阿夫雷姆说,有位托马斯·贝克塔神父(Fr. Tomas Bektaş)是从一个被毁的基督教村庄逃出来的难民,他在找到住处以前就一直住在修道院里。他说我应该和他聊聊,并答应饭后把他介绍给我。

阿夫雷姆没有食言。我们在修道院食堂吃过饭(丰盛的叙利亚正教徒正餐,一份煮羊腿,佐以咸粥和糯米饭,然后是一种叫作"佩克梅兹"的浓葡萄汁,这被认为是叙利亚正教徒的社会里绝顶的美味)以后,修士们像往常一样在屋顶露台上喝咖啡。托马斯神父坐在旁边。他的相貌并不起眼,留着一抹牙刷胡,神经抽搐使他每隔几秒钟就眨一下右眼。阿夫雷姆曾警告我,托马斯神父的村子被清洗,导致他出现了严重的神经衰弱,现在还没有完全康复,他可能不想谈论那里发生了什么。阿夫雷姆说:"他又会做噩梦的。"

结果,托马斯神父毫不犹豫地把心里话全说了出来。我坐回凳子上,神父开始了他的叙述。他说:"那时正值隆冬。有一天，一个陆军军官开着路虎从深雪堆里过来。我们给他倒了茶，然后他言简意赅地告诉我们，我们还有二十天的时间准备走人。起初我们不明白他在说什么。他说，我们一直在和库尔德工人党暗中勾结，给他们提供食物和枪支。这当然全是一派胡言：我们和库尔德人有什么关系？

"第二天我去找西洛皮省的副省长，请求他保全哈桑纳村，但他不接待我。他的助手说：'他不想说话。'所以我不得不回到我的村子，告诉我的人民，我们必须离开，没有别的选择。

"最后一天，我们都离开了，一共两百人：三十二个家庭。我家走在最后。我是神父，必须确保他们都安全离开。

"傍晚的时候他们来了：五辆载满士兵的路虎车。他们没有向我们道歉，也没有给予赔偿：他们所做的就是把空空如也的房屋都烧了，把花园毁掉了。土耳其没有比这更好的花园了。我们有喷泉、水、沃土、鲜花和蔬菜。花园是这个村庄的生计。现在它们一片荒凉。

"之后，一些穆斯林村庄的卫兵拘留了七个叙利亚正教牧羊人。他们指控这些牧羊人是库尔德工人党的亚美尼亚同情者，还拷打他们，用熔化的塑料在他们脸上画十字。我很震惊，病得很重，为我的村子悲悼。我的家人把我送到伊斯坦布尔的医院，我在那里待了四个月。我在那个村子里当了三十年的神父。怎么才能重新开始？和别的地方的新信众？我做不到。我忘不了哈桑纳村。

"即使是到现在，我还是觉得难受。我的村庄被烧毁，所有的房子都没了，我的人民流落四方。一些人在这里避难，还有四户人家在圣阿纳尼亚修道院，其他人去了伊斯坦布尔。现在所有人都想移民。他们认为这里没有容身之地了。他们现在就是在等签证。自埃因瓦尔多（Ein Wardo）以来，我们这里的情况还从来没有这么危急过。"

托马斯神父说话时，我一直低头做着笔记。等我抬起头来，才看到他的肩膀微微地起伏着，脸上涕泪横流。我轻轻地把手放到他的肩上。

老神父号啕大哭，像个被抛弃的孩子。

事后我问阿夫雷姆，托马斯神父提到的埃因瓦尔多是什么意思。

据阿夫雷姆说，一战伊始时，叙利亚正教徒看到亚美尼亚人被奥斯曼帝国的部队带走，并在流言中得知了他们的命运。他们担心接下来就要轮到自己，于是着手准备。他们购买了枪支，储存了小麦，选择了他们的山村中最偏远难行的埃因瓦尔多作为据点，开始修筑防御工事。他们加固了教堂的墙壁，还秘密设置街垒来填补房屋之间的空隙。

当奥斯曼人在库尔德非正规军的支持下开始袭击叙利亚正教徒的村落时，当时的牧首命令所有村民带着粮食和武器撤退到埃因瓦尔多。他们在那里抵抗了三年。留在街垒外的人无一幸存。今天的土耳其东部，几乎每一个活着的叙利亚正教徒的父母或祖父母都曾在那里避难，也正因此才有如今的他们。

阿夫雷姆告诉我，这个村子现在还在，当年的一名战士还活着：是一位九十四岁高龄的神父，在围城期间还是个小孩。他目前和儿子住在米迪亚特附近。我希望明天能和他聊聊。

115

圣加百列修道院，8 月 24 日

今早开了个糟糕的头。

前两天，马苏德住在米迪亚特附近的一个村子，与他的几个堂兄弟一起。这天，他直到下午才露面，脸色苍白，浑身战栗。

我问他怎么了。他说，清晨时他在穿过米迪亚特的路上被安全警察拦下，接着被审讯了很长时间，而这一切都是因我而起。

"警察问我：'你把那个英国人带到哪去了？他都跟什么人说过话？'他们说，他们一路跟着你从安卡拉到安塔基亚，然后从乌尔法到迪亚巴克尔，他们现在还在监视你。你的路线是这样的吗？你是从安卡拉到安塔基亚再到乌尔法的吗？你没和我说呀。我说你只是一个来参观古建筑的游客，但他们说，他们知道我在撒谎，他们知道你是个记者。"

"不要紧的，"我说，试图让他宽心，"我有记者证。外交部肯定和当地警方取得了联系，把我的行程告诉他们了。没有问题的。"

"有问题，有一个问题。"马苏德说。

"什么意思？"

"我觉得你不了解这里的情况，"他勉强压住自己的怒火，说道，"去年春天，我在家里接到一个电话。打电话的人没说他是谁，只是警告我不要带记者到处转悠。不久之后，我把车借给了另外一个司机，他要载一个外国记者去哈卡里。他把记者送到了那儿。在回来的路上，有人开枪把他打死了，还偷走了我的车。"

116　　　"是安全警察？"

马苏德耸耸肩膀，两手一摊。

"对不起。"我语无伦次地说，既感到内疚，又觉得力不从心。"我应该告诉你我有记者证。我不知道你是那种情况。"

"我一直觉得你是个记者。"马苏德说。

"我能说什么呢？我没有意识到你的情况。我很抱歉。"

"不要说对不起。这是我的工作。但是你要明白，你在玩一个很危险的游戏，"他说，"你不了解这里的警察。你以为他们像我们在电视上看到的英国警察那样，戴蓝帽子的胖子，手里拿着根小棍，骑着一辆老自行车。他们不是那样的，根本不是那样。如果你听了我的劝告，你就会马上走人。今天去叙利亚已经太晚了，但明天你必须走。然后我就可以回迪亚巴克尔的家了。"

在离开图尔阿卜丁之前，我还是想试着采访一下那个来自埃因瓦尔多的老神父。一个小时后，马苏德恢复了镇定，我们和雅库布一起驱车去了米迪亚特，雅库布答应过来做翻译。

我们默默地开车穿过一片焦土，我在圣加百列修道院的高墙内体会到的安全感，现在已经完全被马苏德的话打灭了。

"大主教过去每天都要走这条路，"雅库布说，"他的办公室在米迪亚特的主教官邸。但自从出了事，他就搬到了圣加百列修道院。现在走这条路的只有小孩子。根据土耳其法律，到了学龄期的小孩必须进公立学校念书。你当然知道那辆去贡高伦的卡车遭遇了什么，是地雷吧？"

我们接近了城镇的郊区地带，缓慢地通过检查站，然后经过在市中心十字路口执勤的一批便衣警察。他们都戴着一样的墨镜，肩上挎着 M－16 卡宾枪。根据雅库布的指示，我们驶入米迪亚特的闹市区，最后在一家破旧的珠宝店门口停了下来。

"这是那个老神父家的产业，"雅库布解释道，"他们能告 117
诉我们是否可以找他谈谈。"

雅库布和我走进商店。马苏德选择留在外面守他的车。店主请我们坐下，又把他的两个孙子喊来，让其中一个去找那位老神父，另一个去买几瓶百事可乐。然后他又回去接待他的顾客，两位年事已高的夫人大热天还穿着天鹅绒的衣服，头上戴着厚厚的白围巾。

"你能凭外表分辨出穆斯林和基督徒吗？"我问雅库布。

"只能看出那些年纪大的，"他回答，"年老的女基督徒戴的头巾小一点，系结的方式比较特别。而且他们从不穿绿色衣服，因为绿色是穆斯林的颜色。"

那个男孩带着饮料回来了。雅库布喝了一大口，接着说道："前些年，人们说你可以通过一个人的穿着来判断这个人信什么教：基督徒总穿新衣服，而库尔德人的衣服则很破旧。"

"这是为什么？"

"基督徒拥有村子里最好的土地。现在呢，库尔德的'阿加'（agahs）——就是部落首领的意思——来了，从基督徒手中把土地夺走，分发给他们自己的人民。他们从苏里亚尼人的鼻子底下偷他们的庄稼。我们毫无办法。政府在剿灭库尔德工人党方面需要阿加们的支持，所以他们从不干涉。"

雅库布喝完了百事可乐，把罐子还给那个男孩，然后继续说："基督徒以前拥有城里所有的珠宝店，他们是裁缝、鞋匠、皮革工人。以前没有哪个基督徒手艺人会雇穆斯林。但在八十年代，大多数年轻的基督徒已经移民国外了，所以店主们被迫接收穆斯林学徒。现在这些学徒已经开了自己的店。十五年前，我还在上学的时候，大约80%的商店是属于叙利亚正教徒的。现在这个比例不到20%。我们虽然还在主导珠宝贸易，但肯定不再比库尔德人有钱了。一切都没有变，除了两边的地位掉了个个儿。"

118　　没过多久，商店的门开了，另一个男孩领着一位穿着阔腿裤的老头走了进来。雅库布向他问了好，又用图罗尤语问了他几个问题。

　　"这是那个老神父吗？"我问。

　　"不是，"雅库布答道，"这是他的儿子贝德罗斯。"

　　"那神父本人年纪肯定相当大了。"

　　"是。贝德罗斯说他父亲又聋又瞎，但我们还是可以试着和他谈谈。"

　　我们扶着老人上了马苏德的车，穿过米迪亚特迷宫般的集市小巷。车一开到郊外的石子路上，贝德罗斯就指着天际线上一座修道院的轮廓给我们看，修道院坐落在一座小山丘的顶上，从那里可以俯瞰米迪亚特。

　　"他说他住在那里，"雅库布翻译道，"它以前是圣奥比勒和圣阿布罗霍姆修道院（Monastery of Mar Obil and Mar Abrohom），但现在已经没有修士在里面住了，他的家人负责照管这些建筑，防止它们倒塌。"

　　我们驶进老修道院的回廊。鸡鸭在院子里啄食，在通往其中一座教堂（一共有两座）的雕花门廊入口处，有一个巨大的稻草堆。中殿的墙根处有一座已经废弃的喷泉，一群安哥拉长毛山羊从那里面饮水。修道院变成了农场大院。

　　贝德罗斯把我们引进一间屋子，它所在的地方曾是修道院的厨房。客厅的后墙上贴着一张《最后的晚餐》的招贴画，颜色花里胡哨的，画下面睡着一个极老的人，身着黑色的法衣。他瘫坐在一把木椅上，头向前倾，一顶宽边洪堡帽低垂在脸上。我们走进来时，老人动了一下，先睁开一只眼睛，然后又睁开另一只。这只眼睛是蓝色的。

贝德罗斯走到老神父跟前，两手拢在嘴边，冲着他父亲的耳朵大吼。老人吼了回去。

"他在说什么？"我问雅库布。

雅库布笑道："沙波阿布纳说，'如果他们不是基督徒，我就不跟他们讲话'。"

贝德罗斯让他放心，并解释了我们此行所为何事。接下来是一场声嘶力竭的图罗尤语谈话。参与者除了父与子，还有贝德罗斯的妻子，她从厨房里出来，加入了这场大喊大叫比赛。老人举起他的鞋子，指着鞋底上的一个洞给我看，显然是想表达儿媳妇对他照顾得不甚周全。但最终他开始谈论当年的围城战，他一边说，雅库布一边翻译。

"是圣哈德巴沙博（Mar Hadbashabo）救了我们！"老神父喊道，"这位圣徒身着白衣，身先士卒，奋勇作战，把穆斯林从埃因瓦尔多的路障前杀退。傍晚时分，他在教堂的塔上现身了。我们全都亲眼看见过他，甚至包括穆斯林，那些未婚母亲的儿子[1]！他们一开始以为他是个神父，想冲他开枪，但子弹径直穿过了他的身体。然后他们认为他是个精灵[2]。直到三年后，围城快结束时，他们才意识到他是一位圣徒。"

119

———————————

[1] 这是一句骂人话。——译者注
[2] 精灵（djinn）：在伊斯兰教的传统里，"精灵"是一种由火焰化成的无形幽灵，通常（也有例外）很狡猾。

"我们从头说起吧，"我说，"战前和穆斯林的关系怎
么样？"

"关系不好，"老人说，"但打仗之前没出过人命。那时库
尔德人住在山区，基督徒住在城镇附近。我们分开住。但我们
总担心会发生什么，所以随着战争的临近，我们开始把牲畜牵
去卖，然后购买枪支。我们有三千多条枪。它们都是老式的火
绳枪，得用火绳点燃，但它们确实起了作用。为了制作炮弹，
我们把所有的铜壶都熔了，修士把他们的盘子熔了。我们还囤
积了大量的小麦。战争一爆发，土耳其人让库尔德人去把基督
徒全都杀掉，那时我们已经准备好了。到了晚上，所有信奉基
督教的村民都到了埃因瓦尔多。他们来自米迪亚特、科菲尔萨
拉、阿尔纳斯、博特、科菲尔泽、扎米兹扎和巴萨布林。村里
当时有大约一百六十栋房子。等大家集结完毕的时候，每栋房
子里至少有二十户人家。"

老人打住话头，转向他的儿子，又开始训斥他。

"他现在在说什么？"我问。

"他在喊'葡萄，葡萄'，"雅库布笑道，"他要儿子去给
他拿点水果来。"

贝德罗斯的妻子皱着眉头被打发到厨房去了。她拿了一大
串熟透的葡萄回来。老人把它放进掉光了牙的嘴里，咬下了底
下的三四个。他大声咀嚼着，脸上绽出灿烂的笑容。等他吃
完，我又问起围城的事。

他接着说下去：

"我们在屋与屋之间筑起了墙，这样村子看起来就像一座
堡垒。然后我们又挖了地道，这样家家户户可以互通有无，又
吃不着穆斯林的枪子儿。教堂是我们的据点，屋顶上有一门大

炮，是我们从米迪亚特的土耳其人那里缴获的。

"两个星期之后，他们来了：奥斯曼军队大约有一万两千人，可能还有一万三千名库尔德人——他们都是非正规军，只是想来抢东西罢了。所有不在埃因瓦尔多的基督徒都被杀了。许多人走得太慢了，没能赶来。在阿尔纳斯，库尔德人俘虏了三十五个漂亮姑娘。他们把姑娘们锁在教堂里，想把她们挨个儿拉出来强奸。但院子里有一口深井。为了不被穆斯林夺去贞操，所有的姑娘都投井自杀了。"

"你们的补给足够撑过整个围城战吗？"

"第一个夏天没人挨饿。但到隆冬时节，情况变得棘手了。我们的盐吃完了，人们因为缺盐而生病。有大约一百人的分队试图在晚上溜出去，从米迪亚特和恩希尔弄一些盐来。他们遭到了伏击。大多数人回来了，但有十五个人，包括我的一个兄弟，再也没有回来。那年冬天我还失去了我的姐姐。她走出街垒去取木柴。穆斯林埋伏在石头后面。他们逮住了她，割断了她的喉咙。那天晚上我找到她时，她已身首异处。当时我十二岁。"

老人垂下了头，我想，他就像前一天晚上的托马斯神父一样，快要放声大哭了。但沉默了一分钟后，他恢复了镇静，我问他自己是否为保卫埃因瓦尔多而战斗过。

"他们说我年纪还太小，拿不了枪，但他们让我收集石头，从山坡上扔下去。有很多用得着的地方，我尽到了我的职责。第一年战况很激烈。我记得有一回打得非常狠，人们都从城墙上逃走，开始往教堂里撤退，教堂有四座非常坚固的塔楼，如果其他地方都倒塌了，它们还可以支撑住。但是修士们，我们的领袖，威胁说逃跑的人一律就地射杀，最后防线守

121

住了。

"那个冬天难熬极了。每家每日只能领到一条面包,这意味着每人只能分一片。许多人都负了伤,可是只有一位医生。他已经尽力了,但绝大多数伤员还是不得不依靠那些略通草药知识的老人。可我们从未放弃。我们听说英国人已经在伊拉克登陆了,大家都相信他们会来救我们的。当然,他们没来,但心怀将获救的希望使我们免于绝望。"

"西方的基督徒从没为我们做过任何事,"贝德罗斯说,右手卷着一根香烟,把多余的烟丝响亮地吐到角落里去,"如果有穆斯林在阿塞拜疆或波斯尼亚遇到麻烦,土耳其人会出手相助,但欧洲的基督徒从没对图尔阿卜丁的教友们表露出任何感情。"

"最严重的饥荒发生在第二年,"老神父不顾儿子插话,继续说道,"在围城期间,没有人能种庄稼,所以粮食几乎耗尽了。我记得第二年冬天的时候,我们一直很饿,什么都吃:蜥蜴、甲虫,甚至是土里的蠕虫。

"但穆斯林也没饭吃,1917 年,大疫——我想是霍乱——袭击了他们的大营。上帝不想让埃因瓦尔多的我们染上疾病吧,反正我们幸免于难。敌人的来犯越来越少,渐渐地,我们变得勇敢起来。夜晚我们开始突围,主动攻击他们的营地。有一回我们袭击了米迪亚特的奥斯曼兵营。"

"你现在还可以看见那些弹孔。"雅库布说。

沙波阿布纳一边挥手驱赶想要落在他脸上的绿头苍蝇,一边说道:"三年之后,他们感到征服我们无望,说我们受到了我们的圣徒加百列、阿拉伯的圣约翰,尤其是圣哈德巴沙博的荫蔽。到最后,一位著名的伊玛目,埃因卡夫(Ein Kaf)的

法图拉（Fatullah）教长来到穆斯林军中，说他将努力促成双 　122
方的和平。穆斯林要求教长让我们缴枪，但这位教长是个正直
的人，建议我们不要把所有的武器都交出去。

"最后我们交了三百条枪。教长把自己的亲生儿子交给我
们做人质，并说如果穆斯林撕毁协议，我们就把他杀掉。然后
他骑着他的驴子去了迪亚巴克尔，从指挥官帕夏那里得到了一
份书面命令，下令让士兵和库尔德人撤走。我永远不会忘记奥
斯曼军队拆掉军帐，沿着山谷向米迪亚特进发的那一幕。

"我们把教长的儿子还给了他，说就算奥斯曼人真的食
言，我们也不忍杀掉这样一位好人的儿子。在围城战之前，有
三户库尔德人家住在埃因瓦尔多。战争开始时，我们把他们送
走了，但后来我们又欢迎他们回来。从那以后，我们和平共
处，再也没有来自穆斯林的麻烦了。"

"你什么意思，再也没有麻烦了？"贝德罗斯说，"现在我
们每天都有麻烦。现在村里有多少库尔德人？如今他们的人数
几乎超过了埃因瓦尔多的基督徒。"

"战后，当我还是个年轻人的时候，"沙波阿布纳说，"我
们是朋友。但那时我们是多数派，所以他们没法儿给我们找麻
烦。现在穆斯林掌握了所有的权力，情况就不同了。我儿子是
对的。"

"他们给我们带来了很大的麻烦，"贝德罗斯说，"在过去
三年里，有十名基督徒在埃因瓦尔多附近的村子里被杀。这样
可没法儿做朋友。"

"我们能去埃因瓦尔多看看吗？"我问。

"今天太晚了，"贝德罗斯回答，"不值得跑一趟。库尔德
的乡村警卫队会给你找事。现在已经三点半了。回去吧。躲到

修道院的围墙里去。"

"现在感觉就像 1914 年之前一样，"老神父说着，慢慢地从椅子上站起来，佝偻着背穿过房间，"感觉就像暴风雨来临前的滚滚乌云，而且第一滴雨已经落下来了。"

"你认为还会发生大屠杀吗？"我问。

"还有多少人可杀？"沙波阿布纳说。

"不会发生大屠杀的，"贝德罗斯说，"每年只发生几起谋杀案。神父们被绑架。其他人则要被赶出他们的家园。"

"一切都是徒劳，"沙波阿布纳说着，从门口出去了，"英国军队不会来的！"

"即使他们真的来了，"贝德罗斯领着我们出去时说，"现在也太晚了。我们不会在这里待太久了。我们还有多少年可活？三年？五年？十年？"

"只有上帝知道，"老神父说，"只有上帝知道。"

车开过米迪亚特，穿过被烧得只剩树干和枝条的橄榄树林，雅库布看到有一棵树上挂着什么东西。

"你们看到了吗？"他突然说，"树枝上。"

"什么？"

"在那边的树林里。我只看到了一眼。看上去像是一具尸体。"

"我们是不是该倒回去看看？"

"不行，"马苏德坚决地说，"这很危险。我们必须一直往前开。"

"为什么？"

"如果那是尸体，库尔德工人党的人可能就还在附近。他们把乡村警卫队员挂在路边，作为给其他通敌者的警告。我们不能回去。"

马苏德一脚踩上油门，汽车猛地向前冲去。

"我以前听说，"雅库布说，"库尔德工人党会用钞票把通敌者的嘴塞住。这是为了表明乡村警卫队背叛了自己的人民，拿了土耳其人的钱。"

回到修道院，阿夫雷姆正在等我们。我们把看到的情况告诉了他，他也认为我们一直往前开是对的，并表示他明天早上会派出一支搜索队。然后，他把我拉到一边。

"听着，威廉，"他说，"我有坏消息告诉你。士兵们整天都守在这里，想找你说话。我告诉他们你已经走了，但他们不信，等了五个小时。他们四十分钟前才走，明天还会来。我认为你还是尽早离开的好。"

"别担心，"我微笑着说，"我明天就走。"

"这是最好的。"阿夫雷姆温和地说。

124

克里夫酒店，叙利亚哈塞克，8 月 26 日

我今早起床的时候，修道院派出的搜索队已经回来了。他们说，无论雅库布前一天晚上看到的是什么，现在那里已经什么都没有了。没有尸体。树枝上空空荡荡。雅库布还是笃信他看到了一具尸体，他说军队可以在黎明时分把尸体运走。

前一天晚上我想尽快离开图尔阿卜丁。但现在，树上并没有什么尸体在晃荡，明亮的晨光让人安心，我觉得自己可能想得太多，于是我决定在前往叙利亚边境之前先去埃因瓦尔多看

看。但雅库布拒绝和我同去,他说通往埃因瓦尔多的路上经常
有地雷。至于我愿不愿意冒这个险,那是我自己的事,他选择
待在修道院里。尽管如此,马苏德还是同意载我去,只要我们
马上就走。我们道了别,刚过八点就出发了。

在米迪亚特,马苏德在集市上停下来向人打听。他很担心
地雷,但得知前天有两辆拖拉机走过通往埃因瓦尔多的路,他
觉得可以冒险一试。我们路过在 1917 年被埃因瓦尔多保卫者
袭击过的、还布满弹孔的奥斯曼兵营,然后沿着小路前进。

我们沿着路往上开,狭窄的绿色山谷变得丘陵起伏、干旱
炎热。在谷底,一些狭长的地带仍被用作耕地,但坡地已经被
改成牧区。我们经过一个牧羊人的羊圈,一条巨大的安纳托利
亚牧羊犬追了我们十分钟,它的项圈上钉着钉子,像一件中世
纪的刑具。在摆脱那条狗几分钟后,我们拐过一个弯道,埃因
瓦尔多就高高地盘踞在我们的头顶上方。

很容易理解为什么苏里亚尼人把它选作最后一道防线。这
个村庄坐落在山谷尽头近乎垂直于地表的冰碛之上。它的斜坡
如此陡峭,坡度如此规则,简直像一座人造悬崖。在斜坡的顶
部,一圈石屋围成一道十字军城堡一样令人放心的铁幕。这是
一个绝佳的防守位置。

教堂坐落在斜坡的一端,俯视着村庄。起初,从远处看,
你只能看到方形的尖塔,塔顶上有一个装饰性的圆顶。但当你
沿着通往村庄的蜿蜒小路往上爬时,眼前出现了一番截然不同
的景象。教堂的四个角上是四座庞大的塔楼,墙壁很厚,每座
塔楼都通往一个露台。每座塔上都有三道狭窄的枪眼和箭形缝
隙。在一战之前,苏里亚尼人所能建造的唯一一种不会引起奥
斯曼帝国怀疑的防御工事,大约就是一座固若金汤的教堂。它

所缺的只是塔顶的尖顶或城垛。

马苏德和他的车留在村口，我穿过一片废墟爬上山坡，许多房屋上仍有弹孔或飞溅的炮弹碎片留下的洞。与村里许多破败的地方相比，这座教堂仍然保存得非常好。一系列的外围建筑（那位老神父的故居可能就在其中）已经倒塌，现在连屋顶也没有，但主要的防御工事仍完好无损。

我信步走了进去，穿过一系列的门楼，每个门楼的设计都是为了让任何来犯的人暴露在上方的孔洞和通道的火力范围之内。作为秘密建造的伪装成教堂的应急措施，它确实是一座极为合格的军用建筑。

里面的教堂至今还在使用。圣坛的拱门上装饰着灯和彩色小灯泡，墙上杂乱无章地悬挂着各种圣人画像：东方武士圣徒的画像；多愁善感的十九世纪圣家族石版画；色彩鲜艳的织品，织的是圣心①或哭泣的圣母。

当我坐在后排时，一个驼背老太太蹒跚着走了进来，发狂似地在胸前画着十字。她走向祭坛，亲吻了一幅圣像，然后触摸了漆在后殿墙上的十字架。她转过身来，看见了我，于是径直走了过来，兴奋地说着图罗尤语。从她模仿马克沁机枪的动作中，很明显可以看出她是在讲当年的围城战，但现在没有雅库布在旁翻译，我听不懂她在说什么。然而，她貌似并不在乎我听不懂，拉着我的袖子，带我爬上其中一座塔楼的螺旋楼梯，一边爬一边滔滔不绝地和我说话。从塔顶的露台上，能够看到周围绵延数英里的小丘和谷地，塔楼脚下的斜坡很陡。

---

① 圣心（Sacred Heart）：指作为崇拜对象的耶稣肉身的心脏。其形象多为带伤痕的心脏，周围装饰有荆棘冠冕和光圈。——译者注

我沉醉于美景之中，以至于一开始并未注意到，一袋袋灰浆和一把把抹泥刀被小心翼翼地藏在塔顶露台的一个角落里。我此刻才意识到我在下面漏看了什么，在圣加百列没有一个人告诉我这些。所有塔楼的墙壁最近都得到了加固。墙壁上抹了新的灰浆，漏洞也被修补了。我确信这不仅仅是一次翻新。这座堡垒是苏里亚尼人最后的避难所，正在悄悄地进行整修，现在几乎已经可以应对紧急情况了。

他们做了最坏的打算；1914 年的前车之鉴并没有被遗忘。

我和马苏德兴高采烈地开车回米迪亚特。我们逃过一劫：没有轧到地雷，没有被库尔德工人党绑票，没有遭到库尔德乡村警卫队的威胁，也没有被抓进土耳其人的监狱。现在我们大功告成。我想看的都看了。我可以离开战区去叙利亚，马苏德则可以回家了。直到现在，我才意识到迫在眉睫的危险带来的压迫感。这是一种美妙的感觉：就像把头伸出水面换气。

当我们开过牧羊人的羊圈时，那条巨大的狗又来追我们。我们欢呼起来，一脚油门冲上那条坑坑洼洼、颠簸起伏的小路，留下身后尘土滚滚飞扬，那条流着口水的狗消失其中。当我们穿过山脊，看见米迪亚特就在下方时，便兴奋地谈论起晚上要干什么，马苏德说等他回了家，他的妻子会为他准备一顿丰盛的晚餐。他正详细描述着吃完这顿饭后要吃什么库尔德糖果时，一辆路虎军车突然从一堆废弃的修路材料后面蹿出来，挡住了我们的去路。马苏德一个急刹车，险些和那辆路虎相撞，三名士兵出现在石子路上，用卡宾枪瞄准我们。

我们举着双手下了车。那个军官要我们把证件交上来，他接过我们的证件，对着他的步话机把上面的信息念了一遍。步话机那头的指示混杂着静电的噼里啪啦声。他把我们的证件塞进衣服最上方的口袋里，然后叫我们回自己车上跟着他走。路虎掉了个头，士兵们跳上车，把枪口对准我们。

在市中心的十字路口，那个军官与戴着墨镜的便衣安全警察探讨了几句。其中两个便衣上了一辆等候在旁的白色菲亚特，跟在我们后面。我们就像三明治夹心一样被一路押送出城，来到离米迪亚特一英里左右的一个被倒刺铁丝网围起来的地方。马苏德面带责难地望着我，但我们谁也没说话。我把笔记本藏在座位下面。那个军官跳下车，示意我们跟他走。听苏里亚尼人讲了一个星期的土耳其恐怖故事后，我多少想象着屋里的土耳其人正在准备拶子和拷问架。令我惊恐和厌恶的是，我看到自己的手抖了起来。

然而我们惊讶地发现，土耳其军队对我们相当客气，接待 128
来访的安卡拉政界要人想来也不过如此。在走廊里等了片刻后，我们被护送到一位陆军上尉的办公室。此人非常年轻，受过良好的教育，正百无聊赖，看到我们时似乎很惊讶，也很高兴。他用一口流利的法语请我们坐下，与此同时，那辆路虎车上的军官交代了逮捕我们的情况，然后呈上我们的证件。他敬完礼后便走了出去。上尉拿出一包香烟递给我们，同时叫人上茶。他问我是哪里人。苏格兰？车上有尊尼获加吗？他说自己来自伊斯坦布尔，正期待着回家休假。他受够了这个村子的这种野蛮的生活方式。他问我有没有去过伊斯坦布尔，我十分紧张，语无伦次地谈论着他老家的美景。他简洁地问我在这些地方做什么，我告诉他我在写关于拜占庭建筑的东西。拉了二十多分钟的家常后，他拨了一个号码，和电话那头的人简单交谈了几句，然后为给我们添了麻烦而道歉，说我们可以走了。

回到车里，马苏德倒在车座上，长长地吐出一口气。

"令人难以置信。"他说。

"如果警察一直在跟踪我们，"我说，"他们肯定还没有通知军队。"

"这人也太好了吧。"

"我们走吧，"我说，"免得他们又变卦。"

马苏德扭动点火开关的钥匙，把车掉了个头，往前开去。他刚要开出大门，我们身后的大楼里就传来一连串的叫喊。从后视镜里，我们看到两个全副武装的新兵向我们疯跑过来，大喊着让我们停车。我感到一个大秤砣掉进我的胃里。士兵们招手叫我们回去，马苏德缓慢地把车倒向指挥所。我们坐着不动，没有下车，想着接下来会发生什么。一定是秘密警察打过电话了：我都和什么人谈过话？他们说了些什么？我的笔记本在什么地方？

129　　几秒钟后，那个军官走下台阶，朝我们的汽车走来。

"先生们，"他快活地说，"你们真傻。"

我们的目光相遇了。

"你们把这个落下了。"他说。

他手里拿的是我的护照和马苏德的身份证件。

"祝你们好运！"他露出灿烂的微笑，向我们挥手作别，"再会！祝你们旅途愉快！"

第三章　叙利亚

叙利亚阿勒颇，男爵酒店，1994 年 8 月 28 日

男爵酒店是个富于传奇色彩的地方。从阿加莎·克里斯蒂到凯末尔·阿塔图尔克，大家都在这里住过，阿拉伯的劳伦斯 1914 年 6 月 8 日的账单仍然陈列在大堂的玻璃柜里。楼下的装潢从二十世纪二十年代起就没怎么改动过，不禁让人回忆起两次世界大战之间的黎凡特，你几乎能听到飞来波短裙[①]和宽松的热带套装的窸窸窣窣声，回响在如今这破败而寂静的舞场。

尽管叙利亚复兴党经济搞得不好，许多城镇凋敝不堪，但从外部看上去，男爵酒店仍不失为一座宏伟的建筑：一座石质的奥斯曼别墅，有一条仿马穆鲁克风格的盲拱拱廊，通往一楼宽阔的露台。建筑正面的最上方，用法语、亚美尼亚语和奥斯曼语写着"男爵酒店，1911，马兹卢米昂兄弟"。里面的天花板很高，装着横梁和黄铜枝形吊灯。一张巨大的告示——其历史可以追溯到法国托管早期[②]——宣称男爵酒店是"阿勒颇唯

133

---

① 飞来波短裙（flapper-dress）是欧美盛行于二十世纪二十年代的一种女装，特点为低腰、短裙摆，不强调身体曲线，以平胸平臀为美。——译者注

② 第一次世界大战后，国际联盟（League of Nations）将原奥斯曼帝国的部分领土委托给法国管理，其范围大致包括现在的叙利亚和黎巴嫩。——译者注

一的顶级酒店：绝佳的舒适度，独一无二的地理位置"。另有
一张同时期的告示，用一幅泰西封水彩画装饰着，说辛普隆东
方快车（Simplon-Orient Express）可以在七天之内（原本写的
是六天，这承诺显然过于乐观，后来被划掉了）把你"安全、
快捷、经济"地从伦敦送到巴格达。

虽然男爵酒店有诸多迷人之处，但人们还是不能昧着良心
说它没有过更风光的过往。自从 1922 年伦纳德·伍利
（Leonard Woolley）在去乌尔金字形神塔（Ziggurat of Ur）挖掘
的路上住在这里以来，这些房间看上去就像没有粉刷过一样，
现在已经破旧不堪，招人嫌弃，墙纸斑驳脱落，镶木地板坑坑
洼洼。它独一无二的风景——阿拉伯的劳伦斯在信中提到的成
荫的柏树、花园和泛着泡沫的运河，早已被一排排破旧的色情
电影院取代，影院门口贴满了几乎一丝不挂的美国少女的骇人
海报（本周播放的是《拉斯维加斯的最后一个处女》），每晚
都有大批饥渴的阿拉伯少年涌进这些电影院。

大街上，一辆接一辆的四十年代产庞蒂亚克车吐着浓浓的
黑烟，把路堵得水泄不通。尾气飘进街边的餐馆，附着在烤肉
串溢出来的层层油脂上。在烤肉店和色情电影院之间，坐落着
重工业零件铺和汽车行——Sarkis Iskenian Caterpillar Parts，
A. Sanossian Grinding：Vee Rubber Wambo Superstone——它们
都是亚美尼亚企业家的产业，这些人在过去的四十年里主宰了
一度充满活力，而如今萧瑟凋零的阿勒颇经济。如果你今日像
劳伦斯一样，试图"在男爵酒店门口一百码的距离内射击"，
你更有可能打中的是一个爱好色情电影的贝都因人，或某个蓬
头垢面的亚美尼亚机械师，而不是劳伦斯要打的鸭子。

尽管如此，我们还是很容易理解为什么这家酒店如此吸引

老一辈的英国游客。今天早晨八点，我从睡梦中醒来，一时竟茫然不知自己身在何处。我望向床旁边的墙壁，上面挂着一幅英国马车的装饰画，还有一张裱起来的画像，画的是一条黑色猎犬从一座茅草屋旁的乡村小溪中探出头来，嘴里叼着一只野鸡（"这是所有猎犬中最有用、适应性最强的一只，在郡里的比赛中有着令人生畏的胜绩，这条黑色猎犬有一条强有力的水獭状尾巴，非常适合游泳"）。于是我恍然大悟了。难吃得令人费解的伙食、衰朽的新哥特式建筑、深深的浴缸和令人浑身难受的床——难怪阿拉伯的劳伦斯和他的同时代人对这里有如此强烈的宾至如归之感——男爵酒店完美复刻了一些特别富有斯巴达风格的英国公学，然后奇怪地出现在了中东的沙漠里。

虽然这个地方有诸多缺陷，但我还是逐渐喜欢上了它。我一直很喜欢这样一个事实：在叙利亚，你可以走在自戴克里先时代起就没有重新铺过的罗马道路上，或者站在自萨拉丁进攻后就没有重修过的城堡上。而在男爵酒店里，你可以睡在自劳伦斯以来就没洗过的床单上，甚至咬你的臭虫也是当年咬过伟大的阿塔图尔克的那一群，所以我同样应该对此感到高兴。

135

此时我坐在这里喝着一杯威士忌，旁边的墙上挂着一张滑稽照片，拍的是两个戴高帽的英国马车夫，圣加百列的那些麻烦事如今思来恍如隔世。不过，我必须写下我是如何穿过图尔阿卜丁的路障和雷场来到这里的。

当我们在米迪亚特被放出来以后，马苏德和我沿着戒备森严的主道路开回马尔丁。在那里，在藏红花修道院的拜占庭圆顶和穹顶的视线范围内，我们沿着陡峭的山坡进入美索不达米亚灼热而泥泞的大平原。我们从那里沿着叙利亚边界继续向东，驶在通往伊拉克边境和巴格达的主要军事道路上。我们右边紧挨着两道边境线电网和一个雷场，一直延伸到叙利亚北部平原之外。宽阔平坦的军事道路上空无一人，偶尔会有土耳其坦克从对面缓慢地轰鸣而过。

因为半路被抓和没完没了的盘问，我们很可能无法在边境哨所关闭前抵达。但马苏德把车开得飞快，不到四十分钟，尼西比斯边境小镇的塔楼就在前面的平原上闪闪发光了。在古代晚期，尼西比斯在拜占庭帝国和萨珊波斯之间几次易手，最终在公元363年向波斯人投降。然而，尽管该城位于两国接壤处，波斯驻军和拜占庭前线哨所达拉（位于尼西比斯西边四十英里以内）冲突不断，它还是设法维持了一种活跃的知识分子的氛围。

在被萨珊波斯占领后，尼西比斯成了聂斯托利派的主要中心。尼西比斯的大学拥有八百名学生，与埃德萨大学形成了竞争关系。事实上，聂斯托利派正是通过尼西比斯——连同另外两个伟大的聂斯托利派大学城，贡代沙布尔（靠近德黑兰）和梅尔夫（现位于乌兹别克斯坦境内）——发挥了它的重要作用，将希腊哲学、科学和医药学首先引进波斯，然后再传入伊斯兰世界。此外，亚里士多德和柏拉图的许多著作也是从尼西比斯的聂斯托利学派那里，途经摩尔人治下的科尔多瓦（Cordoba），传到中世纪欧洲那些新开的大学。

但对希腊人来说，这座城市的沦陷仍然有损拜占庭的颜面，雪上加霜的是，它还成了相当一部分基督教异端的庇护所。因此，尼西比斯在拜占庭人的书信中格外引人注目。约翰·莫斯克斯记录过一个关于尼西比斯的故事，它为六世纪美索不达米亚边境城镇的市井生活提供了一幅细节生动有趣、令人信服的画面。

该故事讲述了一个女基督徒嫁给了一个"异教徒"（大概是琐罗亚斯德教徒）士兵。这个士兵有一小笔钱，想用于投资。但他信奉基督教的妻子（大概是个聂斯托利派信徒）说服他把钱送给在尼西比斯大教堂的五拱门前等待施舍的穷人，并承诺基督徒的上帝会奖赏他许多次。

三个月后，这对夫妇人不敷出了。士兵对他的妻子说："姊妹，基督徒的上帝还没有回报我们，我们现在需要帮助呀。"女子回答说："他会报答的。去你布施的地方，他会马上回报你。"于是她的丈夫一路小跑去了教堂。他来到之前施舍穷人的地方，绕着教堂转了一圈，希望有人能把钱还给他。但他目之所及全是穷人，还是坐在那儿等待施舍。正当他犹豫该向哪个乞丐开口时，注意到他脚边的大理石地板上有一枚银币，是他当时舍出去的。于是他弯腰把它捡了起来，回家去了。他对妻子说："你看——我刚刚去了你们的教堂，相信我，女人，我根本没看见你说的基督徒的上帝。他除了地上的这个银币外什么都没给我，可我之前散了五十枚出去呢。"

他的妻子让他别再抱怨，赶紧拿这个钱去买点吃的。随后这个男人带着面包、一瓶葡萄酒和一条鲜鱼回来了。当他的妻子处理这条鱼时，在鱼肚子里发现了一块漂亮的石头，于是她要丈夫把它拿去卖。

"他头脑简单，不知道这块石头是什么。但他带着它去了交易所。此刻已是傍晚时分，老板准备回家了，士兵就说：

137

'你看着给钱吧。'对方回答说：'我出五枚银币。'士兵以为
这个商人在耍他，便说：'你能给这么多啊？'可商人以为士
兵在嘲讽，便回答说：'好吧，那我给你十枚银币。'士兵不
吭声，仍然觉得商人在拿他开玩笑，于是商人又说：'行——
二十枚银币。'士兵还是不说话，不搭腔，商人便抬价到了三
十枚银币，然后是五十枚。这时士兵意识到这块石头肯定很值
钱。商人开出的价格一点点提高，直到三百枚银币。"

　　除了大教堂的洗礼堂，尼西比斯现在几乎没有什么古代晚
期的遗迹了。洗礼堂上的一篇希腊语铭文显示它建于公元 395
年。而在其他地方，尼西比斯的缪斯女神早已不见踪影。马苏
德在人头攒动的集市上飞驰而过，推手推车的男孩和驮着货物
的驴子来不及躲避，掉进沟里。没有任何迹象表明这座城市曾
经别有一番面貌，它现在只是一个尘土飞扬的边防哨所，挤满
了土耳其士兵和持枪的守卫。过境点是一间铁皮小屋，周围有
一圈带刺的铁丝网，旁边是一排谜样的拜占庭立柱。我们抵达
过境点时距它关闭只有五分钟。我拥抱了马苏德，祝他好运，
付给他的钱是我们当初在迪亚巴克尔说好的两倍。

138　　土耳其边防军把我的背包翻了个底朝天，怀疑地闻了一下
驱蚊水，但谢天谢地，他们并没有注意到我的笔记本。最终，
下午三点差两分时，在美索不达米亚夏日午后酷热的天气里，
我穿越无人区进入叙利亚。

　　气氛瞬间就变了。十年前我第一次踏上近东之旅，我至今
还记得在离开土耳其东南部宁静的乡村，前往让我有些发悚的
叙利亚时的紧张心情。而现在角色颠倒过来了。叙利亚可能仍
是一个一党制国家，但它是一个只要公民不参与政治，它就不
会干涉公民的国家。与边境线另一边的紧张气氛比起来，叙利

亚简直像伊甸园。移民棚里，库尔德人和图罗尤人在畅快地聊天。路上没有检查站，没有坦克，没有装甲运兵车，也没有被烧得只剩骨架的汽车。出租车司机看上去很放松，挺乐意在夜里开车。没有人悄声说"麻烦"、空无一人的村庄或"没了"的亲戚。

头一晚我住在哈塞克（Hassake）的克里夫酒店（令我失望的是，克里夫这个名字指的是奥斯曼帝国的一位哈里发，而不是那个上了年纪的流行歌手①），这里只有阿萨德总统和他的儿子巴兹尔（前不久在一次高速车祸中丧生）挂得到处都是的肖像提醒人们，叙利亚仍然是一个到处都是"穆哈巴拉特"（mukhabarat，即秘密警察）的复兴党一党制国家。

第二天早上，我在哈塞克四处转悠。在光鲜的现代街道、环形交叉路口和街灯后面，是一片泥墙林立的建筑群。这是一座分辨不出年代的迷宫，它的建造时间可以是巴别塔和海湾战争间的任意时间点。 **139**

我在其中一处院落里找到了乔治·约瑟夫（George Joseph），他是圣加百列修道院一位修士的表亲。乔治身材魁梧，大腹便便，留着浓密的黑胡子。他受过很好的教育——在伦敦取得了某个文凭——现在靠开出租车和在伊拉克－土耳其边境经营各种可疑的进出口业务赚钱。当我自报家门时，他大声招呼人上茶，同时很快地说服我坐出租车去阿勒颇。我本来打算坐公共

---

① 指英国歌手克里夫·理查德（Cliff Richard）。——译者注

汽车，因为便宜，但我很快就被乔治说动了，相信他的出租车是唯一明智的选择。

当乔治的一个跟班去给他的皮卡加油时，我们谈起尼西比斯的聂斯托利派大学的历史，我问这个地区是否还有聂斯托利派信徒。

"海湾战争以前没有，"乔治回答说，"但1991年的时候，五万名聂斯托利派难民从伊拉克西部逃到这里。他们看到了库尔德人的遭遇，担心萨达姆·侯赛因接下来会用毒气对付他们。"

"那他们如今在什么地方？"我问。

"绝大多数都跑了，"乔治说，"有些人拿到了去西方国家的签证，另一些人则偷偷穿越边境跑到土耳其去了。在土耳其搞假护照和假签证比在这里容易些。"他露出一个狡猾的笑容。"走私的和造假的在叙利亚并不那么活跃。你必须非常出色——非常非常出色——才能在这里做这种生意而不被查。"

"剩下的聂斯托利派难民呢？"

140　　"大约一万人如今还被关押在离这儿十英里的难民营中，那个难民营靠近伊拉克边境，是个很吓人的地方。他们被铁丝网关着，只有两千个'拜魔鬼的人'跟他们做伴。"

"拜魔鬼的人？"

"就是雅兹迪人，"乔治说，"他们是伊拉克的一个教派。严格来说，他们是'安抚魔鬼的人'，而非'拜魔鬼的人'。他们供奉的是路西法，称他为'孔雀天使'（Malik Tawus）。他们相信路西法——也就是魔鬼——已经得到了上帝的宽恕，并重新成为天使长，监督人间事务的日常运作。"

"他们和聂斯托利派徒相处得怎么样？"

"其实很好，"乔治说，"有些人认为雅兹迪人最初是聂斯托利派的一个奇怪分支。我不知道这个说法是不是真的，但雅兹迪人的神父和基督教主教们确实会在他们不同的节日里互相拜访。"

我想，不管怎样，这都是一个十分具有异域情调的场景：衣履庄重的聂斯托利派主教，在撒旦生日那天向"拜魔鬼的人"的大司祭致意。乔治还在说着话，而我不由自主地想起了那座非同寻常的难民营，里面满是雅兹迪的"魔鬼崇拜者"和聂斯托利派信徒，后者是现存最古老的非正统（在许多人眼中是异端）基督教会。

聂斯托利派当初不同意东正教关于基督人性的看法，它坚持认为在化为肉身的基督当中有两个泾渭分明的位格，一个是人性，另一个是神性，而东正教则相信基督是人神二性合一的。聂斯托利派在五世纪被逐出拜占庭帝国，以惊人的速度在更远的东方扎下了根。到了七世纪，聂斯托利派的大主教已经在巴林、印度的喀拉拉邦，以及中国的喀什、拉萨和西安建起了主教座堂。到公元 660 年，奥克苏斯河以东的聂斯托利派大主教至少有二十位，中国的大多数城市里都有聂斯托利派的修道院。成吉思汗有一个信奉聂斯托利派的侍卫，蒙古可汗们一度就要集体皈依聂斯托利派了，这很可能使教会成为亚洲最强大的宗教力量。但此事并未发生，相反，在二十世纪初，一系列反转使聂斯托利派濒临灭亡。而乔治提到的被铁丝网悲惨地圈禁在沙漠里，只是这个教派遭受的一连串灾难的最新一起。这个教派曾将蚕桑的秘密带给了拜占庭，将希腊医学带给了伊斯兰教，最重要的是，它帮助把失落已久的古代雅典哲学传回了西方世界。

由于和基督教世界的其他地方极度隔绝，聂斯托利派保留了早期基督教会的许多传统，这些传统在其他地方要么消失殆尽，要么鲜为人知。他们的传说——关于生命树的圣木和善恶树的神圣香料是早期基督教民间传说的活化石，而他们的圣餐礼仪——雅代和马里圣体礼仪（Anaphora of the Apostles Addai and Mari）是世界上仍在使用的最古老的基督教礼拜仪式。

记得有一次我在牛津的一个图书馆里逡巡，偶然发现了一本罕见的《保护书》（The Book of Protection）。这是一卷聂斯托利派的咒语，一本奇异而神妙的魔法公式集，据说是由天使们传给亚当，再由亚当传给所罗门王的。这些咒语——天使加百列对邪恶之眼的诅咒、所罗门王戒指上的名字、圣莎丽塔对邪灵的诅咒、女主人对奶牛施的咒语——生动地展现了一群与世隔绝的、迷信的、被敌人和未知的危险包围的山里人。这些咒语还凸显了聂斯托利派在面对敌人的炮火时的落后，其中有一则钳制枪炮和战争起源的咒语：

借着我主能够切断火焰的声音的力量，我把来自战争起源和我们邪恶敌人的枪炮的子弹，从承受这咒语的人身上摒除、驱散、斥逐。借着圣母、火之母的祈祷，愿他们用机器和枪投掷的石头静止、冷却，不从敌人的机器口中出来，不攻击拥有这些魔力的人，而让我们的敌人像在坟墓中一样死去……

战争中这种孤注一掷的原始性，显然还伴随着与邻居不明智的好斗热情。十九世纪与二十世纪初，试图和聂斯托利派接触的英国圣公会传教士惊恐地报告说，他们会在他们身穿紫色主教长裤的主教带领下与部落的敌人作战，他们的神父则会把手下败军的耳朵割下带回来。有一次，一位戴着牧师领的英国圣公会牧师接到一位聂斯托利派首领的午餐邀约，他冒失地用一些很蹩脚的借口拒绝了。"我希望你能来赴宴，"首领重复道，"如果你来，我将以接待你为荣，如果你不来，我的荣誉感将使我有必要射杀你。"

我和乔治说我非常想到那个难民营去，和里面的聂斯托利派难民聊聊天。但他听我这么一说就开始摇头。他告诉我，外人不可能进出难民营。它四周都围着带倒刺的铁丝网，唯一的大门由秘密警察把守着。去以身试险就是浪费时间。他说我如果去了，最大的收获就是被秘密警察逮捕，他强烈反对我去。"不过你回到英国以后，也可以设法去采访聂斯托利派信徒的。"他建议道。

"这话是什么意思？"

"我知道在……在伦敦有一个很大的聂斯托利派社区，好像是叫伊灵（Ealing）？"

"伊灵？"

"对，应该是叫这个，"乔治说，"现任聂斯托利派牧首就是在伊灵加冕的。伦敦的聂斯托利派信徒应该比这里多得多。全欧洲最大的聂斯托利派社区就在伊灵。"

这就是二十世纪末的旅行作家的耻辱：当你跑到天涯海角去寻找最别具一格的异教徒时，蓦然回首，却发现他们已经在伦敦垄断了你家那条街的烤肉串生意。

我把背包扔到乔治的皮卡车后座上，我们驱车穿过哈塞克的大街小巷，开进城外的棉花田。这是一个绚烂的夏末的日子。大风呜呜地刮着，滚滚浓云在大平原上方汹涌。没戴面纱

143

的贝都因妇女把婴儿绑在背上，在田间采摘白色的花蕾。她们的脸上有刺青，头饰上缀着闪闪发光的银币，身上穿的裙子是深紫色天鹅绒的料子，还系着腰带。

我们驶过喀布尔河上的桥，几乎是一下子就开进了沙漠。道路笔直地向前延伸，汇聚的线条将平坦的地平线上干燥而荒无人烟的黄沙一分为二。

"我父亲当年差点把命丢在这条路上。"乔治打破了沉默。

"是怎么回事？"

"说来话长。"

"这车也要开很久的。"

"好吧，"乔治说，"1929 年，我父亲在喀布尔河畔、哈塞克附近买下了六万英亩的沙漠。在法国托管之前，这个地方除了贝都因人，几无人烟。但法国人愿意为任何希望灌溉和种植作物的人提供土地。我父亲不是长子，没从我爷爷那里继承任何东西，所以他选择走这条路。这个工作非常累人，沙漠里实在太热，他都快发疯了。但经过五年辛勤的劳作，在地里灌溉和种植，他终于获得了大丰收，赚了一大笔钱——五十金镑。这笔钱足够让他还清买地的贷款。可是有个问题：他不知道怎么把这笔钱从哈塞克带到阿勒颇，因为当时这条路以强盗横行而闻名。但他知道揣着这笔钱待在哈塞克的贝都因人里可能更不安全，所以他找了一个有一辆旧 T 型福特的亚美尼亚司机，拜托他下次去阿勒颇时把他捎上。到了那天，我父亲把钱藏在裤腰带底下，跟着那个亚美尼亚人出发了。

144　　　"车开到半路，傍晚时分，他们看到沙漠里有一个年纪很大的贝都因人。他站在路边，想搭顺风车。我父亲说：'这人挺可怜的，我们让他上来吧。'但亚美尼亚司机说他从不载陌生人。他们继续赶路，但心里开始有了负罪感，因为他们心知肚明那个老人会在沙漠里被困上整整一夜。于是他们就掉头回去让他上来。这个贝都因老头非常感激，向他们问了好①，然后微笑着坐到了后排。

"十分钟后，这个老头掏出两支左轮手枪。一支顶着我父亲的脖子，另一支顶着亚美尼亚司机的脖子，命令他们把车停下。我父亲都要疯了：他五年来挣的每一个第纳尔都在身上。所以他恳求贝都因老头高抬贵手，放过这两个对他施以援手的人。但那人只是冷笑着说：'把衣服脱掉。'司机脱了衣服，把他的口袋都翻出来，但他身上带的钱不多。于是贝都因人把枪对准我父亲，说现在轮到他脱了。我父亲动作非常非常慢。贝都因人开始不耐烦了，说：'你快点。'我父亲脱掉他的夹克，接着脱衬衫，然后脱背心。'快点啊。'贝都因人催着。我父亲又脱掉他的长裤，这时那五十金镑掉了出来，滚到了地上。

"贝都因人简直不敢相信自己的眼睛，他一跃而起，企图在那些硬币滚下路堤之前把它们抓在手里。正当他捡钱的时候，我父亲飞起一脚端在他脸上。贝都因人一个趔趄，被亚美尼亚人逮住了。亚美尼亚人抓着他，我父亲缴了他的枪。他们三人在沙漠之中的路上互相把对方往死里打，其中两人还只穿着内裤。贝都因人又掏出一把刀来，但亚美尼亚人用一只手反扭住他的手臂，企图用另一只手把他掐死。同时我父亲一直在暴打贝都因人。他完全失控了，下手跟疯子似的。一开始是因为恐惧，后来则是出于报复。

---

① 此处原文为"he said, 'Salaam alekum'"。Salaam alekum 是穆斯林及中东地区的基督徒、犹太教徒的常用见面语，意为"祝您平安"。——译者注

"过了一会儿，那人被制服了，但他们三个人身上都已经沾满了鲜血。于是亚美尼亚人说：'我们不能把这个人留在这里。明天他会从部落里喊四十个人守在这等我们回来。我们必须把他杀掉。'但我父亲还没来得及回答，那个贝都因人就倒了下去。他已经死了。

"亚美尼亚人说：'你都干了些什么？'我父亲回答说：'是你杀的他。''不是，'亚美尼亚人说，'是你杀的。'他们吵了几分钟，然后一言不发地继续上路了，把那个死去的贝都因人扔在路边。他们谁也没碰到过这种事，内心非常紧张。开出十五英里后，他们遇到一支法国巡逻队。警官命令他们停车，问他们这么晚了还在路上干什么。他看出他们手足无措，于是起了疑心。所以命令他们下车，他们一下车，他就看到他们的衬衫上全是血。

"亚美尼亚人说：'这是他的主意。他刚刚杀了一个搭顺风车的贝都因人。'我父亲回答说：'不，不是我——是他杀的。'法国人让他们两个都闭嘴，把他们铐了起来并开始搜查。他在车后座上找到了那个贝都因人的身份证件。'这就是你们刚才杀的人吗？'他问。两人都一声不吭。然后警察说：'我也许应该告诉你们，这个人叫阿里·伊本·穆罕默德，近东地区头号通缉犯。任何抓到他的人——死的活的都要——都可以得到一百金镑的赏金。''阿里·伊本·穆罕默德？'我父亲和亚美尼亚人面面相觑，'叙利亚最危险的大盗？''是我杀的他。'我父亲说。'他在瞎扯，'亚美尼亚人说，"是我杀的他。''不。是我杀的……'"

"然后呢？"我问。

"他们吵了半天以后，"乔治笑着说，"把赏钱平分了。"

快到傍晚的时候，我们看到前方有一股涓涓细流，宛如水银：那是被夕照点亮的幼发拉底河。它苍白而阴森，被一层薄薄的轻雾笼罩着。河流的一边升起一座小山包，上面有史前人类定居的遗迹，旁边是一座现代吊桥，由两名打着瞌睡的叙利亚陆军卫队士兵看守着。我们驶过大桥，上了阿勒颇高速公路。

如今的沙漠里点缀着贝都因人的白色圆帐篷。帐篷周围是一群群瘦弱的绵羊，每只羊身后都扬起一阵尘雾。偶尔会有泥砖房子组成的村落在黄沙中闪现，它们破败的蜂窝状圆顶仿佛打碎在果篮里的鸡蛋。大部分村子看起来都像是无人区，但有些仍然有人居住，古老的房顶上装着电视天线和电话线。

我们继续前行，贝都因人的聚居区越来越多。随后我们来到一个坟头林立的小山坡上。阿勒颇远郊的棚户区和贫民窟展现在我们眼前。前面是阿勒颇城堡的陶土鼓。

阿勒颇，9 月 2 日

昨天晚上，我完成了在圣加百列答应人办的事。

就在我抵达圣加百列修道院之前，修道院院长从伊斯坦布尔的印刷商那里收到了一套明信片，上面印的图案出自一些十分珍贵的中世纪叙利亚手抄本，而这些手抄本都是圣加百列修道院图书馆的馆藏。院长对这些崭新的图片激动不已，拜托我捎一盒给他在阿勒颇的都主教。

然而事实证明，要找到易卜拉欣都主教比我原先设想的要困难得多，因为我错误地选择了男爵酒店的一位出租车司机，让他载我去那里。这位司机是亚美尼亚人，我想，既然是亚美尼亚人，应该比穆斯林司机更熟悉阿勒颇的基督徒社区该怎么走。但实际上，"亚美尼亚人"的真正含义是他爱喝亚美尼亚白兰地，那瓶喝了一半的白兰地就放在他的杂物箱里，在我们等红灯的时候，他就时不时拿出来喝一大口。就这样，他载着我在令人眼花缭乱的各类教堂间风驰电掣，这些教堂分别属于迦勒底人、拉丁人、希腊东正教徒和希腊天主教徒，到头来他承认他不知道叙利亚正教会的大教堂在哪。

最后，我们把车停在一个出租车站（和男爵酒店的出租

147　车站有竞争关系）。我问其中一名司机："麻烦您告诉我叙利亚正教的大教堂在什么地方？"

出租车司机："你找大教堂？哪个大教堂？我们阿勒颇大教堂有很多。"

我："我找苏里亚尼人的大教堂。"

出租车司机："哪个苏里亚尼？我们阿勒颇有好多种。有叙利亚天主教，叙利亚新教，叙利亚正教……"

我："我找叙利亚正教。我不是一开始就说了嘛。"

出租车司机："哪个正教？在阿勒颇……"

我有些恼火："叙利亚正教。"

出租车司机惊讶地说："你找叙利亚正教？"

我："是。"

出租车司机："不是叙利亚天主教？"

我说："不是。"

出租车司机："不是亚述正教？"

我忍无可忍："我找叙利亚正教大教堂！！！"

出租车司机陷入沉思："叙利亚正教大教堂……我不知道。"

幸运的是，旁边站着的一个亚美尼亚人知道。他详细说了地址之后，我们又风驰电掣般地出发了。那个亚美尼亚司机试

图向我展示他的驾车技巧来化解尴尬，用脚换挡。

"你是哪里人？"他问，右脚踩到第二挡，同时右手在杂物箱里摸索着酒瓶子。

"苏格兰。"

"我以前去过纽约和洛杉矶。"

"去度假？"

"勉强算吧。"

"什么意思？"

"我去做手术。美国的医院好。去年我出了车祸。很严重。"

事实证明，叙利亚正教会狡猾地把他们的大教堂藏在该市苏莱曼尼耶区的一个加油站后面。我们路过了好几次，但都没有注意到。都主教宫更是深藏不露：它窝在大教堂后面。我在都主教宫门口遇见一个身穿黑袍的仆从，他领着我经过一辆属于教堂的黑色长款凯迪拉克（它的后窗上贴着一张醒目的彩色纸，上面是都主教的纹章），来到一楼的接待室。我被带到一张镀金的扶手椅前，椅子上方是一张光彩照人的阿萨德总统巨幅照片，还有一幅稍小一点的安条克叙利亚正教会牧首的肖像。

几分钟后，接待室的门猛地打开，格里高利奥斯·约翰纳·易卜拉欣那矮小圆胖的身影倒退着走了进来。他手里拿着一部便携式电话，正热情洋溢地对电话那头的人说着什么，同时用那只空着的手向一对年轻夫妇挥手作别。随后他转身朝我走来，一边把那只空着的手伸给我，一边用大拇指啪的一声关闭了电话，把它塞进法衣的口袋里。

"请问是威廉先生吗？"他说，"我一直在等你。我收到了圣加百列修道院来的信，说你来了。来吧，我给你看一些你感兴趣的东西。"

都主教把我领到房间另一头的一张桌子旁，有个工作人员上前鞠了一躬，给他呈上一份文件，他签了字。桌子上放着一些建筑设计图。

"目前叙利亚没有正常运转的叙利亚正教修道院，"他一边说一边打开一卷设计图，"但我现在要重建特尔阿达（Tel Ada）。这是我多年的梦想。高柱修士圣西米恩①年轻时第一次离家，进的就是这所修道院。根据五世纪伟大的赛勒斯的狄奥多勒主教（Bishop Theodoret of Cyrrhus）的说法——你知道他的《叙利亚修士史》吗？我借你一本——特尔阿达曾经有一百五十名修士，但它在约一千三百年前就已沦为废墟。几乎什么都没剩下。1987年，我们从当地农民手里买下了这片土地，我们的计划刚刚得到大马士革当局的批准。"都主教指着设计图中央的一个几何图形道："你看，这座教堂会建在当年加拉特西曼（Qala'at Semaan）圣西米恩教堂的基础上，我们打算建成一个开放式的八角厅，中间是我们的高柱修士的隐修柱。"

"这柱子是作为一个象征符号吗？"

"不，不。这是个货真价实的隐修柱。到时候会有一名高柱修士在上面的。"

"您是认真的吗？"

"非常认真。"

"但您上哪儿去找一个高柱修士来呢？"

"我们已经有一个了。埃弗雷姆·克里姆（Ephrem Kerim）

---

① 此处指老圣西米恩。——译者注

神父自告奋勇来当我们的第一位高柱居民。他现在在爱尔兰梅努斯写他的博士论文。他希望等拿到了博士学位，就搬到一根柱子上。"

"我不信。"我说。

"但这是真的。"

"我以为高柱修士几百年前就绝迹了。"

"没有，"都主教摇摇头，说，"据我的研究，格鲁吉亚十八世纪还有高柱修士。这是有点难，但并非不可克服。"

"那您的那位朋友，埃弗雷姆神父，真的打算以后一辈子都住在……"

"他决心尽可能地像圣西米恩那样，"格里高利奥斯说，"但是，如果他觉得实在太困难，我认识几个热心于此的年轻见习修士，他们愿意和他一起轮流做高柱修士。"

"高柱修士接力赛？"

"你要是乐意，可以这么说。"

我皱起了眉头："可是……"

"效仿圣人是件好事，"都主教料到我要出言反对，说，"他们是我们所有人的榜样。"

"站在柱子顶上是不是有点太招摇了？"

"恰恰相反，"格里高利奥斯说，"对古时候的高柱修士来说，外部世界的看法完全无关紧要。圣徒们选择成为高柱修士，是为他们自己好，为他们自己的灵魂能得到救赎。在他们眼中，物质世界和自己的肉身不值一提。精神才是唯一重要的东西。生活在柱子顶上惩罚了他们的肉体，强调了精神世界。"

"您觉得您会成为一名高柱修士吗？"我问。

"不，"都主教微笑着回答，"我太老了。"

　　我把装着明信片的包裹交给他，他一边拆包裹，一边问我图尔阿卜丁的情况如何。

　　"真是太可怕了，"当我描述着我的见闻时，他说，"土耳其人……他们为什么要这么做？我们对他们做过什么吗？"他摇头叹息。"我父亲是图尔阿卜丁人，我母亲娘家是迪亚巴克尔的。大屠杀之后，他们都是自家唯一幸存的孩子。他们所有的兄弟姐妹都被杀了。1921 年，我祖父设法安排他的孩子们[①]越过边境去卡米什利，他们是在夜里和少数几个朋友一起过去的。那里归法国人管，我父母觉得法国人会保护他们。土耳其还是非常不安全——库尔德部落仍在四处杀害和奴役他们发现的任何基督徒。我的外祖父母是 1920 年过来的，我母亲出生在阿勒颇。"

　　"所以您从父母两边算都是难民？"

　　"我出生在卡米什利，"都主教回答，"我父亲以前是图尔阿卜丁的一个地主，不过，他来到叙利亚之后，当然就一无所有了：所有的东西都丢在了老家。所以他在一户富有的叙利亚人家中做佃农。最后成了那户人家的总管。但尽管如此，我们从来没有把自己当难民看待。叙利亚是苏里亚尼人的故土：我们先辈的遗迹和坟茔举目皆是。我们一直认为自己是这个国家的公民，而非难民。"

　　"您认为如今住在叙利亚的基督徒安全吗？"

　　"基督徒在叙利亚的处境比在中东其他任何地方都强。"格里高利奥斯强调，"除了黎巴嫩，黎巴嫩是中东地区唯一一个真正让基督徒感到自己与穆斯林平等的国家——当然，黎巴

_____

　　① 原文如此。——译者注

嫩还是有很多其他问题。在叙利亚，基督徒和穆斯林之间没有敌意。如果此处不是叙利亚，那我们就完了。真的。叙利亚是避难所，所有基督徒的避难所，比如被赶出伊拉克的聂斯托利派信徒和迦勒底人、被赶出土耳其的叙利亚正教徒和亚美尼亚人，甚至包括被以色列人赶出圣地的巴勒斯坦基督徒。去和这里的人聊聊，你会发现我说的都是真的。"

格里高利奥斯告诉我的话，我的确从入境以来就听别人说过。我今天中午和萨莉·马兹卢米昂（Sally Mazloumian）吃饭的时候，听她讲了更多类似的事情。萨莉的丈夫、了不起的克里科尔（别称"可可"）·马兹卢米昂（Krikor Mazloumian）是男爵酒店的所有人和总经理，已在去年逝世了，留下伤心欲绝的遗孀萨莉在叙利亚，她的家人"分散在全世界，跟联合国似的：阿勒颇、日内瓦、纽约……"克里科尔的总经理职位由他那抽烟斗、养拉布拉多的长子继承，他是马兹卢米昂家这一辈里唯一一个留在叙利亚的人。人们像称呼他的父亲一样，称他为马兹卢米昂男爵。

马兹卢米昂家和酒店就在同一个大院里，紧挨着酒店。墙上挂着一连串马兹卢米昂家族成员的镶框照片，底下坐着一群阿勒颇的亚美尼亚人，他们的父母和祖父母都是亚美尼亚大屠杀的幸存者，从险象环生的沙漠中侥幸跋涉而出，在阿勒颇的小巷子里寻得一隅安宁。他们每周末都聚在一起，来看望萨莉，追荐她的亡夫，为亚美尼亚举杯共饮。

那些上了年纪的人，倚靠在褪了色的印花布扶手椅里，谈论着过往的岁月。他们的故事就这样倾泻而出。那些司空见惯的老生常谈，谈的都是亚美尼亚人难以言说的悲剧：祖母被强奸，叔伯被活活打死，姑婶在沙漠里死于饥渴。这些故事与叙利亚如何为零星的幸存者提供避难所形成对比。

"被奥斯曼军队包围的时候，扎伊通（Zeitun）的亚美尼亚人抵抗了两个月。"一个男人如此讲述道。他年事已高，头发花白，但当他谈起自己的故事时，双瞳明亮而充满生气。"然后，来自西斯（Sis）的天主教徒来劝降他们。他说：'我已经向他们保证过，你们会放下武器，军队也向你们保证，你们会平安无事的。'我祖父不相信土耳其人的话，所以他和我的父亲留在要塞里。但我祖母认为天主教徒的话应该是可信的，于是她带着我所有的叔伯姑姑们回了自家村子。结果那天晚上他们全被乱棍打死了……"

152

每个人都竞相诉说自己的往事。"在阿勒颇，每个亚美尼亚家庭的故事都比《日瓦戈医生》更精彩，"萨莉颇为骄傲地说，"但别指望他们哪一个能给你讲得清楚明白。他们太激动了。"

"我祖父的命是被一个朋友救下的，"一个穿着考究、说话带美国口音的生意人说，"那人是一个鞋匠，为奥斯曼军队提供特制靴子。他是亚美尼亚人，但他对军队来说很重要，所以幸免于难。他们把大批的亚美尼亚人驱赶到一个有围墙的墓地里，但那个鞋匠进来了，开始把男孩子牵出来。他说：'这个是我的女婿，这个是我的侄子，那个是我的孙子。我的铺子里需要他们。如果你们土耳其人还想要你们的靴子，你们就得把我的帮工给我。'他一共救下了三十个人，实在太多了，他几乎养不活：我父亲每天只有一块面包，得和我姑姑分着吃。"

这个生意人突然毫无征兆地呜咽起来。他那跨越大西洋的自信像被扎破的气球一样皱成一团。他垂下了脑袋。萨莉说："没关系，萨姆。别说了。没关系的。"

"冲突一开始，我父亲就逃到山里去了，"一个年老的寡妇开了口，填补了沉默，"他们开始以'驱逐'的名义逮捕亚美尼亚人。虽然我父亲当时只有十二岁，但他还是猜到发生了什么事。于是他大雪天赤着脚跑上了他家前面的小山。他运气好：那个村子里90%的亚美尼亚人都没逃出去。我父亲家有四十七口人，最后只剩他一个，其他人都死了。"

带美国口音的生意人萨姆抬起了头。"我要把它讲完，"他轻轻拍了拍脸颊，说了下去，"1962年，我在贝鲁特遇到了那位鞋匠。他已经九十岁，眼睛完全看不见了。我父亲当时和我在一起：他吻了那位鞋匠的手，让我也照做。他说：'如果没有这个人，我现在已经死了。你根本不会出生。'"

"我父母都是凭一双脚走到阿勒颇的，"另一位老人插话说，他和其他人一样，决心把自己的故事说出来，"我父亲来这儿的时候已经赤身裸体了——他身上的衣服全是破洞，都挂不住了。阿拉伯人给他衣服穿。后来我父母在犹太人聚居区海耶胡迪（Hayy el-Yehudi）落了脚。十户亚美尼亚家庭把所有的钱凑在一起，租了一个单间……"

"我祖父刚到这里时，亚美尼亚人都还很穷。"一位年纪较轻的女子说，她是个音乐家，刚从埃里温开完音乐会回来，"他们来的时候身无分文，但夜以继日地工作，就是为了确保他们的子女能接受教育。"

所有人都认为，大屠杀改变了阿勒颇的面貌：一战前阿勒颇只有三百个亚美尼亚家庭，但到1943年，亚美尼亚人口已经超过四十万。

但正如我所了解的，亚美尼亚人并不是个例。1914年至1924年间，类似的苏里亚尼难民潮（还有一小部分是希腊东正教徒）接踵而至。大批难民的涌入让阿勒颇成了一艘诺亚方舟，成了所有被土耳其人赶出安纳托利亚的基督教社群的庇护所。负责托管的法国官员对流亡者表示欢迎，一方面是因为的确同情他们的遭遇，另一方面则是希望基督徒难民能够打破新生的阿拉伯民族主义。此外法国人还认为，基督徒自然会更支持他们的统治，并系统性地让他们在政府工作中得到提升。

　　1946 年叙利亚独立后，对基督徒难民潮的接纳不可避免地招致强烈反对。尽管复兴党的创始人之一米歇尔·阿夫拉克（Michel Aflaq），与后来成为总理的叙利亚民族主义运动领导人法利斯·阿尔 - 库利（Faris al-Khuri）都是基督徒，但反基督教情绪仍很普遍（在后殖民时代，这是可以理解的）。有人试图扶植伊斯兰教为国教，大马士革大清真寺的伊玛目一度宣称，对他来说，一个远在印度尼西亚的穆斯林比他本国的（基督徒）总理阿尔 - 库利距他更近。叙利亚体制内支持伊斯兰教的呼声日益高涨，导致在二十世纪六十年代有约 25 万基督徒从叙利亚出走，仅阿勒颇一地就有 12.5 万亚美尼亚人移民到苏联治下的亚美尼亚。这些难民包括现任亚美尼亚总统列翁·特尔 - 彼得罗相（Levon Ter-Petrosyan）。

　　1970 年哈菲兹·阿萨德发动"纠正运动"，接管政权，结束了叙利亚基督徒的动荡年代。阿萨德是阿拉维派教徒，这个派别是伊斯兰教的少数派，被正统的逊尼派穆斯林视为异端，蔑称为"努赛里斯"（意为"小基督徒"）。阿萨德通过组建一个由叙利亚的众多宗教少数派——什叶派、德鲁兹派、雅兹迪派、基督教徒和阿拉维派——构成的联盟来巩固自己的权力。通过这个联盟，阿萨德得以制衡占人口多数的逊尼派。在阿萨德掌权的叙利亚，基督徒过得一直不错：目前阿萨德最亲近的七名顾问中有五名是基督徒，包括他的首席笔杆子；十六位内阁部长中也有两名基督徒；武装部队和秘密警察的所有关键职位都由基督徒和阿拉维派共同把持。和我聊过天的所有人都不相信官方发布的人口统计数据，基督徒自己估计他们在叙利亚总人口中的比例应该略低于20%，阿勒颇的基督徒比例则在20%到30%之间，这是整个中东地区基督徒人口最多的城市之一。

一到叙利亚，你会不由自主地注意到这里的基督徒的自信。尤其是如果你像我一样，从尼西比斯越过土叙边境：叙利亚一侧的城镇卡米什利（就是格里高利奥斯·约翰纳·易卜拉欣大主教成长的地方）75%的居民是基督徒，几乎每一家商店、每一扇车窗都装饰着基督的圣像和圣母玛利亚的画像——经历过土耳其基督教徒的偷偷摸摸以后，这里着实算得上光明正大。此外，图罗尤语，也就是图尔阿卜丁的现代亚拉姆语，是卡米什利的第一语言。如果耶稣明天重临人间，卡米什利应该是世界上为数不多的几个能听懂他说话的城镇之一。

就基督徒而言，所有这一切的唯一问题在于，他们逐渐意识到，当阿萨德逝世或他的政权最终解体时，他们很可能会面临另一场更为酷烈的冲击。叙利亚的基督徒们看着伊斯兰运动在整个中东地区发展壮大，富裕些的基督徒无不两头下注，怀揣两本护照（或至少传言如此），以防叙利亚局势在未来的某个阶段恶化。

我在阿勒颇的集市上闲逛时，遇见一位悲观的亚美尼亚生意人，他说："宗教激进主义正在穆斯林群体中蔓延。看看这些姑娘，现在她们都戴上了头巾，仅仅五年前她们都还没有戴。没人知道阿萨德去世或辞职后会发生什么。只要这个瓶子

155

被结实的软木塞封着，就一切太平。但塞子总有一天会被拔出来。没人知道到那时我们会遭遇什么。"

当基督徒惴惴不安地为哈菲兹·阿萨德唱赞歌时，绝大多数逊尼派仍在抱怨阿萨德复兴党政府的压迫和他手下秘密警察的冷酷无情，尽管和我聊过的一些穆斯林承认，他们心不甘情不愿地钦佩阿萨德作为领导者的敏锐和坚韧。在不存在任何合法反对派的局面下，心怀不满的叙利亚人通过一系列消费阿拉维派统治集团的政治笑话聊以自慰。当我从叙利亚正教的大教堂出来，所乘的出租车跟在一列慢吞吞的货骡后面穿过集市时，司机给我讲了这个关于阿萨德的故事：

"我的表弟在大马士革跑出租。有一天，他在等红绿灯的时候，一辆挡风玻璃模糊不清的豪车追了他的尾。出租车尾部完全被撞坏了。我表弟容易冲动——我们全家都这样——所以他从车里跳出来，开始激情辱骂那辆豪车里的人，骂他们是未婚母亲的儿子、大小便失禁的骆驼的兄弟、母山羊的父亲等等。骂了两分钟，那辆豪车的后窗降下半英寸，一张名片从窗户缝里塞了出来，上面有一个电话号码。我表弟大喊：'这是什么意思？'但车窗又关上了，豪车绕开了他和他那辆被撞出褶子的出租车，只留下他对着空气大喊大叫。

"我表弟决定向那辆豪车的车主索取点赔偿，所以第二天他去了一个电话亭，拨了名片上的号码。一开始他说了几句客套话，想让对方态度缓和一些，然后他要求那人赔他一辆新的出租车，说有十五个人指着他挣的钱过日子，他妻子抱病，女儿明年就要结婚。

156

"电话那头的人不吱声，所以我表弟又发火了，他骂对方是以色列狗的呕吐物和野猪肚子里的蠕虫。他就这么骂了五分钟，突然，电话那头传来一个安静的声音："你知道你在跟谁说话吗？"

""不知道。'我的表弟回答。

""你在跟哈菲兹·阿萨德说话，'一个阴恻恻的声音说道，'你也许知道，我是阿拉伯叙利亚共和国的总统。'

""我知道你是谁，'我的表弟毫不犹豫地说，'那你知道你在跟谁说话吗？'

""不知道。'那边惊讶地回答。

""谢天谢地！'我表弟说，砰的一声挂了电话，飞快地窜回他的车里，使秘密警察没来得及追查这个电话的来源，然后依阿萨德总统的心情把他请来小住一番。"

阿勒颇，9 月 4 日

昨晚我熬夜看了都主教借给我的《叙利亚修士史》，作者是赛勒斯主教狄奥多勒。狄奥多勒与约翰·莫斯克斯差不多是同时代人，而从这本书看，他的趣味甚至比莫斯克斯还要古怪。

如果狄奥多勒是可信的，那在他那个时代，最伟大的人物既非歌手也非舞星，甚至不是御车手，而是圣徒与苦行僧。老圣西米恩就是一个典型的例子，他的隐修柱位于阿勒颇以西几英里的地方。

"当他的声名传扬于各地时，"狄奥多勒写道，"每个人都向他奔去，因此当人们从四面八方、大街小巷如河流一般汇聚到这里时，放眼望去就成了一片人海。不仅仅是我们这一地区的居民，还有伊斯玛尔人、波斯人、亚美尼亚人乃至从更远的地方来的人：泰西之地的人，西班牙人、不列颠人和夹在他们

157

中间的高卢人。意大利人就不必说了。据说他在罗马这座大都市里非常有名，所有的作坊门口都立起了他的小雕像，希望他能给他们带来护佑和平安……"

狄奥多勒是那些了不起的拜占庭苦行僧的主要编年史家，实际上也是他那个时代一流的名人传记作家，远至坎特伯雷也有人读他的作品。但他笔下的人物——有些住在悬挂的笼子里，有些自闭在隐居地，有些藏身在蓄水池里——呈现的是一组截然不同的难题，而对于这些人物的种种小缺点和欲望，如今的传记作家都在进行细致入微的研究。老西米恩也许是狄奥多勒笔下最出名的人，但绝非最古怪的。例如，有一个名叫巴拉达图斯（Baradatus）的人，狄奥多勒恭喜他发明了"新的耐力考验"。此人在隐居处上方的山脊上，用木头做了"一个小箱子，甚至比他的身体还小"，他就住在这个箱子里，不得不一直弯着腰。箱子顶上只有窗洞没有盖板，所以他既遭日晒又被雨淋，但他都忍耐了下来。

最终，巴拉达图斯的主教说服他从这个"格子棺材"里出来，但这位隐士非但没有罢休，反而想出了一种更不寻常的方式来追随他内心的感召。巴拉达图斯决定，他的新修行方式得要一直站着。但这在当时是一种相当常见的苦修形式（金口约翰年轻时曾用这种方法自我惩戒，一口气站了两年），巴拉达图斯最后似乎决定，下半辈子站着度过还不够，他决心给自己制造更多的困难。他用一件皮衣"包裹住整个身体——只在鼻子和嘴巴周围留了一个小小的呼吸口"。这样一来，除了要终日站着，他还得在叙利亚酷热难耐的仲夏时节被活活炙烤，简直是拜占庭时代的带包装加热修士。

然而，与狄奥多勒笔下的另一位主人公萨拉雷乌斯

158

（Thalelaeus）相比，他还是显得不足挂齿。萨拉雷乌斯造了一个笼子，然后把这个精巧的装置悬挂起来。"截至目前，他已经在这个笼子里住了十年了。他是个大块头，所以即便坐下也伸不直脖子，但他总是弯腰坐着，把前额紧紧地贴在膝盖上。"

当狄奥多勒去拜访这个怪人时，发现他"以极度的专注从神圣的福音书中获益"。狄奥多勒貌似至此才意识到，这种行为也许只是有点奇怪罢了。他如是写道："我询问他为何选择这种新奇的生活方式。"萨拉雷乌斯已有答案：生活要尽可能地不舒服，这是给未来上的一份保险，以防将来生活得更不舒服。他说："我背负着许多罪孽，我相信审判正在等待我，于是我选择这种生活方式，对肉体施以适度的惩罚，以减轻那些正在等待我的惩罚，因为后者在质和量上都比前者严重得多。因此，如果现在这些轻微的痛苦能够减轻那些在前方候着我的痛苦，那我的收益将是巨大的。"

在绝大多数人类社会里，这样的苦行僧也许会遭到一定程度的质疑。但在拜占庭，似乎每个村庄都希望拥有一名自虐的隐士，他能给村民们带来好运，治愈疾病，驱散魔鬼，并为他们在凡间的君士坦丁堡和更遥远的天堂积福。身边有修士死去则更是一件喜事：这样村庄就可以认领尸体，丰富本地的圣遗物收藏。如果狄奥多勒的记载是可信的，那垂死的圣徒们周围徘徊逡巡着数百个急切的拜占庭农民，等他们一从栖木上掉下来，就把他们瓜分掉——对高柱修士而言，"栖木"就是字面意思。

狄奥多勒记录了这样一个案例：当时有消息说，一位名叫詹姆斯的著名隐士身患沉疴，命不久矣。之前有一次詹姆斯病重，狄奥多勒被迫行使他作为主教的权力，驱散一群手持镰刀

159

前来搜寻圣遗物的人。但没过多久，詹姆斯的病情突然恶化，而此时狄奥多勒到阿勒颇办事去了，赛勒斯的人民不得不实行自治。

狄奥多勒写道："当听闻发生了什么事后，许多（农民）从四面八方赶来抢夺他的躯体。镇上所有的人，包括士兵和居民，都火急火燎地（赶到詹姆斯居住的地方，在往西四英里处的一座山顶上），有些人拿起了军事装备，另一些人则抓到什么用什么。他们紧密地组织起来，通过弓箭和投掷石块展开战斗——不是为了伤人，而是为了恐吓（他们面前这些乡下的对手）。如此赶走了当地居民之后，他们把詹姆斯安放在一个垃圾堆上，而他本人则完全不知道发生了什么——他甚至不知道自己的头发被（作为圣遗物）拔了下来——然后人们（带着不省人事的詹姆斯）出发回了城里。"

由于对垂死的苦行僧进行了一系列先发制人的突袭，赛勒斯的圣遗物收藏大获丰收，于是狄奥多勒提议将这座城镇改名为哈吉奥波利斯（Hagiopolis），意为"诸圣之城"。我手中的地图显示它的遗址位于阿勒颇以北四十五英里处。我打算明天乘车去那里，把大主教借给我的书带上，去看看狄奥多勒当年的主教辖区还剩下些什么。

阿勒颇，9 月 5 日

因为发现没有去赛勒斯的巴士，所以我决定搭便车。我一大早就醒了，拿了一小袋菲塔奶酪、一些切片面包和一瓶叙利亚淡啤酒。接着乘旅馆的出租车来到郊区，随后开始步行。

今天的天气相当凉爽，还是个阴天，这很稀奇——从阿索斯山开始，一路上都是烈日当空，热得人乏力。没过多久，我碰到了一个贝都因人开的路边摊。摊位是用棕榈叶搭的，卖的是连枝的熟枣。我买了一根，半小时后，一名库尔德卡车司机来接我，我们一起吃枣子，把枣核往车窗外吐。

我们朝西北方向行进，路上的风景逐渐变得荒凉：阿勒颇北部边缘地带的核桃树与开心果树的浓荫，逐渐让位给更加干旱、崎岖的土地。在那些小块的耕地上，一队队戴着眼罩的马套着挽具，拉着原始的木犁。穿着有刺绣的衣服、头戴白色头巾的妇女锄着地，她们的女儿手提水桶站在一旁看着。在她们上方，山坡的边缘，能够望见废弃的拜占庭瞭望塔的遗址。它们俯瞰的那片薄土，曾经是结实累累的葡萄园，古代晚期安条克的酒馆里人们痛饮的叙利亚红葡萄酒就产自这里。

车开出十几英里后，在路对面的山坡上，我瞧见一座宏伟的罗马式大教堂的废墟，它坐落在一片小小的橄榄树林中。没有屋顶，已经被废弃，但其他部分却几乎奇迹般地完好无损。出于好奇，我让我的库尔德朋友停车放我下去。卡车在一团黑色的尾气中开走了，在骤然降临的岑寂之中，我向那片废墟走去。

穆沙巴克（Mushabbak）教堂隐没在橄榄树林中，完全与外界隔绝。当年这座山上基督徒摩肩接踵，它则是那个时代遗留至今的唯一见证。如果给中殿加一个新的木屋顶，把地板清扫一下，再稍微修理一下山墙，那这座教堂明天就可以投入使用了。但就像中东地区的许多基督教堂一样，这座令人惊叹的大教堂现在只是一个便利的羊圈：我走过田野，穿过橄榄树林，看见一个牧童正从遗址边的一口井里打水。他把水倒进一个水槽里，当我走近时，意识到那个水槽其实是教堂从前的圣水盆。男孩向我打了招呼，领我进去。

161 　两只母羊和四只小羊羔被拴在旁边的小礼拜堂里。不远处站着一头上了鞍的驴和一条狺狺狂吠的牧羊犬。两条宏伟的弧形拱廊沿着素朴端肃的中殿向前延伸，通往一座弧度适中的后殿。虽然既无饰物也乏装潢，但教堂的比例精妙和谐，美轮美奂。它显然是拜占庭极早期的建筑，大约可以追溯到公元五世纪晚期，不过它与罗马式建筑极为肖似，且在规划和风格上几乎全然是十二世纪早期法国教会建筑的先导。如果把它挪到奥弗涅（Auvergne）的一处山坡上，绝不会显得格格不入。尽管如此，它的精神气质却在某种程度上与法国建筑截然不同。

　　当你想到法国的罗马式建筑——韦兹莱（Vézelay）的、欧坦（Autun）的、安齐－勒－杜克（Anzy-le-Duc）的或穆瓦萨克（Moissac）的——你想起的是那些热热闹闹的、富于生命力的场景：柱头周围雕满咬人的猛兽；门楣上《启示录》中的二十四位长老挤在一起，正忙着演奏他们的维奥尔琴；天使为末日审判吹响号角；逝者复生，仿佛从石棺里爬出来的甲虫。这些雕塑富于趣味，玄妙离奇又无拘无束，就像那些手抄本的旁注，世界被颠倒过来，兔子用弓弩追杀猎人或猎犬。

　　但在此地，在拜占庭时代的叙利亚的石头外壳中，一种更加克制和清教徒式的精神在发挥作用。拱门中央的拱顶石上雕刻的是一顶月桂花冠，里面刻着一个小小的等臂十字架。除此之外没有任何装饰性雕塑来破坏石雕本身严肃的纯洁。柱头都不具备具象意义，其上的棕榈纹和螺旋状涡纹雕刻得漫不经心，几乎像是不小心划上去的。窗户上方没有线脚，门上和后殿的拱门周围也没有莨苕纹饰。这座教堂的指导精神是近乎狂热的素朴端肃，就像狄奥多勒笔下的苦行僧们信奉的生活方式一样。

这种如出一辙的严峻态度并不是巧合。因为恰恰是在这些偏远的乡村地区，狄奥多勒笔下的叙利亚苦行僧最受欢迎和崇敬。在那些人口素质较高、受过古典教育的城镇里，人们对苦行僧的看法有时会产生分歧：早在四世纪，多神教演说家利巴尼乌斯就称修士是"吃得比大象还多的黑袍部落，像大河一样横扫全国，在神庙和庄园里四处肆虐"。利巴尼乌斯显然不是唯一一个抱此想法的人。金口约翰（他原来是利巴尼乌斯的门徒，后来转而反对他的多神教导师）在一次布道中抱怨说："无论（安条克的）居民聚在什么地方说闲话，里头肯定有一个吹嘘他是第一个殴打修士的人，一个吹嘘他是第一个发现修士的小屋的人，一个吹嘘他是鼓动地方法官对圣徒采取行动的人，一个吹嘘他是把修士们拖过大街小巷，然后看着他们被关进监狱的人。"

162

然而在农庄和村子里，情况则大不相同。在这些地方，头脑简单的拜占庭农民在遇到麻烦时，总是向业余的或未经认证的圣徒寻求帮助，而不找帝国官员或专业的神职人员。正如狄奥多勒所言，圣徒取代了多神教的神灵：他们的圣祠取代了供奉多神教神灵的庙宇，他们的纪念活动取代了从前多神教的节日。狄奥多勒的朋友，那位住在笼子里的隐士萨拉雷乌斯就是一个例子。他住进了一座仍在使用中的异教徒神殿，并战胜了所有试图驱逐他的人（"他们根本搬不动他，因为信仰将他包裹起来，上帝的恩典为他战斗"）。后来他凭借一些兽医学方面的超自然力量，设法使当地人皈依：狄奥多勒走访了一些皈依他的人，他们"宣称许多奇迹都有赖于他的祈祷，不光是人，骆驼、驴和骡子都在享受恢复健康的欢喜"。这种对村里的牲畜的治疗似乎打破了平衡：萨拉雷乌斯已经赢得了农民的心，在新的皈依者的帮助下，他"摧毁了恶魔的地盘，为胜利的殉道者建立了一座伟大的圣殿，反对那些被错误地称为神的'神圣的死者'"。

拜占庭时代的人们相信，圣徒（如萨拉雷乌斯）能够凭借他们忍受肉体磨难的本领，冲破肉眼可见的世界与神圣世界之间的那道帷幕，从而直接触碰到上帝，这些是普通信徒办不到的。因为人们相信肉体受到的摧折使圣徒发生了变化："你可以变成一团火，只要你愿意。"在一则关于沙漠教父的故事中，主人公约瑟夫神父如是说，他举起他那已经"变成了十盏灯"的手指，它们被"神自存的光辉"点亮，和圣像画上的伟大圣徒头上的光圈一般。人们认为，达到此等境界的圣徒就能将凡人的祈祷传到遥远的天庭，就像古老的神灵有能力让不孕的妇女得子、治愈病人，以及预测未来。

不过，圣徒们的首要任务大概是同魔鬼斗争。当时的人们认为这个世界被看不见的黑暗势力包围，被它们打倒不仅是错误，更是一种罪孽，魔鬼的行动是一种日常的刺激，乃至侵入最寻常的家庭活动。新近发现的一张莎草纸残片，讲述了一对年轻拜占庭夫妇（丈夫是个富裕的面包师，妻子是一位商人的女儿）的婚姻是怎么破裂的。他们在离婚申请中写道："我们过去维持着平静而体面的婚姻生活，但我们遭遇了一个邪恶的恶魔，它在暗处袭击了我们，企图让我们离婚。"同样，约翰·莫斯克斯也讲过一个故事，莱西亚（Lycia）的一所修女院被一群魔鬼袭击，结果"五个处女思凡，密谋逃出了修女院，然后结了婚"。

就像后来取代了他们的穆斯林精灵一样，拜占庭时代的恶魔们潜伏在古老的庙宇和偏远的山坡上，比如我现在所在的这座大教堂周围：安纳托利亚曾有一位名叫西肯的狄奥多若（Theodore of Sykeon）的圣徒，他的传记里提到，一群农民在一处偏僻的山坡上挖土堆时，无意中释放出了一大批恶魔，恶魔不仅附体了农民，还附体了他们的邻居和饲养的牲畜。只有狄奥多若这样的圣徒才能把邪灵赶回其老巢，使它们永不得出。修士与圣徒被认为是对抗魔鬼的奴仆的"出色战士"，只有在他们（以及他们的护身符、圣遗物和药物）的帮助下，人们才能与恶魔战斗乃至将其击败。在整个东地中海世界，这一传统仍在延续：时至今日，基督教的修士们仍被看作能力超群的驱魔人，和他们共享这一天赋的还有伊斯兰教的苦修者——信仰苏菲主义的穆斯林。

164

　　我脑海里想到这些时，正走在空无一人的乡间小径上，希望能搭一辆便车去赛勒斯。两个小时后我才碰了好运气。拯救我的是阿拉伯人阿鲁夫（Alouf）先生，一位上了年纪的法语爱好者，长相酷似欧麦尔·沙里夫（Omar Sharif）。我们驱车上路时，他说现在赛勒斯已经没有人住了，但他知道怎么走，因为在遗址旁边有一座著名的圣徒尼比（意为先知）乌利的圣祠。阿鲁夫先生补充说，他今天不忙。如果我愿意的话，只需花一点钱，他就可以送我去那儿。他说了一个合理的数字，我同意了。

　　我们沿着一条狭窄的山路一路向北。车开得越远，贫瘠土地上的橄榄树林就越多。我们翻过一段狭窄的山脊后，眼前出现了一片广袤的银灰色树林，把山丘分隔成一个个小方格。在某些朝南的山坡上，农户正开始收橄榄。摇摇晃晃的木梯子架在盘曲多节的老橄榄树上，地上铺着床单。用绳拴着的驴子站在附近，驮着准备用来装橄榄的空鞍袋。不远处，一群群穿着阔腿裤的人正把装着橄榄的袋子运上等候在旁的马车。

我们经过一条瀑布，水潭里面有几个小孩子在玩水，接着驶过两座美丽的拜占庭拱桥。我知道其中一座是狄奥多勒督造的。我们马上就要到目的地了。

这个地方着实偏僻得令人吃惊，但事后回想起来，这是我早该料到的。狄奥多勒在他的私人通信中经常抱怨他所在的主教辖区的小地方习气。他在大都市安条克的一个富裕家庭里长大，时时感到在偏远的赛勒斯的生活令人丧气。他恳求信差们到君士坦丁堡去打听最新八卦，并抱怨说他的辖区里连个像样的面包师都没有。在一封特别能说明问题的信中，他称赛勒斯是"一座小城"，声称自己通过大肆铺张"遮掩"了这座城市的丑陋。在另一封写给他的朋友，即智者伊索卡西奥斯的信里，他说当一位熟练的木匠来到城里时，他非常激动。在安条克，来了个木匠根本不是什么新闻，但在赛勒斯，所有位高权重的人物——总督、将军与狄奥多勒本人——都想雇用他，而狄奥多勒保证，一旦这个木匠给他干完活儿，就会将其送到他的朋友那里。

在越来越陡的山坡上开了三英里后，赛勒斯的断壁残垣骤然从橄榄树林中拔地而起。一堆残破的建筑——弧形剧场、支离破碎的带拱廊的公共建筑、凌乱的柱子和柱子底座——散落在地上。很少有两层以上的建筑物。但在遗址的中心地带，一座锯齿状堡垒矗立在巉岩上，俯瞰着周遭的一切。查士丁尼曾经下旨重修和加固这座堡垒，以抵御波斯人的侵犯。

阿鲁夫先生让我在一座拜占庭时代的大门旁下了车，它呈蜂蜜色，现在已成残骸。我顺着玄武岩城墙向那座堡垒爬去。乱石中游走着出来晒太阳的蜥蜴。虽然已到正午，但气温不高。城堡上空乌云翻涌，吹来一阵清风。爬到一半时，我遇到一只跌跌撞撞的大乌龟，以极慢的速度用腿和乌黑的爪子慢慢地挖洞，准备过冬，乱石随着它的动作发出嘎啦嘎啦的声音。天气转凉了，夏天快过去了。

这座城市的建筑物中只有我眼前的这座堡垒是完好无损的：连接它们的巨大的圆角堡垒和城墙上的方形角楼仍有几个地方升到了原来的高度。我爬上女儿墙，身后的山坡上滚下了松动的碎石，我坐下来啃面包和奶酪，俯视着狄奥多勒的城市破碎的残迹。

在堡垒中间偏北一点的地方，能够望见狄奥多勒大教堂的轮廓，它是献给圣徒科斯马斯和达米安的，一座长长的带拱的大教堂，在周围那些较小的世俗建筑的方形地基中显得格外醒目。教堂旁边的那座建筑想必是主教官邸，狄奥多勒在结束他的拜访后就心潮澎湃地回到这里——也许有个瘦削而衰老的隐修士允许他进入自己紧闭的房门，或某个以脾气恶劣闻名的高柱修士允许他把梯子靠在柱子上，爬上去和他聊聊天。在大教堂的另一边，与后堂的南墙相连，立着一个小的附属建筑的地基，可能是一座圣祠。我在漫步下山时心想，隐士詹姆斯最后是不是在这里去世的，狄奥多勒曾试图把他纳入赛勒斯的圣遗物收藏，尽管他极力抗拒。

墙外，在镇子和大教堂相对的那一头，有一座古代晚期的殉道者陵寝，屋顶呈六面锥形，石料色泽秾丽，仿佛康沃尔浓缩奶油上凝结的硬壳。在十三世纪或十四世纪的某个时候，这座风姿秀雅的古典建筑被墙围了起来，改造成了苏菲派圣徒的圣祠。它如今仍在使用，我此前已和阿鲁夫先生约好在这里会合。

166

我在塔下的一座小清真寺里找到了他，他盘腿坐在祈祷室的一条地毯上，正和管理圣祠的教长说话。教长是个拄拐的跛脚老人，穿着宽松的沙尔瓦裤，留着稀疏的灰色胡须，卡菲耶系成土耳其的式样，多出来的一截垂到脖子后面。他头顶的天花板上悬挂着一束干枯的黄色花朵。我问我的朋友那束花是干什么用的。

阿鲁夫说，这是防止有人再打清真寺的歪主意。

"以前有人这么干过吗?"我问。

"很遗憾，有，"教长回答说，"在我们把花挂上去之前来过两个小偷，他们把清真寺里所有的地毯、钟、电风扇和扩音器都偷跑了。过来看看吧。"

他领我们穿过一扇门，进入墓室的一个拱形坟冢。穆斯林圣徒的纪念碑被鸠占鹊巢地放置在原来的罗马殉道者的正上方。

"这是病人来过夜的地方，"教长说，"多亏了乌利先知，到了早上，他们就痊愈了。这是个神圣的所在，可那些小偷来这里掘地三尺，以为能找到钱，但他们的所作所为不过是亵渎坟墓罢了。后来我对乌利先知说: '你要多加小心呀。'我用手杖在他的坟墓上敲了两次，表示我是认真的。"

"你和圣徒说话?"我问。

"那当然，"教长宽容地笑着，好像我问的是一些只有外国人才会问的浅薄问题，"每天都说。"

"通过什么途径?"

"他来梦里找我，"教长说，"他向我传达建议和指示: '不要离开我的圣祠，好生看管它，把它维护好。'"

"他长什么样?"

"一张圆脸，浓密的黑胡子……"

"穿什么衣服呢？"

"不知道，我只看到他的脸，"教长说，"这二十年来我一直在这里当教长。前一位教长是我父亲，再往前一位是我爷爷。"

"代代相传吗？"

"对，很多代。我叫阿卜杜尔·梅森，我的父亲叫马莫，他的父亲叫谢霍，谢霍的父亲叫米斯托，米斯托的父亲叫马莫，马莫的父亲叫伊珊……再往前我就记不得了。太久远了。"

"和我说说乌利先知吧。"我说。

"你没听过这个人吗？"阿鲁夫先生大吃一惊，"基督徒也敬奉他的。很多基督徒——亚美尼亚正教徒、叙利亚正教徒、天主教徒——都来这里向他致敬。我想你们的《圣经》里有这个人，我们的《古兰经》里也有。"

"是哪一个？"

"先知大卫的军队的首领，"教长说，"大卫为了娶他美貌的妻子把他杀了。两个天使，米迦勒和加百列出现了，问大卫都已经有九十九个妻子了，为什么还要再娶一个。你听过这个故事吧？"

"我听过。但是我们基督徒管先知乌利叫赫人乌利亚。"

这是一个令人难以置信的错综复杂的故事：一个中世纪的穆斯林圣徒，被埋葬在一座比他古老得多的拜占庭墓穴塔楼里。而又不晓得是怎么回事，他与《圣经》和《古兰经》里的乌利亚搞混了。也许这位圣徒的名字就叫乌利亚，久而之，他的身份也就和《圣经》中与他同名的人混在一起了。更引人好奇的是，在这个一直以来都以基督教圣祠闻名的城

168

市，狄奥多勒笔下的那些基督教圣徒刚刚离去，苏菲派的传统就直接接上。就像穆斯林祈祷的形式，他们的鞠躬和跪拜，似乎源于我在圣加百列修道院看到的古老的叙利亚基督教传统，正如最早的宣礼塔建筑明显源于古代晚期的叙利亚基督教堂塔楼，因此伊斯兰神秘主义和苏菲主义的根源，与拜占庭基督圣徒和在他们之前穿越近东的沙漠教父非常接近。

当下的西方世界经常将伊斯兰教视作一种与基督教截然不同的文明，而且伊斯兰教的一些人确实对基督教抱有敌意。但只有当你走在基督教的东方发源地时，才能意识到这两种宗教之间的联系有多么紧密。伊斯兰教吸收了基督教的经典和教义思想，且至今仍然体现了早期基督教的许多方面和实践（在现代西方基督教中已经没有了）。早期的拜占庭人第一次面对先知穆罕默德的大军时，觉得伊斯兰教仅仅是基督教的一支异端，从许多方面来看他们并没说错：伊斯兰教吸收了大量《新约》和《旧约》中的内容，也敬奉耶稣和古代的犹太先知。

如果约翰·莫斯克斯今日重返人间的话，他很可能会发现，比起当代的美国福音派，他对现代伊斯兰苏菲派要熟稔得多。然而这一简单明了的真理失落已久，因为我们一直把基督教这一源自东方的信仰视作一个西方宗教。此外，当前西方对伊斯兰教的妖魔化，以及近年来在部分穆斯林中出现的宗教激进主义思想（从许多方面来讲，它本身是对西方一再羞辱伊斯兰世界的一种反抗），导致很少有人知道或希望知道基督教与伊斯兰教深厚的"血缘"关系。

169　　这些年来，由于这一点，以及其他一些原因，当代东方基督徒本就如履薄冰的处境越来越岌岌可危。他们和西方的教友信奉同一个宗教，却又和身边的穆斯林拥有强大的文化联系，于是尴尬地夹在这两个事实中间。因此，融合的重要性仍然存在于像先知乌利的圣祠这样的地方。这种受人欢迎的融合（基督徒在穆斯林的圣祠礼拜，反之亦然）在中东地区一度非常普遍，但现在只存在于少数几处相对宗教宽容的绿洲之中了。这凸显了一个重要的事实，即两大宗教之间的密切联系很容易归于遗忘，因为东方基督徒——伊斯兰教与西方基督教之间仅存的一座桥梁——为了应对伊斯兰建制派日渐高涨的敌意而逐渐移民国外。

"现在还是有非常多的基督徒到这里来，"教长继续说了下去，打断了我的思绪，"主要是些病人，希望来这里治病。上周来了一个信基督教的女孩子，她病了好几个月——脑袋很不舒服——她梦到了先知乌利。于是她来到这里，在坟墓上过了一夜。第二天她就全好了。上周五她带着一只绵羊回来，羊身上挂满了鲜花和彩带，羊角上也染了凤仙花汁。祈祷过后，他们割断了羊的喉咙。然后把它煮了，大家分着吃了。"

"这种事常有吗？"

"每周都有。我为这只绵羊念了几句祈祷词，然后人们就在墙那边亲手把它宰了。"

"每次都是绵羊吗？"

"也不是，"阿鲁夫先生说，"通常是绵羊，但有时候也会用小骆驼、小公牛犊或者小山羊。不拘是什么，必须是一种好的动物——狗不可以——而且必须年龄小，身体健康。生病和怀胎的都不行。"

"然后，"教长说，"人们拖着动物，围着坟墓绕行三圈，再把血洒在墓上和通往墓穴的门廊上。这是为了感谢先知乌利实现了他们的心愿。"

170 　　阿鲁夫解释说："他们来之前已经向先知乌利许诺过，如果他对他们施以仁慈，那他们就给他献祭一只动物。所以当他实现了他们的愿望后，他们必须履行诺言。"

　　"我们相信，如果他们献祭的动物不是之前许诺的那一种，或者动物不那么好，又或者根本就不来还愿，那乌利先知就会惩罚他们。"教长说。

　　"怎么惩罚？"

　　"有很多种方式，"阿鲁夫先生说，"他可以让人生病，也可以让精灵附体。有很多种灾祸等着说话不算话的人。"

　　"有一回，一具尸体被运到这里安葬。人们把他安放在外面的水井旁边，准备给他清洗遗体。但不久前这个人向先知乌利许了愿，却没来还愿。所以当人们把他抬到这里时，井干了，没办法清洗他的遗体。先知不希望这个人接近他。他拒绝了他，于是这个人不得不被埋到其他地方去。第二天，井里又有水了。"

　　"圣徒拒绝一个逝者是最糟糕的事情，"阿鲁夫说，"我们认为这是对一个家庭的荣誉的极大侮辱。"

　　"但如果一个人很慷慨，献祭了一只上好的绵羊来兑现他的诺言，"教长说，"那我们相信他会在末日审判那天骑上这只羊。羊会把他驮到天堂去的。"

　　"基督徒也信这个吗？"

　　"在这件事上，基督徒和我们没区别，"教长说，"除了有的时候，基督徒送来的病人额头上有基督的标记。"

　　我们一边说着话，一边由教长领着走上一段由整块石头造成的台阶，来到这座拜占庭陵墓顶上的带拱露台。六角锥屋顶的每个面上都有一个巨大的拱门，金字塔就从这个拱形物中出现在我们的上方。透过一个拱门，我看到墓地里的树木正在瑟瑟作响。圣祠门口，一辆拖拉机正从一辆满载库尔德工人的拖车上卸货。一群老人拥进屋里做星期五的祈祷，而他们的妻儿则在外面的水井边等候着。

教长面朝南站着，双手捂住耳朵，开始进行宣礼。他那没有因扩音器而失真的、柔和温雅的声音，越过狄奥多勒大教堂的废墟，越过橄榄树林，越过"诸圣之城"中无数圣徒和殉道者倾圮的坟墓，飘向远方库尔德达赫（Kurd Dagh）蓝紫色的群山。

阿勒颇，9月9日

在阿勒颇的最后一个早晨，我偶然发现了一件最意想不到的拜占庭遗物。它隐藏在这座城市肮脏而偏僻的街道旁的教堂里，仿佛一块隐藏在某个不为人知的采石场里的珍稀化石，没有受到潮流变化的侵蚀，保持原貌直至今日，它是一种古老的素歌形式，也许是格里高利圣咏的直接祖先。若真是如此，那它可能代表了整个西方圣乐传统的主要根源之一，就像它听起来那样非比寻常。

这一发现始于和都主教格里高利奥斯的谈话。我们见面的时候，他顺嘴提到在阿勒颇曲折幽深的市井里避难的不同群体中，有乌尔法利人（Urfalees），也就是乌尔法（即古时候的埃德萨）的叙利亚基督徒的后裔。据我读到的乌尔法近代史，以及我上个月访问那里时所了解到的情况，乌尔法的叙利亚正教徒社群遭受了和不幸的亚美尼亚人一样的命运。但事实显然并非如此。虽然乌尔法的很多苏里亚尼人的确在一战中死于屠杀，但阿塔图尔克于1924年从法国人手中夺回乌尔法时，这

172 里的苏里亚尼人仍然不少，足以让土耳其领导人担心乌尔法的民族纯净度。因此，他下令立即驱逐所有从奥斯曼人的刺刀下幸免的基督徒。

乌尔法利人的大篷车接二连三地离开了乌尔法，他们安全地越过了叙利亚边境，这令他们自己都感到吃惊。在法国官员的陪同下，他们来到了阿勒颇郊区一片满地帐篷的地方。这个地方现在还在，尽管那些帐篷已经被一堆破破烂烂的混凝土建筑取代，就像二十三年后巴勒斯坦人搭起的难民营一样。格里高利奥斯告诉我，当年"出埃及"（离开乌尔法）的最后一个幸存者仍然在世，他安排我们见了面。

我在陡峭的楼梯上寻到了马尔福诺·纳梅克（Malfono Namek）的公寓，公寓所在的这条狭窄肮脏的小巷子就是如今叙利亚正教徒的聚居地。马尔福诺（这个词是老师的意思）·纳梅克生着一张瘦削的苦行僧般的脸，蓄着牙刷胡，脸上带着猫头鹰似的警觉神情。他身穿一件二十世纪三十年代的细条纹西装，就像以阿尔·卡彭（Al Capone）之事为主题的电影里私酒贩子穿的那种。喝完茶后，我问纳梅克能不能回忆起一点儿1924年他离开乌尔法时的事情，因为他那时年纪应该还很小。

"一点儿?"他说，"我统统都记得！我连在收到伊斯坦布尔下达的驱逐令那天，我在学校里学的是什么都记得。如果我今天回到乌尔法去，我还能认出我住的区、我住的街道、我家的房子！虽然我在叙利亚已经待了七十年，但那里仍然是我的家乡。"

老人捶着桌子道："如果有机会，我明天就会回去。可当然是没有机会的。"

"那时候你几岁？"

"十二岁。当时我们每个人都只被允许带一套衣服、两条毯子和一周所需的干粮。其他的一切——教堂、修道院、土地、学校、财产、钱——都必须留下来。我记得很清楚：当时是冬天，所以我穿了一件沙尔瓦裤和一件厚夹克。我记得我和我们的土耳其朋友道别，然后离开了家，然后……"他皱起了眉头，"我想到这些事时真的很愤怒……这是土耳其政府的错。我们的不少土耳其邻居看到我们走都很难过。他们很同情我们。你知道我有一个乌尔法朋友现在还活着吗？我们互相通信。我们已经七十年没见过面了，但仍然保持通信。错在土耳其政府：他们管我们叫异教徒（gâvour），说我们必须走人。憎恨基督徒的是土耳其政府，而非乌尔法的人民。"

我问他当时是否意识到了发生了什么。

"没有，完全没有！"他说。他仰头大笑起来，吓了我一跳。"我当时实在太激动了。我们坐拉货的马车去阿拉伯半岛，上那儿去赶火车。我很高兴，因为我之前从来没有见过火车。我们抵达阿勒颇的时候，我特别高兴。我从来没有想过世界上还会有这么大、这么漂亮的城镇。阿勒颇比乌尔法大多了。有许多富丽堂皇的楼房，晚上还有煤气路灯。我也是头一次看到四轮马车和汽车：当时阿勒颇的街道上有十到十五辆汽车，而乌尔法一辆也看不到。乌尔法也不像阿勒颇用路灯，而是习惯拿着煤油灯一家一家地点。这场景对一个十二岁的男孩子来说太激动人心了。"

老人摇了摇头："然后幻想很快就破灭了，我们发现自己除了帐篷什么也没有。当时是 2 月，天气很冷，也没有东西吃。我待在帐篷里很不开心。没有钱，没有灯，没有水。我也听不懂他们说的话。突然之间，我们感到周围的一切都很陌生……过了很多年我们才对这里产生家的感觉。其实直到最近，我们才终于拥有了自己的教堂。"

"你们不和其他的苏里亚尼人一起祈祷吗？"

"不，不，"纳梅克说，"我们必须得有自己的教堂，就像我们有自己的礼拜仪式一样，因为我们的圣歌和其他苏里亚尼人的差别很大，比他们的要古老得多。"

我追问他何出此言。他说乌尔法的人们妥帖地保存着古代埃德萨的传统圣歌，尤其是由乌尔法最伟大的圣徒，叙利亚的圣埃弗雷姆（St Ephrem the Syrian）所写的圣歌。他说有一位名叫吉安马利亚·马拉克里达（Gianmaria Malacrida）的意大利音乐学家目前正在阿勒颇，研究乌尔法利人的圣歌。如果我陪他去乌尔法利人的教堂做晚祷，可能会碰见这位音乐学家，然后我就可以找此人谈谈。

老人戴上一顶洪堡帽，伸手去拿拐杖，带我慢慢走下楼梯。我们一起走过阿勒颇的小巷子，每当在路上碰到他的朋友时，他都彬彬有礼地碰一碰帽檐。街道很狭窄，看上去颇有中世纪的味道，因此当我来到新乌尔法利圣乔治教堂时，被它的惹眼和俗艳吓了一跳。它非常引人注目，仿佛一排乔治王时代的新月楼①里夹了一栋办公大楼，所有建筑用的都是预应力混凝土，弥漫着现代气息，与图尔阿卜丁朴素的古典小礼拜堂大相径庭。里面的情况更坏：闪闪发亮的墙壁上挂着刺目的彩印圣像画，在祭坛的后面，一片小彩灯在神父身后像皮卡迪利广

---

① 新月楼（crescent）：风靡于英国乔治王时代（1714—1830）的一种建筑风格，其代表作为位于巴斯的王家新月（The Royal Crescent）。——译者注

场的霓虹灯广告牌一样不停闪烁。

但是，尽管有如此之多的现代元素，这座教堂的歌声仍然令人震惊。一群上了年纪的神父主持礼拜仪式，伴随着哀歌余音袅袅，百转千回，不绝如缕，几乎是非人间的美，而哈利路亚的旋律如同轻柔的落羽，在渐隐的琶音中飘荡，最后消失在深沉的低音中。高处，站在祭坛上的男孩们把弗拉贝拉①扇得哗啦哗啦响，这是一种教会用的扇子，皮克特人和爱尔兰人的十字架石刻上常能见到它的形影，但它在诺曼征服之前就从西方世界消失了，只有东方教会还在使用它。

礼拜结束后，信众们——烫着硬挺的鬈发、戴白色蕾丝面纱的虔诚女子，穿着浅色热带套装的老头儿——潮水般地朝教堂外涌去。在台阶上，纳梅克把我介绍给了吉安马利亚·马拉克里达。他解释说我最近到过乌尔法，我则说我对他的理论很感兴趣，即乌尔法利人设法保存了古代埃德萨的圣歌。

"这是一个很复杂的话题，"吉安马利亚说，点了一支烟递给我，"我已经在乌尔法音乐这个课题上钻研了七年，可能还得再来一个七年我才能最终证明点什么。"

我们三个人绕过街角，来到吉安马利亚的住处。屋里空空荡荡，几乎没有什么家具，但书架上摆满了沉甸甸的参考书、一堆堆笔记本和一行行摆放整齐的盒式磁带。

我说："我有一事不明，你怎么知道我们今晚听到的音乐

175

---

①　弗拉贝拉（Flabellae）：礼拜仪式上使用的一种扇子。现在通常是由一根扇柄和一个圆形金属扇面组成，扇面上装饰有天使的形象。有时可在扇面上挂小铃铛，在礼拜仪式进行到最庄严的部分时摇响弗拉贝拉，象征天使的参与。弗拉贝拉在盎格鲁-撒克逊英格兰和凯尔特爱尔兰十分常见，但它在诺曼征服之前就已经从西方世界销声匿迹了。只有东方教会仍在继续使用。

从拜占庭时代起就没有变化过?"

吉安马利亚答道:"我们并不是很确定。到目前为止,还没有专门针对乌尔法利人的音乐的研究,而在我来这里之前,这些音乐从来就没有被记录下来过。但这似乎是一个历史非常悠久且非常保守的传统。虽然还没有确凿的证据,但很难相信这种音乐在过去的岁月里发生过什么大的变化:神圣的传统在过去的世纪里即使有变化,也是非常非常缓慢的。我昨天听了七年前我刚开始做这项研究时录的磁带。虽然没有笔头记录,但从那时到现在,它就没有发生任何变化——没有增添或删除一个音符。"

"如果他们的音乐没有发生过变化,那意味着什么?"

"在埃德萨的圣埃弗雷姆的赞美诗手稿中,其中一些是年代最早的基督教赞美诗,埃弗雷姆于公元 370 年时写道,他的旋律和节奏来自由埃德萨的异教徒巴尔代桑创作的诺斯替教派歌曲。他说,它们那'甜美的节奏仍然诱惑着人们的心灵'——换句话说,它们仍然广受欢迎。埃德萨的每个人都熟悉这些曲调。埃弗雷姆只是加入了一些新词语和东正教的情感态度。所以,如果这些旋律一直以来都没有变化,那它们原则上就应该是巴尔代桑创作的。"

"在公元三世纪写的?"

"巴尔代桑去世于公元 220 年,所以应该更早,在二世纪晚期。"

"它们和最古老的西方音乐有什么区别呢?"

"关于最古老的西方音乐到底是什么还没有一致意见。目前有四种说法,但它们都是格里高利圣咏的早期形式。最有可能的是安布罗斯圣咏,也叫米兰圣咏。还有罗马圣咏,然后是莫萨拉布圣咏，是西班牙的，以及法国早期的素歌。它们都是古代音乐的代表。就安布罗斯圣咏来说，几乎能够肯定它的历史可以追溯到五世纪，但在公元十世纪之前，我们还没有为它们中的任何一种写过乐谱。"

"但它们的旋律可以和乌尔法的一样古老吗？"

"原则上可以，实际上不太可能。"

"为什么？"

"因为最早的西方素歌都带有明显的东方特点。"

"换句话说，它们像是进口产品？"

"没错，而且有靠得住的书面证据。至少米兰教会有，这个新的西方圣咏有意模仿从前叙利亚的实践：圣安布罗斯的传记作家写过，米兰教会的赞美诗和《诗篇》'应该用叙利亚的方法来唱'，因为它非常受欢迎。"

这一切都相当符合我从前在书中读到的情况。毫无疑问，叙利亚音乐受到整个拜占庭世界的顶礼膜拜。有文献提到，叙利亚修士组成的乐队在圣索菲亚大教堂里放声高歌，这献给受难基督的陌生祷文震惊了周日上教堂的信众。此外，最伟大的拜占庭作曲家圣罗马诺（St Romanos the Melodist），是来自阿勒颇以南的埃梅萨（现名胡姆斯）的叙利亚人。他的赞美诗和交替圣歌传遍了查士丁尼治下的君士坦丁堡，但这些赞美诗和交替圣歌被证明从埃德萨的圣埃弗雷姆那里借鉴了不少。此外，第一个把赞美诗引入欧洲的普瓦捷的圣希拉里（St Hilary of Poitiers），同样在很大程度上参考借鉴了圣埃弗雷姆的埃德萨赞美诗。圣希拉里曾被君士坦提乌斯二世从高卢流放到小亚细亚，他应该是在流放期间第一次听到这种新的音乐形式的。

"那么，可以说我们今晚听到的，就是现存最古老的基督教音乐吗？"

"这就是我目前正在研究的东西。科普特人和东迦勒底人圣歌的历史也很悠久。它们可能同某些非常古老的犹太教圣歌有亲缘关系，特别是那些由也门的犹太人保存下来的。如果是这样，那他们的圣歌可能比乌尔法利人的还要早。然而就我们目前所掌握的资料来看，古代埃德萨圣歌应该是基督教传统中最古老的。我们今晚所听到的一切都表明，这就是如假包换的古代晚期埃德萨的音乐。如果是这样的话——这是一个很大的假设——那你当然可以把它认作现存最古老的基督教圣歌，是的。"

"所以，西方格里高利传统的源头，以及后来的一切——帕莱斯特里纳、阿莱格里①和维多利亚②的音乐都是出自……？"

吉安马利亚掐灭了烟。"这些都还只是猜测，"接着他耸了耸肩，微微一笑，"等我的研究发表吧。"

赛德纳亚修女院，9 月 11 日

我搭了一路的便车——一辆卡车、一辆小货车，最后是一辆拖拉机——终于在午饭时间赶到拜占庭小镇谢尔吉拉（Serjilla）的遗址。我坐在山顶上，一边狼吞虎咽着在男爵酒店打包的三明治，一边俯瞰下面山谷中那一大片古代晚期的

---

① 指格里高利·阿莱格里（Gregorio Allegri, 1582—1652），意大利作曲家。——译者注

② 指托马斯·路易·德·维多利亚（Tomás Luis de Victoria, 1548—1611），西班牙作曲家、天主教神父。反宗教改革时期著名的宗教音乐家之一，与帕莱斯特里纳齐名。——译者注

建筑。

这种古典市景通常只能在罗马和拜占庭的镶嵌画上看到。成群的房屋、一座教堂、一家旅馆、一批公共浴池、两栋带院子的别墅，还有一些零星的农场建筑，在山顶上，能够望见那些带立柱和三角楣饰的建筑物倾斜的屋顶。要是换成其他地方，这些古代晚期的城镇只会留下光秃秃的考古遗址：一列列整齐的褪了色的立柱，支离破碎的排档间饰和散落的额枋。但在此地，出于机缘巧合，我脚下这座鲜为人知的山谷所拥有的拜占庭古建筑的数量，比拜占庭帝国最伟大的三座都市——君士坦丁堡、安条克和亚历山大港——加起来都多。

这里的古建筑品相出类拔萃。有些房屋的外面依然可以看到橄榄油压榨机——一个带石质漏斗的圆盆，底下是一个较矮的用来接油的桶。它仍然立在那里，仿佛已经为今年的橄榄丰收做好了准备。小酒馆的柱廊仍然可为路人遮阳。那座有三角楣饰和住棚的窗子的市政会议大楼，仍然流露出一种洋洋得意的乡下人的骄傲神气，仿佛住在这里的拜占庭乡绅们只是到田野里监工去了，到晚上才会回来商议乡村政治上的重大问题。

六世纪末时，约翰·莫斯克斯在去安条克的路上曾途经这些山丘，而我现在看到的景色和他当年看到的几乎一模一样。往一幢别墅里看，往精雕细琢的门楣下看，我能在黑暗中望见一楼的天花板仍然完好无损：两千年来，地震和社会动荡把安条克夷为平地，却没有在这座建筑上留下任何裂痕。所缺少的只有家具和木器，而这可告诉我们这座精致的老式联排别墅里发生了什么。从山顶看尽风景后，我几乎是失望地发现厨房里竟没有桌椅，梳妆台上也没有摆放水果，这和安塔基亚的镶嵌画上的场景不一样。

在较矮的山坡上，市镇浴场后面，有一副拜占庭时代的石棺，里面空无一物。沉重的花岗岩棺材盖已经断了一半，周围似乎没有人，于是我把沉甸甸的背包藏在剩下的半块棺材盖底下，然后穿过低矮的小山包，向邻近的巴拉镇（al-Barra）走去。

这是一个凉爽而明亮的秋日午后，厚厚的云层从头顶掠过，在山丘上投下转瞬即逝的暗影。群山起伏而多石，山顶上矗立着拜占庭时代的方形瞭望塔。来到巴拉镇时，我的面前赫然是一座五世纪时的方形小教堂。入口由三座相连的拱门组成，每个门洞上都有雕饰精美的半圆形门楣。内部空间很小，只有三个隔间。柱头上雕的是交织缠绕的藤蔓状涡纹，每片树叶都是用浮雕的方法雕刻出来的，就像雕版印刷一样，小小的希腊等臂十字架藏在树叶之间，就像鸟儿在葡萄架上筑巢一般。

我爬上一堵墙，在高处看到了地面上看不见的东西：橄榄树林里散落着另一座完整的拜占庭鬼城，松软的土地上，塔楼、拱顶和半塌的联排别墅的残骸四处可见。从树林的边缘往东，一些最大、最漂亮的别墅里仍然有人居住。我站得高看得远，能够望见最大的一栋房子里，有个戴花头巾的叙利亚妇女从窗户里探出头来。晾衣绳的一端系在她所在的柱廊的最末一根立柱上，另一端则系在一副巨大的罗马石棺的把手上，上面挂着孩子们的衣服，在午后的太阳底下晒着。一群母鸡栖息在附近另一根倒下的立柱上，那根立柱已经被挖空，拿来做了水槽。不过处在低洼地带的小别墅显然就不受村民欢迎了，因为那些房子只有四五间主房，没有足够的空间安置马、驴、山羊和绵羊。我仔细观察时发现，那些房子也没有带地热的浴池，拿它来关矮脚鸡很有用。

我继续向前走去，穿过树林，翻过一堵小小的石墙，它把两户农民的地分隔开来。我翻到一半的时候，才注意到这堵墙是由一堆废弃的门柱、雕花的半圆门楣和有刻字的过梁搭成的，一堆拜占庭时代的雕刻精品堆积在这树林里，多得令人发笑。我想，只有在叙利亚，这种昂贵的通货才会因其泛滥而贬值，以至于被用来搭建如此简陋的隔墙。

翻过这堵墙，穿过镇上老集市的废墟，前方出现了一座金 180 字塔。它坐落在一个低矮的蜂蜜色石灰石基座上。基座的四角各有一根粗壮的壁柱，上面是雕饰华丽的柯林斯式柱头。基座的四面都有雕刻遒劲的爵床叶纹饰带，漩涡状叶纹中穿插着一连串的奖章状雕饰。这些奖章状雕饰里面是凯乐符号①，君士坦丁把它作为他的新基督教帝国的象征。这座表面上的多神教金字塔实际上是一座十分特殊的五世纪初基督教建筑。

在半明半暗的墓室里，安放着五副巨大的石棺。特别之处在于棺材盖依然紧闭着，长眠其中的人不受打扰。墓室的中央是一副巨大的石棺，两侧是两副稍小的棺材，中间那位显然是这个家里的主人：一吨抛光的斑岩，上面没有任何雕饰，除了一个月桂花环，花环里面是凯乐符号。这副石棺巴洛克式的庞大体量多少让人想象出一个发福的地主，一个大腹便便的乡下人，歪在长榻上，手里提着一串葡萄，正准备把它塞进他大张的嘴里。

金字塔后面是一座美轮美奂的别墅的废墟，别墅有三层楼

---

① 凯乐符号（chi-rho）：基督的符号，由希腊字母 X 和 P 组成。它可能是君士坦丁大帝在米利维安桥战役（公元 312 年）前得到神示后引入的。

高。金字塔与这栋房子的位置关系表明，它一定是居住在那里的家族的祖坟。这一安排与许多个世纪后、完全不同的世界里的霍华德城堡①没什么不同。

除了一个收橄榄的人拴在这里的驴外，别墅里空荡荡的。但是，我在那些倾圮而荒废的房间里闲逛时，对当年住在这里的家族产生了好奇。这座小小的宫殿是谁的？总督？当地的地主？一位著名元老，在首都的政坛劳碌一生后归葬故乡？这栋府邸及附近的陵墓表明了一个完整的拜占庭贵族世界的存在——书面材料很少提及的存在。十世纪时有个名叫塞考曼努斯的厌世者、一位脾气暴躁的乡绅，在著作中建议他的读者避开宫廷，把女儿关在家里，不要让妻子见任何来客；但从拜占庭早期开始，就很少有与东部诸省的地主阶级生活相关的材料了，除非他们成了某位圣徒的奇迹故事的背景板，或领导一场叛乱，或拥护一些名不见经传的异端。

家族石棺的华丽与坚固、工艺的自信和确定性，以及设计的保守性，似乎暗示着这个世界与狄奥多勒笔下住在笼子里、立在柱子上的修士的焦虑的轻信相去甚远。它们还凸显了古代晚期和早期拜占庭世界之间的连续性，我们在阅读编年史家笔下无休无止的宫廷政变、叛变的哥特将军和崩溃的国境线时，很容易把这种延续性忘在脑后。

因为这座表面上的基督教建筑只是勉强从多神教转变过来的，一件极薄的基督教外衣忐忑不安地搭在了这座理直气壮的古典多神教金字塔上。我看着那些巨大的斑岩石棺，思考这座

①　霍华德城堡（Castle Howard）：位于英格兰约克郡的著名庄园，英剧《故园风雨后》曾在此取景。——译者注

陵墓平静的确定性是不是一种假象——一种勇敢的尝试，尝试在一个古代的生活处处遭到反叛的世界里，在穿着的新式服装中，在所持的信仰中，在叙利亚修士的奇怪吟唱和高柱修士的预言中仍然坚持古典时代的价值观念。又或者它其实代表的是现实？这些石棺里的人仍过着古代晚期的旧地主生活？他们青年时代在贝鲁特的法学院，或利巴尼乌斯在安条克的学院中度过；作为省级官员被派往希波或哈兰工作一段时间；或者可能在莱茵河边境的军队中服役，从科隆或特里尔寒冷的城墙上眺望，瞥见一个哥特侵略者穿过冰面踏上罗马的领土；后来回到家乡，享受帝国最富有、最文明的地区的安逸生活，冬天狩猎宴饮，偶尔参加邻居的婚宴，或去阿帕米亚（Apamea）的剧院；下午在谢尔吉拉洗个澡，晚上在油灯下读荷马。漫步在这座拜占庭别墅，穿过一间间有着高高的天花板的阴凉房间，石料仍然完美地接合在一起，每处窗楣上的古典三角楣饰仍在原地。我感到，拜占庭东部的古代社会生活一定存在了很长时间，比任何现存文献（包括《精神草地》）所显示的更为长久。

182

　　我沉浸在对拜占庭的神思中，没有注意到天已经转凉了。橄榄树上已经笼罩了一抹浅金色，斜阳在树林间投下长长的阴影。我忧心自己是不是在巴拉镇待太久了，于是赶忙踏上了回谢尔吉拉的路，在天黑之前去拿我的背包。我一边走一边想，这些古怪而荒芜的拜占庭城镇究竟经历了什么。它们保存得如此完好，肯定不是毁于波斯人和阿拉伯人的战火与劫掠。那到底发生了什么？

　　没有人能够给出确切答案，但最近几次考古发掘的结果似乎使考古学家们相信，整个黎凡特海岸在六世纪末，即被阿拉伯征服前半个世纪，经历了某种重大的经济和人口危机。瘟疫、政治动荡、与波斯人的战争以及沙漠游牧民族的袭击，使城市生活逐渐衰微，取而代之的是小村庄和修道院。一些规模更大的世俗庄园及其附属村落可能保存了一段时间（也许就包括埋葬在巴拉的贵族的），但在大多数地方，黎凡特地区那些古老的商贸集镇——帕尔米拉、布斯拉（Bosra）和杰拉什（Jerash）——永远消失了，被世人遗忘。直到这些废墟在苏格兰画家大卫·罗伯茨（David Roberts）的笔下变成了洁净齐整的田园牧歌，完美地契合了十九世纪欧洲浪漫主义者的趣味，这才为大众知晓。在古老的商贸集镇走向衰落的同时，越来越多的修士和隐修士逐渐定居于乡村，接管了废弃的堡垒、公共集会场所和异教徒神庙。

毫无疑问，在约翰·莫斯克斯笔下，安条克、亚历山大港和君士坦丁堡这三个大都市看上去仍在蓬勃发展：比如有一些故事是关于整修公共建筑的安条克工人的。但关于古典时代东部诸省其他地方的市民生活，关于那里的剧院、学校、妓院、集市和马戏团，能了解的就十分有限了。例如，我们读到塔尔苏斯的一位演员与两个姬妾同居，"所作所为当真配得上诱惑他的恶魔"，这间接告诉我们塔尔苏斯的剧院仍运转良好。与此同时，我们还知道古老的商贸集镇阿帕米亚仍然有一座功能正常的竞技场，因为莫斯克斯告诉我们，一位来自阿帕米亚的前冠军御车手去埃及做了一名修士，后来在那里被沙漠游牧民族俘虏并沦为奴隶。

此外，《精神草地》偶尔会提到商人和贸易事宜，这意味着国际贸易——真正的城市生活的先决条件——尚未完全消失。莫斯克斯在阿斯卡隆时，听说一个商人的货船沉没了，商人因此身陷囹圄，而他的妻子则被迫卖淫以偿还丈夫的债务。莫斯克斯还讲了一位乘船旅行的宝石雕刻师，他从船上的侍者那里得知，船员们想为了他的几盒珠宝而谋财害命，于是他把所有的宝贝都丢进了海里。

　　但这些故事属于例外。更常见的故事是以小村庄或偏远地区为背景，或是在遥远的荒野中，隐士能够在那里独自生活数年，不受任何人的打扰——以至于他们可以死了几十年都没人知道。有一个令人格外毛骨悚然的故事，讲有一个晚上，一群修士望见修道院后面的山顶上有神秘的光。天亮之后他们派人去一探究竟，发现那神秘的光辉是从一个小山洞里出来的。他们在山洞中发现了一个穿着刚毛衬衣的隐修士。一个修士上前想抱起他，却发现他已经死了。这位修士的遗体虽奇迹般地保存完好，但他在临死时写的一张纸条显示，他在十七年前就已经"离开了人世"。

　　修道院在何种程度上以其神秘和非世俗的面貌主宰了这一地区的文化，体现在一系列手绘福音书上。这些福音书于六世纪时在贝斯扎巴修道院（monastery of Beth Zagba）被绘制出来，而这所修道院现已消失，研究拜占庭的学者认为它坐落在谢尔吉拉周围的山上。在《拉布拉福音书》（Rabula Gospels）的插图中，天使和圣徒一样真实，圣徒又被画得像本地的修士：形容枯槁的乡下人陷入争论，疯狂地打着手势，他们的表情被浓密的胡须掩盖。在最著名的耶稣升天图（Ascension）中，基督乘着他的烈火战车翱翔，距离使徒们并不是很远。他的神圣世界与他的追随者之间没有明显的鸿沟。他和他们身形相似，面貌相似，衣着也相似。自然与超自然之间没有任何隔阂。

184

另一幅插图是荣耀基督像（Christ Enthroned），它使这种直观性更进一步。基督高居于一尊镶有巨大宝石的黄金宝座上，神态威严。但他两侧不是人们预想中的撒拉弗和基路伯，而是一群穿着粗布长袍的叙利亚修士。他们戴着头巾，身披朴素的棕色麻布，头发灰白，眼睛瞪着，把福音书紧紧抱在胸前，仿佛是身处会议室或食堂，集结在修道院院长周围。这里完全没有拜占庭晚期艺术的那种冷淡的疏远。在这里，超凡之事被认为是真实可感的、日常的，神圣是近在眼前的、触手可及的。

这种神秘的抽象世界，与现实中谢尔吉拉的罗马帝国晚期农场主或巴拉镇的家族金字塔相去甚远。然而，如果最近的研究是可靠的，那么这两个世界——那些乡绅化的地产主和离群索居、给福音书绘图的狂热修士——在这些山岭间比邻而居的可能性越来越大，而从古典时代的多神教到拜占庭基督教，然后过了三个世纪，再从拜占庭基督教到中世纪的伊斯兰教的转变，是一个比传统印象中的暴力变革和侵略更为循序渐进的过程。

在中东，传承的现实总是被大动乱的表面印象掩盖。

185　　我在暮色中向谢尔吉拉走去，路上差点儿被几只巨大的牧羊犬撕成碎片。我刚从石棺里拿出我的背包，准备回山上时，那些野兽从暗处咆哮着冲了出来，飞快地向我逼近。我在生死攸关的几秒钟里成功爬上了一座摇摇欲坠的拜占庭农舍的墙，我站在这堵凸出的山墙上，仿佛一位站在柱子顶上的高柱修士。我把背包拽到身后，低头看到三条牧羊犬在底下吼叫，嘴巴张得老大，露出一副地道的巴斯克维尔（Baskervillian）猎犬的獠牙①。我不合时宜地想到，在拜占庭时代，牧羊犬似乎也为祸此地：丑陋的反犹主义修士、暴民煽动者巴尔索玛（Barsauma）在年轻时遭到一群狗的袭击，但幸存了下来，据他的传记作者所言，这预示了他未来会成为圣人。

最后，当我开始寻思今晚是不是要在墙上过夜时，牧羊人（一个十五岁的男孩子）出现了。他像对待小卷毛狗一样，一边大声呵斥一边扔石头，轻而易举地把这三条狗轰走了。随后他应我的请求陪我离开遗址，走到小路上，然后他回到他的羊群和谢尔吉拉的旧浴场去，那是他晚上过夜的地方。

我加快了脚步，祈祷千万不要再碰上牧羊人或他们养的狗。我回到大路上，设法在天黑前赶上了今天的最后一班公共汽车。它一路向南开去。

两个小时的车程后，我抵达霍姆斯（Homs）。在约翰·莫斯克斯那个年代，这个地方被称作埃梅萨（Emesa）。这里住着形形色色的人物，既有作曲家圣罗马诺，又有圣愚西米恩（St Symeon the Fool），后者常在集贸市场的正中央大小便，抱怨埃梅萨的姑娘们"和叙利亚人一样淫荡"。霍姆斯以其酒馆、杂耍艺人、丑角、公娼、舞女、乞丐以及神职人员的淫欲而闻名：埃梅萨臭名昭著的执事约翰，"拜占庭教会的卡萨诺瓦②"，淫遍了他辖区里貌美的已婚女子。而盎格鲁-撒克逊早期的一位朝圣者，圣威利巴尔德（St Willibald）在前去耶路

186

---

① 典出柯南·道尔的中篇小说《巴斯克维尔的猎犬》（*The Hound of the Baskervilles*）。——译者注

② 卡萨诺瓦（Giacomo Girolamo Casanova，1725—1798），意大利冒险家，一生周旋于无数情人之间，著有回忆录《我的一生》。"卡萨诺瓦"后来成为情圣和浪荡子的代名词。——译者注

撒冷朝圣期间，就在霍姆斯被关押了几个月。如今霍姆斯仍是叙利亚主要的基督教城镇之一，但已经只以其居民的愚笨而闻名了：霍姆斯人在叙利亚笑话中扮演着与美国笑话中的波兰人、英国笑话中的爱尔兰人和爱尔兰笑话中的克里人类似的角色。我决定先不在这个城里过夜，而是去赛德纳亚修女院，那里是叙利亚目前仍在运作的三座拜占庭修道院中分量最重的一座。

我坐在开得乒零乒啷的乡村公共汽车上，身边是一位阿拉伯老农。他得知我的目的地后，便给我讲了几个"罗马的马利克·伊兰"（Malik Jylan of Rum）的传奇故事解闷。直到后来读到关于查士丁尼皇帝建立修道院的传说时，我才意识到我的旅伴给我讲的是同一个故事：皇帝——阿拉伯语里叫马利克·伊兰——在一次外出狩猎中，把一头公鹿围追堵截在一块巉岩上。就在他要开弓射杀那头公鹿的时候，它摇身一变成了圣母玛利亚。圣母要求他在这个地方建一座修女院，她说此地以前就因诺亚而变得神圣，大洪水过后不久，诺亚在这里种下了一棵葡萄树。据我这位阿拉伯旅伴的说法（如果我没理解错的话），皇帝任命自己的妹妹为这座修女院的第一任院长。这个传说似乎有点词源学的味道：在亚拉姆语中，"赛德纳亚"的意思是"圣母"和"狩猎的地方"。

道路陡直地盘旋于群山之间，公共汽车在一个又一个村庄前停驻。等它在夜色中把我送到修女院所在的山脚下时，已经是晚上九点多了，我担心它已经关门了。我精疲力竭，步履沉重地朝着修女院的灯光爬去。它坐落在村子最顶端的巉岩上，与其说是一座圣殿，不如说是十字军的城堡。在寒冷和黑暗中，我焦灼地意识到刚刚开走的是最后一班公共汽车，而岩石脚下的那座小村子里没有旅店或其他可供住宿的地方。

修女院的大门前有一段陡峭的台阶，等我爬到顶端时，欣慰地看到门是开着的。我走进一个空荡荡的院子，只听见自己的脚步落在石砖地上的回音，我想知道修女们都上哪儿了。随后便听到远处传来东正教圣咏的声音，是从教堂里传出来的，于是我向那里走去。

诵经台上有两位戴黑色面纱的修女在吟唱圣咏，一位神父在圣幛后面用深沉的男低音伴唱。这座教堂的历史并不早于十九世纪，尽管中殿的墙壁下面有一些中世纪的砖石结构，但它的氛围是真正拜占庭式的，就像我在阿索斯山看到的一样。室内唯一的光源是天花板上用金链垂下的摇曳着的铁制枝形吊灯。烛光随风起伏波动，使穹顶和半穹顶上的湿壁画一会儿闪现在眼前，一会儿又消失在暗影中。

旅行作家科林·图布隆（Colin Thubron）于1966年参观这所修女院时，声称自己见证了一个奇迹：他亲眼看到《赛德纳亚圣母》上圣母泪湿双颊。而今天，在同一座教堂里，我也见证了一个奇迹，或至少在当下中东的其他国家里算得上奇迹——信众貌似不是基督徒，差不多全是满脸大胡子的穆斯林男子。神父手中提着香炉，围着祭坛走来走去，圣所里香雾蔼蔼，祈祷垫上的人直起身来又匍匐下去，仿佛是在大清真寺里进行每周五的祈祷。他们的女眷有些穿着全黑的罩袍，在外屋前厅的阴影里做祷告。有些仔细观察着女基督徒，走到教堂柱子上悬挂的圣像前亲吻它们，随后点燃蜡烛，把它们安放在圣像前的烛台上。我站在教堂后面，一眼望去，能够看到那些穆斯林妇女的面庞映在被烛光照亮的泥金圣像上。

礼拜快结束的时候，神父又出现了，他的法衣外面罩着一条金色的圣带，手提香炉，绕着教堂走了一圈，那温柔的、几乎带着歉意的脚步跨过那些匍匐在地挡住他去路的穆斯林，步履极轻，仿佛他脚下踩的是珍贵的伊兹尼克花瓶。我曾在伊斯坦布尔附近的比于克－阿达岛见到穆斯林与基督徒并肩祈祷，其中蕴含着某种不寻常的东西，即这两拨信众身上表现出的宽容度，这在如今近东其他任何地方都是难以想象的。当然，这是古已有之的东西：东方的基督徒和穆斯林已经共同生活了近一千五百年，之所以能够如此，是因为他们之间有共同的习俗和某种程度上的相互容忍，这在顽固的西方基督教世界是不可想象的。

如今人们很容易把西方世界看作独立思考、信仰自由的家园，却忘了迟至十七世纪，流亡国外以逃避宗教迫害的胡格诺教徒还在赞美奥斯曼帝国的宗教自由政策。也正是这种宽容，庇佑了数十万被西班牙和葡萄牙的铁杆天主教国王驱逐出境的、身无分文的犹太人，保护了留在基督教发源地的东方基督徒，即便有十字军东征和来自西方基督教世界的长期的敌意。只有进入二十世纪，这种宽容的传统才被一种崭新的、强硬的态度取代，而直到最近，赛勒斯和赛德纳亚的宗教交融才变得凤毛麟角。

晚祷结束，前来朝拜的人们开始安静地列队离去，我独自一人背着背包站在教堂后面。当我站在那里的时候，一位年轻修女朝我走来，她身穿一领黑色的针织披风，形状有点像萨顿胡头盔，有一条长长的尾翼一直垂到她的脖子后面。特克拉修女生着一双聪明的黑眼睛，目光中流露出大胆和自信，她英语说得流利，略带一点法国口音。她问我从哪里来，我告诉她以后，又对信众中穆斯林的人数发了议论。我问这是不是有些不寻常。

"穆斯林到这来是为了求子，"修女简洁地说，"圣母展示了她的力量，治好了许多穆斯林。她的名声逐渐传扬开去，现在来这里的穆斯林比基督徒还多。她招之即来。"

就在我们说话的时候，一对穆斯林夫妇走了过来。女人戴着面纱——透过黑布只能看到她的嘴。她的丈夫身材魁梧，留着大胡子，但没有上唇的胡须，看上去酷似黎巴嫩南部新闻报道里的真主党指挥官。但不管他的政治观点如何，此刻他一手提着一桶沉重的橄榄油，另一只手里是一个大塑料盆，里面盛满了新鲜的长条面包，他把这两样东西交给修女，像个小学生似的害羞地低下脑袋，显然很惶恐不安地退下了。

189

"他们晚上的时候过来，"修女接着说，"先宣誓，然后妻子留在这里过夜。她们就睡在圣路加绘制的圣母像前的毯子上。有时她们会吃掉圣像前面点着的灯芯，或者把圣油喝掉。到第二天早晨，再去喝院子里的泉水。然后过九个月就会有孩子了。"

"这管用吗？"

"我亲眼所见，"特克拉修女说，"一个从约旦来的穆斯林女人，求子求了二十五年了。她已经超过了正常的生育年龄，但有人把赛德纳亚的圣母的事情告诉了她。她于是来了这儿，在圣像前待了两个晚上。她绝望得把将近二十盏灯的灯芯都吃了。"

"然后呢？"

"第二年她回来了，"特克拉修女说，"带着三胞胎。"

特克拉修女领着我走过教堂南边的走道，穿过一条回廊，来到圣像所在的小礼拜堂。她在门口把鞋子脱掉，并示意我也这样做。我把鞋和背包放在前厅里堆积如山的鞋子旁边，特克拉修女把我引进沉闷的圣所。这里甚至比教堂还黑。晚祷时月亮和群星可以将银色的光华洒在高高的祭坛上，而在这里，因为没有窗户，竟照不进一缕朦胧的幽辉。屋里只有一片闪闪烁烁的灯，让我们避免被一对跪在门口祷告毯上的穆斯林绊倒。

"这么多穆斯林到这里来，上你们的教堂祈祷，你们没有异议吗?"我低声问道。

190　　"我们都是上帝的子女，"特克拉修女回答，"那唯一的圣者把我们集结在一起。"

她吻了吻武士圣徒塞吉斯和巴克斯的圣像，然后转向我："有时，穆斯林会许诺如果蒙圣母庇佑得子，就让孩子受洗。现在这种事不像以前那样多了，但我们当然对它是喜闻乐见的。有些人让自己的孩子信伊斯兰教，但等孩子们到了年纪，他们就把孩子带到这里来，帮我们打打杂，清扫教堂，或者在厨房里做帮工。"

悬挂圣像的殿堂里尽是喃喃的祈祷和吟唱。那些交谈的朝圣者尽量把声音压低。在我身后，一名身穿卡其布作训服的叙利亚伞兵走进了圣祠，他先把沉重的靴子脱在门口，随后膝行至圣像前，在胸口不断画着十字，低声向圣母祈祷。在此地，你会本能地感觉到，整座修女院的中心在这里，而不是教堂。

灯光下到处都是被烟熏得发黑的圣像，其中一些画得极精妙。有一幅施洗约翰斩首图，刽子手的脸被某些虔诚的朝圣者划花了。还有一些圣母像，其中一幅给圣母画上了一双纤长的杏眼，仿佛一位波斯公主。有一幅画的是圣母升天，饶有趣味的是，它的构图似乎源自《拉伯拉福音书》中的耶稣升天图。但那幅最负盛名的、据说是圣路加亲手绘制的《赛德纳亚圣母》是瞧不见的，因为画上覆满了系结的丝带、字迹潦草的许愿单和银牌，它们象征祈求圣母医治的朝圣者的病体。

特克拉修女领着我走出圣祠，说道："来吧，我带你去客房。你睡觉之前一定要先吃点东西。"在她说这句话之前，我俩谁也没提我要在哪儿过夜的问题。

我被领进客房，在一张沙发上坐下，一个仆人把我的背包拿去我的房间。特克拉修女从保温瓶里给我倒了一小杯阿拉伯苦咖啡，然后让仆人到厨房去拿点吃的。几分钟后，一个年轻的见习修女把东西端来了：一盘清汤、一些菲塔奶酪和皮塔饼。我吃东西的时候，特克拉修女就坐在我对面，桌子旁边的墙上有一张装裱起来的照片，我问她那是什么。

191

"这几位是我们的叙利亚宇航员。"她指着那张照片，上面是三名身穿宇航服、把头盔夹在胳膊底下的男人，就像舞台上捧着自己的脑袋的幽灵一般。"他们在苏联的和平号空间站待了一个月。"

"但这照片为什么会在这里？"我问。

"这是宇航员回叙利亚后送给我们的。"

"他们来这里送给你们的？"

"当然啊。这三个人都是穆斯林，他们在出发前来了赛德纳亚，祈求好运。他们一安全落地，就过来了。"

"给修女讲他们的冒险经历？"

"不，不是，"特克拉修女说，她看我的眼神仿佛是在看一个十岁小孩，"他们来感谢圣母，然后送礼物给我们：这张照片和一头绵羊。"

"一头绵羊?"

"一头绵羊。"

"作为……作为宠物?"

"不,不是,"特克拉修女说,眉头又皱了起来,"宇航员当然是来把这羊宰了的。"她嫌弃地看了我一眼,然后道:"这是供奉给圣母的祭品,感谢她保佑他们从外太空安全返回。"

第四章　黎巴嫩

黎巴嫩贝鲁特，骑士酒店，1994 年 9 月 23 日

在大马士革的某使馆区里和朋友一起度过了近两周五光十色的怠惰生活后，今早我被他们的菲律宾男仆吵醒，他正用吹风机吹着我的帆布背包，现在它一尘不染了。　195

新的一天令人生畏的前景在脑海里逐渐成形：离开柔软的床、清凉的蓝色泳池和热情好客的主人——走入黎巴嫩的混乱之中。在过去二十年里，黎巴嫩这个国家实际上一直是无政府状态的同义词。

对上一代人来说，黎巴嫩意味着在雪松林中滑雪，在比布鲁斯（Byblos）的泳池边晒日光浴，接着是朱尼耶（Jounieh）的赌场里瞬息万变的夜晚。但对我们这些成长于八十年代的人来说，贝鲁特当然意味着另外一些截然不同的景象：报纸头版上，萨布拉和夏蒂拉的巴勒斯坦人堆积如山的尸体；唐·麦卡林（Don McCullin）的镜头中被以色列人的磷弹炸成废墟的精神病院；电视屏幕上的人质；以及炮弹乱飞的血腥的民兵战争——巴勒斯坦解放组织（PLO）打黎巴嫩长枪党，长枪党打阿马尔，阿马尔打真主党，真主党打巴勒斯坦解放组织。这些都在阻挡特意来这里参观的人们的脚步。

两周来，这本日记一直被压在一堆刚刚才洗过、熨烫得干　196

净整洁的衣服下面，没被写过也没被翻开过。我上次翻开它还
是在赛德纳亚修女院，而从那时到现在，我既没写东西，也没
做什么研究。相反，我在叙利亚外交旋涡的旋转木马上度过了
计划外的两周：参加了在希腊大使馆举行的宴会（跳舞跳到
凌晨两点半），与一位亚美尼亚企业家共进丰盛的晚餐，乘坐
路虎前往一处古老的遗址或一家新开的餐馆，游泳，在老城区
的宫殿里用午餐，以及同一位大马士革的唯美主义者在他收藏
的圣像画间对饮。经历过土耳其的紧张局势和赛德纳亚斯巴达
式的怪癖之后，这无疑是令人高兴的——事实上几乎可以说是
快乐得难以置信。这期间唯一令我不爽的是，楼上要搬进来一
位秘密警察高官，装修噪音终日不绝，建筑工人正忙着给地上
铺大理石地砖，装镜面天花板，安装粉色的浴缸（上面镶着
天鹅形状的金色水龙头）——显然是那种让秘密警察感到亲
切的俗气装潢。

　　不过，我现在已准备好继续前行。我对黎巴嫩了解越多，
就越沉迷于这个陌生国家未来的命运。人们在喝酒时会谈起当
年的内战及其余波，说起那些令人惊异的故事：获胜的巴勒斯
坦民兵到达穆尔（Damour）的公墓里刨基督徒的坟，无数尸
体和骸骨散落街头，身上都还穿着一个世纪前埋入冢中的燕尾
服和礼拜日套装；贝鲁特的公鸡似乎患上了创伤后应激障碍，
在午夜时分打鸣，到了早上却钳口不言；穆萨城堡著名的葡萄
酒庄，在整个战争期间只耽误了1984年的工作——这一年基
督徒和穆斯林民兵的交火地带位于酒厂和葡萄园之间。

　　但最重要的是，我开始对马龙派产生兴趣了。他们与我在
旅途中遇到的其他基督教社群大相径庭。虽然《精神草地》
里没有提到他们，但马龙派所尊奉的拜占庭隐修士马龙

（Maron）与约翰·莫斯克斯是同时代人。圣马龙的禁欲主义
倾向着实很极端，以至于狄奥多勒那本记录隐修士怪癖的
《叙利亚修士史》中有他的一席之地。这是马龙派在历史上的
第一次亮相，他们日后也会延续这一作风。圣马龙死后，他的
追随者和邻居之间爆发了激烈的争夺，都想把这位圣徒的遗体
据为己有："邻近的一个（马龙派）村子浩浩荡荡地来了，把
其他人都轰走，抢到了这个梦寐以求的宝贝。"

　　后来，马龙派古怪的神学理论被拜占庭官方教会指斥为异
端。这一事件的细节是十足拜占庭式的：马龙派教徒格外推崇
的基督一志论①，最初是由希拉克略皇帝提出的一个折中定
义，皇帝希望借此弥合东正教和一性论者之间的分裂，以维持
帝国的统一。然而这一定义不可避免地两头不讨好，使得唯一
接受它的倒霉的马龙派教徒被打上了异端的烙印，并因此遭到
迫害。这在很大程度上是受了约翰·莫斯克斯的旅伴索菲罗尼
乌斯的影响，索菲罗尼乌斯晚年时担任耶路撒冷牧首，作风颇
为严厉，自居为反对一志论的急先锋。

　　为躲避拜占庭官方的进一步骚扰，马龙派被迫从他们位于
叙利亚腹地的低洼地带逐渐迁移到黎巴嫩山的坚固要塞。那里
的悬崖峭壁和羊肠小道能够帮他们抵御所有的敌人，包括基督
徒和穆斯林。直至几个世纪后，到了十字军东征的时代，他们
才与罗马恢复交流，并设法同法兰克人结成联盟。这个联盟非

---

① 基督一志论（Monothelite）：公元638年，希拉克略皇帝为弥合当时东正
　教和基督一性论者之间的分裂（该分裂威胁到帝国的统一），提出了一
　个关于基督本性的折中定义，即基督兼具人神二性，但只有一个意志。
　这一做法不仅没有达到原先的预期，反而遭到各方反对，马龙派是唯一
　认可该定义的教派，因此基督一性派和东正教均将其视作异端并加以迫
　害。马龙派逃入黎巴嫩山的高地，一直到今天。

常松散，但总之延续到了二十世纪。1920 年，第一次世界大战结束后，法国人继承了奥斯曼帝国位于叙利亚境外的一块领土。应马龙派教徒的明确要求，法国人专门为他们创造了一个"大黎巴嫩区"（State of Greater Lebanon）。

198

作为回报，马龙派试图——其实眼下仍然试图——变得比法国人还像法国人。马龙派的上层阶级把法语作为母语，除了和仆人及生意人讲话外不说阿拉伯语。他们中的大多数都拥有法语的基督教名。他们把子女送到巴黎接受教育，能供多久就供多久。除此之外，他们还坚决否认自己的叙利亚祖宗，并在二十世纪给自己找了一个腓尼基人（即半欧洲人）的起源（基本是编的），同时把黎巴嫩想象成法国的某个近东前哨站，法国在他们的口中一直是"哺育我们的母亲"。

绝大多数时事评论员倾向于将黎巴嫩内战的爆发归咎于马龙派的拒不妥协，毫无心理障碍的基督教至上主义，对穆斯林邻居的蔑视，以及在 1948 年以色列建国时断然拒绝接收流离失所的巴勒斯坦难民。

根据 1943 年黎巴嫩《国民公约》的规定，总统由马龙派教徒担任，掌握国家的最高权力，这反映了基督徒在人数上的优势。但到了二十世纪七十年代，马龙派不再是黎巴嫩最大的宗教团体了，逊尼派和什叶派穆斯林的数量都超过了他们。尽管如此，马龙派仍坚决拒绝讨论任何能让不同群体更公平地分享权力的改革。相反，他们开始武装自己，准备战争。

当内战最终爆发时，马龙派已经胸有成竹。他们奉十字军战士为榜样，身穿缝有十字架的军服奔赴前线，给枪托贴上圣母像，给自己的民兵组织起中世纪风格的名字，比如圣母骑士团、圣马龙青年团、十字架之木。然而，顶着这些颇具骑士风度的头衔的马龙派民兵，犯下了一系列超出其权责范围的战争暴行：在萨布拉和夏蒂拉，至少有六百名（可能多至两千名）巴勒斯坦平民惨遭杀害，这一臭名昭著的大屠杀事件是马龙派民兵组织长枪党的罪行，尽管背后有以色列督导。

马龙派的神职人员几乎没有对他们的信众做任何约束。旅 199 居国外的马龙派神父（如黎巴嫩山圣母院的本堂神父、贝弗利山庄的神父）鼓动自己的信众捐钱给民兵组织购买军火，同时据马龙派的敌人的说法，那些在旁人眼中不问世事的马龙派修士甚至也有参与军火贸易。德鲁兹派领袖凯末尔·琼布拉特（Kemal Jumblatt）在谈到据称是修士们为战争筹集的大笔资金时说："黎巴嫩修士们被剃秃的头顶上有黄金的光环。"

和拜占庭时代一样，修士们同政局联系紧密，他们倾向于支持更激进的极端民族主义马龙派民兵。在修道院中最受欢迎的是一个叫"雪松守护者"（Guardians of the Cedars）的邪恶组织，它的徽记是一枚正在燃烧的宝剑状十字架，这个组织的特色是把死去的穆斯林敌人的耳朵割下来，作为战利品展示。尽管"雪松守护者"的成员们召开了一次记者招待会，公然为萨布拉和夏蒂拉大屠杀鼓掌叫好，并喊出了令人毛骨悚然的口号——"每个黎巴嫩人都有责任杀死至少一个巴勒斯坦人"，但修士们仍然继续支持它，还随时准备力挺其他合适的极端派领袖。有一次，马龙派修士团的首领布洛斯·纳曼（Boulos Naaman）神父，甚至把长枪党领袖巴希尔·杰马耶勒[①]

---

① 巴希尔·杰马耶勒（Bashir Gemayel, 1947—1982）：长枪党领导人，民兵组织"黎巴嫩力量"最高指挥官。1982年8月23日在以色列和美国的支持下当选为黎巴嫩总统，同年9月14日遇刺身亡。他的死是以色列国防军入侵黎巴嫩和萨布拉－夏蒂拉大屠杀的导火索。——译者注

比作基督，"对基督教的使命有充分的领悟"。

黎巴嫩内战造成十万至十五万人丧生，没有人能独善其身。但经此一役，马龙派教徒无疑以其残暴、野蛮和在政治上的无能恶名远扬，遭受了重大打击。在这场基督徒内战的最后阶段，三分之一的马龙派教徒——占黎巴嫩所有基督教人口的四分之一以上——已经永远逃离中东，加入了从该地区几乎所有国家流散的基督徒的行列。

在哀叹中东的一系列基督教社群未能使自己免遭衰亡命运之后，又来批评这唯一一个采取严肃行动试图自保的社群，也许有些违背常理。可即便是东方的其他基督徒，似乎也把马龙派视作一种尴尬的存在，因为他们决心不惜一切代价保住自己的特权。马龙派听上去无疑与我在土耳其遇到的那些垂头丧气的亚美尼亚人和叙利亚人，或在叙利亚遇到的胆小、谨慎、低调的基督徒相去甚远。

我想，如果继续这样下去，黎巴嫩肯定会再生变故。

十点钟之前，那个菲律宾男仆已经把我的夹克熨烫好了，叫了一辆出租车翻山越岭送我去贝鲁特。我吃了最后一顿精心烹调的早餐（天知道下一次闻到培根和鸡蛋的香气会是什么时候），当出租车的窗户声如电锯般摇下来时，我刚刚收拾完行李，贝鲁特出租车开到大门外了。这是一台加强过马力的美国雷鸟，有一辆小型坦克那么大，装着铬合金护舷，挡风玻璃上有一个遮阳篷。司机是个黎巴嫩人，戴着雷朋墨镜，身穿一件皮夹克。我和我忧心忡忡的朋友拥抱告别，随后汽车又咆哮了一声，我们绝尘而去。

十分钟后，我们离开了大马士革，雷鸟风驰电掣地开进了远处的灌木带。又过了四十分钟，我们向黎巴嫩山的山麓丘陵进发。一支由T-72坦克组成的车队铿锵地沿着公路向我们迎面驶来。阿萨德总统在一面巨幅广告牌上朝我们挥手作别。道路蜿蜒而上，曲折地穿过栽着松树和荆豆的山坡，目的地骤然出现在我们面前：叙利亚边境哨所——挤在松树林里的一堆杂乱的混凝土棚屋——就在我们头顶上方的山上。

叙利亚这边的出境手续效率奇高，比在欧洲国家之间往来更快捷。我们坐在车里，警卫过来收走我们的护照，就像免下车麦当劳的服务员一样，一分钟后又把护照发还回来，上面已经盖好了出境签证。我们驶过无人区，路过三辆烧毁的汽车残骸——尽管很令人失望的是，在我读了那么多关于战争的书之后，这些残骸看起来像是毁于交通事故，而非以色列F-16战机的火力扫射。我们右边是一片长满针叶林的山坡，飘来阵阵松脂的气味。车子拐过一个弯，树林中就坐落着黎巴嫩的边境哨所，刚刚被整修过的样子。哨所外飘扬着黎巴嫩的三色旗，旗子上是黎巴嫩雪松的徽记。

入境黎巴嫩比离开叙利亚麻烦得多。六个身穿迷彩服、留着八字胡的彪形大汉让我们在寒风中等了两小时，同时一车利比亚人恳求哨所放他们入境。边境小屋是个阴森而残破的掩蔽壕，守卫们百无聊赖，没有一个利比亚人有签证。但最终，在浪费了很长时间之后，利比亚人放弃了，可怜巴巴地回到了他们的大巴车上。我们的护照盖好了戳，军官向我们问好："欢迎来到黎巴嫩。"

雷鸟又恢复了活力，轰鸣着往山下开去，驶入贝卡谷

201

(Bekaa Valley) 的绿色盆地。从谷底往上望，它就像克什米尔山谷一样美丽而富于田园风情：河流、生满水草的河岸、绿色的田野、成行的白杨树和山毛榉，在初秋的寒气中都转成黄色。这俨然是一幅纯真无瑕的田园风光画卷，没有任何迹象表明它是世界上最大的鸦片种植地之一，也是中东某些最令人闻风丧胆的毒枭的老巢。

然而，当我们转下山坡时，那种温文尔雅的田园绿洲的印象旋即烟消云散了。满地的垃圾——纸盒、旧轮胎、易拉罐、薯片包装袋、垃圾袋——像地毯一样让人无处下脚，仿佛二十年不曾有人清理过。带倒刺的铁丝网上挂着废弃的购物袋，灌木树篱上也缠着白色聚乙烯袋子。路边尽是被毁的建筑物，战争结束至今已经三年了，它们既没有得到重建，也没有人来拆除。各处的输电线都被人盗用了，每座电缆塔上都有一团缠得像猫窝一样的电线，它们通过上百条非法线路同路边的房屋相连。

人们往往将黎巴嫩内战的根源归结为中央政府软弱无力，无力控制国内过热的、不受监管的自由资本主义经济：没有人纳税，因此政府没有收入来源，也就无法向国民提供公共服务。一切事情自始至终就没有国家的参与，无论好坏都是由个人决定的。在这一方面，一切都没有任何改变。中央政府的控制似乎已经完全崩溃了。

中央政府的无能从叙利亚人在黎巴嫩扮演的角色可见一斑。尽管我们已经把叙利亚甩在十英里以外了，但身着笨重且不合身的卡其布制服（与黎巴嫩军队别具一格的迷彩服迥然不同）的叙利亚军队仍然在公路上每隔一段距离就设立一个检查站。掩体被漆成叙利亚国旗的颜色，旁边是叙利亚秘密警察的越野车，车窗上贴满了阿萨德总统的海报。旁边的混凝土防撞栏上原本贴的都是黎巴嫩总理拉菲克·哈里里（Rafiq Hariri，他的双下巴很像某些发福的意大利服务员）的海报，如今已经换成了遍布叙利亚的阿萨德家族肖像：穿着伞兵服的阿萨德、戴着尖顶帽的将领阿萨德、穿着细条纹西装的政治家阿萨德、穿着标志性反光罩衣的巴兹尔——阿萨德已故的儿子。

这册"圣徒大全"有时格外异想天开：在一座叙利亚碉堡上，阿萨德和巴兹尔被画成海特–阿什伯里区（Haight Ashbury）的花童风格①，鲜亮稚嫩的向日葵茎上挂着他俩阴沉的脸。有时黎巴嫩各个权力掮客的形象也奇异地混杂在一起，以至于阿萨德、巴兹尔、哈里里和一帮戴头巾的伊朗毛拉（在贝卡的什叶派中很受欢迎）的形象一股脑地出现在同一个防撞栏上，有时旁边可能还有一位黎巴嫩长腿女歌手或几个身上装饰着亮片的埃及影星。

最诡异的地方大概是，在公路两边令人胆寒的废墟上，立着一排不太可能出现在这里的广告牌：笑意款款的克劳迪娅·希弗（Claudia Schiffer）穿着菲拉格慕的衣服，像豹子一样伸展着躯体，旁边是一座黄色砂岩的法国殖民风格别墅，上面布满了巨大的圆形弹片孔，仿佛一大片埃文达奶酪；万宝路牛仔戴着他的十加仑帽子，牛群在一片被炸得稀烂的楼房废墟上奔

203

---

① 海特–阿什伯里区位于美国旧金山，在二十世纪六十年代以嬉皮士文化闻名。"花童"（flower children）是当时媒体对嬉皮士的称呼，电影《阿甘正传》中的插曲《旧金山》中有歌词为："如果你要去旧金山的话，请别忘了在头发上插满鲜花……在旧金山的街道上，善良的人们头上插满鲜花。"——译者注

跑；一个身体喷雾的金属罐——"轻松拥有美好身体"——后面是一座被炸得焦黑的加油站，只剩下扭曲的金属骨架。

我们从贝卡谷底缓慢爬上一条狭窄的山脊，单行道上的车流跟在两辆庞大的叙利亚坦克运输车后挪动，直到我们开到山顶，从一个出人意料的高度俯瞰，穿过一片尘雾，越过贝鲁特的废墟，望见远方地中海宛如破镜。雷鸟的特大号引擎盖在山脊的拱背上摇摆而过，我们继续前行。我们七拐八弯地往下开去，驶过一连串 S 形弯道，路过废墟，路过广告：路过菲拉格慕的海报；路过一座奥斯曼别墅，上面是轻武器留下的千疮百孔；路过华伦天奴的广告；路过一辆停在教堂外面的黑色灵车；路过马蒂尼的广告；路过被拦腰斩断的棕榈树；路过卡文克莱的广告；路过一辆报废的坦克；路过百威啤酒的广告；路过一家被炸毁的医院；路过好彩香烟的广告；路过一群摩天大楼，上面全是飞溅的弹片留下的坑，仿佛一口状况极其糟糕的烂牙；路过范思哲的广告……

这仿佛一个警世故事，盘旋向下，穿过世上最大的人性弱点纪念碑之一。这像是一个巨大的旋涡，里面搅着贪婪和嫉妒、怨愤和偏执、仇恨和物质主义；又像是一条绵延五英里的滑雪障碍赛道，沿途布满弹坑、设计师品牌店、重型火炮和光鲜亮丽的精品屋。这里是一片地狱般的混乱冗杂，仿佛现代的拜占庭启示录——举起双手祝福的阿亚图拉·霍梅尼与一瓶美国须后水共享一块广告牌；在它的下方，体量庞大的美国汽车——雷鸟、雪佛兰、克尔维特——从建筑工地旁呼啸而过。工地上的机器像长着金属外壳的蟑螂，挖土、拆墙、打洞。间或出现爆炸声和一朵小型蘑菇云，这是一座注定要消失的塔楼轰然倒地，被一只咕噜噜的金属甲虫推平。

我们朝海边的平原驶去，气温逐渐升高，一股硝烟般的浓浓浊气在废墟间穿行。随处可见新巴洛克风格的俗气别墅，有着大红屋顶和大理石栏杆，它们大概是抢劫、军火或毒品交易的产物，因为在过去二十年里，这个国家几乎没有什么财富是被合法创造出来的。但当我们越来越深入地开进这个支离破碎的城市时，这样的繁荣景象就稀少下去了。我们沿着一条坑坑洼洼的高速公路一路向前，开得越来越快，天气越来越热，越来越闷，污染和破坏越来越严重。

204

然而，尽管满目疮痍，弹片在某些地方留下的痕迹却异常美丽，如同一幅康定斯基的抽象画：波点与线条完美地交织在一起。这是对军火商的艺术的一种致敬：一团金属完美地分布在灰泥画布上。即便是六十年代街区的丑陋废墟也有一种奇异的魅力。有些看起来仿佛是新盖的，只有公寓侧壁上某个巨大的炮弹孔，昭示着它的内部及住户的情况。另一些则完全成了残垣断壁：一堵墙就像一块墓碑，述说着整栋楼的下落。远处，一堵斜着的混凝土墙和一堆金属棒——是原来那栋建筑的顶层——在爆炸或倒塌的余波中仍旧留在原地。最奇怪的是楼宇坍塌的混凝土层，它们层层向下堆叠在一起，就像一堆悬在熨衣板边缘的整齐的衬衫，厚重的一吨吨预应力混凝土层在百英尺高的落差边缘上弯曲着，仿佛细棉布柔软的折痕。

令人惊讶的是，尽管混乱至此，大部分被毁的公寓里仍然有人居住。有些房子的墙壁弹痕累累，像被虫蛀了多年的木头，上面晾晒着洗过的衣裳，或是一个在塌了一半的阳台上呼吸新鲜空气的身影。当暮色降临这座废墟之城时，那些看上去已经无人居住的街区一个接一个地亮起了惨白阴森的灯光。废墟似乎是竖起来的贫民窟，穷困潦倒的什叶派劳工或无家可归的巴勒斯坦人把这里当成临时住所，他们都急于填补已迁居别处的富人留下的真空。大多数人用波纹铁皮或黑色塑料布修补自己居住的公寓，但还有许多人并未这么做，大概他们是才来的吧。驱车经过时，我能看见这些屋子被灯照亮的内景，因为它们没有墙，或墙上有巨大的弹孔，以至于几乎所有房间都一览无余，供公众审视，仿佛某种特大号的倒数日历礼盒。我看见一间公寓里有个男人正在穿衣服，漫不经心地把牛仔裤套到腿上。这是一个平平无奇的日常场景——要是他的公寓有墙的话。他被四周的黑色混凝土建筑包围着，就像漆黑礼堂里的大荧幕一般引人注目。

我们继续往前开，经过绿线（Green Line）。这十年来，它是穆斯林管辖的西贝鲁特和基督徒管辖的东贝鲁特的交火地带，那满目疮痍的废墟已经被我们留在了身后。但眼前的景象还是变得越来越奇怪。从 1950 年到 1975 年，在这大约二十五年的时间（也是黎巴嫩建筑史上最黑暗的时期）里，贝鲁特的开发商们尽其所能把昔日奥斯曼帝国的一颗稀世明珠改造成了整个地中海地区最丑的高层城市。在那之后又过了十五年，从 1975 年到 1990 年，黎巴嫩人——他们的朋友和邻居也有份——再尽其所能用吸盘炸弹、磷弹、火箭推进榴弹和以色列凝固汽油弹将其全部摧毁。然而不知何故，无论是战后发展时期别具一格的丑陋，还是随后的大屠杀留下的壮观麻点，都比不上新近在炮弹坑里重新开业的高级时装店、聚光灯和橱窗来得令人惊讶。它们坐落在被炸毁的哈姆拉林荫大道上，橱窗里全是米兰和巴黎时装店的最新作品。这一幕简直有超现实的意味。

坦克和检查站、布满弹片孔的废墟、在炮火中倒塌的摩天大楼——多少纪录片里都讲过这些东西了，因此都在意料之中，而且差不多是一到这里就能看见。但在这趟贝鲁特之旅的最后阶段——尤其是在土耳其东部和叙利亚北部的穷乡僻壤待了两个月之后——我们真正看到的是在灯光下大排长龙的美国轿车，炮位旁如雨后春笋般新开的冰激凌店。是这样？经历了二十年的内战之后，是这样？我之前预想到了末日浩劫，但没预想到阿玛尼。

随后我们穿过城市，来到了海边，一切又骤然恢复了正常，仿佛从来没有打过仗，城市从来没有遭到围困或摧毁。由于某些原因，海边的房子似乎没有受到轰炸的影响，海滩上棕榈树的轮廓在逐渐黯淡下去的天空中完好无缺。少女们穿着短裤，男生穿着牛仔裤，胖老头坐在凳子上吸水烟。暮色四合时，有许多人在散步，想趁天黑之前呼吸一下新鲜空气：挎着爱马仕包包的时髦女郎在车流中昂视阔步，打着手机；戴棒球帽的小男孩在人行道上飙自行车；情侣们手牵手漫步，或顺便去一趟海边的咖啡馆。

我让司机把车停在一个报刊亭旁，那里有卖欧洲的报纸和杂志。在最上层的架子上，陈列着最新一期的美国版《风尚》（Vogue）、伦敦版《尚流》（Tatler）和法国版《你好!》（Hello!），还有一排名为《世界主义者》（Cosmopolitan）的杂志在售，其中一本的大字标题是"够了吗?"。

我回到车上，去了位于贝鲁特西部穆斯林区的骑士酒店。我先办了入住手续，然后在酒店的酒吧里待了几个小时解乏，喝了几杯冰镇时代啤酒，还翻阅了一本叫《黎巴嫩：旅游业的应许之地》的书，这是我读过的最乐观的文献之一。

206

直到晚上九点，我还坐在这个烟雾弥漫的酒吧的某个卡座里，读着《黎巴嫩：旅游业的应许之地》。这本出版物确实挺了不起的。它言辞凿凿地写道："对于那些渴望在假期中遇见善良好客的人民、五彩斑斓的自然、群山庄严的美景或蔚蓝的地中海海岸的游客来说，黎巴嫩是一个理想的国度。对于那些想在风景如画的城市中度过假期的游客来说也是如此，他们能够享受各种盛宴和表演。"

我所担忧的正是这些"表演"。什么类型的表演呢？屠杀？轮奸？大规模的刨坟掘尸？《黎巴嫩：旅游业的应许之地》的匿名作者毫不气馁地继续写了下去："对现代的旅行者来说，黎巴嫩比其他任何国家都强。来过第一次以后还可以来第二次，同样迷人，甚至还能获得更丰富的精神财富——'时光中的旅行'。到黎巴嫩旅游的人绝对不会感到寂寞！黎巴嫩的好客已经成为世界人民的共识……"

说得真是太对了，布莱恩·基南（Brian Keenan）和约翰·麦卡锡（John McCarthy）就有类似经历。毕竟，谁会在与特里·韦特（Terry Waite）拴在一起，旁边还有一卡车的蓄着大胡子的武装人员时感到寂寞呢？

"因为，"这本小册子继续写道，"黎巴嫩人说出那句著名的'欢迎'时，是发自真心的，舌头只是表达的工具。难怪全世界都说黎巴嫩是友好的家园！当你离开这片应许之地的时候，将带走一份无人提出异议的礼物，没有一个海关官员敢于向你收税……"

什么礼物？通过黎巴嫩海关走私的这种独特免税物品是什么？一箱生鸦片？一大桶粉状海洛因？还是一吨塞姆汀炸药？显然都不是：

"……这份礼物将埋藏在你的内心深处，它是一种弥漫着感激和庄严的情感，一种只有伟大的文明才能给予游客的、根深蒂固的人类情感。"

正当我费劲地读着这篇乌七八糟的东西时，意外看到酒吧那头有我的一位朋友，他名叫胡安·卡洛斯·古穆西奥（Juan Carlos Gumucio），我之前在约旦河西岸出任务时见过他，对他印象很好。他是个记者，生于玻利维亚，以前供职于美联社和《泰晤士报》，目前在《西班牙国家报》（*El Pais*）工作。胡安·卡洛斯（也简写成 J.C.，这个更常用）身材魁梧，大腹便便，生着浓密的络腮胡和一团金属丝似的头发，一双大手，笑声洪亮，天不怕地不怕：他是除罗伯特·菲斯克（Robert Fisk）外，唯一一个敢于冒被真主党绑架的风险，留在贝鲁特报道人质危机的西方记者。他认为他之所以至今平安无事，可能是因为没人会把玻利维亚人当成敌人，也可能是因为没人相信玻利维亚政府能付得起赎金，又或者是因为他肤色黝黑、一脸的毛，看起来和真主党指挥官也没什么区别。

胡安·卡洛斯一小时前刚从安曼飞到这里，他并没有去他的房间，而是径直走向酒吧，他已经消灭了不少双份伏特加，吃了一个大号沙威玛①。他给我点了一杯饮料，我们聊了聊在伦敦和耶路撒冷的朋友的八卦之后，我把那本《黎巴嫩：旅

① 沙威玛（Shwarma），一种烤鸡肉，通常搭配皮塔饼与其他酱料食用。——译者注

游业的应许之地》给他看，他翻开读了起来，笑容越来越
灿烂。

"黎巴嫩人！"他嘴里含着烤肉笑起来，"他们比希腊人
更糟！"

当他读着这本册子时，我问他，当其他记者要么跑路，要
么被劫为人质时，还在贝鲁特生活是什么感觉。"你不害怕被
绑架吗？"我想到和平年代的贝鲁特给我带来的惊吓，于是问
道，"想象一下，在地下室里待七年，被拴在暖气片上是什么
滋味吧。"

"我结三次婚了，"他头也不抬地回答说，"跟那没什么不
同。"突然，他激动起来："威利①！你看这个！"

他指着小册子的封底。最后几页里藏了一连串巨大的双幅
广告，宣传夜总会、"按摩店"和三陪服务。大块头的俄罗斯
金发女郎挥舞着鞭子，摆弄着皮带，丰唇纤腰的菲律宾女人极
尽所能地展示那被比基尼欲盖弥彰地遮着的部位。

209　　"新黎巴嫩！"他说。"自1971年来这里还没有这种东西！
亲爱的——"他朝酒吧的男招待喊话，"——亲爱的！马上给
我拿个电话过来！"

酒吧招待去找手机时，他转向我。"这个国家变化多大
啊！"他说，"二十年前我第一次来这里时，所有人都知道玻
利维亚是切·格瓦拉的国家。而现在他们只知道玻利维亚是世
界上唯一一个通过贩毒发大财的国家。"

电话拿来了，胡安·卡洛斯拨了一张照片底下的号码，照
片上是五个面带微笑、身穿粉色紧身衣的棕发女郎。他只打了

---

① 威利（Willy），作者的名字"威廉"的昵称。——译者注

三次就打通了（在一个电话网络最近被炸得一塌糊涂的国家，这运气着实很好）。

"喂？"胡安·卡洛斯说，"喂？请问怎么称呼？好的，亲爱的，听好。我叫胡安·卡洛斯，一位来自得克萨斯的石油巨头，我想知道你是否能为我提供——怎么说？——陪护服务。不，我哪儿也不去，你让她过来。不，我不等。"

他砰的一声挂了电话。"操！该死的'绿袖子'！他们让我等一下。"

J. C. 用他那行家的眼光翻阅着小册子，最后停在了一个嘟着嘴的黑人女孩上，她仰卧在一条虎皮垫上，一条乌黑的长腿高高抬起，另一条腿把大脚趾放在老虎伸出的舌头上，下面是标题："我是小猫咪，你是我的老虎。来吧，大男孩：取悦我。"

胡安·卡洛斯又拿起电话。"对，"他说，"看来我们要找的就是这个。"

拨了四五次，又打通了。

"喂？是经理吗？听好，亲爱的，我叫胡安·卡洛斯，一位来自阿姆斯特丹的钻石王老五。我刚坐了很长时间的飞机，需要……听好，今晚你能给我弄一些漂亮的女伴来吗？是的：就要猫咪。多少钱？美元还是黎巴嫩镑？你开玩笑的吧。听着，亲爱的，通货膨胀还没那么严重，我不如直接坐飞机去我女朋友家，花的钱还少点。我会再联系你的。非常感谢。"

他挂了电话，转向我。

210

"真是难以置信。我真不敢相信我不在的这段时间发生了什么。一想到我原本打算离开这个国家……"

贝鲁特，9 月 28 日

我颇花了一番功夫寻找两个人，我觉得如果要了解黎巴嫩局势的复杂性，找他们是最管用的。针对最近的冲突，这两个人都写出了优秀的著作。其中一位是历史学家，供职于贝鲁特美国大学（American University of Beirut）的凯末尔·萨利比（Kemal Salibi），著有《一栋有许多住处的房子》（*A House of Many Mansions*）[1]，它精彩地揭穿了黎巴嫩历史上导致和加剧冲突的话术。另一位是曾获奖的《独立报》外国记者罗伯特·菲斯克，《同情国家》（*Pity the Nation*）一书的作者，这是迄今出版过的关于 1982 年以色列入侵的最佳报道。

萨利比教授很好联系，菲斯克就比较捉摸不定了。他一直倾向于和新闻界同僚们保持距离，就连在《同情国家》里频频出现的胡安·卡洛斯都有好几个月没见到他了，手里也没有他最新的电话号码。他给我的最好线索莫过于建议我试着给《独立报》的外国服务台打电话。令人惊讶的是，《独立报》也没有他的地址，这显然是菲斯克精心设计的安保措施的一部分，这些措施使他至今免遭暗杀或绑架。不过，《独立报》确实有纽约的卫星电话号码，他们说大约可以通过它联系到贝鲁特的菲斯克。

所以我最终找到了菲斯克，他住在离我的酒店不到半英里远的地方，我通过数万英里的电缆找到纽约，然后又通过卫星返回贝鲁特。我通过这条线路提议请他吃午饭。他接受了邀

---

[1] 书名典出《新约·约翰福音》14：2 中的"在我父的家里有许多住处"（In my Father's house are many mansions）。——译者注

约，并建议在海边的德鲁兹区找一家意大利餐馆。

约菲斯克的那天早上，我又安排了去贝鲁特美国大学见萨 211
利比教授，那里离我住的酒店很近，我吃完早饭就步行过
去了。

贝鲁特美国大学作为一个被围困了一年，主大厅被汽车
炸弹炸毁，校长被杀，代理校长和图书馆管理员被伊斯兰圣
战组织绑架，许多学生被残害、谋杀和殴打的学校，和世界
上任何一所大学并没有太大差别。校门口的必胜客里满是游
手好闲的学生，彼此眉来眼去，用勺子舀起一大坨冰激凌喂
进对方嘴里。门房里的布告栏上登着学生们的狂欢广告，旁
边的布告更正经一点，是即将举行的钢琴独奏会的消息。上
课迟到的学生在不久前还架着高射炮的草坪上一路狂奔。老
师们手里拿着书，沿着铺满灰烬的小路走着，和漂亮的女学
生交谈，仅仅几个月之前，她们的父兄还在外面的小巷里打
得热火朝天。

当我走进萨利比的屋子时，他刚给一小班历史系学生上完
课，座位上方的黑板上还画着一张中东的示意图。我们握了
手，我对他说，这所饱经战乱之苦的大学，看上去竟然还如此
平静寻常，我感到非常惊讶。教授笑了。"谢天谢地，我们的
文化就是非常健忘的，"他说，拿过来一把椅子，示意我坐
下，"那些罄竹难书的罪人早已得到宽恕。黎巴嫩很少有人能
心怀仇恨太久。现在谁还记得萨布拉和夏蒂拉？当时的情景是
很可怕的：谁会原谅这样的大屠杀呢？但过了十二年，即便是
最不幸的巴勒斯坦人也可能遗忘和原谅了。"

我问教授，这场战争对他个人有什么影响。

"我在这座城里住不下去了。"他笑着回答。

"因为炮击?"

"不,不是。我在轰炸中幸免于难。我是被真主党的死亡威胁赶走的。我去了安曼。我就是在那里写了《一栋有许多住处的房子》。我是凭记忆把它写出来的,我手头一本参考书都没有。你看,我在轰炸中把所有的书都丢了。"

"你家被毁了?"

"我们遭受了二十六次直接打击。当时我在地下室。那是一座可爱的奥斯曼式老房子,是我的曾祖父盖的:非常漂亮。但战争结束后这房子就无法再住人了。"

教授给我倒了咖啡,他一边拿着壶忙来忙去,一边叙述他当年拥有的一切是怎么毁于一旦的,语气非常平静,仿佛是在描述一些小麻烦:保险丝烧断了,或者灯泡坏了。

"我们听到炮击开始了,我说这一晚会很难熬。所以我们拿上所有的东西搬到地下室去住。然后,孩子们平时玩的地方的三扇窗户往里倒塌了:碎了一地的玻璃碴,但所幸没人受伤。我们跑到楼下去,带了一瓶威士忌和一支蜡烛。

"每当炮弹打来,蜡烛就会被风吹灭。那场面非常吓人:太吓人了,我当时都觉得我撑不下去了。过了一会儿,你开始觉得下一发炮弹就会打中你,你没有活下来的可能。你只希望不要死得太痛苦。然后遗忘就开始了。人类的大脑里有一种可以抹去可怕记忆的机制。我有时会寻思这件事是不是真的发生过。"

"这会让你们对巴勒斯坦人印象变差吧?"

"朝我们开炮的不是巴勒斯坦人,"这位教授回答说,"是马龙派教徒,是长枪党。像许多发现自己错选了绿线那一边的基督徒一样,我继续住在穆斯林掌控的西贝鲁特,我之前一直住在那里。我一直安好，直到阿明·杰马耶勒（Amin Gemayel）[①] 把枪口对准我们，开始无差别炮轰西贝鲁特。我从来都不支持长枪党。我忍受不了他们。他们认为，黎巴嫩的基督徒应该享有非基督徒所没有的特权。这在某种意义上属于种族主义言论。幸运的是，他们的政策以失败告终，这是他们应有的下场。"

"所以你认为基督徒输掉了这场战争？"

"人们普遍这么认为。长枪党盼望的是两件事：要么在政治上控制整个黎巴嫩，要么撤退到北部实行割据，这样他们至少可以控制一个基督教飞地。他们两次都落空了。他们无法继续无条件地控制整个国家，也无法独自建一个州。另一方面，他们从战争中脱颖而出，他们所拥有的权力几乎没有被削弱，在这个意义上，他们是赢家，毫无疑问的赢家。"

"这话是什么意思？"

"在战争之前，黎巴嫩这个国家概念整个儿是受到质疑的。几乎所有人都不认同，除了马龙派，人们认为是他们和法国人勾结在一起生造出这个国家的。但战争改变了这一切。现在，这个国家几乎所有人都怀着强烈的黎巴嫩国家认同感。他们可能是同情真主党的黎巴嫩人，或是想与叙利亚合作的黎巴嫩人，或是坚决反对与叙利亚合作的黎巴嫩人。不过，他们对自己的黎巴嫩公民身份没有任何异议。所以在这个层面上，你可以说基督徒赢了。"

"尽管如此，"我说，"基督徒显然还是在大批大批地往国外移民。"

---

① 巴希尔·杰马耶勒的哥哥，在巴希尔遇刺后，于 1982 年 9 月 21 日当选黎巴嫩总统。——译者注

"是的。但他们移民不再是因为受到威胁，或是因为国之将亡。是因为——怎么说呢？——他们已经厌倦了。中东各地的基督徒都有一种颓唐的感觉，一种十四个世纪以来一直要保持聪明、领先他人的感觉，这种感觉已经够久了。阿拉伯基督徒总要努力去做聪明、高素质、受教育程度高的人。现在他们只想去别的地方，赚点钱，放松一下。我能理解。几乎所有中东国家都对他们抱有歧视，有时非常微妙。有时，当我和阿拉伯学者在一起时，会有人暗中挖苦那些不信奉伊斯兰教的阿拉伯人，怀疑他们有多'阿拉伯'，他们有多爱国。"

"你认为基督徒流失是件大事吗？"

"是一件非常严重的事情，"萨利比说，"一个基督徒走掉了，然后又没别的基督徒来填他的缺，这对阿拉伯世界来说非常糟糕。是阿拉伯基督徒让阿拉伯世界保持'阿拉伯'而非'穆斯林'。正是阿拉伯基督徒证明了'阿拉伯人'和'穆斯林'是两回事，不是所有的穆斯林都是阿拉伯人，也不是所有的阿拉伯人都是穆斯林。你看，现在许多穆斯林认为阿拉伯非伊斯兰教的历史没什么意义。从这个角度来讲，我们是阿拉伯世界的世俗主义的保证。"

萨利比靠在桌子上："自十九世纪以来，阿拉伯基督徒在确定世俗阿拉伯文化身份方面发挥了至关重要的作用。阿拉伯世俗民族主义的奠基人大多是基督徒，这绝非巧合：创立叙利亚复兴党的米歇尔·阿夫拉克，还有撰写《阿拉伯觉醒》的乔治·安东尼乌斯（George Antonius）。如果信奉基督教的阿拉伯人继续移民，那阿拉伯人在抵御宗教激进主义方面会更艰难。"

"那就是说，这场战斗已经输掉了？"

"每个人都对宗教激进主义的蔓延感到非常恐惧，"教授说，"当然，阿尔及利亚和上埃及发生的事情令人忐忑。但这并非历史的终结。"

他微微一笑："战局还未见分晓。"

我离开美国大学时正下着大雨，贝鲁特的街道很快被雨水淹没。水顺着陡峭的斜坡往下流，汽车在街上疾驰，喇叭响着，水几乎要没过底盘。

"这是叙利亚人的错，"出租车司机解释道，"他们战后重新铺设道路时，错把排水沟盖上了。"

现在唯一的排水沟是大海，而水——有些地方将近一英尺深——正向山下的滨海大道滔滔流去。从汽车上下来走到餐厅这段路着实需要涉水摸鱼者的素质。

菲斯克已经到了，令人惊讶的是，他的脸长得很孩子气，一头蓬松的鬈发从高高的前额上往后梳去，只有一缕古怪的灰白色头发显示出他其实已经快五十岁了。 215

"看到外面了吗?"他以介绍的口吻说，"在围城期间，以色列的炮弹曾沿着这段路一路打下来。"

"所以你在围城期间被迫忍痛不来吃意大利面?"

"不，不，"菲斯克回答，"这家餐馆还是开门的，我那时经常来这里。经常来。这里的视野很好——当然，在人质危机期间，我总是背对着窗户，以免被绑匪看到。"

尽管菲斯克有些刻意虚张声势，但事实证明，他是一个相当和蔼可亲、体恤后辈的人，这挺出人意料。吃饭时他一直慷慨地给出建议，还告诉我许多人的联系方式，在通讯录里翻找，把军阀、大主教、牧首、施暴者和刽子手的电话号码给我。但菲斯克再和蔼可亲，也无法掩盖他是个战争狂的事实，对炸弹、绑架、爆炸声和过量的肾上腺素上瘾所产生的各类常见副作用在他身上都有体现。我开始意识到这点是在吃完开胃菜时，我问他我有没有可能采访到一位长枪党司令官。

"这个啊，"他边说边吞云吐雾地吸着他刚让领班拿来的一支大雪茄，是我请的，"有点困难。你说的这类人大部分已经死了：被暗杀的。剩下的人不是在监狱里，就是在去监狱的路上，他们卷进了贾贾（Geagea）的案子里。"

"贾贾是谁？"

"与萨布拉和夏蒂拉的大屠杀有关的一个长枪党领导人。他会在圣诞节后受审。"

"因为大屠杀？"

"不，不是。因为他炸毁了一座教堂。"

"长枪党不都是基督徒吗？"

"是啊。"

"那他们炸教堂干什么？"

"贾贾用这种方式警告教皇不要来黎巴嫩。他觉得教皇来黎巴嫩太危险。"

216 　　"这么说，我没有机会和马龙派民兵的高级军官谈话了？"

"这个嘛，我想 SLA 的拉哈德将军应该可以。"

"SLA？"

"就是南黎巴嫩军（The South Lebanon Army）。以色列在它占领的黎巴嫩南部地区的马龙派傀儡民兵。"

"你觉得我能约到他吗？"

"小菜一碟。"菲斯克如此说道，他开始长篇大论地解说我应该如何与 SLA 取得联系——去贝鲁特郊区某个偏僻的废品场，找一个叫哈达德的人。

"除了这个人外别和其他人说话。留下你的姓名和详细资料。三天后回去问。如果哈达德同意，那就可以。你手头有地图吗？"

我点点头，从包里拿出我在酒店买的黎巴嫩地图。这是一张简化的旅游地图，上面到处都是该国主要考古遗迹的小幅照片，拍得很是乐观。

"行吧，"菲斯克说着，一边皱起鼻子仔细看我的地图，"首先，你这个地图不够好。但目前也只能将就一下了。沿这条路往南开，经过舒夫（Chouf）。然后沿着这条小路向左转。把你的车停在这个地方，就这个地方：看到了吗？我用 X 标注它。从车上下来——动作要非常缓慢，不要太急，要不然他们的狙击手会拿你练手——双手举过脑袋，走过最后的五百码，就是 SLA 的检查站。你不会有事的。只要你的名字在名单上就行。"

"听起来不太安全。"

"我就是这么做的——没问题。其实我上个月刚去了马尔贾扬（Marjayoun）的 SLA 总部。当然，到处都是真主党。他们可能会开枪打你，但他们一般不会打没有标记的汽车。至少一般情况下不会。你又不是坐以色列军队护送的车去的，哈哈。"

"哈哈。"听完菲斯克口中的"小菜一碟"，我打了个寒战，随即暗下决心，把采访拉哈德的事丢到脑后，远离 SLA。

在喝咖啡（我喝）和陈年干邑（菲斯克喝）的时候，我 217

提到我刚才去见了萨利比，还谈到了阿拉伯基督徒的问题。

"阿拉伯基督徒面临的首要问题在于西方世界的人也是基督徒，"菲斯克说，"而自1948年以来，西方不断以这样或那样的方式羞辱中东的穆斯林。阿拉伯基督徒无法与西方割席，尽管他们多次告诉他们的穆斯林邻居，基督教其实是一种东方宗教。"

然而，根据菲斯克的说法，"黎巴嫩内战本质上是基督教文明与伊斯兰教文明的冲突"是一套虚构出来的话术。他说这更像是马龙派教徒和其他所有人的冲突。

"战争是马龙派自找的。内战的第一个大事件是一群试图赢得权力的长枪党肆意屠杀巴勒斯坦人。希腊东正教总能认识到黎巴嫩的不同社群必须学会共存，但马龙派从没搞懂这一点。他们在政治上很幼稚，很蠢，总是让自己被人家利用——先是被法国人利用，然后是以色列人，现在是叙利亚人。马龙派一直想要一个由他们统治的、讲法语的黎巴嫩，完全脱离阿拉伯世界，让穆斯林沦落成一种取悦外国游客的民俗景观存在。难怪那些真主党疯子现在想把他们都宰了。"

"话是这么说，但很多战争背后似乎都有基督教和伊斯兰教的冲突，不是吗？"

"在战争期间，长枪党打了当地的亚美尼亚人和希腊东正教徒——他们经常和德鲁兹教派一起对抗马龙派教徒——以及信奉基督教的巴勒斯坦人和其他马龙派教徒。然后，在其他时候，战斗几乎完全是穆斯林打穆斯林：从1985年打到1988年的营地战争中，是什叶派对逊尼派巴勒斯坦人。把这场战争简单地看作'基督徒与穆斯林之争'是一种荒谬的脸谱化，实际上是一种彻头彻尾的误解。"

雨停得和雨落时一样突然，阳光明亮地照耀着。所以我结   218
了账单之后，菲斯克提议带我去参观他最喜爱的遗址。这并不
是我期待已久的贝鲁特古代遗址之旅。相反，这是一次怀旧之
旅，带你回顾菲斯克口中内战时期的光辉岁月。他小心翼翼地
避开这座城市的任何一幢屋顶还完好，窗户没挪窝，或正面没
布满蜂窝似的弹孔的楼房。

"你看，"菲斯克坐在出租车的后座上，冲对面一座破败
不堪的大楼兴奋地点头，"狙击手埋伏的绝佳地点。"

"是那里吗?"我指着三楼的一扇窗户问。

"在黎巴嫩，永远永远不要拿手指东西，"菲斯克低声说，
"如果违反这样的基本规则，你很快就会没命的。"

"什么……"

"人家会认为你是告密者，然后冲你开枪。如果我和你在
一起，我也会被枪击。"

"不好意思……"

"但是你指对了。再看一下。看到什么了?"

"一堆旧麻袋?"

"是沙包，中间有一个板条箱。"菲斯克现在如鱼得水，
仿佛克鲁①的一个兴奋过度的火车检票员，"那个板条箱就是
狙击手安放步枪的地方。打仗的时候，这一排建筑的走廊会被
打通，这样狙击手就可以从一所房子转移到另一所房子，而不
用冒险走到大街上。当然，现在这一切都结束了。"他补充了
一句，语调中似乎带着一丝悲伤。

车继续往前开，菲斯克指出几个他感兴趣的地点："看到那

---

① 克鲁（Crewe）是位于英格兰柴郡的一个大铁路枢纽。——译者注

个地方了吗？那里曾经发生过地雷爆炸，炸死了一个黎巴嫩记者。是我的一个朋友。太惨了。血到处都是。后来连尸体的身份都辨认不出来……那边，看到了吗？那是特里·安德森（Terry Anderson）被绑架的地方。他沿着那条路被绑走了，尖叫了一路。过了好几年才放出来……那边，那个是法国大使馆。"

"天啊。大使馆遭遇了什么？"

"被汽车炸弹、炮弹和别的东西炸了。但它还是立在那里，起码没有塌。比美国大使馆强点。美国大使馆以前在那里，"菲斯克冲着一大片空地点点头，"被圣战分子炸了。上周他们把剩下的残骸最终推倒了。"

车继续往前开，不久便来到一条狭窄的街道上。这里遍地垃圾，每栋建筑上都布满了弹片孔。这里好像什么都过了一遍：轻武器射击、迫击炮、榴弹炮、空袭、吸盘炸弹、火箭推进榴弹、汽车炸弹，等等。

"这是让你知道贝鲁特从前是什么样子的，"菲斯克叹了口气，"然后他们就开始到处瞎搞，试图把这里都清理干净。"

"为什么到处都有阿亚图拉·霍梅尼的照片？"

"这里曾经是贝鲁特的犹太人聚居区。那是犹太教堂。但现在已经被什叶派接管了。你不会想独自一人来这儿的。"

"犹太人后来怎么了？"

"以色列建国以后，他们还是住在这里，没有走。但1982年以色列入侵黎巴嫩，围困贝鲁特，于是犹太人开始成为众矢之的，所以他们不得不……离开。"

一辆巨大的装甲运兵车轰隆隆地向我们驶来。紧随其后的是一辆军用卡车，满载着全副武装、身着迷彩服的黎巴嫩士兵。我们把车停在一辆旧雪铁龙烧焦的残骸后面，给他们让路。

"这些巡逻队的任务是确保附近没有武装民兵，"菲斯克说，"武装民兵当然是有的，而且有好几百人，但不会让人瞧见。其实在这个地方，每一家的后院里都藏着卡拉什尼科夫冲锋枪和迫击炮。然而，他们会把这些东西捂得严严实实，军队也不会点破。这是一种心照不宣的默契。"

在菲斯克的指引下，司机把车驶进了一个宽阔的广场，这个广场萧瑟空旷，除了正中央的一座青铜塑像外，什么也没有。

"这是殉道者广场。它被全部推倒之前很像德累斯顿。真是丢人。以前这里除了狙击手的咔咔声外几乎是一片寂静。没有交通。没有人。特别棒。"

我们下了车，朝那座青铜塑像走去。和附近的其他地方一样，它也被弹片和轻武器的火力彻底地扫射了一遍。

"他们打算把这尊雕像留下来做个纪念，"菲斯克说，"但其他的一切都要拆掉。他们正计划把它全部推到海里去。"

他向我解释了重新开发该地区的计划：市中心项目（Downtown Project）。它听起来非常黎凡特。如果我没理解错的话，重新开发整个市中心的业务垄断权刚刚被总理授予了一家名叫 Solidere 的公司，而总理本人恰好是这家公司的大股东。

我们走到广场的一角，那里有一座没有屋顶的马龙派教堂，俯瞰着荒凉的广场。

"跟我来，"菲斯克说，"别站在瓦砾堆上。你永远不知道哪里会有地雷或 UXB。"

"UXB？"

"就是未引爆的炸弹。贝鲁特到处都是 UXB 和地雷。和商店里散落的五彩碎纸片一样。"

我紧跟在菲斯克后面，来到一个平台上。从那里向下望，能够看到一个深坑，有三十英尺深。一堆杂乱的古罗马立柱散落在坑底，与水洼和垃圾为伍。

菲斯克轻蔑地指着它说："这就是五百年来贝鲁特古典建筑的遗迹了。"

"没有很多，是吧？"我说。

"不多，"菲斯克说，"要知道，如果仗再多打一段时间，当代贝鲁特就不会有太大变化了。"

他指向广场的边缘。那里矗立着一处残垣断壁，它曾经是一座新古典主义风格的公共建筑，其历史可以追溯到法国托管早期。现在只剩下一排立柱，甚至连山形墙都被炸掉了。残骸看起来同一座古代神庙的废墟一般无二。

"你明白我的意思了吗？"菲斯克说。

贝鲁特，9 月 30 日

221　　很少有古城比贝鲁特更不能引起历史共鸣了。战后那些高楼大厦的惨状会立刻让人联想到未来的末世景象，但这座城市的过去并没有在满目疮痍的当下留下什么影子。所有陈旧的东西都被清扫或炸掉了。历史的想象力无处抛掷。很难想象仅仅八十年前，这座城市还是一座风景如画的奥斯曼帝国港口。而古典时代的过往就似乎更加遥不可及，几乎不能想象了。

然而，贝鲁特在拜占庭帝国早期是一座大都会，帝国的主要城市之一：作为一个学术中心，它是帝国主要的法学院所在地；作为一个商业中心，它跻身地中海东岸最繁荣的贸易港口之列，是拜占庭丝绸织造和出口的重镇。这里的港口从不寂寥，在四月至十月的航海季里，高卢的帆船和远至亚历山大港、雅典与迦太基的驳船都会把这里挤得水泄不通。

在拜占庭时代，念完一个法学学位需要五六年的时间，而且只有家境非常富裕的孩子才能念得起。安条克的利巴尼乌斯提过一个名叫赫利奥多罗斯（Heliodorus）的法学生，此人是"一个卖鱼露的小商贩"，但这毕竟是极个别情况。贝鲁特城中聚集的法律系学生都是帝国各地的元老、总督和地主的孩子，带着一大帮仆从和姬妾来上学。他们之所以到贝鲁特来，是因为这里的学位是帝国公务员飞黄腾达的最佳捷径，它相当于一张如今欧洲工商管理学院或哈佛商学院的文凭。利巴尼乌斯曾义愤填膺、慷慨激昂地控诉说，当时的父母对他在安条克提供的更全面（和更老派）的修辞学教育不感兴趣，而青睐贝鲁特的法学学位能给孩子带来的远大前程。如今的古典学教授也发出同样的呼号，他们门下最聪明的弟子为稻粱谋常半路改行去学经济和法律。

地中海东岸的历史最奇怪的一点在于，尽管这里经历过一系列灾难性的入侵、种族灭绝和人口交换，但各个城市的特征却一直奇特地保持不变。比如，耶路撒冷始终是宗教狂热的中心，不管城里住的是犹太人、拜占庭人、阿拉伯人还是东征的十字军。同样，贝鲁特一直以享乐主义闻名于世，而由于偶然爆发的激进的原教旨主义，这一名声在当时变得更响，就和现在一样。拜占庭时期就是如此，这可从五世纪的一位一性派主教，安条克的西弗勒斯（Severus of Antioch）那里得到佐证。他的生平是由他的朋友兼同伴、教区长撒迦利亚（Zacharias the Rector）记述的。这两人在亚历山大港念过书，此地有许多教授参与神秘活动，撒迦利亚对此不寒而栗：不少教职人员

显然常去秘密拜谒美诺西斯（Menuthis）① 一座隐蔽的神庙，
那里满是猫、狗和猴子的木制偶像。

在五世纪八十年代期间，贝鲁特的情况要稍好一些，西弗
勒斯和撒迦利亚也来这里修完了法学学位。虽然周围的异教徒
似乎比亚历山大港少，但阔绰的学生们却沉溺于种种享乐，这
些娱乐方式不见容于撒迦利亚这样清教徒似的人：城里有一座
剧院、一个马戏团，到了晚上则呼卢喝雉，学生们与舞女公娼
推杯换盏。这种享乐主义在更为虔诚的学生当中引起了反响，
就像二十世纪六七十年代贝鲁特放浪形骸的夜生活激起了十年
后圣战分子的清教主义一般。热心的基督教积极分子针对法学
生的放荡行为组建了宗教兄弟会，它敦促撒迦利亚和西弗勒斯
每晚都去教堂，绕着剧院走，并遵循圣杰罗姆那句著名的建
议——"在基督那里沐浴过（即受洗）的人，没有必要再洗
了"：为给众人做表率，兄弟会的领袖一年只洗一次澡。

223　　和亚历山大港一样，贝鲁特也有关于神秘学的丑闻。头号
嫌犯的住所被搜查，他的咒语书被收缴，魔法书被烧毁，他的
朋友被主教逐出教会。其中一名被告，特拉利斯的克里索里乌
斯（Chrysaorius of Tralles）试图逃跑。他租了一艘船，带着家
小和咒语书跑路，但起航后不久船就沉没了（在虔诚的拜占
庭文学中，载着魔法师的船经常沉没：《精神草地》里有好几
个类似的故事，讲邪恶的异教徒和魔法师遭遇海难）。

约翰·莫斯克斯似乎很快就走完了当时的拜占庭帝国统治
下的腓尼基海岸。事实上，如今黎巴嫩境内只有三个地方被他

① 更常见的拼法是 Menouthis，意为"神之母"。美诺西斯是位于尼罗河入
海口附近的一座圣城，敬奉古埃及女神伊西斯及其夫塞拉匹斯。——译
者注

提到：提尔、波尔菲列昂（Porphyreon）和巴尔贝克。拜占庭时期的贝鲁特他只字未提，也许是因为这座城市在六世纪晚期已经波澜不兴。这种局面的出现部分是因为当时贝鲁特丝绸业纷纷破产，许多丝绸商人为糊口被迫移居波斯，部分是因为公元551年的一次大地震摧毁了贝鲁特的许多建筑，这是整个六世纪早期一系列不祥地震的最后一次。同时代的另一位旅行家，意大利朝圣者、殉道士安东尼乌斯的记录似乎表明，公元570年时"文学院"（想来是法学院）已经完全停止运转，他在黎巴嫩海岸看到的唯一一处繁华之地是贝鲁特的劲敌提尔。他在该城逗留时写道，这里的织布机仍在运转，妓院里人头攒动。

　　我之前曾向萨利比教授询问我在大马士革听到的传言，即贝鲁特的"市中心计划"在施工时挖到了拜占庭时代的遗址是不是真的。他让我联系同样供职于黎巴嫩美国大学的考古学家蕾拉·巴德（Leila Badr），她参与了当时的发掘行动。

　　巴德博士证实，施工过程中进行的抢救性发掘确实挖到了拜占庭时代的地层，并发现了大片的拜占庭、罗马和腓尼基城墙，这些城墙的走向大致相同。虽然可看的东西不多，但这是一个重要发现，因为从前没有人知道这座城市的古代边界在哪里。此外还发现了一些拜占庭时期的地板镶嵌画碎片，尽管品相很不好，但这些碎片已经被送去保存，我没法参观它们。但巴德博士说，还有一些新近发现的拜占庭文物，我应该去看看。

　　据说就在以色列入侵黎巴嫩前夕，1982年初，工人们在贝鲁特以南二十英里处的吉耶赫（Jiyyeh）海岸的沙丘上挖掘时，偶然发现了一系列保存完好的拜占庭修道院遗迹：教堂、旅店、礼堂和农用建筑。里面有一批质量极高的镶嵌画，其中许多有希腊语铭文注明制作日期。这些发现确认了该遗址就是拜占庭时代的港口波尔菲列昂，这是莫斯克斯到过的三个黎巴嫩城市之一。

莫斯克斯讲过两个关于此地的故事。一个是他朋友的同伴，奇里乞亚的神父佐西莫斯（Abba Zosimos the Cilician），他被一条蛇咬伤，"当场死亡，身上到处冒血"。另一个故事讲的是律师普罗科匹厄斯（Procopius the lawyer），他在耶路撒冷时听说老家暴发了瘟疫，担忧子女们的安全，便去拜访著名的拜占庭圣人扎查欧斯神父（Abba Zachaios），把自己的恐惧告诉了他：

> （扎查欧斯）听闻这个消息后，面朝东方，一言不发地继续祈祷了两个小时。然后他转向我，对我说："你放心，不要惊慌，你的子女一定不会因此而死。事实上，从现在起，两天之内，疫情就会减轻。"果然，事态发展正如这位长者预言的那样。

近期的考古挖掘显然证实了莫斯克斯的记载，即波尔菲列昂是六世纪晚期的一个主要港口，规模可能和它的竞争对手贝鲁特一样大，还专门生产橄榄油和纺织品。而且，正如它的名字所显示的那样，它还生产紫色染料①。尽管经济危机困扰着安条克和黎凡特海岸的大部分地区，但波尔菲列昂显然还是非

225

---

① 波尔菲列昂（Porphyreon）这个名字来自希腊语词"porphureos"，意为"紫色"。——译者注

常繁荣，城内的修道院建筑美轮美奂。

黎巴嫩在内战期间发掘的古董几乎都被非法出口到欧美黑市了。有一次，民兵们甚至用炸药轰开石棺以盗取棺内物品。但幸运的是，吉耶赫落入了德鲁兹领袖瓦利德·琼布拉特（Walid Jumblatt）的势力范围内，此人在从政之前是个历史学者，黎巴嫩军阀当中几乎只有他一人具备历史修养，知悉古代文物对一个国家的重要性。巴德博士告诉我，琼布拉特最近把他在战争期间保全下来的镶嵌画带了出来，安放在他位于舒夫的贝特丁（Beit ed-Din）宫里。她说，如果我要去参观，唯一的问题在于需要得到琼布拉特的许可。

按照巴德博士的指示，我打车去了琼布拉特的进步社会党所在地。据说这个党派既不进步也非社会主义，相反，它是一个被美化了的封建组织，黎巴嫩的德鲁兹教徒通过它得以宣誓效忠于他们的首领瓦利德·琼布拉特。办公大楼看起来不怎么稳当，到处都是弹孔，但我还是爬上了昏暗肮脏的楼梯，在最顶上差点与琼布拉特和他的保镖队撞了个正着。

从外貌上看，与其说琼布拉特是一个冷酷无情的军阀，不如说是一个从1968年巴黎索邦大学的街垒里出来的左翼社会学者。他四五十岁，个子非常高，神态威严，秃顶，大鼻子，留着下垂的墨西哥胡子，身着黑色皮夹克和黑色紧身牛仔裤，讲一口流利的英语。

原来我很幸运——琼布拉特还有不到一个小时就要动身去法国了，但他同意在走之前见我五分钟。全副武装的德鲁兹随从搜了我的身，然后把我领进一间书房。二十分钟后琼布拉特进来了，问他能帮什么忙。我解释了我的来意，他立刻点了头。

"去吧。和门口的人说你是我的客人就行，他们会让你看那

226

些镶嵌画的，"然后他添上一句，"如今在贝鲁特见到英国作家着实是件稀罕事。你认识查尔斯·格拉斯（Charles Glass）吗？"

"很熟。"

"他怎么样？还活着吧？"

"大家都说他越老越浪了。"

"真主党就不应该让他跑了，"他说，"你知道他在来看我的路上被真主党绑架了吧？大卫·古尔摩（David Gilmour）呢？上次我在伦敦时是他带我去旅行者俱乐部吃午饭。他现在在干什么？"

"他刚写了一本关于寇松勋爵的书。"

"大卫一直是个冥顽不化的帝国主义者，"琼布拉特说，随即礼貌地问我，"和我说说，你现在在写什么呢？"

我说我正在搜集资料，准备写一本关于中东基督徒的书，琼布拉特扬起了眉毛：内战期间他是最令基督教民兵闻风丧胆的敌人之一。尽管基督教武装得到了以色列和美国的支持，但琼布拉特的军队还是成功地将他们赶出了舒夫的德鲁兹中心地带，并在这一役中打出了凶残而顽强的名声。众所周知，德鲁兹人很少抓俘虏。

"马龙派的头号敌人就是他们自己，"琼布拉特说，"他们一直想统治黎巴嫩，好像黎巴嫩完全是个基督教国家一样。他们从来没有准备给大多数人权利、分享手中的权力或以任何方式实现民主改革。"

"我明白战时你和长枪党不是一拨的。"

"长枪党是皮埃尔·杰马耶勒（Pierre Gemayel）[①] 1936

[①] 巴希尔与阿明·杰马耶勒的父亲，长枪党创始人。——译者注

年访问纳粹德国后成立的法西斯组织，"他说，"当他们开始
实施暴行时——比如 1975 年的黑色星期六，在路障边割断
三百个穆斯林的喉咙，又比如一年后在百里香山（Tel el-
Za'atar）的难民营屠杀巴勒斯坦人——我们不得不做出回应。
只有马龙派自己起来反抗他们更极端的右倾分子，我们才有
可能共存。"

"那你对未来感到悲观吗？"

227

"黎巴嫩这个国家是人为生造出来的，"琼布拉特回答说，
"它是法国人在 1920 年制造出来的。从经济和政治上讲，它没
有自己的未来。我们需要阿拉伯人。我们是通往阿拉伯世界的
大门：那是我们的天然环境。我们不是法国领土的一部分，不
是梵蒂冈，也不是马龙派想要的任何东西。如果他们能接受这
一点，那和平也许能维持下去。"

琼布拉特的一个助手走了进来，说他的车子已经准备好送
他去机场了。琼布拉特从椅子上站起来。"我要误机了，"他
说，"不好意思。我希望你能看到你的镶嵌画。"

我们一起下楼时，琼布拉特对内战发表了一些评论，我问
他现在回想起来，是否认为这场内战是可以避免的。

"如果马龙派不那么顽固，"他耸耸肩，"那可能就……但
历史的假设是：'如果克利奥帕特拉的鼻子再长一英寸，安东
尼还会输掉阿克提姆（Actium）海战吗？'"

通往舒夫的路经过肮脏的贝鲁特南郊。三十年前，这条路
毗邻奥扎耶海滩（Ouzayeh Beach），后者曾是贝鲁特的伊帕内

玛（Ipanema）①、整个贝鲁特最受欢迎的游乐场。现在这里是真主党的地盘，一处由铁皮棚屋、休闲小屋、廉价的餐馆和凋敝的面包店组成的大棚户区坐落在这条路与海滩之间，后者现在已经几乎看不到了。

在两条车道中间的中央隔离带，竖立着一系列巨大的广告牌，上面是一排放大了面孔的伊朗毛拉。每人头上都严严实实地裹着浆得一尘不染的白头巾，茫然的眼神穿过小飞谍②眼镜厚厚的镜片：这是一幅奇异的超现实景象，仿佛从高速公路上升起一排高大的安迪·沃霍尔的玛丽莲·梦露。在毛拉们中间穿插着一排理想化的画像，画的是在被占领的黎巴嫩南部与以色列人战斗时牺牲的真主党"烈士"，他们留着络腮胡，面带微笑，这些画的尺寸要小得多，被潦草地钉在低矮的木桩上。为表示这些战士此刻正在享受天堂的福祉，他们的脑袋有时会漂浮在雪白的积云上。其他广告牌有些画着耶路撒冷的圆顶清真寺，辅以一系列吓人的祈祷，要求解放巴勒斯坦和粉碎犹太复国主义集团，还有其他各种令人毛骨悚然的威胁、承诺与警告，什叶派中的激进主义者开车进城购物时喜欢看这些。

开始刮风下雨，路上的坑变成了一个个褐色的深水洼，出租车开过时会有一股浑浊的水溅到引擎盖和挡风玻璃上。当我们一路颠簸地开过破败不堪的车库、废料场和轮胎店时，我看见满脸络腮胡的真主党成员拿着扳手，在破破烂烂的、布满弹片坑的达特桑或坏得差不多的沃尔沃的引擎盖下敲敲打打。其他人拿着几盆油漆和笔刷，在汽车底盘的凹痕和弹孔上到处涂

228

---

① 位于巴西里约热内卢的著名滨海胜地。——译者注
② 《小飞谍》（*Joe 90*）是英国 ATV 电视台于 1968 年播出的一套人偶剧。——译者注

抹，试图转移人们对此的注意力。我对出租车司机努里·苏莱曼（Nouri Suleiman）说，我原以为这些人的武器要比喷枪厉害点儿。

他回答："现在不打仗了，枪就没太大用处了。战争打到最后时，一支新的 M - 16 自动步枪卖一千美元。现在你花一百美元就能买一支。一把手枪过去是五百美元，现在已经降到一百五十美元了。"

"所以现在手枪比 M - 16 自动步枪还贵？"

"因为人们还是喜欢轻武器。"努里回答说。

"为什么？"

"因为有用。你藏不住 M - 16，但藏一把手枪还是很容易的。把它放进口袋或公文包里都没问题，"他从杂物箱里拿出一把小手枪给我看，"看到了吧？它容易藏起来。没问题。"

我们的车继续穿过贝鲁特凌乱而漫无边际的南郊，经过不受监管的地带，经过那些属于没有土地的什叶派穆斯林的拥挤贫民窟、铁丝网，以及各种形状凄惨的巴勒斯坦难民营里倒塌的棚屋。半小时后，我们抵达了达穆尔的郊区，达穆尔是在内战中受损最严重的基督教城镇。它先是遭到巴勒斯坦人的袭击和掠夺，以报复马龙派在贝鲁特对他们施加的暴行，大多数居民走海路出逃，但仍有三百五十人留了下来。1976 年 1 月 20 日，法塔赫（Fatah）的一些枪手气势汹汹地冲进了该镇，射杀了留在这里的男人，强奸了妇女，又炸毁了房屋。这时巴勒斯坦人显然还不解气（因为留在这里的马龙派教徒太少），于是突发奇想掘了这里的公墓，把尸体抛在刚被他们炸成废墟的城镇中。后来，达穆尔再次被人占领、摧毁，这次是以色列人，以色列人走后，德鲁兹人使它重新成为定居点。琼布拉特

229

如今把他的总办公室设在达穆尔。但是，这里已经没有基督徒了。

我们的车快速驶过镇上劫后余生的部分：一些房子，到处都是弹孔和飞溅的弹片坑；一栋六十年代的平房的废墟，现已被藤蔓和爬山虎覆盖；一片残破的香蕉种植园；带篷的阳台上坐着几个德鲁兹老人，头戴白色的卡菲耶，穿着黑色的沙尔瓦裤，望着外面细雨溟蒙。随后我们往左转，开始蜿蜒爬上陡峭的、草木茂密的山坡，向舒夫进发。

雨下大了，道路湿滑，闪闪发光，散落着树叶。从贝特丁下来的汽车从我们旁边飞驰而过，挡风玻璃上的雨刮器开到最大挡。我们头顶上的山峰在低云中变得模糊，下方的山谷消失在一片峭壁中。峭壁上是已被废弃的梯田和枯萎的山毛榉，它们仅剩的几片叶子变成了属于秋日的明黄色。在最后二十分钟的旅程中，就像在当时去贝鲁特的路上一样，我们跟在另一对随处可见的叙利亚坦克运输车后往山上爬，每辆运输车上都载着两辆苏制 T - 72 主战坦克。我打开地图，意识到以色列占领区、目前犹太军队和当地的真主党游击队的交火地带就在南面十二英里处。

在德尔卡马尔（Deir el-Qamar），司机在山顶上停下来加油，让他破旧的散热器冷却一下。德尔卡马尔是一个中世纪小镇，得益于瓦利德·琼布拉特对文保工作的兴趣，它被维护得很好，在黎巴嫩独具特色。它是用暖蜂蜜色的砂岩建造的，里面满是古老的奥斯曼客栈和教堂，即使在雨中也很可爱。当我坐在一家咖啡馆里，双手捧着一杯茶取暖时，看到外面的路上有一名身穿黑色斗篷、戴四角帽的马龙派神父步履匆匆，他佝偻的身影在宽大的雨伞下疾步小跑着。可我知道舒夫的基督徒和达穆尔的基督徒一样，在战斗中被赶出了家园。惊讶之余，我追上那位神父，请他和我一起到咖啡馆里来。显然，这位名叫马塞尔·阿比－卡里尔（Marcel abi-Khalil）的神父见到我和我见到他一样惊讶，他接受了。

老神父抖了抖雨伞上的水，把它折起来。"在开战之前，德尔卡马尔一半的人口是基督徒，另一半是德鲁兹教徒。舒夫地区传统上是德鲁兹教徒的地盘，但在十八世纪，马龙派教徒开始从北方搬来这里。到1975年，也就是战火点燃之前，这里至少有五千名基督徒，夏天可能再多一倍。"

他呷了一口茶。"后来发生了山地战争，"他说，"所有的基督徒都走了。现在住在这里的基督徒不到一千。"

"这么说，还是有些基督徒回来了？"

"对。他们开始慢慢地回来了。琼布拉特给了他们一点钱来帮助他们开始新生活。他是个好人。他自己也遭受了痛苦——他父亲被暗杀了——所以他知道被损害是什么感觉。他想治愈伤口。"

"听到马龙派能这么说，我很惊讶。"

"1860年，德鲁兹教徒和基督徒打了一仗，但从那时起，直到上次战争，我们相处得非常愉快。我们学校曾经有一百五十名基督徒和三百五十名德鲁兹教徒。"

"德鲁兹教徒？上基督教学校？"

"对，"马塞尔神父说，"神父们给每个人上课，不管他们信仰什么。" 231

"所以到底是怎么打起来的呢？"

"是因为贾贾和他的长枪党。在他来舒夫之前，我们世世代代和平共处。但以色列人1982年到这里的时候，贾贾的人正在舒夫和西顿与德鲁兹教徒作战。贾贾对德鲁兹教徒很不好。他杀了很多人。以色列人假装看不见，让他为所欲为。结果，当他们撤退时，所有人都开始打基督徒。我们被围困了三个月，没有东西吃：只有草。红十字会送来了食物，但德鲁兹教徒在半路上吃了。最后叙利亚人支持琼布拉特，贾贾输掉了战争。基督徒因为他的所作所为被逐出舒夫和西顿。我们有句谚语："贾贾踏足的地方，没有基督徒留下来。"有他这么一个队友，我们哪还要什么敌人呢。"

"你见过他吗？"

"见过好多次，"神父说，"他在我们学校里藏了两个月，是我藏的。当时是1983年，他输掉了一场小型战斗。我个人不喜欢他。其实他几乎让我觉得做基督徒很尴尬。他走的时候化了装，靠着一双脚翻山越岭。我很高兴。他尽给我们惹事。"

司机走进咖啡馆，说车子已经好了。马塞尔神父把茶一饮而尽，我们站了起来。

"现在他走了，战争结束了，舒夫的情况好些了，"神父说道，我们走了出去，他撑开雨伞，"德鲁兹教徒甚至又开始来教堂了。"

"他们来你的教堂？"

"经常来。我们这里有一张神奇的图画。当他们想求子、生病或遇到什么困难时就来这里。他们供奉油和香料，然后病就好了。"

他热情地和我挥手道别。"尽管我们在这里有很多困难，但宗教并没有把人们分开。宗教总是让人在一起的。记住这点很重要。"

宏伟的贝特丁宫建于十九世纪早期，就坐落在山谷的对

《精神草地》现存最早的抄本，伊维龙修道院，阿索斯山。

观看战车比赛的拜占庭贵族子弟。狄奥多西方尖碑，大竞技场，伊斯坦布尔。

圣索菲亚大教堂的穹顶和半穹顶，伊斯坦布尔。

土耳其的建筑工人正把亚美尼亚大教堂改造为清真寺，乌尔法（埃德萨）。

迪亚巴克尔最后的亚美尼亚人露辛娜与她的两个库尔德保护人，费西与雷赫曼。

藏红花修道院的一位修士，图尔阿卜丁，土耳其。

萨拉修道院的最后两位修士，图尔阿卜丁。

埃因瓦尔多的堡垒教堂中的苏里亚尼妇人。

加拉特西曼，高柱修士圣西米恩的教堂，叙利亚。

一座俯瞰着库尔达赫的橄榄树林的陵墓，赛勒斯，叙利亚。

被废弃的拜占庭时期建筑，谢尔吉拉，叙利亚。

古代晚期的金字塔形墓，巴拉镇，叙利亚。

赛德纳亚修女院，叙利亚。

在车上见到的末日浩劫景象，贝鲁特。

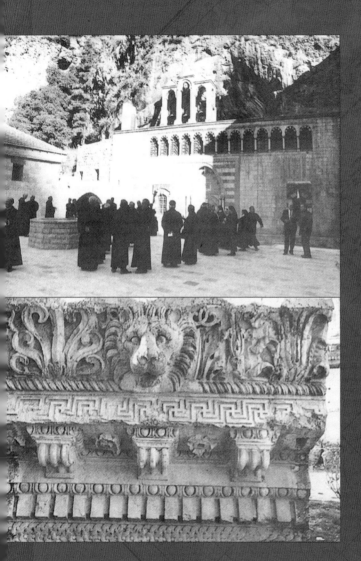

科沙亚修道院，卡迪沙谷，黎巴嫩。

太阳神庙中的雕刻，巴尔贝克。

约翰·莫斯克斯所居的修道院，圣狄奥多西修道院，位于伯利恒附近。

朱迪亚荒原中圣萨巴修道院的瞭望塔。

圣萨巴修道院。

圣萨巴修道院负责接待访客的神父狄奥芬内斯，他正站在修道院的大门前。

圣保罗与圣安东尼分面包。圣安东尼修道院的圣像画细部。埃及。

同一题材在一块皮克特石雕上的呈现，圣维冈，邓迪。

狄奥斯库罗斯神父正在讨论圣安东尼的最新发现，圣安东尼修道院，埃及。

阿斯尤特与哈里杰大绿洲之间的荒漠。

西蒙佩特拉修道院，阿索斯山。

克里斯托弗洛斯神父与他的猫，伊维龙修道院，阿索斯山。

圣索菲亚大教堂与圣伊琳娜大教堂，伊斯坦布尔。

亚伯拉罕的鱼塘，乌尔法（埃德萨）。

加拉特西曼，高柱修士圣西米恩的教堂，叙利亚。

朱迪亚荒原中的一群绵羊。

古代堡垒，圣安东尼修道院，埃及。

巴加瓦特墓地，哈里杰大绿洲。

面，离这里不远。它的双扇大门紧锁着，门口站着三个德鲁兹
警卫，都装备着卡拉什尼科夫冲锋枪。他们围在一个烧得劈劈
啪啪的火盆旁暖手，身上的大衣很潮湿，枪支随意地在肩膀上
耷拉着。司机下了车，和他们交谈了几句，告诉他们我是琼布
拉特的朋友。他们立即鞠了一躬，随后推开大门。

　　穿过门楼，在昏暗的光线下，这座宫殿感觉像是一所过时
的剑桥大学学院：空旷只余回音的庭院一进接着一进，潮气弥
漫，有树叶落下，随后被一阵急雨冲走。在主庭院的正中央，
矗立着一座低矮的黑色大理石纪念碑，献给瓦利德·琼布拉特
被刺身亡的父亲凯末尔·琼布拉特。警卫领着我经过它，打开
手电筒，带我下了楼，穿过一条狭窄而黑暗的过道，进入通风
良好的拱形地下室，它曾经是这座宫殿的马厩和地牢。

　　警卫摸索着寻找开关。骤然间，这条巨大的地下拱廊被一
排排强力聚光灯照亮了。我原本以为这里没有太多有趣的新东
西，此刻却毫无防备地被琼布拉特保存的目不暇接的拜占庭艺
术品震惊。在此地，在墙壁上和地板上，在拱形地下室后的房
间里，在既无学者探索又不为外界所知的地方，陈列着无疑是
当今世上最华丽动人的拜占庭镶嵌画地砖，它们的生命比这座
拜占庭城市本身更为久长：三十多块大到堪比房间尺寸的镶嵌
画可以追溯到公元六世纪中期，另外还有许多小一些的碎片。
这无疑是一座古代晚期艺术的宝库，绝对是二十世纪最伟大的
拜占庭考古发现之一。

　　与同一时期的拜占庭巴勒斯坦修道院遗址相比，波尔菲列
昂的镶嵌画工人似乎较少受到首都的皇家时尚的浸染——大皇
宫的地板上那些司空见惯的、鲜血淋漓的狩猎和角斗士场面。
他们同样使用相对较大的嵌片，钟爱几何图形甚于具象画。绝

大多数镶嵌画上满是错综复杂的花式：交织缠绕的十字架构成的视觉陷阱、令人晕眩的盾牌旋涡、波浪纹饰、万字纹饰和希腊回纹。这些交错驳杂的花式能够在拜占庭的圣斯蒂芬修道院（就位于耶路撒冷的大马士革门外）里找到相似的。还有一些交缠的藤蔓状涡纹装饰，同亚美尼亚大修道院（与圣斯蒂芬修道院相距不远）里一幅可爱的镶嵌画很像。地下室里还有一幅镶嵌画，上面是一只绿头鸭和另外两只鸭子，躺在一头小羚羊身上，其风格与加利利海的五饼二鱼堂（Tabgha）里一幅描绘尼罗河风光的镶嵌画相仿。综上所述，这里的镶嵌画与巴勒斯坦的联系非常紧密，而且完全有可能来自同一家镶嵌画作坊，其业务范围包括了巴勒斯坦北部和现在的黎巴嫩南部。

　　几乎可以肯定，这种对题材略显严肃质朴的选择，是自觉回应在安条克和迦太基外发现的那种秾艳的罗马帝国晚期人行道地砖镶嵌画。在那些镶嵌画上，体态丰盈、衫垂带褶的女神与鬓发斑白的萨蒂尔追逐嬉戏，而天神和半神——赫拉克勒斯与狄俄尼索斯——则醉倒在沙发上，漫溢的酒杯高举着，比谁喝得更多：这些画面很难入得了禁欲苦修的早期基督教修士的眼。也许更意想不到的是，波尔菲列昂的镶嵌画同样与拉文纳皇家壁画那种世俗的赫赫威仪形成了鲜明对比，拉文纳圣维塔莱教堂（San Vitale）后殿的墙壁上布满了对拜占庭宫廷典仪的华丽描绘：查士丁尼帐下厌世的主教和谄媚的廷臣排着长长的队列，两侧是狄奥多拉宫中温文尔雅又好说长道短的侍女，身上披挂着黄金、珍珠和丝绸。

　　而在波尔菲列昂的镶嵌画的精神中，占据上风的显然是某种清教徒式的元素，这种精神反映了约翰·莫斯克斯一贯严肃质朴的修道院式观念。其实它们是同一个世界的产物。一些镶嵌画上的铭文表明它们的年代正好是莫斯克斯为《精神草地》收集材料的时期。其中一幅镶嵌画（上面是一串环环相扣的菱形图案，里面是熊、鹳、雄鹿和瞪羚）的铭文显示，它是公元594年（或595年）12月被委托制作的，是"为伊利亚的灵魂之安息"所作的纪念品。换句话说，约翰·莫斯克斯与他在《精神草地》里提到的那些来自波尔菲列昂的人——律师普罗科匹厄斯、奇里乞亚的佐西莫斯神父——都有可能看 234
到过这些镶嵌画的制作过程，甚至有可能踏过那些闪闪发光的新铺好的嵌片。

不过，波尔菲列昂的镶嵌画最有趣的特点，可能是其制作者对几何图案而非具象图案的强烈偏好。在六十三幅镶嵌画中，只有三幅描绘的是人物形象：一幅是一位圣女，手里拿着一块布；第二幅是一位圣徒（大概是施洗约翰）站在水里，手里拿着一根棍子；第三幅是"创造"（Ktisis）的拟人化形象，手持长矛，身边围着一群动物——公牛、熊、豹和狮子。剩下的六十幅镶嵌画，无一例外都是去偶像和非具象的。

这个特点非常重要，因为它强调了人们的趣味已从古代晚期的人文主义、逸乐和颓废，转向中世纪早期拜占庭式的漠然与内敛。这种精神直接导致了八世纪与九世纪的圣像破坏运动：这幅献给伊利亚的镶嵌画完成仅五十年后，拜占庭皇帝利奥三世就下令销毁帝国境内的所有圣像以及具象的宗教艺术作品。

拜占庭不是唯一受这种情感变化影响的政权：有一幅波尔菲列昂镶嵌画的制作年代是公元500年，这时黎凡特地区如果有一位来自麦加的阿拉伯商人，在与拜占庭修士们交谈争论的过程中，阐述他对描绘有生命的物体的看法——必然是完全不赞成的。穆罕默德后来强加给全体穆斯林的肖像画禁忌，时至今日仍影响着十亿人口。而此时此刻，在这些镶嵌画中一目了然地看到这种不安的根源，这种把对人物的刻画视为异教与淫秽的观念的根源，感觉是相当神妙的。古代晚期和早期基督教艺术作品的热情与活泼——骑手和他们的猎物、跳跃的狮子、逃跑的瞪羚、皇帝与皇后，乃至恼怒的圣徒和拉文纳洗礼堂的先知——已经让位于一种冰冷的、地毯般扁平的抽象。藤蔓中的鸟儿是静止的、沉默的、二维的，寒冬已经降临，镶嵌画变得冰冷而失去活力。纹丝不动，一声不响。安条克的酒神式狂欢和拉文纳精巧文雅的号角已归于沉寂。

235

我在贝特丁宫的地下室里待了两个小时，细细审视那些镶嵌画，为它们的严肃之美和繁复抽象得难以置信的细节而惊叹。当黎凡特地区绝大多数贸易港口迅速衰落下去时，波尔菲列昂显然仍很繁荣，这种繁荣大约与考古学家在抢救性挖掘中发现的橄榄油磨坊有关。毕竟油是一种价值极高的商品，地中海沿岸大大小小的城市都需要油来做饭和照明，油价在这个过程中被显著抬高了。自小在北非农村长大的圣奥古斯丁习惯了廉价的油料，第一次来到罗马时，他简直不敢相信灯油的价钱，并对由此造成的夜间学习费用太高颇有微词。但是，正如我周围琳琅满目的镶嵌画作品表明的那样，波尔菲列昂的商人们很好地利用了他们赚来的钱。

作为第一批看到这些镶嵌画的人之一，我激动得忘乎所以，完全忘记了时间。但外面骤然响起的巨大的爆炸声把我带回了现实世界。爆炸声在地宫里回荡了几秒钟，最后消失无闻了。

"是怎么回事？"我问警卫。

"没什么，"他正抽着烟，随口答道，"是以色列人的飞机。"

"是模拟爆炸的声波吗？"

"他们是故意弄出这声响的，"他回答，"一天一两次。"

"为什么？"

"就是敲打敲打我们，"警卫说，"提醒我们他们还在这里。提醒我们他们还有能力做什么事。"

黎巴嫩北部，10月4日

和我聊过的每个人似乎都赞成这一点：如果我想了解马龙派教徒，就必须去贝什里。

公元六世纪，这里迎来了第一批遭拜占庭帝国迫害，被驱逐出叙利亚的马龙派隐修士。一千四百年后的十九世纪末，这个小镇诞生了马龙派最负盛名的诗人和作家——《先知》的作者哈利勒·纪伯伦（Khalil Gibran）。这是马龙派教徒告诉我的关于贝什里的信息，也是我在那本相当可靠的《黎巴嫩：旅游业的应许之地》中读到的。

非马龙派教徒也说我应该到贝什里去，但另有理由。他们似乎把贝什里看作马龙派的一处罪恶渊薮，说此地是臭名昭著的萨米尔·贾贾的故乡，也是他最忠诚、最嗜杀的军队所在地。如果说在战争的最后阶段，贾贾领导了长枪党民兵在萨布拉和夏蒂拉展开大屠杀（以及在另外两个巴勒斯坦难民营，百里香山和埃因赫尔维进行的规模稍小但同样臭名昭著的屠杀），还把他的两个马龙派头号对手枪杀在床上，那么毫无疑问，许多当年在贾贾的领导下亲手实施了这些暴行的人，现在正在贝什里的咖啡馆和酒吧里悠闲地喝着薄荷茶。

我还听过另外一个故事，似乎更强调了精神病患者在贝什里的不寻常比例。它讲的是纪伯伦在临终时，把《先知》一

236

书的全部版税（高达每年一百万美元）都捐赠给了贝什里。然而这份赠礼辜负了他的良好愿景：控制贝什里的敌对的马龙派部族，凯鲁兹（Kayruz）和塔维克（Tawq）在如何瓜分这笔钱上展开了热战，这个小镇由此陷入数月之久的小规模内战，轰炸、刺杀、谋杀和激烈的迫击炮交火都时有发生。用我熟悉的一位消息人士的话来说，代表这个位于马龙派世界中心的小镇的真实面貌的，不是纪伯伦温和的谏言和劝诫，而是围绕这本神秘主义诗歌的利润展开的争斗。

237

我还有一位马龙派朋友，是个学者，现在在牛津大学教书，他也警告我要注意贝什里人粗暴宛如原始人的行为。几年前，他坐在镇上一家酒吧的走廊里，和一位同事喝着啤酒，看着夕阳西下。突然，他身后的一个阳台上传来双管高射炮的开火声，炮弹一排接一排地向空中发射。我的朋友寻思着是不是要空袭了，连忙躲到附近的一堵墙后面。但五分钟过去了，并没有飞机出现，而高射炮还没停止射击，他便一路飞奔冲上楼梯，敲那间公寓的门，想知道出了什么事。

"你神经病啊？"门一打开，他就说，"你他妈知不知道你在干什么？"

"不好意思，"那个打高射炮的男人回答，"我刚才听说我在澳大利亚的女儿生了个男孩。这是我的头一个孙辈，我太高兴了。"

黎巴嫩的公共交通貌似已经瘫痪，为了到贝什里去，我不得不再次雇努里·苏莱曼来开车，我上次去贝特丁宫就是他开出租车载我的，价钱特别贵。努里已年过古稀，曾经得过游泳冠军，他在二十世纪五十年代中了黎巴嫩国家彩票，从此一直带着人们周游黎巴嫩。他自豪地告诉我，他当年用奖金买了一辆新的奔驰车，然后开了四十多年，直到今日。

但在我出发去贝什里——据《黎巴嫩：旅游业的应许之地》的说法，它"依然回荡着纪伯伦平和话语的抚慰之声"——之前，还要在贝鲁特见一个人。菲斯克曾和我说过，反对铲平贝鲁特仅存的历史遗迹，即那个所谓的"市中心项目"的人，是一位名叫伊冯娜（Yvonne）的女士，她的头衔是科克伦从男爵夫人（Lady Cochrane）。她曾把总统雄心勃勃的重建贝鲁特的计划称作"一个弱智少年的幻梦"，此举令人印象深刻。科克伦夫人是贝鲁特一个豪门世家的族长，"科克伦"这个非常不黎凡特的姓来自她故去多年的丈夫，他之前是爱尔兰驻贝鲁特名誉领事。

当我和她通电话，她说自己住在"苏索克街苏索克宫"时，我便猜想到科克伦夫人是不会在破破烂烂的小公寓里过穷日子的。但即便如此，当努里的出租车把我载到科克伦夫人家门口时，映入我眼帘的景象还是超出了我的预想。

在贝鲁特战后的末世景象中，在随处可见的残破的六十年代建筑物——压实的、皱巴巴的、沦为白蚁窝的混凝土——的包围之下，一座完美的意大利巴洛克式宫殿惊人地拔地而起，周围是带围墙的花园。一切都保存完好，宽阔的梯田式草坪旁栽着两棵海枣树，俯瞰着阿什拉菲耶区（Ashrafiyeh）漂亮的基督教区，再往远处是地中海蔚蓝的波涛。一道双层大理石楼梯通向前门，只有貌似被迫击炮或火箭推进榴弹打中过的破损栏杆表明，战火曾波及这处小小的世外桃源。

238

一个仆人把我领进图书室。图书室的墙上挂着一幅十七世纪希腊商人的精美画像，两侧是一系列关于奥斯曼帝国城市风光的杰出油画：博斯普鲁斯海峡上的圆顶、小木舟和木制宫殿。书架上摆满了皮革装订的旧书。这边是一张十七世纪的写字台，上面是伦敦和巴黎的当季杂志。

大约十分钟后传来了轻快的脚步声，一个身材矮小但装束时髦的女人走了进来，向我伸出手。她相貌极美。在图书室半明半暗的光线下，她看上去仿佛只有四十来岁。等我们开始谈话时，我才知道她至少七十岁了，而且可能比七十岁还要老得多。

"请原谅我，"她的言语是一种老式的上流社会腔调，"r"几乎发成了"w"，"我刚刚在和律师谈话。我们和一个邻居相处得很不愉快。他最近的行为完全像个流氓。黎巴嫩的所有机构似乎都停转了。去年这个人利用职务之便，盗取我家资助的一家医院的慈善基金。现在他又想来占我家花园的一块地。你看，很不幸，我们两家的隔墙在叙利亚的轰炸中被毁了，这就是整个问题的开端。"

"您在这里遇到了轰炸？"

"好多次了。"

"谁炸的？我以为这个地方逃过了战火。"

"第一次轰炸是在 1975 年，是巴勒斯坦人干的。然后 1976 年叙利亚人进行了第二次更严重的轰炸，当时我在贝鲁特的另一头：我无法穿越绿线。最后我找了一个准备向叙利亚人行贿的人，冒着炮火带我过来。我到这里时发现房子已经严重损毁。我儿子在这里，把花园里的井水分送给在街上排着队的人们。叙利亚人切断了供水。"

"但房子还立着吧？"

"差点就塌了。这个房间被磷弹炸毁了。我回来时发现它看起来仿佛一幅超现实主义画作。整整一面墙都没了，但书柜还立着，直指天空。"

科克伦夫人皱起了眉毛："隔壁房间的枝形吊灯被炸碎了，镜面天花板毁了，我亡夫收藏的一些十五世纪的中国瓷碗也碎了。"

她站起身来，带我走向通往大厅的门。"我想我们还是非常幸运的，因为主承重柱没有被炮弹打中，否则整座房子就塌了。但纯粹是因为运气好，大多数炮弹都径直穿过走廊，进了餐厅，又从走廊的另一边打进了花园。我的边界墙给毁了。到处都是洞。"

240

"所以出了这么多事，你还继续住在这里吗？"

"哦，是的。我们在炮弹片里住了七年。随着时间的流逝，一切都可以习惯。"

"你没有整修这房子吗？"

"炮弹一直在打，这时候修它似乎没有多大意义。直到1985 年，我们才觉得有必要开始修复这栋房子。"

科克伦夫人带我走进主厅，这是一座夺人目精的十九世纪中期黎巴嫩建筑，带撒拉逊式拱门。她指着远处墙上的一块空白：一片暗影和一个铜制的挂画架，表明这里曾挂过一幅巨大的布面油画。

"我们被迫把这幅圭尔奇诺（Guercino）的画卖给大都会博物馆，"她说，"这幅画是为我的一位祖先绘制的，但叙利亚人轰炸期间我们没钱了。甚至连仆人们的工资都付不起。我慌了手脚，于是把它贱卖了。"

"那这一幅呢？"我指着一幅威尼斯运河的风景画问，"是卡纳莱托（Canaletto）的画？"

"不是。这是瓜尔迪的。但画得很漂亮，不是吗？"

科克伦夫人在起居室门外的一张小桌子旁停下脚步，桌子是巴洛克风格，爪抓球式桌脚，雕工精细。桌上有几块扭曲的金属。

"这是贾科梅蒂（Giacometti）的雕塑吗？"我问。

"不，不，这是弹片，"科克伦夫人回答，"这些都是落在房子里面的。左边的那些是迫击炮炮弹的弹片：从前常常是六颗炮弹一齐呼啸着穿过屋子，声音非常可怕。我们把这些东西保存下来只是为了提醒我们曾经经历了什么。"

我们在一张桌子旁坐下，科克伦夫人叫仆人上咖啡。接着她开始谈论她对贝鲁特重建的看法：贝鲁特曾是一座绿色的奥斯曼花园城市，现在应该试图回归那种理想，而不是往一个中东版本的香港去发展。她认为，黎巴嫩人的野蛮部分是由于建筑的野蛮。

"从前人人都有自己的一片绿地，无论贫富，"她说，"工人在上班时有盼头：到了晚上，气氛宁静，他和家人围坐在一口小喷泉旁，周围是馥郁的芳草地。现在他只能回到贫民窟的一个混凝土盒子里。儿女们大喊大叫，电视吵得刺耳。难怪黎巴嫩人在二十世纪七十年代变得暴躁和好斗起来了。"

仆人用托盘端着咖啡走了进来。科克伦夫人给我倒了一杯。这时电话响了，仆人去接电话，一分钟后他回来了，对着女主人耳语了几句。她露出灿烂的笑容。

"好，好，"她说，"是我的律师打来的。他说我的邻居刚刚接到命令，要求他停止在我家的花园里盖房子。啊，现在的生活可真是艰难！黎巴嫩即使稍微有点文化人，现在也只剩下极少数了。内战之前的生活是有艺术的：画家、音乐家、演员。现在，大批有头脑和有良心的人——最优秀的黎巴嫩人，基督徒与穆斯林，要么已经走了，要么正准备走。有三十万马龙派教徒——占整个马龙派人口的三分之一——在战争期间逃离了中东。我们身边只剩下那些最底层的人了。"

"您是马龙派教徒吗？"

"我是希腊东正教徒，"科克伦夫人回答，"我家是从君士坦丁堡来的拜占庭人：苏索克（Sursock）这个名字是'伊萨克爵爷'（Kyrie Isaa）这个词的变体。他们在 1453 年君士坦丁堡陷落时离开，在朱拜勒附近定居。"

我问她，她认为马龙派教徒应该为黎巴嫩发生的事承担多少责任。

"黎巴嫩兴也因为马龙派，亡也因为马龙派，"科克伦夫人回答，"如果没有他们，黎巴嫩一开始就不会出现。如果有他们，且他们一直这样下去，黎巴嫩就要走向末路。当然，战争把每个人最坏的一面都暴露出来了。穆斯林变成了恐怖分子，基督徒变成了黑手党——绑架、抢劫、敲诈勒索，等等。起初他们是那么勇敢、那么尊贵：我们心甘情愿地给他们纳税，为了他们把我们自己的儿子送上战场。但到头来我们还是分道扬镳了：他们都是贾贾这样的人。歹徒。"

"我马上要去贾贾的地盘——贝什里——今天下午就走。"

"好吧，那你得小心。"科克伦夫人轻快地说。

"何出此言？"

242

"战争期间，我儿子阿尔弗雷德去贝什里看望朋友。半路上被马拉达（Marada）民兵拦了下来。他们用枪指着他的脑袋，把他绑在树上。阿尔弗雷德在伊顿公学念书时很快就学会了如何摆脱殴打，此类经验在这种场合很管用。他们说要处决他。他不停地对他们说，他和弗朗吉亚（Franjieh）一家是老熟人——弗朗吉亚是黎巴嫩前总统的姓——还说他此行是要去和他们共度周末。当然，这肯定是他临时编的，但这个谎最终还是奏效了。绝大多数民兵不相信他，但阿尔弗雷德继续细数他那些有头有脸的马龙派朋友，最后，一个民兵萌生了惧意。其他人说：'我们先打他一枪，然后再审。'但那个人说：'不行，我们得给弗朗吉亚家打个电话，看看他怎么说。'然后他们真的打了。

"幸运的是，是前总统苏莱曼·弗朗吉亚本人接的电话。当他听说阿尔弗雷德是被他们邀请去度周末时，表现得有点吃惊，但他让民兵马上释放阿尔弗雷德。第二天，他的儿子罗伯特·弗朗吉亚给我们打了电话。他和阿尔弗雷德还在娃娃车里时就认识了。罗伯特说：'我很抱歉，阿尔弗雷德。真不走运。你不来吃午饭吗？'"

"阿尔弗雷德怎么说？"

"他说：'非常感谢，罗伯特，但今天不行。我恐怕有点忙。'"

巧的是，在我离开英格兰之前，一位记者朋友把罗伯特·弗朗吉亚的电话号码给了我。科克伦夫人的故事激起了我的兴趣，在离开贝鲁特前往贝什里之前，我给他打了个电话，他邀请我本周晚些时候去和他共进午餐。和阿尔弗雷德不同，我接受了。

从贝鲁特向北的主干道紧挨着海岸。我们的右边是陡峭的悬崖峭壁，左边是一排新建的海滨高楼大厦。车子驶过港口，那里的推土机将成堆的碎石和钢筋混凝土推入大海，随后我们缓慢地穿过堵得严严实实的车流，经过朱尼耶的赌场、夜总会和餐厅。我们朝北走了一小段六车道的高速公路，沿途装饰着很多奇怪的路标和路牌。由于黎巴嫩的道路通常没有任何标记（或者交通灯、路标或具有相应功能的灯光），我对那些由文字和符号组成的复杂网络感到困惑，问努里那是什么。 243

"它们是给飞机用的，先生。"

"不好意思，我没听清？"

"飞机，先生。战争时期贝鲁特机场在前线，空军搬到了这里。这边是主跑道，另一边是停飞机的地方。"

刚过朱拜勒这个曾以放纵狂欢的阿施塔特（Astarte）崇拜而闻名地中海的地方之后，我们转进内陆，驶入一条黑暗而狭窄的河谷，这里除了瘠薄的荆棘和荆豆外寸草不生。坡变得越来越陡。很快，河谷变成了一个大裂口，近乎垂直的悬崖从我们两边拔地而起。在一些小岩架上，能看见早期马龙派隐修士的石制小礼拜堂，它们年代久远，龟缩在岩层底下。其中一些比较方便到达的礼拜堂，后来被人简单地整修过门面。另一些则高居深渊之上，似乎只能用绳子才能上去，岩壁上的一个个口子仿佛大张的嘴。

我们周围的地质情况十分古怪，令人头疼：古老的岩层被撕裂、扭曲、拧结，仿佛被车裂的尸体。我们开得越远，脚下的峡谷就变得越深，直到我们发现自己是在一条羊肠小道上蜿蜒前行，下方深不见底。旁边没有防撞护栏。偶尔会出现一个带石制小礼拜堂的小村子，紧挨着我们和深渊之间的岩架。气温越来越低，没过多久，我们就穿过了雪线：起初只是一片轻柔的雪尘，落在山脊和梯田上，随后越来越厚的雪层盖住了人行道，盖住了屋顶上的石板。我们的车速降到了最慢。

接着，在离最近的房屋几英里远的一个偏僻转弯处，我们突然遇到了一处路障。一队冷漠的叙利亚伞兵把守着它，一旁站着两个便衣秘密警察。努里摇下车窗，回答了秘密警察提出的一长串问题。最终我们被放行了，我问他刚刚警察都问了些什么。

"他们问我你是谁。然后问了我的情况。"

"那你怎么和他们说的？"

"我说我叫努里·苏莱曼，是运动员和游泳冠军。我告诉他们我曾经两次泅渡英吉利海峡，要是不信的话可以在贝鲁特随便找个人问：每个人都知道我的这一壮举。那个叙利亚人说他也是个运动员。然后我告诉他，1953 年，是我开车载弗兰克·辛纳屈和爱娃·加德纳去了巴尔贝克。"

"他怎么说？"

"他说：'弗兰克·辛纳屈是谁？'"

我们在渐暗的日光中继续蜿蜒前行，越爬越高，进入卡迪沙山谷（Qadisha Valley）。道路的一些拐弯处立着圣母的圣祠，映着满地积雪，每座圣祠顶部都有一个小小的铁丝十字架。周围一个人也没有，寒风呼啸，但大部分圣祠外都点上了蜡烛，烛火在里面的雕像上投下闪烁摇曳的阴影，点烛人是谁却不得而知。

厚厚的积雪覆盖了一切，我们途经的村落静得出奇，百叶窗紧紧地关着，街道上空无一人。努里说，这些村子原先都是贝鲁特富人们的避暑胜地，但现在富人们已经离开这个国家，没有人再到这里来了。这些城镇已经过气近二十年了。

贝什里坐落在山谷的尽头，沿着谷口绵延开去。经过二十年的战争，这个黎巴嫩首屈一指的滑雪胜地如今只剩下一家旅馆。旅馆的门关着，灯也没开。我们只敲了十分钟的门便把看门人喊醒了。他把我们放进来，然后就消失了，将我们留在黑暗之中，而他打着手电筒去开柴油发电机。灯终于亮了，一脸惊奇的主人把我们领上楼。他说已经有一个月没人来住店了，上次来外国客人则是四年之前。

起初旅馆里简直冷得叫人受不了，但不到半小时，柴巴特先生就在楼下的壁炉里生起了熊熊的篝火，而他的妻子给努里和我做了热汤。很快我就带着日记本、两个热水瓶和半瓶威士忌到床上去了。我靠在床上把酒喝了，没脱衣服，身上盖着两英尺厚的毯子和鸭绒被。

贝什里，10 月 5 日

今天早晨，从没有窗帘的窗户里照进来的阳光把我弄醒了。这是一个晴朗的冬日。我套上夹克，走到阳台上欣赏风景。

我们来的时候是夜里，因此丝毫没有察觉到贝什里惊人的地理位置。它龟缩在高峻的雪峰和卡迪沙山谷黑暗的深渊之间的一处狭窄岩架上。红色屋顶的石头房子沿着悬崖的边缘向两旁延伸，中间偶尔会凸起一座马龙派教堂的双子塔。所有的教堂和小礼拜堂都是按照法国殖民时期的仿哥特风格建造的。的确，整个贝什里都有一种不可避免的法国腔调，使它看起来如同深冬时节奥弗涅某个偏远的温泉浴场。只有这非比寻常的地质特征，才让这一幕必定是出现在亚洲而非欧洲。

245

　　我在餐厅的炉火旁喝了一杯浓浓的土耳其咖啡。然后，我给努里留了一张便条，让他当天下午晚些时候来山谷底部接我。接着我步行前往卡迪沙，即马龙派教徒的圣谷。

246　　夜里下的雪把贝什里的街道堵了，镇上的生意人们涌上街头，清扫店铺外的人行道。出城的路沿着悬崖的边缘，经过峡谷的尾部，我走这条路出了城。路的一旁是一片果园，树上结满了又硬又凉的苹果。我在这里离开大路，沿一条陡峭的小径往下走。它沿着峭壁极速下行，绕着悬崖锯齿状的轮廓蜿蜒游走，形成一系列令人头晕目眩的急转弯。半路上，我看见三个樵夫坐在路边的一截树干上抽烟。他们指着山谷下面的大海，告诉我老牧首教堂如何走。他们说它位于峡谷下游四英里处，我只要沿谷底顺着河流一直走就行了。

　　谷底冰冷而潮湿，仿佛从来没有被太阳照过。悬崖边的岩石上长满了厚厚的苔藓和陌生的灰色地衣。一群无人看管的长毛山羊正在河边的一个小水草场里吃草。在高处，中世纪早期的隐修士们那被火烧黑的洞穴像燕子窝一样悬在岩石上。

　　小路从泥泞的褐色河流和岩壁之间穿过，其间夹杂着一团被落雪覆盖的荆棘和蔓生植物，藤蔓与气生根偶尔会从我脸上拂过。山谷另一边的阶梯状坡地上时不时会出现一栋房屋的露台，但这些露台总是关着的，空无一人。走了一英里左右，我路过一只小山羊的尸体。它的前半部分很完整，但背部已经被吃掉了，可能是被一条狗或一只大猛禽吃掉的。它的鲜血染红了四周的雪泥。山谷里黑暗潮湿，静得出奇。两边悬崖高耸陡峭，我加快了步伐。

　　我走了四英里后，终于来到一块临时设立的标志牌前，上面潦草地画着一个箭头，还有一行字："请保持安静！"我沿着它指的方向离开这条小路，沿着另一条小路向右走去，穿过一片茂密的冷杉和白杨树林。走了不到一百码，便看到一棵高大的无花果树的树荫下，矗立着那座古老的马龙派牧首教堂。它有一部分建筑修在峭壁里，周围散布着一些朴素的石头建筑：一排修士居室、一座教堂、一些作坊、一座厨房和一座钟楼。和山谷里的其他建筑一样，它的门也关着，静悄悄的，阴森得出奇。唯一的生命迹象是一条大蜥蜴，当我爬上通往修士居室的台阶时，它从墙上的裂缝里窜了出来。

247

　　这就是当时马龙派世界冰冷的中心了：一座修道院，据说是由四世纪的拜占庭皇帝狄奥多西大帝建立的，一千年来，它是一个遭到迫害的教会（在拜占庭人眼中是异端）的牧首教堂。卡努宾的偏远对于一座处于守势的教堂来说是合适的，但随着马龙派的势力在十八世纪不断壮大，这转而成了一种障碍，1820 年，它的主导地位被贝鲁特悬崖上的贝克尔克修道院（Bkerke）取代，最终在二十世纪初遭到废弃。它仍是马龙派教徒的圣地，但现在似乎没有人再到这里来了，门都是锁着的，也许是为了防止马龙派的敌人亵渎他们最神圣的遗物。

　　走了这么长一段路后却发现到处都不开门，我十分郁闷，烦躁不安地把这片建筑群的门都敲了一遍。正当我准备放弃的时候，注意到有一段狭窄的楼梯沿着一座小礼拜堂的外墙一路向上，我发现从最上面那级台阶可以攀上一扇窗户，它的百叶窗是开着的。我把手撑在窗台上保持平衡，向下望着没有灯光的室内。

　　里面一片漆黑，只从一扇窗户里透出微弱的灯光。当我的眼睛适应了黑暗之后，逐渐辨认出一个半地下的拱形房间，四周靠墙散放着一些大型的教会用木材。我想既然已经穿过了漫长的悬崖和山谷，有必要去探索一番。于是我在祈祷片刻之后，跳进了漆黑的地宫中。

我在黑暗中跌落了十五英尺，重重地摔在泥地上。我缓过气后开始摸索墙壁，但没摸到有电灯的开关，门是锁着而非闩着的。我打不开它们，于是仍然被困在黑暗中。随着一阵吱吱的响声，两扇百叶窗中的一扇被风吹得关上，里面变得更黑了。

不过，我的眼睛还是慢慢适应了这种深沉的黑暗，我摸到一个东西，发现它是一座很大的金属烛台。烛台里面铺着一层细滑的沙子，上面燃着一排还愿蜡烛。烛台旁边是一个裂开的白色十字架。除此之外，在房间中央，有一个低矮的长方形大箱子，下面是四条矮而宽的腿。箱子两边各有两个黄铜顶的烛台，放在木台上。箱子顶部是玻璃做的，看上去很像一个老式的博物馆陈列柜，只是要矮得多。我走过去，拂去一层薄薄的蜘蛛网，透过玻璃往里看，想着能不能看清里面装的东西。

箱子那一头是几件带精致蕾丝的教士法衣，上面放着一条闪闪发光的金丝披肩。蕾丝有些皱了，我把脸凑近玻璃，注意到有一根棍子似的东西从底下伸出来。然后我意识到那是一根腿骨，我终于明白我眼前的是什么了——我隔着一层玻璃棺、一层薄薄的面纱，同一位早已过世的马龙派牧首的干尸对视着。他仍然头戴镀金的冠冕，瘦削的面庞微微侧向一边，使五官迎向窗外的光线。他的肌肤像陈旧的皮革一样坚韧。干硬皱裂，布满了细小的裂缝和孔洞，但五官的保存状况非常好：高高的颧骨，左耳扁平，像旧皮带的搭扣处一样皱缩，薄薄的嘴唇微微张开仿佛在微笑，露出一排令人不安的白牙。

然后，远远地，我听到贝什里传来的晚钟声。它把我从恍惚中拉回，提醒我夜晚即将来临。我踉踉跄跄地走到墙边，欣慰地发现石头上有许多裂缝以供落脚和攀援，我才得以爬出地宫。两分钟后，我眨巴着眼睛出现在空地上。此刻已是傍晚了，我计算了一下，在夜幕降临之前，我还有不到一个小时的时间可以爬上悬崖，进入山谷。我在裤腿上擦掉手上的蜘蛛网，稳住自己不慌，但很快就发现自己还是跌跌撞撞地沿着河岸朝那条小路跑去。

起初，我沿着小路慢跑回去，急于在天黑之前爬上悬崖，离开山谷。但一刻钟后，我已筋疲力尽，决定在路边的老树墩上歇歇脚。

我坐在那里，把刚才看到的东西草草写在笔记本上，这时，我突然听到身后传来树枝折断的声音。我吃惊地转过身去，看见一个留胡子的老人，穿着粗糙的黑袍，在不远处的树丛中盯着我。我们站在那儿，沉默地对视了片刻，他开了口，声音低沉："你是谁？"

我做了自我介绍，又问他是什么人。

"我是隐修士，"他沉默了一会儿，答道，"黎巴嫩的最后一个隐修士。也许是近东的最后一个隐修士。"他说这话的时候，脸上掠过一个骄傲的微笑。"你呢？你是基督徒吗？是天主教徒？"

我点点头，他示意我过去。他握住我的手，仔细地注视着我的眼睛。他年老体衰，手指细长，皮肤非常白，长着一张极其温柔的脸。

"来吧。"他带我走过一条狭窄的林荫小道，地上落满了松针和橡子。他拉开一扇粗糙的小门，领我来到他隐居的地方：一座依山而建的小石屋，带一间古老的洞穴小礼拜堂。一

249

边是一片橄榄树林，面积很小，但照管得很好。

"前一个隐修士在奥斯曼帝国时期种下了这些树。"这位隐修士说。

他打开小礼拜堂的门，示意我进去。里面非常冷，但摇曳的烛火从圣所的圣像上反射出一点微弱的光来。

"三十五年、四十年来，这里根本没有隐修士，"老人说，"现在我是唯一一个。"

"你是什么时候开始做隐修士的？"

"1982 年 5 月底，圣灵降临节那天。在那之前我是科沙亚（Koshaya）的圣安东尼修道院的院长，它就在山谷的下游。后来我要求辞去修道院院长一职，去做隐修士。"

"为什么？"

"这是一种使命。隐修士是基督徒生活的最高形态。不是每个人都能做到。对我来说，与我的教友们分离、吃素，以及靠自己一个人生活是非常困难的。而最难的地方在于隐修士祈祷所用的马龙派礼拜仪式——安条克的古代隐修士礼拜仪式——规定每天都要进行长时间的祈祷。"

"多长时间？"

"每天超过八小时。隐修士的每一天都应当在祈祷和阅读属灵书籍中度过。根据圣安东尼的规定，隐修士每天只能休息一小会儿，用来照料他的葡萄、橄榄和蔬菜。不是每个人都能过这种生活的。"

"会日渐容易些吗？"

"每一天都很难。对所有隐修士来说都是一样的。你越接近主，敌人对你的攻击就越多。那些心甘情愿活在罪孽里的人，是不会像那些一心向主的人一样受到魔鬼的诱惑的。对于隐修士来说，诱惑伴随你终生。但随着时间的流逝，你会觉得自己在进步。你确实会感到自己离主越来越近了。"

我问为什么一定要通过离开修道院来实现这一点，独自一人的好处在哪里。他指向墙上的一幅小小的圣安东尼像。"沙漠教父们有一句话，说在波动的水中不可能看到自己的脸，灵魂也是一样：在外来的想法和杂念的干扰下，不可能在沉思中向上帝祈祷。就像一对情人，他们在谈情说爱时是希望独处的。他们不想待在人群之中。"

"你生活得快乐吗？"

老人思考了一下，随即回答说："是。快乐。但只是因为这种生活很艰难。正因为此，当你成功时才会感到极度的喜悦。沙漠教父们还有一句话。他们说做一名隐修士就像点一堆火。一开始冒烟，把你的眼睛呛得流泪，但接下来你就能如愿以偿了：烟雾消散之后，光和热就来了。隐修士就是如此。对于那些想要接近主、点燃他们内心神圣的火焰的人来说，一开始的时候，会很艰难，有许多工作等着他们。起初他们感到孤独和沮丧。但在那之后，会有一种无法言喻的、感知到主的存在的欢乐。"

251

他停了下来，看着我。然后说道："当然了，每个人的生活中都有烟雾：误解，困难。每个人一定都背负着十字架，不是木头做的十字架，而是每天的烦恼的十字架。有些人假装没有困难，但事实并非如此。每个人都有自己的问题。"

我想起了他所居住的山谷里的种种困难，便问他战争是否波及他的生活。

"没有，"他回答，"战火没有烧到这里。这座山谷属于圣徒，受上帝的庇护。我从不担心。虽然基督徒犯了许多错误，但我并不害怕。我知道我们仍然是受庇护的。"

"如今有这么多马龙派教徒移民国外，你为此感到担心吗？他们现在算是黎巴嫩的少数群体吗？"

"我希望其他人能够回来。但这是政治。这不是属于我的世界。无论发生什么事，我都会留在这里。我是上帝的囚徒。我无法离开这个地方。"

我担心天色已晚，于是向他道别，跌跌撞撞地沿着小径走到山脚下的小路上。我在渐浓的夜色中沿路前行，直到看见一对车灯缓缓向我驶来。是努里，他担心我迷路了。当我们回到贝什里时，我才意识到，我一直没有问这位隐修士的名字。

贝什里，10 月 9 日

卡迪沙山谷曾因圣徒辈出而闻名，但如今却因盛产基督徒军阀和黑手党声名远播：贝什里出了贾贾，峡谷下游二十英里处的扎加尔塔（Zghorta）出了弗朗吉亚家族，黎巴嫩最具权势的军阀家族之一。贾贾现在正准备受审，但弗朗吉亚一家仍在他们的封建堡垒里过着奢华的生活，在那里追思他们家族最了不起的人，"斯芬克斯"苏莱曼·弗朗吉亚，黑手党教父、大屠杀刽子手、黎巴嫩前总统。

当代黎巴嫩史中随处可见关于苏莱曼·弗朗吉亚的暴行的故事。有人说他曾吹嘘自己亲手杀过多少人（有个版本说七百人），有人说他让他手下的暴徒每月郑重其事地枪决一个的黎波里穆斯林，目的仅仅是提醒镇民黎巴嫩北部是谁的地盘。他最广为人知的一桩暴行发生在与马龙派政敌杜埃希家族（the Douaihys）的仇怨中，在他眼里，这个家族已经开始染指他的政治领土。这场争斗的高潮，是弗朗吉亚的打手在杜埃希一家去离扎加尔塔不远的地方参加安魂弥撒时屠戮了他们，有目击者称苏莱曼本人上了场。这个故事各版本有所不同，但一致的地方是，葬礼期间发生了一场激烈的枪战，两个敌对家族的打手从柱子后面和忏悔室里拔枪对射，几名主持葬礼的神父在交火中被劫持，最后丧生。杜埃希家族损失最为惨重，至少有十二人被杀（可能多达二十人）。最后，四十五名弗朗吉亚家族的打手被捕，苏莱曼被迫流亡叙利亚，寻求阿拉维派的朋友——阿萨德家族的保护。苏莱曼对其中一位名叫哈菲兹的年轻空军军官格外友好。十二年后的 1970 年，在苏莱曼获得赦免并获准返回黎巴嫩很久之后，哈菲兹·阿萨德在大马士革发动政变，夺取了政权。

同年，苏莱曼意外地当选黎巴嫩总统。据说，他的打手在一名支持他的警察的协助下偷偷潜入议会大楼，用左轮手枪迫使议长投了赞成票，他才得以成功当选。苏莱曼·弗朗吉亚以其一贯的作风，在内阁里塞满了他的亲朋好友：扎加尔塔市长从花展策划人一跃而至信息部长；其密友伊斯坎德尔·加内姆（Iskander Ghanem）成为军队总司令；苏莱曼的长子托尼·弗朗吉亚（Tony Franjieh）当了邮电部长。后来战争爆发时，托尼被派去管理弗朗吉亚家族的私人马拉达民兵组织，在任上以行事残忍出名：有一次，四名马龙派教徒被人杀害，为报复此事，他一天之内在马特恩（Matn）地区屠杀了三百名穆斯林。托尼我行我素，直至遇刺身亡——他在弗朗吉亚家的夏宫中死于一场夜袭，主使是他的两个马龙派政敌，巴希尔·杰马耶勒和萨米尔·贾贾。

这次突袭的故事非比寻常，它比任何事都更清楚地揭示了二十世纪黎巴嫩政治文明外衣下的中世纪封建制度的本质。正如琼布拉特的进步社会党，本质上只是一个德鲁兹教徒像支持封建领主一样支持琼布拉特家族的机制。杰马耶勒、贾贾和托尼·弗朗吉亚之间的争斗，表面上是两派对立的基督教民兵，即杰马耶勒和贾贾的长枪党与弗朗吉亚的马拉达民兵之间的争权夺利，前者想把黎巴嫩按宗教派别划片，而后者则希望保持黎巴嫩领土完整。但事实上，他们争端的真正根源是更原始的东西：贾贾的老家贝什里，与往西四十英里的弗朗吉亚的地盘埃登和扎加尔塔之间延续一个世纪的血仇。

今天早上，当我和旅馆老板柴巴特先生一起吃早饭的时候，他向我解释了这一世仇的始末。"大约一百年前的某个时候，某处海滨村庄里，一个来自贝什里的贾贾家族的女人正在给她的小孩喂奶。从埃登来了两个骑马的人，在她家门口停下，她给他们倒水，喂他们的马。他们没有向她表示感谢，而是杀了她的狗，把它扔进井里。然后把孩子撕成两半，开枪把母亲打死了。消息传到贝什里，神父鸣钟召集人群，大家聚集在教堂讨论他们应该采取何等对策。最终他们想出了一个计划。"

"什么计划？"我问。

"他们走到埃登。放火把这个城镇烧掉了。然后又杀了很多居民，"旅馆老板赞许地点点头道，"从那时起，这两个城镇就结下了仇怨。黎巴嫩有句谚语：'我爷爷的敌人永不可能做我的朋友。'"

我告诉他我这天早上就要去埃登，他扬起了眉毛："那你可要小心点。贝什里是明枪，埃登则是暗箭。我们有一句谚语：'你可以在埃登吃饭，但一定要在贝什里睡觉。如果在埃登睡觉，他们会趁你睡着的时候射杀你。'"

然而，种种说法都表明，杰马耶勒和贾贾在率领突击队突袭埃登当晚，对托尼·弗朗吉亚所做的就是背后偷袭的行为。1978年6月13日，贾贾在朱尼耶集结了他手下一千人的长枪党兵团，夜里驱车进山。另一支约两百人的部队从贝什里过来。总共有一千两百名长枪党人参与此事，他们全副武装，装备了机枪、大炮和火箭弹，由两支敞篷吉普车队运送。

不到凌晨四点，来自贝什里的负责声东击西的部队首先发动攻势，伏击并杀死了被第一声战斗惊醒的民兵。这把守军从埃登的中心地带引开，使得弗朗吉亚家的夏宫完全暴露在进攻者面前。此刻托尼·弗朗吉亚正在夏宫里睡觉，贾贾亲自率领长枪党主力军队投入战斗。战斗不到一刻钟就结束了。贾贾的部队很快战胜了余下的零星卫兵，包围了这座建筑。在短暂的交火中，弗朗吉亚把贾贾的肩部打成重伤，但很快手榴弹结束了一切。当突击队员撤离的时候，托尼·弗朗吉亚和他家里的所有人都命丧黄泉。

我向旅馆老板指出，把一个人从床上弄醒，然后把他和他睡眼惺忪的家人全杀了，这似乎并不符合贝什里"放明枪不放暗箭"的高尚传统。但他只是耸了耸肩，说道："贾贾是一个非常高尚、非常圣洁的人。我们为贝什里出了这样一个人感到非常骄傲。"

我又列举了一些我听说的贾贾的罪状：和杀死托尼·弗朗吉亚一样，贾贾不光彩地在夜里谋杀了他的另一个基督教政敌丹尼·夏蒙（Dany Chamoun），以及他的妻子和两个年幼的儿子（两个孩子身中二十七弹）；在朱尼耶炸毁基督教堂（据说是想让教皇离这里远点，或者是想说服国际社会相信黎巴嫩的基督徒受到邪恶的穆斯林极端分子的压迫和恐吓）；对舒夫的

255

德鲁兹教徒进行大规模谋杀与恐吓等。

"你不应该相信人们对萨米尔·贾贾的评价。"他说。

"但你总不能管他叫圣人吧。"

"当然可以,"他颇为严肃地说,"他每天都去做弥撒,每晚都在床边祈祷。无论他身处何方,无论他在哪里战斗,都会在当地建教堂。每年圣诞节,他的部队都希望得到现钱作为礼物,但他却送给他们祈祷书和念珠。他每周都去忏悔。他从不在没有十字架的情况下参战。他的办公室里总有一幅圣母像和一个十字架:绝对没有切·格瓦拉像或类似的东西。"

早上十点,我们离开了贝什里,沿着一条曲折的山路朝西北方向行去。沿途风景壮观,车子蜿蜒穿过雪山和高山草甸,朝沿海平原和海岸线的蓝色薄雾前进。只有接二连三的叙利亚军队检查站暗示着该地区曾发生的冲突。

256 在埃登,叙利亚坦克在法国殖民时期建造的邮局外排成一排。我让努里带我去袭击现场看看,我们把车停在夏宫外门的一名中年男子后面,向他询问确切的方向。他主动提出要亲自给我们带路。当他坐进车里时,我才注意到他随身携带的是什么东西:不是我一开始猜的雨伞,而是一把泵动式猎枪。

"你是保安还是别的什么人?"我心里一惊,问他。

"不是,"那人回答,"我正要去射击。"

"射什么?"

"猫。"

"猫?"

"猫。我讨厌猫。"

"为什么?"

"因为我喜欢狗。我喜欢能打架的狗。我家有两只杜宾。"

他思考了一秒钟,又说:"猫是有害的动物。"

车开进了弗朗吉亚家的夏宫的大门,这位杜宾犬爱好者指挥我们绕开正殿,去旁边一间小小的平房。

"这就是托尼当初在睡觉时遇袭的地方。"他说。

"你当时在场?"我问。

"没有,我在伦敦。当时是盛夏时节。贾贾只是侥幸得手,因为大家都不在。他们有上千人,可留在这里护卫托尼的只有两个卫兵。"

那人往地上吐了口唾沫,指着院子里的警卫室。"他们把吉普车停在那里,步行走完了最后一段路。贾贾和他的上司巴希尔·杰马耶勒站在那里指挥全局。托尼听到了声响,及时醒来来到厨房,开枪打死了六个人,打伤了贾贾,然后他们用手榴弹把他炸死了。要是没有手榴弹,他们永远也杀不了他,"他愤怒地拨弄着猎枪的保险栓,"他们是懦夫。他们杀了托尼之后,还到屋里枪杀了他的妻子、女儿、女仆,甚至连狗也不放过。这真不是人能干出来的事。他女儿才三岁,像个小天使。后来他们在她的身体和头部找到了三十个弹头。什么样的人能干这种事?"

"没有人抵抗吗?"

"当然有。我们的人听到枪声后,从房子里冲出来,看发生了什么。与此同时,从扎加尔塔来了一些援军。尽管我们大多数人只拿着刀和猎枪,但还是干掉了很多长枪党人。他们一看到贾贾受伤,就和胆小鬼似的溜了。他们丢下吉普车和枪就跑。过了好几天，我们还在山上追杀他们。"

他把我带到那间平房，指着他所说的孩子的卧室周围的弹孔。

"他们中的大多数人肯定是吸毒了。正常人根本干不出这样的事情。你能对一个三岁的孩子痛下杀手吗？不能。没人能。只有畜生才能。但如果你吸毒了，那应该可以。也许吧。也许。"

在听闻山里各个基督徒军阀的火力之后，我在去扎加尔塔的路上想着我会在某个带城垛的黑手党要塞里和弗朗吉亚一家吃饭。事实证明，我大错特错了。

弗朗吉亚家族现存的成员住在一栋优雅的新殖民风格别墅里，这栋别墅建于二十世纪七十年代，四周环绕着青翠茂密的棕榈树林。我被一个老仆领进了门，来到一间带彩色摩尔式拱门的接待室等候。接待室的墙上装饰着奥斯曼帝国的匕首与毛瑟枪，还有拜占庭的镶嵌画碎片和做工精美的土耳其壁毯。屋子的一边是一排排椅子，足以容纳三四十个仆人来向他们的封建领主表达敬意。

258　　弗朗吉亚家的人同样令我惊讶。尽管他们最近还拥有一支庞大的私人武装，沉溺于血腥的纷争，经营着黎巴嫩最强大的黑手党网络之一，但我的东道主的一言一行都表明，他们不过是和善而富裕的乡下地主，你要是在地中海沿岸的其他地方遇见他们，大概会相处愉快。做东的是托尼的弟弟罗伯特，他举止温文尔雅，颇有艺术才能。我们共同的朋友曾告诉我说，罗伯特和他已故的父亲完全不同：他很不情愿从政，自愿将家族的马拉达民兵的控制权交给了他的侄子，也就是托尼的儿子。虽然听人这么说过，我的确还是没想到他会是这么一个聪明而富有同情心的人物。他的母亲、苏莱曼·弗朗吉亚年迈的遗孀也完全不是什么恶人。午饭时我坐在她旁边。她和她的两个已届中年的女儿一样，活泼开朗，性情和顺。我们在一张大桌子边坐下，一溜弯着腰的仆役把一道道开胃菜呈上来，这时弗朗吉亚夫人礼貌地闲聊了几句她之前去英国的事。

"哦，威廉先生，"她给我斟了点亚力酒，说话时带着浓重的法国口音，"我小时候住在亚历山大港时，每天最想听到的就是你们的大本钟的声音。大本钟的声音太有名了：我们这些女学生除了它很少谈别的。现在他们当然已经把它修过了，声音和以前不一样了。他们试图调回去，但也无能为力。我已故的丈夫当总统时，我们去了布里斯托尔和朗利特庄园①：太美了。黎巴嫩和埃及没有这样的地方。还有你们的王室。啊！英国女王：多么有风度的人物。她的儿子怎么能写这本书②，讲爱丁堡公爵③的坏话呢？我从前是很喜欢查尔斯王子的，但现在……"

弗朗吉亚夫人一生中最辉煌的时刻——从她谈论的频次来推测——是1971年，她和她的丈夫到波斯波利斯参加伊朗国

① 朗利特庄园（Longleat）位于英格兰西南部，是巴斯侯爵的家族庄园，以园林闻名。——译者注
② 此处"她的儿子"指威尔士亲王查尔斯，"这本书"指出版于1994年的查尔斯个人传记《威尔士亲王传》（The Prince of Wales：A Biography），作者是乔纳森·丁布尔比（Jonathan Dimbleby）。——译者注
③ 即英国女王伊丽莎白二世的丈夫菲利普亲王（Prince Philip, Duke of Edinburgh）。——译者注

王举行的那场著名盛会，其名义是纪念居鲁士大帝建立波斯帝国两千五百周年。

259 　　"国王！多么富有魅力的男人。多么英俊！多么优雅的举止！国王的宴会上有那么多迷人的人物：安妮公主①（多么优雅！）、铁托先生（一个大人物！）、布托先生②和他美丽的妻子、阿萨德夫人（不擅交际，很少说话）、萨达特夫人③（一直在说话）……那个年代的政治家更加老练娴熟。现在这位克林顿——简直是只马戏团的猴子，不是吗？他还没有从树上下来呢。当然，我是在亚历山大港长大的，所以习惯了国际化的社会。啊！我年轻时的亚历山大港什么人都有：希腊人！犹太人！英国人！跳舞！美丽的酒店！塞西尔，温莎，大都会……格洛比咖啡馆（Groppi）的巧克力冰激凌！啊！当然，那个时候的孩子们都很尊敬他们的父母。我们总是等父母把他们的冰激凌吃完了我们再吃。但现在的年轻人……除了我亲爱的罗伯特，被他的母亲欺负的罗伯特，是不是，小宝贝？"

　　后来，等弗朗吉亚夫人说完了话，女士们离席去午休。我独自留下来和罗伯特聊天。

　　他说："战争爆发时我在读大学，学的是建筑。我只想开始我自己的生活。可突然之间，这种奇怪的思想传播开来：一切都被分化成基督徒和穆斯林两个阵营。我这一辈子都没问过别人是不是基督徒。突然之间，你不得不放弃你生活中一半的

---

① 即英国女王伊丽莎白二世的独女安妮（Anne, Princess Royal）。——译者注
② 即巴基斯坦前总统佐勒菲卡尔·阿里·布托（Zulfikar Ali Bhutto）。其长女贝娜齐尔·布托曾任巴基斯坦总理。——译者注
③ 即埃及前总统穆罕默德·安瓦尔·萨达特（Mohamed Anwar el-Sadat）之妻贾汉·萨达特（Jenhan Sadat）。——译者注

事物：你的朋友，你熟悉的地方。我的朋友里穆斯林比基督徒还多。但战争爆发时，我就突然见不着他们了，不能和他们说话了。

"目睹这种歇斯底里的发展过程令人惊讶。1969年，你开始看见来自扎加尔塔的同一条街道上的朋友们在列队受训：一排排老屠夫和杂货商人在学习如何拿步枪或发射迫击炮。也许镇上有个参过军的人，他会到那里指导所有的老农民。"

"现在看来一切都很遥远了。"

"并不，"罗伯特说，"战争还没有消亡。我生命中的每件事——黎巴嫩的每件事——都以战争为分界：所有事都是用'战争前'或'战争后'来界定的。战争改变了一切，它让一切变得残酷。我小时候，如果有人因癌症或意外去世，当我这个小孩子走进房间时，人们就会闭口不谈。现在我看到朋友们在自己的子女面前谈论死亡，轻描淡写得像在说面包或葡萄酒一样。在战争期间，这个国家的大多数人都选择不再上进、不再工作、不再学习：因为他们知道自己可能明天就死了，所以选择活在当下。时至今日仍然如此。事实上，这可能是人们从战争中学到的唯一东西。"

他喝了一口咖啡："说实话，我不喜欢思考与战争有关的事情。我尝试把它忘掉，但是显然不能，除非疯掉。我现在只是每天感谢上帝，感谢我们仍然还能享有那些简单的愉悦，你懂得的：花儿，溪流，美好的天气……"

罗伯特显然非常聪明，也很通情达理，所以我很想问他对他父亲的黑手党活动有什么看法，但提起这个话题而又不显得冒犯，似乎不大可能，所以我始终没有提起这个话题。但罗伯特最后还是提到了他哥哥托尼被刺身亡的事情。

"我不能原谅那些对此事负有责任的人，"他说，"前几天我参加了一个晚宴，大约有一百人在场。突然，我在宴会厅的那一头看到了巴希尔的遗孀索兰格·杰马耶勒。我试图避开她，但她看见了我，穿过宴会的人群向我跑来。她说：'现在是时候和解了。'为什么？她能代表谁？谁也不能代表。我能代表谁？谁也不能代表。我和她都不是政客。为什么和解？只会让伤口更痛罢了。我不想再揭伤疤了。"

"所以你是怎么做的？"

"出于对宴会主人的尊重，我不能把事情闹大。我被迫和她握了手。但我不希望再见到她或她的家人。一个人冷血地枪杀了你的哥哥和你的小侄女，你能原谅他的家人吗？"

贝鲁特，骑士酒店，10 月 17 日

261　　在离开黎巴嫩、向南前往圣地之前，我还有最后一件事要做。我想和 1948 年以色列建国时被驱逐出故土的一些基督教巴勒斯坦难民谈谈。在内战期间，黎巴嫩的巴勒斯坦基督徒比任何其他人都更可能陷入两头不是人的困境。作为基督徒，可以想象巴勒斯坦人会将他们视为潜在的叛徒；作为巴勒斯坦人，黎巴嫩的基督徒又会把他们当作"恐怖分子"和"害虫"，必须以最残忍的方式将其消灭。巴勒斯坦人被困在肮脏不堪、朝不保夕的难民营里，在内战中所受的苦难比其他任何群体都多；在这种情况下，孤立无援的巴勒斯坦基督徒遭受的苦难想必最为深重。贝鲁特已经设立了数个特别难民营来安置这群进退维谷的人，努里说他有些人脉，可以安排我到其中一个去。

我们选择从另一条路线返回首都，目的是顺道去参观巴尔

贝克古城，这是约翰·莫斯克斯在穿越拜占庭腓尼基海岸时停留的一个地点。我们从贝什里出发，沿东南方向穿过黎巴嫩山高峻的岩石山脊，随后驶入贝卡北部柔和的绿野。尽管这里土壤肥沃，大麻年产量约一万吨，还有若干生鸦片，但它看起来还是比黎巴嫩其他地方穷得多。衣衫褴褛的农民在路边兜售一箱箱烂苹果，田野里，居无定所的贝都因人的棕色粗麻布帐篷随风飘扬。散布在路边的房屋不过是些粗糙的混凝土盒子，窗户是用麻袋糊的。塑料袋和没人收拾的垃圾从山谷绵延到叙利亚军队的雷达站，又进入远方望不见的鸦片田。

由于生活贫困，伊朗革命的宗教激进主义思想在贝卡的什叶派农民中间很受欢迎。内战结束后，当阿亚图拉的革命卫队在叙利亚的默许下驻扎在此地时，他们迅速把黎巴嫩军队（基本都是基督徒）从巴尔贝克的军营中轰走了，并在镇中心的古罗马太阳神庙的废墟上升起了伊朗伊斯兰共和国的旗帜。自那之后，巴尔贝克就在伊朗的支持下成了反基督教斗争的中心。

伊朗人建了一座两层楼高的宣传办公室，并在贝卡四处张贴海报，谴责以色列和美国的"帝国主义者"及其马龙派"走狗"，同时劝说所有优秀的黎巴嫩穆斯林通过伊斯兰殉道寻求救赎。革命卫队和他们的黎巴嫩什叶派盟友一道对贝卡北部的马龙派村庄发动袭击，他们的毛拉则录制了充满仇恨的反基督教布道视频，在由伊朗资助的巴尔贝克电视台播出，该电视台相当于什叶派的美国福音频道。美国驻贝鲁特的大使馆和军事指挥部曾遭到自杀式爆炸袭击，这很可能就是在巴尔贝克策划的，而许多被劫持的西方人质则千真万确地被关押在巴尔贝克。尽管人质危机现已宣告结束，但就在一个月前，一群丹麦外交官轻率地在巴尔贝克真主党总部门口自拍，结果被当场抓获。他们被真主党拘禁了两个星期，经过一系列焦头烂额的外交活动后终被释放。

什叶派毛拉选择巴尔贝克作为活动中心，实际上是一种对历史的复刻，尽管在贝卡并没有人意识到这一点：巴尔贝克在古代晚期同样是反基督教活动的中心，是未被改造的多神教的一座灯塔。五世纪初时，金口约翰试图消灭黎巴嫩那些好战的拜偶像者，为此他派了一支由自己的修士组成的特遣队去摧毁该地区的神庙。据狄奥多勒的说法，"约翰听闻腓尼基的一些居民对恶魔崇拜至深，于是挑选了一批热情高涨的苦行僧，派他们去摧毁崇拜偶像的神庙，并吸引了一些家资饶富的夫人小姐出钱赞助。（没过多久）恶魔的庙宇就被连根拔起了"。

然而在巴尔贝克却是另一番景象。一百五十年后，也就是六世纪五十年代时，查士丁尼皇帝被迫再次下令摧毁巴尔贝克的太阳神庙，这座神庙此时仍在运作，而且显然门庭若市，堪与罗马的多神教鼎盛时期相比。查士丁尼下令所有多神教教徒必须受洗皈依基督教，否则罚没财产或处以流刑，而为了保证这座神庙不会再被重建，他还下令把庙里的许多大立柱运到君士坦丁堡，以撑起皇帝新建的圣索菲亚大教堂的核心部分。

即便是这些极端措施也未能终结巴尔贝克的多神教信仰。据说在公元 578 年，也即约翰·莫斯克斯踏上旅途的那年，该城的多神教教徒——显然还占人口的大多数——再次积极迫害他们的基督教邻居。皇帝提比略·君士坦丁（Tiberius Constantine，提比略二世）及时下令将五名多神教神职人员连同他们崇拜偶像的著作一同送上火刑架，并授意军队血洗城内剩下的多神教教徒。据某个说法，多神教教徒在整个六世纪期间至少被清洗了七次，但这些措施似乎都没有产生什么效果。公元602年，皇帝莫里斯逝世，此时巴尔贝克仍然是一个活跃的多神教中心，它的这一角色一直延续到伊斯兰统治早期。

当莫斯克斯于七世纪初的某个时候来到巴尔贝克时，它当然还是以不虔诚闻名于世。莫斯克斯在《精神草地》里讲述了一个亵渎神明的巴尔贝克演员（想必是多神教教徒）的故事。

> 有个叫盖亚纳斯（Gaianas）的演员，以前常在剧院里演一出亵渎圣母的戏。神之母在他面前显了灵，对他说："我什么地方得罪了你，竟让你在这么多人面前辱骂我，亵渎我？"而他非但没有弥补自己的过错，反而变本加厉。她显灵三次，用同样的话责备和告诫他。由于他的亵渎有增无减，丝毫没有想改过自新，有一次当他睡午觉时，圣母出现在他面前，一言不发地挥手斩断了他的四肢。当他醒来时，发现自己的手脚剧痛无比，他躺在那里，无法动弹，仿佛一截树干。

264

盖亚纳斯的余生显然是在担架上度过，他从一个城镇被运到另一个城镇，纵贯了整个拜占庭帝国统治的腓尼基地区，苦心劝诫其他人不要重蹈他的覆辙。然而，约翰·莫斯克斯不无喜悦地指出，尽管他幡然悔悟了，圣母还是觉得让他恢复如常是不合适的。

我们的车子离巴尔贝克越来越近，伊朗在此地的影响力也越来越明显。我们开始经过路边画着戴头巾的伊朗毛拉的广告牌，就像我在贝鲁特南部郊区看到的那样。在另一些用埃及电影海报那种鲜艳的原色绘制成的招贴画上，什叶派战士端着卡拉什尼科夫冲锋枪，正不断向黎巴嫩南部的以色列军开火；其中一些海报的上方挂着小小的三角旗，上面装饰着真主党的徽记。路边步履沉重的人群中开始出现留伊斯兰式大胡子的男人，女人身上厚重的黑色罩袍也裹得越来越严实。每个十字路口都会有穿白色棉袍的小男孩朝我们走来，手里摇晃着装钱的罐头盒——他们在为黎巴嫩南部真主党对抗以色列占领军的战争募捐。

我们抵达了巴尔贝克的郊区地带，路过一家华丽的新亚美尼亚（基督教）家具行。它热情洋溢地宣扬自己对伊斯兰什叶派的忠诚，在仓库的外墙上挂满了伊斯兰革命的圣像，最中间是一幅巨大的阿亚图拉·霍梅尼肖像，阿亚图拉·霍梅尼在上面俯瞰着耶路撒冷的圆顶清真寺。仓库的远处，有史以来最壮观的罗马建筑的宏伟遗迹，矗立在这座现代城镇尘土飞扬的破楼烂屋之上。由于巴尔贝克以暴力闻名，忧心忡忡的努里选择留在街上看着他的宝贝奔驰，而我则独自去参观太阳神庙的遗址。

就像现代的马龙派客厅一样，这座神庙的装潢重点似乎是富丽，而不是高雅：当你盘桓其间时，"这个要花多少钱？"的疑问会在你脑海中挥之不去。这座神庙是装饰过剩的纪念碑：整座花园的爵床叶卷须和棕榈叶在石雕上卷曲；帝王的狮子头雕——毫不掩饰的高度的古典媚俗——在遗址的巴洛克装潢狂欢中呼啸而出。立柱直径八英尺，高度则胜过古典世界的其他任何地方，每个柱头的体量都抵得过一个成年男性，上面覆盖的叶纹种类之多，足以填满一间邱园的温室。这是一座富丽而夸张的纪念碑，其设计目的更多是出于炫耀，而非宗教的实际需要。毫无疑问，这目的达到了。它的两边是雪峰，四周是由柏树组成的防风林，这是一场奇妙闪现的罗马表演，显示出对浮华的无限热爱在这个地区不是什么新鲜事。

我曾在阅读中了解到，拜占庭人在神庙正中建了一座美轮美奂的基督会堂，作为定期打压这里好战的多神教教徒的举措。然而，尽管神庙的保存状况一般都很好，我还是没有找到这座拜占庭教堂的任何痕迹。后来我从贝鲁特的考古学家那里得知，这座教堂很可能毁于法国殖民时期，而非遭了多神教教徒的辣手。法国考古学家在二十世纪三十年代发掘此地的遗址时，似乎把拜占庭大教堂推倒了，他们以典型的高卢人的自信假设，后世之人会认为他们重建的多神教古典祭坛比继承它的拜占庭大教堂更有意趣。

我坐在供奉朱庇特的小神庙里，看着寥寥几名黎巴嫩游客围着遗址打转。有一对夫妇推着辆婴儿车，几个戴着深色头巾的低眉顺眼的什叶派妇女，一车叽叽喳喳的马龙派小姑娘，她们穿着紧身的包臀牛仔裤，刷着很浓的睫毛膏，大波浪鬈发往后梳。尽管最近丹麦的外交官惨遭绑架，努里也很紧张，但游客们似乎很轻松愉快，他们在柱子上爬来爬去，给彼此拍照，咯咯地笑着，决心充分利用从贝鲁特跑出来的一天。

突然，一阵枪声在遗址上空炸开。几秒钟后，又是两阵更响的速射声，紧接着镇上的山坡上发生了大规模爆炸。我望见一团巨大的棕色蘑菇云从离神庙半英里远的山脊上升腾而起。我马上躲到一个柱头后面，但令我尴尬的是，黎巴嫩人都无动于衷，甚至懒得往爆炸的地方看两眼。一个商人在用摄像机给他的家人拍小视频，此时短暂地把镜头移开，拍了一下远处的烟尘，然后又转过来拍神庙上的三角楣饰和他笑眯眯的妻儿。他看见我站起身来掸掉牛仔裤上的灰，笑了。"不过是真主党罢了，"他说，"他们可能只是在演习。差不多可以肯定，他们只是在演习。"

今天上午九点，努里已经按照约定在骑士酒店的大堂里等着了。和他一起的还有他的朋友阿贝德，也是出租车司机。阿贝德说他在巴勒斯坦的难民营里有很熟的人脉，可以带我去见一些巴勒斯坦基督徒。他建议我们去圣伊利亚难民营（Mar Elias），它离因大屠杀而恶名远扬的夏蒂拉不远。

圣伊利亚难民营和我在约旦河西岸见到的那些肮脏的棚户区截然不同。它并没有在高高的铁丝网后面腐烂，而是坐落在华伦天奴、拉格斐和贝纳通等一系列时髦精品店后面，精品店的玻璃橱窗里，穿着华丽的假人在聚光灯后摆着奇怪的造型。难民营与周围的房屋之间没有明显界限，只有居民的极度贫穷和建筑物外墙上密集的弹坑，才使它从周围出人意料的繁华热闹中现出身来。

阿贝德把他那辆破烂的旧奔驰停在难民营外面，胸有成竹地领着我穿过轻质砖建成的密密麻麻的房子。他解释说，圣伊利亚难民营是战争中运气最好的难民营之一。当然，它曾断断续续遭到以色列人的炮击（以色列人曾用磷弹甚至集束炸弹对付难民营的棚屋），但与附近的一些难民营不同，圣伊利亚难民营从未被以色列人的地毯式轰炸或长枪党的推土机完全夷平，也从未遭受像附近的夏蒂拉、萨布拉或卡兰蒂纳（Karantina）

那样的大屠杀。当然,这里的居民很穷,和黎巴嫩的其他巴勒斯坦人一样遭受着不公平待遇——禁止购入财产,禁止自由旅行,禁止入读公立学校,只能从事最没有技术含量、收入最低的工作——但相对而言他们是幸运的。此外,他们没有马上就会被驱逐的危险。黎巴嫩政客目前威胁要拆掉贝鲁特其他地方的巴勒斯坦难民营,并把难民扔到黎巴嫩南部前线的某个地方。但圣伊利亚难民营建在希腊东正教会的土地上,如果巴勒斯坦人不可能再回到他们的家园和农场(位于现在的以色列北部),那至少他们不会面临马上被赶出贝鲁特临时难民营的危险。

当阿贝德领着我穿过难民营恶臭熏天的小巷子时,他撞上了一位朋友,一个穿皮夹克的大块头男人。阿贝德和他握手拥抱,并用巴勒斯坦人的方式亲了亲他的面颊。他用阿拉伯语问了一个问题,他的朋友指了指附近一栋三层楼的房子。

"他说那栋楼里的所有住户都是巴勒斯坦基督徒,"那个男人走后,阿贝德说,"我们去看看有没有人在家。"

"刚才那个人是谁?"上楼时我问道。

"阿布·尼达尔(Abu Nidal)。"

"是那个劫机和制造爆炸案的阿布·尼达尔吗?"

"不是他本人,"阿贝德漫不经心地说,"是他的代表。阿布·尼达尔的法塔赫革命委员会的圣伊利亚分部由他负责。" 268

我们敲了敲楼梯顶上的一扇门。一分钟后,一位戴头巾的巴勒斯坦妇女来开了门。阿贝德和她说了几句,她打量了我们一番,然后和里面的人商量了一下,便打开门让我们进去。

"你们好,"她说,"欢迎。"

进去了之后,我们发现里面全是巴勒斯坦妇女。这家的主人名叫萨拉·达欧（Sarah Daou），我们去的这天早晨恰好碰上她在招待她的母亲萨米拉（Samira）和她十几岁的漂亮妹妹加达（Ghada）。她两个年纪尚小的女儿拉娜（Rana）和拉莎（Rasha）给我们搬来两把塑料椅子，萨拉去厨房给我们煮咖啡。这是一间家徒四壁的简陋公寓，面积很小，除了一幅装裱起来的圣母像和一台廉价的日本挂钟外，没有任何装饰。但屋里很干净，一尘不染。

这家没人会讲英语，所以阿贝德充当翻译。很快，我们听到了令人难过而又老生常谈的巴勒斯坦人被剥夺和被损害的故事。

"在萨拉丁那个年代，我家就在比里姆村（Kafr Bir'im）拥有几百英亩的土地了。"萨拉的母亲萨米拉说道。她是个高大而快活的中年妇女，笑容可掬，但脸上布满了深深的皱纹，在讲述自己的故事时，声音里透着一股疲倦。"比里姆村在阿卡（Acre）以北，靠近黎巴嫩边界。我们逃亡时我才五岁，但我记得比里姆村是个很美丽的地方。"

她做了一个向上挥手的动作，好像要把眼前的景象抹去似的。

她说："大难临头时我父亲在海法（Haifa）工作，我在一所慈善修女学校念书。我非常清楚地记得飞机来轰炸，附近的一栋房子被毁。我们都很害怕。我们不知道发生了什么，也不知道该怎么办。

"我父亲那时二十五岁左右。他是屠夫，在海法的一家犹太公司工作。他和他的犹太老板关系很好。那人对他说：'你要是害怕，就一个人留在这里上班，把你的家人送到黎巴嫩去。等战争结束了你再去把他们接回来。'但我父亲惴惴不

269

安。所有人都知道在德尔亚辛（Deir Yassin）被犹太恐怖分子屠杀的巴勒斯坦人的遭遇，他担心边界可能会关闭，他会同我们分开。后来犹太人开始向海法的阿拉伯地区发射迫击炮，我们家的楼房被炸平了。幸运的是，由于某种奇迹，当时家里没人，但这件事使我父亲下定了决心。

"他的老板给他放了一个月的假，还把他的货车借给我们。我们就是这样离开巴勒斯坦的。我父亲开着那辆犹太货车一路跑到黎巴嫩南部。我父亲的岳母，也就是我的外婆住在那里，她是马龙派教徒，所以他直接开车送我们去她家。那时以色列人控制了大部分道路，但他们没有为难我们，因为我们开的是犹太人的车。有时以色列人的飞机就从我们头顶上掠过，但他们可能以为我们是犹太人，因为车上写着希伯来文，所以他们没有轰炸我们。我们很幸运，但我们犯了一个大错：我们没有带任何东西走，因为我们以为只会打两个星期，最多打一个月就结束了。我们把一切都抛在了身后。我们身上唯一值钱的东西是我母亲的金耳环。我们那时怎么知道以色列人将永恒地剥夺我们回家的机会呢？后来，以色列飞机摧毁了比里姆村——他们炸掉了村里的每一间房子——我们拥有的一切，我们为之辛劳的一切都灰飞烟灭了。只有教堂还在。我们的土地被分割成新的犹太人定居点，分给了来自波兰和美国的人。"

就在这时，外面确切无疑地传来了枪声。因为有前一天在巴尔贝克丢脸的经历，我听着机枪火力逼近的声音，坐在原地岿然不动，努力让自己看起来像是巴勒斯坦难民营的常客。然而这次，我显然不是唯一感到焦虑的人。大家立刻从座位上站起来，走到窗边去看是怎么回事。

"是在难民营外面。"萨拉说。

270　　"可能是叙利亚军队向空中开火,"她母亲说,"可能是在庆祝什么人的生日。"

"汽车还好好地在路上开着呢。"阿贝德看了看他停车的地方,说道。

"可能是暗杀,"我们的女主人的妹妹加达说,"可能有人刺杀了阿拉法特,现在人们在向空中鸣枪庆祝。"

"也许是纪念巴勒斯坦大起义（intifada）① 开始。"

"月份对不上啊。"

"也许他们是在庆祝威廉先生大驾光临。"阿贝德说。

"这是不是很危险?"我问阿贝德,"我们该撤吗?"

"还是留下来比较安全,"他说,"至少我们得知道发生了什么事才能走。"

萨拉和加达站在窗边,紧张地盯着射击的方向,但她们的母亲一直住在被围困的难民营里,显然已经习惯了这种警报,她疲倦地回到座位上继续讲述。

"我们那一年都住在黎巴嫩南部的外婆家里。条件非常艰苦,我父亲找不到工作,因为他是巴勒斯坦人。黎巴嫩人甚至连货车也不让他开,最后他不得不把车卖掉。我当初在海法念的是好学校,所以现在厌恶农场的生活。我外婆的房子很小。我舅舅和他的家人住在那里,所以在我们搬过去之前房子里就已经住了八个人。我忍不了:没有个人空间,没有隐私可言。所有的小孩子都在闹。我记得当时一直很饿。我们经常不吃饭就睡觉。我们遭了很多罪。

"一年后,我们清楚短时间内是回不去了,于是在西顿附

① 巴勒斯坦人民反抗以色列对约旦河西岸和加沙地带的占领的行动。

近的巴斯（Baas）难民营搭了一个帐篷。这个难民营最初是为1916年逃到黎巴嫩的亚美尼亚人修建的，但后来他们有钱了，搬走了。我记得当时天很冷，下雨时帐篷还漏水。晚上我们都在帐篷里的时候，就没有可活动的地方了，我的兄弟们睡觉时不得不把腿露在帐篷外面，因为里面放不下。

"过了一段时间，1953年，我父亲找到了一份联合国巴士司机的工作，往返于黎巴嫩南部和贝鲁特之间。但他从未真正从失去一切中恢复过来。他讨厌帐篷，怀念自己的村子和在巴勒斯坦的昔日时光。他愿意不惜一切代价回去，但他知道，他所有试图偷渡边境回老村子的朋友都被以色列人打死了。他们射杀了所有穿越边境的阿拉伯人，说他们是恐怖分子。所以他除了待在帐篷里别无选择。有时他会干坐在那儿，看着他在比里姆村的房子钥匙，还有英国人给我爷爷的地契，证明我们土地所有权的地契。他生了病，郁郁寡欢。他体内好像有什么东西碎裂了。1956年他去世了。那年他只有三十四岁。

"不久之后，联合国把所有的基督徒都转移到东贝鲁特的德巴耶（Dbayyeh），把巴斯留给了穆斯林。所有巴斯难民营的孩子都去了近东救济工程处（联合国救济和工程处）的一所学校念书。这安排很好，一切似乎都在变好。但随着我父亲的去世和转移到贝鲁特，我所有的兄弟姐妹都不得不离开学校，开始工作。我的兄弟们在建筑工地上打工，因为他们是巴勒斯坦人，拿不到工作许可证，所以他们只能拿最低日工资。我和姐妹们给人打扫房子。我小时候在比里姆村的家里有三个用人、许多工人和租客。而现在我们只想有工作，多差的工作都行。"

外面机枪的轰鸣声越来越大，越来越多的枪支加入了射击。萨米拉的女儿们还在窗前紧张地讨论原因。路面上车流畅通无阻，她们认为这一定是在庆祝什么事，而非战斗或袭击难民营，但她们着实想不出来今天是什么该庆祝的日子。她们从窗口冲邻居家大声喊叫，这些住户也在紧张地观察着枪击事件，就可能的原因交换意见。

"也许是为了纪念十月（1973 年）阿以战争中的英雄们？"萨拉重复着他们楼上那家人喜欢的说法。

"日子不对。"加达说。

272　"阿萨德的生日？"

"那是这个月的早些时候。阿萨德生日是六号。"

"巴兹尔的生日？"

屋里的萨米拉对女儿们的喧嚣和喋喋不休不屑一顾。她已经开始讲她的故事，急于继续讲下去。

"所以内战爆发时你还在德巴耶难民营？"我问。

"对，"萨米拉说，"我们感到非常紧张。你看，德巴耶当时在基督徒控制的那一半，1976 年 1 月长枪党袭击并占领了它。他们在其他一些被他们占领的难民营——百里香山、马斯拉赫（Maslakh）和卡兰蒂纳射杀居民，甚至妇女和儿童都不放过，还用推土机把难民营推平。但他们在德巴耶只派了秘密警察，只折腾那些被他们认为是法塔赫活动分子的人，也许是因为德巴耶是基督徒的地盘吧。"

"所以长枪党没有伤到你个人？"

"一开始我们安然无恙。后来，二月初的一个下午，他们来找我丈夫。"

"你还没说你什么时候结的婚呢。"

"我是在 1958 年结的婚，当时我十七岁。我丈夫来自比里姆村的另一个大家族。长枪党占领难民营时，我们结婚十八年了，有六个孩子。我永远不会忘记他们来找他的那一天。他们下午四点钟时把他带走了，指控他是巴解组织成员。他们一把他带走，我就设法给我祖母的一些黎巴嫩亲戚通风报信，他们在长枪党里有人。他们打了招呼，不到四个小时我丈夫就被放回来了。但那时他都已经受了什么罪啊！"

"怎么了？"我问。

萨米拉垂下眼帘，声音低沉："他们用金属棍棒打他，给他上电刑，把烧着的烟头往他身上按。他们折磨了他四个小时，打断了他的两条腿，打碎了他的膝盖骨，折断了他的一条手臂，还有他的胸骨。这都是在四个小时里干的！"

"但他还是活了下来？"

"当我的亲戚介入此事时，长枪党已经准备好要把他弄死了。我的亲戚讲了实话——他说我丈夫也是马龙派教徒。长枪党原先不知道巴勒斯坦还有马龙派教徒。他们放了他之后，我们飞快地把他送过绿线，送到美国大学医院，"她骄傲地补充说，"他们派了一辆救护车。因为我丈夫在那里工作。"

"他是医生？"

"不，"萨米拉回答，语气有点沮丧，"巴勒斯坦人在黎巴嫩不能从事这样的工作。他是医院的清洁工。"

"他花了多长时间才康复？"

"四个月来他一直是垂危状态，"她说，"自那之后，我下定决心留在穆斯林掌控的贝鲁特西部，不回那属于基督教的东部。我在离开德巴耶之前对卫兵说：'我和你们一样都是基督徒。但如果你们这么对待我们，我就到另一边去，去接受穆斯林的保护。'"

"他们保护你了吗？"

"是的。穆斯林对我们非常好：比基督徒要好得多。一直到战争结束我们都住在西贝鲁特，但我从来没有听谁提起过我们是基督徒这件事。我认识的穆斯林比大多数基督徒还要像真正的基督徒。耶稣基督说我们应当互助互爱，但长枪党那么残忍。他们是魔鬼的造物。"

"长枪党让我为自己身为基督徒而感到羞愧，"望着窗外的加达把头转过来了一秒钟，说道，"穆斯林对我们要友好得多。当我看到他们对我们施以仁慈时，我痛恨自己是个基督徒。"

"我父亲是马龙派，"萨拉说，"但我还是不喜欢他们。马龙派没有任何感情。"

"我们越过绿线时再次失去了一切，"她的母亲接着说了下去，"长枪党不让我们带走任何东西。就像我母亲一样，我身上只有首饰。我们把家里所有的东西都留下了：电视、家具、餐具。"

"所以你又一次一文不名了？"

"不完全是。巴解组织给了我们一套位于饶赫海滨的公寓。它原本属于一个逃到西贝鲁特的基督教家庭，里面有一些家具。我们又开始重建我们的生活。但在1982年，战争（即第五次中东战争）爆发，以色列军舰开始炮轰贝鲁特。因为我们的公寓在海边，所以首当其冲。半个月来，我们一直在遭受来自陆海两面的炮击和轰炸。太可怕了。我最担心的是我的孩子们，担心她们死了而我还活着。我们一直住在公寓楼底部的一个避难所里，睡在地板上。这栋楼里有五十五套公寓，住了五十五户人家，可能一共有二百五十人。但以色列人发明了一种特殊的炸弹，它一直要打到地下室里才会爆炸，所以我们知道即便地下室也不安全。

"有一天，他们冲我们隔壁的楼用了一个这种吸盘炸弹。它被彻底炸毁了。地下室里的四百户人家——大概有一千人——全被压死了。我们有好几个亲戚在那里，是我父亲家那边的人。他们是从巴萨（al-Bassa）来的，就在比里姆村隔壁。有流言说阿拉法特当时就在那栋楼的地下室里。当然是假的，但是以色列人管什么？大概也是在那个时候，我们的另外几个表亲藏身的楼房被磷弹炸了。他们也死了。但死于磷弹是个非常缓慢的过程。它会从你的皮肤开始一点点地烧到骨头。"

我读过罗伯特·菲斯克的《同情国家》一书，对以色列向贝鲁特平民区的磷弹袭击略知一二。这本书中充满了令人震悚的描写，最骇人的地方莫过于菲斯克写道，在这次磷弹爆炸后不久，他去了一家产科医院，在那里遇到一位护士。她在轰炸结束后不得不把几个正在燃烧的婴孩抛进一大桶水里，以扑灭他们身上的火焰。半小时后她把孩子们捞出来，他们身上的火还没有熄。即使是在停尸间的酷寒中，他们的尸体仍在阴燃。次日清晨，医生把这些小小的尸体从停尸间搬出来安葬。令她感到恐怖的是，尸体又烧了起来。我想到了这件事，感到不寒而栗，但萨米拉仍在讲她的故事。

"半个月后，"她说，"以色列的船只发射的一发炮弹击中了我们的楼房。一声震耳欲聋的巨响后整栋楼开始摇晃。感觉比地震还要可怕。但幸好楼房没有着火。但当我们冒险走出避难所时，发现我们所住的公寓已经完全被炸毁了，于是我们又被迫离去。那天夜里，等轰炸中止了，我们跑到哈姆拉街，躲到另一处地下室里，它属于我们的几个亲戚。

"不久之后，以色列人进入西贝鲁特，轰炸结束了。第二天我去买面包时看见了他们。就是这些人夺走我的家园，耕种我的土地，让我的父亲心碎而死，杀害我的亲人，然后炸毁了我的寓所。然而，他们当中有许多人还只是小男孩儿罢了。我望着他们，心想：这就是我憎恨的人吗？"她停顿了一下，接着又说，"如果你是个基督徒，就必须学会宽恕你的仇敌。负责审判他们的不是我。"

"但你经历的这些事难道不会让你质疑你的信仰吗？"我提出疑问，"你难道不会开始思考，上帝怎么会允许你目睹这种惨剧？"

"这不是上帝的错，"萨米拉回答，"这是人的错。感谢上帝，是他保护了我们。"

"这话什么意思？你过得很糟糕啊。"

"我们现在情况还不错。我既不需要钱，也不需要什么奢侈品。我的孩子也都还在。这对我很重要。我们仍然活着，仍然在一起。"

"但你仍然流亡国外。"

"当然，"她说，"毕竟我遭受了来自以色列人和黎巴嫩人的双重打击，我想回家，即使这意味着我将受冻挨饿。现在已经过去四十七年了，我还是觉得自己在这个国家中是个陌生人，觉得自己不属于这个国家。即便我在这里住上一百年，我还是想回巴勒斯坦去，回比里姆村去，在那里没有人会对我说——我是难民，我不属于这个地方。"

"你觉得你能回去吗？"

"当然不能，"她的女儿加达站在窗边往外望，此时插嘴说，"我们都想回家。这是不言自明的事情。但《奥斯陆协议》签订之后，还能有什么指望呢？"

但萨米拉只是摇摇头，微笑着说："这在上帝的掌握之中，让我们等着看吧。"

第五章　巴以地区

以色列占领的约旦河西岸，圣萨巴修道院，1994 年 10 月 24 日

我又一次住在了一间空荡荡的小屋子里，四周是白色的墙 279
壁与蓝色的墙裙。我又一次透过窗户听到细微渺茫的声响，修
士们轻声谈话，钟声不时敲响，修士服发出窸窸窣窣的声音。
在我隔壁的阳台上，一个蓄着短须和长发、戴高筒帽、穿黑袍
的人——是修道院的厨师格里高利神父——正往他的罗勒花盆
里浇水，照料他的橘子树。不远处有一只八哥在笼子里叽叽喳
喳。这里可以是阿索斯山，事实上，一张圣山风景的石版画就
被裱在外面走廊的墙上。但只要瞥一眼我房间对面的峭壁上裸
露的岩壁，就会发现这座修道院确凿无疑地坐落在朱迪亚荒原
中，离爱琴海寒凉的海水有千里之遥。

这是约翰·莫斯克斯当年遁入教门的荒漠，也是他度过大
部分修士生涯的地方，《精神草地》里的大部分故事都是关于
住在这些荒山上的修士的。在读了这么多关于朱迪亚的沙漠教
父的故事后，终于看到了孕育出这些传奇的严酷环境，这感觉
有些奇异。更奇异的是，现在居住在这片圣地上的修士们，在
谈话中仍然流露出当年沙漠教父们的迷信、偏见和恐惧，而他
们所居的修道院是圣地的古代修道院中唯一一个时至今日还在

运转的。当我在伦敦灰蒙蒙的天空下第一次读到有关魔鬼和恶魔、神示①与奇迹的故事时，觉得它们荒唐可笑，但当我昨夜在星光下，望着悬崖峭壁上布满的古代隐修士和圣徒曾栖身的房屋时，觉得这些故事听起来确实很可信。

"你看那边！"负责接待访客的狄奥芬内斯神父身材高大、面容憔悴，他的手挥向我们脚下黑暗的岩石峡谷，"那就是毁灭之谷。可怕的审判之谷。"

在我们下方，圣萨巴修道院的建筑逐渐隐没在由小礼拜堂、修士的居所和祈祷室形成的涟漪之中，每一层都像马蜂窝一样悬挂在岩壁表面的岩架上。对面，峭壁的顶端在最后一缕暮光中染上了一层几乎非自然的红色。岩壁上布满了洞穴，在拜占庭时代，那些洞穴都是修士们居住的地方。现在已经全部荒废了。

"很漂亮。"我说。

"漂亮？"狄奥芬内斯神父惊讶地问道，衣服因动作而沙沙作响，"漂亮？你看见峡谷底下了吗？那条河？现在它只是从耶路撒冷流过来的污水。但到了末日审判那天，它就是血之河将要奔流的地方。里面会漂满共济会员、妓女和异端：新教徒、分裂派、犹太教徒、天主教徒……你要再来一点茴香酒吗？"

"好的，谢谢。"

神父住了口，往一只小玻璃杯里倒了一点烈酒。当我把它干了之后，他又接着说他的启示录："先下地狱的将是一支由

---

① 神示（vision），也称"异象"，指人在睡梦中或失魂时产生的超自然的、非现实的或预言式的幻觉。基督教认为这是人们直接从上帝那里得到启示的方式之一。——译者注

全体罗马教皇组成的队列，然后是他们的爪牙，共济会的副主席们。"

"你的意思是，教皇是共济会员？"

"共济会员？他是共济会的主席。这事大家都知道。每天早晨他要朝拜魔鬼，魔鬼化身成一个长着山羊头的裸女。"

"其实，我是天主教徒来着。"

"那么，"狄奥芬内斯说，"除非你皈依正教，否则你也要跟着你的教皇沿着山谷穿过烈火。到那时我们就会在这个阳台上看着你。但那时救你显然为时已晚了。"

我笑了，但狄奥芬内斯神父正说得上头，显然没有开玩笑的心情。"谁也不知道那天会是什么样子，"他严肃地摇摇头，281 "但我们的一些正教神父已经得到了神示。基督的宝座上将要降下火焰——永不熄灭的可怕的火焰，就像圣像上画的那样。圣徒们——那些将要被拯救的人，换句话说就是正教徒——将飞向空中与基督相会。但罪人和一切非正教徒会从选民的队列中被剔除出去。要下地狱的人会被恶魔推搡着穿过火焰，从约沙法谷（Valley of Josephat）下来，经过这里——就是如今那些徒步旅行的以色列人走的路线——下到地狱之门。"

"在附近吗？"

"对，"狄奥芬内斯捋着胡子说，"地狱之门将会在死海附近打开。"

"《圣经》里写的？"

"当然，"狄奥芬内斯说，"我和你讲的一切都是真的。"

　　我在那天下午早些时候抵达圣萨巴的大拉伏拉。这里离贝鲁特不到三百英里，但这是在中东，我绕路从大马士革和安曼走，三天半马不停蹄地赶了六百英里的路才到达这里。昨天中午我才最终越过约旦进入巴勒斯坦地区。

　　以色列在1967年的"六日战争"（即第三次中东战争）中取得大捷后，从约旦人手中夺取了约旦河西岸和东耶路撒冷。为了在犹太国和与其敌对的阿拉伯邻国之间建立一个缓冲区，东耶路撒冷被吞并，约旦河西岸则被以色列军事占领。此后，以色列不顾国际法，在这两个地区进行了殖民行动：他们在占领区建立了约一百五十个犹太人定居点，其中有约二十八万以色列定居者（包括生活在东耶路撒冷的十三万定居者）。军事当局还侵占了约旦河西岸80%的水资源，其中大部分现在通过管道向南输送到以色列。

　　巴勒斯坦大起义使这一辽阔土地为人熟知，关于它的画面每晚都会在全世界的客厅里播出，成为无数巴以冲突事件的背景板。尽管有磕磕绊绊的和平进程，以及一些阿拉伯城镇被移交给了亚西尔·阿拉法特的巴勒斯坦当局，但这一地区就像波斯尼亚和卢旺达一样，似乎仍然与暴力、难民营和军队巡逻密不可分。

　　因此，当第一次离开杰里科的小绿洲，出租车爬过这一大片连绵起伏的丘陵地带，经过贝都因人的营地，经过他们的羊群和鸡群时，你就会发现约旦河西岸干枯的石质山丘的惊人之处。许多山谷刚开始看起来空空荡荡：干燥的山丘上，苍白的岩石如同菲塔奶酪一般散落在灌木丛中。但当你沿着山坡蜿蜒而下，种种事物便在冬季稀薄的日光下现出形来：被一小片柏树林掩盖的农场石屋顶，被废弃的商旅驿站的圆顶，已成遗迹

282

的清真寺的宣礼塔，绵延起伏的山坡，上面是新近收割过的橄榄树林。这是一派熟悉的地中海风景，许多托斯卡纳风景画的背景里也有这样的橄榄树林，往前一千年，大马士革的倭马亚清真寺里的镶嵌风景画上也有。

沿途古老的巴勒斯坦村庄是用蜂蜜色的石灰岩建成的，这种石灰岩的颜色会随着天光而改变。牧童领着羊群走进山谷，穿戴着全套的杰拉巴和卡菲耶的老人在藤蔓架的阴影里抽水烟。咖啡馆里飘着烤肉串的木炭味和土耳其咖啡温热甜蜜的气息。乍一看，当代约旦河西岸的景象更接近大卫·罗伯茨笔下十九世纪中期的巴勒斯坦，而不是电视上那些由难民和铁丝网构成的令人痛心的画面。

尽管风景宜人，但冲突的迹象仍然存在。有些谷底原本应当种着玉米，但现在是联合国的难民营，里面住着1948年以色列建国时被逐出故土的巴勒斯坦人：巨大、肮脏得令人震惊的棚户区，周围是军队的瞭望塔和泛光灯。难民营上面是新建的以色列人定居点，现代化的城郊住宅区由一排排粉刷过的独立平房组成，长长的太阳能板在屋顶上闪闪发光。不同的两群人，被层层的铁丝网和一个小小的法律地位问题分隔开来：以色列定居者有枪，在选举中拥有投票权，享受以色列的民事司法服务，可以参军，而以色列占领区的巴勒斯坦人不得拥有任何种类的武器，不得在以色列选举中投票，必须服从军事法庭武断而轻蔑的裁决。

最大的以色列人定居点叫马阿勒阿杜明（Ma'ale Adumim），由一圈混凝土碉堡、起重机和盖了一半的公寓楼组成，这个地方曾经矗立着拜占庭的圣马蒂乌斯修道院（monastery of St Martyrius）。目前这里居住着三万名以色列人，其中大部分是

283

来自俄罗斯、加拿大和美国的新移民——尽管有和平进程的目标，以色列人还是宣布要在未来十年内使该镇的人口翻一倍。定居点周围是一圈带电铁丝网。上面是几座相同的蛋盒式房屋：米尔顿凯恩斯①被搬到了中世纪意大利湿壁画上的风景里。

道路在马阿勒阿杜明分成两条。主干线直通耶路撒冷。小路则坑坑洼洼，无人管理，一路蜿蜒向南。我们沿着这条小路颠簸了几英里后，到了一处可以俯瞰凯德罗山谷（Valley of Kedron）悬崖的岩架上。这是一条由风蚀白垩质岩石组成的峡谷，幽深而干旱。峡谷尽头矗立着一座带穹顶的希腊东正教堂，四周是高耸的围墙。我心下明白，在我于巴勒斯坦做任何事之前，在去圣萨巴修道院落脚之前，必须先来这里朝圣。

司机把车停在门楼前，我拉了拉铃绳。远处响起铃声，但无人出现。我又拉了一次，不一会儿，一个修女戴着头巾的脑袋探了出来，带着怀疑的神色从栏杆上往下窥视，她用希腊语问我来这里做什么。我解释了我的来意。几分钟后，门闩嘎吱嘎吱地响起来，巨大的黑色大门打开了。

院子尽头是一座金光闪闪的新教堂，有一个八角形的穹顶、一座钟楼和红瓦屋顶，教堂脚下环绕着回廊。修女领我来到院子正中央的一座小圆顶建筑面前，从口袋里掏出一大串钥匙，打开了一扇门。随后她从一个壁龛里拿出一盏风灯，点亮它，带我走下一段年代久远的楼梯。下方的黑暗中渗出一股阴冷潮湿的霉味，裹挟着灯油燃烧的香气。

284

---

① 米尔顿凯恩斯（Milton Keynes）是位于英格兰中部的一个城镇，以其和谐美丽的城市规划闻名。——译者注

当我们走到更深的地下时，砖石结构让位给了岩壁，我们进入了一个宽阔的、带回音的地下洞穴。洞穴尽头有一对壁龛，被几盏朦胧闪烁的灯照亮，灯后是两幅泥金圣像，每一幅上面都画着一位胡须浓密的拜占庭圣徒。楼梯底部还有另一组灯，上面是一幅东方三博士的古老圣像。旁边是高高的一大堆头骨。

"这就是东方三博士躲避希律王的洞穴，"修女轻声说道，手中高举着风灯，"圣狄奥多西在一次神示中看到了这个洞穴，然后在这里建立了他的修道院来纪念东方三博士。"

"那些头骨是谁的？"

"是波斯人焚烧这所修道院时屠杀的修士。"

"这是哪个年代的事情？"

"不是很久，"她说，"大概是公元614年。"

修女把风灯举到头骨堆上面，这样灯光就可以照出最顶上那些头骨上的刀痕。

"你要看的东西在那边。"她指着洞穴尽头被灯照亮的那对壁龛。

我朝那几盏灯走去。当我走近时，看到它们安放在一对拜占庭时期的墓石上，十九世纪时，这两块墓石曾由一对新古典主义的小立柱支撑起来。两块墓石上都有错综复杂的拜占庭等臂十字架浅浮雕，有的嵌有钻石，有的则是圆形。十字架之间刻着清晰可辨的拜占庭希腊语铭文。左边写的是"索菲罗尼乌斯"，右边写的是约翰·莫斯克斯的名字。

"圣约翰·莫斯克斯是在君士坦丁堡去世的，"修女说，"但他临终时的愿望是归葬圣狄奥多西的拉伏拉。他把这里视作自己的家：这是他遁入教门的地方，他一生中的绝大部分时光也在这里度过。但圣地一直被波斯人占领，直到很久之后，圣索菲罗尼乌斯方得履行诺言，把约翰·莫斯克斯的遗体带回来，重建这所修道院。"

"修士们呢？"

"在波斯人屠杀前，这里有七百位长老。它是圣地最著名的修道院，院内有一所麻风病医院和一处提供给朝圣者的招待所，还有一座内部修道院，供那些因禁欲苦修而精神失常的人居住，以及四座独立的教堂。修士们从遥远的卡帕多西亚和亚美尼亚来到这里……但在波斯人之后，修道院再也没有恢复元气。修士再也不如以往那样多了。"

"那现在呢？你们现在有多少人？"

"什么意思？现在只有我啊。我是最后一个。神父每周从耶路撒冷来一次，主持礼拜仪式，但他年纪大了，有时会忘记过来。"

修女弯下腰去，吻了吻莫斯克斯的圣像。"我先走了，"她说，"你千里迢迢过来拜谒圣约翰·莫斯克斯的坟墓，应该想和他单独待一会儿吧。记得走的时候把风灯拿上。"

我举着灯环顾这座地宫，在那堆可怕的头骨前停驻了片刻。我在《精神草地》的字里行间读过太多关于圣狄奥多西修道院的修士的内容，现在这些命丧波斯人之手的无名头骨森森然堆在我面前，我觉得其中一些人我肯定认识。这个也许是卡帕多西亚的乔治（George the Cappadocian），"他在法萨埃利斯（Phasaelis）牧猪时，有两头狮子追赶着一头猪到他面前"。他没有逃跑，而是"抓起一根棍子，把它们追到了神圣的约旦河"。还有莫斯克斯的朋友帕特里克，"亚美尼亚塞巴斯塔（Sebastea）人，年纪很老，自称有一百一十三岁"。他曾是一位修道院院长，但"秉性非常谦卑，沉默寡言"，主动辞去了院长一职，并"甘愿身居低位，说只有伟大的人才能牧养灵性的羊"。我想知道莫斯克斯的另一个朋友，罗马的克里斯托弗（Christopher the Roman）的命运如何。他每天晚上都不睡觉，在通往地宫的每一个台阶上下拜一百次，直到晨祷的钟声响起才停下来。我能够确切无疑地肯定阿拉伯的朱利安（Julian the Arab）的遭遇，他曾经到小圣西米恩位于安条克郊外的奇山的隐修柱去朝圣，离这里有几个星期的路程。他双目完全失明，因此在所有的修士中，最不可能幸免于难的就是他。

事实上，在莫斯克斯提到的圣狄奥多西修道院的修士中，只有两个人逃过了波斯人的刀剑。"这两个（修道院的）修士曾发誓不论生死永不分离。后来其中一人因为贪慕女色而受到批判。他忍受不了这种欲念，就对另一人说：'离开我吧，兄长，我受欲望驱使，想回到尘世中去。'但另一位不想背弃誓言，所以和他一起去了城里。前一个修士进了妓院，另一个站在外面，从地上掬一把尘土，撒在自己的头上。那个进了妓院的修士出来，外面的这个修士对他说：'我的兄弟，你因这罪得了什么呢？我们回修道院去吧。'但第一个修士回答说：'我不能再回去了。你走吧。我要留在这尘世上。'"

但那位修士不能答应他，于是就和他待在一起，两人在耶路撒冷郊区的一个建筑工地找到了工作，那里正在盖一座新的修道院。"去妓院的那个会把两人的工钱都拿走，每个周末都去城里，把他们的收入挥霍在放荡的生活上。但另一位修士从不抱怨。相反，他整天禁食，默默无闻地工作，不和任何人说话。建筑工地上的其他工人很快察觉到了异样，并最终把此事告诉了修道院院长亚伯拉罕神父。院长很快就把整件事搞清楚了。

"'这是因为我的兄弟，'那位善良的修士说，'我忍受这一切，是希望上帝能看到我的痛苦，拯救我的朋友。'虔诚的亚伯拉罕听到这番话后，回答说：'上帝把你兄弟的灵魂也赐给了你。'他让这个善良的修士出去了，看哪！在院长的房门外，正是那个修士，他拜倒在地，哭着说：'我的兄弟，带我到荒野中去吧，这样我才能得救！'他立刻领他去了神圣的约旦河边的一个山洞，把他监管起来。过了不多时，那个罪孽深重的修士在精神上取得了相当大的进步后，蒙主召回了。另一个修士仍然信守诺言，留在山洞里，最后也在那里去世。"

我站在约翰·莫斯克斯的坟墓前，是这个人的文字促使我沿着他的足迹踏上这段旅途。墓石上方是一幅现代的圣像，画中是个鹤发苍颜的男子，一手拿着卷轴，一手拿着羽毛笔。所以，我想，这就是他当年出发的地方，他在拜占庭黎凡特广袤无垠的疆土上走了那么长一段路，最终又回到了这里。

在那位修女的榜样的激励下，尽管我已经差不多把祈祷的习惯荒废了，我还是开始祈祷，祷词念得异常流利。我为那些曾在旅途中帮助过我的人祈祷，为那些在阿索斯山上把手抄本借给我看的修士祈祷，为圣加百列那些担惊受怕的叙利亚正教徒祈祷，为阿勒颇的亚美尼亚人祈祷，为圣伊利亚难民营的巴勒斯坦基督徒祈祷。然后，我做了我此行想做的事：我祈求约翰·莫斯克斯在接下来的旅途中护佑我，特别是在那些最危险的地方，比如上埃及的荒原。

288　　随后我站起身来，爬上楼梯，走进正午刺目的明亮日光里。

　　圣萨巴修道院位于死海北部不远处，距圣狄奥多西修道院有十英里。圣狄奥多西修道院周围的土地还勉强算得上肥沃，结实坚硬的白色山坡被分割成一块块梯田，上面的橄榄树林格外耀目。但当汽车向东开去时，这些种植着作物的土地就消失无踪了。土壤变得贫瘠，山谷变得幽深，村庄变得穷困。出租车司机给我打预防针，说我们现在正在进入哈马斯（Hamas）的势力范围，他在挡风玻璃上方挂了一块巴勒斯坦头巾，以确保我们不会被当地的青年党①当成以色列定居者扔石头。

　　开过最后一个村庄后，我们进入了沙漠，《圣经》中"寂寥而可怕的荒原"（locus horrendae et vastae solitudinis）。在我们下方，荒芜的页岩山丘通向地表的最低点——死海，它宛如在远方颤动的一滴水银。正前方的远处有一对长方形的拜占庭小瞭望塔，矗立在一座深谷的边缘。在山顶上可以望见方圆四十英里内的风景，而那两座塔是我视野中仅有的建筑物。

　　直到车子从最近的一座塔的垛口下开过，我才初次瞥见圣萨巴大修道院，它隐藏在下方陡峭的悬崖的背风处。这真是一幅无与伦比的景象。两座塔由一道锯齿状的墙连接起来，这堵墙以近乎垂直的角度大胆地向下延展，将修道院的大片蓝绿色穹顶与圆顶建筑、露台和洞穴修道室、楼梯和平台包围其中，所有这些都由一排沉重的阶梯式扶壁支撑在狭窄的人造壁架上。尽管这座修道院有金石之固，它处在荒野之中、悬崖之上的不可思议的地理位置，还是赋予了它一种奇妙的、几乎是幻觉的外观，就像童话里那种可以在眨眼之间消失的城堡。

---

　　①　青年党（Shabab，在阿拉伯语里意为"年轻人"）：现英语新闻界常用此词指代巴勒斯坦大起义中的年轻投石者。

在约翰·莫斯克斯的时代，朱迪亚荒原上到处是修士和修道院，据一位编年史家记载，"沙漠已然变成了一座城市"。然而，在拜占庭时代建造的一百五十座修道院中，目前只有六座仍然有人居住，其中只有圣萨巴修道院还有足够多的修士，能让它真正称得上是一座活着的修道院。自五世纪晚期建立以来，这里的人就没有断过：在过去的一千三百八十年里，圣萨巴的岩石小礼拜堂每天早晨都会响起诵经声，除了在公元614年遭到波斯人的屠戮（圣狄奥多西修道院正是毁于这次袭击）后，修道院沉寂了两个星期。和圣狄奥多西修道院一样，数百名被波斯人杀害的修士的头骨，以及后来被贝都因劫匪杀害的修士的头骨，都被小心地保存在圣萨巴修道院的教堂里，整整齐齐地一排排码起来，就像其他教堂漫不经心地堆放赞美诗册子一样。

我很快发现，圣萨巴修道院仍然保持着最严肃朴实的修道院作风。修士们每天凌晨两点起床，诵五个小时的经，直到黎明的光辉把教堂的圣幛照亮。然后回去休息，十一点开始吃一天中唯一的一顿饭：面包（一周烤一次，赏味期限只有三天，之后会变得越来越硬，越来越不新鲜），清汤，水煮蔬菜和浓郁的菲塔奶酪。他们不吃肉，只在星期日和过节期间吃鱼、往蔬菜里放油。吃完饭后，他们就在洞穴和自己的居室里待上一整天，只在晚祷和夜祷的时辰出现。

今日的圣萨巴主要以其夸张的禁欲主义引人注目，但它曾以学术闻名，修道院尽管相当与世隔绝，却仍是拜占庭知识和哲学的宝库之一。盎格鲁-撒克逊朝圣者圣威利博尔德曾于八世纪初造访此地，据他所述，所有的修士都忙于抄录手抄本和作诗。修道院图书馆的藏书现保存于耶路撒冷的希腊东正教牧

首宫中，在中世纪藏品里几乎无出其右者，因为它的兴趣范围
之广和所代表的语言之多令人费解；它也证明了在圣萨巴修道 290
院的缮写室制作的抄本和书法作品的非凡品质。

斯基托波利斯的西里尔（Cyril of Scythopolis）正是在此地
写了他的《巴勒斯坦修士史》（*History of the Monks of Palestine*），
这部圣徒传记极富批判性，闪耀着才智。而伟大的拜占庭学者
布雷希尔（Brehier）认为，圣萨巴修道院创作的赞美诗可与
作曲家圣罗马诺的众多作品并列，是"中世纪希腊人诗歌天
赋的最原始体现"。此外，大马士革的圣约翰正是在圣萨巴修
道院的一间小屋里写下了伟大的《知识之源》　（*Fount of
Knowledge*）。在托马斯·阿奎那之前的基督教世界，这部书作
为最深奥、最广博的神学著作独领风骚。事实上，阿奎那在很
大程度上借鉴了约翰的神学思想，他曾写道，他在成年后每天
都会阅读几页大马士革的圣约翰的作品。但修道院手抄本收藏
的范围之广，以及大马士革的圣约翰的博学，也许最戏剧性地
体现在他的一部比较不寻常的作品《巴拉姆与约萨传奇》
（*Romance of Barlaam and Joasaph*）中，这是一篇以基督教形
式改编的关于印度佛陀的传说。后来它被从希腊文翻译成拉丁
文，并在西方广为流传。但是，如今你去和圣萨巴修道院的居
民交谈，是完全猜不到他们还有这些辉煌历史的。

"这么说，你是个作家了，是吗？"那天晚上晚祷后，狄
奥芬内斯神父用托盘帮我把晚饭端来，问道，"我已经不读
书了。"

"啊，真的吗？"

"神圣的礼拜仪式包含了我需要的所有文字。一旦你读过
上帝的话语，其他的一切都会变得索然无味。"

"有句话说书籍就像食物，"副主教埃夫多基莫斯神父指出，"它们能够滋养你的大脑。"

"但是，神父，"狄奥芬内斯平静地说，"修士们应该尽量少吃东西。"

天快黑了。我们坐在外面的露台上，望着最后一缕阳光从天空中褪去。在交谈之际，狄奥芬内斯拿出一盒火柴，点亮一对破旧的石蜡风灯：圣萨巴修道院没有通电。

291　　"看看东边的那些云，"埃夫多基莫斯神父说，"明天可能会下雨。狄奥芬内斯，你觉得呢？"

"巴勒斯坦的雨可不像希腊的雨，"狄奥芬内斯回答，"希腊的雨下得真是大——那是真正的倾盆暴雨。"被勾起回忆的他高兴地笑了。"啊，希腊的雨能让人想起那场大洪水。"

"你出家之前在希腊是做什么工作的？"我问狄奥芬内斯。

"我住在雅典，是个警察，"他原本注视着灯，此刻抬起头来，"我第一次到这里来是为了朝圣。我一看到这所修道院，就认定它是我真正的家园。我回到雅典把工作辞了，向我母亲告别。一周后我就回到了这里。从此以后再没有离开过。"

"一次也没有吗？"

"我只回去过一次。待了四十天。"

"你遇到过什么阻碍吗？"

"我母亲有时候会哭。但除此之外就没有了。世界变化得太快，我都几乎认不出我的故城了。我的同胞因为加入你们欧共体而变得富有。有了那么多的新建筑。新的建筑，新的犯罪。"

"你一点也不怀念过去的生活吗？"

"有什么好怀念的？我在这里什么都有。"

"但这一定和你以前的工作大不相同了。"

"没什么不同，"这位修士回答，"现在我是我灵魂的警察。恶魔和罪犯很相似。两者都很愚蠢。都是要下地狱的。"

现在风灯都点亮了，闪烁的光焰在露台上投射出影子，投射在狄奥芬内斯神父的面庞上。

"你相信有恶魔吗？"我问。

"当然。《圣经》里有记载。"

"恶魔有时会在我们祈祷的时候发出怪声，"埃夫多基莫斯神父捋着胡子补充说，他一直安静地坐在角落里，"起初我以为那只是沙漠里的野生动物。但我注意到，当我祈祷的时候这种声音最大。这是恶魔想分散我们的注意力。"

292

"每个恶魔都有自己的个性，"狄奥芬内斯说，"他们住在沙漠，会到城市里把人变成罪犯和罗马天主教徒。"

"他们会作弄奇技淫巧，搞虚假的预言。"埃夫多基莫斯说。

"他们比罪犯还要坏，"狄奥芬内斯说，"但在这里，在圣萨巴修道院的围墙里，我们是受到庇护的。"

"什么意思？"

"圣萨巴还活着，就在这里。他保护着他的修道院。我有亲身经历。"

"是怎么回事？"

"三年前，一个寒风呼啸的冬夜，我在我的洞穴里祈祷。我没有点灯，所以周围一片漆黑。我祈祷的时候突然听见走廊里传来脚步声。那是一位修士走路的声音，我能听到他的修士服的窸窸窣窣声。脚步声越来越近，然后在我的房门外停下了。我等着他开口说话，但什么也没有发生。

"突然，我清楚地听到许多人从对面的楼梯上跳下来的声音。他们像疯子一样，飞快地跳下台阶——脚步声又响又杂乱，大概有九个或十个人，都在跑。我心想：是翻墙进来的贝都因人，现在他们要破门而入把我们都杀了。我在门后身体都僵硬了，但什么也没有发生。整整五分钟过去了，还是没有人进来。于是我慢慢地把门打开，走了出去。

"那天晚上是满月。我清楚地看到走廊里空无一人。修道院也是一片寂静。我走到院子里，看见埃夫多基莫斯神父正提着灯从厕所往他的房间走。于是我上前告诉他：'神父，修道院进了贼人。'他问：'你确定吗？'我说我确定。'好吧，'他说，'我们一起去看看。'于是我俩都拿上棍子，在修道院里转了一个钟头。我们去了教堂，去了塔楼，最深的洞穴里我们都搜过了。但什么也没有：门关得好好的，也没有人翻墙进来。"

"只是后来，"埃夫多基莫斯神父说，"当我们和主教讨论这件事时，我们才明白发生了什么。最开始那个脚步声是圣萨巴的。后来那一群是恶魔，他们是想来把狄奥芬内斯神父变成共济会员。圣萨巴知道他们的阴谋诡计，所以来到狄奥芬内斯神父的房门口保护他，把恶魔们赶走了。"

"如果魔鬼有机会，他会把所有人都抓走，"狄奥芬内斯的语气相当严肃，"但圣徒保护了我们。在这座修道院里我感到非常安全，尽管它位于沙漠的中央，贝都因人就在我们周围。我们是受到庇护的。"

时间不早了，修士们开始陆续提着灯回自己房间去。狄奥芬内斯带我去我的房间，并答应凌晨两点叫我起来去诵晨经。

钟声似乎整晚都在响。凌晨一点，一位修士开始敲木磬，喊全体修士起床，一点半和两点差五分时他又分别敲了一遍。

293

凌晨两点，所有的钟一齐响起：钟楼里的大钟伴以一系列小手铃，狄奥芬内斯神父就在我的房门口摇着一个，声音震耳欲聋。但当寂静再次降临时，我又睡了过去，快到凌晨四点时，我才终于从床上爬起来。天色暗黑，空气寒冷。我在风灯的光照下穿好衣服，然后穿过修道院空荡荡的楼梯和走廊，朝着澎湃起伏的圣歌声走去。

教堂里所有的灯都点着，在大殿里投下幽微朦胧的光。诵求怜经①的声音在穹顶下回荡。唱诗席上的修士们裹着黑色长袍，我看不见他们，只有仁慈架②上偶尔传来的嘎吱声暴露了他们的位置。枝形吊灯间或会被一阵微风吹得稍稍旋转，影子便随之在教堂里飞旋，烛光在转回来的时候将壁画上最美丽的地方，即天使的双翼与沙漠教父的雪白长髯点亮。吟诵声从狭窄的山谷里汩汩而出，在穹顶下回响激荡。一千四百年前，约翰·莫斯克斯听到的也是同一个声音——这一念头在我的脑海中挥之不去。

快六点的时候，第一缕阳光照进来，温柔地给穹顶上的基督普世君王像染上一层金色。半小时后，太阳从沙漠中升起，我开始能辨认出修士们，他们留着黑胡子，身着黑袍，戴着头巾和面纱。我之前看到诵经台附近有一张低矮的桌子，结果现在发现这是埃夫多基莫斯神父，他匍匐在地，在圣幛前长跪不起。

294

---

① 求怜经（Kyrie，在希腊语中意为"主"）：东方教会和罗马教会在礼拜仪式开始前所念的祷词。

② 仁慈架（misericord）：西方唱诗班折叠式座椅上的突出托板，供站立的歌手倚靠。上面通常有精美的雕刻和装饰。（misericord 一词源于拉丁语 misericordia，意为"仁慈之举"。——译者注）

修士们一个接一个地从教堂里飘然而出，每个人都停下来吻一吻绘有圣徒们的壁画和圣像。我又重新回到床上，一直睡到中午。是狄奥芬内斯神父叫醒了我，他手里端着一个托盘，里面是吃的：一块气味浓烈的菲塔奶酪，几个修道院烤的粗面包，还有一块小小的圆形巧克力，耀武扬威地单独放在一个白色碟子上。

"今天是高柱修士圣梅多狄乌斯（St Methodius the Stylite）的纪念日，"狄奥芬内斯神父严肃地说，"这是给你庆祝节日的。"

我整个下午都在房间里阅读约翰·莫斯克斯笔下朱迪亚荒原中的修士的故事。《精神草地》里的这些故事为这一地区最奇特的一个历史时期提供了一幅细节详尽的画面。在大约两个世纪的时间里，圣地的沙漠中不但有一百五十座功能齐全的修道院，还有无数的穴居隐修士和大批"食草者"——也就是游方僧。据莫斯克斯所言，他们"像飞禽走兽一般在沙漠中游荡：和鸟一样在山上飞来飞去，像山羊一样觅食。他们每天的活动范围是固定且可以预测的，因为他们以草根为食，草根是地球的天然产物"。

在文明的拜占庭世界的广袤土地上，有那么多人——其中许多人还接受过高等教育——放弃一切，远行数千英里，在沙漠的严酷环境中过着极其艰苦的生活，这在今人眼中似乎十分费解。但在拜占庭人看来，没有什么事情比这更合乎逻辑了。莫斯克斯记载过一个故事，有个人到约旦河谷的炎热潮湿之地拜访了著名的圣徒奥林匹奥斯（Olympios），问他："你是怎么

在这个如此炎热多虫的地方待下去的?"圣徒简洁地回答说:
"我忍受这里的虫子,是为了躲避《圣经》中说的'不眠的虫
子'①。同样,我忍受这里的炎热,是因为恐惧永恒的火焰。
一个是暂时的,另一个则是永无止息的。"

　　然而,这并非故事的全貌。虽然莫斯克斯从未低估过沙漠
教父会遇到的生活上的困难,但他还是深知其中的乐趣。事实
上,他的一个主要创作主题是,修士们如何通过神圣而极简的
生活,重新回到伊甸园那样的环境中,与自然界和它的造物主
和谐相处。对游方僧来说尤为如此,他们如亚当一般不耕种而
有食粮,还被认为能掌控飞禽走兽。早期基督教旅行家苏比修
斯·西弗勒斯(Sulpicius Severus)写道:"和基督同在时,野
兽都头脑聪慧,凶猛的生物都温和可亲。"在修道院文学中,
野兽和圣徒间的亲密关系是个常见的主题:例如,早期科普特
修士圣帕科米乌斯(St Pachomius)的传记,讲述了圣徒如何
召唤鳄鱼载他渡过尼罗河,就像今天人们在出租车站打车一
样。此外,莫斯克斯在文学上所效仿的主要范本之一《教父
的天堂》,也包含了许多关于这个主题的故事:

　　"约旦河边住着一位苦修的老人。有一天,他走进一个山
洞躲避酷暑,发现里面有一头狮子。狮子呲牙咧嘴地开始朝他
吼叫。于是老人对它说:'你生什么气呢?你可以待在这里,
我也可以。如果你不想和我待在一起,那你可以走!'狮子没
有把他抓走,而是出去了。"

　　《精神草地》中第一个关于该主题的故事是由神父阿加索

尼科斯（Agathonicos）讲述的，此人是卡斯特利姆修道院的院长。卡斯特利姆和圣萨巴是姊妹修道院，位于凯德罗山谷五英里深的地方，如今已经是一片废墟了：

296 "有一天，"阿加索尼科斯神父对莫斯克斯说，"我去罗巴（Rouba）拜访游方僧食草者波蒙（Poemon the Grazer），请他帮我答疑解惑。夜幕降临时，他留我在一个山洞里过夜。当时是冬天，那天晚上又着实非常冷。我都快冻僵了。天亮的时候他来了，对我说：'你怎么了，孩子？我没有感觉到冷啊。'这使我大吃一惊，因为他身上什么也没穿。我求他大发慈悲告诉我他怎么会不觉得冷。他说：'有一只狮子过来，卧在我旁边，为我保暖。'"

不过，关于沙漠中修士与野兽伊甸园式的和睦关系，最令人难忘的一个大概是莫斯克斯笔下著名的圣杰拉希莫斯（St. Gerasimos）和狮子的故事。几个世纪后，这个故事在西方被张冠李戴到圣杰罗姆头上，这显然是因为讲拉丁语的朝圣者的愚昧无知。但在东方教会，这个故事还是正确地被归在圣杰拉希莫斯名下，并且仍然是东正教的圣徒故事中最受欢迎的一个。此外，这是莫斯克斯记录的故事中少数几个跻身拜占庭艺术经典题材的，而且时不时会在东正教修道院的墙上发现关于它的湿壁画：比如当时在阿索斯山时，我在色诺芬托斯修道院（Monastery of Xenophontos）的教堂门廊上就看到了这个故事中的几个场景。这个故事发生在圣杰拉希莫斯修道院，"距离神圣的约旦河约一英里"。

莫斯克斯写道："当（索菲罗尼乌斯和我）参观修道院时，当地居民告诉我们，有一天，圣杰拉希莫斯在神圣的约旦河畔散步时，看见一头嚎叫不已的狮子：一根芦苇秆的尖深深地扎进了它的爪子里，引发了严重的炎症。那狮子看见长老，就走到他跟前，把爪子给他看，呜咽着乞求他医治。他见狮子如此痛苦，就坐下来，拿起它的爪子给它放脓。芦苇秆被拔了出来，还流了很多脓水。他精心地给狮子清洗了伤口，包扎好，然后赶它走。但伤愈的狮子不肯离开他。无论他去哪里，它都像门徒一样跟着。他对这头野兽的温和性情感到惊讶，于是从那时起，他开始喂养它，给它吃面包和水煮蔬菜。

"拉伏拉里面养了一头驴子，是用来给长老们打水的，他们喝的是离修道院一英里远的约旦河的圣水。神父们总是派狮子把驴牵到约旦河去。有一天，当狮子把驴牵到约旦河边之后，驴走得稍微远了点，一些从阿拉伯来的赶骆驼的人发现了这头驴，于是把它顺回了家。丢了驴的狮子回到拉伏拉，垂头丧气地走到杰拉希莫斯神父跟前。神父以为狮子把驴吃掉了，就问它：'驴子在哪儿？'狮子一言不发地站在那里，活像一个人。神父对它说：'是你把驴子吃了吧？那从今以后，（为了惩罚你）驴子的活儿就由你来干。'于是从那时起，在杰拉希莫斯的命令下，狮子驮上了鞍，上面有四个用来装水的瓦罐。

"（过了好几个月）赶骆驼的人回到了圣城，驮满了准备在这里卖掉的粮食。渡过了神圣的约旦河后，那头狮子突然出现在他面前。他一看到这头猛兽，撇下骆驼扭头就跑。狮子认出了驴子，便跑过去，训练有素地把驴子的缰绳叼在嘴里，不仅把驴子牵走了，还顺带捎走了三头骆驼。它欢天喜地地把它们带到杰拉希莫斯面前。杰拉希莫斯意识到了狮子是被冤枉的。他给狮子起名叫约旦内斯（Jordanes），它和杰拉希莫斯一起住在拉伏拉，五年来一直忠实地跟在他身边。

"在杰拉希莫斯神父蒙主召回之后，神父们安葬了他，却发现怎么也找不到那头狮子了。过了一会儿，狮子回来了，嚎叫着寻找杰拉希莫斯。萨巴提奥斯（Sabbatios）神父和其他神父看见了它，便来抚摸它的毛发，对它说：'长老已经离开了我们，到主那里去了。'可这话未能平息狮子的哭号和哀痛。于是萨巴提奥斯神父对它说：'既然你不相信我们，那跟我来吧，我带你去看杰拉希莫斯在哪里。'他把狮子带到长老的坟墓前，就在离教堂半英里远的地方。萨巴提奥斯神父对狮子说：'看，我们的朋友就在这里。'随后向坟墓下跪。狮子看到萨巴提奥斯匍匐下去，便以头抢地，高声嚎叫起来。然后骤然（倒下）死去了，就在杰拉希莫斯的坟墓上。"

圣萨巴修道院，10 月 28 日

298　　　在接下来的几天里，我探索了许多洞穴、修士住的房间和小礼拜堂，它们把修道院界墙内的悬崖峭壁弄得像马蜂窝。十几个世纪以来，地震和贝都因人的袭击导致了许多重建工作，但如果你仔细观察，就会发现约翰·莫斯克斯当年熟悉的拜占庭修道院的许多部分仍然存在。"出自上帝之手"的洞穴小礼拜堂和拜占庭早期一样朴实无华。仅有的几样添补是一些中世纪晚期的圣像画、一排十八世纪的唱诗席和四百个堆叠起来的头骨——属于七世纪命丧波斯人之手的修士们。而在圣萨巴曾隐居的洞穴里，地上仍然铺着六世纪晚期的几何图案镶嵌画。但最有意思的一座小礼拜堂，是在大马士革的圣约翰的坟墓和隐居处建起来的。

　　大马士革的圣约翰可能是圣萨巴修道院有史以来出过的最重要的人物。他的祖父是拜占庭最后一位大马士革总督曼索尔·伊本·萨尔贡（Mansour ibn Sargun），是个叙利亚的阿拉伯基督徒，大马士革正是在他任上落入穆斯林将军哈立德·伊本·瓦利德（Khalid ibn Walid）之手的，当时是公元 635 年，也即穆罕默德死后三年。尽管上司从基督徒变成了穆斯林，这个家族的地位仍很尊崇。约翰的父亲塞尔吉奥斯·伊本·曼索尔（Sergios ibn Mansour）被提拔为倭马亚王朝早期的财政管理部门的高级官员，倭马亚王朝的财政账目在很长一段时间内是用希腊语记录的。因了这一层关系，约翰从童年时代起就和未来的哈里发叶齐德（al-Yazid）关系亲密，两个年轻人曾在大马士革的大街上一同豪饮，此事在伊斯兰的新首都引发了许多骇人听闻的流言蜚语。后来约翰接任了他父亲在政府中的职务，终其一生都是哈里发叶齐德的宠臣。这层关系使他成为最早一批有能力沟通伊斯兰教和基督教的阿拉伯基督徒，纵然像许多试图促进两种文化融合的人一样，约翰最终两头不讨好：叶齐德去世后他被贬黜，还被诬陷与拜占庭皇帝暗中勾结，但君士坦丁堡也不信任他，管他叫"精神萨拉森人"（Sarakenophron）。

299

约翰得天时地利，写下了史上第一篇由基督徒撰写的、关于伊斯兰教的精深论文，他后来归隐圣萨巴修道院，晚年专注于创作布道文，以及他那本伟大的杰作《知识之源》。此书旨在驳斥异端，其中对伊斯兰教的剖析极为详细且精确。耐人寻味的是，约翰把伊斯兰教当成一种和阿里乌派（Arianism）有关的基督教异端（毕竟，和伊斯兰教一样，阿里乌派否认基督的神性）。约翰似乎根本没把伊斯兰教当成一个独立的宗教。尽管他对伊斯兰教抱有很深的质疑，但他仍然赞许伊斯兰教使阿拉伯人摆脱偶像崇拜的方式，并欣赏伊斯兰教一心一意强调神的统一。

如果地位卓然如大马士革的圣约翰这样的神学家，都如此看待伊斯兰教的话，伊斯兰教能在如此短的时间内吸引如此多的中东信徒也就能够解释了，尽管十字军东征之前基督教仍然是主流宗教。伊斯兰教与诺斯替派、阿里乌派和基督一性论一样，都是古代晚期思想发酵的产物，而和那些异端教派相同的是，伊斯兰教在对拜占庭统治不满的地区最受欢迎。许多叙利亚人对拜占庭表示不满，反对拜占庭将其僵化的帝国神学强加于人，为此他们集体皈依主张一性论的异端基督教。后来他们像迎接解放者一样迎接征服他们的阿拉伯军队，许多人再次改宗，这次就改成了伊斯兰教。毫无疑问，他们认为阿拉伯人的新信仰是向一性论迈出的一小步。毕竟这两种信仰的出发点相似：上帝不可能在不损害其神性的前提下成为一个完全的凡人。

300　　　　不管这成功背后的原因是什么，伊斯兰教确实吸引了一性派教徒，在阿拉伯征服叙利亚的一个世纪内，叙利亚的主流宗教是伊斯兰教。相比之下，巴勒斯坦居民受益于拜占庭对圣地的赞助，从未对一性论或伊斯兰教流露出什么兴趣，在1099年被东征的十字军占领之前，耶路撒冷一直是一座以东正教为主的基督教城市。

然而，在大马士革的圣约翰的有生之年，《知识之源》中最具影响力的部分并非那些写伊斯兰教的章节，而是批判破坏圣像主义的部分。约翰出家做修士时，拜占庭的圣像破坏运动正搞得如火如荼。帝国境内所有的圣像都被下令销毁，关于它们的绘画也从此被禁。追溯其原因，很可能是伊斯兰教的兴起和黎凡特地区的陷落引起了拜占庭人的深刻反省。许多人得出这样的结论：上帝对拜占庭人的偶像崇拜感到愤怒，从而让反对偶像崇拜的穆斯林在战争中胜出。

公共事务中的约翰体现了倭马亚哈里发令人咋舌的政治宽容——尽管倭马亚王朝几乎与基督教世界的所有国家长期敌对，但哈里发仍不介意提拔一名基督徒来出任高级行政职务。同样，约翰的退休生活也显示出惊人的学术自由度，因为在倭马亚王朝治下，约翰能够做任何拜占庭人都不被允许做的事情：系统地为偶像崇拜辩护，并书写和宣扬这种辩护。他为偶像崇拜提供了基本的神学武器。约翰写道，尽管从来没有人见过上帝，但基督既然屈尊以人形下界，那绘制圣像、敬奉被画成人身的上帝就是有必要的。此外约翰还表明，这种习俗不仅建立在理性的基础上，而且在历史上也有先例可循：

> 绘画就是文盲的书籍。它们润物无声地教导着看画的人，给生活带来神圣的色彩……因为并不是每个人都识字，也不是每个人都有闲暇去看书，所以教父们认为用图画来表现下凡的基督是合适的，它能给人以警醒。比如我们心里没有想到救主受难，但一看到耶稣被钉在十字架上的图画，便想起了那拯救世人的受难，于是我们拜倒在地……如果我是个文盲，到教堂去时心里很不好受；而绘画之花使我目明，它像鲜花盛开的草地般使我的双眼陶醉，在我的灵魂中温柔地描绘着上帝的荣光。

301

今天下午，我午睡醒来后，狄奥芬内斯带我去参观大马士革的圣约翰的故居。我们沿着狭窄的楼梯和蜿蜒的小径行走，这些小径把修道院的各个平台连接起来。最后我们来到了背靠岩壁的一个小礼拜堂。"大马士革的圣约翰的遗体曾经安葬在这里，"狄奥芬内斯说，"后来，你们的教皇派遣的十字军把他抢走了。"

"那他的遗骸现在在什么地方？"

"威尼斯，"狄奥芬内斯说，"世界上掠夺遗骸和邪恶共济会的老巢之一。"

小礼拜堂里悬挂着一排圣像，在陵墓曾经所在的位置有一幅湿壁画，画的是大马士革的圣约翰之死，画中的约翰胸前紧抱着一幅圣像。下方是一条窄窄的木楼梯，通往一个小山洞，山洞的挑高非常低，几乎不可能在里面站立。

"圣约翰在这个山洞里住了三十年，"狄奥芬内斯说，"虽然在里面根本站不起来，但他几乎没有出来过。他认为大马士革宫廷的荣华让他变得过于骄傲，所以他成为修士后，选择这个山洞作为自己居住的地方。他说，在这样一个地方生活许多年，能让人变得非常谦卑，对灵魂大有裨益。"

"在里面待一个小时就会觉得背要驼了吧。"我说。

"驼背总比下地狱强。"他回答。

当狄奥芬内斯站在空空的墓穴旁陷入沉思——毫无疑问是在诅咒盗墓的天主教徒时，我沿着木楼梯走进了昏暗的洞穴。洞穴两边各有一条从岩壁上凿出来的石凳，前面有一个低矮的架子，是圣约翰的写字台。远处是一个小小的神龛：在山洞的尽头，有一个四英尺高、六英尺深的凹陷处，圣约翰拿它当床。这里极其艰苦朴素，全无装饰，除了墙上的一小幅拜占庭圣母像。

《知识之源》这样一部博大精深、令人倾倒的著作，就是在这么一个破旧而原始到令人惊讶的山洞里写出来的。在捍卫艺术自由的历史上，《知识之源》是最为重要的著述之一，它怎么会诞生在这样一个地方呢？大马士革的圣约翰在这个山洞里写出来的东西在很大程度上拯救了拜占庭，使其免遭伊斯兰教和犹太教一直以来对宗教艺术的禁忌。如果圣约翰没有写下这本书，拜占庭的宗教艺术将永远不得重生，希腊画家就可能永远无法将他们的秘密传播给乔托（Giotto）和锡耶纳画派，而文艺复兴的面貌——假如它真的能发生——就会大不相同了。

　　二十世纪六十年代末，在以色列占领约旦河西岸后不久，圣萨巴修道院中的修士人数首次降到不足二十人。此时耶路撒冷的希腊东正教牧首来劝说修道院院长，让他们不要再过自给自足的日子了。牧首建议他把圣萨巴修道院的古老土地卖给以色列政府，东正教的高层会将这笔钱用于投资，作为回报，他们会把修士们日常需要的奶酪和鱼送到修道院来。院长接受了牧首的提议，从那以后，每周都有耶路撒冷的运货车来给修士们送口粮。我在圣萨巴修道院停留的最后一天碰上运货车来送货，狄奥芬内斯神父答应安排我搭他们的车去耶路撒冷。

　　修道院下方的山谷里还有许多拜占庭时代的断壁残垣我没去看过，最后一天一大早我就醒了，希望能在下午走之前去看看更远处的修士居所和洞穴。

　　守门人科斯马斯神父给我开了门，沉重的中世纪门闩又在我身后插了回去。我在外面发现了沿着悬崖峭壁通向山谷的那条古道。它从悬崖顶上引出，旁边是欧多西娅皇后①主持修建

303

————————

①　指狄奥多西二世之妻欧多西娅（Empress Eudocia, 401—460）。——译者注

的拜占庭塔楼，它曾经是一座小修女院，但现在已经荒废了。我沿着崎岖的弯道往下走，中途在一处灌木丛边停下，摘了一枝小小的野生迷迭香，把它捏在手里。当我站在那儿的时候，从一间被废弃的修士小屋里窜出来一只暗褐色的沙漠狐狸，飞快地消失在山谷的一个弯道后面。

我蹚过谷底污染严重、颜色发黑的河水。爬上山谷的另一侧不是件易事，但爬上去后便能看到令人屏息的修道院美景。事实上，只有站到山谷的那一边，才能领悟到圣萨巴修道院的地理位置之奇特：一群淡紫色的圆顶和蛋形的拱顶建筑，摇摇欲坠地坐落在岩架最狭窄的地方。外面围着一圈近乎垂直的围墙，是在波斯人大屠杀后不久修建的，一千四百年来，它以其伟力成功地保护了修士们免遭天灾人祸。

从我所站的陡坡上往下看，只见岩壁上布满了修士们的居室，现在都已经废弃。其中一些屋子比洞穴大不了多少；另一些坐落在峡谷上方的岩架上，形制相对复杂一些，像圆锥形的蜂巢。有趣的是，它们的设计与同一时期凯尔特修士位于爱尔兰偏远角落的居室相似，比如斯凯利格·迈克尔海岛上的那些。这些修士居室和爱尔兰的一样，都是用干石头砌成的，没有抹灰泥。和斯凯利格·迈克尔海岛上的一样，这些居室通常朴实无华，只在东墙上有一个拱形的祈祷壁龛，都有一个低矮的入口，上面是一块庞大而单调的门梁。

也有其他截然不同的居室类型。有些是部分封闭的洞穴，有些是精心设计的多层建筑，包括蓄水池、生活区和讲堂。就像现代阿索斯山的凯利（kelli）一样，这些显然不是为独居的隐修士设计的，而是供一小群修士居住：也许是一个修士和他的四五个门徒，也许是来自远方的某个独特的民族的一小群人，比如格鲁吉亚人或亚美尼亚人，他们希望在一起。在附属于这些更为精致的居室的小礼拜堂和讲堂中，墙壁上仍留有镶嵌画的残迹，甚至还有简单的几何图形壁画的碎片：一个个圆圈叠成的花卉图案，或交错的十字架图案。

虽然形制各有不同，但山谷里所有修士的居室都有两个共同点。第一是几乎所有居室在某一时期都遭到了挖宝人的进犯，他们在地板上挖了许多大洞，大概是为了寻找埋藏的钱币或珍贵的圣杯。第二是祈祷壁龛，在居室东侧的墙上有一个小小的拱形凹处，指示着祈祷的正确方向。我在这些居室间穿梭时，意识到祈祷壁龛一定是早期基督教的另一个重要元素，如今的伊斯兰教仍保有这一元素，而现代西方基督教已经没有了。每座合格的清真寺都一定会有一处朝向麦加的米哈拉布，可今天有多少西方的教堂还有祈祷壁龛呢？当然，教堂仍然都是朝向东方的，但强调此事的祈祷壁龛现在已被完全遗忘。大马士革的圣约翰的一生凸显了基督教与早期伊斯兰教之间的密切联系（如今双方都把这种亲缘关系和亲近感忘了），于是与此相对应，他曾居住的修道院周围的修士居室里的祈祷壁龛，似乎凸显了伊斯兰教的拜占庭血胤。

就像在赛勒斯时一样，我陷入了沉思：如果约翰·莫斯克斯今日重临人间，他会对伊斯兰教的很多元素——禁食、跪拜、祈祷壁龛和开放的祈祷大厅，以及对游方僧的推崇感到熟悉，而他有几分可能会在现代西方基督教中感到这种熟悉呢？当下伊斯兰教和基督教再次被视作"冲突的文明"，被认为是"不可调和的、必然敌对的"，因此我们很有必要记住，伊斯兰教从早期基督教那里汲取了许多灵感，并忠实地保存了下来，而我们自己早已把这些遗产忘却了。

305

圣萨巴修道院，11 月 1 日

狄奥芬内斯神父端来一个托盘，里面是我的午餐，他还告诉我运货车很快就可以载我去耶路撒冷了。我吃饭的时候他站在我旁边，就像一位厨师长等着食客对自己制作的精致舒芙蕾做出评价。这引发了一些社交礼仪上的问题。

圣萨巴修道院的伙食从来都不是什么特别丰盛的佳肴，而且到了周末，几天前烤的面包已经硬如浮石，而菲塔奶酪的气味开始越来越像死山羊，吃狄奥芬内斯神父端来的食物成为一种忏悔行为，而用一派真诚的语气赞美修士们的烹饪技巧着实需要过人的演技。我望着那块石头似的面包和坏掉的奶酪，尝试着说点什么好听的。突然我灵光一闪。

"嗯，"我啜了一口杯子里的水，说道，"这水特别好喝，狄奥芬内斯神父。"

奇怪的是，这话让他很受用。

"这里的水非常甜。"他微微一笑。

"非常甜，狄奥芬内斯神父。"

"今年夏天我们遭了旱灾，蓄水池开始干涸。八月过去了。九月过去了。我们的蓄水池一个接一个地废弃了。我们像流落在旷野中的以色列人一样。但是圣萨巴照拂着我们。我们从不缺饮用水。我们总是有泉水。"

"泉水？"

"圣萨巴的泉水。他祈祷，然后就有水了。你不知道这个故事吗？"

"和我说说吧。"

"在圣萨巴那个时候，越来越多的修士为了追随他来到拉

306

伏拉。后来修士的数量增加到七百人，水不够用了。所以圣萨巴就去祈祷。他在自己房间的屋顶上昼夜不停地祈祷了三十天，其间拒绝进食，希冀我们的主能怜悯他的子民。到了第三十天的晚上，那晚恰巧是月圆之夜，圣萨巴最后一次登上屋顶乞求上主垂怜。当他开始祈祷时，突然听到下方的山谷里传来一头野驴的哒哒蹄声。他向下望去，看见了那头驴子。它一路奔下山谷，仿佛是由天使加百列亲自派来的。随后它停了下来，环顾四周，开始用蹄子挖沙。它挖了二十分钟，然后弯下腰开始饮水。

"圣萨巴整夜都在感谢上帝。第二天早晨他爬下悬崖。果然不出他所料，驴子在谷底挖出了一股活水。这泉水源源不断，从来没有干涸过，一直到今天。顺便说一句，用它兑茴香酒味道很好。这是圣萨巴对我们的苦难所给予的补偿之一。"

"还有别的补偿？"我问。

"有很多，"他说，"但最值得一提的是，当我们的灵魂告别躯壳之后，我们的肉体永远不会变硬。"

"啊？"

"我们死后不会变硬。我们从来不会……那个词怎么说……？"

"腐烂？分解？"

"对：腐烂，"狄奥芬内斯神父把这个词绕到嘴边，好像在品味死亡腐烂的概念，"圣萨巴修道院的修士们死后，身体并不会散发出腐烂的恶臭，反而是甜蜜的芬芳。就像珍贵的没药的香气一般。"

我的脸一定充满了疑惑，因为狄奥芬内斯随即补充道："这是千真万确的。有许多科学家来这里参观过，并说他们也搞不清楚是怎么回事。不管怎样，"他换了个话题，"你今天早上到山谷里干什么去了？"

我告诉了他，并说有许多修士的居室似乎遭到了挖宝人的荼毒。

"是贝都因人干的，"狄奥芬内斯回答，"他们一直在找地下埋的黄金。有时他们来拉修道院的门铃，向我们索要圣萨巴住过的洞穴里的香料，帮助他们寻找金子。"

"怎么帮？"

"有时他们会在洞穴或古老的废墟中发现黄金，但他们不敢去拿，怕有精灵守卫。他们去找他们的教长，但教长束手无策，所以教长让他们来这里。穆斯林相信，如果他们把从这里得到的香料点燃，神圣的烟雾就能把精灵吓跑。"

"那你们会把香料给他们吗？"我问。

"不给。用圣物来做这种事是亵渎神明的。但我有时想知道……"

"知道什么？"

"嗯……之前有一个叫穆罕默德的人从伯利恒到这里来。他是个出租车司机。我对他有点眼熟，因为他有时会载修士或朝圣者过来。总之有一天，他拉了我们这里的门铃，问我要香料，说他在一个罐子里发现了一些金子，是在自家犁地的时候挖出来的。他说他的家人都很担心，怕有邪恶的精灵守护着它。我拒绝了他。现在他已经不在人世了。有时我在想我当初是不是应该答应他。"

"你说'现在他已经不在人世了'是怎么回事？"

"他从我们这走后，回到家里，把装着黄金的罐子砸开。他一下子就发疯了。病势越来越重，人也一天天消瘦下去。以前他是个强壮的人，但逐渐变得像一具骷髅，瘦得皮包骨，一点肉也没有了。最后他死了，就在三个月以前，"狄奥芬内斯摇了摇头，"穆斯林认为精灵不同于恶魔，但这只是魔鬼的诡计。没有精灵这种东西：就是魔鬼伪装的。现在这个人的灵魂要下地狱。"

狄奥芬内斯按东正教的方式从右向左画了个十字："他丢了　308
金子，也丢了灵魂。现在他要像共济会员一样在地狱里燃烧。"

"狄奥芬内斯神父，"我的好奇心终于占了上风，不禁开口提问，"我不懂你为什么这么在意共济会员。"

"因为他们是敌基督组织。巴比伦大淫妇的先遣队。"

"我一直以为共济会只是举办咖啡早餐会和惠斯特牌会之类的。"

"歪斯特牌会？"① 狄奥芬内斯把这个词念得像是某种撒旦的仪式，"可能也有吧。但他们的主要活动是崇拜魔鬼。分很多步骤。"他会意地点点头道："但最后一个步骤，就是去见魔鬼，和他搞同性恋。在这之后，他会让你去当罗马教皇，或者美国总统。"

"美国总统……？"

"对啊。这件事已经被证实了。历任美国总统都是共济会员。除了肯尼迪。然后你知道肯尼迪是什么下场……"

狄奥芬内斯还在批判共济会，说他们如何操纵教派联合运动（Ecumenical movement）和发明超市条形码，这时一位年轻的见习修士过来敲门，说牧首区的运货车已经准备好捎我去耶路撒冷了。狄奥芬内斯帮我把行李搬到门口。

"保重，"我们站在蓝色的大门旁，他对我说，"这是最后

---

① 狄奥芬内斯神父把"惠斯特"（whist）错念成了"wheest"。——译者注

的日子了。他们已经接近目标了。他们现在到处都是。你可要时刻保持警惕。"

"再见，狄奥芬内斯神父，"我说，"非常感谢你。"

"有人说现在这位教皇可能就是末代教皇了。"

"是吗？"

"一些神父是这样说的。到那时阿拉伯人必在罗马，巴比伦大淫妇必在梵蒂冈。"

"那共济会员呢？"

"这些人。谁知道他们会做什么……"狄奥芬内斯皱起了眉头，"不管怎样，你以后一定要再回来看我们。"

"谢谢。"

309 "也许到那时你已经皈依正教了吧？"

我笑了。

"趁着还有时间，我会为你祈祷的。也许你可以得救。"

他从一个钥匙环上取下一把巨大的钥匙，打开了修道院围墙上那扇矮门的门闩。"你认真考虑一下，"他一边让我出去，一边说，"记住，要是你不这样做的话，你会下地狱的。"

沉重的金属门在我身后关上了。外面，一场沙尘暴刚刚开始。

耶路撒冷旧城，亚美尼亚区，阿拉拉街，11 月 4 日

亚美尼亚区是耶路撒冷旧城最隐秘的所在。穆斯林、基督徒和犹太人的聚居区都门脸朝外，走在鹅卵石路上，很容易就拐进他们的跳蚤市场、废品回收店、咖啡馆和餐馆去。亚美尼亚区则大不相同，你很可能不知不觉与它擦肩而过。这是一座

城中之城，有自己的大门和高高的黄油色边界墙。

门楼通向一个由地下通道和走廊组成的密集街区。我穿过其中一条，来到我的房间——一个穹棱拱顶的屋子，里面弥漫着灰尘和老旧的气息，还有一丝中世纪教堂的味道。在我房间周围的街道上，一群漂泊异乡的人藏身在不安地颤动着的蕾丝窗帘后面，在语言、宗教、历史和文化上都与他们的邻居迥然不同。

在约翰·莫斯克斯的时代，耶路撒冷有许许多多这样的社区：大批的格鲁吉亚人和亚美尼亚人、叙利亚人、加拉太人、意大利人，甚至还有些法兰克人，他们中的大多数最初是来耶路撒冷朝圣，后来就留了下来。虽然城中现在仍有很多小型传教组织，通常由临时派驻的神职人员出任，但亚美尼亚区是最后一个常驻耶路撒冷的、成规模的基督教流亡者社区。

令人惊讶的不是其他社群都消失了，而是亚美尼亚人竟留下来了。因为尽管《诗篇》中提到了"耶路撒冷的平安"①，但圣城也许比地球上任何一片类似的土地都更频繁地遭受劫掠与争斗。以色列人与耶布斯人、迦南人、非利士人、亚述人、巴比伦人、波斯人、希腊人和罗马人在这里混战；阿拉伯人最终获得了胜利，却又相继败给十字军、土耳其人、英国人和以色列人。耶路撒冷的每个街角都有自己的殉道者或纪念碑、圣徒或圣祠。它的土地饱饮以宗教名义洒下的热血。它的精神病院里挤满了自称大卫、以赛亚、耶稣、圣保罗和穆罕默德的疯子。

———————

① 见《旧约·诗篇》122∶6："你们要为耶路撒冷求平安。耶路撒冷阿，爱你的人必然兴旺。"——译者注

然而，在互不相让的真理和敌对的坚信之间的冲突中，亚美尼亚区惊人地一路保持了和平。公元三世纪，亚美尼亚人成为第一个皈依基督教的民族，很快便有人充满热情地去圣地朝圣。巴勒斯坦可能是个危险之地，但对于处在无政府状态中的亚美尼亚人来说，它通常算得上是天堂。到了约翰·莫斯克斯的时代，这个城市里的亚美尼亚教堂超过七十座。

耶路撒冷的亚美尼亚人逐渐在外族统治下过得游刃有余。八世纪，当耶路撒冷被阿拉伯人的阿拔斯王朝统治时，亚美尼亚人四处打点活动，使得两位亚美尼亚姑娘诞下了未来的哈里发；1099 年，当十字军攻占该城后，头两位耶路撒冷王后也是亚美尼亚人。后来，当萨拉丁为伊斯兰教重新占领这座城市时，亚美尼亚人又打得一手好牌，使自己成为唯一免遭驱逐或沦为奴隶的基督徒社群。

1915 年，当青年土耳其党（Young Turks）对近一百五十万亚美尼亚人展开杀戮之后，耶路撒冷的亚美尼亚区成为许多衣衫褴褛的幸存者的避难所。几年内，这一地区的居民数量翻了一倍，这些人的后代至今仍占这一地区人口的一半左右。

在经历了可怕的马穆鲁克苏丹、埃及的拜巴尔（曾经是个奴隶，相貌极其丑陋，他曾被一个吓坏了的买主退货）等暴君的统治之后，耶路撒冷的亚美尼亚人可能会觉得，以色列目前对这座古城的统治在他们的历史上算是相对温和的。毕竟犹太人和亚美尼亚人有许多共同点：四处漂泊、做生意、被迫害、受苦受难。但事情并非那么简单。

在离我房间不远的地方，一条挂满盆栽、藤蔓和开花灌木的回廊里，我寻到了哈格普·萨尔基西安主教（Bishop Hagop Sarkissian）的住处，我以前就见过他。哈格普主教性格温和，是一位业余古董爱好者，他翻修了亚美尼亚区的许多中世纪小礼拜堂。他对亚美尼亚建筑的热爱溢于言表，屋子里堆满了亚美尼亚教堂的木头小模型，这些模型是参考老旧的印刷资料和银版照片搭起来的。

哈格普主教身材矮小，安安静静，穿着淡蓝紫色的长袍，留灰色山羊胡。一般情况下他是个爱讲闲话、精神很好的人，但他有一个令人抑郁的癖好——对亚美尼亚人来说可以理解——爱讲关于大屠杀的故事。哈格普的母亲是 1915 年大屠杀的幸存者，也是她家五十口人中唯一活下来的人；他的父亲是著名的植物学家和人种学家，也是为数不多的几个逃离青年土耳其党清洗的亚美尼亚知识分子之一：他化装成土耳其女人，裹着严严实实的罩袍，徒步五百英里穿越安纳托利亚和黎凡特才逃出生天。他在因这段经历留下的后遗症而去世之前，设法完成了关于亚美尼亚大屠杀事件最好的亲历者记录。

我和主教坐在他的房间里喝着浓烈的亚美尼亚白兰地，这时他愤怒地谈论起以色列电视台前段时间做出的决定：原定于黄金时段播出的亚美尼亚大屠杀纪录片，在最后一刻被不明不白地取消了。不光是亚美尼亚人，许多以色列自由主义者也表示愤慨，然而电视台的主管拒绝改变他们的立场。

"以色列人总觉得他们被纳粹屠杀的历史是独一无二的，"哈格普说，"现在看来，他们是希望我们的种族灭绝被大家忘掉。他们似乎想垄断苦难。"老人摇摇头，说道："以色列人在很多小细节上让我们的日子不好过。我的许多信众相信他们想把我们排挤出去。"

"这罪名可不小啊。"我说。主教从前和我聊天时，似乎太过专注于亚美尼亚的过去，而不怎么关心当代政治。所以当

312

他又喝了一杯白兰地，开始倾诉对未来的担忧时，我感到很惊讶。

"现在很多以色列右翼分子说，耶路撒冷只应该属于犹太人，"他又把酒杯端了起来，"他们说耶路撒冷是他们永恒的首都，我们是非法闯入的。"

他说，几年前，激进的犹太定居者团体"神庙祭司的花环"（Ateret Cohanim）利用一系列巴拿马的掩护公司，分租并接管了位于圣墓附近的圣约翰临终关怀院，它位于基督教区的中心地带，这让亚美尼亚人大感震惊。当发现定居者获得了两百万美元的政府资金，并把圣约翰临终关怀院买了下来时，亚美尼亚人目瞪口呆。

根据以色列最高法院的裁决，非犹太人不得在犹太区内居住。1967 年，所有居住在犹太区的阿拉伯人都被逐出。与此同时，1967 年 6 月 10 日，为了在哭墙周围建一个广场，马格里巴（摩尔）区被全部拆除。这一地区的历史可以追溯到十四世纪，包括一座清真寺和一座教长的圣祠；尽管历史悠久，该地区的一百三十五座建筑还是被推土机推平，居住于此的六百五十名巴勒斯坦人被逐出家园。当两千名耶路撒冷犹太人都拿回了曾在 1948 年被剥夺的地产时，1948 年从西耶路撒冷的基督教郊区被驱逐的三万名巴勒斯坦人没有一个获准返回他们的老屋，同时也没有任何反向法律来禁止犹太人在耶路撒冷旧城的基督教徒、亚美尼亚人和穆斯林区定居。事实上，以色列住建部还提供资金促成这种"殖民化"，理由是犹太人有权在其圣城的任何地方定居。

到 1990 年复活节圣约翰临终关怀院被买下时，"神庙祭司的花环"和其他激进定居者团体已经在穆斯林区购置了四十多处房地产，但接管临终关怀院是定居者头一次试图闯入基督教区。这一举动迅速演变成一场重大的国际争议。

据伦敦《星期日电讯报》（*Sunday Telegraph*）的报道，一名希腊神父强行闯入临终关怀院，试图阻止抢劫财产的行为，他要求一名定居者把一幅《最后的晚餐》给他。那名以色列人用膝盖把画框一顶为两半，把画布踩在脚底下。

这起事件发生后，临终关怀院的所有者、年过八旬的东正教牧首在濯足节领导了一场游行抗议。在示威游行中，一名希腊修士试图移走一颗大卫之星①，它是定居者刚刚在临终关怀院门口雕刻的十字架上立起的。当他伸手去拿六芒星的时候，被派来护卫定居者的以色列警察把年长的牧首推倒在地，动手殴打他，还用胡椒喷雾对他和他的随行修士发动袭击。电视摄像机记录了整个事件，引发了进一步的国际抗议。

据哈格普说，以色列定居者现在正加快步伐，在旧城购买亚美尼亚人的土地。他说，亚美尼亚牧首区每月都会接到几十个中介的询问，他们的委托人是愿意为在亚美尼亚区安营扎寨而付出高昂代价的以色列定居者。此外，还有些人是不要中介自己找上门来的。据称，以色列入侵黎巴嫩的策划者阿里埃勒·沙龙（Ariel Sharon）曾为了一处空停车场和后面的一些房子出价约三百五十万美元。

"我们当然拒绝了，"哈格普说，"但这些人都是狂热分子。他们永远不会善罢甘休。"主教皱起眉头。"我非常担心我们的未来。我们已经在这里住了一千六百年，但现在我们无法确定明天会发生什么。以色列人说他们是宗教自由的捍卫

314

---

① 即六芒星。——译者注

者，但在烟幕弹背后，他们压制了我们社区的发展。自 1967 年以来，他们没有给我们发过一个建筑许可证，而我们'非法'建造的房子都被他们毁掉了。我们花了四年时间才给我们的医院弄到一部电话，而我认识的一个以色列秘密警察的线人一周内就弄到了一部。他们也不管我们的街道。犹太区被妥善维护，但其他社区的街道正在下沉，因为奥斯曼帝国时期的排水系统不行了。穆斯林区情况最糟。那里的人相信以色列人是蓄意搞坏他们的居住环境，这样他们就不得不离开，然后那些房子就可以落到定居者手里。"

主教哼了一声："他们甚至用税收体系整垮我们的店主，向他们胡乱征税。1967 年时我们在耶路撒冷旧城有八九十家商铺，现在——有多少？——可能还剩十家，也可能更少。其余的都被拒绝相信他们的财务状况的税务官搞破产了。有时税务官向他收的税比他们整个铺子值的钱都多。"

我对主教说，他可能只是有点太偏执了。老人摇摇头道："圣约翰临终关怀院的风波还没有平息，以色列政府又拨款七百五十万谢克尔（二百五十万英镑）用以在旧城购买更多的基督教和伊斯兰教建筑。这个数字是没有争议的。这不是我的想象。政府有一个系统性的政策来使旧城犹太化。我们是这个政策的障碍。而他们迟早会找到办法绕过我们所代表的障碍。"

主教又给我倒了一杯白兰地。"我在有生之年看到我的社区像一棵病树一样一天天枯萎下去。亚美尼亚区曾经有百万富翁，而现在我唱诗班里的亚美尼亚年轻人很羡慕他们的同龄人——因为他们设法在以色列餐厅找到了服务员的工作。最有抱负、最有才华的年轻人大部分移民去了美国。他们知道他们在这里没有前途。但不仅仅是年轻人，有些举家都搬走了。"

哈格普主教告诉我，他年轻时巴勒斯坦有一万多亚美尼亚
人。现在只剩不到两千了。整个社区结构都缩小了。从前有五
个亚美尼亚人俱乐部和一个剧团，会举办戏剧演出、音乐会、
集会和舞会。而现在亚美尼亚区是个不声不响的地方，那些有
精力、有能力的人已经离开，到波士顿和纽约寻找新生活去
了。亚美尼亚区被阴影笼罩着，它的地盘似乎正在萎缩。

那天晚上晚些时候，在回住处的路上，我和一些亚美尼亚
青少年聊了起来。令我惊讶的是，他们的话呼应了主教的绝望
情绪。

"我们在这里什么也得不到，"一个女孩说，"什么也得不
到。对亚美尼亚男孩子来说，如果幸运的话，他们能去洗盘
子，或在建筑工地上干活。对我们来说选择就更少了。非犹太
人在这里找不到体面的工作。"

另一个名叫克里科尔的少年说，上个月发生了一起刺杀事
件，以色列警方随机逮捕了他和其他五百名非犹太裔男孩。他
被带到一个警察局，挨打，被迫在日头下整天站着，没有水
喝。在巴勒斯坦大起义期间，这种事情几乎是家常便饭。

女孩们表示同意。有一个女孩说，就在一周之前，她被招
手叫到一辆汽车前，车主是正统派犹太教徒，那辆车停在亚美
尼亚区的大门外。她以为那人迷路了，想找人问路，便弯下腰
去和他说话。结果那人朝她脸上啐了一口唾沫，然后开车走
了。她说她已经厌倦这一切。她想移民到波士顿去，她有远亲
住在那里。

"以色列人统治着我们，但我们并不是以色列的公民，"
她说，"我们没有选票。我们没有影响力。"

"他们让我们感觉我们像是什么脏东西，要把我们冲进下水道，"克里科尔补充道，"反正我们太肮脏了，不配住在这座城市里。"

"我们都想离开，"那个女孩说，"在耶路撒冷的每一天都很艰难。他们把一切事情都变得很难。"

316　　这不仅仅是亚美尼亚人面临的问题。在接下来的几天里，我在基督徒区与巴勒斯坦基督徒交谈时，发现旧城的居民对基督教在耶路撒冷长期存在的前景极为悲观。无论这想法是对是错，巴勒斯坦人似乎都相信有一场系统性的运动要把他们赶出去，或至少让他们过不下去，以至于大多数人会自愿选择走人。1922 年，耶路撒冷旧城有 52% 的人口是基督徒，如今这一比例不到 2.5%。现在在悉尼出生的耶路撒冷籍基督徒比在耶路撒冷本地的都多。这座古城自二十世纪四十年代起便不再由基督徒统治，现在所有人都认为，它可能很快就不再有固定的基督徒存在了。

所有这些现象都是现代中东地区基督教人口急剧下降的一个组成部分，再加上土耳其的安纳托利亚。在那里，逐步的屠杀和驱逐最后以 1915 年的亚美尼亚大屠杀与 1922 年的希腊 - 土耳其人口交换告终，余下几千名基督徒，而在二十世纪初，这个数字是四百万。在巴勒斯坦，基督教人口在二十世纪的下降比较缓慢，但同样不可阻挡。

1922 年，也就是以色列建国二十六年前，基督徒占英治巴勒斯坦地区人口的 10% 左右。那里的基督徒比穆斯林更为富有，受教育程度也更高，几乎掌控了所有的报纸，并在政府部门中担任了过多的高级职位。虽然从数量上来讲，他们统治着耶路撒冷旧城——其实自公元四世纪以来几乎一直如此——但他们的领导人和商人已经从圣墓和维亚多勒罗沙（Via Dolorosa）周围的狭窄街道上搬了出来，在西耶路撒冷的郊区塔尔比（Talbieh）、卡塔蒙（Kattamon）和巴卡（Bak'a）为自己营造了漂亮的别墅，它们现在的主人是以色列商人和议员。

317

巴勒斯坦基督徒的流亡始于 1948 年，当时正值英国军队撤出巴勒斯坦后的战争期间。在战斗中，约有五万五千名巴勒斯坦基督徒（约占整个社区的百分之六十）和大约六十五万名巴勒斯坦穆斯林逃离或被逐出家园。以色列在"六日战争"中征服和占领约旦河西岸后，发生了第二次人口外流：1967 年至 1992 年间，当时在占领区的约百分之四十的基督徒——还有一万九千名成年男女和儿童——离开家园，到别处寻找更好的生活。

绝大多数巴勒斯坦基督徒现在流亡海外：以色列和约旦河西岸境内只剩下十七万人，而在圣地以外（黎巴嫩或其他地方的肮脏难民营里）则有四十万人。基督徒现在占以色列和约旦河西岸人口的比例不到 0.25%①。此外，他们的移民率仍然很高，是巴勒斯坦穆斯林的两倍，然而这并不是因为基督徒的待遇比穆斯林更糟，而是因为他们受的教育比穆斯林更好，他们发现移民到国外找工作要容易得多。迄今为止，步履蹒跚的和平进程对阻止这股移民潮并没有起到什么作用。伯利恒大

---

① 此处作者似有误。1994 年以色列总人口为 540.4 万，约旦河西岸地区人口不明，但显然不足以使"十七万"巴勒斯坦基督徒只占总人口的"0.25%"。——译者注

学最近的一项调查显示，仍留在祖籍地的巴勒斯坦基督教徒中，约五分之一希望在不久的将来移民。

这一切都事关重大。如果没有当地的基督徒，基督教世界中最重要的圣殿将成为博物馆的碎片，只为游客的好奇心而保留下来。基督教在圣地将不再作为一种活生生的信仰存在，基督教世界的中心地带将出现一个巨大的真空。正如坎特伯雷大主教最近警告的那样，该地区"曾是强大的基督教力量的中心"，但有可能"在十五年内"成为一个没有基督徒的"主题公园"。

318　　　随着犹太定居者团体把精力集中在圣城上，基督教在耶路撒冷的前途看起来相当黯淡。东耶路撒冷周围兴建了一系列以色列定居点，而在旧城内，激进定居者团体继续试图在旧城的穆斯林、基督徒和亚美尼亚人区内购买土地。在以色列控制东耶路撒冷后的十年间，37065英亩的阿拉伯人的土地被没收并安排给以色列定居者，如今东耶路撒冷只有13.5%的土地仍在巴勒斯坦人手中。在侯赛因国王和亚西尔·阿拉法特争夺保护穆斯林圣地的权利时，穆斯林对他们所称的圣城的宣称虽不那么自信，但同样坚持。在这两个相互竞争的主张之间，基督徒在耶路撒冷的位置似乎越来越无关紧要了。

耶路撒冷的各个基督教会都对自身处境之严峻心知肚明。一直以来，圣城的四十七个基督教派别以鸡毛蒜皮的斗嘴闻名：每年复活节，全球各地的报纸都会祭出一些轻松愉快的复活节故事，比如希腊东正教徒与罗马天主教徒为清理伯利恒的圣墓，或耶稣降生教堂的某处窗台而互相扯皮。但1989年以后，各大教会的牧首和大主教团结一致——可能是1095年第一次十字军东征之后的第一次——每年发表一份联合声明，

"向世界人民说明我们在圣地的人民的生活状况，他们的基本权利不断遭到剥夺……并对我们的人民和教会中日益增长的不安与恐惧深表关切和忧虑……这对基督教的未来及其在圣地的权利构成了严重威胁"。

然而，尽管基督教的处境令人绝望，东方教会的领袖仍出人意料地倨傲。昨天早上，我拿着狄奥芬内斯神父写的介绍信，获准和耶路撒冷的希腊东正教牧首狄奥多罗斯一世（Diodoros I）进行了一次短暂的会面。一群身穿黑袍的大主教和都主教把我领进一个挑高很高的拱形接待室。墙上挂着许多个世纪以来的东正教牧首的肖像，它们向下投来冷漠的目光。房间的正中，一尊巨大的红色天鹅绒宝座上，坐着狄奥多罗斯一世，索菲罗尼乌斯的继任者。他虽已年迈，但仍身材高大、体格强健，雪白的长髯垂落到牧首长袍上。他坐在镀金的宝座上，看上去宛如一头长着灰色鬃毛的老迈的狮子。

"这片土地，"他以低沉有力的声音说道，"这片圣地，是用殉道者的鲜血浇灌的。对于住在这里的基督徒来说，日子从来都不易，现在也不例外。在巴勒斯坦大起义期间，我们谴责对我们的信众的镇压。我们出手干预，使被囚的人获释。在宵禁期间，我们给我们的人民送去食物。我们与我们的人民拥有共同的渴望和痛苦。圣地从来就不是一个像阿索斯山那样静谧和平、供人沉思冥想的地方。在这里，我们背负着使命，一个我们必须始终为之努力的使命。"

我问牧首，他是否认为基督教在耶路撒冷行将消亡，他的使命到现在是否还没有接近尾声。

"在拜占庭时代，我们希腊人统治圣地的时候，这座城市完全属于基督教。"狄奥多罗斯回答，"当然，你不能把现在的情况和那时相比：我们现在人数很少。但你不能根据一盏灯能装多少油来评判它。"

牧首调整了一下坐姿，握住挂在他脖子上的一个镶金微型圣像："即便只是一盏小油灯，也能把一间大屋子照亮。"

耶路撒冷，11 月 10 日

牧首的话是对的，在拜占庭帝国统治巴勒斯坦地区的三百年里，耶路撒冷一直是一座基督教城市。从许多方面来讲，它的确算得上是基督教的首都。在黑暗时代的欧洲野蛮人和拜占庭人眼中，耶路撒冷都是世界的中心，直到中世纪晚期，世界地图（比如赫里福德地图①）还把耶路撒冷画在地球的中心位置。

基督教世界的主教们就如何进行圣周礼拜、如何安排礼拜日历向耶路撒冷寻求指示。欧洲的朝圣者（比如西班牙修女艾格丽亚）写信描述圣地的礼拜方式，其巨细靡遗到了令人发笑的地步，"我知道您会非常乐意了解在圣地日复一日的仪式是怎样的"。当教皇格里高利一世想要巩固与伦巴第人的联盟时，他给他们的王后送去了来自耶路撒冷圣十字教堂的一瓶圣油。耶路撒冷是圣城，来自基督教世界的目光都牢牢汇聚在它身上。

这一切与帝国多神教末期的局势大相径庭。在罗马人眼中，巴勒斯坦是一个夹在更加富裕、更加文明的埃及与叙利亚之间的默默无闻的行省，而且自公元 70 年被提图斯摧毁以来，

---

① 赫里福德地图（Hereford Mappa Mundi）：已知现存最大的欧洲中世纪地图，作于十四世纪初，现藏于英格兰的赫特福德大教堂。——译者注

耶路撒冷已经沦落为一个不知名的驻军城镇。直到公元310年，罗马的巴勒斯坦总督［驻地在凯撒利亚·马里蒂马（Caesarea Maritima），位于现在的海法以南］还可能对耶路撒冷一无所知，在审问一名自称来自耶路撒冷的基督徒嫌疑人时，总督福米利亚努斯（Formilianus）发言如下："耶路撒冷？在哪？"

后来君士坦丁登基为皇，又宣布立基督教为罗马帝国的国教，于是这一切被永远改变了。一夜之间，这个默默无闻的行省成为圣地，受到一系列帝后和廷臣的偏爱与庇护。公元313年，君士坦丁大帝颁布《米兰敕令》，宣布官方接纳基督教。在这之后的几年里，皇太后海伦娜亲自前往耶路撒冷进行了一系列的发掘，以确定圣地的位置——虽然正如斯蒂文·朗西曼爵士简洁地指出的，她发现的文物古迹，诸如圣十字架的残片，是"受了奇迹的襄助，如今的考古学家没这个福分"。君士坦丁下令在他母亲钦点的耶稣受难和复活的地点，建造"世界上最精妙的大教堂，不仅如此，它的一切元素都要完美无瑕，要能够压倒世上所有最美丽的建筑"。君士坦丁还下令在伯利恒、耶稣诞生地和橄榄山（Mount of Olives）上建造巨大的教堂。

后来者纷纷效仿。皇帝狄奥多西二世（君士坦丁堡城墙的建造者）骄纵的妻子欧多西娅皇后在耶路撒冷住了十六年，大兴土木，花了一百五十万金币，当时两个金币就足以让大多数人跟上潮流至少一年。她的捐赠范围包括牧首宫、城市防御工事的修缮、在城内包围锡安山的新围墙、圣斯蒂芬教堂和修道院。在圣城被伊斯兰军队攻陷之前，索菲罗尼乌斯就是在这里主持了最后一次礼拜仪式。欧多西娅皇后还在约旦河西岸的

321

希律堡（Herodion）附近修建了一座麻风病院，并在朱迪亚荒原中建造了一座塔，以保护那里的修士免受沙漠游牧者的袭击。与此同时，在伯利恒附近，一群颇有资财的罗马妇女聚集在圣杰罗姆的羽翼之下。其中有一位名叫保拉（Paula）的女继承人，她在前往巴勒斯坦朝圣之前"捐弃了所有的身外之物"，但她仍然有足够的余钱来修建两座修道院和一座临终关怀病院，同时还为许多修士和穷人提供救济，这其中当然就包括圣杰罗姆本人。

甚至那些在朱迪亚的山洞和峡谷中贫穷度日的苦行僧，也往往来自最高贵的皇室家庭。例如修士菲奥提乌斯（Photius），他其实是查士丁尼麾下最伟大的将领贝利萨留斯伯爵的继子。据普罗科匹厄斯说，菲奥提乌斯威胁要披露狄奥多拉皇后宫中侍女们的淫乱细节，于是被抓进了皇后的秘密刑讯室，后来他逃了出来。为躲避狄奥多拉皇后的秘密警察，菲奥提乌斯设法逃到了巴勒斯坦，在耶路撒冷外的某处沙漠中以修士身份寻求庇护。

322　　约翰·莫斯克斯也暗示了许多在耶路撒冷定居的虔诚朝圣者的财富和社会地位。他记录了一个故事，讲述者是他的朋友佩特拉主教（Bishop of Petra）的母亲、修女院院长隐居者达米安娜（Damiana）。达米安娜与皇室有亲，在这个故事中，她描述了她是如何说服一位高贵的皇室表亲接受一个贫穷妇女的施舍的。

达米安娜说："在我做修女之前，我常去（耶路撒冷的）圣科斯马和圣达米安教堂，在那里一待就是一夜。每天晚上都会有一个老妇人来，她是弗里吉安加拉蒂亚（Phrygian Galatia，位于如今的土耳其中部）人，她给教堂里的每个人发两个莱帕（小硬币），我也经常得到她的施舍。有一天，我的一位女性亲戚——也是最虔诚的莫里斯皇帝的亲戚——来到圣城祈祷，在这里住了一年。她来后不久，我就带她上科斯马斯和达米安教堂去。在讲道的时候，我对她说：'夫人，一会儿会有一位老妇人来给每个人分发两枚硬币，请收敛一下你的骄傲，把它收下。'她流露出明显的厌恶，说：'我必须收下吗？''是的，"我说，'拿着吧。因为在上帝的眼里，这女人为大。她禁食了一个星期，凡她所能领受的，都分给教会的人。你把这些硬币收下，再施舍给别的人就是。不要拒绝这位老妇人的牺牲。'

"我们正说着话，那位老妇人走了进来，开始施舍。她沉默而平静地走了过来，给了我两枚硬币。又拿了两个给我的亲戚，说：'你拿这个买东西吃吧。'当她走后，我们意识到上帝已经告诉这位可怜的老妇人我建议我的亲戚把钱施舍给别人。于是，我的亲戚叫一个仆人拿这两枚硬币去买些蔬菜。她把它们吃了，在神的面前证明它们甜美如蜜。"

源源不断的金钱随着帝国最富有的家族流入圣地，使新兴贸易蓬勃发展。和现在一样，当时的宗教主题旅游必然使旅馆老板和导游生意兴隆。可以确定，到公元六世纪时，圣地已经有了固定的旅游线路，还有旅游指南（有些还配有地图）来给朝圣者解说景点。另一个繁荣的家庭产业是文物贸易。《旧约》中提到的圣人遗骨有许多位于巴勒斯坦，《新约》里提到的纪念物也有不少。约瑟和撒母耳、撒迦利亚和哈巴谷、迦玛列和圣斯蒂芬的遗物，以及圣彼得的镣铐、把耶稣钉上十字架的钉子、圣路加绘制的圣母玛利亚肖像，都是在这一时期输出的。当地的一个犹太妇女常给人展示圣母玛利亚穿过的长袍，

323

而伯利恒的祭司会向朝圣者展示被希律王屠杀的儿童的骨骸，或至少是那些还没被他们卖给首都的教堂和圣体匣的儿童的骨骸，这当然是要收参观费的。那些闻名遐迩的文物价值千金——狄奥多西二世曾花了一笔巨款（用金币支付的），再捎上一个庞大的黄金十字架，以购买圣斯蒂芬的遗物。不过即便是最囊中羞涩的朝圣者，也买得起某些二流文物，比如基督的脚印的模具、各各他的灯里的灯油，以及基督的双足所践踏过的尘土。对于善于发明创造的拜占庭商人来说，文物贸易几乎是一个无穷无尽的收入之源。

教会在耶路撒冷的权力胜过在帝国境内其他任何地方。公元 529 年，当地的撒玛利亚人揭竿而起，而被查士丁尼皇帝派来镇压起义的不是哪个将军，而是"一位名叫菲奥狄翁（Photion）的高级修士"。菲奥狄翁以某种非修士的热情履行了他的职责，"与他们战斗，征服他们，给他们中的许多人施以酷刑，驱使其他人流亡，激起了普遍的恐惧"。据某些说法，超过十万撒玛利亚人在菲奥狄翁主导的大清洗中丧生。

但就像整个巴勒斯坦一样，耶路撒冷不只有神职人员、修士和容易上当受骗的朝圣者。平信徒总是比神职人员多，这让一向易怒的圣杰罗姆有些恼火。杰罗姆的朋友、诺拉的保利努斯（Paulinus of Nola）当时正计划去耶路撒冷旅行，杰罗姆写信警告他，不能把这里预想成一个圣徒之城："这里非常拥挤，和那些人口密集的地方一样，这里什么人都有，如公娼、演员、士兵、哑剧演员和小丑。你在其他地方可能都不想遇见这些人，却被迫在这里全盘忍受。"圣巴西略（St Basil）的弟弟、脾气暴躁的尼萨的格里高利，对耶路撒冷居民的道德素质同样不满。他愤怒地给家里写信说："如果上帝在耶路撒冷一

324

带所降的恩典比在其他地方都多，那耶路撒冷的人就不会以作恶为风习。可实际上他们无恶不作且乐在其中：欺骗、通奸、偷盗、崇拜偶像、下毒、争斗、杀人，这样的事天天都有，在这样的地方有什么证据能证明上帝的洪恩呢？"

实际上，修士们自己可能也相当不守规矩。他们坚持到剧院夜场和种种被他们认为是"异教"的节日现场去搞破坏，以至于被永久禁止进入加沙地带。在拜占庭对面，博斯普鲁斯海峡亚洲海岸的卡尔西顿，当修士们抗议举办奥运会时，当地的主教提醒领头人说，他是一名修士，因此应该"回到自己的居室中并保持安静"。但在巴勒斯坦，修士的人数要多得多，而且显然是些更难对付的人。有一次，巴勒斯坦的修士们群起反抗一位被他们认为是异端的耶路撒冷主教，官方不得不动用军队来恢复秩序。在异端皇帝瓦伦斯统治期间，事态进一步失控：修士们对皇帝任命的一位主教进行暴力示威，随后皇帝驱逐了大批修士，把他们贬到上埃及沙漠中的皇家矿山和采石场。

不过，修士们有时确实能逍遥法外。根据一项压迫性的、偏执的晚期罗马法，犹太人被禁止进入耶路撒冷，除了每年的犹太节日住棚节（Sukkoth）。在此节日期间，他们被允许来为他们的庙宇废墟哭泣。公元438年，欧多西娅皇后放宽了这些规定，此举令流散在外的犹太人激动不已，但也激起了更多原教旨主义修士的怒火。当犹太人以空前的数量聚集在圣殿山时，叙利亚修士巴尔索玛（Barsauma）掀起了一场反犹大屠杀，袭击并杀害了许多犹太朝圣者，这是当时最为可怕的反犹运动之一。巴尔索玛为自己辩护说，他和他的追随者并未直接参与此事，犹太人是死于"从天堂降下的打击"。但幸存下来的犹太人有证据证明这是谎话，因为他们设法抓住了巴尔索玛的十八名追随者，并把他们拉到皇后那里讨公道。然而即便贵为皇后，面对巴尔索玛召集起来的暴徒修士也束手无策：人群中为暴徒加油助威的人威胁要烧死她，并高呼"十字架已经胜利"；"人民的声音无边无际，汹涌澎湃，经久不息，如海浪呼啸，令城中的居民闻之战栗"。巴尔索玛一直未被绳之以法，后来还被叙利亚正教会封圣。

然而，尽管有如此种种的大屠杀、叛乱和内部动荡，巴勒斯坦的人口在拜占庭时期还是大幅增长。对在以色列和约旦河西岸的田野中发掘出的陶器进行的考古调查发现，拜占庭时代陶器的分布密度是以色列时期①的四倍左右，这意味着拜占庭时期的人口一定比之前的时代多很多。这一时期，该地区以前（和自此之后）了无人烟的地方都已被开发。例如，在内盖夫（Negev）沙漠深处发掘出了六座拜占庭时代的城镇，这些城镇在当时都是耕地。可能一直要等到二十世纪，该地区的人口才开始赶上或超过六世纪达到的特殊峰值。

拜占庭人在巴勒斯坦地区的统治很可能就瓦解在这种骤然扩张中。在斯基托波利斯［现在的贝特谢恩（Beit Shean）］的考古挖掘表明，虽然该镇的妓院生意还很红火，但沐浴已经不流行了：这里的五处浴场在罗马时期都人头攒动，但在拜占庭人的统治下已遭废弃。这可能部分是由于修士们的影响，在他们眼中浴场是恐怖的东西，他们还对那些尽可能长时间不洗澡的人大加赞美。有一个关于沙漠教父的故事，满怀钦佩地讲

326

---

① 以色列时期（Israelite period）也称铁器时代（Iron Age），大致时间范围是公元前 1200 年至公元前 586 年。——译者注

一名游方僧如何在沙漠最远处的一个山洞里偶遇一位圣洁的隐修士，"相信我，我的弟兄们，我，帕博，这里最小的一个，从一英里外闻到了那个修士身上的好气味"。修士和他们的追随者不仅无视基本的卫生规范，而且有意地、心怀虔诚地对这些规范予以蔑视。

但这不仅仅是一个时代风尚的问题，它还是一个建筑学上的问题。古罗马时代的沟渠堵塞了，在斯基托波利斯，罗马帝国于多神教时期修建的整齐的排水沟年久失修，取而代之的是开放的下水道。在巴勒斯坦和约旦境内发掘的全部拜占庭遗址中，只发现了两个厕所，其中一个位于修道院厨房的正上方。

这一切造成了六世纪从头到尾绵延不绝的传染病。约翰·莫斯克斯的书中有许多地方提到了瘟疫的暴发。现代考古学的证据表明，当时麻风病、天花和肺结核十分猖獗，而虱子的扩散程度在中东地区的历史上无出其右。

如今有许多历史学家认为，正是六世纪晚期毁灭性的传染病和瘟疫使得拜占庭在黎凡特地区的统治迅速土崩瓦解。

在耶路撒冷逗留期间，我每天早上都会到旧城的街巷里漫步，寻找拜占庭时代的断壁残垣，经常由哈格普主教相伴。自我们第一次见面后，主教的情绪就好了些，而每当经过不同聚居区的古老拱形走廊时，他最为兴奋，把我们身边古建筑的遗迹指给我看，还向我介绍旧城里一些不寻常的现代居民。

"看见那个瞎眼乞丐了吗？对，就是十字军拱门前面，坐

在轮椅上的那个人。他每天只有早上九点到中午十二点是瞎
的。之后他把墨镜摘下来，去干别的工作——到穆斯林区的一
家烤肉店当服务员。那家的烤肉串很好吃。那边是施洗约翰教
堂，里面有一些可爱的拜占庭石雕，但是希腊人在教堂后殿里
弄的新壁画非常难看：亮黄色和亮蓝色。"

　　主教不寒而栗了一下。"这些现代希腊人的品味啊……你
见过他们在圣墓教堂里贴的镶嵌画吗？看起来像是沃尔特·迪
士尼的作品。现在，往下面看，看到那个卖橄榄木木雕的高个
子男人了吗？他叫伊萨。之前当了很多年的厨师，拿手菜是三
明治：适合婚宴上用的精致三明治。他家的特制碎肝三明治特
别有名，很快就使他成为老城最受欢迎的餐饮商。后来有人注
意到，每逢哪里举行婚礼，他家附近的猫的数量就会下降：每
次举行婚宴，都会有八到十只猫失踪。这件事传开了，但人们
还是一直找他买三明治。最后他无法满足人们的需求了：猫不
够，他的货出不来。所以他改行去卖橄榄木木雕了。不过，他
至少对猫还是挺人道的。有一个塞浦路斯修士，在四旬斋节时
让他可怜的猫儿禁食，还把它们拴了起来，半夜里你能听到被
他锁起来的猫的嚎叫声。不仅是四旬斋节。大约每年他都会做
一次梦，在梦中他认为自己得到了弥赛亚降临的独一无二的预
感。所以他在接下来的两周里都让这些可怜的猫整夜尖叫，期
待第二次降临。那声音真可怕。现在，看那根柱子……"

　　在这些漫步中最令我惊诧的是，我发现耶路撒冷的拜占庭
遗迹已经所剩无几。在叙利亚北部，成百上千的无名古镇和村
庄仍近乎完璧地保留下来，但在耶路撒冷——也许曾经是整个
基督教帝国最宏伟的省会城市——只有零零星星的地板镶嵌画
碎片与成堆的倾圮的立柱，流露出已经失落的往昔。在这座城

市中，沿着约翰·莫斯克斯在书中的足迹，你所能见到的是些
阴冷潮湿的地窖和暗淡无光的地下室，但即使在这些地方，也
没有什么超出古玩收藏家兴趣范围的遗迹。颇具讽刺意味的
是，耶路撒冷仅存的拜占庭时代建筑是一座清真寺——有岩石
打造的圆顶——是七世纪晚期帝国在东部的统治垮台后，拜占
庭工匠为新的穆斯林征服者所建造的。斯蒂文·朗西曼将它的
圆顶称作"拜占庭建筑中圆形建筑风格的最高典范"。

　　君士坦丁当年建的那座圣墓教堂几乎没有剩下多少。透过
叙利亚小礼拜堂侧面的一个黑暗小洞可以看到它的墙壁碎片，
但现存的大部分建筑是十字军时期的，后来奥斯曼帝国时期又
增补了一些。查士丁尼为神之母圣母玛利亚建造的雄伟的尼娅
教堂（the Nea）也消失了，莫斯克斯的一个朋友，奇里乞亚
的莱昂提奥斯神父在这座教堂里工作了四十年。它的碎片
（如今只剩下一堆断壁残垣，还有一些奇怪的拱形下部结构）
散落在犹太人聚居区的各种地下建筑周围。考古学家挖掘出了
遗迹，似乎对他们的发现感到兴奋，但外行几乎不可能想象得
出来，这些引人伤感的乱石堆曾经超越了查士丁尼时代的许多
教堂——伊斯坦布尔的圣伊琳娜教堂或拉文纳的圣维塔莱教
堂——更不用说可以与拜占庭最伟大的建筑，圣索菲亚大教堂
并驾齐驱。

　　拜占庭时代耶路撒冷的中央大集市卡多（The Cardo）也
经历了类似的事情。1884 年，在外约旦的米底巴（Madaba）
发现了一幅六世纪的镶嵌画地图，这幅地图显示卡多占据了耶
路撒冷的主要位置，耶路撒冷到处都发现了它的残迹。在圣墓
附近的亚历山大临终关怀院（属于俄罗斯东正教会）的深处，
能够看到一百码长的拱廊和铺路，以及一个朴素的拜占庭式的

328

古典凯旋门。卡多在犹太区的一个地洞里再次露出了二百码，旁边是一排新开的精品店，向美国游客出售犹太教的青铜七烛台、以色列国旗和希伯来 T 恤衫。然后它就消失在一家餐馆的边上，再也找不见了。

一个潮湿的冬日下午，我和哈格普主教在奥地利临终关怀院附近的一家亚美尼亚餐馆吃过午饭，然后去了大马士革门（Damascus Gate）外一个繁忙的道路交叉口，在这里你看不到任何拜占庭建筑的遗迹。主教站在一座新建的塑料公交车候车亭旁的人行道上，问我能看到什么。

"嗯……"我鼓起勇气说，"公交车候车亭？"

"还能看到别的吗？"

"几个检查井？"

"没错。一座公交车候车亭和几个检查井。没有别的了。"

"没有了，"我点头，"那又怎样？"

"这个检查井是拜占庭时期最大的亚美尼亚修道院之一的遗址。往东北方向看，加油站旁边，是圣斯蒂芬教堂的修道院，耶路撒冷最大的希腊修道院。现在在修道院教堂的地基仍然在法国人的圣经学院（École Biblique）的小礼拜堂下面。但人们认为它的修道院建筑早已消失了。"

我提到耶路撒冷陷落之前，索菲罗尼乌斯在圣斯蒂芬教堂所做的最后一次弥撒，并问它是什么时候被发现的。

"这两座修道院——希腊和亚美尼亚的建筑群——都是在以色列人修一条双车道时发现的，这条路要用来连接旧城和约旦河西岸的一些新定居点。犹太定居者说他们需要一条新的道路，因为巴勒斯坦大起义的投石运动，这条路不能从阿拉伯居民区走。以色列考古学家发掘了遗址，把我们的镶嵌画拿去了西耶路撒冷，然后把这两处遗址就地填埋了。"

"你们没有抗议吗？"

"抗议？我们乞求他们把它保留下来。但他们不听，说他们的路更重要。他们只保留了我们的一间墓室。就在这个检查井下面。最初他们保证说朝圣者可以到里面去，也可以在里面安装照明，但这话到现在也没兑现。我们基督徒现在在耶路撒冷人少势微。我们没有能影响政府决策的游说团体。我们甚至连投票权也没有。结果，在几个月的时间里，中东有史以来发现的两座最大的修道院从地球上被抹掉了。今天路过此地的游客永远不会知道这里曾有什么基督教建筑，更不用说是两座巴勒斯坦最重要的修道院了。"

"他们可能没那么多钱来做文保工作，"我说，"世界上有很多地方的历史遗址都被夷为平地了。" 330

"就在发现这两座修道院的同时，"哈格普回答，"建筑工人在离这里一英里远的巴勒斯坦锡尔万村（Silwan）发现了一座十五世纪的墓葬，里面埋的是一位拉比①。从考古学上来讲，这个遗址并不是特别重要，但现在游客都被领到那里去，给他们的印象是耶路撒冷一直是个犹太人占主导地位的城市。其实完全不是这么回事：一千八百年来，犹太人在耶路撒冷一直是少数群体。但是，因为耶路撒冷的最终政治地位仍悬而未决，所以对以色列人来说，掩盖或至少粉饰真相至关重要。耶路撒冷理所应当是他们永恒的首都，而这些修道院是基督教曾

---

① 拉比（Rabbi）意为"圣人"，是犹太人中的一个群体，教师与智者的象征。它指接受过正规犹太教育，系统学习过《塔纳赫》《塔木德》等犹太教经典，担任犹太人社团或犹太教教会精神领袖，或在犹太经学院中传授犹太教教义的学者。——译者注

经统治耶路撒冷的证据，所以它们被雪藏了。"

"我相信它们被推倒肯定是有理由的，"我说，"我不相信阴谋论。"

"他们答应给我们装一块纪念铭牌，"哈格普皱着眉头回答，"现在两年过去了，除了这个检查井，你还能看见什么？他们手里还有从亚美尼亚墓葬里发掘出来的骨骸和镶嵌画。它们现在被放在以色列博物馆后面的储藏室里。如果我们不喊不闹，表现得好一点，可能能把它们弄回来。否则我们大概就会忘掉。至于修道院，我们可能还要再等上一个世纪，一直等到这条路被拆掉，我们才能把我们的圣殿弄回来。"

我们漫步在两座业已消失的修道院的遗址上，哈格普把各个地方的大致位置指给我看：这里是一幅镶嵌画，那里是一座临终关怀院，这里是修道院的教堂，那里是修道院的其他建筑。

"这是一片巨大的建筑群，"哈格普说，"从这里一直到加油站。这是亚美尼亚人在这里的第一个聚居区，它再次提醒我们，基督教在耶路撒冷的存在是自古以来的。"

我们朝车库走去。再往前一点就是圣经学院，哈格普答应帮我搞一张图书馆的读者票。当我们经过加油站时，哈格普突然指着加油站旁新栽种的花园里的一块牌子。

331

"你看！"他说，"这是新的。肯定是刚立的。"

我们走上前去，那是一则用希伯来文和英文写的告示，但没有阿拉伯文：

耶路撒冷市/交通部

1 号路考古花园：

第三面墙的遗址。

"我不信。"哈格普主教说。

"第三面墙是什么？"我问。

"是公元 66 年犹太人起义之前，希律王亚基帕（Herod Agrippa）修建的城墙。这是一个很重要的发现。多年来学者们一直在争论这面墙的位置，所以把它保护起来是很合理的。但是，在保护它的同时，一整片修道院建筑群在我们眼前被抹掉了，就在它隔壁——而这只是由于民族主义的偏见。没有任何东西来纪念我们的遗迹。没有任何东西提到它们。什么都没有。好像它们从来就没有存在过。然后他们发现了一面十英尺的墙，是他们的希律王时期的文物，于是他们专门建了一座考古花园来保护它。你还觉得我是偏执狂吗？"

不久后，我去了《耶路撒冷邮报》收集剪报的资料室，以及圣经学院的考古部，查证哈格普主教的话。

事实证明，就像耶路撒冷许多表面上微不足道的争端一样，修道院建筑群的问题已经迅速发酵成一桩国际丑闻。以色列当局决定埋掉两处主要的基督教建筑，这使耶路撒冷的基督教会深感恼怒。他们还对遗址缺乏保护的现状愤恨难平：由于缺乏保护，破坏者［据《耶路撒冷邮报》报道，是来自百倍之地（Mea She'arim）① 附近的极端正统犹太教徒］把柏油泼到了一幅美丽的六世纪拜占庭镶嵌画上，还在一处基督教墓穴

332

---

① 百倍之地是耶路撒冷最古老的犹太聚居区之一，现主要居民是极端正统犹太教徒。其名源于圣经《创世记》26：12 中"以撒在那地耕种，那一年有百倍的收成。耶和华赐福给他"。——译者注

的顶上堆石头。教会领袖们接受了国际新闻界的采访，明确表达了他们的观点——犹太教的重要考古发现得到了保护与尊重，而以色列为了维护其对耶路撒冷的权利，对基督教文物漠然视之。当这些采访没有收到实际效果时，圣地所有主要基督教会的负责人，就以色列的文化政策发表了一份正式的联合投诉声明，控诉以色列的文化政策，特别指出以色列对基督教考古遗产的"掠夺"，并威胁说要呼吁国际社会来保护他们的古迹，除非当局"采取恰当和令人满意的措施来保护我们共同的基督教遗产"。

根据以色列官方出具的考古报告（意味深长地题为《第三面墙的发掘工作》），在大马士革门以北的发掘工作中发现的独立修道院不是两座，而是四座，另外还有两座朝圣者招待所和一处大型基督教公墓。此外，不久之后，在雅法门（Jaffa Gate）附近的玛米拉项目（Mamilla Project）的建设过程中，发现了第五座拜占庭基督教建筑——一座装饰着镶嵌画和罕见壁画的小礼拜堂。"玛米拉项目"是一个出于政治动机的计划，目的是将旧城和新城"融合"在一起，使这两个地方不可能再像1948年至1967年那样被分而治之，旧城归阿拉伯人，新城归以色列人——巴勒斯坦人希望恢复这种分治格局。尽管基督教徒掀起了空前的抗议浪潮，但这些遗址没有一个被保留下来供后人凭吊。雅法门外那座带壁画的小礼拜堂被推平，为一个地下停车场腾地方，其他的遗址则全部被重新埋上了。以色列文物管理局的吉迪恩·阿夫尼（Gideon Avni）在接受《耶路撒冷邮报》的采访时解释道："整个玛米拉项目的成败都取决于它（停车场）。"

世界上大约没有别的任何地方和圣地一样，将遥远的过往如此政治化。以色列在 1948 年宣布独立时提到"重建犹太国",从而将其存在的历史权利牢牢建立在《圣经》中曾在这一地区兴旺发达的以色列王国的先例上。自 1967 年以来,以色列在对约旦河西岸和戈兰高地殖民时使用了同样的理由。许多新建的犹太人定居点,如希洛(Shilo)、吉冯(Givon)和卡茨林(Katzrin),都是有意建在被确认为三千年前古代以色列人最初殖民的地方。

对当代政治的宣称建立在古代历史的互斥解释上,在这种情况下,考古学家几乎无法保持中立和客观。长期以来都有人指责以色列考古学家的发掘与其说是为了阐明该地的总体历史,不如说是为了揭示他们自己的历史;还有些说法称,他们挖掘又抛弃了和他们无关的土耳其、阿拉伯与拜占庭地层。值得赞扬的是,对这种政治偏见最激烈的批评来自以色列本国的自由主义者,他们对以色列考古机构的右翼民族主义偏见感到愤怒。1992 年,耶路撒冷的考古学家舒拉米特·吉瓦(Shulamit Giva)指责以色列的圣经考古学是"犹太复国主义者手中的工具,他们试图在以色列这片土地的古代史和现代以色列国的历史事件之间寻到联系"。她还说,以色列考古学已经"失去了作为一门科学学科的独立性,成为一场意识形态运动的刀斧,一种为新成立的国家提供'根基'的民族主义和政治工具"。

以色列著名作家阿莫斯·埃隆(Amos Elon)在《纽约书评》上发表了一篇关于政治和考古学的长文,响应了吉瓦的一些担忧。埃隆认为,此等行为最严重的时候是在犹太国早期:"在早年的这种种族中心主义氛围中,人们急于确定犹太人的遗址,过分强调去挖掘它们,并倾向于将遗址中的犹太地层展示给世人看,即便其他地层可能更富于历史或艺术价值。

考古学的任务是为了证明圣地的犹太历史，而不总是像它本应是的那样：探索物质遗迹，以确定这个古代文化与文明如此多元、如此丰富的国家的情况。"

334   其他以色列自由派批评该地区向游客展示历史的方式。耶路撒冷前副市长梅隆·本维尼斯蒂（Meron Benvinisti）自己是颇有名望的历史学家，主攻方向是十字军时期历史，他抨击了耶路撒冷大卫塔历史博物馆（Tower of David Museum of the History of Jerusalem）的偏见，这是旧城首屈一指的博物馆。本维尼斯蒂评论说："博物馆的书面文字告诉我们，在以色列时期之后，耶路撒冷被外国人占领了。将他们描述为'外国人'突显了博物馆视角的排他性——只有以色列犹太人对这座城市的宣称才是合法的。事实上，以色列时期只有六百年，而随后所有的历史时期都被博物馆展现为一连串的外族占领，如波斯人、拜占庭人、马穆鲁克、奥斯曼人和英国人（的占领）。"此外，本维尼斯蒂还指出，在一个覆盖了三十个展厅的巨大展览中，竟从头到尾没有出现过"阿拉伯"一词，整座博物馆里唯一提到的阿拉伯名字是哈里发征服者欧麦尔。"被呈现的是扭曲了的历史，"他总结道，"这是胜利者书写的历史。"

我最想与之讨论这一切的是方济各会图书馆研究所（Studium Biblicum Franciscanum）的米歇尔·皮奇里洛（Michele Piccirillo）神父。皮奇里洛是一位意大利方济各会士，自 1960 年以来一直居住在耶路撒冷，从那时起，他凭一己之力重新发现了《精神草地》中描述的大部分修道院世界。在一系列令人瞩目的发掘中，他发现了许多从前不为人知的拜占庭修道院、小礼拜堂、教堂和别墅（这些建筑主要建于六世纪至八世纪），在此过程中，他让人们看到了一个令人叹为观止的、古代晚期镶嵌画地砖的宝库，其中一些作品名列黎凡特地区考古发现中之最精美者。我在去以色列的途中经过约旦时曾见过其中的一些，因为最精美的一批就在米底巴和尼伯山（Mount Nebo）周围，紧挨着艾伦比桥（通往约旦河西岸的边防哨所）。瓦利德·琼布拉特收藏的波尔菲列昂镶嵌画中的那种苦行僧精神，在这里是几乎看不到的。相反，皮奇里洛的镶嵌画洋溢着一种引人注目的古典生活乐趣，暗示着在紧接查士丁尼之后的时期，希腊人的品位正在复兴（如果不是全方位的古典文艺复兴的话）：豹子在洋槐的旋涡中追逐雄鹿；一年四季的拟人化形象头戴冠冕、手持权杖坐在宝座上，看着牧羊人穿过卷曲的葡萄枝蔓；拿着笛子的萨蒂尔带领着酒神巴克斯的队伍，而丘比特从橘子树上掠过。

335

　　然而，这些新发现的重要性并不仅仅局限于美学和艺术史领域。最意想不到的一点可能是它们所揭示的惊人的延续性。根据皮奇里洛的说法，七世纪的阿拉伯征服在考古学上是微不可辨的：统治者变了，但生活还是一如既往地延续着。事实上，他挖掘出的许多最杰出的"拜占庭"作品的年代都是阿拉伯征服后不久，那时社会秩序得到了更好的维护，贸易繁荣，该地区也得以从拜占庭的沉重赋税下解放出来。皮奇里洛将其毕生工作汇总为《约旦的镶嵌画》（*The Mosaics of Jordan*）一书，该书写道："考古学家试图在'穆斯林征服前'和'穆斯林征服后'之间找到一个断层，但一无所获。考古学证明了这两个时期的延续性。"

这是有原因的。正如在野蛮人入侵罗马帝国的西半边之前，盎格鲁－撒克逊雇佣兵被征召到西欧保卫罗马北部边境一样，在穆罕默德前的几个世纪，阿拉伯基督徒部落被拜占庭统治者征召来保卫东部边境。如查士丁尼曾与两个阿拉伯基督徒部落结盟：伽珊部落（Banu Ghassan）和台额里卜部落（Banu Taghlib），他把这两个部落都安置在基督教帝国的疆域之内。因此，到阿拉伯人征服的时候，阿拉伯人已经是拜占庭帝国东部诸省中一个重要的少数民族。

然而，皮奇里洛的著作暗示，阿拉伯人对巴勒斯坦的渗透一定比人们从前所认识到的更为平和。事实上这种渗透非常缓
336 慢，以至于他们的征服似乎没有给该国居民的种族构成带来什么直接变化。当地居民在被征服后很快就采用了阿拉伯语，几个世纪以来，许多人皈依了伊斯兰教，但征服者的军队规模不大，最初不过是在现有人口上叠加了一个军事阶层。大规模的人口交换也没有出现。因此，我们今天所看到的巴勒斯坦人——尤其是巴勒斯坦基督徒——很可能就是莫斯克斯在七世纪穿越这一地区时所见的混居民族的后代：从最早的史前时代起，就在这一地区来来去去的许多民族的混合体。

皮奇里洛的证据至关重要，因为以色列的官方历史所描绘的仍然是一幅烧杀抢掠的游牧征服者从沙漠席卷而来的画面，他们使该地区沦为一片人烟稀少的荒漠——直至十九世纪犹太复国主义运动肇始。尽管没有哪个正经的历史学家（不管是以色列的还是别国的）会试图为这种对巴勒斯坦中世纪史的粗暴歪曲站台，但这个版本仍然在政府宣传中占有一席之地。例如，一本由以色列外交部出版的信息手册《关于以色列》（*Facts About Israel*），以一篇十五页的"以色列土地的历史"

作为序言。它在对《圣经》中的以色列王国进行了极其详尽的描述后，将这一地区一千四百年的伊斯兰历史写到了一个题为"以色列土地上的阿拉伯人"的小节里：

> 阿拉伯移民流入和流出该国始于七世纪的阿拉伯征服，此后随着经济增长和衰退而波动……到十九世纪末，犹太人的发展刺激了这片土地的经济和社会复兴，周边国家的许多阿拉伯人被该地区的就业机会、较高的工资和较好的生活条件吸引来。

我打电话给皮奇里洛，他请我下午去喝茶。我们坐在他的方济各会图书馆的小房间里，就他的工作谈了很久。

"我发掘的所有遗址都对以前的观点构成了严肃质疑，"他说，"老观点认为是阿拉伯人的入侵导致了基督教建筑的损毁，阿拉伯人迫害基督徒，并禁止建造新的基督教堂。但大批基督教镶嵌画的历史能够追溯到倭马亚王朝时期，这构成了非常有力的证据，它不仅证明了基督教存在的延续性，也证明了新的伊斯兰统治者的宽容。"

我向他打听我了解到的关于以色列考古机构抱持偏见的说法。他的回答很明确。他说，不论以色列建国初期的情况是怎样，目前以色列的考古方法都是非常专业的。他认为，对以色列境内历史遗迹的发掘是公正的、不分宗教的。但他同样坚定地认为，在对这些发现的呈现上存在严重的差异。

"对基督教遗址的系统性保护比不上犹太人的那么好，"他说，"当然，文保工作在任何地方都不是小事。但在这里，它很容易变成一个政治问题，以色列人应该加倍注意。事实

337

上，圣地有许多社群。每个社群都有自己的权利，一个国家要想得到别人的尊重，就应该尊重别人。"

"这种忽视是怎么表现出来的？"我问。

"他们把犹太教堂照管得很好，"皮奇里洛说，"他们用遮挡物盖住它们，禁止人们踩到镶嵌画上。但新发现的基督教堂或修道院很容易被他们重新埋掉，他们对大马士革门外的那些教堂和修道院就是这么做的。他们绝对不会想对犹太教堂这么做，宗教机构也绝不会允许他们这样做。对待基督教建筑，他们要么推平，要么把它们晾在那儿。在约旦，我发掘的每幅镶嵌画现在都放在特别建造的保护所里，甚至在特别建造的博物馆里。但在以色列各地，许多带精美镶嵌画的教堂都直接暴露在天底下。"

"这很要紧吗？"我问。

338   "非常要紧。如果这些基督教遗址得不到保护，它们就会遭到人为破坏。"

就在几天前，《耶路撒冷邮报》刊发了一篇报道，说有人破坏了位于马穆谢特（Mamshit）的一座无人守卫的拜占庭教堂，该教堂位于迪莫纳（Dimona）的以色列核设施附近。"破坏者被怀疑是极端正统派犹太教徒，他们拆毁了彩色镶嵌画，砸了支撑教堂天花板的立柱。"该报道说，前两周发生了一系列类似事件，此事只是其中之一，位于戈兰高地的苏西塔（Sussita）的一座拜占庭教堂也被捣毁了。看来，极端正统派对这些事件负有责任，据说他们反对一切考古挖掘，所以并不是在专门针对基督教遗址，但基督教遗址确实在他们的打击名单上。

"但你看，"皮奇里洛接着说，"这不仅仅是一个防止破坏的问题。一幅镶嵌画……"他寻找着合适的词，"一幅无人照管的镶嵌画就像一串被剪断了绳子的念珠。一两块嵌片没有了，整幅镶嵌画就分崩离析了。在很短的时间内，一切——一切——就都没有了。"

耶路撒冷，11 月 14 日

以色列和约旦河西岸最令人沮丧的一点在于，同享圣地的两个民族之间的深深沟壑。以色列人雇用巴勒斯坦人做的工作都是以色列人自己不愿做的：钱太少，活太脏，或者太无聊。巴勒斯坦人在流水线上做工，打扫街道，洗刷盘子。除此之外，两个族群就没有别的联系了，也没有什么友谊可言。没有交流晚宴，异族通婚几乎闻所未闻。少数几个能让巴勒斯坦人和以色列人在平等条件下并肩而立的地方——例如在希伯伦（Hebron）的牧首陵寝前祈祷——也是以双方的紧张关系闻名，而不是因为在团结这两个相互对立的民族上发挥了什么作用。他们之间的分歧似乎太深，无法弥合。

339

这一切与奥斯曼帝国早期的局势形成了鲜明对比，当时巴勒斯坦同中东其他地方一样，宗教交流的活跃度是令人难以想象的。在叙利亚，我目睹了宗教合作仍在赛勒斯和赛德纳亚修女院延续着，现在我想知道圣地是否也有类似的事情，是否有圣祠能容纳两个社群相互交流沟通，而不是刀兵相见。

我在圣经学院发现了 J. E. 哈诺尔（J. E. Hanauer）出版于 1907 年的一本书，名为《圣地的民间传说：穆斯林、基督徒和犹太教徒》（*Folklore of the Holy Land : Muslim, Christian and Jewish*）。书中提到伯利恒附近的贝特贾拉村（Beit Jala）有一座圣堂，当时巴勒斯坦的三大宗教群体都频繁光顾此地。基督徒把它当作圣乔治的出生地，犹太人把它当作先知伊利亚的埋身之所，穆斯林则把它当作传说中主管生育的圣人"希德尔"（Khidr，这个词在阿拉伯语里意为"绿色"）的故乡。据哈纳尔的说法，在他那个时代，这所修道院是"类似疯人院的地方。三大宗教的精神病人都被送到那儿，拿链子锁在小礼拜堂的院子里，关上四十天，吃面包，喝清水。希腊神父时不时为他们朗读福音，或根据情况需要对他们进行鞭笞"。在二十世纪二十年代，根据陶菲克·迦南的《巴勒斯坦的伊斯兰圣徒与圣所》（Mohammedan Saints and Sanctuaries in Palestine），一切似乎都没有发生改变，三个宗教社群仍然一同到那里参拜和祈祷。我想，那现在是什么样呢？

我在耶路撒冷的基督徒区四处打听，发现那个地方很有人气。在基督教世界所有最著名的圣地都可供挑选的情况下，当本地的阿拉伯基督徒遇到麻烦时——生病，或者更棘手的事，比如丈夫被抓进以色列监狱了，他们宁愿到贝特贾拉肮脏狭小的圣堂里寻求圣乔治的代祷，也不愿去耶路撒冷的圣墓教堂或伯利恒的耶稣降生教堂祈祷。但穆斯林和犹太教徒是什么情况呢？他们还上那里去吗？贝特贾拉离耶路撒冷不远，所以我开车到那里去想一探究竟。幸运的是，我碰巧和圣堂的管理员、一个希腊东正教徒同时到达。

梅多狄乌斯神父留着灰白的胡子，身穿蓝色长袍，头上戴着一顶黑色的小烟囱帽，砰的一声关上了他的斯巴鲁旅行车的车门，并用遥控钥匙咔嗒一声锁了车。然后他朝教堂的大门望去，皱起了眉头。

在圣乔治教堂的门口，两名戴白色头巾的穆斯林妇女耐心地等待着。一个拿着一条做工精致的锦缎面纱，另一个拿着一块小小的长方形祈祷垫。旁边是三个胡子拉碴的巴勒斯坦工人，每个人手里都抓着一根绳子，绳子另一头系着一只瘦小的绵羊，腿打着弯，看上去几乎没什么肉。梅多狄乌斯神父生硬地点了点头，从两位妇女手中接过礼物，把羊交给看门人——一个年纪很大的驼背阿拉伯人，戴着脏兮兮的卡菲耶，他把羊牵到修道院大门旁的一个棚子里。

"恐怕我要到星期一才有时间献祭这些羊，"梅多狄乌斯神父有点儿简慢地对那三个工人说，"如果你们想收集宰羊的血的话，四点钟来。"

工人们向后退去，一直退到路上，千恩万谢地鞠着躬，就像小学生感激地获准从校长办公室出来一样。梅多狄乌斯示意我跟他进教堂，并刻意地关上了我们身后的门。

"你看看这个！"他说，把那条祈祷垫举到一臂远的地方，好像上面有病毒，可能会传染给他似的，"上面绣着麦加的图案！你告诉我：我们能拿它做什么？还有这个面纱？它值多少钱？十谢克尔？算了。那些羊：真了不得。"

"来这里的穆斯林多吗？"我问。

"多吗？有好几百个！几乎和来的基督徒一样多。当我来到这里时，经常会看到地上、过道里、楼上楼下全是穆斯林——"他用手在空中划了一道，"屁股撅在空中，祈祷垫在地上：是的——在一座东正教堂里面！"

他的鼻息把胡子吹了起来："你看，和我们一样，穆斯林相信这座教堂建在圣乔治的出生地上。圣乔治对他们来说也是一位伟大的圣人。"

"犹太人呢？"我问，"他们也来这里祈祷吗？"

"从前巴勒斯坦的犹太人会来的，"梅多狄乌斯神父回答，341
"但现代以色列人永远不会到这样的圣堂来。"

他领我到中殿的一根柱子前，上面挂着一幅圣像。在乌黑的烟熏污渍和锦簇的银饰下，我差不多能辨认出那张熟悉的古典面孔：年轻的拜占庭骑兵身穿金色的胸甲，手中高举着长矛，骑在一匹雪白的战马上。

"所有的阿拉伯人——无论是基督徒还是穆斯林——都叫他'希德尔'——绿色的。巴勒斯坦人认为圣乔治可以保佑妇女生孩子，或者让她们的田地里长出好庄稼，让她们的羊生出健康的羊羔。如果她们如愿以偿，那她们就会回来给我这些……"他结巴着寻找要说的词，"……这些……这些……毯子。"

"或者是一只绵羊。"

"是的，那更好。不过我当然只能保留一小部分。其余的捐给穷人，捐献者则把血涂在门柱上。这是传统。"

"听起来很像是多神教行为。"

"很可能是的。"梅多狄乌斯神父说道，他的脸皱了起来。

这一切都很奇异：东正教神父们欢欢喜喜地宰绵羊，将它献祭给圣乔治。这种敬神的方式也许不是嘉德骑士们所希望的。毕竟英格兰人总认为自己在某种程度上垄断了圣乔治。如果说维多利亚时代的人们曾毫无心理障碍地宣称上帝是英格兰人，那么更不会有人怀疑英格兰的主保圣人是谁。有哪个英格兰小学生不晓得"愿上帝保佑哈里、英格兰和圣乔治"[①] 的战吼？圣乔治的遗骸不是在温莎城堡吗？他的旗帜不是英格兰国旗与大不列颠国旗的关键部分吗？

---

① 出自莎士比亚《亨利五世》第三幕第一场。"哈里"（Harry）即"亨利"（Henry）。——译者注

　　然而，一个在中东，特别是在阿拉伯基督徒中间旅行的人，很难不马上意识到英格兰人并非唯一宣称拥有圣乔治的群体。英格兰人也许真情实感地相信，他们已经把自己的主保圣人安全地藏在温莎城堡的圣乔治礼拜堂里，但这对阿索斯山上的九座修道院、希腊的三十五座教堂、克里特岛和希腊其他岛屿上的二十四座教堂和修道院、塞浦路斯的六座教堂、埃及的十五座教堂、以色列和约旦河西岸的五座教堂、阿勒颇的城堡和伊拉克北部的两座修道院来说都是新闻，它们全都声称自己有幸拥有部分或全部的圣乔治遗骸——无处不在、骨头特别多的圣乔治。

342

　　事实上，对圣乔治的崇拜起源于拜占庭时期的黎凡特地区，它风靡英格兰要等到东征的十字军归国以后。1348 年，爱德华三世宣布圣乔治为嘉德骑士团的主保圣人，就在此时，圣乔治似乎取代了忏悔者爱德华，成为英格兰的国圣。

　　虽然现在绝大多数学者倾向于认为圣乔治可能是真实存在过的人物，但关于英格兰主保圣人的确凿史料却很难获知。他似乎是一名来自巴勒斯坦的基督教军团成员，大约在戴克里先统治时期（公元 284 年至公元 305 年）因拒绝崇拜多神教的神灵而以身殉道。尤西比乌斯在《教会史》第八卷中提到的那位死法尤为惨烈的无名殉道者可能是他，也可能不是，但现在可以明确的是，对他的崇拜发源很早，起源于利达（Lydda），即现在特拉维夫的洛德（Lod）郊区，它相当于圣地的希思罗，就在通往本-古里安机场的喷气式飞机航道下面。其他的确凿证据就没有了。在六世纪时，圣乔治就已经被称作"只有上帝才知晓其行为的好人"。

　　但事实的匮乏从未成为中世纪的圣徒传记作家们的绊脚

石，他们还是整合出了细节详尽的圣人生平传记，圣乔治崇拜以惊人的速度传播，并在这一过程中不断添加奇闻逸事，还纳入了多神教的传说。到了1260年前后，雅各布·达·沃拉金（Jacobus da Voragine）在热那亚撰写《金色传奇》（*The Golden Legend*）时，圣乔治的生平故事已经成为中世纪圣徒传记中最长的篇章之一，它围绕着一条龙，这龙的气息可以"毒死所有接近它的人"。

343 　　如今在贝特贾拉举行的圣乔治祭拜活动的有趣之处在于，它仍然很原汁原味，和圣乔治在获得中世纪晚期那些传说（它们填满了《金色传奇》的字里行间）之前相去不远。一方面，和现在一样，圣乔治被视作生育的象征、一个受过洗礼的绿人；另一方面，他是战斗圣徒、与恶魔搏斗的人、对抗邪恶力量的神圣斗士。

　　圣乔治－希德尔的神话已经传遍整个亚洲，从波斯往东，它与基督教的联系早已被人遗忘：我在德里郊外时曾被带到一个山洞，穆斯林苏菲派会在这个山洞里禁食四十天，以召唤出绿色苏菲派希德尔。然而，东方还没有哪个地方能像他的出生地贝特贾拉那样，可轻而易举地召唤出希德尔。

　　"你可以随便问一个人，"当我问他这件事时，梅多狄乌斯神父说，"到外面的大街上随便拦一个人，问问他们有没有见过圣乔治。他们都会有故事和你说的。不要相信我的话：你自己出去亲眼看一看。"

　　我们离开了教堂，我按照他的建议做了。我们遇到的第一个人是一位名叫曼索尔·阿里的穆斯林老人。我问他有没有见过圣乔治。

　　"当然有，"他说，"我就住在前面的街角，所以我经常见到他——他总是骑着马来来去去。"

"你是在梦里看见的吗？"

"不，是在醒着的时候，在白天。他没有死。每当我们有麻烦，他就会来帮助我们。"

"怎么帮？"

"去年我求他帮我的孩子们找工作。两周之内，我的两个儿子都找到了好工作。"

"他还给其他人创造了更大的奇迹，"年老的看门人说，他拖着步子走上来，正偷听我们谈话，"上个月从拉马拉来了一个大块头男人。他病得很重，中风了，说不出话。一半的身子都不能动。他来到这里，从圣乔治的圣像前燃烧的灯里取了一些灯油。两周之后他就痊愈了，带着一对绵羊回来还愿。他一直唠唠叨叨地和我们说话，直到我们把他锁在教堂外面才罢休。"

344

后来，我们回到修道院的庭院里，我问梅多狄乌斯神父："你真的相信这些关于奇迹的说辞吗？"

他捋着胡子。"要看你是不是信他，"他沉默了一会儿，说道，"如果你不信圣乔治，那就什么都不会发生。如果你是真的相信他，也许就能够被治愈。"

"那你相信吗？"我问。

"好吧，我给你讲一个最大的奇迹，"梅多狄乌斯说，"我一个人住在这个地方：这里没有其他修士，周围村子里也没有一个基督徒。那个看门人——他是穆斯林。我手下管理圣器的人也是。这周围全是清真寺：听——你听见了吗？那是晚祷的宣礼。"

梅多狄乌斯掏出遥控钥匙，打开了车锁。"贝特贾拉有很多哈马斯的人，"他打开车门，说道，"无论基督徒和穆斯林过去相处得有多么融洽，自从哈马斯在过去几年里崛起以来，局势就变得有点紧张了。但我本人很安全，整个修道院也很安全。我晚上睡得很好。现在，在以色列和约旦河西岸，这样的地方不多了，是不是？"

那天晚上，在耶路撒冷，我在房间里想起了 1990 年夏天第一次来约旦河西岸的场景，当时我听人讲过一个故事，它说明了被占领地区的紧张局势。我是在比迪亚村（Biddya）听到这个故事的，讲的是这里腐败的村长阿布扎伊德（Abu-Zeid），他是被以色列军事当局扶植起来，代他们统治这个村子的。

村民们曾七次试图推翻这个可恨的投敌者，而他最后的覆灭很快作为民间故事在约旦河西岸各地流传。我第一次听人细讲这个故事是在拉马拉的一家咖啡馆里，从那之后我就一直想去比迪亚寻找一个相对可信的说法，但这并非一件易事，因为这个村子几乎一直处于宵禁状态，最近一次是为了惩罚他们对路过的以色列巡逻队扔自制燃烧弹。不过有一天，早上六点钟，我接到了我在村子里的联系人，一个名叫乌萨马（Usamah）的巴勒斯坦地主的电话，他告诉我宵禁已经提前到中午。他让我收拾准备一下，他七点钟过来接我。

我们驱车出了拉马拉，开过一条大路，路上有以色列人的检查站——乌兹冲锋枪和铁丝网，有小鸟在上面筑巢——然后驶入约旦河西岸的乡村地带：低矮、干燥、起伏不平的斜坡；银色的橄榄树林；躲在陡峭的山脊下的、由老石屋组成的村落。在离比迪亚还有一英里的时候，眼前的景象发生了变化。在一条干涸的河谷拐弯处，我们看到了前方的阿里埃勒定居点（Settlement Ariel）。它是一个现代化的西方城镇，有购物中心、体育馆和超市。巴勒斯坦人不能申请到阿里埃勒居住，无论是基督徒还是穆斯林。这里的房屋只对犹太定居者开放。在这里做工的巴勒斯坦人要被迫佩戴印有"外国劳工"字样的大徽章，一些以色列自由派评论员将其与纳粹德国的种族歧视法律相提并论。后来徽章被取消了。

"那是我爷爷的土地，"我们从定居点下方经过时，乌萨马说道，"从迦南人时代起它就是属于这个村子的。但是以色列人在1977年占领了它。我们到现在也没有得到任何赔偿。"

乌萨马解释说，阿里埃勒现在住着八千名以色列人，但预计最终将有十万人定居在此，这对比迪亚来说不是什么好事，因为比迪亚就位于该镇下方，看起来它剩余的土地肯定会被全部征用，用于修建新的住宅区，而这些住宅区将不会对巴勒斯坦人开放。乌萨马说，今年又有一些将村庄与定居点隔开的橄榄树林被没收，继而被推平，以便为逃出种族主义抬头的俄罗斯的犹太人建造一千间房屋。巴勒斯坦人又一次被迫为欧洲的反犹主义埋单。

"一个俄罗斯人明天就可以来到我的土地上，比我、我的妻子和我的子女享有更多的权利，"乌萨马说，"现在耕地都被抢占了，橄榄树几乎都被砍了。每年他们都要多蚕食一点。他们认为，一块一块地拿是不会有麻烦的。"346

但比迪亚最终并没有坐以待毙，等着被人一点点推向灭亡。巴勒斯坦大起义爆发时，电线上挂起了巴勒斯坦的旗帜，人们举行示威游行，投掷石块。面对这种挑衅，以色列人本可以对该村实施严格宵禁，这能起到作用，但这既耗时又费钱，还会束缚大量军队。更省力的办法是通过扶植一个村长来控制该村，他代他的以色列主人维持秩序，作为回报，他将获得统领这个村子的权力。

七年来，阿布扎伊德一直以残暴手段统治比迪亚，而在他死后以色列人被迫直接对该村进行统治。这两种方法都没能制服比迪亚，但的确成功地把它毁掉了。比迪亚的总人口为3300人，其中超过500人——大多数是年轻人——被关进了监狱，40个家庭的房屋被毁。此外，每逢事变之后，军队都要砍倒一片橄榄树林：到目前为止，已经有2000棵树被砍伐了，只剩下几棵。从前村里90%的收入来自种植橄榄，如今已经破产了。

乌萨马的叔叔塔里克（Tariq）是庞大的纳斯贝家族（Nasbeh clan）的一员，这个家族一直统治着比迪亚，直到以色列军事当局将其罢黜。我们在他们家族祖宅的花园里见到了他，他正在一处藤蔓摇曳的棚架下侍弄着麝香玫瑰。乌萨马已经通知过我们要来，他的姊姊乌姆－穆罕默德为我们准备了早饭。她是个高个子女人，穿着一条宽大的、腰间束紧的蓝色裙子。我们在她的命令下坐到凳子上，啃着她为我们准备的一大堆橄榄、胡姆斯①和几块菲塔奶酪。

我们吃饭的时候，塔里克开始了讲述。"阿布扎伊德——上帝烧他的骨头！——他是个非常聪明的人。"他把他的念珠串绕到食指上，"真主啊！没人能像他一样知道怎么捞钱。"

---

① 胡姆斯（humus）：一种由煮熟并捣碎的鹰嘴豆或其他豆类，混合芝麻酱、橄榄油、柠檬汁、盐和大蒜等佐料制成的酱，是中东地区颇受欢迎的特色食物。——译者注

"怎么捞?"我问。

"那条野狗!"乌姆－穆罕默德说,"他什么都干。"

"是真的,"塔里克说,"我的老祖把阿布扎伊德的黑人祖先从希贾兹(Hijaz)带到这里来,给我们做家奴。这就是他报复的方式。"塔里克悲伤地摇摇头。"他竭尽所能地破坏这个村子。他会威胁说要修一条从别人家穿过的路,然后借此敲诈勒索。有一次他切断了所有人家的水电,要求每家支付五百第纳尔(七百英镑),然后才重新接通。"

乌姆－穆罕默德往地上吐了一口痰:"那都不算什么。是他对我们的土地所做的一切让我们恨他。"

"我的弟弟因为做了投石党人而入狱,"塔里克解释说,"阿布扎伊德来到我们家,说可以给他减刑。他让我父亲在一些纸上按了手印。后来我们才发现他是骗我父亲让给他在村西十德南①的土地。阿里埃勒现在在那里建了一个工业园。"

"阿布扎伊德欺骗了我们所有人,"乌姆－穆罕默德说,"他像疯狗一样咬周围的人。"

"我们拿到了一份有全村住户签名的请愿书,把它呈到军队总督那里。总督是个好人,我觉得他会取代阿布扎伊德。但阿里埃勒的定居者从中作梗。阿布扎伊德是他们的人。我们的请愿失败后,阿布扎伊德派人杀害了组织请愿的老人。我们当时就知道,我们必须赶在阿布扎伊德把村子毁掉之前除掉他。"

"我们处于军事占领之下,"乌萨马说,"我们没有法院或民事当局来维护我们的利益。占领已经把我们逼到这个分儿

---

① 奥斯曼帝国时期的面积单位,相当于希腊斯特伦马或英国英亩,代表了两头联套的牛一天时间内可耕的土地面积。——译者注

上了。"

"那时我们都不知道该怎么杀人，"塔里克说，"所以我们雇了一个贝都因人替我们杀。贝都因人投靠了以色列人，他们能参军和拥有武器。但只要付钱，想让他们杀谁都行。我哥哥认识这个来自卡西姆村的杀手。我们雇了这个人之后，他用一把乌兹冲锋枪射杀阿布扎伊德。他腹部中了十四发子弹。但没有死。以色列人把他送到耶路撒冷的一家新医院，给他装了一个新的塑料胃。一个月后他回来了。那个贝都因人现在还在监狱里。"

塔里克往嘴里塞了一颗橄榄："贝都因人失败后，我们发誓要亲手干掉阿布扎伊德。我们的第一次尝试非常外行。我们想把他撞死。第一次我们用了一辆小轿车，但他紧紧抓住了引擎盖。汽车撞到了墙上，司机死了，但阿布扎伊德毫发无损。接下来我们用了一辆大卡车，把阿布扎伊德撞进了医院——他失去了左腿——他的两个小儿子都死了，但阿布扎伊德还是活了下来。"

"但我们没有放弃，"乌萨马说，"我们派了一个男孩去特拉维夫的黑市买了两枚手榴弹。他回来以后先在一个山洞里试了一下。似乎很好操作，所以第二天他就把剩下的那个扔给了阿布扎伊德。它从他的车窗飞了进去，但它出了故障，没有爆炸。这件事之后，以色列人给了阿布扎伊德更多武器，还重修了他的房子，把它修成一座堡垒。"

"阿布扎伊德疯了，"乌萨马说，"他摧毁了所有被他认作是敌人的人的房屋。然后他买了两条大罗威纳。他那时常常拖着一条木腿，在村子里一瘸一拐地走来走去，带着狗、他弟弟和他剩下的两个儿子巡逻。天黑之后还在街上的人都会被他们打。"

"阿布扎伊德保证说要在下个橄榄季到来之前彻底摧毁这个村子,"塔里克说,"人们说他疯了。他炸毁了1967年以前约旦人给我们的橄榄压榨机,然后开始有计划地砍伐那些他不喜欢的橄榄树林。但他没有跑。他知道我们不会善罢甘休,不管他跑到什么地方去,我们都会找到他,把他杀掉。"

"第五次是大规模袭击,"乌萨姆说,"当时巴勒斯坦大起义正处于高潮阶段,青年党组成了突击队。3月6日早上八点,青年党用燃烧弹袭击了他的房子。他们的目的是引燃他车库里的煤气罐,把他炸死。但他们不知道以色列人给他的车库装了新的金属门。当他们试图破门而入时,阿布扎伊德一瘸一拐地爬到屋顶上,开始用枪挨个打他们。他杀死四个人后,村里的阿訇用清真寺的扩音器广播求救。全村的人都冲到街上,加入了战斗。当时那里最少有七百人。"

"但我们什么也没办成,"塔里克沮丧地说,"当我们都去做晚祷的时候,阿布扎伊德的一个儿子悄悄溜了出来,跑去了阿里埃勒。祈祷结束后,我们设法进入阿布扎伊德的车库,炸毁了他的防弹车。但我们还没来得及做更多的事,以色列定居者就来了。他们全副武装,开始向人群射击。再后来军队就来了,他们对村子实行宵禁,逮捕了一百人,并拆掉了……我不知道多少房子。"

"真主啊!"乌姆-穆罕默德说,她拿着一小碗胡姆斯回来了,"在那之后,村里连女人都想勒死阿布扎伊德。"

"是真的,"塔里克扬起眉毛,转动着念珠串,"但我们认为他不会想到这一点。所以第六次尝试杀他时,我们把我的一个侄儿化装成巴勒斯坦女人,让他头顶一篮水果去了阿布扎伊德家。阿布扎伊德和他的大儿子扎伊德坐在外面。我侄儿放下篮子，从无花果底下掏出一把手枪，在二十米远的地方开了六枪。两个人都中了枪，扎伊德死了，但阿布扎伊德只伤了左臂和一个肺。他在重症监护室躺了半个月，他们给他装了一条假臂和一个人工肺。到了这个时候，阿布扎伊德更像是个机械人了。但不到一个月他就又回来了。"

"村里有些人相信阿布扎伊德其实是某种精灵，"乌姆－穆罕默德说，"我们感觉他永远不会死。"

"他从我们手里溜了六次。六次！但我们最终还是把他抓着了。"

"我亲眼见证，"乌姆－穆罕默德说，整理了一下她的白色印花棉罩袍，"当时是橄榄季的前几天。一大早，我在从我哥哥家回来的路上，注意到阿布扎伊德的车沿着阿里埃勒的路开过来了。他转过一个拐角，看到一处路障。这时，两个青年党人从一堵墙后跳了出来——砰！——用乌兹冲锋枪向他的座驾扫射。"

"以色列人给他的车装了防弹窗户，"塔里克说，"但他没有关窗。"

"阿布扎伊德试图倒车逃跑，但他撞到了墙上，他们还是逮住了他，"乌姆－穆罕默德的脸上绽放出灿烂的笑容，"他死得很惨。我真高兴。"

"村里的人都来了，其中一位老人说，他们应该把汽油浇在车上，然后把它焚毁，否则以色列定居者可能会把他送去特拉维夫，用他们的一台机器把他救活。因为有前车之鉴，尽管阿布扎伊德胸口中了三十发子弹，他们还是怕他不死。"

"但是出了一件奇怪的事，你知道吗？"乌姆－穆罕默德舀了一些胡姆斯抹到皮塔饼上，然后塞进嘴里，"因为他是半个黑人，所以烧出来的烟像沥青一样黑。他死的地方，现在什么植物也长不出来了。"

"所以你现在明白了，为什么我们失败了六次，最后抓到他的时候会这么高兴了吧？"塔里克问我。

"我们把他杀掉并焚尸之后，犹太定居者看到了黑烟，又过来了。但他们来得太晚了。只剩下一个被烧焦的头骨，一根腿骨，一台被火烧焦的肺脏机器和一大堆塑料污泥，这是他的胃。他们能做的就是把这些东西装到一个袋子里，然后交给他老婆。"

"她把它扔到了垃圾堆上，"乌姆－穆罕默德说，"阿布扎伊德在基弗哈里斯（Kifl Harith）还有一个女人。他老婆和我们一样恨他。"

"军队对村子实行了两周的宵禁，"塔里克说，"我们连橄榄都收不了。但没有人在意。每家每户都像放假一样。人们载歌载舞。"

"即便监狱里的人也是高兴的，"乌萨马说，"阿布扎伊德所有的老仇人——当时有大约两百人关在监狱里——他们也开了一个盛大的派对。"

还有十分钟就要宵禁了。我站起身来向他们道别，乌萨马则催我赶紧上车。我们驱车离开村子，经过阿里埃勒的大门和炮塔。在铁丝网下面，定居者的推土机正在清理比迪亚的橄榄树林。

"杀死阿布扎伊德的那天对我们村子来说是一个了不起的日子，"乌萨马说，"但从长远来看，这又有什么用呢？"

他把车停在一堆被连根拔起的橄榄树旁，随后下了车，并示意我也下来。"这些树有一百五十年的历史——是以色列这个国家的历史的三倍长，"他一边说着话，一边从树根上拔下一块土块，用手把它掰碎，"一代又一代，我们的人民一年来三次为这些树穿衣、施肥、收割。我们所有的生活与传统都和这些树紧密相连。然而现在他们从美国带来了强大的机器，并在一刻钟内摧毁了我们的祖产。这些树把根扎得很深。看这些根把树和土壤结合得多么牢固！但现在它们被连根拔起，不管有没有阿布扎伊德，如果定居者得逞，我们就会是下一个。他们迟早会把我们全都赶出去。这只是时间问题。"

"美国人不会让他们这样做的。"我说。

"不会吗？"乌萨马回应道。

"你想要乌托邦？"罗恩市长说，"我有乌托邦！看！"

阿里埃勒定居点的长官罗恩·纳什曼（Ron Naschman）打电话给他的秘书。片刻之后，她带着官方照片集来了。

"阿里埃勒的设想是我提出来的，"罗恩市长解释道，"1977 年这里是无人区。什么都没有。你看：这里——除了这几棵老树外什么都没有。这是我在头一个帐篷里……那是我们后来搬进来的豪华大篷车。这是水箱和推土机。你看到这些大石头了没有？现在是超市。那边呢？那些石头现在是一片草坪。"

秘书拿走了相片集，罗恩市长在办公桌后坐下。他头顶上有一块铭牌：

致罗恩·纳什曼市长 　　　　　　　　　　　　352

为了朱迪亚、撒玛利亚和加沙的人民。

为了在以色列重建《圣经》的根基。

为了勇气、信念和远见。

为了一个安全的以色列，美国人敬献，1990 年 4 月。

"我让人们有机会参与最伟大的冒险活动，"市长说，"白手起家建设一座新城镇！为我们的未来建设一个新社会。"

罗恩市长显然知道他在公共关系方面的声誉。他还是个年轻人，周身散发着活力和朝气。他语速很快，口音完全是美国式的。

"我告诉你一件事。你知道阿拉伯人经常问我什么吗？'罗恩，你为什么到这座光秃秃的山里来？'我说：'给我五年，你会看到我们能用这片土地做些什么。'"

"你们和巴勒斯坦邻居有闹矛盾吗？"我问。

"阿拉伯人对犹太人没有意见，"罗恩回答，"他们和阿拉伯人——巴解组织的人有矛盾。巴解组织在这里实行统治——任何和我们合作的人都会死掉——甚至附近一个阿拉伯村子的村长也被巴解组织的人枪杀了，你知道这事吗？朋友，让我告诉你吧：这些阿拉伯人不想与以色列保持和平，他们想要以色列的土地。"

他微微一笑。"不过我想，你应该是在问我个人的观感。不，我并不反感阿拉伯人。我不是种族主义者：我有一个清洁女工是阿拉伯人，"他身体前倾，靠在桌子上，"没错，一个阿拉伯清洁女工。她单独和我的孩子们待在一起。我不能说每个人都能像我这样如此信任一个阿拉伯人。"

罗恩停顿了一下，好让他的自由主义的全部含义深入人心。"你懂的，威廉，我为我们在这里的工作深感自豪。一个美丽、干净的城镇，到处都是好人。我们接纳所有人。我们已经是以色列发展最快的城镇了。土地就在那里。困扰我们的是缺少房屋。如果能解决这一点，我们很快就能发展成一个有十万人口的城镇，在这些山上绵延八英里。"

353

他指向一张该地区的航拍照片，它被钉在书桌旁边的墙上。"去吧！四处走走！你自己看吧。这是一个自由的国家，一个民主的国家——中东唯一的民主国家！"

外面，晒得黝黑而健康的孩子们骑着 BMX 自行车，在碎石路上四处乱窜。超市、咖啡馆、商店和牛仔裤店在广场上排成一长溜。肯尼·罗杰斯（Kenny Rogers）的歌声通过管道穿过坦诺瓦。在游泳池和停车场里一排排闪闪发光的旅行车之外，西岸地区光秃秃的小山一直延伸到远处。

孩子们似乎不像市长那样对阿里埃勒充满热情。"无聊"是我采访过的绝大多数青少年的看法，"没有夜生活"。但成年人对这里感觉很好。最后我和迪娜·萨利特（Dina Salit）谈了谈，她五年前从加拿大移民到这里来。我们就着巧克力牛角包喝卡布奇诺，迪娜热情洋溢地开始聊天。

"我和我丈夫待在这里很快乐，真的很快乐。我的意思是，如果我们去的是特拉维夫，那还不如留在蒙特利尔。但在这里，我们正在起草一份真正的犹太复国主义宣言，我们在做一些完全不同的事情，你懂的。我的意思是，有多少人有幸能参与一个新城镇的建设？"迪娜眉开眼笑，"在这里，你感到你的存在的确起到了作用。在这里，你感到自己……被人重视。"

"是吗？"

"非常重视。霍华德是一家安全公司的董事，所以他也觉得自己很有价值。"

"阿拉伯人呢？"我问。

"我们在巴勒斯坦大起义之前和几个阿——拉伯人交了朋友，"迪娜拖长了第一个音节，"对我来说，作为一个加拿大人，这是个奇迹。我不知道还能和他们交朋友。我的意思是，你懂的，阿——拉伯人。但我们以前还是请了一些建筑工人来喝咖啡。我不是说我们是最好的朋友，或我们之间有风流韵事，但没关系。"

"巴勒斯坦大起义改变了一切吗？"

"是，也不是。我们不再请阿拉伯人来喝咖啡了，但是你懂的，在这里政治很少成为话题，"迪娜咯咯地笑着，"我们都更关心八卦，或者街道清洁。这是重要得多的问题！"

我付了账单，迪娜把我送到阿里埃勒的公共汽车站。当我们走在路上时，我问："那么，对那些愿意放弃你们的定居点和西岸其他地区以换取和平的以色列人，你怎么看？"

"我从来没听哪个阿拉伯人说他们只想要朱迪亚和撒玛利亚，"她回答，"对他们来说，这只是第一步。他们想把以色列人逼到海里。所有人都知道。阿拉法特可不会收留我——算了吧！"

她停顿了一下，在沉默之中，我听到肯尼·罗杰斯的歌声还在商场上空回荡。

"阿拉法特和他手下的人在玩政治游戏——而我们现在在谈论人民的家园。你知道这词是什么意思吗？人民的家园。"

拿撒勒，英国圣公会招待所，11 月 20 日

公元 570 年前后，约翰·莫斯克斯在圣狄奥多西修道院首次皈依为修士后退居荒野，在法兰（位于耶路撒冷北部）某个偏僻的山洞修道院里待了十年。

法兰，即现在的埃因法拉（Ein Fara），相传是巴勒斯坦最古老的修道院。它是由伟大的拜占庭隐修士圣查里顿（St Chariton）在四世纪初建立的，据说当时他住在一个山洞里，下面是一口纯净的泉水池。他在那里召集了一群志同道合的苦行僧，一同过着沉默寡言、自我克制和严格禁食的生活，中间辅以长时间的祈祷。两百年后，莫斯克斯似乎慕名到了这里来，而吸引他的与其说是它的古老，不如说是它当时的修道院院长、阉人科斯马斯神父（Cosmas the Eunuch）的智慧。在《精神草地》的一个重要段落中，莫斯克斯称科斯马斯是第一个建议他收集教父箴言的人："当他（科斯马斯神父）和我谈起灵魂的救赎时，提到了亚历山大港大主教圣阿塔纳修的一句格言。他对我说'当你听到这样的话语时，如果没有带纸，就得把它抄在衣服上'——科斯马斯神父对我们的教父和圣师的话语的求知欲是多么强烈啊。"正是这一建议最终促成了莫斯克斯编撰《精神草地》，拜占庭时代的巴勒斯坦修士们本未记录的历史也得以保存下来。

非常巧合的是，我刚踏上这段旅程时，在阿索斯山上遇到了一个修士，他声称自己是最后一个住在莫斯克斯曾住过的洞穴里的修士。亚历山德罗斯神父高个子，面色红润，身穿一件褪了色的哔叽罩袍，扎着东正教的短辫子，一簇灰白的胡须像早期拜占庭圣像上施洗约翰的胡须一样乱糟糟的。一天下午，

我在散步时偶然结识了他，不久前我刚从伊维龙修道院的图书馆里寻到了《精神草地》的手稿。他独自一人住在一处林间空地的小木屋里，位于卡里埃的高处。这是个田园牧歌般的地方、一处明亮而安静的隐居之所，周围点缀着百合花和冬青，视野极好，能俯瞰俄罗斯小修道院银色的穹顶，直达远方深邃、湛蓝、波光闪烁的爱琴海。但亚历山德罗斯神父对我说，这里不是他的家，也不是他向往的地方：他是在十年前被赶出圣地的隐居地后，才搬到希腊的这个山顶上的。

　　他解释说，自己在成年之后的绝大部分岁月里，一直住在埃因法拉的洞穴中，遵循沙漠教父们的修行方式，这距圣查里顿首次建立修道院已过了一千五百年。但亚历山德罗斯神父是这里的最后一个修士。在以色列征服和占领约旦河西岸约十年后，他开始收到死亡威胁，他认为威胁他的人是在附近建立了定居点的一群以色列狂热分子。1979 年冬季的某日，他的精神之父和远方的邻居，一位名叫菲卢梅诺斯（Philloumenos）的希腊修士，在纳布卢斯（Nablus）附近的雅各之井（Jacob's Well）的居室中被人砍死；有人毒死了他的狗，用斧头袭击他，然后用手榴弹焚烧了他的尸体。不久之后，亚历山德罗斯神父从耶路撒冷旅行回来，发现他的洞穴小礼拜堂被人亵渎，他的书籍和财物散落一地，遭到焚毁。小礼拜堂里的讲坛被劈成了碎片。于是他逃走了，乘船去了雅典，最后去了阿索斯山。洞穴和泉水之间的连接被切断，被包括进了一个新的定居点。

　　和许多隐修士一样，亚历山德罗斯神父是个非常古怪的人、一个圣愚，和他的宠物猫头鹰说话，喂蜥蜴，说时不时会有天使来看他。他给人的感觉是，他说的话也许不能完全从字

356

面意义上去理解。因此，当我造访耶路撒冷旧城的希腊东正教
会时，略感惊讶地发现，他说的很多东西其实是真的。一位和
菲卢梅诺斯和亚历山德罗斯都认识的大胡子希腊主教给我看了
一份文件，里面都是关于亵渎圣查里顿洞穴和发生在雅各之井
的暴力谋杀的报道与通信。我了解到，一名来自特拉维夫的以
色列精神病患者被指控谋杀了菲卢梅诺斯，还犯下了另外两起
谋杀案。我还被带去参观了锡安山东正教神学院的殉道者纪念
堂，菲卢梅诺斯神父支离破碎的头骨和被斧头劈过的骨骸躺在
那里，永久地（相当可怕地）展出。他穿着他老旧的修士服，
等待着未来可能的封圣。

"他是一个圣人，"年轻而虔诚的亚里斯托弗洛斯神父
（Aristopoulos）向我保证说，就是他带我去的殉道者纪念堂，
"菲卢梅诺斯神父接到过许多狂热的犹太教徒的电话，说他必
须离开雅各之井，那是属于他们的圣地，不是我们的。他养的
狗被毒死后，牧首建议他离开那里，搬到耶路撒冷去住，说耶
路撒冷更安全，但每次都被菲卢梅诺斯拒绝了。据说凶手在他
晚祷的时候找到了他，开始用斧头活劈他。"

"他没有直接把他杀了？"

"没有，"他回答，"而是砍了很多下：先是手，然后是
脚，然后是腿。把他砍成了碎片。非常可怕。直到最后他才扔
出手榴弹。"亚里斯托弗洛斯神父惊恐万分地画了个十字："但
你知道吗，他死后四年，人们为他举行了一场小型的圣事，把
他的遗骸挖了出来，然后发现他的尸体竟然没有腐烂。"

"可他已经被砍碎又焚烧了，怎么能不腐烂呢？"我问。

"好吧，没有完全腐烂，"他承认，"但这种保存程度仍然
非常神奇。在这之后，出现了奇迹——包括治愈病人——以及

菲卢梅诺斯神父的许多幻象。有些是我亲眼见过的。"

"你见过菲卢梅诺斯神父吗？"

"我梦见过他，"亚里斯托弗洛斯说，"我还闻到了他的气味。"

"我没搞懂，"我说，"你不是说他的尸身没有腐烂吗？"

"不，不，"亚里斯托弗洛斯神父说，"那是很好闻的气味。海湾战争期间，希腊领事馆命令所有希腊人回家。神学院关门了，所有的学生都撤离了。只有我一个人留了下来。为了躲避萨达姆的飞毛腿导弹袭击，我把小礼拜堂锁了起来，戴着防毒面具，在楼上我的房间里待了三个月。到了三月，战争结束后，我来到这里，打开门，自新年以来第一次走进这里——整个教堂里仿佛都飘满了香气：非常馥郁，非常美好，非常甜蜜。它是从菲卢梅诺斯神父那里来的。"

我想，奇迹故事就是这样开始的。

我把我当时和亚历山德罗斯神父的会面，以及他所住的洞穴被袭击的故事，告诉了亚里斯托弗洛斯神父。亚里斯托弗洛斯回答说，对教会产业的袭击绝不是什么稀罕事。他说，在六日战争期间，我们现在所站的地方遭到了一个以色列士兵的袭击，他向圣像开了几枪，然后受了伤——据亚里斯托弗洛斯说，子弹打到一幅圣母像上后反弹了回来，伤了这个士兵。

我查阅了比较清醒的《耶路撒冷邮报》档案，咨询了耶路撒冷不同的教会当局，发现从二十世纪七十年代初到八十年代中期，对教会产业的攻击浪潮确实发生过。一座耶路撒冷教堂、一座浸信会教堂和一家基督教书店被焚毁，据信是极端正统犹太教徒所为，而附近一所犹太学校的学生则对多米特修道院进行了严重的破坏。西耶路撒冷的英国圣公会教堂也发生了

358

一系列未果的纵火袭击事件（从前的老木门必须换成钢制的，以防止再三的纵火图谋），此外还有阿卡的两座教堂（旧城的一座希腊东正教堂和新以色列郊区的一座新教小礼拜堂）以及拉姆勒（Ramleh）的一座英国圣公会教堂。

除此之外，锡安山上的新教徒公墓在 1948 年至 1967 年间就已遭破坏，当时它位于以色列和约旦之间的无人区，后来又遭到不下八次的进一步亵渎。我后来去参观了它：墓碑几乎全部被砸碎，金属十字架歪歪扭扭地倒在墓穴里，一些石墓被砸开，一座矗立的陵寝上布满了弹孔。耶路撒冷圣乔治英国圣公会大教堂的纳伊姆·阿泰克司铎（Naim Ateek）花了半个小时历数他知晓的所有亵渎事件，然后说："以色列想给人一种崇尚宗教宽容的印象，但是，这整个国家建立在侵占和没收基督教与穆斯林的土地的基础上。直到现在，没收和亵渎教会土地与建筑物的行为仍在继续。"

我在与耶路撒冷的巴勒斯坦基督徒交谈时，发现他们普遍和阿泰克司铎看法一致，但这个故事还有另一面。以色列当局一贯严厉谴责破坏教会财产的行为，并为受到严重损坏的教堂提供帮助。尽管极端正统犹太教徒仍是大多数亵渎行为的首要嫌犯——而且在一些亵渎地点喷涂的希伯来语涂鸦的性质进一步表明了他们的存在——但很少有确凿证据能证明他们参与了这些事，而某些事件（如亵渎圣查里顿洞穴），同样可能是由心怀不满的阿拉伯人做的，这并非不可能。此外，尽管基督教机构仍可能遭受侮辱性涂鸦，比如最近大主教戴斯蒙德·图图（Desmond Tutu）访问耶路撒冷时，圣乔治教堂的大门就被涂上了"滚回去，肮脏的黑色纳粹猪"的字样，但七十年代和八十年代初发生的纵火和破坏的浪潮现在似乎基本上停止了，近年来重大的纵火袭击只有一次：提比里亚（Tiberias）的一座教堂被炸毁。

当然，这些毫无关联的事件全然无法证明巴勒斯坦基督徒的论点，即有一场齐心协力的运动要把他们赶出他们祖祖辈辈的家园。但这些事情无疑揭示了以色列在一定程度上的偏见和排他性，这让人想起其他几个中东国家（尤其是土耳其），在那些地方，宗教多数派能够任意摆布一个相对弱势的少数派群体。很少有西方基督徒能够意识到他们在圣地的教友面临着怎样的困难，而西方对以色列的全盘支持也让巴勒斯坦基督徒倍感困惑，他们觉得自己的领地正年复一年地遭到侵蚀。正如亚里斯托普洛斯神父在殉道者纪念堂对我说的："如果我们是犹太人，我们的教堂是犹太教堂，我们所受的亵渎就会引起国际社会的强烈抗议。但正因为我们是基督徒，所以好像没人在乎。"

在看到菲卢梅诺斯神父那惨遭刀斧的遗骸的第二天，我找到了一名巴勒斯坦基督徒司机萨米·法努斯，他同意载我去看埃因法拉的洞穴。我非常想去参观那座拉伏拉的遗址——菲卢梅诺斯曾到那里拜访他的朋友亚历山德罗斯神父，一千四百年前，约翰·莫斯克斯曾在那里隐居，在沉思默想中度过了十年的时光。

自从亚历山德罗斯离开，法兰的新以色列定居点包括了洞穴、泉水和周围的大部分乡村，因此为了到那片遗址去，我们必须先进入定居点。在入口处，一扇漆成黄色的巨大电动钢门

360　挡住了我们的去路，两边是带倒刺的铁丝网，一直延伸到远方的山间。萨米停下车，警卫对我们进行盘问。我把地图上标注的修道院指给他看，他拿着我的护照走向岗亭，和什么人打了个电话。随后他放下听筒，过来叫我们稍等片刻。二十分钟后，电话铃响了，我们得到了许可，警卫挥手放我们进去。

　　通往修道院的小路出现在定居点的一个住宅区的底部。我让萨米和他的车留在这里，然后步行下了山谷。周围的山坡土质坚硬而干燥：压缩的地层以可观的坡度向远方绵延起伏，放眼望去没有一棵树，也几乎看不到一片草地。然而当我下到山谷的时候，小路转了个弯，往下方远望，在山谷的最低处，出现了一片小小的绿洲：一片由蕨类、松树和棕榈组成的极茂密的林地。从我所站的地方看不见泉水，但能清晰地听到它的声音。谷中一片寂静，唯有远方的涌泉声在谷壁间回响，余音久久不去。这天热得不合时令，我背着包，沿着小路深一脚浅一脚地朝泉音的方向走去。

　　到了谷底，我脱掉鞋子，把双脚浸泡在清澈冰冷的水中。尽管天气很热，泉水周围却清爽、阴凉、宁静。此刻我便轻易地明白为什么莫斯克斯会选择到这里隐居了：我想，这样一个地方肯定很容易培养出伟大的修士的美德——温和、中庸、不急不躁、灵魂清澈。泉水四周的峡谷峭壁上分布着许多洞穴，里面曾经全是莫斯克斯的同道，像保罗长老这样的人，"一个极其谦卑的圣人……我不知我此生遇见的人中还有谁能和他相比"。还有奥克萨农（Auxanon）长老，"一个富于同情心、自制和孤独的人，对自己很严格，二十四莱普塔（一个莱普塔等于半便士）的面包可以供他吃四天，有时能吃上一个星期"。这些洞穴也曾是莫斯克斯的精神之父、阉人科斯马斯长老的家。莫斯克斯在《精神草地》里对科斯马斯的描写颇为简略，但我们还是了解到他能治愈病人，以禁欲和自制闻名（即便是在拜占庭的标准之下）："在圣主节前夕，他从晚祷一直站到天明，在居室中或教堂里诵经、阅读，绝不坐下。一旦太阳升起，圣事既毕，他就坐下来读神圣的福音书，一直到领圣餐。"

除了空无一物的隐修士洞穴外，莫斯克斯当年所熟悉的修道院所剩无多。有一些倾圮的居室的墙壁、一个蓄水池、几截拜占庭石雕、古怪的楼梯和几块下陷的梯田，修士们可能在那里种过菜。据说在互通有无的洞穴群顶端的洞穴教堂里，有一幅保存下来的拜占庭镶嵌画，但现在既没有绳子也没有梯子，无法到那里去。在摸索了一个小时，爬进一些比较容易到达的洞室后，我又回山上去了。

我走到半路时，遇到了我的出租车司机萨米。他显然非常惊慌。他解释说，我不在的时候，他被定居点的保安审问了。他们没收了他的身份证件，他现在害怕被拘留或逮捕。"别说我是出租车司机，"他恳求我说，"就说我是你的朋友。"

我们回到车上，开到正门，现在那里有另一个警卫在值守。他用对讲机叫保安队长，让我们把车开到路边等着。

"这一带有许多恐怖分子。"他解释说。

我们等了将近一个小时，保安队长才出现。他身材矮小，身穿一件卡其色工作服，看上去很强硬。他的裤腰里塞着一把手枪，手里拿着一把突击步枪。他盘问了我半个小时，一遍又一遍地检查我的地图、我的平装本《精神草地》和护照。我来这儿做什么？司机是我的朋友吗？我一直提到的修道院在什么地方？是阿拉伯修道院吗？约翰·莫斯克斯是谁？他也是阿拉伯人吗？我还有其他阿拉伯朋友吗？我的阿拉伯朋友有让我在定居点为他们做什么吗？然后他回到岗亭，在电话里把我护照的详细资料给别人念了一遍。随后他又打了几个电话，又用对讲机讨论了十五分钟。最后他走过来，交还了我的护照和萨米的身份证件。

"这是个误会，"他粗声粗气地说道，金属门关上了，"你们现在可以走了。"

但他并没有道歉。

拿撒勒，11 月 22 日

我在离开耶路撒冷之前买了一张去埃及边境的公共汽车票。我计划从那里出发去亚历山大港。公共汽车本来两天后就要开，但在离开以色列之前，我还有一个诺言要履行。

在贝鲁特的最后一天，我答应去比里姆村看看。我在圣伊利亚难民营遇到的那户巴勒斯坦基督徒家庭于 1948 年逃离了这个村庄。达欧一家认为，她们暂时离开家园会更安全，于是，她们在一连串肮脏的难民营里流亡了整整四十六年。我想知道，如果他们当初决定留下来，会发生什么。在新的以色列国，他们的生活会更好些吗？

总的来说，我已经知道答案了。与那些逃离或被驱逐的同胞，或是 1967 年被以色列人占领、二十七年后仍在军事统治下的约旦河西岸地区的同胞相比，1948 年选择留下并成为以色列公民的巴勒斯坦基督徒是非常幸运的。他们持以色列护照，在以色列选举中拥有投票权，可以接受以色列的国民教育服务，使用以色列的民事司法服务，如果他们愿意，甚至可以加入以色列军队。诚然，有人抱怨土地征用和歧视：据说阿拉伯城镇的议会收到的政府拨款不到犹太人城镇的三分之一。然而，与那些仍在难民营中吃苦受罪的人的悲惨命运相比，以色列的阿拉伯基督徒着实要幸运得多。与他们在西岸地区的同胞不同的是，他们移居国外的人相对较少，自以色列建国以来，他们的人口数已经从1949年的三万四千人增加到现在的十五万人。

但是，我想拿来与达欧一家的情况相比较的是更为具体的东西：达欧一家留在比里姆村的邻居们的命运。萨米拉·达欧告诉我，当以色列的飞机轰炸比里姆村时，她的朋友和邻居在附近的吉什镇（Jish）避难。他们现在怎么样了？

离开埃因法拉后，我让萨米开车载我经过被占领的西岸地区，经过比迪亚和阿里埃勒，到达以色列北部的拿撒勒。今天早上，吃过早饭之后，我们又一路向北，朝吉什镇进发。我们经过坐落着古老的拜占庭教堂的加利利海，翻过黑色火山岩形成的陡峭山坡，向北部的黎巴嫩边境开去。

乡下到处都是以色列的基布兹①，它们在贫瘠的土地上奋力求存。但当我们驶过时，萨米把385个巴勒斯坦村庄中的一些指给我看，其中许多是基督徒村庄。这些村庄在以色列于加利利建立定居点之前就已经存在了，直至1948年战争期间被哈加纳②有计划地驱逐和摧毁。地里的仙人掌表明了老村落的

① 基布兹（Kibbutz）：以色列的一种集体企业，通常（虽然现在常有例外）以农业为基础。
② 哈加纳（Haganah，在希伯来语中意为"捍卫"）：自1920年起在英治巴勒斯坦非法活动的左翼犹太准军事组织。1948年，作为主要的犹太复国主义军队为以色列建国而战。在英国人离开时，不同的阿拉伯军队进占巴勒斯坦，哈加纳在与这些军队的战斗中战绩辉煌。哈加纳负责制订和执行了"达利特计划"（Plan Dalet），此计划导致绝大多数巴勒斯坦人被驱逐出他们世代居住的村庄。

存在：无论以色列人如何高效地把房屋夷为平地，将巴勒斯坦社区从地图上抹掉，老村落的仙人掌树篱还是扎下了深深的根，年复一年地发芽，标志着从前花园的边界所在和从前田地的影子。

"那就是法拉迪村（Faradi），"萨米指着山脚下路边的几块石头和一片仙人掌道，"现在那片地是法鲁德基布兹（Kibbutz of Farud）。"

364 萨米破旧的奔驰跟在一队车速缓慢的军用卡车后往山坡上爬去，此时农场的牛棚和农舍映入眼帘，它们的太阳能电池板在晨曦中闪闪发亮。远处，加利利低矮的山峦和平原在我们面前展开。尽管二十世纪二三十年代有大量移民，但在 1948 年，该地区的犹太人占总人口比例仍不到四分之一，占人口多数的阿拉伯人的流离失所是通过"清洗"才实现的——犹太军队的加利利方面军指挥官、后来的以色列副总理伊加尔·阿隆（Yigal Allon）如是称呼此过程。他在回忆录里写道："我们认为有必要清洗内加利利，并在整个上加利利地区建立犹太人之间的领土继承。因此，我们寻找办法，使尚在加利利的数万名愤懑不平的阿拉伯人逃离……大片地区被清洗干净。"

在这场对加利利人的"清洗"中，巴勒斯坦基督徒的反抗不如穆斯林激烈，因此得到了更好的待遇。此外，以色列小心行事，在那些更著名的基督徒城镇和村庄控制"清洗"的规模，以免触犯西方基督教世界的舆论。事实上，戴维·本－古里安亲自发出专项指示，不得掠夺拿撒勒等基督教圣地。正如占领这座城市的旅长后来所写的："征服拿撒勒具有重要的政治意义——（以色列）占领军在这座城市的行为，能够左右这个新生国家的国际声望。"

在附近的贝特谢恩［当时的阿拉伯语名称是贝桑（Beisan）］，当地居民被分成两拨：穆斯林被大巴运到约旦河对岸流亡，而基督徒则被允许逃往拿撒勒。纳伊姆·阿泰克在十一岁时被逐出了位于贝桑的家。我去圣乔治圣公会大教堂看他时，他告诉我说："以色列军队入城时，城中无人抵抗。两个星期之后，他们突然下令，给我们两个小时的时间收拾行装离开。士兵们挨家挨户搜查，说：'要么走，要么死。'我们只被允许带走能随身携带的东西。"十年之后，1958 年，以色列取消了对阿拉伯人的旅行限制，阿泰克的父亲带着全家人回到了他们的老房子。他们敲了敲门，开门的是一个手持来复枪的波兰男人，他粗暴地把他们轰走了。然后，他们再也没有回去过。

我们的车离开拿撒勒一个小时后，路拐了个弯，我们发现自己正俯瞰着茂密的针叶林和萨法德（Safad）的高楼大厦。"1948 年以前，这里是一个不同宗教社群混居的城镇，"萨米说道，"有穆斯林、犹太人和基督徒。现在只有犹太人。基督徒和穆斯林被武力驱逐了，再也不许回来。我母亲有堂兄弟姊妹住在那里，但当哈加纳用迫击炮轰击城镇的阿拉伯部分时，她的大多数亲人都遇难了。有几个逃到了黎巴嫩，但自从1982 年以色列入侵黎巴嫩以来我们就没有再听到过他们的消息。我们不知道他们究竟是死是活。"

吉什离萨法德不远，在海拔稍高一点的山上。这里看上去是个乱糟糟的地方，几座年代久远的石屋被许多新盖的平房包围着，还有一座清真寺的宣礼塔和两座教堂的尖顶。我不知道从哪里开始打听，我问一个系着围裙的阿拉伯妇女，神父住宅要怎么走。她说沿着这条街走一小段路就是。

来开门的是马龙派教区神父毕沙拉·苏莱曼（Bishara Suleiman）。他个子很高，留着剪短了的山羊胡，英语说得相当好（他还会讲法语，我后来发现他在索邦大学学过神学）。不同寻常的是，作为一个中东神父，他并未穿正式的黑色长袍，而是穿着 T 恤和阔腿裤。我向他解释我来这个城镇的原因，他立即邀请我进去。与此同时，他又叫来他的侄子约翰·苏莱曼，让他去请几位来自比里姆村的老人过来。

我们坐在一个阳台上，眺望着村子里的橄榄树林。苏莱曼神父的妻子从厨房拿来一个保温瓶，里面是土耳其浓咖啡。当我们啜饮着滚烫的液体时，我问神父是否愿意和我讲讲 1948 年达欧一家离开后比里姆村的具体情况。她们如果留下来是不是会好些？

366 　　"我们村在 1948 年逃离的人不多，"苏莱曼神父说，"我们一直与犹太人和英国人保持着良好的关系：以至于在 1936 年（巴勒斯坦人民起义期间）被指控与起义者勾结时，我们不得不去乞求英国人保护我们。英国人派了几个兵在村子边上扎营，之后我们就没什么麻烦了。我们一直帮助犹太人从黎巴嫩进入巴勒斯坦，我们认为如果有什么困难他们也会帮助我们。这就是大多数村民留下来的原因，尽管德尔亚辛和附近的其他屠杀事件的所有报道我们都有所耳闻。"

"比如？"

"哈加纳在萨法德附近的埃因扎伊顿（Ein al-Zaytun）屠杀了七十名阿拉伯囚犯。他们把囚犯的双手反绑在背后，然后开枪。但我们认为这里不会发生这样的事情，一方面是因为我们是基督徒，另一方面是因为我们对犹太人一直都很友好。"

这时，苏莱曼神父的侄子带着比里姆村的老校长伊利亚·

雅各布回来了。

伊利亚是个消瘦的、形容枯槁的七十五岁老人，腿脚有些不太稳当，但头脑仍然十分清醒。苏莱曼神父说，关于比里姆村的历史，他是最权威的人物。为了证明这一点，伊利亚从口袋里掏出一张纸，上面是事情的详细经过和发生时间。他说，他不希望任何人了解到错误信息。他坐下，倒了一小杯土耳其咖啡，应苏莱曼神父的邀请谈了起来。

"哈加纳的士兵于 1948 年 10 月 29 日抵达我们村，"他说，并对照笔记核对了日期，"我们大多数人都留在家里，但上了年纪的人和神父在村口打着白旗迎接他们。我们给他们面包和盐，象征友谊与和平。"

"他们对你们也是一样友好吗？"我问。

"是的，"老人说，"他们很和善，很有礼貌。我们给他们提供食物，安排他们住在村里。他们待了半个月。1948 年 11 月 13 日，一项命令下来，说我们必须全部离开。"

"你们当时很惊讶吗？"

367

"我们感到震惊。起初我们拒绝离开。但后来来了一名新军官，他就大不一样了。他叫我们在二十四小时之内走人。然后我们害怕了。他没有给出任何理由。只是说，我们必须离村子五公里远，否则就会被枪毙。"

伊利亚说话的时候，另一位名叫瓦德尔·费哈特（Wadeer Ferhat）的老人和我们一起站在阳台上。他身材魁梧，精神饱满，留着海象似的大胡子。当他发觉我们在谈论什么的时候，便开始用一连串的阿拉伯喉音愤怒地喊叫起来。萨米在旁翻译。

"瓦德尔先生说，他们把村民从家中赶到了郊野。他们没有帐篷。有些人在山洞里安顿了下来。其他人都蹲在树下或田地里。当时也是十一月，但比今年要冷得多。到了十二月，下起了大雪。他说有几个婴儿被冻死了。"

瓦德尔继续高声喊叫，双手在空中比划，做出一系列生动的手势。

"他说他当时三十五岁，但父母年纪都很大了，七十来岁了。他说，他们哭了很多天，因为失去了自己的家园和土地。"

"瓦德尔有一件事没说，"伊利亚·雅各布平静地查阅了他的大事年表，指出，"在我们离开之前，1050 名村民每人都领到了一个号码，被授予了以色列国籍。我们把房子整理和打扫了一遍，因为我们以为很快就能回来了。过了一段时间，少数民族事务部部长比绍尔·谢特里特（Bichor Shitrit）先生来到这里。他看见我们住在树底下，就下令把吉什镇的空房子给我们住——是逃走了的穆斯林的房子。他说我们应该只用等半个月，当事态平息下来后，我们就可以回到比里姆村。与此同时，他允许几位老人留在村里看管房屋和庄稼。"

"那后来呢？"我问。

"六个月后，那几位老人被命令离开村子。很明显，我们的房子要不回来了。因此，我们决定向以色列高等法院起诉。"

368　　"比里姆村的人民从来没有诉诸暴力，"苏莱曼神父说，"我们一直以法律和基督教的原则进行斗争。"

"1953 年，我们的官司终于打赢了，"伊利亚接着说，"法院判决说驱逐是不公正的，并说我们都应该被允许回到家里耕种。"

"那你们现在为什么还不回去呢？"我问。

"因为第二天以色列军方宣布此地为军事区，并禁止我们进入。当天下午，他们在空袭中炸掉了比里姆村。我们赢了官司，但他们还是把我们骗了。我们什么都做不了。"

瓦德尔皱起眉头，用拳头猛砸桌子。萨米继续翻译："他说所有的村民都爬上那座山，眼睁睁看着自己的家园是如何被炸毁的。他们现在把那座山称作哭山，因为那天从比里姆村来的每个人都哭了。他们所有的东西都还留在那些房子里。"

"我父亲告诉我，直到听到飞机开始轰炸的声音，他们才知道要发生什么事，"苏莱曼神父说，"那天是 1953 年 9 月 16 日。他们以为这是他们回家的日子。但就在那一天，我们永远失去了家园，失去了我们的土地。"

"我自己亲手盖了一座房子，"伊利亚说，"它有五个房间。但我只在里面住了五个月。一切都没有了。我的家具，橱柜，床，圣像。最糟糕的是，我的藏书没了。"

苏莱曼神父说："我记得我父亲和我说过，那是个非常美丽的村庄。气候非常好。土壤肥沃。空气很清新……"

"那里有无花果、橄榄、葡萄、苹果、新鲜的泉水……"伊利亚说。

"还有很多水井，"瓦德尔用阿拉伯语补充道，"我闭上眼睛就能清清楚楚地看见整个村子的模样。我记得每一栋房屋，每一栋建筑。"

"但当以色列空军开始轰炸时，我们束手无策，"老教师说，"我们什么都做不了，只能爬到山上，像孩子一样哭一整天。"

"我们被背叛了。"瓦德尔说。

"我们现在还是觉得被背叛了。"苏莱曼神父补充道。

阳台上一片沉寂。

369

"那你们的地怎么样了?"我最后问。

"1949 年,他们用我们的田地建了一个新的基布兹,巴朗基布兹(Kibbutz Bar'am),"伊利亚查阅了一下他珍贵的事实和数字清单,说道,"这个基布兹占了我们三百五十德南的土地。1963 年,他们又建立了占地两千德南的多夫耶夫摩夏夫(Moshav Dovev)①。"

"我们的村子现在是一个国家公园,"苏莱曼神父说,"他们在入口处竖了一块牌子,说这里是'巴朗古迹',还说它的年代是第二神庙时期②。我们村子里确实有一座罗马时期的犹太教堂遗址,但这块牌子给人的感觉是,我们的房屋遗迹都是古罗马的文物。被带去参观的小学生以为,我们的老房子——马厩、学校和房屋——相当于你在庞贝看到的那些东西。"

"我们被从历史中删去了,"老教师说,"他们不承认我们的存在。不承认我们的父辈、祖父辈、曾祖父辈的存在。"

"我和我父亲挖了一口水井,"瓦德尔说,"现在那里立了一块牌子,上面写着它是由一个叫'巴朗的约翰南'的古罗马人挖的。"

"巴朗的约翰南是谁?"

"应该是公元 66 年犹太人起义时的一个领袖,"老教师说,"尽管我们村的人在公园建成之前从来没听说过这个人。"

"他们把我的水井当成了古代犹太历史的一部分,"瓦德尔说,"但那口井是我亲手挖出来的!"

"另一个人,我的一个朋友,叫法拉·拉扎利,他做了一

---

① 摩夏夫(Moshav):以色利的一种小型集体农场。
② 第二神庙时期(Second Temple Period)的大致时间范围是公元前六世纪至一世纪。——译者注

个圣母玛利亚的雕塑，"伊利亚说，"我还记得我亲眼看到他是怎么完工的。但现在以色列人说它已经有几百年的历史了。他们把它带到萨萨基布兹（Kibbutz Sasa）展出。"

"如果村子现在成了一个公园，那是不是意味着我可以去参观？"我问。

"当然，"苏莱曼神父说，"我们也会去的。比里姆村的人都不会错过回去的机会。"

大家都站起身来。瓦德尔和苏莱曼神父的侄子约翰坐着神父的旧旅行车去了，我和萨米跟在伊利亚后面。从吉什到比里姆村开车很快，不到十分钟。

在公园入口处，一个整洁的停车场上空飘扬着一面崭新的以色列国旗。里面停着两辆巨大的旅游巴士。售票处旁边的一个大牌子上确实写着"巴朗古迹"，正如苏莱曼神父所说的那样。它用英语和希伯来语——尽管没有阿拉伯语——讲述了这处遗址的古代犹太历史。没有提到它的中世纪和现代阿拉伯历史，也没有提到 1953 年对村庄的轰炸。售票处提供的小册子倒是比较坦诚，在长篇大论地描述了犹太教堂之后，它写道："直到 1948 年，巴朗还是一个马龙派基督教村庄。在独立战争期间，这里的村民被疏散，该遗址现在由国家公园管理局管理。"

我把宣传册拿给苏莱曼神父看，他耸了耸肩膀："当然，他们不会说我们究竟遭遇了什么。"随后，他自豪地（没有讽刺意味）补充道："但至少他们不会让我花钱进去。因为我是神父，你看。"

与此同时，另外两位老人已经走到一半了。看到他们儿时的村庄被夷为平地后的陈迹，他们非但没有耷拉着脸，反而兴奋得几乎蹦蹦跳跳。瓦德尔说："呼吸到比里姆的空气总是一件高兴的事。"

"达欧她们家的房子就在那边，"伊利亚指着精心修剪过的草坪上冒出来的一些地基说，"加塔斯一家住在她们旁边的那栋房子里，在松树林旁边。1948 年后他们的两个孩子去了巴西，他们在那儿成了著名的足球运动员。你听说过雷（Rai）和苏格拉底（Socrates）吗？他们参加了世界杯。现在，看那边，看到那些美国游客站的地方没有？对，那两个戴着棒球帽的人。那些是老犹太教堂的遗址。那个是我们的教堂，它是以色列轰炸比里姆村时幸存下来的一栋建筑。"

"那些哥特式拱门呢？"我问，"教堂旁边的那些。是十字军时期的吗？"

371 "不，不，"伊利亚皱起眉头，"那些拱门是我的学校仅剩的东西。这边是我的教室。"

伊利亚站在一片悉心修剪维护过的草地中间。"从 1944 年到 1948 年，我在这里教了四年书。这里是门。这里是黑板。但这都是四十五年前的事了。"

瓦德尔开始用阿拉伯语喋喋不休起来。这次是苏莱曼神父翻译的。

"他说他就是在这里念的书。在他那个时候，这是一所耶稣会学校。老师后来成了马龙派的牧首，红衣主教克雷什（Kreish）。他非常严格，会用一只帆布鞋打孩子们，有时还用棍子。"

瓦德尔走到草坪的一角，用手腕做出敲击的手势。

"他说那根棍子是放在这里的。班里的每个人都被这根棍子打过。没有人敢耍花招。"

苏莱曼神父已经拿出了钥匙，正在打开通往教堂塔楼的门。我们都跟着他上了蜿蜒的楼梯。走到半路时，瓦德尔开始冲着楼梯间的墙壁兴奋地打手势。

"看！看！"他说，"是的，就在这里：这是我的名字。我写下它的时候才十五岁。"

我们上到楼顶，屋顶上有一个格栅，正对着下面的中殿。透过它能够看到两座坟墓。

"那是本堂神父的坟墓，"苏莱曼神父说，"1956年他们让我们把他埋在这里。这是轰炸后我们第一次被允许回村。军方给了我们授权，只要我们停留不超过三小时。"

"从1948年到1967年，这里到处都是军人，"伊利亚说，"我们根本不被允许来这里。"

"有一次，我的山羊跑到这里来了，"瓦德尔说，"我是来抓山羊的，结果我被抓了。他们把我送到拿撒勒的军事法庭。我蹲了一个月的监狱，还被迫交了一大笔罚款。"

"现在好多了，"苏莱曼神父说，"只要我们付钱，随时都可以来。复活节、圣诞节、棕枝主日和圣灵降临节时可以免费使用教堂。举行葬礼也免费。他们不会为此向我们收钱。"

372

我们六个人站在栏杆边，眺望着周围的乡村。

"我们到这里来都很高兴，"伊利亚说，"所有关于过往的记忆都涌上心头。我们记得很多事情：街道、房屋、邻居。一切事情。我的房子在那边，在村子右边的尽头。但它已经灰飞烟灭了。"

"那边，"瓦德尔指着地平线说，"那就是他们炸毁村子时，我们站的那座山。"

"越过那些树林，"苏莱曼神父指着远处说，"那是巴朗基布兹。往北是多夫耶夫摩夏夫。他们抢走了我们的两块土地，但这边——南边——是自由的。从前我们用它来种无花果和葡萄，现在是森林。整整一万德南的闲置土地。我们想要的就是它。"

"那太容易了，"伊利亚说，"一万德南甚至都不需要。五千德南就行了。我们什么都可以接受。"

我们开始排队走下楼梯。神父关上了门，在我们身后落好了锁。

"但是，你看，他们不敢开这个头，"苏莱曼神父说，我们走回停车场，路过正在售票处旁边的一张木桌上野餐的美国游客，"他们说，一旦你让一个阿拉伯人回来，那就等于承认其他人也有同样的权利。就是因为这一点，他们说什么也不敢把我们的东西还给我们。以色列说它是一个民主国家，这是真的。但对我们巴勒斯坦人来说，好像没有什么正义可言。"

"我们已经和政府说了，比里姆村就像是一座有三个房间的房子，"伊利亚回头凝望他的老村子，说道，"现在一个是基布兹。一个是摩夏夫。一个是空的。我们要的不多。但这个（空的这个）我们必须有。"

第六章 埃及

埃及，亚历山大港，大都会酒店，1994 年 12 月 1 日

　　我正坐在大都会酒店一楼的早餐厅里写东西。餐厅的另一头，身穿白色马甲、打着黑色领结的侍者在镶木地板的边缘徘徊。头顶的护墙板镶着一条由水仙花和人头马组成的古典饰带。冬季苍白的日光透过敞开的百叶窗照进来。能够听到外面有轨电车的哐啷哐啷声，以及出租马车跑过滨海大道时的哒哒声。天空澄明无云，刮着大风，地中海在一片瑟瑟的棕榈树林后一直绵延到远方。

　　在经历了以色列持续的紧张局势和仇恨情绪、定居者巧言令色的自得与巴勒斯坦人凄怆哀凉的绝望之后来到亚历山大港，会令人颇为振奋地感到中东的麻烦已经远去了。的确，亚历山大港给人的感觉与中东截然不同。咖啡馆里设着巴洛克风格的镜子和闪闪发光的桌子，隐约流露出法式或维也纳式的气息，联排别墅的外墙上污迹斑斑的蛋彩画和百叶窗，则是醒目的意大利风格。但是，这座城市说到底还是更像希腊。毕竟亚历山大港是由一个希腊人建立且希腊人一直占主导地位的城市，直至二十世纪五十年代，纳赛尔没收了希腊家族的银行和企业并将他们驱逐出去。一同被赶走的还有犹太人、法国人和

375

英国人，给这座城市——被放逐在非洲海岸的欧洲侨民所建造的城市——留下一具冰凉的尸体。它那艺术装饰风格①的宏伟建筑仍然完好无损，而建造和拥有这些建筑的男男女女却已一去不返，这座城市"就像衣袖上香水的余香般缭绕在人的心上：亚历山大港是一座记忆之都"。

我第一次接触亚历山大港是通过劳伦斯·德雷尔②的《亚历山大四重奏》（*Alexandria Quartet*）。这部小说的四册合订本伴随我走完了整段旅程，与我在途中拜访的修道院那严肃冷酷的彼界气质形成了可喜的对比。在修道院悠长的午后，日光照进浮尘漫漫的客房，一切都静悄悄的，没有任何噪声来打断房间里褪了色的窗帘的缓慢的舒卷。在这样的环境里，把《沙漠教父箴言集》（*Sayings of the Desert Fathers*）搁在一边，坐下来阅读青楼和舞女、腐败的商人和沉溺于酒色的地主，以及《朱斯蒂娜》③里的巴尔萨泽尔，"准备像沙漠教父沉溺于心智生活一般沉溺于感官享乐的浪荡子"，着实是件令人快慰的事情。

从我的桌子边可以看到萨阿德·扎格罗尔广场（Saad Zagloul Square）对面的塞西尔酒店（Hotel Cecil），朱斯蒂娜第一次出场就是在这个地方："在落满灰尘的棕榈树间，她身着修身银色水滴裙，手持一柄小苇扇，在脸颊边轻轻扇动。"镀金的鸟笼状电梯还在那里，棕榈盆栽仍然被放置在大堂华丽的大理石楼梯两旁，但那里的人已经与德雷尔小说中三十来岁

---

① 艺术装饰风格（art deco）源于十九世纪末的新艺术运动，强调线条的运用和亮丽鲜明的色彩，同时使用受机器启发的各种几何图案装饰。其代表建筑为纽约的帝国大厦和克莱斯勒大厦。——译者注
② 劳伦斯·德雷尔（Lawrence Durrell，1912—1990）：英国小说家、诗人。——译者注
③ 《朱斯蒂娜》（*Justine*）是《亚历山大四重奏》的第一部。——译者注

的、快活而富有光彩的人物大不相同了。没有戴着黑色手套、身穿短小的鸡尾酒裙的犹太美人，没有开着银色劳斯莱斯前来赴秘密约会的帕夏和贝伊，没有在棕榈盆栽间进行密谋的亚美尼亚银行家。相反，亚历山大港现在是一座真正的埃及城市，这在它的历史上可能是头一次。它现在更多地面向南方的沙漠，而非更广阔的地中海世界。

亚历山大港被希腊、犹太人和亚美尼亚的企业家离弃，又被国有化和数十年的腐败搞得一贫如洗，现在这里到处都是穿着乡村盖拉比亚①、戴着头巾的埃及度假者。来自尼罗河三角洲的穆赫塔尔人（Mukhtars）——皮肤粗糙，没有胡子——盘腿坐在海边啃着坚果，或透过烧烤的烟雾看手推车小贩煎银鱼、烤玉米。海边有了年头的装饰艺术风格大楼被分割成陈旧的旅馆和狭窄的公寓。每处破败的阳台上都晾着衣服，墙上的灰泥剥落，露出里面的砖头，仿佛麻风病人身上的瘢痕。在下面的咖啡馆里，脸上有刺青的农妇坐在飘动的遮阳篷下啃着黏糊糊的糕点。

这些商店和旅馆仍能让人回忆起奥斯曼帝国晚期国际化的黎凡特——加福尔香料店（Épicerie Ghaffour）、大都会影院、温莎酒店、保罗宫、优素福珠宝店（Bijoux Youssouffian）——还有一些如雷贯耳的名字至今犹存：特里亚农，乃至帕斯鲁迪斯（小说中尼斯姆和朱斯蒂娜一起喝咖啡的地方，而现实中，一起在这里喝咖啡的是卡瓦菲斯②和 E. M. 福

---

①　盖拉比亚（gelabiya）：一种阿拉伯长袍。

②　卡瓦菲斯（Constantine Cavafy, 1863—1933）：希腊诗人，代表作有《莎乐美》《墙》。他在生前并未正式出版过诗集，其作品只在亲友间私下传阅。——译者注

斯特①）。然而，就像旧奥斯曼世界的其他地方一样，民族交融已经让位给单一民族，国际化让位给狭隘的民族化，所有这些企业现在都是埃及国有，带有一种特别的埃及氛围——而不是国际化的氛围。

你得十分努力地寻找，才能发现潜藏在这个城市后街小巷里的旧秩序的最后残余。在如今由埃及准军事警察严加看守的犹太教堂里，上了年纪的守门人乔伊·哈拉里（Joe Harari）将巨大的双扇门打开，新古典主义风格的祈祷大厅扑入眼帘，而里面空荡得只余回音。

"这里能容纳一千多人，"乔伊说，"这还只是亚历山大港十五座犹太教堂中的一座。"

这里的每个座位背后都有一块姓名牌，但现在还留在亚历山大港的犹太人只有六十个，可在公元元年后的数个世纪中，这座城市曾拥有世界上最大规模的犹太人群体。此外，这里没有拉比，因为这些硕果仅存的人几乎都是垂垂老矣的妇女，没有足够的男性来组成一个会众团体②。因此犹太教堂一直闲置着，除了长老席③上栖息着一窝鸽子。

后来，当我和乔伊坐在他的办公室里喝咖啡时，他说："以色列把我们的年轻人全带走了。"在他的头顶上方，挂着

---

① E. M. 福斯特（Edward Morgan Forster, 1879—1970）：英国小说家，著有《莫里斯》（*Maurice*）、《霍华德庄园》（*Howard End*）、《看得见风景的房间》（*A Room with A View*）和文论集《小说面面观》（*Aspects of the Novel*）。——译者注

② 会众团体（minyan）：规定了成年男性的最低法定数量（一般为十人。——译者注），如果成年男性少于该法定数量，将无法在犹太教堂内举行更为正式的祈祷和仪式。

③ 长老席（bema）：犹太教堂前部的一处高台，也是东正教堂中的圣所。

装裱好的穆巴拉克总统和卢巴维奇派①拉比的照片，旁边是一块块木牌，上面是给这座犹太教堂捐钱的人的名字：埃丝特·奥帕沙夫人，五千埃及镑；雅克·里奇，二百埃及镑；埃米里奥·勒维，五十埃及镑……

"现在和平了，"乔伊说，"也许他们中的一些人会回来。"

"你有考虑过移民吗？"我问。

"我出生在亚历山大港，"老人回答，"我母亲是亚历山大港人。我这辈子都在亚历山大港度过。我在这里结婚成家。我只在以色列待过一个星期，是被萨达特带到那里去的。我为什么要移民呢？"老人又指着身后的街道说："这是我的家。"

"你最怀念过去的什么？"我问。

"家，"他回答，"姐妹们，堂表亲戚们，还有朋友。他们不得不搬走的时候，每个人都在哭。我姐姐被迫在一周内把房子卖掉。她一个人——她老公去世了——操持一切，还带着两个孩子。当然，房子很便宜就卖掉了。她走的时候就带了两个行李箱。所有的东西都给留下了。现在她的一个儿子是一家什么公司的副总裁，公司的名字的第一个字是三，三……三叉戟？三星？"乔伊自豪地笑着。

"以色列也许是有必要存在的，"他补充了一句，"但正因为它，亚历山大港不会再和从前一样了。"

"你真该看看从前的样子。"奥尔嘉·拉宾诺维奇（Olga Rabinovitch）如此附和道。她刚走进办公室，无意中听见了乔伊的最后一句话。奥尔嘉是一位身量纤细、举止优雅的老太

---

① 卢巴维奇派（Lubavitch）：犹太教正统派哈西德派（Hasid）的一个分支。——译者注

太，嘴唇涂得亮闪闪的。她从前一定很美。我想，要是朱斯蒂娜还在亚历山大港，现在应该就是这副模样吧。

"唉，"她叹了口气，坐了下来，"我年轻的时候——十六岁，十七岁，十八岁——歌剧团从法国过来表演。剧院，芭蕾舞……"

"伊迪丝·琵雅芙来过一次。"乔伊说。

"还有那些大街小巷！"奥尔嘉说，她的右手抚摸着脖子上细细的珍珠项链，"你应该看看那些商店。你应该看看三十年代的沙里夫街！"

"那些美人儿……"

"世界上最可爱的女人。"

"……穿戴着好看的衣裙和珠宝……"

"多么奢华啊！"

"从前有多少事等着做。多么繁荣……"

379　　"当然，现在已经完全变了。"

"首先，以前埃及人在这里并不多见。"

"就是你现在在海边看到的那种人。他们不会在那里。"

"他们住在郊区。那时这个地方就像一个欧洲殖民地。"

"现在如果你不是埃及人，就会像牛奶里的苍蝇似的，这是一个彻底的改变。"

"那些有树木和鲜花的漂亮的老别墅全被他们毁了——为了建这些可怕的、丑陋的建筑。"

"我现在在这里容易迷路。"

"现在想要住在这儿，就得待在家里，"乔把玩着他的咖啡杯，说道，"只往街道上看一眼都让我难过。"

"有些埃及人非常好，"奥尔嘉说，"可他们都是老人。和欧洲人一起长大的。"

"他们也不经常出来。"

"你知道我现在住养老院了吗?"奥尔嘉说,她的语调听起来像是被这个消息搞糊涂了,仿佛她今天早上醒来才发现自己在那里似的。"那家养老院是专给女人开的,叫里波索之家(Casa di Riposo)——由一对意大利姐妹运营。我从我的公寓里搬走了:它太大,而且我的用人病了。家里很好,很干净。但我在家里没事做。"她跷起二郎腿道,"我把所有东西都卖了。除了我年轻时的一幅肖像。"

"她那时美貌无比,"乔伊说,"你想象不出来的。"

"每个人看了那幅肖像都会说:'啊,多美啊!'但是你现在看看我。想象不出来了,不是吗?"

奥尔嘉凝视着我。她又问了一遍,这次语调几乎是惊讶:"不是吗?"

从犹太教堂步行五分钟,大都会影院对面就是精英咖啡馆(Élite Café)。它的主人、年过八旬的克里斯蒂娜小姐身着长袍,戴着五颜六色的珠链,她是亚历山大港仅存的希腊人之一。

"亚历山大港是个希腊的城镇,"她在靠窗的一张桌旁坐了下来,说道,"但我们当中很多人都已经不在人世了。我们这个群体一年一年地慢慢缩小。二十年后,就一个人也不会剩下了。"

克里斯蒂娜小姐指着咖啡馆后面的舞池。"看到那边了吗？"她说，"我年轻的时候，我们在这里有一个希腊舞团。我们一直跳舞到凌晨两三点。接着去塞西尔酒店吃早饭，然后再上别的地方去。"

"但现在不这样了。"

"不这样了！"克里斯蒂娜小姐大笑起来，"现在一切都很平静。埃及人不跳舞。他们很有礼貌。他们很顾家。他们很早就睡觉。剩下的希腊人也好不到哪里去。"

"是吗？"

"是的。这里的希腊人没那么富裕，也没那么有趣。他们既不是实业家，也不是诗人。他们只是掌柜的。你知道，没有人有毕加索或塞尚的画，或任何类似的好东西。所有那些古老的家族——多西萨家族（the Dositsas）、安东尼亚蒂家族（the Antoniadis）、萨卡拉里塔家族（the Sakalaritas）——都离开了。"

克里斯蒂娜小姐耸了耸肩道："现在书籍是我在这个地方最好的朋友。即使我因为在光线不好的床上看书而得了白内障。"

我问亚历山大港的变化是不是缓慢的。

克里斯蒂娜小姐"噗"了一声，扬起了眉毛："这是一夜之间发生的。纳赛尔把欧洲人赶出去以后，一切都停了下来：意大利歌剧、法国音乐会、剧院。亚历山大港在那之前就像巴黎一样。它是最富有创造力的城市——所有不同的文化相互协作、相互融合：会议、讲座、画廊……这座咖啡馆是属于艺术家的。他们都到这里来。尤其是作家和诗人。"

"劳伦斯·德雷尔？"

"不是，我从来没有见过他。但我喜欢《朱斯蒂娜》。我认为它的人物描写很妙。我还给我的一只猫起名叫朱斯蒂娜。

但她现在年纪很大了。"

"那卡瓦菲斯呢？你认识他吗？"

"认识，我和卡瓦菲斯很熟！当然，他1933年去世时已经很老了，而我还是个年轻姑娘。但他以前每天都来这里。我们有五份他的手稿，包括《上帝抛弃安东尼》。"

"这么说，你的家人也和他很熟了？"

"他家就在附近的勒普修斯街，我们的确经常见到他。他喜欢这个地方。他的屋子正下方是一家妓院——英国人过去管它叫克拉普修斯街①——牧首教堂就在附近，希腊医院则在对面。他曾经说，这片地方拥有他人生所需的一切：'我上哪儿去找这么好的地方？下面的妓院能满足肉体的需要。教堂宽恕罪孽。医院则是我们的临终之所。'"

克里斯蒂娜小姐微微一笑。"那是他的肖像。"她指着咖啡馆后墙上的一张镶框照片。照片中是一位身材修长的年轻人，身穿西装三件套，戴一副圆形的阿道斯·赫胥黎式眼镜，梳中分头，脸上带着一种颇为焦虑的神情。

"他是个十足的绅士，衣品很好，"克里斯蒂娜小姐说，"但很严肃。从来不笑。从前人们总是试图和他攀谈，他却总想一个人待着。或许他思虑过重了。"

克里斯蒂娜小姐啜了一口咖啡。"他有时很忧郁。每当他揽镜自照，看到自己变老了，就会闷闷不乐。每天晚上他都往脸上擦护肤品，想去掉皱纹。我想他是恐惧死亡。但尽管如此，没人会怀疑他是这个世纪最了不起的希腊诗人。"

---

① "克拉普修斯"（Clapsius）的词根为"clap"，是淋病的别称。——译者注

"他待你和气吗？"

"对我来说是的。他来的时候，我常常送他一朵很好闻的花，叫'福里'（fouli），品种和茉莉花类似。我想他喜欢它。但总的来说，他不喜欢女人。这是他母亲的缘故。"

"什么意思？"

"他母亲生了八个儿子，他是年纪最小的。他母亲很想要个姑娘，所以把他打扮成女孩子，给他穿小女孩的衣服，百般爱抚他：'哦，我亲爱的孩子！我的宝贝科斯塔基①！哦，我亲爱的。'所以他后来成了同性恋。"

382　克里斯蒂娜小姐压低声音，靠近我说："他写了很多关于少年的肉体的诗歌。但他非常小心谨慎，没有暴露自己。"

"暴露自己？"

"我的意思是，他从来没有把这些同性恋诗歌发表出去。"克里斯蒂娜小姐轻声说。

"为什么？"

"因为，"克里斯蒂娜小姐答道，"他很害怕他母亲会有想法。"

亚历山大港，12 月 5 日

二十世纪头一年的某天早晨，一个驴夫赶着一队骡子穿过亚历山大港市郊，突然之间，最前面的那头驴子就在他眼前从地面上消失了。

这种事在亚历山大港并不鲜见：世上再没有哪个城市能如

---

① 科斯塔基（Costakis）是卡瓦菲斯的名字"康斯坦丁"的昵称。——译者注

此频繁地提醒人们，它的街道下有幽深的地宫和未被开发的宝藏。就在最近，市中心举办了一场婚礼，地点在所谓的索马遗址（Soma）——亚历山大大帝消失了的陵墓附近。人行道突然在新娘脚下裂开了，从此再也没有人见到过她。

许多个世纪以来，亚历山大港不仅是埃及的首都，还是地中海的女王、古典世界最大的港口。"毫无疑问，她是文明世界的第一座城市，"公元前一世纪，西西里的狄奥多鲁斯（Diodorus of Sicily）如此写道，"其文雅富庶、幅员辽阔、奢侈华丽无疑远远领先世界。"她的别墅、寺庙、宫殿、纪念碑、教堂和廊柱大道绵延数英里，超出了现代城市的界限。然而，这座传奇的亚历山大港没有一座建筑能在地表留存至今。一切都已经隐没在现代平平无奇的街景之下。在这座城市廉价的旅馆、寥落的商店、妓院和肮脏污秽的餐馆底下，是古典时代的许多最伟大的建筑：恺撒神庙，克利奥帕特拉在此自杀身亡；世界七大奇迹之一的法罗斯灯塔；宏伟的亚历山大图书馆，拥有七十万卷图书；托勒密一世建立的博物馆；塞拉比尤姆神庙；亚历山大大帝的陵墓。然而，这所有的一切都彻彻底底、完完全全地消失了，街道上只余零星倒塌的立柱和残破的柱头，标志着一些最美轮美奂的建筑曾存在过。

不过，这座古城仍然微妙地让人感受到它的存在。地面常常塌陷，一些毫无防备的亚历山大港居民会掉进一座失落的神庙或一间被遗忘的地宫。于是，当1900年驴子从地面上消失时，驴夫当然知道该怎么做。当局被喊来了，他们又去把考古学家喊来。工作在很短的时间内就展开了，古典世界最非凡的墓葬群之一重见天日。

今天早上，我从酒店步行到那里。在小镇的后街，一条被

383

驴车堵塞的狭窄小巷中，路边的茶馆里满是抽水烟的老头，一座屋顶低矮的圆屋通向一道环形楼梯。竖井一圈圈地向下旋转，直至一处蜂窝状的地宫。这些依壁开凿的岩洞是宴会厅，里面有平滑的石灰岩长椅，遗属们会在这里聚会，为已故的亲人祝酒。虽然地下墓穴早已被人遗忘，甚至在传说中也是如此，但这个地区的现代阿拉伯语名称却来自这些飨宴留下的罐子与盘子的碎片——"Kom el Shogafa"，意为"碎片之山"。

长廊从这里继续向下延伸，深入地下，眼前越发黑暗，身后光芒越发的远。下到部分被水淹没的地方，便是墓室的所在。这处地下墓穴的奇特之处在于其装饰之怪诞，而非规模或富丽程度。乍一看，这里的装饰似乎仅仅是标准的法老风格：一对埃及莎草纸做成的柱头将人引向一个内室，里面是一具横躺的木乃伊，上面是阿努比斯（Anubis）的胡狼头立像，他手中拿着死者血淋淋的心脏；另一边是鹰头的荷鲁斯，他向下投来冷冷的目光。

但你越仔细看，这浮雕就越显得古怪。两根立柱的两侧各有一对希腊蛇发女妖的浮雕，下面是两条长着罗马胡须的蛇，它们有力地缠绕在一起，向上延伸，中间穿插着狄俄尼索斯隐喻阴茎的松果权杖和赫尔墨斯的蛇杖。更令人疑惑的是，入口两边各有一个站立的人像，一边是阿努比斯，他虽仍是人身狗头，却打扮成了一个罗马军团士兵，装备着护胸甲、短剑、长矛和盾牌；另一边是尼罗河河神索贝克（Sobek），尽管他是条鳄鱼，却也被塞进了军团制服里。种种文化在这里发生了碰撞：似乎委托建造这座奇怪墓葬的希腊化埃及人，并不认为躺在希腊石棺里、由穿着罗马军装的埃及神灵守卫有什么不妥。

这处地下墓穴，乍一看只让人感到阴森可怖，但它其实非

常重要。出于命运的偶然，这个小小的中上层阶级的墓室成了
全城唯一从古典时代完好保存至今的墓室。因此，它是亚历山
大港即将转变为基督教世界的知识之都时，为数不多的能够反
映该城氛围的风向标之一。这种氛围，正如墓葬中那些奇特的
混合雕塑所表明的，是一种特殊的、知识上的宽容与试验的氛
围：在这座城市里，即便是到了死亡的时刻，居民也会试图融
合对立面，调和两种完全不同的艺术传统和宗教崇拜；他们把
神灵混在一起，就像德雷尔笔下的亚历山大港人调和鸡尾酒一
样不费吹灰之力。

　　这就是公元一世纪末基督教即将落入的令人兴奋的世
界——而在这个世界中出现的宗教，其神学基础和艺术形象将
被永远改变。

　　亚历山大港是古代晚期的学术首都。这座城市坐落在连接 385
欧亚非三洲的贸易路线的交点，于是自然而然地成了知识的培
养皿。印度的苦行僧在它的大街上游荡，与希腊哲学家、犹太
注经人和罗马建筑师辩论。正是在这里，欧几里得写下了他的
几何学专著，埃拉托色尼测量了地球的直径（误差仅有五十
四英里），托勒密绘制了令人惊叹的地图，一个由七十二名希
腊化犹太人组成的伟大团队完成了《七十士译本》
（*Septuagint*），这是《旧约》的第一个希腊语译本。

　　指导亚历山大港学者的那种轻松愉悦的国际主义精神，同
样影响了这里的神秘主义者和神父。亚历山大港的宗教是出了
名的海纳百川，一种信仰的思想和形象悄无声息地流入另一种

信仰：比如亚历山大港本地的神灵塞拉匹斯，它结合了埃及的奥西里斯和阿匹斯崇拜的元素，再嫁接到希腊的宙斯身上。

从巴勒斯坦传入的基督教一开始只是起到了锦上添花的作用。公元二世纪，亚历山大港的克莱门特（Clement of Alexandria）认为希腊的多神教哲学是受到了上帝的启示，还说基督如太阳神一般驾驶战车穿越天堂。的确，许多多神教教徒（包括年轻的德尔图良）相信亚历山大港的基督徒其实崇拜的是太阳——他们在周日举行集会，面朝日出的东方祈祷。这一猜想也许是对的。其他亚历山大港基督徒则毫无疑问崇拜塞拉匹斯。晚至五世纪早期，亚历山大港的多神教哲学家西尼修斯（Synesius）被选为主教，而他甚至都没有受洗。他接受了这一职位，开出的条件是尽管他可以在教堂里"讲神话"，但他私下里须要能够"像哲学家一样思考"。正是这种基督教与亚历山大港的希腊哲学的交融促进，使得基督教教义在发展中脱离了孕育它们的严格的犹太传统，并将这一宗教由原来面对贫民和文盲的一系列简单的戒律，提升到了高级哲学的水平。

这种大杂烩所引发的混乱，在亚历山大港的希腊罗马博物馆（Graeco-Roman Museum）里表现得最为明晰。在一条接一条的长廊里，展示着多神教的图案、风格、主题和象征是如何逐渐向基督教转化的。象征生命的安卡①变成了一个暧昧的环状十字架，出现在亚历山大港的早期基督教时代的墓碑上。伊西斯照料荷鲁斯的形象在基督教时期被照搬成圣母哺育基督。手挥利剑的阿努比斯拿着一颗心脏，胁下生出双翼，变成了称

---

① 安卡（ankh）：古代埃及一种象征生命的神秘符号，形似十字架，但上半部分是一个圆环。——译者注

量死者灵魂的圣米迦勒。阿波罗把一只山羊举过肩头，成了好牧人①。荷鲁斯的罗马化埃及形象原本骑在马上，身穿罗马军团制服鞭打着鳄鱼，现在转变成了骑着战马、用一柄长矛刺向恶龙的圣乔治。原先缠绕着古典场景的狄俄尼索斯的藤蔓涡纹，匆忙地用十字架洗礼过，然后便原封不动地被拿来作为基督教的圣餐符号。涅瑞伊得斯和胜利女神从柱头上飞降而下，半途中变成了天使；多神教的神明——奥西里斯和阿芙罗狄忒、俄耳甫斯和狄俄尼索斯、丽达和宙斯化身的天鹅——虽然被移下神坛，但仍顺利地作为恶魔和小仙继续存在，它们潜伏在亚历山大港各个教堂的后面、埃及民间传说黑暗的犄角旮旯里，从门梁上往下窥视，或从排档间饰和护壁板上投来恶毒的目光。

身处这种哲学大杂烩的沸腾轰响和图像学的变形之中，我心上涌起一种见证中世纪艺术诞生的激动。从四面八方都能听到细微的裂帛之声，旧的多神教图像从亚历山大港的丝茧中孵化出来，蜕变为传统的基督教符号，它将在福音书、祭坛画、彩色玻璃、壁画、双联画和三联画中一遍又一遍地重现，在未来的漫长世纪中成为定式，不可改移。

亚历山大港，12 月 6 日

今天下午，午睡醒来后，我又去了希腊罗马博物馆的花园。在那里，我坐在一棵橙子树的树荫里，周身被拜占庭雕塑的残片环绕着，读着约翰·莫斯克斯是怎么描述曾创造了这些雕塑、现在已归于尘土的那座城市的。

387

---

① 好牧人（Good Shepherd）：指耶稣基督。见《新约·约翰福音》10：11："我是好牧人，好牧人为羊舍命。"——译者注

　　莫斯克斯和索菲罗尼乌斯在亚历山大港住了很长时间，以至于出生于大马士革的索菲罗尼乌斯在他的某本著作里说"我们亚历山大港人"。这两位修士大约在 578 年至 579 年的冬季（也就是他们刚踏上旅途时）第一次来到亚历山大港。当时的天气可能和现在差不多：晴朗的天气逐渐变冷，白昼日趋短暂。近三十年后，这两位修士又一次抵达亚历山大港，这次他们是作为难民，从正遭受波斯军队劫掠的安条克走海路逃来的。亚历山大港两次都是他们对埃及沙漠的修道院进行广泛探索的大后方，在第二次旅行中，他们的脚步远至最南边的大绿洲。

　　这两位修士第二次旅居亚历山大港大约是在 607 年至 614 年，其间他们断断续续地在这座城市里居住。索菲罗尼乌斯在此期间似乎突然遭受了失明的打击，后来，他在参拜美诺西斯的圣赛勒斯与圣约翰圣祠（圣祠本身的名字最终取代了"美诺西斯"，所以在过去的一千多年里，这个地方被称作阿布基尔①）时，又同样突然地复明了。为了感谢这一奇迹，索菲罗尼乌斯写了一本书，里面讲了这座圣祠的一些更为非凡的治疗故事，于是我们得以好奇地从中窥视拜占庭医生包里装的东西：如果索菲罗尼乌斯的记述是可信的，那么一份标准的处方药是由比提亚奶酪、蜡和烤鳄鱼混合而成的。

　　索菲罗尼乌斯康复之后，开始和莫斯克斯一道大力反对当地埃及人的一性论倾向。这种倾向已经开始导致主流正教徒（讲希腊语、以亚历山大港为中心的上流社会）和本地讲科普

388

―――――――――――

　　① "阿布基尔"（Abukir，或 Abu Qir）是"赛勒斯神父"的阿拉伯语写法。——译者注

特语的埃及人（"科普特"这个词源于希腊语词"Aiguptios"，意为土生土长的埃及人）的分裂。

然而，在614年春天，这两位修士最终还是被波斯大军追上了。波斯人攻破了城墙，在城中大肆屠杀，莫斯克斯和索菲罗尼乌斯又被迫乘船逃走。这次和他们一起的还有亚历山大港的东正教牧首"救济者约翰"（John the Almsgiver），索菲罗尼乌斯后来为他写了传记。笼罩在悲伤中的他们在塞浦路斯停驻，心力交瘁的牧首就在此地逝世。又过了一段时日，大约在615年年末，载着难民的船只终于抵达了安全的君士坦丁堡城下。

被他们留在身后的一城火海，跟二世纪和三世纪繁荣兴旺、思考自由的亚历山大港相比已经截然不同了。这不仅是因为亚历山大港已经挤满了身无分文的难民（他们为了逃避之前波斯对巴勒斯坦的袭击而来到这里），这种不同是更深层的。因为基督教在亚历山大港的胜利是受到了一群狂热的科普特修士的影响，这些修士会定期从他们的沙漠修道院里出来扫荡，袭击多神教教徒和他们的神殿，焚烧任何未设防的庙宇。392年，他们终于成功地将塞拉比尤姆神庙和毗邻的亚历山大图书馆，这座古代知识的宝库付之一炬。

在修士们搜寻偶像的过程中，城里异教名流的房舍被翻了个底朝天。没有人能够幸免。这些暴行中最臭名昭著的一桩是对希帕提娅（Hypatia）所施的私刑。希帕提娅是亚历山大学派的一位新柏拉图哲学家，同时也是一位杰出的思想家和数学家。她被一群基督徒暴民从轿子里拽出来，他们扒光她的衣服，然后把赤身裸体的她拖着游街，最后在恺撒神庙前将她杀死，并将她的尸体投入火中。

　　某些撰写编年史的修士盛赞这一谋杀行为。"希帕提娅沉溺于魔法、星盘和乐器，"尼丘的约翰主教（Bishop Johnof Nikiu）写道，"她用她那邪恶的诡计诱骗了许多人。（在她死**389**　后）人人都围住西里尔主教（是他鼓动了暴民），称他为'新狄奥菲勒斯'，因为他（完成了狄奥菲勒斯主教的工作，此人烧毁了塞拉比尤姆神庙）摧毁了城中最后的偶像崇拜。"由此便可以理解为何城中的多神教教徒不再那么活跃了。"古往今来都没有这样的事，"一个心烦意乱的学生给他在上埃及的母亲如是写道，"眼下这不是战争，是吃人。"另一个人则评论说："如果我们活了下来，那也不过是行尸走肉。"

　　然而，有迹象表明，这座城市的学术氛围并没有完全消亡。与莫斯克斯年代相近的历史学家安米亚努斯·马塞利努斯（Ammianus Marcellinus）写道："即便是现在，亚历山大港各学术领域的人还在努力发声。艺术教师仍然幸存，几何学家的杆子揭示隐秘的知识，音乐的研究还没有枯竭，对地球和恒星运动的求知之火还在燃烧。医学研究蒸蒸日上，一名希望在医学界占得一席之地的医生，只要说他曾在亚历山大港接受训练，便可抵得其他一切证明。"此言貌似不虚：神学家纳齐安的格里高利（Gregory of Nazianzen）的兄弟恺撒里乌斯（Caesarius）正是凭借其在亚历山大港的学历，赢得了拜占庭宫廷医生的职位。

　　亚历山大港似乎将莫斯克斯学者的一面激发了出来。在叙述身处该城的日子时，莫斯克斯描绘了他和索菲罗尼乌斯（毕竟索菲罗尼乌斯是智者、哲学和修辞学的教师）如何忙碌于高尚的学术和知识求索。有一个故事讲两人聆听哲学家狄奥多若（Theodore the Philosopher）的大学讲座；另一个故事讲两人与书法家兼手抄本绘图师、朗读者佐伊鲁斯（Zoilus the Reader）交谈；还有一个故事则呈现了一幅充满书卷气的、迷人的拜占庭生活图景，他们去拜访了一位名叫律师科斯马斯（Cosmas the Lawyer）的藏书家。

"这个妙人儿使我们受益匪浅，"莫斯克斯写道，"不仅接见了我们，给予我们教诲，而且他的藏书比亚历山大港的任何人都多，他还愿意把书借给需要的人。他家无余财，屋里除了书籍、床和桌子之外什么也没有。任何人都可以到他家里去，寻找对自己有益的书——然后就可以借来读。我每天都会去找他。"

不过，最引人入胜的故事是他们去拜访另一位学者朋友。故事发生在六世纪八十年代末的一个炎热的夏日午后，莫斯克斯和索菲罗尼乌斯在亚历山大港市中心的四面门①的阴影下纳凉。他们原本准备去拜访另一个藏书家朋友——智者斯蒂芬（Stephen the Sophist），但是斯蒂芬的女仆在顶楼的窗户里冲他们喊话，说她的主人正在睡觉。因此，他们在等着斯蒂芬醒来时，偷听了三个盲人之间的谈话，这三人也正在四面门的荫蔽处纳凉。他们同彼此讲述自己失明的原因，以此来打发时间，最后那个盲人讲了一个奇怪又可怕的故事，莫斯克斯把它记了下来。

这个盲人说，他失明前是个盗墓贼。有一天，他看见送葬队伍护送着一具装殓豪华的尸体穿过亚历山大港的街道，在圣约翰教堂落葬，于是他决意去盗墓。葬礼结束后，此人闯进墓穴，开始偷取墓里的东西。突然间他吓了一跳：死人在他面前坐了起来，向他的眼睛伸出双手。这个盲人说，这就是他双眼所见的最后一幕。

390

---

① 四面门（tetrapylon）：一种仪式性拱门，四面均有开口。

　　后来莫斯克斯又听到了一个类似的故事，另一个盗墓贼在深夜闯入了一个富家千金的墓穴。这次尸体貌似复生了，只是这一次姑娘抓住了盗墓贼。"你想进来随你的便，"她说，"但想走就没那么容易了。你得和我同享这座坟墓。"尸体拒绝放盗墓贼走，除非他答应为此忏悔并出家。盗墓贼在震惊之下应允了。

　　头一次读到这些故事时，我以为它们是虔诚的迷信，就像莫斯克斯笔下的其他许多故事一样。但今天下午，我在博物馆的花园里读《精神草地》时，突然明白了这些故事是从何而来的。从公元一世纪到拜占庭早期，按照埃及的风俗，能负担得起的人死后都会被装在木乃伊棺中，上面用热蜡精心画上死者的肖像。有些木乃伊的裹布上会画上死者的全身像，希腊罗马博物馆里就有两件这种品相完好的藏品。

　　古典时代的肖像艺术现已失落无存（除了庞贝的一些壁画），但它的光辉在这些木乃伊肖像上得到了反射，而且更重要的是，这些木乃伊肖像在古代的绘画与拜占庭壁画之间架起了一座桥梁。现存最古老的圣像画位于西奈的圣凯瑟琳修道院，它们所使用的热蜡着色工艺，与它们的前辈亚历山大港的木乃伊肖像是一致的，这绝不是巧合。如果奥托·德穆斯①所言不谬，"圣像画是欧洲绘画的根基"，那么在这些希腊化埃及的木乃伊肖像中，我们可以看到圣像画的直接起源。

　　但这些木乃伊肖像最引人注目的时候，是它们作为艺术品的时候。它们写实到你几乎可以听见画中人在说话——就像莫

391

---

　　① 奥托·德穆斯（Otto Demus, 1902—1990），奥地利艺术史学者。其子为著名钢琴家约尔格·德穆斯（Jörg Demus, 1928—2019）。——译者注

斯克斯笔下的盗墓贼经历的那样。即便是在今天，在博物馆的
玻璃后面，这些肖像仍然栩栩如生，以至于当你盯着他们看时
会倒吸一口冷气，仿佛感到自己在和一个参加了阿克提姆海战
的士兵，或一位可能认识克利奥帕特拉的社交名媛四目相对。
这些哀愁而多变的希腊化罗马人的面孔沉默地凝视着，有一种
强烈的催眠感，他们中的大多数人去世时似乎只有三十来岁。
他们转瞬即逝的表情被冻结，面带讶异，仿佛对骤然来袭的死
亡本身感到惊奇；他们巨大的眼睛向外投去凝视的目光，仿佛
揭示了亡魂的身无一物。观者望着他们，试图从中捕捉到他们
在古埃及晚期所目睹的动荡、所见过的奇景异象，但那些光滑
的新古典主义面孔只以回望相对。

　　这些肖像画最令人手足无措的地方，也许在于它们看起来
实在过于眼熟了。其中一些肖像的色彩和技法肖似弗朗茨·哈
尔斯①，另一些则仿佛出自塞尚，这些面孔在被画成两千年
后，仍然能深刻且直接地传达出模特们的特质：纨绔子弟和交
际花、焦虑的母亲、强硬的商人、无聊的军官，以及乍富的老
女人，身材肥胖，穿金戴银，涂脂抹粉。这些面孔是如此现
代，嘴角流露出的情感如此一目了然，以至于你得不断提醒自
己，这些画中人并非和我们身处同一个世界，他们是希腊化埃
及的木乃伊上贴着的面具，底下是干枯的尸体；这些人也许作
为伊西斯崇拜的新信众，透过一片玻璃②观看这个世界；这些

392

---

①　弗朗茨·哈尔斯（Frans Hals, 1582—1666），荷兰黄金时代的肖像画家，
　　画风鲜明而富有活力。代表作《吉普赛少女》《手持头骨的年轻
　　人》。——译者注
②　指伊西斯之结（Tyet），通常由红色宝石或玻璃制成，挂在木乃伊的脖子
　　上。——译者注

人也许同自己的亲兄弟姐妹结了婚（直到三世纪晚期，戴克里先还试图在埃及取缔乱伦）；这些人也许曾在伟大的亚历山大图书馆中埋头苦读，直至它被埃及沙漠中啸聚的修士烧成一片焦土。

正如安德烈·马尔罗[①]所说，这些木乃伊肖像上"闪耀着永生的火焰"。由此便很容易想象，它们会对约翰·莫斯克斯笔下那些在深夜闯入墓地的盗墓贼产生什么影响：难怪他们会认为尸体能死而复生。

今晚是我在亚历山大港度过的最后一晚，在克里斯蒂娜小姐的指引下，我乘电车去了亚历山大港的最后一个希腊人聚居区。

希腊俱乐部是一个空旷的大厅，通向一处带凉棚的庭院，有二三十对年事已高的希腊夫妇坐在那里玩双陆棋和扑克。酒吧里在放希腊音乐的唱片，乐声在夜色中飘荡。我在那里找到了尼古拉·佐利亚斯（Nicholas Zoulias），他是希腊俱乐部的主席，同时也是克里斯蒂娜小姐的旧友。很快，我们的桌子旁围了一圈老人，开始倾吐他们记忆中战前的亚历山大港。他们说的和我在犹太教堂与精英咖啡馆里听到的别无二致：亚历山大港曾经是东方的巴黎、地中海的钻石，这个地方一度极为热闹、繁华、富于创造力，而过往的痕迹现在已经所剩无几。但我以前没有听闻，也没有料到这些老人会如此轻视希腊。他们

---

① 安德烈·马尔罗（André Malraux），法国作家，代表作《人类的境遇》（*La Condition Humaine*）。曾参加过国际纵队和法国抵抗运动，于1959年至1969年任法国第一任文化部长。——译者注

认为亚历山大港——这座属于他们自己的私人城邦是文明的顶
点，现代希腊则是某个举止粗俗的暴发户。

"亚历山大港一直比雅典和萨洛尼基①更先进文明，"尼古
拉·佐利亚斯点起一支烟，对我解释道，"一百年前，当雅典
还是个村子时，亚历山大港就是一座国际化城市了。"

"你想要的一切都能在这里找到。"塔奇·凯特辛布里斯
（Taki Katsimbris）表示同意。

"我们不喜欢希腊人，"米歇尔·斯蒂芬诺普洛斯（Michael
Stephanopoulos）说，"说老实话，我在那里连半个月都待不了。"

"雅典就是欧洲的夜总会，"佐利亚斯轻蔑地咂着嘴，"如
此而已。"

"希腊的希腊人比我们糙。"米歇尔说。

"他们不像我们那样掌握多种语言，"佐利亚斯说，"法
语、阿拉伯语、英语……"

"他们和土耳其人一样粗鲁，"米歇尔说，"在希腊，如果
你问他们现在几点钟，他们不会搭理你。"

"如果你在希腊问路，他们会说不知道。而在这里我们会
给你指路，领你去目的地。"

"他们没有好客的传统。"

"我们和他们不一样，"佐利亚斯说，"食物、语言、道德
准则……都不一样。"

"我们更像埃及人，"塔奇说，"我们的心态和他们是一
样的。"

"我们许多人的祖母都戴面纱。"

---

① 萨洛尼基（Saloniki），塞萨洛尼基的别称。——译者注

"她们甚至像埃及人一样祈祷：在地上铺祈祷垫。"

"基督教和伊斯兰教有什么区别？神是同一位。"

"但在希腊没有这样的事。他们那边很……心胸狭窄。他们觉得只有他们才知道什么是对的。"

"希腊是欧洲的一部分，"佐利亚斯说，"他们现在有了一种非常……自动化的生活方式。他们节奏很快，他们总是在跑。而我们这里很安逸：一步一步来。"

其他老人都点头表示赞同。

394 "这里汽车很慢，"米歇尔说，"铁路很慢……"

"然后慢慢地，我们就要死光啦。"塔奇补充道。

大家都对这句话表示同意。我问："你们这个社群还能维持多久？"

"五年吧，最多十年。"佐利亚斯说。

"我们只剩下五百人了。"

"所有的年轻人都要去雅典。念完书就去。"

"他们说这里很无聊。他们说在这里找不到工作。"

"纳赛尔把我们的工厂国有化的时候，就等于签了我们的死刑执行令。"

"很多有钱人都成了讨饭的。他拿走了我们所有的一切。"

"但他们发现凭借自己的技能和语言水平到希腊很容易找工作。所以大家都去希腊了。"

"纳赛尔把一切都拿走了，他们没有留下来的理由。"

"我小的时候，埃及有二十万希腊人。二十万哪！即使十年前也有五千人。现在只有我们了。"

"我们最多还能再撑十年。"

"除非那些离开的人回来。"

"我想他们是不会回来的。"米歇尔说。

老人们摇了摇头。塔奇干了一大口亚力酒。"他们会留在希腊。"

"就这么把亚历山大港抛下了，一个希腊人也不剩。"

"两千三百年来的第一次。"

"他们不会回来的。"

"不会回来的。"

"但谁又能说得准呢？"佐利亚斯说，点了一支烟，"谁又能说得准呢？"

圣安东尼科普特正教修道院，12月10日

我一看到那辆出租车就知道我们有麻烦了。

395

它是标致车的一类史前祖先，重新喷漆导致的层层凸起和疤痕使它看起来像披了一层鳞片，仿佛一条大蜥蜴或一头小恐龙。负责驾驶这头野兽的人更不讨人喜欢。他叫拉马赞（Ramazan），是一个来自西奈的贝都因人，身穿一件褪了色的粗斜纹棉布背心，头上裹着一条红白相间的卡菲耶，下巴上蓄着稀疏的深色胡须。

我们把我的背包放进后备厢，拉马赞打开了点火装置。这辆标致像一头情绪不高的骆驼一样弯下腰来，咳嗽着，蹒跚着。他又尝试点了一次火，结果仍然令人失望。随后他下了车，拍打了几下车的侧面，踢了踢它的底盘，又冲引擎盖轻声说了一些鼓励的话语，就像贝都因人对表现不佳的骆驼一样。他第三次尝试点火，汽车勉强发动了，像个醉鬼一样摇摇晃晃地开出了酒店停车场。

我前一天乘火车从亚历山大港来到开罗，并马上着手设法

弄到了去阿斯尤特的许可证。阿斯尤特是上埃及的一个省，埃及的大部分科普特人都长居在那里。莫斯克斯旅途的最南端"大绿洲"（现在的哈里杰）就位于阿斯尤特。

自从伊斯兰激进运动死灰复燃并逐步扩大以来，这一地区已停止对外国人开放，运动从一开始的偶尔射杀当地科普特人——自 1928 年穆斯林兄弟会成立以来，他们一直断断续续地向科普特人开火——发展到针对外国游客。在这一过程中，埃及的旅游业几乎被他们毁掉，现在外国人已被禁止进入阿斯尤特及周边地带。但记者偶尔会被放行，去报道政府如何采取措施镇压激进的暴动（通常是重拳出击）。因此我直接去了埃及新闻中心，出示了我的证件，并正式提出申请，一式三份。我被告知一周后再来。我没有在开罗闲逛，坐等官老爷们把我的文件和他们的繁文缛节翻来倒去，而是决定借此机会，去参观两处我渴望已久的拜占庭时代的重要遗址。

第一个是圣安东尼修道院（St Antony's），它是基督教修道院制度的发源地，也是拜占庭时代埃及最大的修道院。第二个是已经消失的奥克西林库斯（Oxyrhynchus），它一度是拜占庭时代埃及最重要的省会城市之一，后来又是发现有史以来最大的拜占庭文献宝库的地方。它的遗址就在去圣安东尼修道院的路上，我看地图的时候感觉到那里很方便。但我忘了考虑拉马赞的车技。出租车以越来越慢的速度在开罗清晨空旷的街道上晃了五分钟，最后停在了一组红绿灯前。"没事，"拉马赞说，目光避开后视镜上挂着的那颗巨大的粉红天鹅绒爱心，"绝对没事。"

当后面的汽车开始愤怒地鸣笛时，拉马赞手持一根金属管消失了在引擎盖后。随之而来的是锤击声和一股浓烈的柴油味。在各种试图重启引擎的尝试都宣告失败后，拉马赞开始有点慌了。但突然之间，汽车在无人转动点火钥匙的情况下猛然发动，于是我们又上路了。

　　这事给拉马赞上了一课。接下来我们小心翼翼地无视拦路的红绿灯，以令人印象深刻的速度闯过了所有的红灯。在一天中的其他时候，拉马赞的这种战术无异于自杀，但现在是清晨五点半，这种操作不过是很吓人罢了。除了后备厢上的几处划痕——这是与一辆运西瓜的卡车短暂碰撞所留下的纪念——我们安然无恙地出了开罗城，向南驶去，沿着尼罗河穿过肥沃河谷上的美丽村庄。

　　到处都是早起的人，有些成群地坐在茶馆的藤萝架下，抽上了这天的第一口水烟；一些妇女在运河边洗衣服。拉马赞在这般田园风光中穿行，仿佛一台芭蕾舞里混入一个橄榄球运动员。他显然认为避免再次熄火的关键在于不要让车停下。怀着这一想法，他一路疾驰，切入对面的车道，在转弯处漂移，前一分钟险些撞死两个在路中间聊天的农民，下一分钟又差点撞倒一位骑着驴子慢悠悠走着的蓝衣教长。我们就这样沿着尼罗河前行，世界上最平静的河流在我眼前变成了单人高速拉力赛现场。 397

　　拉马赞的驾驶技术可能很恐怖，但还是让我们在破纪录的时间内抵达了目的地。我们沿着尼罗河两岸狭长的农业带疾驰了两小时后，到了一个名叫贝纳萨（Behnasa）的中世纪阿拉伯村庄，它位于奥克西林库斯遗址的边缘地带。我们穿过贝纳萨，拉马赞在半路上差点撞翻了一辆老马拉的车，上面坐满了乡村妇女，都戴着厚厚的面纱。我们从农田里颠簸着开进沙漠，寻找我地图上标记的遗址所在。我们开进沙丘，然后又倒回去。西部沙漠①在我们周围延展开去，平沙无垠，夐不见人，荒凉而岑寂。没有庙宇，没有立柱，没有带柱廊的街道，除了一座葬着中世纪苏菲派教长的泥砖小墓外，什么都没有。

我从那座墓折返回来，心下困惑为何什么遗址都没看到，直到这时，我才第一次注意到我脚下所踩的地方。每当我的脚踏到地面时，沙子似乎都在我的体重下嘎嘎作响。我弯下腰去，更仔细地观察地面。周围的沙丘上到处都是陶器的碎片：双颈细耳瓶的手柄，红色的萨摩斯（Samian-ware）小圆盘，壶、盅、杯、碗的装饰底座。这里不仅有陶器的碎片：灿烂的拜占庭海蓝色碎玻璃在冬季的阳光下熠熠生辉；旁边散落着小块的矿渣和冶炼后的炉渣，黑玉、琥珀和石榴石的碎片，碎骨以及蚌壳和牡蛎壳。

398 　　我徒步直至中午，但脚下轻微的嘎吱声不绝如缕地绵延了数英里。奥克西林库斯显然已经灰飞烟灭，也许是毁于世世代代的尼罗河洪水和贝纳萨村民的"劫掠"，但它的贝丘②留存至今：法老时代、希腊化罗马和拜占庭时代的垃圾世代累积，留在近两千年前被街道清洁工丢弃的地方。我站在一座古代世界的大垃圾堆上。

地上露出一只双耳细颈瓶的手柄，我把它拔了出来，这个拜占庭时代的罐子碎裂了，里面的东西，一堆筛过的，也许来自查士丁尼时代的糠秕，飘散入冬季的微风中。

---

① 西部沙漠（Western Desert）：指从尼罗河河谷至利比亚边界之间的埃及西部地区，占埃及全境面积的三分之二。——译者注
② 贝丘（midden），一类古代人类居住遗址，以大量古代人类食剩余抛弃的贝壳为特征，又称贝冢。有些还包括各种食物残渣及石器、陶器等文化遗物。——译者注

奥克西林库斯的垃圾堆首次引起外界注意是在 1895 年。当时英国考古学家伯纳德·格伦菲尔（Bernard Grenfell）和亚瑟·亨特（Arthur Hunt）得知在这个地区发现了大量莎草纸残片。然而，两人在参观这处遗址时的发现超出了他们最夸张的预想。

　　次年，格伦菲尔在《埃及勘探基金会期刊》（*Journal of The Egypt Exploration Fund*）上如是写道："一般来说，莎草纸距地表不远。事实上，只须用靴子略翻一翻泥土，就经常会露出一层莎草纸来……我开始逐渐增派人手，直到110人，当我们向北到这片遗址的其他地方时，莎草纸的数量很快发展成了一股难以应付的洪流……"

　　莎草纸上写的东西和它的数量一样惊人。在发掘工作的第二天，亨特博士正检查一张刚被工作人员挖出来的皱巴巴的残片。它上面的文字只有几行是看得清的，但其中一行里有一个非常罕见的希腊语词 "karphos"，意思是 "刺"。亨特立刻由此联想到《马太福音》中的 "为什么看见你弟兄眼中有刺，却不想自己眼中有梁木"，但他激动地意识到，这张残片上的措辞与《马太福音》中的明显不同。它后来被证实是失传的《耶稣箴言集》（*The Sayings of Jesus*）的一部分，它比当时存世的任何《新约》残片都要早数百年。

399

　　在发掘工作的第一阶段结束时，格伦菲尔和亨特已发现了一整座失传典籍的宝库：一首失传已久的萨福的歌谣，埃斯库罗斯和索福克勒斯失传的戏剧片段，当时已知最早的《马太福音》莎草纸，从前不为人知的《新约》伪经《保罗与特克拉行传》（*The Acts of Paul and Thecla*）的一页。他们还出土了大量的历史文件，比如马可·奥勒留皇帝与亚历山大港的地方法官的谈话报告，以及拜占庭书信和行政文件的完整档案。

对于维多利亚时代的考古发掘人员来说，最后这个发现并不怎么激动人心，因为他们是读着爱德华·吉本对晚期罗马帝国的权威批判长大的。然而，一个世纪后的今天，这些文献被广泛视作该遗址所有发现中之最重要者。因为这些来自帝国边陲省城的行政碎片，能够比其他任何现存的彼时资料都更让我们接近拜占庭普通居民的生活；它向帝国东部的最后岁月投下一束明亮的光辉，照出了约翰·莫斯克斯在旅途中见到的那个世界的私人生活。

在开启这段旅程之前，我花了一周的时间，在伦敦图书馆细细阅读了迄今为止编辑、翻译和出版过的 142 卷奥克西林库斯莎草纸中的部分内容。它们融合在一起，就构成了一幅细节异常丰富的古代晚期城市图景：阅读它们，就像在阳光下的拜占庭街道上方打开了一扇百叶窗，偷听窗户下面人们的八卦、丑闻和私密。

这些碎片异乎寻常的随机性赋予它们千般魅力：亚历山大图书馆中储存的七十万卷哲学和世界历史，我们今日也许已经无缘得见，但在寂寂无闻的奥克西林库斯，我们会在街上遇见被遗忘的小贩、值班时昏昏欲睡的守夜人、教室里心怀不满的老师，乃至和情人幽会完毕悄悄归来的城市少女。一个鞋匠说要给他房子外面的树浇水。一个丈夫写信给妻子，要她来找他，顺便"把餐厅里的旧坐垫拿来"。一位父亲写信给儿子，抱怨他没有与他保持联系（"我的儿子，我很惊讶你怎么还没

400

有写信给我汇报你的近况。请尽快给我回信，因为我非常难过……"）。一个愤怒的儿子向父亲抱怨他冤枉了他（"你写信给我说：'你和你的情妇住在亚历山大港。'那你和我说说，我的情妇是谁？"）。一个在绝望中痛苦万分的情郎写下下面这些咒语，或是祈祷："让她彻夜难眠，在空中飞翔，用最猛烈的爱情来爱我，让她饥渴而夜不能寐，直到她的躯体和我化而为一……"

一些最有趣的奥克西林库斯残片读起来像花边小报。一张残片显示，一位受人尊敬的主母对自己的孩子的滥交感到恐惧，她写信给丈夫说："如果你想知道你女儿们的淫乱行为，不要问我，去问教堂的神父，她们是怎么跳出来说'我们要男人'的，以及卢克拉是如何像个婊子一样被人捉奸的。"

另一张残片显示一位妻子写信给奥克西林库斯的地方法官，控诉她的丈夫虐待她及她的家人："我写信把他对我施加的一切侮辱告诉您。他把我们两人的奴隶与我的养女们一道在他的地窖里关了七天，侮辱了他的奴隶和我的奴隶佐伊，把她们打得半死。他还用火烧我的养女，把她们剥得一丝不挂，这是违法的。他还对她们说：'把这些她给的东西都扔掉。'……他一直用我的奴隶安妮拉来烦我，说'把这个奴隶送走'。但我拒绝这么做，他一直说：'一个月后我要纳一个情妇。'上帝知道我说的是真的……"

我在贝丘上漫步，望向贝纳萨周围绿色的耕地，奥克西林库斯的市中心曾屹立在那些房子下面。奥勒留·尼鲁斯的鸡蛋摊位肯定就在那里。在某张奥克西林库斯莎草纸上，他郑重声明以后只在广场上出售自己的鸡蛋，停止黑市的经营。那些棕榈树旁的某个地方也许是奥蕾莉亚·阿蒂埃纳的宅邸。一张残缺的莎草纸将她铭刻在历史中，她痛苦地抱怨她丈夫是怎么对待她的：“……和我来自同一个城市的保罗强行占有了我，和我结了婚……我同他生了一个女孩……但后来我的房子被士兵征用作为营房，他抢劫了士兵的财物，随后逃跑了，把我一个人留下来承受惩罚和侮辱，我差点儿丢了命……后来，他又无所顾忌地纳了一个情妇，把她养在他房子里，他带来一群无法无天的人，把我带走。然后他把我关在他那里好几天。我怀孕的时候，他又抛弃了我，和他的情妇同居了，现在他告诉我，他要挑起对我的恶意。因此，我请求我的主命令他出庭受审，接受他应得的惩罚。”

正是这种暴力的肉欲和贪婪的物质主义，使圣安东尼——一个埃及半文盲农民，住在附近的城镇贝尼索夫（Beni Suef）——感到厌恶，由此遁世而去，来到沙漠。那天下午晚些时候，当我坐着拉马赞那辆半死不活的汽车，沿着圣安东尼的路线穿越东部沙漠时，想到了他的举动在基督教历史上产生的不可估量的影响。

公元三世纪末，圣安东尼为躲避亚历山大港的希腊化罗马知识分子的追捧，首次逃到了现在的圣安东尼修道院所在地。这位圣人完美无咎，成了亚历山大港时髦知识分子的宠儿。他们对他朴实的禁欲主义和在战胜恶魔方面的威名推崇备至。就像当代伦敦的文人墨客纡尊降贵为英超球员撰写传记一样，这些亚历山大港的知识分子源源不断地拥向圣安东尼的洞穴，使得这个极度怕羞的隐士手足无措，为躲避人潮而退隐到沙丘之

402

中——被他的崇拜者们追得越躲越远。

当他的崇拜者们追着他来到现在的修道院所在地时，圣安东尼意识到自己永远不可能甩掉这些追随者了，因为这个地方位于整个中东最荒凉艰苦的沙漠中心。于是他决心把这些人组织成一个松散的隐修士社群，而他则居住在山上的一个洞穴中，从较为安全的距离监督他们。

基督教的修道院制度由此诞生了，并以不可思议的速度传播开来。到五世纪初，耶路撒冷和拜占庭帝国南部边界之间的沙漠中遍布着约七百座修道院，它们的繁荣程度使旅行者报告说，沙漠中的人口现在已与城镇中的人口相当。"修士的数量多得无法计算，"安东尼死后二十一年，阿奎利亚的鲁菲努（Rufinus of Aquileia）在游历埃及后写道，"他们人数众多，就连世俗世界的皇帝都无法召集起规模如此庞大的军队。埃及的每个城镇和村庄都被城墙似的隐修士包围，其他修士则居住在沙漠中的洞穴或其他更为偏远的地方。"

圣安东尼死后一年，亚历山大港主教阿塔纳修便完成了他的生平传记。此书很快就被安条克的埃瓦格里乌斯（Evagrius of Antioch）翻译成拉丁文，供"海外的教友们"阅读。不到二十年，这本书就已经传到遥远的高卢，被人阅读传抄。不久之后，身处北非的希波的圣奥古斯丁记录了一个深深打动他的故事：两个来自特里尔（现在德国境内）的秘密警察在读完《圣安东尼传》后，决意放弃待遇优厚的职位，去埃及做修士。一个世纪后，修道院制度已在整个西方世界蓬勃发展，尤其是在意大利和法国南部。公元700年，它甚至已经传到苏格兰高地：大约在这个时候，一幅圣安东尼坐在棕榈树下的画，被皮克特修士刻在了因弗内斯附近的尼格海岬上，这个地方位 403

于罗马帝国国境最北端的几百英里之外。

和绝大部分模仿它而建的中世纪西方修道院不同，圣安东尼修道院时至今日仍很繁荣。它坐落在开罗东南约三百英里远的沙漠中，距红海贫瘠的海岸五十英里。现在已有一条柏油路将修道院与外界连通，但车程也还是漫长且令人打不起精神，沿途是一片凄凉萧瑟的平原：白天又晒又热，晚上寒冷刺骨，荒凉得令人难以置信。一直到四十年前，到圣安东尼修道院去还要花上三个星期，它所有的给养都依靠每月来一次的骆驼队。

修道院在它的卡其色背景中伪装得相当好，以至于除非你把车开到它的正下方，否则几乎看不到它。在离目的地还有不到半英里远的地方，整个建筑群渐渐进入了我们的视野。沙漠中升起一圈骆驼色的墙，中间穿插着胡椒瓶状的泥砖堡垒。其上升起两座巨大的塔楼——门楼和拜占庭城堡主楼，除此之外，还能看到蒙尘的棕榈树尖在沙漠的风中瑟瑟摇摆。

进入围墙后，这座修道院看起来更像某个位于非洲绿洲中的村落，而不似丁登（Tintern）、里沃兹（Rievaulx）、方廷斯（Fountains）① 或欧洲任何一座伟大的中世纪修道院。通往教堂和小礼拜堂的街道上分布着无釉泥砖平房，带有吱吱作响的木质阳台；大片的修士居室中偶尔会出现一片小小的广场，种着摇曳的海枣树。在这之上矗立着城墙塔楼和宏伟的泥砖城堡。这片建筑群有很深的内涵——在欧洲人的眼里，就像十九世纪东方主义者的幻想——但对拜占庭人来说，它传达出的信息一定迥然不同。

---

① 三者都是英国境内著名的修道院。——译者注

　　四世纪建成的简朴的泥砖修道院呈现出一种粗糙、朴实的
风格，而拜占庭亚历山大港的建筑则是精致而美丽的。这种对　　404
比不是偶然的。圣安东尼和跟随他进入埃及沙漠的修士们有意
拒绝亚历山大港所代表的一切：奢华、放纵、优雅、工巧。与
此相对，他们有意识地营造了一种简单的氛围——有时甚至是
一种故意为之的粗犷原始——他们的艺术和建筑反映了他们的
生活方式。

　　与中世纪的西方修士们不同，埃及的沙漠教父们倾向于排
斥学习这一概念，拒绝为知识本身而崇拜知识。圣安东尼尤其
严厉地批判书籍，宣称"头脑健全的人不需要文字"，而他所
需要的唯一一本书是"上帝创造的自然：每当我想读他的话
时，它就近在眼前"。圣安东尼的许多科普特信徒以他为榜
样，宁愿从事艰苦的体力活和长时间的祈祷，也不愿去学习。
千年来的古典文学被人遗忘，荷马和修昔底德的作品第一次无
人问津。借用一句修士们献给圣母的圣歌就是："舌灿莲花的
修辞家已经像鱼一样沉默。"一直到十九世纪，这种对经典的
态度似乎一直萦绕在科普特修道院里：英格兰藏书家罗伯特·
寇松在游览位于瓦迪纳特伦（Wadi Natrun）的德尔苏里亚尼
修道院时，发现欧几里得和柏拉图失传作品的抄本被修道院拿
来给装橄榄油的罐子封口。

　　现代埃及的修士们往往是识字的——其实他们大多数是大
学毕业生——但他们仍然有意将自己的精力从学术研究转移到
祈祷和农业上。修士们凌晨三点起床（这时开罗的夜总会和
赌场刚开始散场），然后一起在古老的拜占庭早期修道院教堂
里绘制着沙漠教父的壁画下祈祷五个小时。接下来是一天的繁
重体力活，修士们尝试在修道院周围的沙漠里种出鲜花，并取

得了一定的成果。他们着实是旱作农业领域的热心学徒。昨天傍晚，晚祷过后，到了一天中修士们可以自由活动的时刻，我看到几组见习修士正专注地研究种子目录，还有一些最新的难懂的农业杂志——《今日灌溉》或《钻孔周刊》一类的杂志，兴奋得像一群十几岁的男学生，手里拿着他们人生中的第一本少女杂志。因了这种热爱农业的氛围，吃饭时的谈话有时会变得极富技术性。昨天，修道院负责接待访客的狄奥斯库罗斯神父给我送晚餐时，带了一个他做的煮鸡蛋给我，郑重其事得像一个给客人介绍新式菜肴的巴黎餐厅老板。我吃的时候他站在一边等着。

"真好吃，"我努力适应这个场合，"这真是我吃过的最好吃的煮鸡蛋了。"

"这并不奇怪，"狄奥斯库罗斯神父回答，"这是一个尔萨·布朗（Isa Brown）。"

"尔萨"是"耶稣"的阿拉伯语形式，是科普特人的常用名，于是我问这种鸡蛋是不是以某个科普特母鸡饲养先驱的名字命名的。

"不，不，"狄奥斯库罗斯神父回答，他看我的眼神仿佛在看一个弱智，"不是 Isa，而是 I. S. A.——巴黎附近的动物选择研究所，它是全球最著名的家禽研究中心。我们院长前两年到那里参观过。现在我们所有的动物都出自最现代、最优秀的品种。"

这种对最先进的养鸡技术的痴迷，是现代世界打开圣安东尼修道院的大门的诸多途径之一。修道院最近淘汰了蜡烛，开始使用发电机，狄奥斯库罗斯神父的修士服口袋里放着一部移动电话。此外还有步子迈得更大的举措：因为参观圣安东尼修道院的科普特朝圣者越来越多，修士们最终被迫放弃了用绳子将访客吊进修道院的老方法（这一行为始于公元六世纪，当时拜占庭埃及开始第一次受到贝都因人的袭击），改成相对现代的方式，即让他们从前门进来。

尽管做出了这些让步，修士们在打扮和言谈上还是保持着惊人的中世纪风格。驱魔、施展奇迹治愈病人和已故多年的圣徒显灵对他们来说，就像给住在伦敦郊区的人送牛奶一样司空见惯——如果不是外国人总大惊小怪，他们根本就不会对其多加注意。

"看到上面了吗？"等我吃完我的鸡蛋时，狄奥斯库罗斯主教说道，他指了指修道院教堂两座塔楼之间的间隙，"1987年6月的一个深夜，我们的神父圣安东尼在那里显灵了，他在一片闪闪发光的云彩上翱翔。"

"你看见了？"我问。

"没有，"狄奥斯库罗斯神父说，"我是近视眼。"

他把眼镜摘下来，给我看镜片有多厚。"我坐在院长身边吃晚饭时都基本看不清他，"他说，"但很多神父看见了圣安东尼显灵。站在圣安东尼旁边的是隐士圣马可（St Mark the Hermit），另一边是尤斯塔斯阿布纳（Abuna Yustus）。"

"尤斯塔斯阿布纳？"

"他是我们这里的神父。从前是管圣器的。"

"所以他在那上面干什么？"

"他刚去世不久。"

"哦，"我说，"是这样啊。"

"他虽然还没有被正式封圣，但我确信快了。下一次科普特会议上会讨论给他封圣的事情。他的遗物创造了许多奇迹：

让盲童复明，让瘫痪的人从轮椅上站起来……"

"这很正常。"

"对。但你不会相信——"狄奥斯库罗斯神父放低音量，悄声说道，"你不会相信，两年前我们接待了一些欧洲来的游客——基督徒、新教徒——他们说不相信遗物的力量！"

他捋着胡子，睁大了眼睛，一副难以置信的神情。"不，"他继续说，"我不是开玩笑。我不得不把新教徒带到一边，解释说我们相信圣安东尼和所有的神父都没有死，他们和我们生活在一起，一直在保护我们，照顾我们。当我们需要他们的时候——我们去他们的坟墓，向他们留下的遗物祈祷时——他们就会出现，为我们解决困难。"

"修士们能看见他们吗？"

"谁？新教徒？"

407 　　"不，这些已故的神父。"

"尤斯塔斯主教经常显灵，"狄奥斯库罗斯神父用实事求是的语气说，"其实前天就有一位神父和他谈了半小时。当然，圣安东尼也经常露面——尽管他这些天很忙，在世界各地回应人们的祈祷。但是，即使我们看不见逝去的神父，也总能感知到他们。此外，还有许多别的迹象表明他们与我们同在。"

"什么意思？"我问，"什么迹象？"

"嗯，以上周的一件事为例吧。沙漠里的贝都因人生病时，常来找我们医治。通常情况下这事不难：我们先让他们亲吻一件圣遗物，再给他们一片阿司匹林，然后送客。但上周，他们带来一个被魔鬼上身的小女孩。我们把她领进教堂，当时是晚祷时间，一位神父去敲钟召集众人。此时这个女孩身体里的魔鬼叫喊起来：'不要敲钟！求你不要敲钟！'我们问魔鬼为什么不要敲钟，魔鬼回答：'因为当你们敲钟的时候，走进教堂的不只是活着的修士，所有神父的灵魂，还有许多天使和大天使都到你们这里来。在这种情况下，我怎么还能留在教堂里？我不能待在这样的地方。'就在这时钟敲响了，女孩尖叫一声，魔鬼离开了她！"狄奥斯库罗斯神父打了个响指，"就是这么回事，你明白了吧。"

圣安东尼修道院，12 月 11 日

狄奥斯库罗斯神父把我安置在一间看不出年代的蛋形圆顶泥砖房里。虽说现在才晚上九点，但修道院的发电机已经关了，我坐在一张摇摇晃晃的桌子旁边，借着一盏煤油灯的微光写下这些文字。

我一整天都在读狄奥斯库罗斯神父借给我的《圣安东尼传》，作者是四世纪早期的亚历山大港主教阿塔纳修。这本传记大概是基督教圣人传记里最有影响力的一部，后世千千万万的基督教圣人传记都奉这本《圣安东尼传》为终极至上的典范：毕德尊者在撰写《圣卡斯伯特传》（*Life of St Cuthbert*）时，很大程度上就借鉴了阿塔纳修的范例。然而对现代读者来说，《圣安东尼传》是一篇枯燥、缺乏幽默感、令人厌烦的文本，通篇都在说禁欲主义的自我折磨和圣人对恶魔的惊人胜利。在书中某处，阿塔纳修写到有一群化身为动物的魔鬼冲进了安东尼的房间，读起来像到了投喂时间的伦敦动物园："恶魔化身种种野兽从房间的四壁拥入，屋里到处都是狮子、熊、豹、公牛、狼和蛇蝎……他的弟兄们（每月来给他送一次补给）听到了种种骚动声，还有类似武器撞击的声响。到了夜里，他们看见山上全是野兽。"

408

虽然这类事情显然很吸引阿塔纳修那个时候的人，但我发现《沙漠教父箴言集》中那些归在圣安东尼名下的简洁金句更能传达出他的魅力和力量。这本书中的他流露出智慧和淳朴的常识，鼓励他的追随者们过简单的生活，不要无谓地大惊小怪，不要理会世俗的意见。其中有两则我格外喜欢：

"潘波神父问安东尼神父：'什么是我应做的？'这位老人对他说：'不要相信你自己的正义，不要忧虑已过去的事，只需管住你的舌头和胃。'"

还有一则：

"当安东尼神父思索上帝的审判之深浅时，问道：'主啊，为什么有些人年幼夭亡，有些人却活到耄耋之年？为什么有些人穷，有人些富？为什么恶人发达兴旺，义人却受穷？'他听见一个声音回答他：'安东尼，管好你自己，这些事是依据上帝的审判，你知道这些事对你没有好处。'"

今天生活在圣安东尼修道院的科普特修士，成功地将其创始人严格的生活方式与他所说的平静的智慧结合起来。与我交谈过的修士都是些善良而温和的人，比圣萨巴修道院那些一点就着的"希腊土匪"，或他们时而狂热的阿索斯山教友要谦逊理智得多。今天晚上，我和狄奥斯库罗斯神父在招待所的食堂里谈了很久。当最后一道日光逐渐从外面的天空中消散时，我问他为什么选择成为一名修士，以及他为什么离开亚历山大港的安逸环境，去适应沙漠里的恶劣气候。

"很多人觉得我们到沙漠里来是为了惩罚自己，因为沙漠里炎热干燥，很不适宜居住，"狄奥斯库罗斯神父说，"但其实不是这么回事。我们来是因为我们喜欢这里。"

"沙漠有什么值得喜欢的地方吗？"

"我们喜欢宁静，喜欢沉默。当你真心想和某人说话时，你会想坐在一个安静的地方和他说话，而不是处在人群之中。在人群中怎能说话得体呢？我们也是一样。我们来这里是因为想和我们的主独处。正如圣安东尼曾说的：'你的心沉默下来，上帝便会开口。'"

"但你们似乎是故意要惩罚自己：你们穿又闷热又粗糙的长袍，斋戒很长时间……"

"啊，"狄奥斯库罗斯神父说，"但你看，禁食并不是一种惩罚，它是一种途径，而非目的本身。当你的胃塞得满满的时候，是很难和上帝沟通的。你吃完一顿大餐后便会很难集中精力，这时你只想睡觉，不会想着去教堂祈祷。为了祈祷的顺利，稍微饿一下肚子是更好的选择。"

"但是没有任何财产傍身，这难道不是一种惩罚吗？"

"不。这是一种选择。对我自己来说，我开始摆脱那些把我的居室弄得一团乱的东西。上周我把我的椅子扔了。我不需要它。现在我坐在地板上。我为什么要为多余的食物、多余的衣装、多余的家具所扰呢？你所需的只是一块面包和能蔽体的衣服而已。你拥有的东西越少，就越能一心向主。你明白吗？"

我不确定地笑了一下。

"好吧，你看看这间屋子。当我在这间屋子里的时候，我觉得椅子摆错地方了，我要给它挪开。又或者我看见灯里没油了，我要给它添油。又或者……或者那扇门坏了，我要给它修好。但沙漠里只有沙子。你没别的可想。没有任何事情来打扰你。修士的居室里也是一样。东西越少，越容易和上帝对话。"

"你觉得这样做容易吗？"

410

"这从来不是一件易事。但通过练习，它会变得没那么困难，"狄奥斯库罗斯神父说，"精神生活就像一架梯子。如果你每天自律而勤勉，就会发现在自己在往上升，理解能力变好了，集中精力更容易了，也不再老是走神了。当你在房间里独自祷告，别无干扰时，你会感到自己好像就在上帝面前，除了上帝的讯息，没有任何东西接近你。当你成功的时候——如果你真的摆脱了杂念，直接与上帝对话——它就能弥补一切痛苦和艰难。你会感到，好像某些晦暗不明的东西为你点亮了。你感到内心充满了光明与欢悦：就像一个刺目的电荷。"

"但你不一定要到沙漠中心去寻找不被干扰的空间啊。你在哪里都能找到：开罗、亚历山大港、伦敦……"

狄奥斯库罗斯神父微微一笑。"你说得很对，在哪里都可以祈祷。毕竟上帝无处不在，你在哪里都能寻到他，"他指了指门外暗夜中的沙丘道，"但在沙漠里，在纯净的氛围中，在静默中——你能够寻到自我。如果你连自我都不了解，又怎能开始追寻上帝呢？"

圣安东尼修道院，12 月 13 日

411   与我这一路上参观过的其他修道院不同，圣安东尼修道院里全是年轻修士，人们并不担心它即将消亡。事实上，它已经有好多个世纪不像现在有这么多人、这么活跃了。许多埃及沙漠中的修道院也是如此：自从现任科普特教皇欣诺达三世（Shenoudah III）1971 年上任以来，埃及的修道院制度得到了大规模复兴，许多废弃了数百年的古老修道院重新投入使用。尽管形势向好，地平线上还是有一些阴云。我在圣安东尼修道院住了几天之后，修士们开始吞吞吐吐地说起他们对未来的

担忧。

　　几个世纪以来，科普特人一直受到轻微的歧视，但最近宗教极端分子的暴动在上埃及重新抬头，使得他们的处境比从前更加危险，前景更为不明。1992年4月，阿斯尤特省有十四个科普特人因拒付保护费而被伊斯兰党①的游击队枪杀。随后在亚历山大港和开罗的科普特教堂外，发生了一系列粗制滥造的炸弹袭击。最后，1994年3月，武装分子袭击了阿斯尤特附近一座古老的科普特修道院——"火焚修道院"（Deir ul Muharraq），两名修士和两名非宗教人士在修道院前门中弹身亡。科普特修士在经历了几个世纪的蓄意孤立后，骤然感到了前所未有的令人惊恐的重压。

　　就像土耳其的苏里亚尼人一样，科普特人很不愿意谈论他们在忧虑什么。数百年来作为少数群体生活在穆斯林统治下的经历，教会了他们保持低调。我到圣安东尼修道院后不久，对狄奥斯库罗斯提起火焚修道院的屠杀事件，他只说"我们面临一些小问题"。然而，修士们逐渐开始愿意多讲一点了。今早我和一位年长的神父谈到这一话题。一开始他只是低头盯他的鞋子。片刻后他鼓起勇气，把他的恐惧说了出来。

412

　　"火焚修道院的大屠杀只是最近的一次，"他说，"在过去几年里，许多教堂被烧毁，我们的很多神父和平信徒被杀害。死亡威胁每天都有。在阿斯尤特，恐怖分子直接进入科普特人的居所抢夺财物，如果科普特人反抗，就会被他们开枪打死。政府完全不作为。警察不逮捕任何人，尽管他们很清楚是谁干

----

　　①　伊斯兰党（Gema'a al-Islamiyya）：激进的宗教游击组织，意在将埃及变成伊斯兰共和国，主要在上埃及和较贫穷的开罗郊区活动。

的。1992年，当伊斯兰党人在一小时内杀害了十四名科普特人时，政府只说：'这里是上埃及。可能只是一场宿怨。可能是两家人发生争执：仅此而已。'直到最近几个月，当伊斯兰党开始袭击游客和政府部长时，他们才认真对待这一威胁。也许已经太晚了。如果他们在问题刚出现时就把它解决掉，那么这些事就都不会发生。但因为受害的只有科普特人，所以他们什么都不做。现在事态已经失控了。恐怖分子到处都是。"

在我与其他修士交谈时，他们悄声抱怨压迫他们的哈马庸法（Hamayonic Laws）。该法是一项古老的奥斯曼帝国法律，时至今日仍保留在埃及的法律体系之中。它规定，如果一个基督徒想要建造甚至只是维修一座教堂，都需要总统亲自颁布特别法令：从理论上来讲，如果修士们想维修一间旧厕所，他们应该请穆巴拉克总统本人下一道特别法令。

"政府没有为我们做任何事情，"一位修士如此说道，他恳求我给他匿名，"埃及当局对科普特人很不好。高级警察队伍里没有科普特人。法官没有科普特人。我们的人民没有正义可言。恐怖分子知道他们可以毫无犯罪成本地袭击科普特人。这就是我们的人民深感恐惧的原因。这就是我们所有人害怕的原因。"

当然，从历史上看，埃及的修士们经常面对暴力。罗伯特·寇松在他的十九世纪经典游记《黎凡特修道院之行》中说："所有的（埃及修道院）都被一堵坚固的高墙包围着，这堵墙建来是为了保护里面的弟兄，它有其存在的理由，即便是在今天……（有很多次）我正在某座修道院里安静地吃饭，一位弟兄在食堂的小讲坛上诵读金口约翰的布道文，这时听到喊叫声，有人冲外墙的坚固堡垒开火。多亏它们的保护，诵经

413

人几乎面不改色地继续念了下去。"

只有一次，圣安东尼坚固的围墙没能保护里面的修士。十六世纪头十年的某个时候，一个贝都因人部落围困、袭击并最终占领了修道院，他们杀死了绝大部分修士，在修道院里安营扎寨，把建于四世纪的圣安东尼教堂当厨房用，拿修道院图书馆里古老的卷轴和文件当烧饭的燃料。教堂屋顶的古代壁画上仍残留着烟熏的痕迹，它每天都在提醒人们注意修道院墙外潜伏的危险。

在约翰·莫斯克斯的时代，圣安东尼修道院也处在游牧袭击者的威胁之下。它远离埃及的拜占庭驻军的保护，于是成了虎视眈眈的游牧部落的诱人目标。莫斯克斯在《精神草地》里转述了一名"萨拉森异教徒"给他讲的故事，当时此人正在修道院附近打猎，他"看见圣安东尼修道院的山上有一个修士正在看书。我向他走去，想打劫他，或者把他杀掉。当我走近他时，他向我伸出右手，说：'停！'整整两天两夜，我都被定在那里无法动弹。后来我对他说：'因你所敬拜的神的爱，放我走吧！'他说：'你安安静静地去吧。'在他的祝福下，我才得以离开他把我定住的地方"。

其他修士可就没有这么好的运气了。从六世纪八十年代莫斯克斯第一次访问埃及，到他再次踏足埃及，这三十年间拜占庭帝国的东部已经开始倾颓。瓦迪纳特伦的四座修道院被异教的马奇塞人①烧毁和蹂躏，居住在其中的三千五百名修士流落到黎凡特各地。莫斯克斯将来会见到来自加沙和亚历山大港的修道院的难民，而据《埃塞俄比亚圣徒大全》

414

① 马奇塞人（Mazices）：指北非的柏柏尔人。——译者注

（*Ethiopian Synaxarium*）所载，许多无处可去的瓦迪纳特伦修士在圣安东尼的堡垒后避难。

《精神草地》中关于埃及的篇章严肃地反映了这一时期的无政府状态，充斥着关于"野蛮人"焚烧修道院和修士们被大篷车一路颠簸地拉到希贾兹奴隶市场的故事。在一个故事中，莫斯克斯讲了亚历山大港的一位牧首，他的秘书从他那里偷走了一些黄金，在逃亡途中，这位秘书被"野蛮人"俘虏，他们把他卖去当奴隶——直到这位圣洁的牧首宽恕了他，并同意给他赎身。另一个故事讲的是莫斯克斯的一个朋友，他被俘虏了，但不知为何成功脱身，逃到了莫尼迪亚（Monidia）的拉伏拉，莫斯克斯正是在这里见到了他，发现他很有智慧。第三个故事讲的是一位修士在旅途中遇到三个萨拉森人，他们带着一个拜占庭的囚犯：

（囚犯）是个二十岁左右的年轻人，相貌十分英俊。他一看到我，就哭喊着求我把他从他们身边救出来。所以我恳求萨拉森人把他放了。其中一个萨拉森人用希腊语拒绝了我。我便说："你们把他放了，带我走吧，他受不了劳役之苦的。"那萨拉森人再次拒绝了我。我就第三次对他们说："我给你们赎金，你们能放了他吗？"那萨拉森人回答说："我们不能把他交给你，因为我们向我们的祭司许诺过，如果捉到了一个相貌出众的囚犯，就把他交给祭司作为祭品。现在你快走，否则我们就叫你人头落地。"

于是我拜倒在上帝面前，说："主耶和华啊，我们的救主啊，求求你拯救你的仆人。"那三个萨拉森人立刻就被魔鬼附身了。他们拔出剑来，同归于尽。我把那个年轻人带到我的洞穴里，他再也不想离开我了。他舍身遁入教门，在做了七年的修士后，蒙主召回了。 415

　　然而，那时的修士似乎和现在一样，相信他们承受的苦难是蒙上帝允许的，背后都是有原因的，而善果会从苦难中结出。

　　"在灾厄之中最能看清上帝，"狄奥斯库罗斯神父解释说，"当你的烦恼消失时，你就远离上帝了。但在遇到困难的时候，人们会想起向上帝寻求帮助。"

　　"所以你的意思是，上帝是在用苦难提醒我们他的存在？"

　　"不，"狄奥斯库罗斯神父回答，"我不是这个意思。但多亏了上帝，善可以从恶中产生。埃及的基督教——我们的科普特教会——是在戴克里先惨无人道的迫害下发展起来的。殉道者的鲜血滋养了信仰的种子。"

　　狄奥斯库罗斯神父举起胸前一个用柳条编的科普特基督受难十字架，它被用一条皮制的带子挂在脖子上。"没有十字架的基督教像什么样子呢？"

　　那天晚上，应狄奥斯库罗斯神父的邀请，我同修士们一起参加了晚祷。

　　走进修道院教堂仿佛进入一条隧道。修道院外灯火通明，修道院内夜色沉沉，门廊里修士们的凉鞋排成长长的队列，像在清真寺里一般，圣所里点起了蜡烛和油灯，仿佛萤火虫在幽冥中闪烁。教堂的诸般色彩被黑暗吸了进去，它那严正简洁的轮廓的阴影在半明半暗、忽明忽暗的微光中颇为威严，令人印象深刻。

我的眼睛在适应了黑暗后，看清了在中殿前列队的修士人数。到目前为止，我在这所修道院里见到的修士不超过十二个。尽管我知道修道院里有很多新人，但静得能听见回音的岑寂使圣安东尼修道院显出异乎寻常的荒凉：在经历了亚历山大港和开罗的喧嚣嘈杂后，这里每一扇百叶窗被风吹动时发出的吱呀声、古老的泥墙间回荡的修士的每一句低语都能传入耳中。

而现在，就像是凭空冒出来的，至少六十名修士在教堂的中殿里现了身，全都在用深沉而雄浑的低音吟唱着圣咏，这圣咏与格里高利圣咏那种难以捉摸、悲喜参半的旋律，或希腊人那种棱角分明、节奏快的晚祷曲调大不相同。平常极为温和文雅的科普特人在祈祷时声如隆隆洪钟，每节都由一名修士领唱，众人用雷鸣般的低沉男声相和。声墙在教堂里回响激荡，从穹顶的角拱上弹回，撞在泥砖屋顶上，然后又像铅锤一样落到中殿里。尽管科普特圣歌沉重，其中却没有任何刺耳或残酷的地方。副歌涌动的音符给整首哀歌赋予了一种悲哀、凄凉的气氛，仿佛世世代代的修士们的苦行都在被提炼、阐述和献祭，这既是对人类罪孽的痛苦的赎罪，也是一种驱魔，预示着即将来临的夜晚的恐怖。

和埃及沙漠中的所有礼拜仪式一样，这项圣事是用科普特语进行的。科普特语是古代法老们所讲语言的直系派生语。一千五百年来，这座教堂里歌颂基督教上帝所用的语言从未改变，在那之前又三千年，底比斯的法老神殿里曾用同样的语言歌颂

416

伊西斯和荷鲁斯：世界上所有的神圣语言中，只有梵语在这方面可以与之相比。这是一种陌生而奇异的语言，其音节的联诵听起来好像是专门为念咒而设计的："以圣父、圣子、圣灵之名，永远永远，阿门"变成了"Khenevran emevoit nem ipshiri nembi ebnevma esoweb enowti enowti ami……"

接下来是片刻的沉默，修士们穿过缭绕的香雾，从中殿的中央走向圣所近处一个长长的讲台，那里摊着一排羊皮装订的古老经文选。修士们在讲台上分成几组。一开始，站在北面的人安静地唱起了一首当代的赞美诗，站在南面的人应和，音量逐渐上升。赞美诗册硬挺的、泥金的纸页随着雷鸣般的圣歌翻动，直至夜晚，随后加入偶尔的钹声或欢欣鼓舞的三角铁声。随着仪式的进行和歌唱节奏的加快，见习修士们摇晃着手中的香炉，乳香升腾起的大朵烟云在中殿里凝成厚厚的白雾。

随着仪式进行到第三个小时，香雾逐渐趋于厚重，中殿前面的陈设变得模糊不清。从我所站的后方只能看到站在讲台上的一排遥遥黑影，以及他们身后不远处一群穿着白色长袍的见习修士匍匐在地。在我身边，一群来自上埃及的农妇身着黑衣围成一圈，认真地把祈祷和愿望写在纸片上，随后嘱咐她们的儿女和孙辈拿去投在披挂着天鹅绒的圣安东尼神龛的信箱里。在中殿的后方，另一小拨科普特朝圣者正围着圣像打转，触摸圣人的面庞，又亲吻他的手指，或试图用口水把皮阿斯特币粘到圣像框的玻璃上。

我看着朝圣者们忙前忙后，注意力逐渐被分布在教堂里的圣安东尼的形象和圣像画吸引。虽然它们的创作年代明显不同，但画面要素是固定和一致的。圣安东尼被表现为一位老人，雪白的胡子一直垂落到膝盖。他赤着双足，只穿一件简单的修士服，腰间系着腰带。在一些圣像中，他的修士服好像是由动物毛皮制成的。圣安东尼身边往往还要添上他的朋友、隐修士圣保罗：科普特人认为圣安东尼是第一位修士，圣保罗则是第一位隐修士。当这两人同时出现在画面上时，旁边总有一只乌鸦陪伴着他们。根据圣杰罗姆的传说版本，这只乌鸦风雨无阻地每天带一条面包到他们的洞穴里来。在一些圣像中，这

418 两个人旁边还有一对狮子，这又是援引了圣杰罗姆的《第一位隐修士圣保罗传》（Life of St Paul the First Hermit），它讲述了这两头狮子是如何帮助圣安东尼安葬圣保罗的：

> 就在圣安东尼思索该如何埋葬他的朋友时，两头鬃毛飞舞的狮子从沙漠里向他飞奔而来。他刚看见它们时很害怕，然后便把心思转到上帝身上，安之若素地等着，好像他看见的是鸽子一样。那两头狮子径直来到圣保罗的遗体前，摇着尾巴停了下来，然后匍匐在他脚边高声嚎叫。安东尼知道它们在用自己的方式尽情哀悼他。接着它们稍走远一点，开始用爪子抓地，争先恐后地把沙子刨开，直到挖出一个足以容下一个人的墓穴……

我对圣安东尼的圣像格外感兴趣的原因在于，在黑暗时代，这位圣人是我故乡苏格兰的皮克特艺术家，乃至海峡对岸的爱尔兰艺术家最钟爱的题材。爱尔兰和苏格兰的凯尔特修士都自觉地将圣安东尼奉为自己的理想和典范，而凯尔特修士最引以为豪的地方，用七世纪爱尔兰班戈修道院（Bangor）的对唱（Antiphonary）来讲就是：

　　这座充满欢乐的房屋

　　建立在巉岩

　　和从埃及移植过来的

　　真正的葡萄树上。

　　此外，凯尔特教会的埃及血统也得到了同时代人的认可：英格兰修士兼学者阿尔库因（Alcuin）在给查理曼的一封信中，将凯尔特库迪派称作"pueri egyptiaci"，意为"埃及人的孩子"。这是否意味着科普特埃及与凯尔特爱尔兰和苏格兰有直接接触，仍是学术界争论的问题。从常识来讲这不太可能，但越来越多的学者认为，这可能就是阿尔库因那句话的本意。因为凯尔特教会和科普特教会有很多除此之外无法解释的相同点，而这些相同之处在其他西方教会里都不存在。在这两个教会中，主教们都戴王冠而非主教冠，手持 T 形十字架而非曲柄杖（crook）或牧杖（crozier）。手铃在这两个教会的仪式中都扮演非常重要的角色，以至于在早期的爱尔兰雕刻作品中，区分神职人员和平信徒的方式是在前者手上添一个小铃。这一方法也表现在科普特石雕上——但在十世纪以前，在占统治地位的希腊和拉丁教会中不存在任何形式的铃铛。更奇怪的是，凯尔特基督教最寻常的标志车轮十字架，最近刚被证实是科普特人的原创，一座五世纪的科普特墓葬上出现了它的形象，比它首次出现在苏格兰和爱尔兰要早三个世纪。

　　有越来越多的证据表明，地中海和凯尔特边疆之间的接触是可能存在的。在康沃尔的丁塔格尔城堡（神话中亚瑟王的出生地）的发掘过程中发现了埃及的陶器——最初大约是用来装葡萄酒或橄榄油的。《爱尔兰诸圣祷文》记述了爱尔兰西

419

海岸的"七位（住在乌尔莱格沙漠的）埃及修士"。但关于这两地直接接触的最完整记载，出现在索菲罗尼乌斯的笔下。在《救济者约翰传》（公元 614 年，此人和莫斯克斯一道逃出亚历山大港）一书中，索菲罗尼乌斯讲述了一个故事。一个破了产的年轻亚历山大港贵族（救济者约翰曾借钱给他）意外航行到了不列颠——更具体些，很可能是到了康沃尔：

420

> 我们航行了二十个日夜，由于风势猛烈，无法通过星辰或海岸来判断方向。但我们唯一知道的是，舵手看见牧首（救济者约翰）（的幽灵）站在他身边，握着他的舵柄，对他说："不要怕！你的航向完全正确。"次日，我们看到了不列颠的岛屿，我们上岸以后，发现当地正闹饥荒。因此，当我们告诉城中的主事之人我们船上满载着谷物时，他说："上帝派你们来得正好。一蒲式耳换一个'诺米斯玛'或者锡，你们自己选吧。"我们各选了一半。然后我们就再次起航了，兴高采烈地又去了亚历山大港，中途在潘塔波利斯（今利比亚）停靠。

晚祷快要结束了，我还在思索凯尔特人和科普特人之间这些奇妙的联系。最后一队修士绕着中殿走了一圈，接着慢慢地走出大门，来到清浅的夜色和新鲜的空气当中。

我站在教堂外面，这时狄奥斯库罗斯神父走了过来，把我介绍给修道院的院长。我们聊天的时候，我顺嘴提到圣安东尼在我老家曾是雕塑的热门题材。院长面露惊讶，随即向我细细询问了皮克特艺术中圣安东尼的形象，我给他描述了圣维冈（邻近邓迪）的一座十分美丽的皮克特石雕，它创作于公元七世纪，表现的是圣杰罗姆的《第一位隐修士圣保罗传》中这两位圣徒初遇的场景：他们在一起吃饭，争论由谁来分面包，两人都谦让对方，直到最后他们"同意各抓住面包的一头，往自己这边扯，扯到多少就是多少"。在这座皮克特石雕上，两位圣徒被雕成侧面像，面对面坐在高背椅上，各自伸出一只手，拿着面包的一头。我指出这种造型很独特，与我在修道院看到的任何一种都不一样。我在修道院看到的所有画像画的都是圣安东尼的正面立像，双眼以一种典型的拜占庭风格凝视着观者。

"你错了，"院长露出神秘的微笑道，"我们这里也有你说的这种画。来，我带你去看。"

我们穿过一片漆黑的修道院，院长拄着拐杖走在头里。我们在迷宫般的泥砖建筑中穿行，有时会有衣裳沙沙作响的修士从暗处走出来，触摸院长的脚。最后我们来到一栋粉刷过的大楼前。院长从修士服里掏出一串钥匙，选了一把，插进锁眼。门很难推，但他推开了，领我进去。

图书馆狭长而昏暗。两边列着七层高的玻璃橱柜，里面堆满了沉甸甸的旧礼拜书、皮革装订的对开本、大卷的特许状和手抄本。院长径直走到屋子中央的一根柱子前。上面挂着一幅装框的画。

"这里。"院长说。

我的心一沉。我曾梦想着发现某些古老而不为人知的科普特圣像，它们的复制品也许被带到了黑暗时代的苏格兰，引领了我所熟知的圣安东尼与圣保罗的圣像。但修道院院长指给我看的这幅画不仅是传统的拜占庭风格的正面全身像，而且年代显然也很晚了：可能是十七世纪或十八世纪的作品。

"可这只画了圣安东尼一个人，"我说，"不是保罗和安东尼在掰面包。画的也不是侧面。甚至不是……"

"不是主要的画面，"院长温和地回答，"你看看旁边。"

我看向他指的地方。在那里，圣徒伸出的手臂下面，画着一个小得多的场景。有两个人形，一眼就能认出是保罗和安东尼，他们两人面对面坐在小山下的山洞里，山顶上长着一棵棕榈树。两人都伸出手去抓一条圆面包，面包中间有一条线。这正是七世纪苏格兰某位不知名的皮克特艺术家塑造出的形象。

更令人激动的是，这幅画上的一切都比那座皮克特石雕上的图像更接近真实情况。在皮克特石雕上，两位圣徒面对面坐在高背椅上，不自然地靠得很近。但在图书馆的这一幅画中，两位圣徒被正确地画在圣保罗的洞穴里，每人坐在一处岩架上。两人几乎是头碰头地挨在一起，这是因为洞穴太小。皮克特石雕的古怪之处在于雕刻家把两位圣徒移出了狭窄的洞穴，但在其他方面又保持了原来的构图。

对于这两个场景的相似性——它们一个在苏格兰，一个在埃及，隔着整个大陆——唯一说得通的解释是，图书馆里的这一幅必定是某个更古老的科普特原件的后世复制品，而那个年代更早的版本通过某种方式，从埃及传播到了黑暗时代的苏格兰珀斯郡，也许是通过贸易、朝圣，或科普特游方僧。一块看似不太可能的拼图将科普特埃及的沙漠与中世纪早期苏格兰的荒凉雪原联系起来，这幅拼图拼好了。我大喜过望，眉开眼笑地望向院长。

这是我在修道院停留的最后一个晚上。在院长的鼓励下，我在回客房的路上顺道来到修道院的教堂，向圣安东尼祈求保佑，希望他能在这次朝圣之旅的最后一段路，也可能是最危险的一段路上保佑我——我要穿越上埃及，将经过原教旨主义者的要塞明亚和阿斯尤特，然后穿过西部沙漠到达哈里杰大绿洲。我在他的墓前坐了二十分钟，然后回到我的房间里，打开日记本，点上石蜡灯，写到深夜。

开罗，温莎酒店，12 月 15 日

一群科普特朝圣者一直把我带到苏伊士市外的一个加油站。我站在那里挥了半个小时的手，搭上了一辆去开罗的出租车。

和我同车的是一群酩酊大醉的埃及建筑工人。他们恳求我更改行程："先生！去赫尔格达（Hurghada）吧！好得很！很多亚力酒！很多女孩儿！很多男孩儿！很好！不贵！"他们在出租车上传着喝一瓶亚力酒，不停地抽烟，还讲了他们在红海沿岸一个滨海度假胜地发生的下流故事。他们做出模仿巨乳的手势，充满暗示意味地摇动食指，然后是一阵狂笑。他们跟着鬼哭狼嚎的埃及迪斯科音乐一起唱歌，只有在去沙漠里小便的时候才闭嘴。我在后面坐了五个小时，眉头紧锁，仿佛一个愤怒的修女院院长。

出租车在一个交通环岛边把我放了下来，它位于烟雾弥漫、喧嚣嘈杂、骂声不断的开罗交通要道的中间。在静谧的修道院隐居五天后，我惊讶于眼前所见到的一切。开罗突然变成了一个梦魇般的人间地狱，苍蝇横飞，污秽不堪，到处都是骗子和大老粗，皮条客和扒手横行。这是一座属于乌烟瘴气的堕落者的城市，他们推推搡搡、吵吵嚷嚷地向地狱的烈焰奔去。

当我在舒适宁静的温莎酒店里打开背包时，我随手翻开了《沙漠教父箴言集》。我的目光落在圣安东尼的一句格言上：

423

"就像鱼离开水太久便会死去一样，那些在修士的居室外闲逛，或与红尘中人一起度日的修士也会失去内心的平静。所以，就像鱼往海里游一样，我们必须赶快回到居室中去，以免在外面蹉跎，失去我们所取得的一切。"

我下定决心尽快去上埃及动荡的沙漠修道院，不在开罗多做逗留。此外我提醒自己，今年早些时候我已经在开罗待了一个多月了。

今年三月初的时候我第一次到开罗来，当时是因为《星期日泰晤士报》派我来采访穆巴拉克总统。报社驻华盛顿的记者把他从美国中央情报局的联系人那里得到的消息发给了伦敦。显然，美国中情局对穆巴拉克温和的世俗政权即将垮台深感担忧。我被派往开罗是为了记录他们预期中的伊斯兰革命的筹备过程。

424　　　当时美国中情局对局势的评估貌似并不十分危言耸听。1992 年春天，穆巴拉克政权颓势初现。正是在这个时候，伊斯兰党开始以一系列谋杀性袭击频频登上新闻头条：四月，十四名科普特基督徒因拒交保护费而遭杀害；六月，他们谋杀了敢于公开谴责这场运动的世俗作家法拉格·福达（Farag Foda）博士。与此同时，针对外国旅行团的肇事逃逸袭击事件也开始出现，造成八人死亡，近百名游客受伤。第二年，也就是 1993 年夏天，一些激进的武装分子开始了一系列针对总理与另外两名重要部长的暗杀企图，三人均负伤。十一月，武装分子策划炸死穆巴拉克本人，但这一阴谋被安保力量事先发现了。

到 1994 年初，数以万计的伊斯兰活动人士依据紧急条例被捕，而在警察和武装分子之间不断加剧的暴力循环中，有大约三百三十人丧生。外国媒体上的预言家开始将埃及的局势与伊斯兰革命前夕的伊朗，或阿尔及利亚的危机做比较，在过去两年里，阿尔及利亚有大约四千人丧生。另一些人则猜测，一阵势不可当的宗教激进主义浪潮正在地中海沿岸聚集起来，准备将从卡萨布兰卡到巴格达的所有世俗阿拉伯政府一扫而空。

我整个三月都在开罗调查局势。我的所见所闻与美国中情局的预估给我留下的印象大相径庭。在欧洲和美国，分析人士也许会对路透社关于炸弹和死亡威胁的报道深感不安，但在开罗，公共汽车照跑，商店照常营业，举目春意盎然。从舰队街的新闻编辑室或五角大楼的会议厅看埃及局势，似乎远比从平静而阴凉的尼罗河两岸看要危险得多。这里的游客死亡率仍然低于佛罗里达州。根据种种说法，武装分子似乎缺乏训练和轻武器，此外支持他们的民众数量也有限。

穆巴拉克本人的支持率并不低。他的处境当然和 1979 年时的伊朗国王不同，而且他似乎不太可能马上面临被任何形式的革命推翻的危险，无论是伊斯兰革命还是其他类型的革命。当开罗的时事评论员读到西方媒体当时所做出的一些更为严酷的预言时，他们着实觉得莫名其妙——正如穆巴拉克总统本人所说："这是一种政治宣传！"我有一次采访他，提到有报道说他的政权不稳，他脱口而出："巨大的政治宣传！我十分想知道，为什么每当埃及发生一些鸡毛蒜皮的小事，外国媒体（我读到的一些文章）就会把它说成'失去了稳定'或'政权正在动摇'。包括你们的《星期日泰晤士报》也是这种做法。

425

我在想，他们是从哪里得到这些信息的？真是搞不清楚。"当我把我们的信息源告诉他时，他脸色发黑，补充说美国人从来就没有理解过中东，也许永远都不会理解（应大惊失色的内政部长的要求，我后来在公布采访内容时把这句话删掉了）。

事实上，在那个三月，穆巴拉克政权非但没有动摇，反而似乎成功地得到了巩固。和我交谈过的每一个开罗人都在重复同样的话：自从上一年政府出手镇压以来，情况已经好多了。暴力事件虽然现在还很严重，但主要限于上埃及的一些城镇和村庄。至于一直以来有人说穆巴拉克因其雷霆手段而与大批民众疏远——你在街头巷尾是听不到这种说法的。虽然无人否认警察有能力极其粗暴地对待嫌疑人，但人们抱怨的不是对人权的侵犯，而是镇压行动被拖延得太久。

"政府一直知道谁是伊斯兰党，"一个叫布特罗斯·加布拉（Boutros Gabra）的科普特金匠对我说，"要是他们只杀了几个科普特人，政府就乐意容忍他们。只有当他们开始攻击外国人、威胁到旅游业时，政府才会采取必要的措施。"

426　　　然而，尽管伊斯兰革命似乎不太可能发生，但穆巴拉克政权貌似的确有相当大的可能允许——事实上已经在允许——埃及缓慢地伊斯兰化，以安抚较为温和的宗教右翼分子。埃及高级伊斯兰权力机构阿赫扎尔大学（Al-Ahzar University）的教长的审查权最近扩大了。越来越多的强硬派伊斯兰传教士出现在政府的电视节目上，一些人公开在广播中抨击基督教。甚至连最语焉不详的基督教宗教教学大纲也已从公立学校的课程中删除，而许多地方的科普特学校不得不筑起围墙以自保。根据政府出具的统计数字，清真寺的建设速度大大加快了——仅在过去十年间就修了约 12.5 万座未经授权的清真寺——但与此同时，零星的一些基督教堂因哈马庸法的约束而拿不到修建许可。

许多科普特人私下认为，穆巴拉克政府故意对反基督教的歧视和排外视而不见，从而间接鼓励了反科普特的暴力活动，助长了他们的气焰。而不管是偶然的还是故意的，在过去二十年间，科普特人被排除在所有重要职位之外，比如军队将领、大学教授、警察和高级内阁部长；尽管科普特人至少占埃及总人口的17%，但埃及的所有省长中没有一个是科普特人，科普特人在埃及国民议会议员中所占的比例不到1%。这导致了两次大规模的科普特人迁移潮：上埃及深受恐怖袭击之苦的科普特农民卖掉农场，搬到相对不起眼的城市；与此同时，城市里的科普特中产阶级为了摆脱歧视和寻求更好的机会而移民国外。据估计，在过去十年里，有多达五十万科普特专业技术人员离开了埃及，主要是前往澳大利亚、加拿大和美国。

更令人担忧的是，越来越多普通的埃及穆斯林好像相信，一定程度的和平的伊斯兰化——封停夜总会、戴上面纱、禁酒、推行沙里亚法——将成为他们解决许多问题的万灵药。埃及未来真正的危险可能就在这里：宗教激进主义者将逐步蚕食埃及的公共生活，而非通过恐怖主义或革命。正如一位和我交谈过的教长所言："情绪的狂澜势不可当。我们不需要也不想要暴力。大多数人已经在呼吁建立一个以《古兰经》为基石的社会。在这起最新的暴力事件发生之前，政府自己就一直在朝着正确的方向前进。"

三月时的一次采访给我留下了非常深刻的印象。采访对象是一个卷入离婚案的男性。这起离婚案的奇怪之处在于，这对夫妇——同为开罗大学老学者的纳斯尔·阿布扎伊德（Nasr

Abu Zaid）博士与其妻伊布塔尔·于尼斯（Ibthal Yunis）博士
的婚姻生活非常幸福，却被他们从未见过的强硬伊斯兰分子强
行提起离婚诉讼。当此案第一次递交到法院时，开罗的大多数
中产阶级把它当笑话讲。直到后来，人们才知道有一条闷声不
响的法律允许一个完全陌生的人，以"不相容"为由对一对
已婚夫妇提起离婚诉讼。宗教激进主义者给出的理由是，纳斯
尔·阿布扎伊德博士的学术著作强烈抨击了对《古兰经》的
政治操纵，此举表明他是一个无神论者，因此他是个叛教者。
而他的妻子是穆斯林，所以二人"不相容"。

虽然宗教激进主义者一审败诉，但这件事显示出他们的
传票现在有多大的影响力，以及他们如何成功地渗透到埃及
的各个机构当中。最先对阿布扎伊德博士发难的教长是一位
留着大胡子、被称作阿卜杜勒·沙欣（Abdul Shaheen）博士
的传教士，他常在电视节目上传教。他并不是穆斯林兄弟会
的公开成员，而是埃及执政党的宗教事务委员会主席。阿布
扎伊德博士所在的大学非但没有帮助他对抗中世纪的蒙昧主
义，反而屈服于宗教激进主义者的压力，拒绝了他的升职申
请。学生会和大学教职员工俱乐部都没有发表任何支持阿布
扎伊德博士的言论。事实证明，这两个机构实际上都被穆斯
林兄弟会接管了。

我去阿布扎伊德博士所在的大学看望他，他在旧殖民风格
的文学系大楼的一个偏僻办公室里，是个腼腆、低调、身材矮
小圆胖的人，有一个保镖保护他。

"我本可以简简单单地发一个声明，说我是个好穆斯林，
表明自己的忠诚，这个案子就可以被撤销，"阿布扎伊德博士
说，"我是一个虔诚的穆斯林，但我决不会退缩，坐视这些人

为了一己私利操纵伊斯兰教。这场战斗必须要打。"

"你有没有想过退缩？"我看着他的保镖，问道。

"没有，"阿布扎伊德博士回答，"在法拉格·福达博士被这些恐怖分子宣布为叛教者并枪杀后，我和我妻子不得不生活在死亡的恐惧中。但如果我有机会再选一次，我还是会选择战斗。埃及目前正在发生的事，是一场捍卫未来的穆斯林和想把我们拖回到过去的穆斯林之间的战斗。越来越多的人想采取最简单的解决办法：吸食宗教激进主义的鸦片。必须有人站起来，鼓起勇气向人们指出，这条路只会带来灾难。"

阿布扎伊德博士详细描述了他与宗教激进主义者的斗争，他们试图审查并打压他的作品。临走之时我问：他对未来有希望吗？

"我对短期的未来不抱希望，"他说，"我不害怕伊斯兰革命——这不太可能发生。我担心的是所谓的温和派。他们要压制理性思想，不许任何人提出反对意见。从长远的历史来看，自由和真理将占据上风。但短期内，我认为情况会在好转之前变得更糟。"

我们在保镖的保护下一同穿过大学的走廊。一路上阿布扎伊德指给我看有多少女学生戴上了面纱。

"我们这一代人历经风浪，"他说，"在1952年纳赛尔革命的梦想和希望之后，是许多令人失望的事情：1967年败于以色列，萨达特被暗杀，以色列入侵黎巴嫩，两伊战争，沙漠风暴行动，阿尔及利亚的无政府状态。所有这些都在我们的人民的记忆之中。" 429

他转过身来望着我道："经历了这些以后，告诉我：你会乐观吗？"

开罗，12 月 16 日

　　开罗在拜占庭时代是一个相对而言并不重要的河畔小要塞，守卫着从亚历山大港到上游各省城的路线，被称作"埃及的巴比伦"。它在《精神草地》中只出现了两次，两次都关于一个预言——莫斯克斯的朋友、奇里乞亚的佐西莫斯长老有朝一日将成为开罗主教（事实的确如此）。其他能提供更多信息的资料寥寥无几，《尼基乌主教约翰编年史》（*The Chronicle of John, Bishop of Nikiu*）中描述了开罗守军于公元 641 年向穆斯林将军阿姆尔（Amr）投降的情况，当时守军被他们的将领抛弃，交出了要塞及里面的所有武器和军需物资，以保全性命。

　　是穆斯林将这个昔日寂寂无闻的要塞变成了埃及的第一座城市，而与亚历山大港不同，基督徒在开罗人口中从未占据主导地位，事实上直至十一世纪，科普特牧首才同意把他的主教座堂从亚历山大港（当时已差不多沦为一个渔村）迁出。今天开罗的一千五百万人口中有三百万科普特人，但他们都散布在较为贫穷的郊区——仿佛命运的安排，更具侵略性的宗教激进主义派别也分布在那里。

　　今天下午我出发去参观两座科普特教堂，当地的科普特人与他们的伊斯兰邻居之间的冲突日趋激烈，这两座教堂在这一过程中遭到损坏。一次是有一颗炸弹在教堂的门廊外被引爆，另一次是在一个宗教激进主义者的煽动下，一群暴民高呼要异教徒血债血偿。这两起案件都不是什么大事，但我通过它们才意识到科普特人有多害怕，因为两座教堂的负责人一开始都对我矢口否认出过事，直到我出示了概述事件经过的剪报，他们才讲了实话。

430

温莎酒店的科普特出租车司机梅纳斯（Menas）开车送我到舒布拉区（Shubra）。这里街道宽阔，房屋高而呈褐色。天气在一夜之间变得潮湿，敞开的车窗透进阵阵寒意。天空灰蒙蒙的，道路泥泞不堪。男人们绕着路上的水坑行走，把冬季羊毛长袍拉到小腿上，露出了里面的羊毛秋裤。所有人头上都裹着围巾。

站在圣母教堂（Church of el-Adra）外的一名武装警卫把我领进神父的办公室。马克·毕沙拉（Mark Bishara）神父胡须灰白，头戴一顶科普特圆顶帽。我一问起教堂外的爆炸事件，他就站起身来，紧张地请我出去。

"这事已经翻篇了。"他说。

"那爆炸规模大吗？有人被炸死吗？"

"没有，"神父一边说，一边把我往门口推，"只有两三人受伤。我记不清细节了。不要问了，拜托你，我不想谈这个。这件事已经结束了。"

"有人因此被捕吗？"

"肇事者被抓了。我想是这样的。"

"所以政府在帮助你们？"

"求你了，不要让我回答，"神父把门半掩上，透过门缝往外看，"写这件事不合适。这对我们不好。我们没有麻烦。我们和穆斯林相处得很友好。政府完全有能力处理一切事情。我现在还有很多工作要做，不好意思……"

门砰的一声关上了。我在教堂的大院里徘徊，对神父的表现感到惊讶。他到底在害怕什么？我四处闲逛的时候，听到孩子们在唱圣歌，便循着歌声来到教堂后的一座现代化建筑。那里有一排教室，里面有几个平信徒在教小孩圣经故事和科普

431

特圣歌。其中一节课刚刚结束，等孩子们散去后，我走到老师面前，问他能否告诉我更多关于那起爆炸的事情。像神父一样，他看起来很不自在，但他还是告诉我，炸弹在礼拜仪式期间被挂在教堂的大门上，当会众走出教堂时它爆炸了。幸运的是，这个爆炸装置非常粗糙，无人死亡，不过有很多人受伤。我问他是否担心教堂再次被炸。

"只有上帝知道。"他回答。

"这些袭击是否让许多科普特人想离开埃及？"

"是，"他说，"我有五六个朋友都移民了，不仅是因为恐怖分子，还是为了找工作。在埃及，基督徒比穆斯林更难找到好工作。因为这个原因，很多很多基督徒——聪明的基督徒——要去加拿大和澳大利亚。他们认为这对他们的子女更好。"

"你也要去吗？"

"不，"他坚定地回答，"留下来很重要。我们应该留下来，尽最大努力捍卫我们的宗教。"

我正要离开教堂时，毕沙拉神父急忙走出办公室的门，跟在我后面。

"对不起，"他轻声说，伸出手来和我握手，"我是个神父。如果你想学祷告，我可以帮忙。如果你想上天堂，我可以帮忙。但如果你想谈政治……"

他耸了耸肩膀。"我想你在埃及待的时间不长吧，"他说，"等你在这里待久了，自己就会明白的。"

梅纳斯开车把我从舒布拉送到遥远的埃因沙姆斯（Ein Shams）郊区，这里现在是开罗主要的穆斯林社区之一。随着汽车的行进，路边的房子越来越破，人们看上去越来越邋遢。晾着衣服的砖房让位给了一大片杂乱的棚户区。路边堆满了垃圾。天上开始下毛毛雨，路边的小贩们开始把雨伞绑在自己的水果推车上。其他人——乞丐、卖甜食的人和报童——缩在咖啡馆门口，望着泥泞的街道。我看见一处门廊里有个老人正把一只漏水的鞋子里的水往外倒。附近，衣衫褴褛的儿童正在街上踢足球，把水坑当门柱。

毛毛雨变成雨，雨变成倾盆大雨。当水坑变成池塘时，排水不畅的街道便被淹没。在一个被雨水淹没的交叉路口，两辆驴车正运送行人穿过一个刚刚形成的小湖泊。

我们在狭窄的小路上搜寻了很久，终于找到了圣米迦勒与圣母教堂。神父不在，我被带去见他的妻子，她礼貌地给我端茶。但和我当天遇见的其他人一样，当我试图把话题转向教堂袭击事件时，她看上去突然慌了神。

"没问题，"她说，"这里很好。穆斯林非常好。"她紧张地咯咯笑着。

"但不是最近才有一群穆斯林袭击教堂吗？'

"是的，"她回答，"但不要写这个。"

"怎么了？"我问。

"没什么。穆斯林来了教堂。但警察更厉害。"

"有人开火吗？"

"没有。"

"但我在报纸上看到有几人丧生。"

"那可能开了几枪吧。但是在大街上，不是在教堂里。"

我觉得强迫这个女人说出她想隐瞒的话很残忍，但我的确需要知道发生了什么。"袭击教堂的人有多少？"我问。

"不多。"

"能说个大致数字吗？"

"四百人。五百人。我丈夫打电话给政府，然后警察来了。"

433

"他们想把教堂烧掉。"门口传来一个声音。是把我领进神父家的那个老人。他大约七十岁，留着灰白的牙刷胡。他刚才一直在听那个女人支支吾吾，此刻决定大声说出来。"那天是星期五，在穆斯林祈祷之后。他们来自易卜拉欣·阿卜杜勒·加齐街（Ibrahim Abdel Ghazi Street）的亚当清真寺（Adam Mosque）。祈祷结束后，会众中的一个家伙从伊玛目手里拿过麦克风。他要人们去烧教堂，杀警察。清真寺里一些善良的穆斯林来告诉我们发生了什么事，所以我们有时间把门锁上。"

"他们有带武器吗？"

"他们有枪。各种各样的枪。有些人还有炸弹。"

"他们自己做的吗？"

"对。不是正规炸弹。他们把炸弹扔过篱笆。炸弹没有爆炸，只是打碎了一两扇窗户。许多孩子在这里上课。他们被吓哭了。老师把他们领进教堂，让他们唱赞美诗，但他们仍然能听到外面的人在唱。"

"他们在唱什么？"

"Islamaya Islamaya la Mesihaya wa la Yahoudaya……意思是'伊斯兰，伊斯兰，不要基督徒，不要犹太人'。他们一遍又一遍地吼着。同时还喊'杀死基督徒，杀死基督徒'。"

"我们当时都在祈祷，"神父的妻子说，"但我们相信上帝会帮助我们。我丈夫给警察和教皇欣诺达打了电话。我们没有被吓倒。"

"警察很快就来了？"

"是的，"老人说，"坐着两辆大卡车。穆斯林看到他们就逃跑了。一个月后，沿路每隔一米都有警察站着。"

"你认为这种事还会发生吗？'

"我们希望不会，"那个妇女说，"后来有许多穆斯林给我们打电话，向我们道歉。"

"但没有一个人上门来拜访我们，"老人说，"和我们一样，穆斯林也害怕恐怖分子。"

在冒雨开车回旅馆的路上，我问梅纳斯，为什么科普特人不愿意公开谈论他们所面临的困难。 434

"因为他们害怕，"他说，"他们知道政府说没有问题，所以他们也这么说。"

"但这不是会让情况越来越坏吗？"

"我们不希望和穆斯林发生冲突。目前我们的生活还可以。高声抱怨对我们没有好处。欧洲的基督徒不会帮我们。美国人也不会。没有人会来帮我们。所以我们不吭气。我们别无选择，只能尽我们所能继续过下去。"他皱起了眉头，"说老实话，人们很害怕。教堂里的神父忧心忡忡。如果我们的言论惹恼了政府，它可以在很多方面整我们，如工作、生意、家庭，以及还在念书的子女。他们能把我们的生活变成地狱。就是因为这个，大家不会把实情告诉你。"

他放慢车速，驶过一个覆盖了整个路面的深水坑。当我们安全开过去后，他说："这不是你的困难。这是我们的困难。你写一本书，然后就回家了，但我们还要在这里继续住下去。我知道你想帮我们。但你一定要慎之又慎。不然会适得其反。"

　　那天晚上，我从圣安东尼修道院回来后第三次前往新闻中心，询问我去上埃及的申请是否得到了批准。

　　不出所料，对方告诉我到目前为止还没有出结果。由于在不久的将来似乎也不太可能出结果，我决定打出我的王牌。我打开背包，向官老爷们展示了我今年三月采访穆巴拉克总统的记录。我把最后一页的如下对话标亮了：

　　威廉·达尔林普尔：请问您想对要来埃及旅游的人说些什么？他们来这里安全吗？

435　　穆巴拉克：非常安全。我们这里已经有很多游客了。

　　威廉·达尔林普尔：所以我能去阿斯尤特吗？

　　穆巴拉克：当然可以。你明天就可以去！阿斯尤特的确有一些罪犯和原教旨主义者。但大部分人还是非常好的。非常好的人。你去哪都行。没有问题。不用担心那些所谓的恐怖分子。

　　一开始他们对这份文本抱有怀疑，接着是困惑，随后慌了手脚。当我被证实的确见过总统，并且他亲自允许我前往阿斯尤特时，他们记下了我的酒店电话号码，告诉我第二天早上就可以得到答复。

　　他们兑现了诺言。电话里说，明天一大早会有一辆政府用车到酒店来接我。官员说一切顺利，我可以去我想去的任何地方。

　　然而，当我想到明天这个时候我就要奔向阿斯尤特，投入伊斯兰党等候已久的怀抱中时，我最初的喜悦就淡薄了下来。但是，在阿斯尤特之外，是哈里杰大绿洲——拜占庭的恶魔岛①，现在仍是埃及最与世隔绝的地方之一。它是约翰·莫斯克斯旅行的最终目的地，也将是我此行的终点。

阿斯尤特，卡萨布兰卡酒店，12 月 18 日

前往阿斯尤特的旅程开始得很顺利。清晨六点，一辆黑色的政府用奔驰车停在我住的酒店外面，里面坐着一名司机和一位名叫马哈茂德的翻译（更确切地说，是看守）。司机把我脏兮兮的背包塞进漂亮的后备厢。奔驰轰鸣着发动了起来，我们在清晨的车水马龙中出发了，这次的感觉与我上次坐拉马赞那辆破旧的标致可完全不一样。

在最初的一百英里中，没有一点会出问题的迹象。那是一个完美的、寒意逼人的冬日早晨，我们沿着同一条路穿过尼罗河谷宁静的泥砖房村落，那里有抽水烟的农民和搭着棚子的茶馆，村庄的边缘点缀着泥砖砌成的胡椒瓶状鸽子塔②。这条路建在砖砌的堤岸上，两旁是绵延的翠绿稻田。有几处冬季作物已经收获了，我们的车开过时，能够看到白鹭立在乌黑的冲积泥上，格外醒目。

村里的劳力们成群结队地来到田间，沿着灌溉堤坝前进，肩上扛着锄头。路上没有别的汽车，但当我们接近规模较大的城镇时，道路会被一队驴车堵塞，或偶尔有一辆老旧的乡村巴士轰隆隆地开过铁道交叉口。有时我们的奔驰车不得不挤过一群皮糙肉厚的水牛，或一群被穿着长袍的农民牵进市场的绵

436

---

① 恶魔岛（Alcatraz）：位于美国加州旧金山湾的一座小岛，因其偏僻难行而被美国政府选为监狱用地，于 1963 年停止使用。——译者注
② 鸽子塔（pigeon tower）：埃及人用于饲养鸽子的建筑，墙体上分布有许多小洞。——译者注

羊，这些农民裹着厚重的衣服来抵御清晨的寒意。翠鸟在灌溉渠上空盘旋。我们周身环绕着《圣经》中的平静场景。很难想象我们正在走向一场内战。

只有当我们开过明亚省（el-Minya）的集镇之后，气氛才开始发生变化。我们开始通过警察的检查站——起初大约每隔五英里通过一个，但后面越来越频繁。与此同时，我们这辆庞大的黑色奔驰车变得越来越惹眼。当我们开过时，人人都盯着我们看。几乎没有人笑。

当我们到达马拉维镇（Mallawi）时，到处都是警察。屋顶上散布着炮台，周围堆着沙袋，警察局和银行被杂乱的砖砌防御工事守卫着。全副武装的不仅仅是警察：大约十分之一的当地居民随身携带突击步枪，在他们巡视自己的田地或开车进城买东西时，卡拉什尼科夫冲锋枪的枪管从车窗里探出来。我们刚出发时，马哈茂德满口安抚我的话，说西方媒体夸大了这一地区的问题。现在，他第一次显得有些紧张了。

437   为了分散注意力，我把心思集中在该地区的历史上。每隔十英里左右，我们就会经过拜占庭的重要城市或修道院的废墟：赫尔莫波利斯（Hermopolis）、滑轮修道院（the Monastery of the Pulley）、安提诺波利斯（Antinoe）、德埃巴尔沙（Deir al Barsha）、巴维特修道院（Bawit）。我拿出我的那本《精神草地》，从中得到了一些安慰——在七世纪的头一个十年里，莫斯克斯经过此地时，遇到了同样的难题。

彼时的上埃及和现在一样，是个无法无天的强盗之地，来这里的旅行者冒险前进。尽管来自努比亚（Nubia）和南部沙漠的袭扰相当频繁，但保卫该地区的似乎只有一支三心二意的非全日制利米塔尼（意为"边防部队"），他们对自己的军事职责好像并不是很重视。奥克西林库斯的莎草纸中有一位名叫弗拉维乌斯·帕特穆提斯（Flavius Patermuthis）的人的家族文件，他非常坦率地自称"埃列芬丁军团的士兵，本职是船夫"。同样，约翰·莫斯克斯遇到过一个虔诚的士兵，他每天都坐在那里编篮子和祈祷，从黎明时分到第九个小时（即下午三点），然后穿上制服去参加检阅。这种情况持续了八年，在此期间，他的上级对他的行为似乎并不惊讶。

边防部队松懈的纪律加剧了该地区的安全问题。莫斯克斯来到安提诺波利斯时，拜访了智者菲巴蒙（Phoebamon the Sophist），菲巴蒙给他讲了这么一个故事：

在赫尔莫波利斯附近有一个名叫大卫的强盗头子，他谋财害命，恶行累累。有一天，当他在（赫尔莫波利斯后面的）山上和三十多个强盗一起打家劫舍时，他顿悟了。他的恶行使他良心不安，于是他离开了身边的人，去了一座修道院。

他敲了敲修道院的大门（过了一会儿），看门人出现了，问他要干什么。强盗头子回答说他想当一名修士，于是看门人进去通报修道院院长。院长出来，见那人年纪大了，就对他说："你不能留在这里，因为弟兄们都很辛苦。他们过着非常艰苦朴素的修行生活。你的性情不一样，你受不了修道院的规矩。"强盗说这些他都可以接受，但院长坚持认为他不行。于是强盗对他说："你要知道，我是强盗头子大卫。我到这里来是为了忏悔我的罪过。你若不接受我，我就在你和住在天上的人面前起誓，我要重操旧业，把那些和我一伙的人都招来，把你们全杀

438

了，还要毁了你们的修道院。"院长听了这话，便收他进了修道院，为他剃头，给了他一件修士服。于是他开始了精神上的斗争（同恶魔和代表诱惑的魔鬼），他自持、恭顺而谦卑，胜过修道院的所有人。

"那座修道院里大约有七十个人，"莫斯克斯补充说，"大卫为他们树立了榜样，令他们都从中受益。"

正当我读着莫斯克斯穿越上埃及荒原的旅行时，车在阿斯尤特以北约五十英里处的一个戒备森严的检查站前停下了。三挺机枪的枪管从位于警察掩体上方的砖砌炮塔的缝隙中，分别对准通往道路交叉口的三条通道。一名军官对着对讲机大喊大叫，两个刚入伍的新兵紧张地在掩体周围逡巡，不安地摆弄着他们老旧的恩菲尔德步枪的保险栓。其中一个目测不超过十六岁，他脚上的靴子很旧，磨损很严重，其中一只甚至没有鞋带。他显然非常害怕。

马哈茂德下车和两个男孩攀谈，给了他们进口的美国香烟。他回到车上时，已经明白我们为什么被耽搁了。

439　　"他们说如果没有保镖的话，再往下走就太危险了，"他说，"警察上周末打死了七个武装分子。昨天武装分子埋伏在离这里不远的地方，杀了三名警察。他们还需要再杀死四名警察才算扯平。在此之前，整个地区都会处于戒备状态。他们说我们得在这里等，等到有多余的人手来护送我们。"

"他们说这附近的情况有多糟？"我问。

"他们说很糟，"马哈茂德严肃地摇头道，"确实是很糟。"

不到十五分钟，负责护送我们的人员就开车过来了。我原本以为会是个拿着旧枪的新兵，但实际上是六个全副武装的准军事警察，他们开着一辆加强马力的日本皮卡，我们的车费劲地跟在后面。每次我们接近一个村庄，他们的皮卡都会加快车速，其中一名军警则会拉开保险栓，在后挡板上保持平衡，搜寻屋顶上的狙击手。过了没多久，我们从上埃及的主干道上拐了出来，进入萨纳布镇（Sanabu）。两年前伊斯兰党就是在这个地方发动袭击，拉开了现在这场运动的序幕。两支由武装分子组成的车队在清晨突袭了此地。当他们撤退时，有七名科普特农民在自己的田地里被追捕并被杀害，另外还有七人在街上被枪杀。我读过关于这次大屠杀的简短报道，但想了解更多。是什么导致了这次袭击？它事先完全无法预料吗？

我们在老城狭窄的街道上飞驰，护送我们的人拼命搜寻着屋顶上和窗户后的游击队员，他们端着步枪，手指放在扳机上。这让我意识到（不是第一次），没有比乘坐一辆黑色的豪华政府轿车、被一群情绪高昂的准军事人员护送更能引起穆斯林青年注意的方式了。如果不是因为难以通过警察的路障，悄悄地坐拉马赞那辆又老又破的标致肯定更安全，或许还能套上一件他的脏兮兮的旧阿拉伯长袍。事实上，任何一个有自尊心的伊斯兰党人现在肯定都意识到，有一个外国人坐着一辆特别豪华的政府用奔驰在萨纳布横冲直撞。

最后，我们在镇中心一个小广场的临时路障前停了下来。路障是一对圆木，平衡在两个破旧的油桶上。路障后面站着一排穿戴阿拉伯长袍和白色头巾的高个子男人，每人手里都拿着一把枪。一座科普特教堂在他们身后正对着我们。

"这些是乡村警卫队，"马哈茂德解释说，"来吧。如果你想采访，就快点。"

我跳下汽车，被人匆匆带进教堂旁边的神父居所。护卫我们的人端着枪留守在外面，而乡村警卫队的首领跟着马哈茂德和我一同进了神父的家，当他摘下围巾和墨镜之后，我才惊讶地发现他年纪很大，至少有六十岁了。他吻了一下神父的手，在他旁边坐下了。这两个人做了自我介绍，马哈茂德在旁翻译，我向他们询问大屠杀的原委。故事缓缓浮出了水面。这是一个类似西西里岛黑手党的邪恶故事。

故事的缘起是几年前一个科普特人打算卖房。村里一个显赫的穆斯林家族，碰巧也是伊斯兰党的地方指挥官，有接手的想法，但他们的报价实在是太低了。一个相对富裕的、名叫穆尼尔（Munir）的科普特人出了更高的价钱，他是当地的汽车修理厂老板。穆斯林家族的首领杰马尔·哈里迪（Gemal Haridi）挑明，如果想让他高抬贵手，让这宗科普特人之间的交易顺利完成，需要从成交价里拨给他一笔可观的分成。穆尼尔拒绝付这个钱。两周之后，穆尼尔的儿子，一位二十五岁的工程师，在他父亲的汽车修理厂里被枪杀，当时他正弯腰钻到一辆汽车的引擎盖下面。穆尼尔的脚也因在这次袭击中中枪而被迫截肢，但他仍然拒绝交钱。

哈里迪随后让隶属于伊斯兰党的一些杀手谋杀了穆尼尔的另一个亲戚，那个人在阿斯尤特工作，杀手在他步行去阿斯尤特医学中心上班时伏击了他。杀手们带着长镰刀，把他按倒在地，砍下了他的脑袋，随后把他的尸体切成了碎片。穆尼尔仍不肯示弱：他不给杀害他儿子和亲戚的人一分钱。萨纳布的科普特人为他的抵抗感到骄傲，许多科普特人也停止向哈里迪支付保护费。哈里迪打了几名科普特人以示警告，但无济于事。气氛逐渐紧张起来。哈里迪鼓励当地穆斯林在街上路过科普特人时向他们吐痰，科普特人还以颜色。哈里迪认为科普特人得意忘形了，需要给他们点教训。

1992 年 4 月 24 日清早，杰马尔·哈里迪召集了一个由他的族人组成的行动小组，以及一批来自阿斯尤特的伊斯兰党手下。他给他们配备了自动武器，他们在阿斯尤特至开罗的主要高速公路上劫持了几辆汽车。然后，他们分头行动。一支车队袭击了一个名叫曼希特纳赛尔（Manshit Nasser）的科普特小村子附近的田地，当时所有的科普特村民都在那里收割庄稼。袭击者在稻谷堆和干草堆之间猎杀收割者，七名科普特人丧生，他们是一家人，家里的田地恰好就在离公路最近的地方。由哈里迪率领的第二支车队驶入了萨纳布镇中心。他们近距离射杀了一名科普特医生，他当时正在做手术。他们还杀死了一位科普特校长，先是在校园里追杀他，然后在学生面前将他射杀，又用八十多发子弹扫射他的尸体。随后他们到商店里杀死了五个科普特店主，然后跳回车里，朝阿斯尤特开去了。这一切只用了不到一个小时。

"我在穿衣服时听到了枪声，"达伍德神父说，"我们一直都有心理准备，所以我并不感到惊讶。城里到处都能听到尖叫声。"

"每个死了人的家庭都在哭。"乡村警卫队长阿卜杜勒·梅西亚·托西说。

"警察呢？"

"他们来了，但已经晚了，"托西说，"他们知道哈里迪之前已经杀了三个人，还敲诈勒索，但他们根本没有干预，也没有给我们提供庇护。他们来的时候一切都结束了。"

"你们有采取什么自卫行动吗？比如买枪什么的。"

"没有，"神父回答，"我们一直相信上帝会替我们报仇。"

442

"那他为你们报仇了吗?"

"当然。杰马尔·哈里迪现在在监狱里。本地恐怖分子的另一个大阿米尔①,阿拉法·马哈茂德一年前被警察击毙。他们等他从清真寺里出来的时候伏击了他。当他们试图逮捕他时,他反抗,所以他们开枪把他打死了。"

"所以你们和当地穆斯林的关系有没有得到改善?"

"这里大多数穆斯林家庭都是狂热分子,"托西说,"大屠杀之后,他们甚至都没有来看看我们怎么样了。"

"不过现在好一点了,"神父说,"自从阿拉法被击毙、哈里迪进了监狱,他们变得友善了一些。这两个人恐吓普通穆斯林,告诉他们不要和科普特人打交道。"

"政府呢?"我问,"有帮助吗?"

"现在政府正在尽一切可能压制伊斯兰党,"神父回答道,"我们面临的唯一问题是在请求修复我们的教堂时遇到的。我三年前就申请维修它,但政府到现在也没有给我们颁发许可。没有确认。什么都没有。当伊斯兰教长为他们的清真寺要求点什么时,政府有求必应。他们在试图安抚穆斯林。但对于科普特人,他们连回复都没有。"

"你们认为最坏的情况已经过去了吗?"

两个人迟疑了一下。

"不,"托西说,"在这个村子里,情况稍微好了一点,但其他地方仍然很糟。比如我们现在还是不敢去火焚修道院。那里有很多狂热分子。"

"这已经成为当地穆斯林和警察之间的一场争斗,"达伍

---

① 阿米尔(Amir,意为"富裕的"):穆斯林贵族或指挥官。

德神父解释道，"如果有机会，那个地区的任何人都会试图杀死一名警察。那里每天仍有枪击事件发生。"

"那科普特人会离开吗?"我问。

"有些人去了开罗，"神父说，"但其余的人都留下来了。"　　443

"这件事坚定了我们留下来战斗的决心，"托西说，"这是我们的国家。我们将永远留在这里。"

回到主干道上，我们的护卫队把车开到一处空地，停了下来。领头的是一位年轻少校，他认真地对着对讲机说话。马哈茂德下车问发生了什么事。他们解释说，因为我们想去火焚修道院，所以他们需要调更多的警卫。马哈茂德回来时看上去很焦虑。

"我不明白这是怎么回事，"他说，"我上次来这里是三年以前，带着二十个外国记者。然后我们想去哪就去哪，用不着有人护送。现在他们担心六名警卫还不够。"

坐在我们的黑色政府豪华轿车里，我觉得比以往任何时候都更加暴露。马哈茂德显然有同样的感受，过了几分钟，他说："恐怖分子就这样躲在灌木丛里，朝路过的警察车队开枪。我不喜欢这样。"

在等待新保镖过来时，为了打发时间，我走上前和少校攀谈起来。他说他来自亚历山大港，不喜欢上埃及。这里的人非常原始，既无教养也无文化。我问他关于伊斯兰党的事。他说，谢天谢地他们没有重武器：没有手榴弹和迫击炮。他们也不是合格的战士，一遇到敌人就跑。但问题在于，这些人是难以察觉的。有些受过教育，有些是小地主，有些只是普通的农民。有些人留着胡子，但许多人把胡子剃掉了。他们总是由年轻人组成，否则和其他当地人没什么区别。

"你永远不知道什么时候会发生什么事，"他说，"比如现在，非常安静，但突然你手下就死了两个人。昨天下午，三名当地的警察在这条路上被杀，就在前面半英里的地方。这个月早些时候，我的一个手下在往南一英里处被枪杀。没有任何预警，只是一声枪响，然后恢复寂静。最糟糕的是，你永远不知道它什么时候会发生。"

我回到车里继续等待。过了很久很久（实际上可能不超过二十分钟），我们的新保镖来了，于是我们继续前行——现在是夹在两辆满载武装人员的皮卡中间。沿着高速走了一小段路后，我们拐进一条狭窄的泥路，朝着一大片棕榈种植园开去。没过多久，棕榈树林上方升起了火焚修道院的坚固城墙。

这座修道院是圣家族在逃往埃及途中的一个休息之地，它本应因此而闻名，但在我们拜访前半年，它却因一个不那么振奋人心的事件而出名。

"当伊斯兰党开火时，本杰明神父就站在这里，"在修道院大门口迎接我们的贝曼神父指着脚下的一小块尘土说道，"阿加比奥斯神父倒在了这个地方。"

老修士捋着他浓密的黑胡子，指向修道院灰泥墙上的弹孔。"我们从一个佃户那里得到消息，说有人正在策划此事，"他说，"他听到自己的侄子在讨论袭击修道院的计划，于是在一天晚上来这里给我们通风报信。我们三次请求警方给我们派一个警卫，但他们没有采取任何行动。现在，恐怖分子已经为本杰明神父与阿加比奥斯神父赢得了殉道者的桂冠。"

马哈茂德一直在仔细观察周围的棕榈树林，他催促我们赶快进修道院，门房在我们身后关上了巨大的铁门。

"我们修士不会刻意去以身殉道，"贝曼神父说，"但如果殉道的时刻来了，我们欢迎它。"

他领着我们走进修道院。它由三道界墙保卫着，仿佛一座十字军的城堡。

"当时是四旬斋节，通常情况下神父们是不会出修道院的大门的，"贝曼神父说，"但本杰明神父出来是要和一个想在这里结婚的平信徒谈谈。阿加比奥斯神父跟在他后面，告诉他院长要他主持次日的祈祷仪式。持枪歹徒守在暗处的一辆汽车里，开了枪。那个平信徒和一个十三岁的男孩子也死了。他只是碰巧在一个错误的时间经过这里。" 445

他摇了摇头道："我们郑重地为他们举办了葬礼。"

这时马哈茂德说话了："神父，抱歉，我之前从来没有进过修道院，我想问一下，如果一个修士死了，其余的人会哭吗？"

"当然会，"贝曼神父答道，"我们是凡人。但我们过着沉思默想的生活。我们的感官很脆弱，任何东西都有可能伤到我们。这样的事对我们来说太可怕了。"

"你们怕伊斯兰党有一天会再来吗？"我问。

"我们在那次袭击里失去了两位很好的神父，"贝曼神父说，"但我们相信上帝。"

"没有哪个修士想转移到某个更安全的地方去吗？哪怕只是暂时转移一下？"

"没有，"贝曼神父答道，"这是我们的圣地。自圣家族在这里躲避希律王以来，就有基督徒在这里了。作为修士，我们应该战胜邪恶，而不是让邪恶战胜我们。我们绝不能离它而去。"

此刻已是日暮时分，马哈茂德催我快走：他不想天黑以后还在路上。但贝曼神父坚持要在我们走之前带我们去最里面的庭院，给我们看拜占庭皇帝芝诺在公元五世纪为保护修士免遭贝都因人袭击而建造的高峻城堡。

"我们科普特人总是因为我们的信仰而遭到攻击，"他说，"但与其中一些相比，这个麻烦算不了什么。"

"其中哪些？"我警觉地问。

"哦，比如，戴克里先皇帝的大屠杀，"贝曼神父答道，"现在看来，它是一次真正的迫害。"

446　　当我们的车夹在两支护卫队中间驶入阿斯尤特时，暮光已尽，夜色降临。每一个交叉路口都站着全副武装的士兵，身穿御寒的厚衣。准军事警察坐在敞篷皮卡上，扫视着过往的行人。便衣保安拿着对讲机站在周围，手持机枪，向屋顶上的狙击警察发出信号。这个城镇给人的感觉就像一个武装营地。

警察已经为我们安排好了一家酒店。护送我们的人四下散开，马哈茂德和我从车上跳下来，冲进了酒店。那天晚上我们和三个武装人员一起睡在酒店大堂里。旅途劳顿和紧绷的神经使我疲惫不堪，但我睡得很安稳，因为我知道旅途中最艰险的部分即将结束。只剩下最后一段路程了。

哈里杰，绿洲酒店，12 月 20 日

阿斯尤特在拜占庭时期叫莱科波利斯（Lycopolis），在拜占庭人眼中，它是遥远的后方，帝国的西伯利亚。对于那些与

皇帝或其配偶发生冲突的人来说，此处是一个合适的流放地点。查士丁尼手下贪婪成性的近卫军长官（因其收税手段而被人称作"剪刀"）卡帕多西亚的约翰，在招致狄奥多拉皇后的不满后被流放到此地。更多地位低下的罪犯则被派遣到东部沙漠服终身劳役，在斑岩采石场开采斑岩和花岗岩。

　　但这里还不是已知世界的最终点。在莱科波利斯之外，还有拜占庭统治的最后一个边陲，这是整个拜占庭帝国最遥远、最难以涉足的地方。最危险的罪犯和颠覆分子会被流放到这里。在拜占庭帝国，罪孽之深重莫过于鼓吹异端，因此，聂斯托利作为拜占庭历史上最遭人唾弃的异端之一，在公元431年的以弗所大公会议上名誉扫地后被放逐到大绿洲，也就是现在的哈里杰，约翰·莫斯克斯知道此事，并在《精神草地》中收录了一个关于流放中的聂斯托利的故事。也许是他的恶名把莫斯克斯吸引到莱科波利斯来。还可能是莫斯克斯内心的修士精神把他吸引到这个最终的精神流放地、基督教世界的最后一个前哨站。不管动机为何，尽管这一旅途本身危险重重，莫斯克斯和索菲罗尼乌斯还是选择前往这个最与世隔绝的绿洲定居点，它深居于作为帝国南部边疆的沙漠之中。

　　这是莫斯克斯和索菲罗尼乌斯最后一次以旅行为目的的出游。对我来说，这也将是我旅程的终点。早上五点半，我收拾好行李，付了账单，最后一次踏上了莫斯克斯走过的路线。

　　我们一行人在黎明时分离开了阿斯尤特。尼罗河边的街道上弥漫着河雾，除了零星几个无精打采的哨兵在临时篝火堆旁暖手外，其他地方见不到人影。天色尚黑，空气还很寒冷。蛤蟆一样的装甲运兵车和轻型坦克已经被部署在该镇的大部分主要道路交叉口。我自离开土耳其后就没再见过这样的场面了，眼前的这一幕让我想起了三个月前在迪亚巴克尔和图尔阿卜丁的经历。

尽管有一种类似的政治上的分崩离析之感，对当地基督徒来说还有一种四面受敌之感，但其实这两个地方很不一样。事实证明，基督教在整个中东地区所面临的问题，是出人意料地多样化的。我刚踏上这段旅程时，以为伊斯兰激进主义会是我所到的每一个国家的基督徒的头号敌人。但事实证明，情况要复杂得多。

在土耳其东南部，叙利亚基督徒陷入内战的战火交加之中，一个截然不同的族群在两种对立的民族主义（库尔德人和土耳其人）的混战中被践踏。他们的种族身份和他们的宗教信仰一样不利：他们既不是库尔德人也不是土耳其人，因此与这里格格不入。在黎巴嫩，马龙派收获了他们自己种下的苦果：他们未能与该国的穆斯林多数派妥协，由此走向一场破坏性的内战，最终导致基督徒大规模移民，马龙派的权力也相应被削弱。巴勒斯坦基督徒的困境又大不相同了。他们面临的问题在于，他们和穆斯林同胞一样是犹太国家的阿拉伯人，在自己的国家当着二等公民，遭到以色列"主人"的怀疑与蔑视。然而，与大多数穆斯林不同的是，他们是受过教育的专业人士，发现移民相对容易些，于是他们大批大批地移民了，眼下已所剩无几。只有在埃及，基督教人口才确切无疑地受到宗教激进主义死灰复燃的威胁，而即使在那里，这种暴力的激进主义也仅限于开罗的某些特定郊区与上埃及的一些城镇和村庄，尽管全国各地都显然存在某种程度的歧视。

但是，如果说基督教面临的苦难比我一开始所能猜测的更为复杂，那么它也更令人绝望。在土耳其和巴勒斯坦，约翰·莫斯克斯的拜占庭基督徒后裔似乎行将消亡，按照目前的移民速度，任何社群在二十年后都不可能继续存在。在黎巴嫩和埃及，基督徒的数量确保了他们能撑得更久些，尽管影响力在不断下降。只有在叙利亚，我眼前的基督徒看上去很幸福，很有信心，可甚至他们的未来似乎也很不确定。大多数人都估计，一旦阿萨德的少数派政权开始崩溃，重大反弹就会出现。

出了阿斯尤特，我们经过一片薄薄的可耕地。农民们现在都起来了，骑着驴子的老人消失在小巷里，妇女们两两走在棕榈树的林荫道上，头上顶着一盘盘粪肥。不久之后，我们越过一条看不见的边界，告别了耕地，驶入沙漠。护卫我们的人在这里和我们道了别。

"从这个地方开始应该就安全了，"少校说，"只要你们在 449 天黑前到达哈里杰。"

我们面前是一片了无人烟的无垠沙漠。堆成沙丘的不是沙子，而是一种极其细小轻飘的白色粉末，一缕最轻微的气流就可以轻易地把它吹到空中，让沙漠看上去宛如一片白茫茫的沼泽。粉末从旋转起伏的沙丘上升起，搅乱了大气，遮住了太阳，飘飞到路上，使汽车的引擎盖和挡风玻璃蒙上一层尘土。

沙漠捉弄着我们的感官。在这种纷繁迷乱的雪白中，不可能辨别任何物体的大小。一片露出来的石头可能是鹅卵石，可能是巨岩，也可能是一座小山。在和我们的保镖道别后不久，我们遇见一群工人，他们正在加紧维修一段道路，一个多月以前一场大风暴袭击了阿斯尤特，这段路遭到严重损毁。从远处看，那些工人仿佛巨人，等我们驶近时，他们又缩成小矮人。只有当我们从他们身旁经过时，才能确定他们的真实身高。

　　一路上只有一个地质特征打破了我们经过的茫茫幻觉。这是一条巨大的断层线，它笔直地从荒原的中央穿过。无垠的平沙绵延数百英里，然后撞上了这条断层线——一个近乎垂直于地表的悬崖面，高一千英尺——然后继续一望无垠一如此前，只是海拔稍低些。此景非比寻常，对于像莫斯克斯和索菲罗尼乌斯这样徒步经过这里的旅行者来说，这一幕一定更为惊人。他们在沙丘上疲惫地迈着步子，把修士服的兜帽裹在嘴上，好挡住呛人的白尘。

　　悬崖的表面布满了洞穴，我寻思哪个洞穴里能有水源，以供修士们在这里居住。这无疑是一个遥远的、意味着世界末日的地方，它勾起了科普特修士们的想象力。这让我想起一个名叫帕弗努提乌斯（Paphnutius）的修士所讲的恐怖故事：

450

　　有一天，我想我要到沙漠深处去，看看除我之外是否还有别的修士。于是我不吃不喝地走了四天四夜。最后一天，我来到一个洞穴的门口，我敲了半天的门，无人应答，所以我以为里面没有人。我朝里看，看到一个修士坐在那里沉默不语。于是我抓住他的手臂，可它像尘土一样在我的手里消散了。我又触碰他的身体，发现他已经死了，而且已经死了很多年了。我环顾四周，看到一件无袖的外衣挂在那儿，我一摸，它也碎成了尘土。于是我站在那里开始祷告，又脱下我的外袍把他裹起来，徒手在沙地上挖了个坑，把他埋了，然后我离开了那个地方……（傍晚时我还在路上，此时）太阳开始落山。我抬头一看，望见远处来了一群羚羊，中间有一个修士。等他走近时，我看见他一丝不挂，头发长得挡住了下身，权充作衣

服。当他走到我面前时，他非常害怕，以为我是个鬼魂，
因为已有许多鬼魂试探过他了……

在我们沿着悬崖蜿蜒而下之后，再没有别的东西能打破沙
漠那无情的白茫茫一片，直到下午三点，我们才看到地平线上
出现了第一抹绿色。我们在一个军队检查站耽搁了一刻钟，很
快便进入了一个海枣树种植园，和拜占庭时期一样，它现在也
标志着大绿洲的边缘。

今日看来，哈里杰仍像是世界的尽头。二十世纪五十年
代，纳赛尔试图把尼罗河谷的一些居民迁移到这里。十年里，
他下了很大工夫，试图将哈里杰打造成一个繁荣和富有创造力
的新城。结果一无所获。这个城市实在是太偏僻了。自第二次
世界大战以来，哈里杰只下过一次雨，那是在 1959 年的冬天，
下了十分钟。当年人们被给予补助和减税的承诺吸引到这里，
后来又慢慢地流回尼罗河畔的家乡。纳赛尔去世后，政治上的
驱动力消失了，减税政策也没有了，余下荒凉而空旷的哈里
杰，一个由岑寂的环岛、废弃的工厂和空荡荡的公寓楼组成的
迷宫，以铭刻中央计划的笨拙。

建于二十世纪五十年代的哈里杰绿洲酒店以其宏大见证了
纳赛尔的希望，也以其可怕的空虚见证了他们巨大的失望。我
们登记入住后，马哈茂德和我去餐厅吃午饭，我们旁边是酒店
里仅有的几个住客。他们是工程师，负责巨大的哈里杰监狱的
翻修工作。他们低声说，这座监狱是埃及关押政治犯的主要地
点之一。和拜占庭时代一样，被荒原包围、与世隔绝、凄凉萧
瑟的哈里杰绿洲被证明只有一个真正的用途：雪藏和流放不合
时宜、不受欢迎的人。发生变化的只是关在里面的人，当年牢

451

房里关的是聂斯托利派异端，现在则是共产党人以及伊斯兰武装分子。

午饭后，我趁马哈茂德不注意，独自一人来到我想结束此次朝圣之旅的地方。城外两英里处，沙漠之畔的海枣树林中，矗立着一座古代法老神庙的遗迹，供奉的是阿蒙神。在拜占庭时期，法老的祭司被驱逐，这座神庙被修士占领。为了驱赶之前居住在这里的恶魔家族，修士们抹去了一些具有色情意味的法老时代雕塑，并在原地竖立了一系列虔诚的希腊语铭文，四处添上十字架的标记。几乎可以肯定的是，莫斯克斯曾提到的大绿洲的拉伏拉就建在这座被毁的神庙上。莫斯克斯写道，在他到访之前，这座拉伏拉在一次游牧民族的突袭中被洗劫一空：

452

　　马奇塞人来了，占领了整个地区，他们进军哈里杰大绿洲，杀死并俘虏了许多修士。在大绿洲的拉伏拉被俘的人有约翰长老，他从前是君士坦丁堡大教堂的讲师，罗马的欧斯塔修斯长老，还有狄奥多西长老，都身患疾病。他们既已被捉，约翰就对蛮人说："你们带我进城去，我叫主教给你们二十四枚金币。"于是一个蛮人把他带到了城外。约翰来到主教那里，恳求他给那蛮人二十四枚金币，但主教只找出八枚。他把这些给了约翰长老，但蛮人拒不接受。守要塞的人只好把约翰再交给他，他呻吟哭泣着被带到蛮人的帐篷里。

　　利奥长老（他是莫斯克斯的老朋友）当时正好在（绿洲的）要塞里。过了三天，他拿了那八枚金币，往蛮人那里去了。他恳求他们说："收下我和这八枚金币，放了那三个修士吧。他们身体抱恙，不能为你劳作，所以你除了杀死他们别无他法。但我身体康健，可以供你驱使。"于是蛮人收下了那八枚金币和利奥长老本人，把其他修士放了。利奥长老被蛮人带走了，当他精疲力竭，无法再走下去的时候，就被他们斩首了。利奥长老就这样实践了《圣经》里的话："人为朋友舍命，人的爱心没有比这个大的。"①

在距沙漠不远的一座低矮小山上，是埋葬科普特人的巴加瓦特墓地（Bagawat），从这里可以俯瞰修道院的废墟。我在如血的残阳中向它走去。这片墓地像是一个坐落在沙丘中的拜占庭村落：长长的街道上有简陋的奶咖色泥砖墓室和小礼拜堂，有的是平顶，有的是圆顶，有的装饰有盲拱或原始的壁画，大多都很朴素。有些墓穴里安放过圣徒或圣人的遗体，因为墙壁上有虔诚的拜占庭涂鸦："为佐伊的灵魂祈祷"；"祝福提奥菲卢斯"；"缅怀米纳斯"。但这些墓穴在一千五百年的冬风中衰朽，砖块开裂易碎，许多建筑仿佛骷髅，既无屋顶也少后墙。还有许多遭到盗墓贼的亵渎，隐藏的墓室从深深的盗洞中露出。还有一些则完全坍塌了。整片建筑群在风中显得阴森可怖，微风哀号着穿过破损的门洞。

我意识到，这些坟墓一定是约翰·莫斯克斯在离开哈里杰大绿洲，开始他人生最后一次流亡（先是到亚历山大港，最终去了君士坦丁堡）前看到的最后一样东西。他坐在那里，遥望着他的朋友利奥长老在沦为奴隶前居住的修道院，此时他一定已经明白，他的整个世界正在土崩瓦解。但我想知道，他

———————————

① 见《新约·约翰福音》15：13。——译者注

在多大程度上意识到，自己见证的是基督教在中东最后的黄金岁月。

在他回到亚历山大港后不久，这座城市便落入波斯人手中。尽管后来又短暂地被拜占庭收复，但它于公元641年再次失守，这一回的征服者是穆斯林。自此之后，它便一直处在伊斯兰教的统治之下，和中东的其他大部分地区一般无二。莫斯克斯曾了解和描绘的那些基督徒——修士和高柱修士、商人和士兵、公娼和匪首——那些在《精神草地》的字里行间穿梭来去的奇人异象都被征服了，他们的数量随着移民、通婚和大规模的改宗而逐渐减少。虽然这一进程偶尔会出现停滞（比如在奥斯曼帝国早期），但仍一路延续至今，并在二十世纪大大加快。这是一串历史的延续，它始于莫斯克斯的旅行期间，而一千四百多年后，它的最终章被我的旅行见证。基督教是东方的宗教，它深深扎根于中东思想的滋养之中。约翰·莫斯克斯在他那个时代横扫黎凡特的炎风中，看到这株植物开始干枯萎败。我沿着他当年的旅途，见证最后的草茎被连根拔起。这是一个连续的过程，绵延了近一千五百年。莫斯克斯目睹了它的开端。我目睹了它的终章的开端。

就这样，当太阳沉没在绿洲的海枣树林后时，我想起了立在世界尽头的这座山坡上、这些坟冢间的莫斯克斯。他为前方道路上的异教徒和强盗忧心忡忡，检查自己的行囊，确保他的笔记和小纸条安然无恙，然后背对着这基督教帝国的最后一处残破边陲，在沙丘上吃力地追赶索菲罗尼乌斯，那个高个儿苦行僧的背影。

我将他们留在了那里，独自一人漫步下山。我走着走着，意识到我已经在路上五个多月了。我是在仲夏时分离开苏格兰的。下周是圣诞节。我日记本的封面上有一个圆形的水渍，那是在圣山时喝的一杯茴香酒弄的。里面则是在伊斯坦布尔打翻的一杯茶的污迹。我在阿勒颇草草写下的笔记上，沾着一些男爵酒店餐厅里的糖粒。在这些痕迹周围，是一连串的名字、地点和对话，其中有一些甚至现在读起来也相当古怪而渺远了。

我站在那儿，一群闪耀的白朱鹭掠过我的头顶，又盘旋而下，在古庙边的池塘落脚。我拉起夹克的领子，走出沙漠，回到绿洲，准备还家。暮色渐浓，在我身后的山顶上，一阵凄风呼啸着穿过一座座坟冢。

主要参考文献

总书目

A.J. Arberry, *Religion in the Middle East* (Cambridge, Cambridge University Press, 1969)

Aziz S. Atiya, *A History of Eastern Christianity* (London, Methuen, 1968)

Norman H. Baynes, 'The "Pratum Spirituale" ', in *Orientalia Christiana Periodica* xiii (1947), pp. 404–14, reprinted in Baynes, *Byzantine Studies* (1955), pp. 261–70

Robert B. Betts, *Christians in the Arab East* (London, SPCK, 1979)

Peter Brown, *The World of Late Antiquity* (London, Thames & Hudson, 1971)

Peter Brown, 'A Dark Age Crisis: Aspects of the Iconoclast Controversy', in *English Historical Review* cccxlvi (January 1973), pp. 1–34

Peter Brown, *The Making of Late Antiquity* (Cambridge, Mass., Harvard University Press, 1978)

Peter Brown, 'Late Antiquity', in Paul Veyne (trans. Arthur Goldhammer), *A History of Private Life: From Pagan Rome to Byzantium* (Cambridge, The Belknap Press of Harvard University Press, 1987)

Peter Brown, *Power and Persuasion in Late Antiquity: Towards a Christian Empire* (Wisconsin, Wisconsin University Press, 1992)

Averil Cameron, *The Mediterranean World in Late Antiquity, A.D 395–600* (London, Routledge, 1993)

Henry Chadwick, 'John Moschos and his Friend Sophronius the Sophist', in *Journal of Theological Studies* xxv, pt 1 (April 1974)

Kenneth Cragg, *The Arab Christian: A History in the Middle East* (London, Mowbray, 1992)

E. Follieri, 'Dove e quando mori Giovanni Mosco?', in *Rivista di Studi Bizantini e Neoellenici* 25 (1988), pp. 3–39

David Fromkin, *A Peace to End All Peace: The Fall of the Ottoman Empire and the Creation of the Modern Middle East* (New York, Avon Books, 1989)

J.F. Haldon, *Byzantium in the Seventh Century: The Transformation of a Culture* (Cambridge, Cambridge University Press, 1990)

Judith Herrin, *The Formation of Christendom* (Oxford, Blackwell, 1987)

Albert Hourani, *Minorities in the Arab World* (Oxford, Oxford University Press, 1946)

Albert Hourani, *A History of the Arab Peoples* (London, Faber & Faber, 1991)

Irmgard Hutter, *Early Christian and Byzantine* (London, Herbert Press, 1988)

A.M.H. Jones, *The Later Roman Empire* (Oxford, Blackwell, 1964, 2 vols)

Walter E. Kaegi, *Byzantium and the Early Islamic Conquests* (Cambridge, Cambridge University Press, 1992)

Ernst Kitzinger, 'The Cult of Images in the Age Before Iconoclasm', in *Dumbarton Oaks Papers* 8 (1954)

Ernst Kitzinger, 'Byzantine Art in the Period Between Justinian and Iconoclasm', in *Berichte Zum XI Internationalen Byzantinisten Kongress* (1960)

Ernst Kitzinger, *Byzantine Art in the Making* (London, Faber & Faber, 1977)

Jules Leroy, *Monks and Monasteries of the Middle East* (London, Harrap, 1963)

Cyril Mango, *Byzantium: The Empire of the New Rome* (London, Weidenfeld & Nicolson, 1980)

Cyril Mango, *The Art of the Byzantine Empire 312–1453* (Toronto, Toronto University Press, 1986)

Cyril Mango, *Byzantine Architecture* (London, Faber & Faber, 1986)

Peter Mansfield, *A History of the Middle East* (London, Viking, 1991)

John Moschos (trans. John Wortley), *The Spiritual Meadow* (Kalamazoo, Cistercian Publications, 1992)

John Julius Norwich, *Byzantium: The Early Centuries* (London, Viking, 1988)

Philip Pattendon, 'The Text of the *Pratum Spirituale*', in *Journal of Theological Studies* 26 (1975)

David Talbot Rice, *Art of the Byzantine Era* (London, Thames & Hudson, 1963)

Lyn Rodley, *Byzantine Art and Architecture: An Introduction* (Cambridge, Cambridge University Press, 1994)

Steven Runciman, *Byzantine Civilisation* (London, Edward Arnold, 1933)

Christoph von Schörnborn, *Sophrone de Jerusalem: Vie monastique et confession dogmatique* (Paris, 1972)

Jean-Pierre Valonges, *Vie et mort des Chrétiens D'Orient* (Paris, Fayard, 1994)

Kallistos Ware, *The Orthodox Way* (Oxford, Mowbray, 1979)

Timothy Ware, *The Orthodox Church* (London, Pelican, 1963)

Bat Ye'or, *The Dhimmi: Jews and Christians Under Islam* (Cranbury, Farleigh Dickinson/Associated University Presses, 1985)

Bat Ye'or, *The Decline of Eastern Christianity: From Jihad to Dhimmitude* (Cranbury, Farleigh Dickinson/Associated University Presses, 1996)

第一章

Robert Byron, *The Station, Athos: Treasures and Men* (London, Duckworth, 1928)

Robert Curzon, *Visits to Monasteries in the Levant* (London, John Murray, 1849)

John Julius Norwich and Reresby Sitwell, *Mount Athos* (London, Hutchinson, 1966)

Virginia Surtees, *Coutts Lindsay* (Norwich, Michael Russell, 1993)

第二章

Alexis Alexandris, *The Greek Minority of Istanbul and Greek–Turkish Relations 1918–1974* (Athens, Centre for Asia Minor Studies, 1992)

Percy George Badger, *The Nestorians and their Rituals* (Reprint: London, Darf Publishers, 1987)

Gertrude Bell, *The Churches and Monasteries of the Tur Abdin* (Reprint: London, Pindar Press, 1982)

Sebastian Brock (trans.), *The Syriac Fathers on Prayer and the Spiritual Life* (Kalamazoo, Cistercian Press, 1987)

Peter Brown, 'The Rise and Function of the Holy Man in Late Antiquity', in *Journal of Roman Studies* lxi (1971)

Robert Browning, *Justinian and Theodora* (London, Thames & Hudson, 1971)

Vahakhn N. Dardarian, *The History of the Armenian Genocide* (Oxford, Berghahn Books, 1995)

Leslie A. Davis, *The Slaughterhouse Province* (New York, Aristide D. Caratzas, 1989)

Glanville Downey, *Constantinople in the Age of Justinian* (New York, Dorset Press, 1960)

Glanville Downey, *A History of Antioch in Syria* (Princeton, Princeton University Press, 1961)

Egeria (trans. George E. Gingras), *Diary of a Pilgrimage* (New York, Newman Press, 1970)

Eusebius, *The History of the Church* (London, Penguin, 1965)

Clive Foss, 'The Persians in Asia Minor and the End of Antiquity', in *English Historical Review* 90 (1975), pp. 721–47

John Joseph, *Muslim–Christian Relations and Inter-Christian Rivalries in the Middle East: The Case of the Jacobites in an Age of Transition* (New York, State University of New York Press, 1983)

J.N.D. Kelly, *Golden Mouth: The Story of John Chrysostom – Ascetic, Preacher, Bishop* (London, Duckworth, 1995)

Michael Lapidge (ed.), *Archbishop Theodore* (Cambridge, Cambridge University Press, 1995)

Samuel N.C. Lieu, *Manichaeism* (Manchester, Manchester University Press, 1985)

H.F.B. Lynch, *Armenia: Travels and Studies* (Reprint: Beirut, Khayats, 1990)

H.J. Magoulias, 'The Lives of Byzantine Saints as a Source for the History of Magic: Sorcery, Relics and Icons', in *Byzantion* 37 (1967), pp. 228–69

Marlia Mundell Mango, 'The Continuity of the Classical Tradition in the Art and Architecture of Northern Mesopotamia', in Nina G. Garsoian, Thomas F. Matthews and Robert W. Thomson (eds), *East of Byzantium: Syria and Armenia in the Formative Period*, Dumbarton Oaks Symposium 1980 (Washington, Dumbarton Oaks, 1982)

Philip Mansel, *Constantinople: City of the World's Desire, 1453–1924* (London, John Murray, 1995)

John Moorhead, 'The Monophysite Response to the Arab Invasions', in *Byzantion* 51 (1981)

J. Naayem, *Les Assyro-Chaldéens et les Armeniens massacrés par les Turcs* (Paris, Bloud & Gay, 1920)

Carl Nordenfalk, 'An Illustrated Diatessaron', in *Art Bulletin* 50 (1968)

Carl Nordenfalk, 'The Diatessaron Once More', in *Art Bulletin* 55 (1973)

Andrew Palmer, *Monk and Mason on the Tigris Frontier: The Early History of the Tur 'Abdin* (Cambridge, Cambridge University Press, 1990)

Oswald H. Parry, *Six Months in a Syrian Monastery* (London, Horace Cox, 1895)

John A. Petropulos, 'The Compulsory Exchange of Populations: Greek–Turkish Peacemaking, 1922–1930', in *Byzantine and Modern Greek Studies* 2 (1976)

Procopius (trans. G.A. Williamson), *The Secret History* (London, Penguin, 1966)

Kurt Rudolph (trans. Robert McLachlan Wilson), *Gnosis* (Edinburgh, T&T Clark, 1983)

Steven Runciman, *The Medieval Manichee* (Cambridge, Cambridge University Press, 1947)

J.B. Segal, 'Mesopotamian Communities from Julian to the Rise of Islam', in *Proceedings of the British Academy* 41 (1955), pp. 109–39

J.B. Segal, *Edessa: The Blessed City* (Oxford, Oxford University Press, 1970)

T.A. Sinclair, *Eastern Turkey: An Architectural and Archaeological Survey* (London, Pindar Press, 1990, 4 vols)

R.S. Stafford, *The Tragedy of the Assyrians* (London, George Allen & Unwin, 1935)

J.M. Thierry and Patrick Donabedian, *Les Arts Armeniens* (Paris, Mazenod, 1988)

Pierre Vidal-Naquet, *A Crime of Silence: The Armenian Genocide* (London, Zed Books, 1985)

Gary Vikan, 'Art, Medicine and Magic in Early Byzantium', in *Dumbarton Oaks Papers* 38 (1984)

Christopher J. Walker, *Armenia: The Survival of a Nation* (London, Croom Helm, 1980)

W.A. Wigram, *A History of the Assyrian Church 100–640 A.D.* (London, SPCK, 1910)

W.A. Wigram, *The Cradle of Mankind: Life in Eastern Kurdistan* (London, A&C Black, 1914)

W.A. Wigram, *The Assyrians and their Neighbours* (London, G. Bell & Sons, 1929)

第三章

Willi Apel, *Gregorian Chant* (London, Burns & Oates, 1958)

Sebastian Brock, 'Early Syrian Asceticism', in Brock, *Syriac Perspectives on Late Antiquity* (London, Variorum Reprints, 1984)

Peter Brown, 'Sorcery, Demons and the Rise of Christianity', in *Witch-*

craft, Confessions and Accusations, pp. 17–45 (Cambridge, Cambridge University Press, 1970)

Peter Brown, 'The Saint as an Exemplar in Late Antiquity', in *Representations* 1 (1983), pp. 1–25

E.A. Wallis Budge, *The Monks of Kublai Khan* (London, Religious Tracts Society, 1928)

Ross Burns, *Monuments of Syria* (London, I.B. Tauris, 1992)

Robert Doran (trans.), *The Lives of Simeon Stylites* (Kalamazoo, Cistercian Press, 1992)

Han J.W. Drijvers, 'The Persistence of Pagan Cults and Practices in Christian Syria', in Drijvers, *East of Antioch: Studies in Early Syriac Christianity* (London, Variorum Reprints, 1984)

W.H.C. Frend, 'The Monks and the Survival of the East Roman Empire in the Fifth Century', in *Past and Present* 54 (1972), pp. 3–24

Nicholas Gendle, 'The Role of the Byzantine Saint in the Development of the Icon Cult', in *The Byzantine Saint*, ed. S. Hackel, pp. 181–6, supplementary to *Sobornost* 5 (1981)

Hermann Gollancz (ed. and trans.), *The Book of Protection, Being a Collection of Charms* (London, Henry Frowde, 1912)

Henry Hill, 'The Assyrians: The Church of the East', in Hill (ed.), *Light From the East: A Symposium* (Toronto, Anglican Diocese of Toronto, 1988)

Dom. Anselm Hughes (ed.), *Early Mediaeval Music up to 1300* (Oxford, Oxford University Press, 1949)

Huneberc of Heidenheim (trans. Talbot), 'The *Hodoeporicon* of St. Willibald', in Talbot, *Anglo-Saxon Missionaries* (1954), pp. 151–77

Hugh Kennedy, 'The Last Century of Byzantine Syria: A Reinterpretation', in *Byzantinische Forschungen* 10 (1985), pp. 141–83

Hugh Kennedy, 'Antioch and the Villages of Northern Syria', in *Nottingham Mediaeval Studies* 32 (1988), pp. 65–90

Patrick Seale, *Asad: The Struggle for the Middle East* (London, I.B. Tauris, 1988)

Georges Tate, 'La Syrie a l'Époque Byzantine', in *Syrie: Memoire et civilisation* (Paris, Flammarion, 1994)

Theodoret of Cyrrhus (trans. R.M. Price), *A History of the Monks of Syria* (Kalamazoo, Cistercian Press, 1985)

Colin Thubron, *Mirror to Damascus* (London, Heinemann, 1967)

J. Spencer Trimingham, *Christianity Among the Arabs in Pre-Islamic Times* (Beirut, Librairie de Liban, 1979)

A. Voobus, *A History of Asceticism in the Syrian Orient* (Louvain, 1960)

Egon Wellesz, *Eastern Elements in Western Chant* (Oxford, Oxford University Press, 1947)

Egon Wellesz, *A History of Byzantine Music and Hymnography* (Oxford, Oxford University Press, 1949)

第四章

Robert Fisk, *Pity the Nation: Lebanon at War* (London, André Deutsch, 1990)

David Gilmour, *Lebanon: The Fractured Country* (London, Martin Robertson, 1983)

Charles Glass, *Tribes with Flags: A Journey Curtailed* (London, Secker & Warburg, 1990)

Charles Glass, *Money For Old Rope* (London, Picador, 1992)

Elinor A. Moore, 'Severus of Antioch and the Law School of Beirut', in Moore, *The Early Church in the Middle East* (Beirut, Aleph, 1946)

Matti Moosa, *The Maronites in History* (New York, Syracuse University Press, 1986)

Jonathan Randal, *The Tragedy of Lebanon* (London, Chatto & Windus, 1983)

Kamal Salibi, *The Modern History of Lebanon* (London, Weidenfeld & Nicolson, 1965)

Kamal Salibi, *A House of Many Mansions: The History of Lebanon Reconsidered* (London, I.B. Tauris, 1988)

Anthony Sampson, *The Arms Bazaar* (London, Hodder & Stoughton, 1977)

Ze'ev Schiff and Ehud Ya'ari (trans. Ina Friedman), *Israel's Lebanon War* (London, George Allen & Unwin, 1985)

Colin Thubron, *The Hills of Adonis: A Journey in Lebanon* (London, Heinemann, 1968)

第五章

Said K. Aburish, *The Forgotten Faithful: The Christians of the Holy Land* (London, Quartet, 1993)

Karen Armstrong, *A History of Jerusalem: One City, Three Faiths* (London, HarperCollins, 1996)

Naim Stifan Ateek, *Justice and Only Justice: A Palestinian Theology of Liberation* (New York, Orbis, 1989)

Dan Bahat, *The Illustrated Atlas of Jerusalem* (Jerusalem, Carta, 1989)

E.A. Wallis Budge, *St George of Lydda* (Oxford, Oxford University Press, 1930)

David Burrell and Yehezekel Landau, *Voices from Jerusalem: Jews and Christians Reflect on the Holy Land* (New Jersey, Paulist Press, 1992)

Taufik Canaan, *Mohammedan Saints and Sanctuaries in Palestine* (London, Luzac & Co., 1927)

Derwas J. Chitty, *The Desert a City* (Oxford, Blackwell, 1966)

Saul P. Colbi, *Christianity in the Holy Land* (Tel Aviv, Am Hassefer, 1969)

Frederick C. Conybeare (trans.), 'Antiochus Strategos' Account of the Sack of Jerusalem in 614 A.D', in *English Historical Review* 25 (1910), pp. 502–17

Cyril of Scythopolis (trans. R.M. Price), *The Lives of the Monks of Palestine* (Kalamazoo, Cistercian Publications, 1991)

Norman G. Finklestein, *Image and Reality of the Israel–Palestine Conflict* (London, Verso, 1995)

David Gilmour, *Dispossessed: The Ordeal of the Palestinians* (London, Sidgwick & Jackson, 1980)

David Grossman, *The Yellow Wind* (London, Jonathan Cape, 1988)

David Grossman, *Sleeping on a Wire* (London, Jonathan Cape, 1993)

J.E. Hanauer, *Folklore of the Holy Land* (London, Duckworth, 1907)

Yizhar Hirschfeld, *The Judaean Desert Monasteries in the Byzantine Period* (New Haven, Yale University Press, 1992)

David Howell, 'Saint George as Intercessor', in *Byzantion* xxxix (1969), pp. 121–36

Walid Khalidi (ed.), *All That Remains: The Palestinian Villages Occupied and Depopulated by Israel in 1948* (Washington, Institute of Palestine Studies, 1992)

Benny Morris, *The Birth of the Palestinian Refugee Problem, 1947–1949* (Cambridge, Cambridge University Press, 1987)

Jerome Murphy-O'Connor, *The Holy Land* (Oxford, Oxford University Press, 1980)

F.E. Peters, *Jerusalem* (Princeton, Princeton University Press, 1985)

Michele Piccirillo, *The Mosaics of Jordan* (Amman, American Centre of Oriental Research, 1993)

Michele Piccirillo, 'The Christians in Palestine during a Time of Transition: 7th–9th Centuries', in Anthony O'Mahony (ed.), *The Christian Heritage in the Holy Land* (London, Scorpion Cavendish, 1995)

Michael Prior and William Taylor, *Christians in the Holy Land* (London, World of Islam Festival Trust, 1994)

John H. Melkon Rose, *The Armenians of Jerusalem* (London, Radcliffe Press, 1993)

Edward Said, *The Question of Palestine* (London, Vintage, 1992)

Edward Said, *The Politics of Dispossession: The Struggle for Palestinian Self-Determination 1969–1994* (London, Chatto & Windus, 1994)

Colin Thubron, *Jerusalem* (London, Heinemann, 1969)

Yoram Tsafrir (ed.), *Ancient Churches Revealed* (Jerusalem, Israel Exploration Society, 1993)

Peter Walker, 'Jerusalem and the Holy Land in the Fourth Century', in Anthony O'Mahony (ed.), *The Christian Heritage in the Holy Land* (London, Scorpion Cavendish, 1995)

Keith Whitelam, *The Invention of Ancient Israel: The Silencing of Palestinian History* (London, Routledge, 1996)

John Wilkinson, *Jerusalem Pilgrims Before the Crusades* (Jerusalem, Ariel, 1977)

第六章

Nils Aberg, *Occident and Orient in the Art of the Seventh Century* (Stockholm, Wahlstron & Widstrand, 1943–7, 3 vols)

Athanasius, *The Life of Antony* (New York, Paulist Press, 1980)

Alexander Badawy, *Coptic Art and Archaeology: The Art of the Christian Egyptians from the Late Antique to the Middle Ages (*Cambridge, Mass., MIT Press, 1978)

Roger S. Bagnall, *Egypt in Late Antiquity (*Princeton, Princeton University Press, 1993)

Alan K. Bowman, *Egypt After the Pharaohs, 332 B.C.–A.D. 642* (London, British Museum Publications, 1986)

A.J. Butler, *Ancient Coptic Churches of Egypt* (London, Henry Fowden, 1884, 2 vols)

A.J. Butler, *The Arab Conquest of Egypt* (Oxford, Oxford University Press, 1902)

Luciano Canfora, *The Vanished Library* (London, Hutchinson, 1989)

B.L. Carter, *The Copts in Egyptian Politics* (London, Croom Helm, 1986)

Euphrosyne Doxiadis, *The Mysterious Fayum Portraits: Faces from Ancient Egypt* (London, Thames & Hudson, 1995)

P.M. du Bourguet (trans. Caryll Hay-Shaw), *Coptic Art* (London, Methuen, 1971)

E.M. Forster, *Alexandria: A History and Guide* (London, Michael Haag, 1982)

G. Fowden, 'Bishops and Temples in the Eastern Roman Empire, A.D. 320–435', in *Journal of Theological Studies* xxix, pt 1 (April 1978)

Michael Gough, *The Origins of Christian Art* (London, Thames & Hudson, 1973)

Bernard P. Grenfell, 'Oxyrhynchus and its Papyri', in *Egypt Exploration Fund Journal* (1896–7)

Wilfred Griggs, *Early Egyptian Christianity* (Leiden, E.J. Brill, 1990)

Michael Haag, *Discovery Guide to Egypt* (London, Michael Haag, 1990)

H. Hondelink, *Coptic Art and Culture* (Cairo, Shoudy Publishing House, 1990)

Walter Horn, 'On the Origin of the Celtic Cross', in Horn, Jenny White Marshall and Grellan D. Rourke (eds), *The Forgotten Hermitage of Skellig Michael* (Berkeley, University of California Press, 1991)

John of Nikiu (trans. R.H. Charles), *The Chronicle of John of Nikiu* (London, Text and Translation Society, 1916)

Jill Kamil, *Coptic Egypt* (Cairo, The American University of Cairo Press, 1987)

J.W. McPherson, *The Moulids of Egypt* (Cairo, NM Press, 1941)

Otto Meinardus, *Monks and Monasteries of the Egyptian Deserts* (Cairo, The American University of Cairo Press, 1961)

Otto Meinardus, *Christian Egypt: Ancient and Modern* (Cairo, French Institute of Oriental Archaeology, 1965)

Otto Meinardus, *Christian Egypt: Faith and Life* (Cairo, French Institute of Oriental Archaeology, 1970)

G.R. Monks, 'The Church of Alexandria and the City's Economic Life in the Sixth Century', in *Speculum* 28, pp. 349–62

Cecil Mowbray, 'Eastern Influence on Carvings at St Andrews and Nigg, Scotland', in *Antiquity* x (1936), pp. 428–40

Elaine Pagels, *The Gnostic Gospels* (New York, Random House, 1979)

Robert K. Ritner, 'Egyptians in Ireland: A Question of Coptic Peregrinations', in *Rice University Studies* 62 (1976), pp. 65–87

Erwin Rosenthal, 'Some Observations on Coptic Influence in Western Early Medieval Manuscripts', in *Homage to a Bookman: Essays on Manuscripts, Books and Printing Written for P. Kraus on his Sixtieth Birthday* (Berlin, 1967)

Norman Russell (trans.), *The Lives of the Desert Fathers: The Historia Monarchorum in Aegypto* (Oxford, Mowbray, 1981)

George Scott-Moncrieff, *Paganism and Christianity in Egypt* (Cambridge, Cambridge University Press, 1913)

Sophronius the Sophist, 'The Life of St John the Almsgiver', in Elizabeth Dawes and Norman H. Baynes (trans. and ed.), *Three Byzantine Saints* (Oxford, Blackwell, 1948)

Helen Waddell, *The Desert Fathers* (London, Constable, 1936)

Edward Wakin, *A Lonely Minority: The Modern Story of Egypt's Copts* (New York, William Morrow, 1963)

Benedicta Ward (trans.), *The Sayings of the Desert Fathers* (Oxford, Mowbray, 1975)

Barbara Watterson, *Coptic Egypt* (Edinburgh, Scottish Academic Press, 1988)

Klaus Wessel, *Coptic Art* (London, Thames & Hudson, 1965)

索　引

（以下页码为原书页码，即本书页边码）

Abdul Mesin, Sheikh, 166–71
Abed (taxi driver), 266–70
Abgar, King, 77
abi-Khalil, Père Abbé Marcel, 230–1
Abraham, 74–5
Abraham, Abba, 287
Abraham, Abouna, 95
Abu Nidal, 267–8
Abu Zaid, Dr Nasr, 427–9
Abu-Zeid, 344, 346–51
Abukir, 387
Acre, 358
Acts of Paul and Thecla, The, 399
Adamnan, Abbot, 110
Adolas, 15
Aeschylus, 399
Aflaq, Michel, 153, 214
Agabios, Amba, 444
Agathonicos, Abba, 295
Aghtamar island, 84
A'id, Sheikh, 312
Alawites, 153, 155
Alcuin, 418
Aleppo, 146–60, 171–7; Armenian
    population, 150–3, 287; Baron Hotel,
    133–5, 146, 177, 196, 454; Christian
    population, 153–4; St George church,
    174, 339–40
Alexander the Great, 52, 380–3
Alexandria, 375–94; Christian
    population, 385–9, 411; Church of
    St John, 390; Élite Café, 379, 392; fall
    to Sassanian Persians (614), 388, 453;
    Graeco-Roman Museum, 386, 387, 391;
    Grand Corniche, 375, 379; Greek Club,
    392–2; Greek population, 259, 379–82,
    392–4; Hotel Cecil, 376; Hotel
    Metropole, 375; Jewish population, 259,
    377–9; library, 388, 392, 399; Moschos's
    stay, 11, 16, 183, 387–91, 419, 453;
    Mound of Shards, 383; Pastroudis, 377;
    occult history, 222–3; Pharos
    lighthouse, 383; Serapium, 383, 388, 389
Alexandros, Fr., 355–7

Allon, Yigal, 364
Alouf, Monsieur, 164–70
Amal, 195
Ambrose, St, 176
Ammianus Marcellinus, 389
Amr, General, 429
Anastasius, Emperor, 100
Anatolia, 27, 51, 80, 316–17
Anderson, Terry, 218
Ankara, 28, 50, 51
Anne, Princess, 258
Anthemius of Tralles, 27
Antinoe, 437
Antioch (Antakya), 53–7, 58–61; Buyuk
    Antakya Oteli, 53, 63–4; Christian
    community, 58–60; economic history,
    13, 224; Kurdish conflict, 52; liturgies,
    91, 250; mosaics, 233, 235; Moschos's
    visit, 57–62, 183; School of, 57, 106, 181
Antonius, George, 214
Antonius Martyr, 223
Antony, St, 401–4, 406–9, 417–18, 420–2
Apamea, 181, 183
Apollonius of Tyana, 66
Aquinas, St Thomas, 290
Arafat, Yasser, 229, 274, 275, 282, 318, 354
Arculph, 110
Arianism, 299
Ariel, Settlement, 345, 347, 351–4, 363
Aristopoulos, Fr., 356–7, 359
Aristotle, 136
Armenian Secret Army for the Liberation
    of Armenia (ASALA), 86
Armenians: in Aleppo, 150–4, 287; in
    Antioch, 60; in Diyarbakir, 80–2; in
    Istanbul, 28, 33–47; in Jerusalem,
    309–16; in Urfa, 77–8; in Turkey, 82–8
Arnas, 120
Asad, Basil, 138, 202, 272
Asad, President Hafiz al: jokes about, 138,
    154–6; portraits, 138, 148, 200; regime,
    142, 154–5, 252, 272, 448
Asad, Mrs, 259
Ascalon, 182

Asterius of Amasia, 39
Asyut: ancient, 446; Copts, 411–12, 440–1; departure from, 447; *Gema'a al-Islamiyya*, 440–1; Islamic fundamentalists, 422; permission to visit, 395–6, 435
Ataturk, Mustafa Kemal, 29, 48, 91, 133, 171
Ateek, Canon Naim, 358–9
Ateret Cohanim, 312, 313
Athanasius of Alexandria, St, 107, 355, 402, 408
Athos, Mount, 3–11, 20–1; cells, 304; monks, 5–6, 20, 287, 409; paintings, 20, 296
Attargatis, 75–6
Augustine of Hippo, St, 68, 235, 402
Aurelia Attiaena, 401
Aurelius, Marcus, 399
Aurelius Nilus, 401
Auxanon, Abba, 360
Avars, 13
Avni, Gideon, 332
Al-Azhar University, 426

Ba'albek, 261–6; architecture, 94; Moschos's visit, 223, 261; Temple of Jupiter, 265; Temple of the Sun, 262, 263, 266
Baas camp, 270–1
Badger, Rev. George Percy, 76–7
Badr, Leila, 223–5
Bagawat, 452
Bangor Monastery, 418
Banu Ghassan, 335
Banu Taghlib, 335
Baradatus 157
Bar'am, Kibbutz, 369, 372
Bardaisan of Edessa, 63, 175
al-Barra, 178–82, 184
Barsauma, 185, 324
Bartholomaios, Patriarch, 32
Basil, St, 324
al-Bassa, 274
Bawit, 437
Baybars, Sultan, 311
Bebek, 47
Bede, Venerable, 110, 408
Bedros (in Midyat), 118–23
Behnasa, 397–8, 401
Beiman, Amba, 444–5
Beirut, 195–6, 203–27, 237–42; American University, 211, 219; bombing of, 274; Downtown Project, 223; economic history, 13; Hotel Cavalier, 206–7, 266; Place des Martyrs, 196, 219–20
Beit ed-Din, 225, 231–2, 237
Beit Jala, 339–44
Beit Shean, 325, 364
Bekaa Valley, 201–3, 261–2
Belisarius, Count, 321
Ben Gurion, David, 364
Benedict, St, 12
Benjamin, Amba, 444
Benvinisti, Meron, 334
Beth Zagba, 183
Bethlehem, 318, 321, 339
Bhutto, Zulfikar Ali, 259
Biddya, 344–51, 363
Bishara, Fr. Mark, 430–1
Bkerke, 247
Book of Durrow, 109, 110
Book of Protection, The, 141–2
Boulos Naaman, Fr., 199
Brehier, Louis, 290
British Library, 10
Bsharre, 236–7, 241, 245–55; Hotel Ch'baat, 244–5, 253
Budak, Afrem, 70, 100, 112–14, 123–4
Buddhism, 66
Buyuk Ada, 44, 45–7, 187

Caesarius, Court Physician, 389
Cairo, 395, 423–35; Church of al-Adra, 430; Church of St Damiana, 21; Church of St Michael and the Virgin, 432; Copts, 21, 411, 429–34; Ein Shams, 431; Hotel Windsor, 423
Canaan, Taufiq, 339
Carpocratians, 67
Castellium Monastery, 295
Cathars, 73
Cavafy, Constantine P., 377, 380–2
Cecaumenus, 12, 180
Celtic Christianity, 106, 109–10, 303, 418–20
Chalcedon, 26, 322; Council of (451), 91
Chamoun, Dany, 255
Ch'ang-an, 26
Chariton, St, 354, 355, 356
Charlemagne, 418
Charles, Prince, 258
Chatila, massacre, 195, 198–9, 211, 215, 236, 266–7
Ch'baat, Mr (hotelier), 245, 253–5
Chouf, 225–6, 227, 229–31, 255
Christie, Agatha, 133

Christina, Miss (in Alexandria), 379–82, 392
Christopher the Roman, Brother, 286
Christophoros, Fr., 6–10, 29–30
Chryaorios of Tralles, 223
Chrysostom, St John: anti-idolatry campaign, 262–3; asceticism, 157; in Antioch, 54, 55, 162; in Constantinople, 29, 36, 55; influence, 68, 413
CIA, 423–4
Cilicia, 86
Cilician Gates, 56
Clement of Alexandria, 385
Cleopatra, 227, 383, 391
Clinton, Bill, 259
Cochrane, Alfred, 242
Cochrane, Yvonne, Lady, 238–42
Codex Sinaiaticus, 9
Constantine, Emperor, 16, 56, 180, 320–1, 328
Constantine XI Palaeologus, Emperor, 108
Constantinople, see Istanbul
Constantius, Emperor, 176
Coptic language, 416
Copts: discrimination against, 20, 411, 424, 425–6; in Alexandria, 388; in Asyut, 395; in Cairo, 21, 429–34; St Antony's followers, 404; St Antony's Monastery, 411–22; violence against, 411–12, 424, 425, 429–34, 444–5
Cosmas, Fr., 303
Cosmas the Eunuch, Abba, 354–5, 360–1
Cosmas the Lawyer, 389
Council of Chalcedon (451), 91
Council of Ephesus (431), 447
Council of Florence (1439), 5, 108
Crusades: Cathars, 73; capture of Jerusalem, 310; Cilician history, 86; cult of St George, 342; Fourth, 9; Islam's relationship with Christianity, 187–8, 299; Maronites, 197; theft of relics, 301
Ctesiphon, 14, 133
Culdees, 106, 418
Curzon, Hon. Robert, 9, 404, 412
Curzon, Lord, 226
Cyril, Patriarch, 388–9
Cyril of Scythopolis, 290
Cyrrhus, 159, 164–71, 188, 304, 339
Cyrus the Great, 258

Damascene, St John, 37, 39, 290, 298–302
Damascus: Great Mosque, 153; siege, 17; Umayyad Mosque, 282

Damiana the Solitary, Amma, 322
Damour, 196, 229
Daou, Samira, 268–75, 363
Daou, Sarah, 268
Daou family, 268–75, 362–3, 370
Daphne, 5
Dara, 136
David (robber chief), 437–8
Dawood, Amba, 441–43
Dbayyeh camp, 271, 272–3
Dead Sea, 288
Deir al Barsha, 437
Deir el-Qamar, 230
Deir el-Suriani, 404
Deir el-Zaferan, 90–8, 109, 116, 135
Deir ul-Muharraq, 411–12, 442, 443–4
Deir Yassin, 269, 366
Demus, Otto, 391
Dereici, 96
Diatessaron, 108–11
Dimitrios, Fr., 30–3, 45, 46, 50
Diocletian, Emperor, 135, 342, 392, 413, 445
Diodoros I, Patriarch, 318–19
Diodoros of Sicily, 382
Dioscuros, Fr., 405–7, 408–10, 411, 415, 420
Diyarbakir, 79–81; bazaar, 77; Christian population, 150; Hotel Karavansaray, 79–80; Kurdish conflict, 47, 49, 447; Mar Gabriel, 47, 102
Domenico, Fr., 62–3
Dorotheus, 56
Douaihy family, 252
Drina, River, 28
Druze, 217, 221–6, 225–32, 253, 255
Durrell, Lawrence, 376, 380, 384

Echmiadzin, 108
Edessa, 64–78, 171–2, 174–7
Edinburgh, Duke of, 258
Edward III, King of England, 341
Egeria, 76
Ehden, 253–4, 255–7
Ein al-Zaytun, 366
Ein Fara, 354–5, 359
Ein Helweh, massacre, 236
Ein Wardo, 114, 116, 119–2, 124–6
Elchasaios, 66
Elchasiates, 66
Elizabeth II, Queen, 259
Elon, Amos, 333
Emesa, 185–6
Ephrem Kerim, Fr., 149
Ephrem of Edessa, St, 176–7

Eratosthenes, 385
Ethiopian Synaxarium, 414
Euclid, 385, 404
Eudoxia, Empress, 299, 321, 324
Euphrates, 145
European Parliament, 86
Eusebius, 342
Eustathios the Roman, Abba, 452
Euthymius of Salonica, St, 4–5
Evagrius of Antioch, 402
Evdokimos, Fr., 290–4

Fanous, Sami, 359–62, 363–5, 367–8, 370
Faradi, 363
Farud, Kibbutz, 364
Fatah, 229, 268
Fatullah, Sheikh, 121–2
Ferhat, Wadeer, 367–72
Fesih (in Diyarbakir), 81–2
Fisk, Robert, 208, 210, 215–20, 237, 274
Florence, Laurentian Library, 109
Foda, Dr Farag, 424, 428
Formilianus, Governor, 320
Forster, E.M., 377
Franjieh, Mme, 258–9
Franjieh, Robert, 242, 258–60
Franjieh, Suleiman, 238, 252–3, 258
Franjieh, Tony, 253–5, 258, 260
Franjieh family, 242, 252–5, 257–60
Freemasons, 280, 301, 308
Fuad, King of Egypt, 18

Gabra, Boutros, 425
Gaianas, 263–4
Gandhi, Mahatma, 29
Gardner, Ava, 244
Geagea, Samir, 215, 231, 232, 241, 252, 253–4
Gema'a al-Islamiyya, 411, 424, 425, 435, 439–45
Gemayel, Amin, 212
Gemayel, Bashir, 199, 253, 254, 260
Gemayel, Pierre, 226
Gemayel, Solange, 260
Genghis Khan, 140
George, St, 45, 47, 339–44, 386
George II, King of the Hellenes, 18
George the Cappadocian, Brother, 285–6
Gerasimos, St, 296–7
Ghada (in Mar Elias), 266–75
Ghanem, Iskander, 253
Ghatta family, 370
Gibbon, Edward, 399

Gibran, Khalil, 236–7
Gilmour, David, 226
Giotto, 302
Giva, Shulamit, 333
Glass, Charles, 226
Gnostics, 16, 66, 68, 73, 175, 299
Gospel of Barnabas, 62–3
Gospel of Philip, 68
Gospels of St Willibrord, 109, 110
Goths, 13
Great Kharga Oasis, 4, 387, 395, 422, 435, 447, 450–4
Green Line, 205, 212, 239, 273
Gregori, Fr., 279
Gregory I (the Great), Pope, 55, 320
Gregory of Nazianzen, 389
Gregory of Nyssa, 39, 324
Grenfell, Bernard, 398–9
Gulf War, 101, 139, 357
Gumucio, Juan Carlos, 207–10
Güngören, 48, 116

Haganah, 363, 365, 366
Hagiopolis, 159, 171
Haifa, 268–9
Hakkari, 99, 112
Hamas, 288, 344
Hamayonic Laws, 412, 426
Hanauer, J.E., 339
Haran, 75
Harari, Joe, 377–9
Haridi, Gemal, 440–2
Hariri, Rafiq, 202
Hassake, 138–43; Hotel Cliff, 138
Hassana, 113–14
Haydarpasha, 51
Hebron, Tomb of the Patriarchs, 338
Hejaz, 414
Helena, Empress, 35, 320
Heliodorus, 221
Henry IV, King of England, 108
Heraclius, Emperor, 42, 197
Hermopolis, 437
Herod Agrippa, 331
Hezbollah: in Lebanon, 189, 195, 207–8, 211, 216, 227–8, 264, 266; in Turkey, 96, 103
Hilary of Poitiers, St, 176
Hindus, 66
Hintlian, George, 88
Homer, 47, 181, 404
Homs, 185–6
Hunt, Arthur, 398–9
Hussein, King of Jordan, 318

Hussein, Saddam, 139
Hypatia, 388

Ibn Mansour, Sergios, 298
Ibn Sargun, Mansour, 298
Ibn Walid, General Khalid, 298
Ibrahim, Metropolitan Gregorios
　Yohanna, 146, 148–51, 154, 171
intifada, 282, 346, 353
Irish Litany of Saints, 107, 419
Isa (in Jerusalem), 327
Isidore of Miletus, 27
Islam: Arab history, 214, 299–300;
　Nusairi, 73; prayer positions, 105,
　304–5; relationship with Christianity,
　168–71, 187–91, 304–5, 339–40, 426–7;
　Shiite, 153, 217, 219, 228–9, 261–2, 264,
　266; Sunni, 73, 154, 155, 217; tradition of
　tolerance, 19, 187–8
Islamic fundamentalism: growth of, 168,
　214; in Egypt, 20, 214, 411, 424–5,
　429–30, 433, 448; in Syria, 154; in
　Turkey, 31–2; relationship with
　Christianity, 447–8
Islamic Jihad, 219
Ismail (driver), 57, 61
Isocasius, 164
Israel Antiquities Authority, 332
Issus, 52
Istanbul (Constantinople): Armenian
　population, 30–4; Christianity, 19,
　27–31; fall of Constantinople (1453),
　108; Fourth Crusade, 9; Golden Horn,
　26, 29; Great Palace, 26, 41–3; Greek
　population, 27–8, 43, 45–7; Gulhane
　Gardens, 43; Haghia Eirene, 43, 328;
　Haghia Sophia, 27, 39–40, 41;
　Hippodrome, 39; Land Walls, 321;
　Mosaic Museum, 42–3; Moschos's stay
　in Constantinople, 14, 21, 27, 34–5, 41,
　182; Pera Palas Hotel, 28; Phanar, 29–33,
　34, 50; politics, 29; Prinkipo, 44, 45–7;
　Topkapi Palace, 18, 43
Iviron, Monastery of, 3–4, 5–11, 21, 355
Izlo Mountains, 98, 112

Jacob, Elias, 366–72
Jacob's Well, 356
James of Cyrrhestica, 158, 166
J'bail, 241, 243
Jerome, St: advice on bathing, 11, 222;
　advice on Jerusalem, 323; Life of St Paul
　the First Hermit, 417–18, 420; lion
　story, 296; patrons, 321

Jerusalem: Alexander Hospice, 328;
　Anglican church, 358; Armenian library,
　83; Armenian Museum, 88; Armenian
　population, 309–15; Armenian Quarter,
　309–12, 315, 318, 330; Cardo, 328;
　Christian population, 316–26; Christian
　Quarter, 316, 317, 339; Church of
　St Cosmas and St Damian, 322; Church
　of St John the Baptist, 327; Damascus
　Gate, 328, 332, 337; Dome of the Rock,
　228, 265, 327; Dormition Abbey, 358;
　fall to Sassanian Persians (614), 14, 42;
　fall to Islam (638), 17, 321; Greek
　Orthodox Patriarchal Palace, 289, 321,
　356; Holy Sepulchre, 318, 328, 339; Jaffa
　Gate, 332; Jewish Quarter, 312–13, 328;
　Maghariba, 312; Mamilla Project, 332;
　Muslim Quarter, 313, 318; Nea, the (New
　Church of Mary), 328; Orthodox
　Christianity, 300, 302; Protestant
　cemetery, 358; St George's Anglican
　Cathedral, 358, 364; St John's Hospice,
　312–13; St Stephen's Monastery, 233,
　321, 329; Third Wall, 331–2
Jerusalem Post, 331–2, 338, 357
Jews: archaeology, 332–4; at Beit Jala, 339;
　Barsauma's massacre, 324–5; Byzantine
　stories, 55; European, 19, 344;
　fundamentalist, 312, 315, 331, 338, 358; in
　Alexandria, 375, 377–9; in Beirut, 219;
　Moschos on, 16, 34; Orthodox attitude
　to, 280; Ottoman Empire, 28;
　settlement in Israel, 313, 345, 363;
　synagogue chants, 177
Jish, 363, 367, 370
Jiyyeh, 224
John, Abba, 451–2
John of Cappadocia, 446
John of Emesa, Deacon, 185
John of Nikiu, Bishop, 388, 429
John the Almsgiver, 388, 419
John the Arab, St, 102, 121
John the Baptist, 73
John Tzimiskes, Emperor, 8
Joseph, Abba, 162
Joseph, George, 139–40, 142–6
Jounieh, 255
Julian the Apostate, Emperor, 53, 79
Julian the Arab, Brother, 286
Jumblatt, Kemal, 199, 232
Jumblatt, Walid, 225–7, 229, 230–1, 253,
　334
Justinian, Emperor: Christian-Arab
　alliance, 335; empire, 13, 26–7, 41, 165,

Justinian, Emperor – *cont'd.*
263, 335, 398, 446; Haghia Sophia, 39, 263; legislation, 36; portrait, 14; Procopius's *Secret History*, 37; Ravenna mosaics, 14, 233; Samaritan revolt, 323; Seidnaya story, 186

Kafr Bir'im, 268, 269, 271, 274–5, 362, 365–72
Kafr Qasim, 347
Karantina, massacre, 267, 272
Karyes, 5, 355
Katsimbris, Taki, 393–4
Keban Dam, 85
Kedron, Valley of, 283
Keenan, Brian, 207
Kennedy, John F., 308
Khabur River, 143
Kharga, 395, 447, 449–54; Kharga Oasis Hotel, 451
Khitzkonk, 87
Khomeini, Ayatollah, 203, 219, 262, 264
al-Khuri, Faris, 153
Koshaya, 249
Kreish, Cardinal, 371
Krikor (in Jerusalem), 315
Kurd Dagh, 171
Kurdish war, 31, 47, 50–3, 79, 447, *see also* PKK
Kyriacos, Abouna, 105

la Motraye, M. de, 28
Lahad, General, 216
Laqzaly, Farah, 369
Lausanne, Treaty of (1923), 30
Lawrence, T.E., 133, 134, 135
Lebanese National Pact (1943), 198
Lebanon, Mount, 197
Leo, Abba, 452, 453
Leo III, Emperor, 234
Leontios the Cilician, Abba, 328
Leptis Magna, 94
Libanius, 56, 161, 181, 221
Lindsay, Coutts, 5
Lombards, 13
London Library, 399
Lucian of Samosata, 75–6
Lucine (in Diyarbakir), 81
Lycopolis, 446–7

McCarthy, John, 207
McCullin, Don, 195
Ma'ale Adumim, 283

Madaba, 334
Mahmoud, Arafa, 442
Mahmoud (driver), 435–6, 438–40, 443–6
Malacrida, Gianmaria, 174–7
Mallawi, 436
Malraux, André, 392
Mamshit, 338
Mandeans, 73
Manicheans, 16, 68
Manshit Nasser, 441
Manuel II Palaeologus, Emperor, 107
Mar Bobo, 96
Mar Elias camp, 266–75, 287, 362
Mar Gabriel, 47, 64, 72, 97, 98–115, 168, 287
Mar Hadbashabo, 119, 121
Mar Saba, 279–81, 283–309, 409
Marada Militia, 242, 253
Marcionites, 67–8
Mardin, 97, 135
Mark the Hermit, St, 406
Marmara, Sea of, 26
Maron, St, 197
Maronites: churches, 220; history, 196–9, 243; in Bsharre, 236–7, 242; in Turkey, 63; Lebanese civil war, 20, 198–200, 212–13, 217, 226–7, 241, 251, 273, 448; Phalange, 198, 212–13, 226–7, 236, 273
Martyrion, Mount Zion, 356, 359
Maslakh, 272
Mas'ud (driver), 88–90, 92–100, 115–18, 123, 124–9, 135, 137
Maurice, Emperor, 263, 322
Maydanlar, 83
Mazices, 413, 451
Mazloumian, Krikor ('Coco'), 151
Mazloumian, Sally, 151–2
Mehmed Sokollu Pasha, Grand Vizier, 27
Menas (driver), 430, 431, 433–4
Menuthis, Shrine of Saints Cyrus and John, 387
Messalians, 67
Methodius, Fr., 340–44
Methodius the Stylite, St, 292
Metin (hotel receptionist), 49–50
Midyat, 64, 72, 98, 115–23, 135
el-Minya, 422, 436
Mohammed, 17, 234
Monidia, 414
Monophysites, 16, 91, 197, 299–300, 387–8
Monothelitism, 197

Mons Mirabilis, 57, 59–60, 286
Mons Porphyrites, 27, 446
Montfort, Simon de, 73
Moschos, John: at Great Oasis, 451–2,
    454; death, 14, 17, 285; grave, 18, 285–7;
    in Alexandria, 11, 16, 387–9, 419, 453;
    in Antioch, 54–9; in Ba'albek, 223, 257,
    259–60; in Constantinople, 14, 21, 27,
    34–5, 41, 182; in Jerusalem, 322; in
    Porphyreon, 223, 224, 233; journey,
    11–14, 19–21, 395, 413–14, 435, 437–8,
    447, 449–50; monastic life, 279, 354–5,
    359–62; on Apamea, 183; on demons,
    163; on Nisibis, 136; on plagues, 326;
    Spiritual Meadow, 4, 12–16, 18–19, 21,
    58–9, 105, 183, 223, 233, 279, 294–7, 334,
    355, 361–2, 390–1, 413–14, 429, 437, 447,
    453
Moshav Dovev, 369, 372
Mubarak, President Hosni, 20, 377, 412,
    423–6, 434–5
Munir family, 440–1
Mushabbak, basilica of, 160–1
Muslim Brotherhood, 395, 427

Nachman, Ron, 351–3
Namek, Malfono, 172–4
Nasbeh clan, 346
Nasser, Gamal Abdel, 375, 380, 394, 428,
    500–1
Nazareth, 363, 364–5, 371
Nebo, Mount, 334
Negev, 325
Nestorian Church, 66, 136, 139–42, 451
Nestorius, 447
New York Review of Books, 333
Nimrod the Hunter, 74
Nisibis, 72, 135–7, 139, 154
Nordenfalk, Carl, 109–11
Nusairi Muslims, 73

Olympios, Abba, 292–3
Omar, Caliph, 17, 334
Osk Vank, 87
Ottoman Empire, 27–28, 48, 188, 197, 339,
    377
Ouranoupolis, 4
Ouzayeh Beach, 227
Oxyrhynchus, 396–8; papyri, 399–401,
    437

Pachomius, St, 295
Palestinian Authority, 282
Palestinian Christians: emigration, 20,

213, 316–18; history, 19, 300; in Israel,
    300, 316–26, 362–3; in refugee camps,
    261, 266–75, 287, 317, 363
Palutians, 68
Pambo, Abba, 408
Paphnutius, 449
Paradise of the Fathers, The, 295
Parthenius, Bishop of Lampsacus, 20
Patermuthis, Flavius, 437
Patrick (of Sebastea), 286
Paul, Abba, 360
Paul, St, 59
Paul III Farnese, Pope, 108
Paul the Hermit, St, 417–18, 420–1
Paula, 321
Paulinus of Nola, 323
Persians: attacks on Byzantine empire, 13,
    95, 388; capture of Alexandria, 453;
    capture of Diyarbakir (502), 79;
    capture of Jerusalem (614), 13–14, 42;
    capture of Nisibis (363), 135; massacre
    at Mar Saba (614), 289, 299; massacre at
    St Theodosius Monastery (614), 13,
    284–4, 289
Peter, St, 59
Petrosyan, Levon Ter, 153
Phalange militia: attacks on Christians,
    215–17, 253, 272–3; civil war, 195, 211–13,
    226–5; massacres, 198, 215, 226; origins,
    226
Pharan, 354–5, 359
Philloumenos, 355–7, 359
Phoebamon the Sophist, 437
Photion, 323
Photius, 321
Piaf, Edith, 378
Piccirillo, Fr. Michele, 335–8
Pictish Christianity, 421–2
PKK: effects of struggle, 101; government
    response to, 99, 112, 113; Hezbollah
    relationship, 96–7; Midyat raid, 64, 72;
    origins of struggle, 48; roadblocks, 49,
    89–90; treatment of captives, 49–50
Plato, 136, 403
PLO, 195, 272, 273, 352
Poemon the Grazer, Abba, 295–6
Polo, Marco, 82
Pope, Hugh, 47–9
Porphyreon, 223, 224–5, 232–5, 335
Potuoglu, Hilda Hulya, 86
Prinkipo, 44, 45–7
Procopius, 37–9, 40, 321
Procopius the lawyer, 224, 233
Ptolemy, 385

Qadisha Valley, 244, 245
Qala'at Semaan, 149
Qamishli, 150, 154
Qanubbin Gorge, 247, 251

Rabinovitch, Olga, 378–9
Rabula Gospels, 184, 190
Ramallah, 343–4
Ramazan (driver), 395–7, 435, 439
Ramleh, 358
Ravenna, 14, 27, 233, 234–5, 328
Refah party, 29, 28, 44
Rehman (in Diyarbakir), 81–2
Roberts, David, 182, 282
Romanos the Melodist, St, 176, 185, 290
Rosemarkie Stone, 110
Rouba, 295
Rufinus of Aquileia, 402
Runciman, Sir Steven, 18–21, 320, 328

Sabas, St, 292–3, 305
Sabbatios, Abba, 297
Sabra, massacre, 195, 198–9, 211, 215, 236, 267
Sadat, Anwar, 37, 428
Sadat, Mrs Anwar, 259
Safad, 365
St Antony Monastery, Koshaya, 249–50
St Antony's Monastery, Egypt, 396, 403–22
St Azozoyel, Monastery of, 95
St Catherine's Monastery, Sinai, 9, 391
St Damiana, Church of, Cairo, 21
St Jacob, Monastery of, 95
St John's Hospice, Jerusalem, 312
St Joseph, Monastery of, 95
St Martyrius, Monastery of, 283
St Mary of the Waterfall, Monastery of, 95
St Polyeuctes, Istanbul, 44
St Stephen, Monastery of, Jerusalem, 233, 321, 329
St Theodosius, Monastery of, 11, 13, 18, 354
St Vigeans, 420
Saladin, 135, 268, 310
Salibi, Kemal, 210, 211–14, 217, 223
Salit, Dina, 353–4
Samaritans, 323
San Vitale, Ravenna, 233, 328
Sanabu, 439–41
Sappho, 399
Sarkissian, Bishop Hagop, 311, 326, 328–31

Sasa, Kibbutz, 369
Sassanian Persians, 13, 135, 289, 303, 388
Schiffer, Claudia, 202
Scythopolis, 325
Seidnaya, 186–91, 196, 339
Seleucia ad Pieria, 13, 54
Serjilla, 177, 181, 184, 185
Severus, Bishop of Antioch, 222
Shabo, Abouna, 118–23
Shah of Iran, 258, 425
Shaheen, Dr Abdul, 427
Shenoudah III, Pope, 411
Shitrit, Bichor, 367
Sidon, 13
Sienese art, 302
Silk Route, 26, 65, 79
Silpius, Mount, 56
Silwan, 330
Simocatta, Theophylact, 35
Sinatra, Frank, 244
Sisinnios, Bishop, 37
Sivas, 82–3
Skellig Michael, 303
Slavs, 13
Socrates (*Ecclesiastical History*), 40
Somers, Virginia, 5
Sophocles, 399
Sophronius the Sophist: at Great Oasis, 447; death, 18; in Alexandria, 387–90, 419; journey with Moschos, 11, 19–20, 296, 454; *Life of St John the Almsgiver*, 419; Moschos's body, 18, 285; Patriarch of Jerusalem, 18, 197, 318; surrender of Jerusalem, 18, 321, 329
South Lebanon Army (SLA), 216
Stephanopoulos, Michael, 393–4
Stephanos, Catholicos of Armenia, 107–8
Stephen, St, 323
Stephen the Sophist, 35, 390
Studium Biblicum Franciscanum, 334, 337
Sufism, 164, 166, 168, 343, 397
Suleiman, Fr. Bishara, 365–6, 368–72
Suleiman, John, 365, 370
Suleiman, Nouri, 228–9, 237–8, 243–5, 251, 261, 265, 266
Sulpicius Severus, 295
Sunday Telegraph, 313
Sunday Times, 423, 425
Sussita, 338
Symeon, Abouna, 92–8
Symeon Stylites the Elder, St, 59–60, 148, 156
Symeon Stylites the Younger, St, 58–62, 286

Symeon the Fool, St, 185
Synesius, 385
Syrian Orthodox Church (Suriani): establishment, 91; in Aleppo, 147–50; in Turkey, 19–20, 47–9, 91, 114, 125–6, 150, 447–8; Urfalees, 171–7; see also Deir el-Zaferan, Mar Gabriel

Tamurlane, 95
Tariq (in Biddya), 346–50
Tarsus, 183
Tatian, 108
Tecla, Sister, 188–91
Tel Ada, 148–9
Tel el-Za'atar, massacre, 226, 236, 272
Tertullian, 385
Thalelaeus, 158, 162
Theodora, Empress, 14, 37–9, 233, 321, 446
Theodore, Abba, 452
Theodore of Mopsuestia, 54
Theodore of Sykeon, 163
Theodore of Tarsus, 54, 106
Theodore the Philosopher, 389
Theodoret of Cyrrhus, Bishop: bishopric, 159, 164–6; History of the Monks of Syria, 148, 156–9, 161, 181, 197, 262–3
Theodosius, St, 284–6, 289
Theodosius I, Emperor, 39, 41
Theodosius II, Emperor, 35, 321, 323
Theophanes, Fr., 280–1, 290–4, 301, 302, 305–9, 318
Theophilus, Patriarch, 389
Thessaloniki, 15
Thierry, J.M., 85, 87
Thubron, Colin, 187
Thucydides, 404
Tiberias, 359
Tiberius Constantine, Emperor, 263
Tigris, River, 26, 73, 79, 88–90
Tintagel Castle, 419
Tischendorff, Herman, 9
Tito, Marshal, 259
Titus, Emperor, 320
Tomas Bektas, Fr., 112–14
Tosi, Abdil Mesiyah, 441–2
Tur Abdin: art, 107, 111; journey to, 64, 107, 447; Syrian Orthodox Church, 91, 150; Turoyo language, 154

Turkish Daily News, 64, 71
Turoyo, 112, 118, 154
Tutu, Archbishop Desmond, 358
Tyre, 13, 223

Umayyad Caliphate, 298–300, 337
Um-Mohammed, 346–50
Urfa, 64–79; Fishponds of Abraham, 73–7; Hotel Turban, 64–5; sculpture garden, 69–71; Ulu Jami, 71, 77; Urfalees, 171–7
Urfalees, 171–7
Uri, Nebi, 164, 167–70
Usamah (in Biddya), 345–51

Valens, Emperor, 41, 324
Vandals, 26
Vikings, 26
Voragine, Jacobus da, 342

Wadi Natrun, 404, 413–14
Waite, Terry, 207
West Bank, 281–3, 302, 317, 338–51, 363
Wigram, Rev. W.A., 80
Willibald, St, 186, 289
Woolley, Leonard, 134

Xenophontos, Monastery of, 296

Yacoub, Brother, 100–4, 116–19, 123, 126
Yacovos, Fr., 6–7, 10
al-Yazid, Caliph, 298–9
Yerevan, 153
Yezidis, 140, 154
Yohanan of Bar'am, 369
Yunis, Dr Ibthal, 427
Yustus, Abuna, 406–7

Zachaios, Abba, 224
Zacharias, Rector, 222
Zeitun, 151
Zeno, Emperor, 37, 445
Zenobia, 70
Zghorta, 252, 253, 257–60
Zion, Mount, 27, 321, 356, 358, 359
Zoilus the Reader, 389
Zoroastrians, 16, 68, 79
Zosimus the Cilician, Abba, 224, 234, 429
Zoulias, Nicholas, 392–4

图书在版编目（CIP）数据

圣山来客：追寻拜占庭的余辉／（英）威廉·达尔
林普尔（William Dalrymple）著；余南橘译. -- 北京：
社会科学文献出版社，2022.3
　书名原文：From the Holy Mountain：A Journey in
the Shadow of Byzantium
　ISBN 978 - 7 - 5201 - 9002 - 2

　Ⅰ.①圣… Ⅱ.①威… ②余… Ⅲ.①游记 - 作品集
- 英国 - 现代 Ⅳ.①I561.65

中国版本图书馆 CIP 数据核字（2021）第 184217 号

圣山来客：追寻拜占庭的余辉

著　　者／〔英〕威廉·达尔林普尔（William Dalrymple）
译　　者／余南橘

出 版 人／王利民
组稿编辑／董风云
责任编辑／张金勇　张冬锐
责任印制／王京美

出　　版／社会科学文献出版社·甲骨文工作室（分社）（010）59366527
　　　　　地址：北京市北三环中路甲 29 号院华龙大厦　邮编：100029
　　　　　网址：www. ssap. com. cn
发　　行／社会科学文献出版社（010）59367028
印　　装／北京盛通印刷股份有限公司

规　　格／开 本：889mm × 1194mm　1/32
　　　　　印 张：17.25　插 页：0.5　字 数：392 千字
版　　次／2022 年 3 月第 1 版　2022 年 3 月第 1 次印刷
书　　号／ISBN 978 - 7 - 5201 - 9002 - 2
著作权合同
登 记 号／图字 01 - 2022 - 0208 号
定　　价／108.00 元

读者服务电话：4008918866